CHRONO

F. PAUL WILSON

L'eredità

romanzo

Traduzione dall'inglese
di Bianca Francese

CHRONO

Dello stesso autore abbiamo pubblicato:

Il riparatore

Prima edizione: settembre 2014
Titolo originale: *Legacies*

via delle Fornaci, 66 – 00165 Roma
tel. 06.39366384 – email: info@fanucci.it
Indirizzo internet: www.fanucci.it

Progetto grafico: Grafica Effe

F. PAUL WILSON

L’eredità

Venerdì

1

«Piano!» urlò Alicia dal sedile posteriore quando il taxi sterzò bruscamente a sinistra per evitare un camion della Nynex imbottigliato in Madison Avenue. «Non ho mica fretta!»

Il conducente – nero, ricci capelli scuri, folti baffi – non la sentì neppure. Si buttò due corsie più a sinistra, poi tre corsie a destra, inchiodando e facendo rombare il motore: frenata e accelerata, frenata e accelerata, sballottando Alicia avanti e indietro, a destra e a sinistra. Poi sterzò per scansare un altro pazzo scatenato su un taxi giallo che provava una mossa simile in mezzo al traffico mattutino.

Guadagno netto dell'operazione: un posto avanti nella fila. Forse.

Alicia picchiettò sulla superficie macchiata e consunta del divisorio di plastica. «Rallenta, dannazione! Voglio arrivare tutta intera.»

Ma il conducente la ignorò. Anzi, accelerò. Sembrava impegnato in una guerra privata contro tutte le altre macchine di Manhattan. E i poveri pedoni... potevano solo pregare.

Alicia avrebbe dovuto esserci abituata. Era cresciuta a Manhattan. Anche se per un bel po' aveva vissuto altrove. Se ne era andata a diciotto anni, per il college, e poi la facoltà di medicina e la specializzazione in pediatria e malattie infettive. Non aveva scelto di tornare indietro – no di certo, non con quell'uomo e il suo fratellastro, Thomas, che vivevano ancora lì –, ma il St Vincent le aveva fatto la proverbiale offerta che non si può rifiutare.

E adesso, poco più di un anno dopo, doveva ancora abituarsi del tutto ai cambiamenti della città. Chi avrebbe mai pensato che sarebbero riusciti a spazzare via la grigia cappa di sonnolenza che lei credeva fosse destinata ad aleggiare per sempre su Times Square?

E poi i tassisti. Che era successo ai tassisti? Erano sempre stati guidatori aggressivi, spericolati, dovevi esserlo per forza per cavartela in quella città, ma adesso, quei nuovi arrivati... erano dei veri pazzi.

Alla fine raggiunsero la Quarantesima.

Ci siamo quasi, pensò Alicia, forse potrò vedere l'alba di un altro giorno.

Ma ormai erano vicini alla Quarantottesima e il taxi era ancora nella corsia centrale, e accelerava. Dapprima pensò che avrebbe perso la svolta, poi vide il varco: due corsie più a destra, dietro a un camion coperto di scritte e graffiti, proprio davanti a un autobus che stava ripartendo.

«Non pensarci nemmeno!» urlò Alicia. «Ti prego, non dirmi che vuoi...»

E invece voleva. E lo fece sul serio. Se la scamparono per un pelo; però costrinsero l'autobus a inchiodare e ad assordarli con un colpo di clacson rabbioso.

Il taxi diede gas nel tratto libero della Quarantottesima, poi sterzò violentemente a destra, verso il marciapiede, fermandosi di botto all'indirizzo che Alicia gli aveva dato quando si era accomodata sul sedile posteriore, dalle parti di Greenwich Village.

«6 e 75» disse il conducente.

Alicia rimase seduta, schiumante di rabbia. Quanto avrebbe voluto spaccare il divisorio e prenderlo per il collo. Ma non era abbastanza forte. Però poteva ripagarlo con la sua stessa moneta, al contrario.

Lentamente, si avvicinò alla maniglia della portiera, la aprì con la massima attenzione, e si affacciò nella fredda aria di dicembre. Poi tirò fuori il portafoglio e iniziò a contare i soldi... pianissimo. Poco meno di due dollari in monetine. Tirò fuori un dollaro e settantacinque in spiccioli e centesimi.

«Forza, signora» disse il tassista, sporgendosi verso il sedile posteriore e fissandola attraverso il vetro. «Non ho tutto il giorno.»

Alicia lo ignorò mentre tirava fuori cinque dollari dal portafoglio... uno... per... uno. Alla fine, quando si ritrovò esattamente sei dollari e settantacinque in mano, li passò attraverso il vetro.

E aspettò.

Non ci volle molto, tre secondi al massimo, prima che il conducente uscisse fuori e la fissasse da sopra il tettuccio.

«Ehi! Dove è la mancia?» Pronunciò la parola mancia come *mangia.*

«Pardon?» disse Alicia con dolcezza. «Non riesco a sentirla.»

«La mia mancia, signora! Dove è?»

«Mi dispiace» disse, portandosi una mano all'orecchio. «Vedo che le sue labbra si muovono, ma non riesco a sentire neppure una parola. Cos'è che devo mangiare?»

«La mancia, maledizione! La mancia! La mancia! La mia fottuta mancia!»

«Se mi manca qualcosa? No, no, non mi manca nulla» disse, poi il suo tono si indurì. «E non manca nulla neppure alla somma che le ho dato. Non le darò nemmeno un centesimo in più.»

Il conducente si mosse come per fare il giro intorno al taxi, probabilmente pensava di poter intimidire quella piccola, pallida donna dai lineamenti delicati e i morbidi capelli neri. Ma Alicia non si lasciò spaventare. Il tassista la fulminò con un'occhiata velenosa e tornò a bordo.

Alicia si voltò, sentì il conducente che farfugliava una qualche inarticolata maledizione, sbatteva la portiera e bruciava gli pneumatici sgommando via.

Siamo pari, pensò, mentre la rabbia scemava. Ma che razza di modo di iniziare una magnifica giornata di inverno.

Decise di non pensarci più. Da tempo aspettava con ansia l'incontro con Leo Weinstein e non aveva alcuna intenzione di lasciarsi turbare da un tassista pazzo.

Alla fine aveva trovato un avvocato che non aveva paura di affrontare un grande studio. Tutti gli altri che aveva contattato, quei pochi che poteva permettersi, erano rimasti sgomenti quando avevano sentito il nome di Hinchberger, Rainey & Guran. Non Weinstein. La notizia non lo aveva minimamente turbato. Aveva letto tutto il testamento e nello spazio di un giorno l'aveva contattata con una mezza dozzina di proposte che, secondo lui, avrebbero messo i pezzi grossi sulla difensiva.

«Suo padre le ha lasciato la casa» aveva detto. «Impossibile che possano portargliela via. Lasci fare a me.»

E lei l'aveva lasciato fare. Adesso avrebbe visto cosa era riuscito a ottenere con la tempesta di carte che aveva scatenato contro la HR&G.

Sentì un clacson alle sue spalle e si immobilizzò. Se era ancora quel taxi...

Si voltò e si tranquillizzò quando vide Leo Weinstein che la chiamava attraverso il finestrino aperto di una Lexus argento. Stava dicendo qualcosa ma lei non capiva. Fece un passo in avanti.

«Buongiorno» disse.

«Mi dispiace, ho fatto tardi» rispose lui. «La Long Island Expressway era intasata. Mi faccia solo mettere la macchina in garage e arrivo subito da lei.»

«Certo.»

Era quasi arrivata al portone dell'edificio in cui Cutter e Weinstein avevano i loro uffici quando venne investita da un rumore terrificante. L'onda d'urto si abbatté sulla sua schiena come la mano di un gigante e per poco non la mandò a terra.

Si voltò e vide una palla di fuoco alzarsi nel cielo dal centro della carreggiata, e pezzi fumanti di metallo precipitare al suolo tutto intorno a lei. Le macchine inchiodavano, le gomme stridevano mentre i pedoni si buttavano a terra, in mezzo a scintillanti frammenti di vetro che cadevano dalle finestre spaccate per tutto l'isolato. Alicia fece un salto indietro quando un pezzo annerito e fumante di un cofano atterrò proprio davanti a lei, rotolando ai suoi piedi.

Una sottile coltre gelida di terrore le afferrò la gola quando riconobbe il marchio della Lexus.

Piegò il collo e cercò la macchina di Leo, ma era... scomparsa.

«Oh, no! Oh, mio dio, no!»

Anche se le tremavano le ginocchia si avvicinò di un paio di passi per vedere se poteva fare qualcosa, ma... la macchina... non era rimasto nulla, lì... solo asfalto in fiamme.

«Oddio, Leo! Oh, mi dispiace così tanto!»

Non riusciva a respirare. Che era successo all'aria? Doveva andarsene da lì.

Costrinse il suo corpo sconvolto a voltarsi e a barcollare indietro, verso il marciapiede, lontano dal fumo, dalle fiamme, dal disastro. Si fermò quando raggiunse Madison Avenue. Si appoggiò a un semaforo e cercò aria, boccheggiante. Quando riprese fiato, si guardò indietro.

Lo stormo di avvoltoi umani si stava già radunando, urlavano verso le fiamme, si chiedevano cosa fosse successo. E, non troppo lontane, delle sirene.

Non poteva restare lì. Non poteva fare nulla per Weinstein e non voleva essere inserita nella lista dei testimoni. La polizia poteva anche ficcarsi in testa che stesse nascondendo qualcosa. Magari le avrebbero fatto delle domande sul suo passato, sulla sua famiglia. Non poteva permetterlo. Non poteva sopportarlo.

Non chiamò un taxi, stare rinchiusa tra le lamiere era inconcepibile. Aveva bisogno di spazio, di luce, di aria. Si voltò.

Povero Leo!

Singhiozzò e iniziò a camminare più velocemente che poteva, con le sue scarpe dal tacco basso. Ma anche se avesse avuto delle sneakers ai piedi non sarebbe riuscita a correre più veloce del senso di colpa, del terribile sospetto di essere in qualche modo responsabile della morte di Leo Weinstein.

2

«Grazie a dio sei qui!» disse Raymond quando Alicia entrò dalla porta riservata ai dipendenti del Centro. «È dalle otto del mattino che ti cerco. Perché non...?» La sua voce si spense quando la guardò in faccia. «Cristo, Alice, stai veramente, assolutamente di merda.»

Era una definizione piuttosto generosa di come si sentiva, ma non voleva parlarne.

«Grazie, Raymond, ma non hai la minima idea di come sto.»

Non andò verso il suo ufficio, ma verso la reception. Raymond la seguì.

«Dove stai andando?»

«Dammi solo un minuto, ti prego, Raymond» sbottò. «Arrivo tra un attimo.»

Si rimproverò per il suo tono secco, ma sentiva che era vicinissima al punto di rottura. Bastava solo una spinta, solo una piccola spinta nella direzione sbagliata...

Si accorse vagamente di Tiffany che la salutava mentre superava il desk, verso la porta di ingresso principale. Si fece da parte per lasciare entrare una donna di mezza età con due nipotini, poi sbirciò fuori. Osservò la strada, alla ricerca di una macchina grigia.

Era sicura che l'avesse seguita fin dalla Quarantottesima. O almeno, quasi sicura. Una macchina grigia... com'è che si chiamava? Una berlina? Non capiva assolutamente nulla di macchine. Non distingueva una Ford da una Chevrolet. Ma, qualunque fosse il modello, la cosa importante era che aveva continuato ad avvistare quella macchina grigia per tutto il tragitto che aveva fatto a piedi. Svoltava un isolato o due più giù, e scompariva per qualche minuto, poi ripassava. Mai troppo vicina. Mai troppo lenta. Mai un evidente segno di interesse. Ma era sempre lì.

Controllò la Settima, si aspettava quasi di vederla passare. Dall'altra parte della strada, leggermente verso sud, osservò il marciapiede davanti alla parte del complesso del St Vincent che le piaceva di meno. L'O'Toole Building era appollaiato all'angolo con la Dodicesima. La sua facciata di mattoni bianchi, senza finestre, monolitica, non si armonizzava per niente con l'ambiente circostante del Village. Sembrava quasi che un gigante sbadato avesse lasciato cadere per sbaglio quella mostruosità modernista mentre se ne andava in un qualche altro posto, tipo Minneapolis.

Nessuna macchina grigia, in ogni caso. Ma con tutte le macchine grigie che c'erano a Manhattan, come poteva esserne sicura?

Le stavano cedendo i nervi. Stava diventando paranoica.

Ma chi poteva incolparla, dopo quella mattina?

Tornò al suo ufficio. Raymond la bloccò in mezzo alla hall.

«E adesso possiamo parlare?»

«Mi dispiace di averi risposto male.»

«Non essere sciocca, tesoro. Nessuno mi risponde male. Nessuno osa.»

Alicia riuscì a sorridere.

Raymond – mai 'Ray', sempre 'Raymond' – Denson, infermiere specializzato, era stato uno dei primi caregiver al Centro per i bambini malati di AIDS. Il Centro aveva dei dottori che potevano vantare qualifiche come 'direttore' e 'assistente direttore', ma era quel particolare infermiere specializzato a dirigere la struttura. Alicia dubitava che il Centro sarebbe potuto sopravvivere se lui se ne fosse andato. Raymond sapeva tutti i segreti, tutte le particolarità del funzionamento quotidiano, tutti i modi giusti per ogni richiesta: conosceva tutti gli armadi in cui si nascondevano gli scheletri, per così dire. Era sulla cinquantina, ne era sicura, anche se nessuno aveva il fegato di chiedergli la sua vera età. Ma ci teneva ad avere un aspetto giovanile: capelli corti, baffi curati, un corpo allenato, atletico.

«E per quanto riguarda il cercapersone,» disse «l'ho spento. Il dottor Collings copriva il mio turno. E tu lo sapevi.»

Raymond la seguì per lo stretto corridoio fino al suo ufficio. Ogni muro del Centro era stato eretto in fretta e furia, e si vedeva. Irregolarità e buchi erano rivestiti alla bell'e meglio con lo stucco, e il tutto era coperto da una veloce mano di vernice di un giallo brillante che iniziava già a staccarsi. Be', il decoro era la cosa meno importante da quelle parti.

«Lo so, ma non era una questione medica. E neppure amministrativa. Era una fottuta questione criminale.»

Qualcosa nella voce di Raymond... i suoi occhi. Era furioso. Ma non con lei. Ma allora cosa?

Una premonizione la gelò. I suoi problemi personali si sarebbero riversati persino sul Centro adesso?

Mentre continuava a camminare notò i membri dello staff raccolti in piccoli gruppi, infermiere, segretarie, volontari, tutti vicini, testa a testa. Tutti parlavano animatamente.

Tutti erano furiosi.

Una fitta gelida le corse nelle vene.

«Va bene, Raymond. Spara.»

«I giocattoli. Qualche maledetto topo di fogna ha rubato i giocattoli.»

Incredula, stupefatta, Alicia si fermò e lo fissò. Impossibile. Doveva per forza essere una specie di scherzo crudele, cattivo. Ma Raymond non era un tipo crudele, niente affatto.

E quelle all'angolo dei suoi occhi... erano lacrime?

«Le donazioni? Non dirmi che...»

Ma lui stava annuendo e si mordeva il labbro superiore.

«Oh, no.»

«Fino all'ultimo.»

Alicia sentì la gola chiudersi in una morsa. Stranamente, e si dannava l'animo per quel pensiero, quella notizia la colpiva più duramente della morte di Leo Weinstein.

Un uomo che conosceva, un uomo che aveva moglie e famiglia era morto, eppure quella notizia era molto peggio.

Aveva visto Weinstein solo un paio di volte. Ma quei giocattoli... lei e Raymond, soprattutto Raymond, li avevano raccolti nel corso di lunghi mesi, spedendo lo staff e i volontari in giro per tutta la città a procacciare donatori: aziende, negozi, privati, chiunque. La risposta era stata fiacca all'inizio: chi pensava ai regali di Natale a ottobre? Ma dopo il giorno del Ringraziamento, la raccolta aveva preso l'abbrivio. La scorsa notte avevano un magazzino pieno zeppo di bambole, camioncini, razzi, libri da colorare, pupazzi... il frutto del loro lavoro.

Quella mattina...

«Come?»

«Hanno aperto la porta esterna e li hanno portati via attraverso il corridoio. Dovevano avere una specie di camion per caricare tutto.»

Il piano terra di quell'edificio era stato un magazzino di un'azienda prima di rientrare nelle disponibilità del Centro per i bambini malati di AIDS. I precedenti proprietari probabilmente avevano riempito i loro camion allo stesso modo in cui i ladri avevano preso i giocattoli.

«Ma quella porta non è allarmata? Non lo sono tutte?»

Raymond annuì. «In teoria sì. Ma l'allarme non è scattato.»

Povero Raymond. Aveva messo tutto il suo cuore in quell'impresa.

Alicia raggiunse il suo ufficio, buttò la borsa sulla scrivania e si lasciò cadere sulla sedia. Era ancora scossa. E i piedi le facevano un male boia. Chiuse gli occhi. Era solo a metà mattina, e si sentiva già esausta. Alzò gli occhi e fissò Raymond.

«Alla dottoressa Landis era mai successa una cosa del genere?»

Lui scosse la testa. «Mai.»

«Fantastico. Aspettano che se ne sia andata, e poi colpiscono.»

«Penso che sia una fortuna, no? Voglio dire, considerando le sue condizioni.»

Alicia non poteva non essere d'accordo. «Sì, immagino che tu abbia ragione.»

La dottoressa Rebecca Landis era la direttrice del Centro, o quantomeno, ne deteneva il titolo. Ma era al terzo trimestre di gravidanza e stava sviluppando sintomi di preeclampsia. L'ostetrico le aveva ordinato di restare a casa e mettersi a letto.

E tutto questo solo una settimana dopo che l'assistente direttrice aveva abbandonato l'ospedale per un posto al Beth Israel, lasciando il Centro sotto la 'direzione' di Alicia e dell'altro pediatra specializzato in malattie infettive, Ted Collings.

Ted aveva rifiutato qualsiasi incarico direzionale, perché aveva una moglie e un bambino appena nato. E così tutto il fardello dei compiti amministrativi era ricaduto sulla matricola del Centro: la dottoressa Alicia Clayton.

«C'è qualche possibilità che sia stato uno dei nostri?»

«La polizia sta indagando.»

«La polizia?»

«Sì. Sono stati qui e se ne sono andati. Ho firmato io il rapporto.»

«Grazie, Raymond.» Buon vecchio Raymond. Non riusciva a immaginare una persona più efficiente di lui. «Che hanno detto? Abbiamo qualche speranza di riavere i giocattoli?»

«Hanno detto che 'ci lavoreranno'. Ma solo per essere sicuro che manterranno fede alla parola, voglio chiamare i giornali. Sei d'accordo?»

«Sì, è una buona idea. Dobbiamo fare in modo che diventi un caso. Forse metteranno un po' di pressione supplementare sulle spalle dei poliziotti.»

«Fantastico. Ho già parlato con il *Post*. Il *News* e il *Times* manderanno qualcuno più tardi stamattina.»

«Oh. Ottimo... Bene. Ci parli tu, okay?»

«Se preferisci.»

«Preferisco. Di' che non si tratta di un semplice furto, e nemmeno di un furto che colpisce dei bambini. Questo è un furto che danneggia dei piccoli che già possiedono meno di niente, hanno una condanna a morte che scorre nelle loro vene e forse non saranno neppure vivi il prossimo Natale.»

«Fantastico. Forse dovresti...»

«No, ti prego, Raymond. Non posso.»

Si sentiva tremendamente giù. Staccò la spina per un attimo.

«Che altro può succedere oggi?» mormorò. «Le cattive notizie arrivano sempre a gruppi di tre, non è vero?»

Raymond era ancora in piedi davanti alla sua scrivania. «C'entra qualcosa quella 'questione personale' che hai dovuto affrontare oggi?» disse, e poi aggiunse, con tono offeso: «Da sola?»

Raymond sapeva che aveva contattato degli avvocati e aveva avuto delle preoccupazioni recentemente, e sembrava offeso perché non ne discuteva con lui. Alicia era dispiaciuta. Raymond discuteva liberamente la sua vita privata con lei, e più di una volta Alicia aveva avuto l'impulso di tapparsi le orecchie e strillare: «Basta informazioni! Basta informazioni!» Ma non poteva fare lo stesso. La sua vita privata era praticamente un buco nero, e quella catastrofe che ufficialmente aveva il nome di 'famiglia' non era un argomento che Alicia voleva discutere, neppure con una persona simpatica e assolutamente refrattaria a sparare giudizi come Raymond.

«Sì. Quella 'questione familiare'. Ma non è importante quanto riprendere quei giochi. Abbiamo preparato un super Natale per quei ragazzini e non voglio che vada tutto in malora. Rivoglio quei giocattoli, Raymond, e dannazione, dammi il numero del commissario di polizia. Ho intenzione di chiamarlo personalmente. Anzi, ho intenzione di chiamarlo ogni giorno, finché non ci avranno ridato i giocattoli.»

«Lo cerco subito» disse lui, e poi sparì, chiudendosi la porta alle spalle.

Alicia incrociò le braccia sul pianale rovinato della sua vecchia, malridotta scrivania, e appoggiò la testa sui palmi. Tutto le sfuggiva di mano. Si sentiva così impotente, così maledettamente impotente. Il sistema... ovunque, c'era sempre un gigantesco, complicato, ingrovigliato sistema da affrontare.

I giocattoli del Centro erano andati. E doveva sperare nella polizia, se voleva rivederli. Ma le forze dell'ordine avevano la loro agenda, le loro priorità assolute, e così lei avrebbe dovuto aspettare fino a che non fossero arrivati al suo caso. E non era detto che ci sarebbero mai arrivati. Poteva anche chiamare il commissario fino a consumare i pulsanti del telefono, ma probabilmente lui non avrebbe mai preso la comunicazione.

E il testamento diceva che la casa era sua, ma Thomas usava tutte le scorciatoie e i passaggi segreti del sistema per impedirle di prendersela. Se fosse stata sola, Alicia sarebbe stata sbranata da quei pitbull che aveva per avvocati, e quindi era stata costretta ad assumere qualcuno per tenerli lontani.

Leo... oddio, povero Leo. Riusciva ancora a sentire il boato, a vedere le fiamme. Non era rimasto nulla di lui dopo l'esplosione.

Una fredda, terribile paura si impossessò di lei. *Quando arriverà il mio turno? Se continuo a sfidare Thomas e quelli che lo aiutano, chiunque siano, sarò io la prossima?*

Avrebbe voluto una di quelle spadone da samurai, una katana, per conficcarla dritto nel cuore di...

«Mi scusi.»

Alicia alzò lo sguardo. Una volontaria, una bella bionda sulla trentina, impalata a metà strada tra la porta e la scrivania, la fissava.

«Ho bussato ma credo non mi abbia sentito.»

Alicia si ricompose e si sistemò i capelli. Cercò di assumere la sua migliore espressione professionale.

«Scusi. Ero a mille chilometri di distanza, stavo sognando di mettere con le spalle al muro i bastardi che hanno rubato quei giocattoli.»

Il corpo agile della donna scivolò dentro. Si chiuse la porta alle spalle. Quanto le sarebbe piaciuto avere un fisico come quello, pensò Alicia.

L'aveva vista spesso in giro. A volte portava anche la figlia con sé, una piccola ragazzina molto carina, di sette, forse otto anni. Com'è che si chiamavano?

«Non c'è bisogno di andare a mille chilometri di distanza» disse la donna. «Dovrebbero bastarne uno o due.»

«Probabilmente ha ragione» disse Alicia.

Il nome... il suo nome... come si chiamava?

Ecco. «Gia, o sbaglio?»

Lei sorrise. «Gia DiLauro.»

Un sorriso abbagliante. Quanto le sarebbe piaciuto avere un sorriso come quello. E Gia, che bel nome. Quanto le sarebbe piaciuto...

Basta così.

«Sì, lei e sua figlia...»

«Vicky.»

«Esatto. Vicky. Donate molto del vostro tempo al Centro.»
Gia alzò le spalle. «Non mi viene in mente nessun posto che ne abbia più bisogno.»
«Ha centrato il punto.»
Il Centro era un buco nero di necessità e bisogni.
«Posso parlare un minuto?»
Alicia guardò meglio Gia e vide che aveva gli occhi rossi. Aveva pianto?
«Certo.» In realtà non aveva neppure un secondo, ma quella donna si impegnava così tanto per il Centro: il minimo che Alicia potesse fare era dedicarle un po' d'attenzione. «Si sieda. Si sente bene?»
«No» rispose lei, abbandonandosi sulla sedia. I suoi occhi divennero ancora più rossi. «Sono così furiosa che potrei... Non mi piace pensare a cosa avrei voglia di fare a quella feccia che ha rubato i giocattoli.»
«Va tutto bene. La polizia ci sta lavorando.»
«Ma non è che lei stia trattenendo il fiato mentre aspetta il responso, non è vero?»
Alicia alzò le spalle e sospirò. «No. Immagino di no. Ma non possiamo fare altro.»
«Non è necessariamente vero.»
Alicia la guardò. «Che vuole dire?»
La donna si chinò in avanti e abbassò la voce. «Conosco una persona...»

3

Mentre passava in rassegna i messaggi ricevuti sul sito web di Jack il Riparatore, Jack non perdeva d'occhio la televisione: era tutto concentrato su Dwight Frye.

Stava celebrando la sua ultima scoperta, la versione del 1931 di *Falcone Maltese,* con un festival in onore di Dwight Frye. In quel momento le immagini del film scorrevano nel salotto del suo appartamento. Frye recitava nel ruolo di Wilmer Cook, e per come la pensava Jack, surclassava Elisha Cook nella successiva versione di John Huston. Ma adesso in scena c'era Ricardo Cortez, e il suo Sam Spade non era così memorabile.

Si reimmerse nel world wide web.

La gran parte delle domande sulla home page di Jack riguardava frigoriferi e microonde, ma quei messaggi non li guardava neppure. Spesso capitava che qualcuno finisse per caso sulla sua pagina, e si convincesse che fosse una specie di uomo delle riparazioni. Andava bene così. Bastava non rispondere, e loro cancellavano il suo URL dal registro dei preferiti. Ma questa mail veniva da un tizio che si chiamava Jorge.

> Mi hanno fregato. Non mi danno i soldi che mi spettano per un lavoro che ho fatto e non posso andare da nessun'altra parte. Puoi riparare questo guaio?

Oh, sì. Parevano proprio affari per lui.

Jack digitò una risposta all'indirizzo mail di Jorge:

Mandami il tuo num di cellulare. Ti chiamo io. RJ.

Avrebbe chiamato il tizio e si sarebbe fatto un'idea. Se aveva problemi con l'allibratore, fatti suoi. Ma aveva parlato di un compenso 'per un lavoro che ho fatto'. E allora forse era un potenziale cliente di Jack.

Il telefono squillò ma Jack lasciò che scattasse la segreteria. Sentì il messaggio:

«Pinocchio production. Sono assente al momento. Lasciate un messaggio dopo il *bip*...» e poi:

«Jack, sono David. Ci sei?»

Un attimo di pausa dall'altra parte del filo, mentre attendeva che alzasse la cornetta. Jack chiuse gli occhi ma non si mosse. Si sentiva in colpa all'idea di lasciare suo padre in attesa, ma non era in grado di affrontare un'altra conversazione con lui in quel momento.

«Bene... quando rientri, fammi uno squillo. Mi sono imbattuto in un'altra grande opportunità per te da queste parti.»

Jack sospirò quando sentì il *clic*. Aveva riagganciato.

«Papà,» disse piano «mi stai facendo uscire di testa.»

Suo padre si era trasferito in Florida qualche mese prima e Jack al tempo aveva pensato che fosse una buona idea. Era un vedovo in pensione: a quel punto, meglio lì che a Burlington County, nel New Jersey.

Ma non appena David si era sistemato, aveva cominciato a vedere ovunque delle opportunità di ogni sorta per Jack. Suo fratello maggiore e sua sorella erano entrambi dei professionisti, dei pilastri delle rispettive comunità. Erano sistemati. Ma Jack... agli occhi di papà il figlio minore era ancora una missione irrisolta.

Suo fratello e sua sorella avevano alzato bandiera bianca con lui da molto tempo. La rituale cartolina di Natale che arrivava ogni anno riassumeva un po' tutto il loro rapporto. Ma papà no. Lui non si arrendeva mai. Non voleva andarsene alla tomba pensando che il suo figliol prodigo fallito vivesse alla giornata a New York, tirando a campare aggiustando aggeggi guasti.

Probabilmente ho più soldi da parte di te, papà, pensò.

Rabbrividì quando ripensò alla loro ultima conversazione.

«Devi venire a vedere questo posto, Jack. Ritmi di crescita folli: una vera miniera d'oro per un tipo come te. Ti stabilisci quaggiù, ti fai una bella fama, e presto tutti sapranno che garantisci un affidabile servizio di riparazioni. Vedrai, prima che tu possa rendertene conto la tua flotta di camion farà su e giù per tutto il Paese...»

Calma e sangue freddo, pensò. Una flotta di camion, e forse, se gioco bene le mie carte, la copertina della rivista *Entrepreneur*.

Jack aveva cercato di glissare, nella speranza che papà recepisse il messaggio, ma era evidente che aveva fallito. Quando Jack lo avrebbe richiamato, sarebbe stato costretto a chiarirgli un semplice concetto: *non se ne parla neppure. Non me ne vado da New York. È più facile che i Jets vincano il Super Bowl che io mi trasferisca in Florida.*

Ma in realtà, se le cose non avessero iniziato a girare, forse avrebbe dovuto ripensarci.

Aveva appena controllato la segreteria telefonica della casa sulla Decima Avenue. Niente lì. Gli affari andavano a rilento ultimamente. E lui iniziava ad annoiarsi.

E quando si annoiava, comprava cose. Aveva prelevato il suo ultimo tesoro dalla casella postale giusto quella mattina.

Si alzò in piedi e si sfregò gli occhi. Lo schermo del computer li irritava.

Era alto uno e ottanta, magari anche qualcosa in più, se si tirava bene in piedi. Aveva un fisico nerboruto e compatto, capelli castano scuro, labbra sottili e occhi di un marrone delicato. Jack ci teneva molto ad avere un aspetto il più ordinario possibile.

Tolse l'orologio dalla confezione per ammirarlo di nuovo.

Un autentico orologio sveglia da tavolo che raffigurava Shmoo, quella specie di birillo bianco. In ottime condizioni. Fece scorrere le dita sulla ceramica liscia, bianca, priva di imperfezioni, toccando gli occhi e i baffi della creatura sorridente. L'aveva comprato con l'imballaggio originale e sembrava assolutamente nuovo. Il venditore di eBay non aveva esagerato.

E quello era un buon momento per appenderlo al muro.

E perché no? Le pareti erano già tappezzate di certificati di appartenenza ai vari fan club di The Shadows e Doc Savage, delle Sentinelle della Libertà di Capitan America, della Junior Justice Society of America, dei Giovani Agenti del Controspionaggio di David Harding e del Credo di Don Winslow, tutti incorniciati.

Che posso dire?, pensò. Mi piace iscrivermi ai fan club.

Il suo appartamento era pieno zeppo di mobili vittoriani di quercia dorata, dalle venature ondulate. Le mensole si incurvavano sotto il peso della roba che aveva accumulato nel corso degli anni, e ogni superficie orizzontale, dal ripiano della credenza allo scrittoio, fino ai tavolini con i piedi a sfera artigliata, erano altrettanto traboccanti di oggetti.

E poi vide dove sarebbe potuto andare l'orologio: proprio sopra la fioriera di Shmoo rosa in cui non aveva ancora piantato un bel niente.

Stava appunto guardandosi intorno alla ricerca del martello quando il telefono squillò di nuovo. *Papà, concedimi un attimo di tregua, ti prego.*

Ma non era suo padre.

«Jack? Sono Gia. Ci sei?»

C'era qualcosa nella sua voce... Jack afferrò al volo la cornetta.

«Ci sono sempre per te. Che succede?»

«Sto aspettando un taxi. Volevo solo essere sicura che fossi a casa.»

«Qualcosa non va?»

«Te lo dirò appena arrivo lì.»

E poi riagganciò.

Lentamente Jack rimise a posto il telefono. Era decisamente scossa. Si chiese cosa potesse essere successo. Sperava che non riguardasse Vicky. Ma in quel caso glielo avrebbe detto subito.

Be', in ogni caso lo avrebbe saputo presto. In quel momento della giornata, il tragitto da West Village all'Upper West Side non era troppo drammatico. Una visita a sorpresa da parte di Gia era una festa, in qualsiasi circostanza.

Ripensò alla loro relazione tempestosa, un tira e molla continuo. Non facevano che lasciarsi e rimettersi assieme. Lui era crollato, aveva temuto che fosse finita per sempre quando Gia aveva scoperto come si guadagnava da vivere. O almeno, quando aveva pensato di averlo scoperto. Era arrivata alla conclusione che fosse un killer prezzolato, il che non era affatto vero, naturalmente. Ma anche dopo aver scoperto che cosa faceva, anche dopo che aveva usato le sue abilità per salvare la vita a Vicky, lei continuava a disapprovare.

Ma se non altro era tornata da lui. Jack non sapeva che fine avrebbe fatto senza Gia e Vicky.

Poco dopo, la sentì salire le scale che portavano al suo appartamento al terzo piano. Tirò il pomello che faceva ritrarre le quattro sbarre e aprì la porta.

Gli bastò vederla in piedi sul pianerottolo e dentro di lui, in profondità, sentì il solito caldo formicolio che scattava ogni volta che se la trovava davanti. I capelli biondi corti, la pelle perfetta, gli occhi blu: Jack sarebbe potuto restare immobile a fissare il suo volto per ore.

Ma in quell'esatto momento i suoi lineamenti erano sconvolti, la solita compostezza sul punto di spezzarsi, addirittura la pelle, di solito magnifica, sembrava chiazzata.

«Gia» disse Jack, tremando di fronte al dolore che saettava negli occhi di lei. La fece entrare. «Che c'è?»

E poi se la ritrovò addosso, stretta a lui, che vomitava un fiume di parole, una storia su dei giocattoli di Natale rubati ai bambini malati di AIDS. Quando finì di parlare stava singhiozzando.

«Ehi, ehi» disse Jack, stringendola ancora più forte. «Va tutto bene.»

Sapeva che Gia non era tipo da lasciarsi andare alle sceneggiate emotive. Certo, era pur sempre italiana. Ma del Nord, e il sangue che le scorreva nelle vene probabilmente era più svizzero che altro. Se si era ridotta a singhiozzare in quel modo, doveva aver ricevuto un dolore lancinante.

«È una cosa così senza cuore» disse, tirando su con il naso. «Come è possibile che qualcuno faccia una cosa del genere? E tu come puoi restare così dannatamente calmo!»

Oh oh.

«Sai che c'è? La tua rabbia è in cerca di un bersaglio. So che qualcosa ti ha colpito nel profondo, Gia, ma non sono io il cattivo di questa fiaba.»

«Oh, lo so, lo so. È solo che... tu non sei mai stato lì. Non hai mai visto quei bimbi. Non li hai mai presi in braccio. Jack, non hanno nulla. Nemmeno un genitore che si preoccupi per loro. E non parliamo del futuro. Abbiamo raccolto tutti quei giocattoli in modo che avessero un bel Natale, un Natale fantastico. L'ultimo, per molti di loro. E adesso...»

Un altro singhiozzo.

Dannazione, era una cosa terribile. Doveva dire qualcosa, inventarsi qualcosa, qualsiasi cosa per farla stare meglio.

«Sai che regali erano? Voglio dire, hai per caso una lista? Perché in tal caso, dammela e io rimpiazzerò...»

Lei si ritrasse e lo guardò negli occhi. «Erano delle donazioni, Jack. Per la maggior parte, già incartati e pronti a essere regalati. Non è importante rimpiazzarli. Riprenderli è importante. Hai capito?»

«Sì... e no.»

«Qualcuno deve trovare i colpevoli. Trovare chi ha fatto questa cosa, e dargli una bella lezione. Deve essere un esempio per tutti. Capisci cosa voglio dire?»

Jack dovette sforzarsi per reprimere un ghigno. «Credo di sì. Vuoi dire che il prossimo svitato che si farà venire un'idea del genere dovrà pensarci due volte, anche tre, prima di provarci.»

«Esatto.»

Con un tono esageratamente innocente, e sempre lottando per non farsi sfuggire un sorriso, disse: «E, uhm, e chi potrebbe essere l'uomo adatto per impartire una lezione del genere?»

«Sai dannatamente bene chi» rispose lei, fissandolo con quegli occhi blu.

«*Moi*?» E adesso non poté fare a meno di ridacchiare. «Ma credevo che tu non approvassi questo genere di cose.»

«Non lo approvo. E non lo approverò mai. Ma solo per questa volta...»

«...potresti anche sopportarlo.»

«Sì.» Gia si voltò e incrociò le braccia. «Ma solo questa volta.»

Iniziò a camminare su e giù per il salotto, sfiorando sovrappensiero la credenza di quercia dorata, lo scrittoio a ribalta sui cui teneva il computer...

«Ma Gia...»

«Ti prego» disse lei, alzando la mano. «So cosa stai per dire. Ti prego, non mettermi con le spalle al muro. So che non c'è nessuna coerenza morale e filosofica nella mia scelta di non sposarti a causa di ciò che fai, se poi corro da te appena si presenta un problema che può essere risolto solo con i tuoi metodi. Mi sono dibattuta tra questi pensieri per tutta la mattina, voglio dire, non sapevo neppure se era il caso di parlartene. Persino nel taxi. Stavo quasi per dirgli di svoltare sulla Cinquantanovesima e scordarmi tutta questa faccenda...»

«Oh, fantastico. Questo sì che fa male. Da quando in qua non pensi di poterti rivolgere a me per qualsiasi cosa?»

Lei si interruppe e lo fissò. «Sai cosa voglio dire. Quante volte mi sono arrabbiata per questa storia di 'Jack il Riparatore'?»

«Un milione, più o meno.» Anche tre milioni, pensò, ma cosa sono mai un paio di milioni tra vecchi amici? «Ma l'idea del 'Riparatore' è di Abe.»

«Bene. Fa lo stesso. Ormai ho rinunciato a farti capire quanto sia stupido e pericoloso e violento e pericoloso e mi sono stufata di ripeterti che se non finisci morto ammazzato ti sbatteranno in galera per il resto della tua vita. E non ho cambiato idea, neppure di una virgola. Quindi puoi immaginare quanto debba avermi colpito tutta questa storia, se mi ha spinto a chiederti di risolverla.»

«Bene. Non dirò neppure una parola in più sulla questione.»

«Forse non adesso, ma so che prima o poi lo farai, invece.»

Jack alzò due dita. «Non lo farò. Parola di scout.»

«Penso che il giuramento sia con tre dita, Jack.»

«Be', è uguale. Prometto che non lo farò.» Allungò la mano per prendere le sue. «Vieni qui.»

Lei gli prese la mano e Jack la tirò a sé, mettendosela in braccio. Lei si accomodò sulle sue gambe, leggera come una piuma, e si baciarono. Non un bacio lunghissimo. Ma abbastanza lungo da scaldarlo.

«Ecco. Così va meglio. E adesso... parliamo un po' di faccende pratiche. Chi è che mi assume?»

«Ho parlato con la dottoressa Clayton. È lei la direttrice facente funzioni.»

Jack sentì una morsa allo stomaco. «Le hai detto che mi conosci?»

L'aveva spiegato chiaramente a Gia. 'Non dire mai a nessuno che mi conosci. Neppure alla tua migliore amica.' Si era fatto fin troppi nemici nel corso degli anni. E se qualcuno di loro avesse pensato di vendicarsi colpendo Gia... o Vicky...

Rabbrividì.

«No. Ho detto che avevo sentito parlare di qualcuno che forse era in grado di riportarci quei giocattoli. Non ho fatto nomi. Ho detto solo che avrei cercato di contattarlo, per vedere se era libero.»

Jack si rilassò. «Immagino che vada bene.»

Eppure, se si lasciava coinvolgere in quella storia, avrebbe lasciato un collegamento, almeno nella mente della dottoressa Clayton, tra Gia e un tizio che si chiamava Jack e 'riparava' le cose. Probabilmente sarebbe andato tutto bene, ma la cosa non gli piaceva.

«Allora?»

«Allora cosa?»

«Sei libero?»

«Non so.»

«Come puoi non saperlo?»

«Be', c'è un problema. Voglio dire, il Centro non può assumermi, perché non posso lavorare per un ente legittimo. Loro devono mettere in contabilità le loro uscite, e io non posso mica accettare assegni.»

Non aveva nemmeno un numero di previdenza sociale.

«Non preoccuparti. Ti pagherò io.»

«Oh, certo. Figurati se accetto soldi da te.»

«No, dico sul serio, Jack. Questa è una mia idea. Voglio fare così. Qual è il tuo normale tariffario?»

«Scordatelo.»

«No, dico sul serio. Dimmelo.»

«Non vuoi saperlo sul serio.»

«Ti prego.»

«Oh, va bene.» Glielo disse.

Lei rimase senza fiato. «Chiedi così tanto?»

«Be', come hai detto tu stessa, è 'stupido e pericoloso e violento e pericoloso' e se non finisco morto ammazzato mi sbatteranno in galera per il resto della mia vita. Quindi sì, chiedo così tanto.» La baciò. «E valgo fino all'ultimo centesimo.»

«Ne sono sicura. Okay. Affare fatto.»

«No, non se ne parla. Te l'ho detto: non prendo soldi da te.»

«Ma mi hai detto che non lavori mai gratis. È contro la tua religione, o qualcosa del genere.»

«Solo una politica personale. Ma per adesso scordiamoci dei soldi. Prima vediamo se è una faccenda che posso risolvere.»

«Mi sembra giusto.» Adesso guardava lo schermo. «Come mai conosco quell'attore?»

«È Dwight Frye. Lo hai già visto.»

«Non faceva quel pazzo che mangiava in continuazione le mosche in *Dracula*?»

«Fino a che non è passato ai 'grossi, succosi ragni'. Sì. Era Renfield.»

Gia seppellì il volto nella sua spalla. «E io lo conosco. Non riesco a crederci. Ti frequento da troppo tempo.»

«E infatti stai imparando qualcosa. Adesso... dove posso incontrare la dottoressa Clayton?»

«Nel suo ufficio.»

«Quando?»

«Oggi pomeriggio, alle quattro.»

«E come fai a sapere che ci sarà?»

Lei sorrise. Quel sorriso. «Perché hai un appuntamento con lei.»

Jack scoppiò a ridere. «Eri così sicura che avrei accettato?»

«Ma certo. E verrò anch'io con Vicky per fare le presentazioni.»

Lui si accigliò. «Pensi che sia una cosa saggia?»

«Fare le presentazioni?»

«No. Portare Vicky laggiù.»

«Stai scherzando? Lei adora aiutare quei bambini.»

«Certo, ma hanno... l'AIDS.»

«No, hanno l'HIV. C'è una bella differenza. E non puoi prendere l'HIV solo tenendo un bimbo in braccio. Quante volte te l'ho detto?»

«Molte. Eppure io ancora...»

«Quando li vedrai capirai. E li vedrai alle quattro, giusto?»

«Giusto.»

Si baciarono, ma Jack sentì un brivido. La sua lista di cose che lo spaventavano comprendeva ben poche voci, ma il virus dell'HIV era proprio in cima.

4

Jack fece una passeggiata fino ad Amsterdam Avenue.

La gentrificazione continuava la sua inarrestabile marcia sull'Upper West Side. Ristrutturazioni di case di arenaria, nuovi condomini, e naturalmente, nuovi posti in cui mangiare. Nel giro di poche ore le strade e quell'esercito di nuovi ristoranti, trattorie e bistrò sarebbero stati presi d'assalto da manager e giovani pieni di soldi in libera uscita, in preda alla febbre del venerdì sera, pronti a dare inizio alla tregua del fine settimana dalla guerra della compravendita.

Presi uno per uno, Jack non aveva nulla contro di loro. Certo, potevano essere delle zucche vuote quando si lanciavano in duelli mortali nell'arena del consumismo e nella rincorsa sfrenata all'ultima moda, e quando erano in gruppo avevano la tendenza a risucchiare tutto il colore dai quartieri che invadevano. Ma non erano malvagi. Non tutti, almeno.

Jack controllò l'ora. Quasi le tre. Abe avrebbe sicuramente accettato volentieri uno spuntino pomeridiano. Si fermò da Nick's Nook, una pasticceria a conduzione familiare – una rarità in via di estinzione da quelle parti – e comprò un dolcetto.

La fermata successiva era l'Isher Sports Stop. La grata di ferro era aperta, rivelando le finestre opache. Dietro, una confusione di insegne sbiadite, palloni impolverati, palline da tennis, racchette, canestri da basket, tabelloni, rollerblade, e altri oggetti per il tempo libero ammucchiati nella vetrina baciata dal sole.

Dentro, il negozio non era organizzato molto meglio. Biciclette appese al soffitto, panche per i pesi da una parte, una muta da sub dall'altra, anguste corsie piene di mensole pericolanti. Era perfetto per i fanatici dello sport e di Twister.

Quando Jack entrò, Abe Grossman stava appena congedando un cliente, o meglio, un cliente stava congedando lui.

Abe era sulla cinquantina e pesava un ottavo di una tonnellata, il che non sarebbe stato male se fosse stato un giocatore di football. Indossava la sua uniforme: pantaloni neri e una maglietta bianca a mezze maniche. Un'espressione accigliata oscurava il suo viso pieno e gioviale, reso ancora più tondo dall'incessante ritirata dei capelli grigi verso il centro della testa.

«Ami?» stava dicendo. «Perché mai dovrebbe volere degli ami? Riesce a immaginare quanto faccia male al pesce quando abbocca? E poi i barbigli. Ahi! Li deve strappare via! Un terribile danno ai delicati tessuti della bocca. Perché non si ficca un amo nella lingua per scoprire cosa si prova?»

Il cliente, un uomo sulla trentina dai capelli color sabbia con una maglietta sportiva, lo fissò, meravigliato. Provò a rispondere, si bloccò, poi provò di nuovo.

«Sta scherzando, vero?»

Abe si chinò sul bancone, per quanto gli permettesse la sua pancia strabordante, e parlò con tono paterno.

«È una posizione etica. Chi getta un amo, o pratica la pesca a spinning, bara. Ci pensi. Sta travestendo un piccolo, diabolico amo da cibo. Lo fa sembrare un mezzo di sussistenza. Arriva un pesce, pensa di aver trovato da mangiare, e *wham*! È preso, catturato, tirato fuori dall'acqua. Le sembra leale? È orgoglioso di una cosa del genere?» Si raddrizzò e fissò l'uomo con i suoi occhi marrone scuro. «E io dovrei prendere parte a un cosiddetto sport basato sull'inganno e la menzogna? No, signore, non posso.»

«Ma dice sul serio!» rispose il cliente, indietreggiando. «Fa sul serio!»

«Le sembro un comico? Questo posto le sembra un cabaret? No. Io vendo articoli sportivi. Sportivi. E questo significa qualcosa per me. Il retino è sportivo. Aspetti il pesce e quando arriva lo catturi con un retino. Il più veloce vince. Questo è sport. Un retino glielo potrei vendere. Ma un amo? No, no. Non avrà nessun amo da me.»

Il cliente si voltò e corse verso la porta. «Se ne vada finché è in tempo» disse, scansando Jack. «Questo tizio è fuori di testa!»

«Davvero?» disse Jack. «Che cosa glielo fa pensare?»

Quando la porta sbatté, Jack raggiunse il bancone. Abe si era rimesso in posizione, seduto come una tartaruga sull'alto sgabello che era il suo trespolo per gran parte della giornata lavorativa. Teneva le mani sulle cosce spalancate: un Humpty Dumpty di mezza età.

Jack posò la sua offerta sul bancone.

«I brownie di Entenmann?» Abe balzò giù dallo sgabello con sorprendente agilità. «Jack. Non avresti dovuto.»

«Ho pensato che il tuo stomaco starà brontolando a quest'ora.»

«No, ma davvero, non avresti dovuto. La mia dieta, sai.»

«Sì, ma sono senza grassi.»

Abe toccò l'adesivo giallo che lo confermava. «Sembra proprio di sì.» Fece un ghigno. «Be', in tal caso, forse solo un morso.»

Le sue dita grassocce si mossero con incredibile rapidità mentre aprivano la scatola. Un coltello sbucò fuori dal nulla e tagliò un'enorme porzione che scomparve subito nella sua bocca.

«Mmm» disse, chiudendo gli occhi e mandando giù. «Chi mai direbbe che sono senza grassi? Peccato che non siano anche senza calorie.» Indicò il coltello. «Vuoi favorire?»

«No. Ho pranzato tardi.»

«Dovresti provarli. Mi porti tutto questo cibo e non ti ho mai visto mangiare.»

«È perché lo porto per te. Buon appetito.»

Abe si ficcò prontamente un altro pezzo in bocca.

«Dov'è Parabellum?»

Abe rispose con la bocca piena. «Dorme.»

Per qualche ragione che Jack non riusciva proprio a comprendere, Abe aveva comprato un piccolo parrocchetto blu e ci era affezionato come un vero padre.

«E comunque non gli piace la cioccolata.» Si pulì le mani sulla maglietta. Macchie marroni si univano ad altri aloni gialli. Mostarda, a quanto sembrava. «Ehi. Vuoi vedere cos'è la forza di volontà? Osserva.»

Chiuse la scatola e la spostò di lato.

«Sono impressionato. È la prima volta che ti vedo fare una cosa del genere.»

«Sarò magro come te prima che tu possa dire a.» Trovò una briciola sul bancone e se la ficcò in bocca, poi osservò malinconicamente la scatola marrone. «Sissignore. Prima che tu possa dire a.»

In quello che Jack considerò un prodigioso sforzo di volontà, Abe si allontanò dal bancone e alzò le spalle. «Dimmi.»

«Ho bisogno di un paio di cose.»

«Andiamo.»

Abe chiuse a chiave la porta, girò il cartello con su scritto CHIUSO PER PRANZO verso la strada e, avanzando lungo corridoi larghi appena a sufficienza per farci passare in mezzo il suo ventre, fece strada verso il retro, fino a uno sgabuzzino, e poi giù nel seminterrato. Il neon appeso sopra gli scalini di pietra si illuminava ma non si accendeva mai del tutto.

«Il neon non funziona, Abe.»

«Lo so, ma è troppo impegnativo farlo riparare.»

Premette l'interruttore che illuminava il piccolo arsenale dello scantinato. Abe si muoveva rapidamente in mezzo alla sua merce, rimettendo a posto nelle rastrelliere pistole e fucili, raddrizzando gli scatoloni delle munizioni sugli scaffali. Lì sotto tutto era ordinato alla perfezione, in contrasto nettissimo con il piano appena sopra.

«Seconda mano o novità?»

«Novità» disse Jack. «Ho bisogno di un paio di guanti con pesi.»

«Hai perso gli altri?»

«No, ma mi servono bianchi.»

Abe sollevò un sopracciglio. «Bianchi? Non ne ho mai sentito parlare. Neri, quanti ne vuoi. Marroni, forse. Ma bianchi?»

«Vedi se li riesci a trovare.»

«Dovrei chiedere un paio di guanti bianchi di pelle con

quasi mezzo chilo di acciaio ficcato sopra le nocche. E magari li vuoi anche da donna.»

«No, sono per me. Li devo indossare con un abito da sera.»

Abe sospirò. «E ti servirebbero per quando?»

«Stasera se ce la fai, al massimo per domattina. E tieni le orecchie aperte, senti se c'è qualcuno che ha un intero carico di regali di Natale da vendere, a poco, se possibile, già impacchettati. Ho detto anche a Julio di chiedere in giro. Se ti arriva la voce, fai sapere al tizio in questione che hai un compratore. Uno che vuole prendere tutto il carico.»

Abe non riuscì a tenere a freno la curiosità. «Ma in che cosa ti sei cacciato stavolta?»

«Un affare in cui probabilmente non mi sarei dovuto far coinvolgere. Ma se voglio fare le cose per bene, sembra che sarò costretto a combinare qualcosa di stupido.»

Abe lo fissò, e Jack sapeva che si stava chiedendo quanto fosse stupido quello che doveva combinare. Ma Abe non glielo avrebbe chiesto: era sicuro che Jack glielo avrebbe detto, alla fine dei giochi.

Si guardò intorno e vide qualcosa appeso a una rastrelliera all'angolo. E quello gli fece venire un'idea.

«Sai che ti dico? Forse mi potrebbe tornare utile un'altra cosa...»

5

Jack prese il treno della A verso il Centro e sbucò fuori in quel frenetico bazar del Terzo Mondo che era la Quattordicesima. Riuscì a farsi largo in mezzo a dominicani con i rasta, sikh con turbante, indiani con il sari, coreani in giacca e cravatta, pakistani, portoricani, giamaicani e di tanto in tanto un europeo, tutti che si mischiavano nell'aria rigida dei marciapiedi, sotto insegne scritte in una mezza dozzina di lingue diverse.

Arrivò presto all'indirizzo sulla Settima che gli aveva dato Gia. Una discreta targa sulla porta era l'unica indicazione che facesse capire che quell'anonimo edificio avesse qualcosa a che fare con l'AIDS.

Probabilmente avrebbe potuto iniziare a dare la caccia ai regali di Natale rubati senza neppure andare lì, ma certo una veloce occhiata al luogo del delitto non gli avrebbe fatto male. Anzi, avrebbe potuto anche dargli qualche indizio sui ladri.

«Ho un appuntamento alle quattro con la dottoressa Clayton, credo» disse alla slanciata, attraente donna di colore al bancone. Sulla targhetta identificativa c'era scritto semplicemente TIFFANY.

«Il suo nome, signore?»

«Jack.»

«Jack, e poi?»

Avrebbe voluto risponderle 'solo Jack', ma così non avrebbe fatto altro che far nascere altre domande, e dei rifiuti prolungati tendono a stampare a fuoco l'identità di una persona nella mente di un interlocutore. Lui preferiva scorrere via dai ricordi senza lasciare traccia.

Sorrise e pescò un nome che iniziava per N. Aveva usato Meyers l'ultima volta che glielo avevano chiesto, e dato che gli piaceva procedere in ordine alfabetico...

«Niedermeyer. Jack Niedermeyer.»

«Bene, signor Niedermeyer. La dottoressa Clayton è impegnata con un altro appuntamento in questo momento. Un giornalista. Abbiamo subìto un furto la scorsa notte, sa.»

«Davvero? Che cosa hanno rubato?»

«Tutti i giocattoli di Natale che ci erano stati donati.»

«Non ci credo!»

«È vero. La polizia ci sta lavorando. Penso che dovrebbero... Oh, ecco la dottoressa Clayton. Sembra che abbia finito.»

Jack vide una brunetta esile con un maglione bianco, che accompagnava un tipo più simile a un fattorino che a un reporter. Lo condusse fino alla porta, poi controllò la strada fuori come se stesse cercando qualcosa. Qualunque cosa fosse, sembrava proprio che non l'avesse trovata, a giudicare dalla sua espressione quando si voltò. O forse sì. In ogni caso, non sembrava felice.

«Dottoressa Clayton, il suo appuntamento delle quattro: il signor Niedermeyer.»

La dottoressa Alicia Clayton era molto più carina da vicino, ma aveva comunque un aspetto ordinario. Aveva lineamenti gradevoli, un po' spigolosi: un naso piccolo e affilato, labbra né troppo piene né troppo sottili, simili a due brusche linee, e occhi di un azzurro tendente al grigio. Anche i suoi capelli erano sottili, le cadevano fino al mento, e di un nero molto, molto intenso. Non erano tinti di nero in stile gotico: era un nero genuino, ricco, scintillante.

E niente trucco. Chiunque avrebbe pensato che una persona che si prendeva così tanta cura dei suoi capelli volesse anche valorizzare i suoi punti forti. Ma questo non valeva per la dottoressa Clayton, a quanto pareva.

Be', se non altro, senza trucco aveva un aspetto pulito ed essenziale, e Jack supponeva fosse una buona cosa per un medico.

Ma i suoi occhi nascondevano qualcosa. Paura? Rabbia? Tutte e due, forse?

Gli tese la mano. «Benvenuto, signor Niedermeyer.»

Aveva una bella stretta.

«Mi chiami solo Jack.»

«Vorrà vedere la scena del crimine, immagino.»

«Stavo appunto per suggerirlo.»

Affari, solo affari, niente perdite di tempo. A Jack piaceva.

Il Centro non era affatto come se lo era immaginato. I muri erano dipinti con colori accesi, sfumature allegre di giallo e arancio.

«Lei è una pediatra?» disse mentre camminavano.

Lei annuì. «La mia specializzazione è in malattie infettive.»

«Mia sorella è pediatra.»

«Davvero? Dove lavora?»

Jack si sarebbe voluto prendere a schiaffi. Ma perché diavolo l'aveva detto? Non pensava mai a sua sorella, la dottoressa. Né a suo fratello, il giudice. Doveva essere colpa di tutte quelle chiamate da parte di suo padre.

«Non ne sono proprio sicuro. Non ci teniamo molto in contatto.»

La dottoressa Clayton lo guardò in modo strano.

Certo, pensò. Una risposta abbastanza penosa, lo so, ma è molto meglio che mia sorella non possa essere collegata in alcun modo a me.

Superarono delle porte aperte e Jack ne approfittò per sbirciare dentro: vide sale piene di poppanti che ridevano e giocavano e correvano qua e là. Non sembravano malati.

«Questa è l'area del daycare» disse la dottoressa Clayton. «Dove i bambini sieropositivi possono giocare con altri bambini sieropositivi, e nessuno deve preoccuparsi di possibili contagi.»

Un piccoletto corse fuori da una stanza e si fermò bruscamente davanti a loro.

«Dottorescia Aliscia!» strillò. «Toccami i capelli! Mi sono rasciato a szero!»

«Molto bello, Hector. Ma sai che devi rimanere nella sala dei giochi.»

Hector aveva quattro anni e pesava forse quattordici chili: i capelli cortissimi castano chiaro erano dello stesso colore della sua pelle. Era pallido, ma il suo sorriso era irresistibile.

«Tocca la mia teshta! Li ho tagliati a szero.»

Una donna appesantita con un grembiule a fiori fece capolino dalla sala dei giochi: occupava tutta l'ampiezza della porta.

«Avanti, torna dentro, Hector. Tocca a te giocare con la scatola delle luci.»

«No. Voglio che la dottorescia Aliscia mi tocchi la teshta!»

La donna disse: «Gli hanno appena tagliato i capelli. È tutto il giorno che non ci dà tregua con questa storia.»

La dottoressa Clayton sorrise e passò la mano sopra la testa quasi rasata di Hector. «Okay, Hector, io darò un'occhiata al tuo taglio, ma poi...»

Il suo sorriso si spense quando le mise una mano sulla fronte. «Penso che tu sia un po' caldo.»

«Non fa che correre in giro come un piccolo pazzo ripetendo: 'Toccami i capelli, toccami i capelli.' Sono sicura che sia solo un po' troppo accaldato.»

«Potrebbe darsi, Gladys, ma portalo nel mio ufficio prima che torni a casa, okay?»

Hector fece un salto davanti a Jack e inclinò la testa verso di lui. «Toccami i capelli scignore! Mi sono rasciato a szero!»

Jack esitò. Hector era un bambino splendido, ma un bambino splendido con l'HIV.

«Forzsa, scignore!»

Jack sfiorò rapidamente la fronte di Hector. Tirò via subito la mano. E non si piacque affatto per questo.

«Non è sciuperfico?»

«Supersuperfico.»

Gladys accompagnò Hector nella sua stanza e loro si spostarono nella zona successiva, che non era altrettanto accogliente. Jack sbirciò dalla finestrella della porta e vide una stanza piena di ragazzini attaccati a delle flebo.

«Questa è l'area clinica. I ragazzi vengono qui per la terapia ambulatoriale. Mettiamo le flebo, monitoriamo i loro progressi, poi li rimandiamo a casa.»

Poi arrivarono davanti a una gigantesca vetrata che arrivava dall'altezza della vita fino al soffitto.

«Qui accogliamo i bambini senza casa o abbandonati. Abbiamo dei volontari che li curano, danno loro conforto. I bambini dei figli di consumatori di crack hanno bisogno di tanto conforto.»

Jack avvistò Gia che cullava un bimbo in fondo alla stanza, ma non si fermò. Non voleva che lei lo vedesse.

«Fate molto qui» disse, quando ripresero il giro.

«Sì, siamo stati costretti a diventare una clinica, una nursery, un centro per il daycare, e una foresteria.»

«E tutto per colpa di un solo virus.»

«Ma noi non dobbiamo affrontare solo il virus. Molti di questi ragazzi non sono semplicemente sieropositivi, anche se è un po' difficile accostare la parola 'semplicemente' a 'sieropositivo'. Sono dipendenti da crack o eroina. Sono piombati nel mondo urlando come qualsiasi altro bambino di fronte all'insulto di venire espulsi dal caldo grembo accogliente, ma hanno continuato a urlare quando l'astinenza improvvisa si è abbattuta su di loro.»

«Doppia sfiga.» Poveri piccoli.

«Sì. Alcuni genitori lasciano un'eredità ai propri figli, altri lasciano ferite nascoste. Questi ragazzi hanno ricevuto una condanna a morte virtuale.»

Jack sentì che c'era qualcosa di molto personale in quell'ultima frase ma non riuscì ad afferrare cosa potesse essere.

«Forse 'condanna a morte' potrebbe essere esagerato» aggiunse. «Possiamo fare molto per questi bambini adesso. Il tasso di sopravvivenza sta salendo, eppure anche dopo aver superato la crisi d'astinenza, soffrono ancora per i danni collaterali. Il crack e l'eroina bruciano parti del sistema nervoso. Non starò ad annoiarla con una lezione sui recettori della dopamina, ma il risultato è che i loro circuiti nei centri del piacere sono fritti. Il che li lascia nervosi, irritabili, incapaci di trovare conforto nelle cose semplici che fanno stare bene i piccoli normali. E quindi piangono. Continuamente. Fino a che le madri strafatte e bruciate che li hanno messi al mondo in queste condizioni gli tappano la bocca a forza di schiaffi.»

Jack si rese conto che probabilmente propinava quel discorsetto a tutti i visitatori, ma avrebbe preferito che la smettesse. Gli stava venendo voglia di fare del male a qualcuno.

«Quelli fortunati,» si schiarì la gola con un verso secco «anche se è difficile immaginare che un bambino sieropositivo e assuefatto al crack possa ritenersi fortunato, finiscono qui.»

Si fermò davanti a una porta priva di finestra.

«Ecco il magazzino in cui tenevamo i giocattoli.»

Gli fece vedere la stanza deserta, a parte dello scotch da pacchi e un po' di carta da regalo.

«I giocattoli sono impacchettati con questa carta?» chiese, memorizzando la decorazione.

«Per la maggior parte. Ma non tutti.»

Jack aprì una porta che dava su un vicolo, e controllò la stradina. Era facile capire come avessero fatto. Il telaio della porta esterna e tutta la superficie intorno alla serratura erano ammaccati, graffiati. Sembrava opera di un piede di porco finito nelle mani di qualcuno che aveva la finezza di un orangotango.

Vide la dottoressa Clayton rabbrividire per lo spiffero gelido che entrava dalla porta aperta. Si passava le mani sulle maniche del suo maglione bianco. Era così magra. Nessun effetto isolante in lei.

«Come ha intenzione di gestire la cosa?» chiese quando Jack chiuse la porta.

«Non qui. Possiamo parlare nel suo ufficio?»

«Mi segua.»

Nel tragitto verso il suo ufficio, la dottoressa Clayton si fermò alla porta di ingresso e lanciò un'occhiata alla strada. Jack la vide irrigidirsi, come se avesse visto qualcosa che l'aveva spaventata.

6

Sam Baker era seduto in macchina, il suo turno di sorveglianza era cominciato da più di un'ora. Stava mettendo alla prova la sua memoria mentre si controllava i capelli nello specchietto retrovisore.

Odiava guardarsi così. La gente l'avrebbe preso per un finocchio, sempre lì a fissarsi e toccarsi. Ma dannazione, quella che un tempo era una capigliatura forte e morbida stava diventando sempre più rada, e sempre più grigia, giorno dopo giorno. Aveva solo quarantasei anni e riusciva a vedersi il cranio. Se continuava così, si sarebbe ritrovato calvo prima dei cinquanta.

Alzò gli occhi e vide qualcuno che guardava nella sua direzione dall'ingresso principale del Centro dell'AIDS. Guardò meglio e resistette all'impulso di nascondersi quando si accorse che era quella, la Clayton. Non c'era nulla da temere. Poteva vedere la macchina, ma non chi c'era dentro.

Se non altro, aveva avuto la conferma che era ancora lì.

Non che gliene fregasse un bel cazzo di dove andava a cacciarsi quella stronza. Ma a Testa a turbante gliene fregava, e parecchio, e quella era l'unica cosa che contava. Lui...

Il cellulare squillò.

«Sì?»

«Sono io.»

Merda. Baker pensava che fosse uno dei suoi uomini. Ma era l'arabo in persona: Kemel Muhallal.

«Sissignore.»

«Desidero avere informazioni sulle condizioni in cui versa l'oggetto del nostro reciproco interesse.»

«Che ha detto?»

«La donna. Dove si trova?»

«Ancora dove lavora.» Baker non voleva entrare troppo nello specifico. Non al cellulare.

«Ha ingaggiato un altro avvocato?»

«No.»

«Se lo facesse, non voglio che si ripeta quello che è accaduto con il precedente.»

«Bene. Ne abbiamo già discusso. E gliel'ho già detto, signore, tutto andrà a meraviglia. Si fidi di me.»

Fin dalla mattina si era trovato nella merda fino al collo. Cristo, aveva pensato che gli avrebbero dato una pacca sulla spalla per aver tolto di mezzo l'avvocato, e invece no. Kemel, quel venditore di tappeti con il turbante, si era incazzato. Incazzato di brutto. Aveva detto che la faccenda avrebbe attirato troppo l'attenzione. Voleva sapere come mai Baker avesse agito senza autorizzazione.

Ehi, perché no?, si era detto lui. Quando assumi un esperto in demolizioni uscito dalle Forze Speciali, ti aspetti un uomo che prende le cose di petto. Mi avevate già fatto mettere una bomba – una grande bomba – e quindi quando mi dite che quel coglione di Weinstein sta alzando un po' troppo la testa, io penso che mi stiate dicendo che per voi è un problema, e che volete che sia risolto. E allora io l'ho risolto. Per sempre. Come l'altro. È così che gestivamo le cose nei SOG. È così che ho gestito ogni compito che mi è stato affidato da quando ho iniziato a lavorare su commissione. E nessuno si è mai lamentato finora.

E non preoccupatevi. La coca che ho nascosto nella macchina spingerà tutti a cercare nella direzione sbagliata.

Ma Kemel era incazzato lo stesso. E quella non era una cosa buona. Kemel aveva un portafoglio bello gonfio e Sam Baker voleva tenerselo buono. Anzi, voleva attaccarsi a Kemel come una piattola e tornare in Arabia Saudita con lui. Perché, diavolo, quei sauditi avevano bisogno di tutti i Sam Baker che riuscivano a trovare.

Sam pensò che tutto si sarebbe risolto con Kemel se quella puttanella, la Clayton, non se fosse andata in giro a cercarsi un altro avvocato e avesse lasciato perdere con quella casa a cui tutti erano così fottutamente interessati. A quel punto lui sarebbe andato dall'arabo e avrebbe detto: 'Visto? Far saltare il suo avvocato in aria davanti ai suoi occhi l'ha spaventata. Devi credere a quello che dico, amico. So quello che faccio.'

«Io mi fido di lei solo quando fa ciò per cui è stato autorizzato. La tenga d'occhio e non faccia nient'altro.»

«Signore, sì, capitano. Ten four, Roger Wilco, passo e chiudo.» Chiuse la chiamata. «Coglione.»

Strinse i denti, e improvvisamente si rese conto che era un'ottima occasione per controllare la memoria a breve termine, per vedere se il discorso con testa di turbante avesse combinato qualche casino nel suo cervello.

Chiuse gli occhi e recitò il numero di telefono dell'insegna dell'alimentari dall'altra parte della strada. Controllò e vide che ci aveva azzeccato.

Ottimo. Una mente affilata come sempre. Non sarebbe finito come sua madre tanto presto.

Lanciò un'occhiata alla porta del Centro dell'AIDS e beccò la Clayton che sgusciava di nuovo dentro.

Se Muhallal gli avesse detto qualcosa di quello che stava succedendo, forse avrebbe fatto un lavoro migliore. Sapeva che c'erano due contendenti: da una parte Alicia Clayton, e dall'altra suo fratello Thomas Clayton, un tipo che aveva davvero perso la brocca. E il testamento di loro padre in mezzo. Cosa c'entrasse Kemel Muhallal, Baker non lo sapeva. Ma in qualche modo doveva avere a che fare con la casa. Il fratello voleva la casa e Kemel era pronto a buttar via un bel po' di soldi per far sì che riuscisse ad averla.

Avevano assunto Baker per dare una mano. Volevano che la casa fosse sorvegliata. Nessuno doveva entrare, a meno che non fosse autorizzato da Muhallal o dal fratello. E volevano anche sorvegliare, e da vicino, la sorellina. Ma assolutamente non doveva farle del male, in nessuna circostanza. Glielo avevano ripetuto così tante volte, ancora e ancora, che non ne poteva più. Nessuno doveva farle del male.

E non era facile capire il motivo. Se la sorella moriva, la casa non sarebbe andata al fratello?

Ma l'arabo e il fratello continuavano a tenere nascoste le ragioni che li spingevano. Baker pensava che probabilmente cercassero qualcosa dentro la casa. E qualunque cosa fosse, doveva essere fottutamente preziosa, perché loro la volevano a tutti i costi, ah, cazzo se la volevano. Baker non aveva idea di cosa fosse. Un altro dei loro segreti.

E per adesso andava bene. Aveva una bella paga in arrivo, quando la casa sarebbe stata finalmente di proprietà dell'arabo. Avrebbe dovuto dare qualcosa alla squadra che aveva assunto, ma ci sarebbe stata grana a sufficienza per risolvere i guai finanziari che stava attraversando, e anche per aggiungere un po' di imbottitura in quel cuscino penosamente sottile che era il suo fondo pensione.

Ma prima che quella storia avesse fine, Baker avrebbe scoperto tutti i loro segreti. Poco ma sicuro.

7

Un brivido percorse la schiena di Alicia e si raggrumò in fondo alla spina dorsale quando vide la macchina grigia in doppia fila dall'altra parte della strada. Restava lì, ferma, un po' più avanti rispetto alla sua visuale. Con il motore acceso.

Era la stessa macchina della mattina? Non poteva esserne sicura. Il conducente stava tenendo d'occhio la porta del Centro oppure aspettava qualcuno che magari era dentro a un negozio? Diavolo, tra il riverbero del sole e i finestrini oscurati, non riusciva nemmeno a capire quante persone ci fossero a bordo.

Dannazione, faceva paura. Che cosa stavano aspettando? Un'esplosione?

Rabbrividì. Aveva detto a Tiffany che voleva vedere tutta la corrispondenza, tutti i pacchi e tutte le consegne prima che fossero aperti. Ma cosa avrebbe fatto se si fosse imbattuta in qualcosa di sospetto? Avrebbe chiamato gli artificieri? Fortunatamente non aveva dovuto affrontare quel dilemma: tutte le consegne odierne provenivano dai soliti fornitori del Centro.

Si costrinse a distogliere lo sguardo.

Era la quinta (o forse la sesta?) volta che andava a controllare la porta, quella mattina. Tiffany stava iniziando a guardarla in modo strano.

Accompagnò Jack Niedermeyer al suo ufficio. Forse era solo la sua immaginazione. Perché mai qualcuno avrebbe dovuto seguirla? Che motivo poteva esserci? Faceva le stesse cose ogni giorno: dal suo appartamento al Village fino al Centro, dal Centro al suo appartamento. Un modello di prevedibilità.

Rilassati. Ti stai comportando da pazza. Rimani calma e cerca di trovare un modo per risolvere la questione del testamento.

«Si sieda» disse quando entrarono nel suo ufficio.

Raymond fece un salto per lasciarle delle carte. Lei fece le presentazioni ma non disse nulla sul motivo per cui il signor Niedermeyer si trovava lì.

Quando Raymond se ne andò e si ritrovarono seduti uno di fronte all'altra, Alicia osservò per bene quell'uomo dall'aspetto del tutto ordinario, tra i trenta e i quaranta, capelli castani, jeans e una maglietta rossa di flanella.

Sarebbe questo il tipo che recupererà i giocattoli?, si chiese. Oh, ne dubito. Ne dubito fortemente.

«Ora, signor Niedermeyer...»

«Mi chiami solo Jack.»

«Okay, Solo Jack.» *E tu puoi chiamarmi dottoressa Clayton.* No, non l'avrebbe detto. «La signorina DiLauro mi ha detto che lei potrebbe essere in grado di aiutarci. È un suo amico?»

«No, non esattamente. Una volta ho lavorato per sua zia.» Si sporse in avanti. «Mi è sembrato di capire che la questione riguardi dei giocattoli scomparsi.»

Un lampo di intensità. Ben nascosto, ma Alicia l'aveva visto. *C'è qualcosa di personale tra quei due? O forse voleva solo dirmi che non sono affari miei?*

Sporgendosi in avanti aveva poggiato le mani sulla sua scrivania. Alicia era rimasta colpita da quanto fossero lunghe le unghie dei pollici. Le mani erano curate, le unghie tagliate con attenzione tutte, tranne quelle dei pollici. Erano lunghe almeno mezzo centimetro più delle altre. Voleva chiedergli il motivo ma non le veniva in mente nessun modo carino per farlo.

«Non volevo essere indiscreta. Sono solo curiosa: come è possibile che un solo uomo riesca a trovare quei giochi battendo sul tempo l'intero dipartimento di polizia di New York?»

Jack alzò le spalle. «Prima cosa, non sarà l'"intero' dipartimento. Magari uno o due detective, se siete fortunati.»

Alicia annuì. Aveva ragione.

«Secondo, credo che si possa dire con certezza quasi assoluta che i tizi che vi hanno svaligiato non sono dei bravi padri di famiglia che volevano solo prendere qualcosa per i loro figli. E basta dare un'occhiata a quella porta per capire che non erano dei professionisti. Scommetto che non hanno un ricettatore a cui vendere la merce, il che vuol dire che ne cercheranno uno. Conosco delle persone...»

Lasciò la frase a metà. Che persone? Persone che compravano regali di Natale rubati? Era una specie di criminale anche lui?

Alicia lo guardò e si rese conto che quei tranquilli occhi marroni non rivelavano nulla, assolutamente nulla.

«Allora, lei 'conosce delle persone', persone, presumo, che potrebbero condurla fino ai ladri. E poi che succede?»

«E poi io avrò la meglio su di loro e li costringerò a restituire i doni.»

«E se non dovesse riuscire ad 'avere la meglio'? Che si fa in quel caso? Chiamerà la polizia?»

Lui scosse la testa. «No. È una delle condizioni del mio ingaggio: nessun contatto con istituzioni ufficiali. Se la polizia ritrova i giocattoli, tanto meglio. Tutto è bene quello che finisce bene. Se li ritrovo io, è una splendida coincidenza, un miracolo di Natale. Nessuno sa chi sia il benefattore, ma che Dio lo benedica. Voi non mi avete mai visto, non avete mai sentito parlare di me. Per quanto ne sa lei, io non esisto.»

Alicia si irrigidì. Era una specie di fuorilegge? Magari aveva rubato i giocattoli, e poi chiedeva una ricompensa per 'ritrovarli'. Forse voleva addirittura un premio?

Ma no. Gia DiLauro non avrebbe mai avuto a che fare con una persona del genere. La sua rabbia, quella mattina, era stata troppo reale.

Però quell'uomo, quel 'Solo Jack', poteva aver coinvolto Gia in qualcosa di losco senza che lei se ne rendesse conto.

«Capisco. E quale sarebbe il suo tariffario per...»

«Già pagato.»

«Non capsico. Forse Gia...?»

«Lei non si preoccupi. È già tutto sistemato.»

«Ci sarà una ricompensa.»

Aveva ricevuto delle chiamate – aziende e privati cittadini che offrivano un contributo per istituire un fondo, una rimunerazione per chi avesse contribuito all'arresto dei colpevoli. La somma continuava a crescere.

«La tenga. La spenda per i bambini.»

Alicia si rilassò. Benissimo. Quindi non era un criminale.

«Quello di cui ho bisogno è qualche informazione sui regali, qualcosa di distintivo, di particolare, che mi aiuti a capire se sono sulla strada giusta.»

«Bene, tanto per cominciare, erano tutti incartati. Accettavamo solo giocattoli nuovi o vestiario – tutto non impacchettato – e poi li confezionavamo noi man mano che arrivavano. Ha già visto la carta che abbiamo utilizzato. E poi, che cos'altro potrei dirle? Era un vero calderone di regali, un assortimento meraviglioso, generoso...»

Alicia sentì che le si cominciava a chiudere la gola.

E sono scomparsi!

L'uomo si alzò e le tese la mano. «Vedrò cosa possa fare.»

Alicia gliela strinse, a lungo. Avrebbe dovuto dirgli di Thomas e del testamento, della bomba che aveva ucciso Leo Weinstein? Forse il furto dei giochi poteva essere collegato?

No, non voleva mettersi su quel piano. E poi, sentiva che quella storia era diversa.

«Quante possibilità abbiamo? Voglio la verità. Non creda di dovermi illudere.»

«La verità? Le possibilità di ritrovarli sono zero se hanno già venduto i giocattoli. Sono poche se non l'hanno fatto. Se non vengono recuperati per, diciamo, domenica, direi che sono andati per sempre.»

«Mi dispiace di averlo chiesto.» Sospirò. «Ma credo che sia così che funziona, da queste parti. Questi bambini sono nati sotto una cattiva stella. Non so perché mi aspettassi che questa volta potessero avere una pausa dalla sfortuna.»

Jack le strinse più forte la mano, e poi la lasciò andare.

«Non si sa mai, dottoressa Clayton.» Le fece un sorriso sbilenco. «Anche i peggiori perdenti hanno un colpo di fortuna di tanto in tanto.»

Forse fu il sorriso: aveva abbassato le sue difese. Alicia guardò dentro Jack per un istante, un nanosecondo, in realtà, e improvvisamente sentì un barlume di speranza. Se c'era la minima possibilità di trovare e recuperare quei giocattoli, quell'uomo era convinto di potercela fare.

E adesso anche Alicia aveva iniziato a crederci.

8

Invece di andare subito verso la porta principale dopo aver lasciato l'ufficio della dottoressa, Jack si infilò a sinistra e tornò verso l'area dei bambini. Fece un passo indietro per confondersi nella relativa oscurità del corridoio di fronte alla grande vetrata e rimase a guardare.

Gia era seduta di lato rispetto a lui, ma la sua attenzione era completamente assorbita dal pargoletto rivestito di coperte che teneva in braccio. Cullava, sorrideva, canticchiava, e fissava il fagottino come se fosse il bambino più prezioso del mondo. Era il figlio di qualcun altro, ma nessuno l'avrebbe detto, se l'avesse vista in quell'istante. I suoi occhi scintillavano di una luce che Jack non aveva mai visto prima. E la sua espressione... beata era l'unica definizione possibile.

E poi Vicky balzò in scena, una cosetta di otto anni appena; le sue trecce castano chiaro dondolavano mentre portava di corsa a sua madre un omogeneizzato. Jack sorrise. Non riusciva a non sorridere, ogni volta che vedeva Vicky. Era una vera bambolina e la amava come una figlia.

Non aveva mai incontrato il padre di Vicky e, da quanto aveva scoperto al riguardo del trapassato ma non troppo compianto Richard Westphalen, ne era più che felice. Jack aveva saputo da fonti più che sicure che quell'inglese bastardo era morto; conosceva ogni dettaglio di quella morte, dove, quando, come e perché, ma i suoi resti non sarebbero mai stati ritrovati. Quindi sarebbero passati anni prima che Richard

Westphalen fosse dichiarato ufficialmente morto. Gia aveva ripreso il nome da ragazza dopo il divorzio, anche se Vicky era ancora una Westphalen – l'ultima della stirpe.

Non sembrava che Vicky sentisse la mancanza di suo padre. E perché avrebbe dovuto? Lo conosceva a malapena quando era vivo, e adesso Jack aveva preso il suo posto, e anche di più. O almeno lo sperava.

Rimase a osservare la scena per qualche altro minuto, incapace di distogliere gli occhi dalle due persone più importanti della sua vita. Il fatto che si trovassero entrambe in uno spazio chiuso in compagnia di bambini sieropositivi lo preoccupava infinitamente.

Certo, certo, certo. Conosceva tutti i fatti e le prove e sapeva che erano perfettamente al sicuro. Ma erano Gia e Vicky. E la minaccia era un virus, una cosa che non si poteva vedere. E non un virus qualunque. L'HIV.

L'HIV aveva sempre fatto venire i brividi a Jack. Di solito non era un fanatico delle teorie cospirazioniste, ma l'HIV era così dannatamente... efficiente. Un'infezione che attacca proprio le armi che il corpo usa contro le infezioni, quel concetto aveva un sapore quasi di ingegneria.

Jack si sentiva in grado di proteggere quelle due persone praticamente da qualsiasi minaccia. Ma non da un virus. E loro si stavano mettendo proprio sulla sua strada.

Se una di loro due l'avesse preso... non sapeva cosa avrebbe fatto.

L'HIV era qualcosa che non poteva riparare.

Si ritrasse e tornò da dove era venuto.

Vide Gladys, la donna appesantita, che guidava una fila di bimbi in età prescolastica lungo il corridoio. Sorrise e annuì quando lo vide, una grassa oca con i suoi pulcini. Hector chiudeva la fila.

«Ehi» disse Jack indicandolo. «Chi è questo ragazzino con il taglio di capelli da matti?»

Jack si aspettava un altro strillo 'Toccami i capelli', o almeno un sorriso, ma gli occhi di Hector erano spenti quando lo guardò. E poi si appoggiò al muro e cadde in ginocchio. Prima che Jack potesse reagire, Hector vomitò.

«Ehi!» strillò Jack. «Abbiamo un problema qui!»
Gladys arrivò in meno di un secondo. «Stia indietro» disse, mettendosi dei guanti di lattice che spuntarono fuori dal nulla.
Afferrò il telefono del corridoio, borbottò qualche parola, poi si inginocchiò vicino a Hector. Jack non riuscì a sentire nulla, ma vide Hector che scuoteva la testa.
E poi apparve Raymond. Anche lui indossava guanti di lattice. Prese Hector in braccio e lo riportò nella hall. Mentre Gladys riaccompagnava gli altri bambini nella sala dei giochi, spuntò fuori un inserviente che cominciò a occuparsi di quel disastro con un liquido che puzzava di antisettico.
Jack si mosse. Era rimasto a osservare, paralizzato, senza sapere cosa fare. Lo staff aveva le sue regole e i suoi protocolli, e lui non ne sapeva nulla. Si sentiva come uno straniero in una terra sconosciuta, un posto di cui non conosceva né la lingua né la cultura.
Affrettò il passo. Hector rideva e giocava meno di un'ora prima, e adesso sembrava un piccolo pupazzo di tela a cui qualcuno avesse tolto tutta l'imbottitura.
I rumori felici di bambini nella stanza del daycare colpirono Jack. Ogni urlo gli sembrava un colpo di pistola, ogni risata una coltellata. La morte aleggiava sopra ognuno di loro, un'infezione fatale si nascondeva dietro ogni angolo, ma loro non lo sapevano. Ed era meglio così. Erano bambini, e dovevano essere felici, per quanto potevano.
Soprattutto i bambini vittime del crack. Le loro brevi vite erano state piene di dolore fin dal primissimo giorno, mentre un virus masticava e divorava il loro sistema immunitario.
E adesso qualcuno aveva rubato i loro giocattoli.
Jack sentì la sua mascella irrigidirsi. *Non preoccupatevi, piccoli. Zio Jack forse non saprà cosa fare quando vi sentite male, ma non è così inutile come sembrava qualche minuto fa. Riprenderà i vostri giochi. E, già che c'è, ha proprio voglia di farsi una bella chiacchierata faccia a faccia con quella inutile creatura che li ha presi, quell'essere indegno dell'ossigeno che respira.*
La vita faceva davvero schifo a volte.
Ma non doveva per forza fare schifo sempre. A volte le cose potevano essere riparate.

Sabato

Il Chiodo era seduto nel suo camion e si sfregava le mani per cercare un po' di calore. Era freddo come la morte, fuori. Un freddo fottuto!

Ma non mancava molto. Da lì a un'ora, forse anche meno se il compratore non cercava di fregarlo troppo, si sarebbe ritrovato al caldo e al sicuro nella sua tana, a spararsi una bella striscia di coca come si deve, invece di starsene lì a spipacchiare quella canna di merda.

Fece un bel tiro e trattenne il fumo in bocca. Sbuffò contro il parabrezza. Perché cazzo il riscaldamento non funzionava in quel maledetto furgone? Fece scattare l'accendino per controllare l'ora. Undici e trenta, aveva detto il compratore. Adesso, praticamente.

Aveva detto in giro che se qualcuno cercava un bello sconto per un mucchio di regali di Natale nuovi, impacchettati e pronti per la consegna, il Chiodo era la persona giusta. E le voci avevano continuato a girare ed erano tornate al mittente: c'era un ricettatore, un amico di un amico di un amico, che voleva tutto il carico. Sì!

Sbuffò e sbirciò nel vicolo, cercando di avvistare dei fanali. Un sacco di auto passavano da quelle parti, verso il Manhattan Bridge, lì vicino. Sperava che il paio di fanali giusto arrivasse presto, così avrebbe potuto chiudere l'affare.

Il suo contatto non gli aveva detto nulla, ma il Chiodo pensava che il ricettatore stesse arrivando con il suo furgone.

Doveva essere così per forza. Altrimenti come avrebbe fatto a portare fuori il carico?

Meglio se non ti fai strane idee sul *mio* furgone, amico, si disse. Accarezzò la piccola calibro 32 che portava alla cintura. *Meglio che non ti fai venire nessuna idea. Passa i verdoni, prendi i giochi e fuori dai coglioni.*

Ehi, fa rima.

Dammi quello che mi spetta, e sparisci in fretta.

Sorrise e fece un altro tiro. Era un vero peccato che non fosse più nella band. Forse lui e il batterista avrebbero potuto lavorare un po' su quelle rime, ficcarle in una canzone o qualcosa del genere. Sarebbe stato fico.

Gli mancavano i Polio. La migliore band trash punk del mondo, amico, e lui suonava il basso con loro. Be', per qualche mese, almeno. Fino a che non l'avevano sbattuto fuori perché non si presentava agli appuntamenti.

Ma erano stati mesi fichi. Era così che aveva preso il nome di Chiodo. Be', non è che l'aveva proprio preso. Aveva iniziato a farsi chiamare il Chiodo. Avevi bisogno di un nome come Chiodo se suonavi nei Polio. Chi diavolo voleva un bassista che si chiamava Joey DeCiglia?

E Chiodo era un nome così fico, c'era pure il sottinteso sessuale e tutto il resto.

Ma anche con un nome come Chiodo e un'esperienza con una band come i Polio, non c'era lavoro in giro. Almeno non per lui. Cazzo, sì, aveva ottenuto delle audizioni solo nominando i Polio, e tutti erano molto interessati a sentirlo suonare... fino a che non lo sentivano.

E poi era tipo: 'Ehi, non chiamarci, amico...'

Sì, bene, fottetevi anche voi.

Si fumò la canna fino a bruciarsi i polpastrelli e buttò il mozzicone fuori dal finestrino. Non valeva la pena tenerlo.

Dopo un mucchio di audizioni andate male, il Chiodo aveva detto addio alla musica. Aveva il suo orgoglio, cazzo. Da ragazzino aveva cominciato comprando e vendendo roba rubata. E alla fine aveva fatto così tanti soldi in quel modo che poi non era mai più riuscito a guadagnare altrettanto bene. Certo non con quelle fottute band trash punk che non lo richiamavano mai.

Ma poi Tina va fuori di testa e cerca di dirgli che il figlio è suo. Certo. Come no. Quella è una che prende e salta a gambe larghe su qualsiasi superficie dura, e lui dovrebbe bersi quella stronzata? Col cazzo.

E poi si brucia definitivamente il cervello e rifiuta di abortire. No. Niente da fare. Voleva avere il bambino. Fare la brava mamma.

Certo. Mamma Tina. Perfetto.

Però, sorpresa sorpresa. Ce la fa. E naturalmente quando il bimbo nasce è già parecchio fottuto. E poi gli arriva la voce che ha la fottuta AIDS, amico. L'AIDS!

Il che voleva dire che anche Tina ce l'aveva, e quello gli spappolava il cervello, al Chiodo. Cazzo, forse ce l'aveva anche lui. Se la scopava in continuazione, e poi gli aghi che si dividevano. Doveva fare il test subito, ma era troppo spaventato, amico. Come se non volesse sapere.

Ma per Tina, era come se non fosse malata e come se non avesse niente neanche il bambino. Gli era partita la brocca sul serio. E quindi aveva iniziato a frignare quando le avevano portato via il piccolo.

E continuava a ripetergli che era figlio suo. Diceva che era identico a lui. Spiccicato. E alla fine, la settimana precedente, lo aveva convinto ad andare in quel posto dove tenevano il bambino e a darci un'occhiata. Il Chiodo non sapeva come gli fosse venuto in mente di accettare, forse quella brown di Ceylon che si facevano in quel periodo lo aveva rammollito, ma era stato contento di aver ceduto. Perché mentre faceva su e giù in quel posto aveva visto gente che portava un mucchio di regali di Natale. Aveva dato un'occhiata e aveva pensato che forse ce l'avrebbe fatta a prendersi qualcosa di piccolo. Ma poi aveva visto un'intera stanza piena di giochi. Wow.

Buon Natale a me.

Si era fatto quel posto due notti dopo.

La parte più fica di tutta la cosa erano i media. Cazzo, amico, ieri notte non potevi accendere la radio o la tele senza sentir parlare del furto dei giocattoli dei bambini malati di AIDS. Per ore aveva continuato a fare zapping da un canale all'altro, un telegiornale dopo l'altro, ghignando come un coglione.

Stavano parlando di lui. Del Chiodo.

L'unica cosa negativa era che non poteva dirlo a nessuno. Almeno non fino a che non avesse venduto la roba. Poi avrebbe potuto dire quello che voleva, perché se i giocattoli erano andati nessuno poteva provare niente.

L'unica cosa che non aveva capito era perché tutti quegli sfigati dei notiziari parevano così disgustati e incazzati. Come se gliene fregasse qualcosa sul serio. Cazzate. Tutti sapevano che era una stronzata sprecare dei regali per quei bambini con l'AIDS. Davvero, per quanto tempo potevano vivere, in ogni caso? Non sarebbero stati in giro abbastanza a lungo per apprezzarli. Uno spreco bello e buono, amico.

Tanto valeva che ci pensasse il Chiodo, a farne buon uso.

Ed era stato così fottutamente semplice. Non aveva dovuto far altro che...

Fece un salto quando sentì uno stridio alle sue spalle. Si rigirò. Sembrava proprio....

E lo era! Cazzo, qualche coglione aveva aperto uno dei portelloni posteriori. E adesso stava guardando dentro con una torcia.

Il suo primo pensiero fu: gli sbirri. Ma non aveva visto nessuna volante. E il Chiodo sapeva che i poliziotti dovevano seguire certe regole quando facevano una perquisizione.

Il compratore? Forse, ma non ci credeva. Più probabilmente, qualche strafatto che cercava di farsi la sua roba.

Il Chiodo tirò fuori la sua automatica e mise un proiettile in canna. Avrebbe messo fine a quella storia di merda molto in fretta.

Saltò giù e corse sul retro del furgone.

«Ehi, amico. Che cazzo credi di...?»

Non c'era nessuno. Ed entrambi i portelloni erano chiusi. Il Chiodo controllò il vicolo, su e giù. Neanche un fottuto spettro.

Non poteva mica esserselo sognato. L'erba non era così forte. E aveva sentito il rumore. Aveva visto la luce.

Meglio controllare se c'era tutto.

Ma non appena afferrò la maniglia, il portellone destro si aprì di scatto e gli finì in faccia, spedendolo al tappeto. Ricadde di schiena, rotolò su sé stesso e saltò in piedi, con la pistola in mano, dritta davanti a sé. Vide il portellone spalancato, ma non c'era nessuno lì.

E poi sentì una voce profonda.

«Oh oh oh!»

Il Chiodo alzò lo sguardo e vide quel tizio ciccione con una barba bianca e un vestito rosso in piedi sopra il camion.

Quel tizio rifece la cosa dell'oh oh oh, e poi gridò: «Allora sei tu che hai rubato i giocattoli che stavo mettendo da parte per i bambini malati di AIDS! Nessuno se la cava se prova a rubare i giocattoli di Babbo Natale!»

Cazzo, amico. Questo coglione pensa di essere Babbo Natale!

Il Chiodo alzò la pistola e gli sparò un colpo dritto nel cuore.

Il fottuto Babbo Natale cadde all'indietro, giù dal camion, come se qualcuno avesse tirato un collare che il tizio portava al collo.

Nessuno se la cava se prova a rubare i giocattoli di Babbo Natale?

Cazzo, sì. Io rubo i giocattoli di chi mi pare e poi ci faccio quello che cazzo mi pare, coglione!

Il Chiodo fece il giro di corsa intorno al camion. Era ora di mettere un altro po' di piombo nel corpo di Babbo Natale...

Ma lui non c'era.

«Che cazzo» disse il Chiodo ad alta voce.

E poi qualcosa di rosso e bianco sbucò fuori dalle ombre dietro un cassonetto e gli piantò un pugno guantato di bianco dritto in faccia.

Il Chiodo aveva sentito dire di gente che vedeva le stelle, ma non ci aveva mai creduto. Adesso invece ci credeva. Aveva sentito il suo naso fare *crunch* mentre il suo volto saltava in aria in un'esplosione di dolore trapuntata di stelle. Barcollò all'indietro, il tacco della scarpa prese una merda sul viottolo, e sentì che stava cadendo.

Mulinò le braccia, cercando di mantenere l'equilibrio, ma non aveva più il controllo del corpo. Cadde, e cadde male.

E quando alzò lo sguardo, Babbo Natale era chino su di lui.

«Pensi di poter fermare Babbo Natale con un proiettile? Un semplice proiettile? Meglio se ci pensi due volte, figliolo!»

La voce non era profonda e forte come un momento prima, ma il tipo era ancora in piedi. E là, nemmeno a mezzo metro dalla sua faccia, c'era il foro di un proiettile nel tessuto rosso del vestito. Proprio sopra il cuore.

Cazzo! Che ci faceva ancora in piedi? Quel coglione doveva essere morto.

A meno che non fosse davvero Babbo Natale, naturalmente.

Ma era una cosa folle.

Eppure anche quel tizio vestito di rosso era folle. Il Chiodo vide i suoi occhi scintillare tra il barbone bianco e il rivestimento di pelo del cappello. Chiunque fosse, diavolo, e forse era davvero Babbo Natale, era incazzato. Incazzato nero.

Il Chiodo fece per alzare la pistola e sparare un altro colpo, ma Babbo Natale gli mise un piede sopra il braccio.

«Non fare la fatica di provarci di nuovo, figliolo! Non puoi uccidere Babbo Natale!»

Il Chiodo fece leva sul braccio e allungò la mano, cercando di afferrare la pistola con la mano libera, ma Babbo Natale lo colpì di nuovo con un destro spaccacervello, facendogli sbattere la testa contro l'asfalto.

Il gancio di Babbo Natale sembrava il calcio di un fottuto mulo.

Il Chiodo sentì la pistola che gli cadeva di mano, la udì scivolare sull'asfalto. E poi, le cose si fecero confuse.

E dolorose.

Il Chiodo si rese conto che Babbo Natale lo stava girando sul ventre, lo afferrava per il collo e la vita, lo alzava da terra.

«Ho controllato la mia lista» disse Babbo Natale. «L'ho controllata un paio di volte, in realtà. Dice che sei stato cattivo, figliolo. Molto cattivo!»

E poi Babbo Natale cominciava a sbatterlo come se fosse un tappeto.

Sbam! Di testa contro il paraurti del furgone. «Sai cosa ti succede se cerchi di rubare qualcosa a Babbo Natale? Questo succede!»

Sbam! Di testa contro i cassonetti dell'immondizia del vicolo.

«Se decido di lasciarti in vita, spargi la voce: non si cazzeggia con Babbo Natale.»

Il Chiodo si ritrovò a girare su sé stesso e atterrò, sempre di faccia, contro un muro di mattoni.

Si lasciò sfuggire un debole gemito di dolore mentre scivolava lungo il muro; si sentiva un uovo sbattuto che colava a terra.

Ma non era finita. Neppure per sogno. Sentì che perdeva lentamente conoscenza nel corso dei successivi dieci minuti, mentre Babbo Natale usava il suo corpo come una specie di straccio per pulire il vicolo.

Alla fine Babbo Natale lo lasciò andare. Il Chiodo cadde a terra, una pozza di dolore sull'asfalto rovinato. Sentì il fiato che gorgogliava nella bocca insanguinata. Era sicuro che la mascella fosse rotta. E le sue costole... ogni respiro era come una dozzina di coltellate. Era finita? Lo sperava. Pregava che fosse finita.

Lasciami stare, pensò. Prendi i giocattoli, portati via tutto il fottuto furgone e vattene. Attacca le tue cazzo di renne al parafango e tu, Saetta e Rudolph smettetela di rompermi i coglioni. Per favore.

Ma non riuscì neppure a finire quel pensiero: sentì le mani prenderlo sotto le ascelle e sollevarlo.

«No» riuscì a gorgogliare attraverso i denti spezzati. «Ti prego... basta.»

«Avresti dovuto pensarci prima, figliolo. Rubare ai poveri bambini indifesi e malati ti ha fatto finire nella lista dei supercattivi di Babbo Natale.»

«Mi dispiace.» La sua voce era un debole piagnucolio. Frignava.

«Bene, ottimo. Sono contento di sentirtelo dire. E spero che ci rifletterai su, il prossimo Natale. Ma hai complicato ulteriormente le cose cercando di uccidere Babbo Natale. Questo è davvero cattivo. A Babbo Natale non piace essere colpito. Lo rende nervoso. Molto nervoso.»

«Oh, no...»

Qualcosa di ruvido e lungo gli sfiorò la guancia, e fu allora che arrivò il vero panico. Una corda! Oh, cazzo, no, Babbo Natale stava per impiccarlo!

Ma poi sentì la corda che serpeggiava sotto il braccio invece che intorno al collo. Era un sollievo. Più o meno. Sentì un male di inferno quando la corda si strinse intorno alle costole incrinate. Venne sollevato e messo a sedere sul paraurti ammaccato del furgone, e poi legato stretto.

«Ma che...?»

«Tranquillo, figliolo.» Babbo Natale parlava a voce bassa, con un tono che aveva completamente perso ogni calore. «Non dire neppure un'altra parola.»

Il Chiodo alzò gli occhi. Tutto, Babbo Natale, il vicolo, l'intero fottuto mondo, stava diventando confuso... a parte gli occhi di Babbo Natale. Aveva sempre pensato che Babbo Natale avesse gli occhi azzurri, e invece li aveva marroni, e il Chiodo tremò quando vide la rabbia che ribolliva dietro quelle pupille.

Babbo Natale non era solo incazzato. Stava dando fottutamente di matto.

Chiuse gli occhi mentre Babbo Natale gli attaccava qualcosa alla testa. Quando il pensiero che non avrebbe dovuto permettere a Babbo Natale, neppure a quel Babbo Natale pazzo omicida, di legarlo davanti al camion, riuscì a infilarsi nella sua testa, era troppo tardi. Cercò di divincolarsi, ma la corda che lo stringeva alla griglia faceva più volte il giro del suo corpo, dietro le spalle e in mezzo alle gambe. Le braccia e le gambe erano libere, ma in qualche modo tutti i nodi erano dietro di lui.

Con una gelida, terribile certezza, il Chiodo si rese conto che non sarebbe andato da nessuna parte. Non con le sue gambe, comunque.

Si irrigidì quando sentì il vecchio motore che rombava e riprendeva vita contro la sua schiena. Cominciò a piagnucolare quando il furgone si mosse.

Babbo Natale lo avrebbe spiaccicato contro il muro!

E invece no. Il camion uscì dal vicolo e si immise sulla strada. E poi fu una corsa da incubo per tutto il Lower East Side, la gente che lo fissava, che lo indicava, e poi giù per la Quattordicesima, il camion sterzava da corsia a corsia, faceva i fari, inchiodava a centimetri (centimetri!) da paraurti posteriori e portiere, per poi rimettersi in moto.

Tutto questo era già abbastanza orribile, amico, ma dato che le corsie verso ovest non si muovevano abbastanza veloci, il camion sterzò e si buttò nell'altra corsia, con le macchine che gli correvano incontro. Sfidò un taxi giallo tutto ammaccato che gli stava per venire addosso. Il Chiodo sapeva per certo, cazzo se lo sapeva, che il vecchio Babbo non aveva alcuna intenzione di cedere, e per qualche istante di puro terrore e urla, sembrò proprio che neppure il taxi avesse intenzione di alzare bandiera bianca. Il Chiodo perse il controllo. Letteralmente. Liquido caldo gli scivolò sulla gamba sinistra.

Ma il taxi sterzò e fece strada all'ultimo secondo. Il camion tornò nella sua corsia e cominciò ad accelerare.

Un poliziotto! Il Chiodo non avrebbe mai immaginato di poter desiderare di avere un poliziotto alle calcagna, eppure, ecco, stava succedendo. E perché non ce n'era nemmeno uno? Perché non c'è mai un fottuto poliziotto quando ne hai bisogno?

Il camion sbandò e fece una curva ampia, con gran stridore di ruote, e infilò quella che il Chiodo pensò fosse la Settima, ma non poteva esserne sicuro, perché chiuse gli occhi quando mancarono di un capello un autobus che suonava il clacson all'impazzata. Poi il camion salì sul cordolo seminando il panico tra i pedoni che scappavano impazziti prima di fermarsi sul marciapiede.

Il motore si zittì, il Chiodo gemette e aspettò terrorizzato di vedere che cosa aveva programmato Babbo Natale per lui. Ma Babbo Natale non disse nulla, non fece nulla. Il Chiodo si contorse e sbirciò dietro il parabrezza. Babbo era scomparso.

Ma il Chiodo non era solo. Una folla di curiosi si stava radunando, formando un semicerchio intorno a lui e intorno al furgone, fissandolo, indicando il volto insanguinato, i pantaloni sporchi di piscio, e quella cosa che Babbo Natale gli aveva attaccato alla fronte, qualunque cosa fosse. Qualcuno scoppiò a ridere. Altri si unirono alla risata.

Il Chiodo voleva morire.

E poi sentì le sirene.

Domenica

1

«Come va, Hector?»

Il piccolo Hector Lopez la guardò dal suo letto di ospedale ma non sorrise.

«Bene» disse.

Lo aveva ricoverato nel reparto pediatrico quel venerdì a causa del vomito inarrestabile, ma dal pomeriggio precedente riusciva a trattenere i liquidi. Aveva ancora la febbre, comunque. L'esame del midollo spinale aveva dato esito negativo, ma i risultati delle colture non erano ancora arrivati. E lo stesso valeva per le colture di sangue e urine. Sperava che si rivelasse un semplice virus gastrointestinale, ma la conta dei CD4 era così bassa da essere praticamente inconsistente, e la cosa la preoccupava moltissimo. Per sicurezza, aveva intenzione di iniettargli un po' di gammaglobuline intravenose.

«Come ti senti?»

«Queshto mi fa un po' male» disse, indicando il braccio sinistro immobilizzato, dove la flebo era posizionata su una vena cefalica.

«Te lo toglieremo appena starai un po' meglio.»

«Oggi?» chiese, illuminandosi.

«Forse. Prima deve scendere la febbre.»

«Oh.»

Alicia si voltò verso Jeanne Sorenson, l'infermiera che quel giorno la accompagnava nel giro. La bionda aveva appena venticinque anni ma era già una veterana temprata da mille battaglie nella guerra contro l'AIDS.

«Chi è venuto a trovarlo?» chiese a bassa voce.

Sorenson alzò le spalle. «Nessuno, che io sappia. La madre adottiva ha chiamato, una volta.»

«Bene, allora» disse Alicia. «Chi è il compagno di Hector in questo turno?»

«Non ne abbiamo ancora assegnato uno.»

Alicia riuscì a trattenersi e non le diede una risposta brutale. «Pensavo che avessimo stabilito che tutti i miei bambini avrebbero avuto un compagno per ogni turno» disse con voce tranquilla.

«Non ne abbiamo avuto il tempo, dottoressa Clayton» disse Sorenson, imbarazzata. «La situazione è abbastanza caotica, e abbiamo pensato che comunque dovrebbe essere dimesso tra un paio di giorni, e quindi...»

«Anche se fosse un giorno, voglio che gli sia assegnato un compagno. Ne abbiamo già discusso, Sorenson.»

«Lo so» disse l'infermiera, a testa bassa.

«Ma a quanto pare il concetto non è chiaro. Sa bene quanto può essere spaventoso un ospedale per un adulto, e quindi si immagini un bambino costretto a letto, in un posto in cui un gruppo di estranei gli ha tolto i vestiti e le scarpe e ha iniziato a ficcargli degli aghi in corpo e gli ha detto quando deve mangiare e quando può andare al bagno. Ma almeno la maggior parte dei bambini può contare su una madre o su un padre o su qualcuno, una persona familiare, che ogni tanto passa a vedere come sta e gli dona un po' di rassicurazione. Non i miei bambini. Loro non possono fare affidamento su nessuno. Il loro sistema di supporto è un buco nero. Riesce a immaginarlo?»

Sorenson scosse la testa. «Ci ho provato, ma...»

«Esatto. È impossibile. Ma si fidi di me, è terribile.»

Alicia lo sapeva bene. Il primo anno di college era stata ospedalizzata per qualche settimana, per la disidratazione conseguente a una gastroenterite virale molto simile a quella che aveva portato Hector lì. Era rimasta nella struttura solo due giorni, ma era stata un'esperienza orribile. Non aveva un ragazzo, nessun amico intimo, nessuno che la andasse a trovare, nessuno che chiedesse notizie di lei, ed era disposta a morire pur di non chiamare a casa. Non aveva mai dimenticato quella sensazione di totale isolamento e fragilità.

«Ed è proprio per questo che hanno bisogno di qualcuno, a ogni turno, che li vada a trovare e parli con loro e sorrida e li prenda per mano, ogni ora o giù di lì. Qualcuno su cui possano contare. Per non sentirsi più così dannatamente soli. È importante quasi quanto le medicine che pompiamo nel loro corpo.»

«Me ne occupo subito.»

«Bene. Ma non deve farlo per me. Lo faccia per lui.» Si voltò e sfiorò il capo di Hector. «Ehi, piccolo. Il tuo taglio è fico come sempre.»

E adesso ottenne un sorriso. «Sci. È...» Tossì. Riprovò ma si interruppe a causa di un nuovo accesso di tosse.

«Calma, Hector» disse Alicia.

Lo mise a sedere e aprì i lembi posteriori del camice da ospedale. Gli premette lo stetoscopio contro le costole, auscultò, pronta a sentire quel rumore simile allo scricchiolio del cellophane, il segno che indicava la polmonite.

Non sentì nulla se non un sibilo isolato.

Alicia controllò la cartella di Hector. All'ammissione la radiografia del torace aveva dato esito negativo. Ordinò di ripeterla, e aggiunse un esame dell'espettorato e una colorazione di Gram.

Fissò il piccolo corpo ossuto. Quella tosse non le piaceva proprio per niente.

2

«Oh, no» disse Alicia quando svoltò l'angolo e vide le macchine della polizia di fronte al Centro. «E adesso che succede?»

In una mano aveva ciambella e caffè presi al bar dell'ospedale, e il voluminoso *Times* della domenica nell'altra. Di solito passava il resto della domenica mattina al Centro. Avevano ancora dei bambini da accogliere per il trattamento, proprio come ogni altro giorno, ma il lavoro era molto meno intenso rispetto al solito: per esempio, ricevevano molte meno chiamate. Perciò di solito approfittava dell'occasione per sbrigare un po' di pratiche.

Aveva anche programmato di tenersi un po' di tempo libero per pianificare la sua prossima mossa nella saga infinita del testamento e della casa che in teoria apparteneva a lei ma che nessuno voleva lasciarle.

Ma adesso...

Proprio davanti alla porta di ingresso andò quasi a sbattere contro due poliziotti, uno bianco, uno nero, che parlavano con Raymond. *Raymond*. Era molto devoto al Centro ma si faceva vedere solo raramente di domenica.

«Oh, Alicia!» disse. «Sei arrivata! Non è meraviglioso?»

«Non è meraviglioso cosa?»

«Non te l'hanno detto? I giocattoli! Ci hanno riportato i giocattoli!»

Alicia sentì l'improvviso bisogno di piangere. Si voltò verso la coppia di poliziotti. Raymond fece le presentazioni. Avrebbe voluto abbracciarli.

«Li avete trovati? Di già? È... è stupendo!» Più che stupendo. Fantastico era la parola più adatta.

«Immagino sia corretto dire che li abbiamo trovati» disse il poliziotto nero, grattandosi la pelata. Sulla targhetta c'era scritto POMUS. «Se per 'trovare' intende aprire un camion parcheggiato sul marciapiede davanti al portone.»

«Aspetti un attimo. Facciamo un passo indietro. Che camion?»

«Un furgoncino, Alicia» disse Raymond. «Pieno di giocattoli. La polizia pensa che fosse lo stesso veicolo utilizzato per portarli via da qui. Qualcuno lo ha abbandonato sul marciapiede ieri notte e lo ha lasciato lì.»

«Avete idea di chi possa essere stato?» chiese, anche se lei ce l'aveva un'idea, e pure bella chiara.

Il poliziotto bianco – sulla sua targa c'era scritto SCHWARTZ – fece un ghigno. «A sentire il tizio legato al paraurti, è stato Babbo Natale in persona.»

«Il tizio legato a cosa?»

Le raccontarono dell'uomo che avevano trovato strettamente legato al paraurti del furgoncino pieno zeppo di regali. Qualcuno gli aveva 'fatto il culo come si deve', per usare la definizione dell'agente Pomus, e poi gli aveva attaccato delle corna da renna di carta alla testa. L'uomo, gravemente ferito, ammetteva il furto e giurava che il suo assalitore era Babbo Natale. Aveva anche ammesso di avergli sparato, farneticava di averlo colpito al cuore senza ucciderlo.

«Ma naturalmente non puoi ammazzare Babbo Natale» disse l'agente Schwartz con un ghigno.

«Evidentemente è un drogato, con ogni probabilità soffre di disturbi della personalità, quindi non sappiamo cosa credere» aggiunse l'agente Pomus. «Adesso è sul lettino a Bellevue, sotto osservazione.»

«Sul lettino?»

«Nell'ospedale psichiatrico. Prima o poi, riusciremo a strappargli dai denti la storia vera.»

«Spero che gli strapperete anche i denti.»

«Oh» disse Pomus. «Credo che gli sia già capitato di peggio.» Ghignò. «Molto peggio.»

«Sì» disse l'agente Schwartz. «Qualcuno se lo è lavorato proprio bene prima di lasciarlo lì. Il bastardo sembrava quasi felice di essere arrestato.»

Dopo che se ne furono andati, Alicia e Raymond andarono al magazzino e ispezionarono i regali. Un paio di confezioni accartocciate, qualche angolo ammaccato: per il resto, quasi tutti erano nelle stesse identiche condizioni di prima del furto. Ordinò a Raymond di procurarsi un bel lucchetto, non le importava che fosse domenica, e di mettere in sicurezza quella porta, anche a costo di metterci una sbarra di ferro davanti.

Poi andò nel suo ufficio e bevve il caffè, ormai tiepido. Ripensò a quell'uomo che si chiamava Jack, quel tizio che a vederlo non sembrava proprio niente di speciale, quel Solo Jack Niedermeyer.

Venerdì pomeriggio aveva detto che avrebbe visto cosa poteva fare. Trentasei ore dopo i regali erano al loro posto e il ladro era sotto custodia.

Un uomo in grado di fare una cosa del genere forse poteva anche risolvere l'altro problema.

Alicia cercò un numero nel computer e digitò sulla tastiera.

3

Jack ebbe un tremito quando allungò la mano per prendere il telefono. Gli veniva in mente solo una persona che poteva cercarlo quella mattina, quindi prese la chiamata prima che scattasse la segreteria.

«Jack, sei meraviglioso!» disse Gia. «Semplicemente meraviglioso!»

«Anche tu non sei male, Gia.»

«No, dico sul serio. Ho appena ricevuto una chiamata dalla dottoressa Clayton e mi ha detto che abbiamo di nuovo i regali.»

«Davvero? Devo riconoscere che le benemerite forze dell'ordine di New York sanno fare il loro mestiere. Quando si mettono in testa una cosa...»

«Certo» disse lei, e, dannazione, Jack poteva quasi sentire il suo sorriso. «Tu non c'entri niente.»

«Nemmeno per sogno. Hai detto che non approvi i miei metodi, quindi ho lasciato perdere.»

«Okay. Va bene. Ma la dottoressa Clayton mi ha riferito che a quanto pare non manca nessun regalo, e il tizio che li ha rubati è in galera. Non so come ci sei riuscito, ma...»

«Ho semplicemente mandato una mail a Babbo Natale, e lui ha pensato a tutto.»

«Be', Babbo Natale forse potrebbe avere un altro incarico. La dottoressa Clayton mi ha chiesto il tuo numero.»

Jack si irrigidì. «Non glielo hai dato.»

«No. Non le ho dato proprio niente. Le ho detto che non lo sapevo a memoria, e che l'avrei chiamata non appena avessi controllato.»

Jack si rilassò. «Hai fatto bene, Gia. La risposta perfetta. Hai idea di che cosa voglia?»

«Si tratta di una faccenda personale. Non mi ha fornito dettagli, e io non glieli ho chiesti.»

«Okay. Prendi appunti.» Jack dettò il numero della sua casa sulla Decima. «Dille di lasciare un messaggio in segreteria. Dille che può mettersi in contatto solo con me.»

«Perfetto. Siamo ancora d'accordo per oggi pomeriggio?»

«Ma certo. Westchester, giusto?»

«No» disse, scandendo bene le parole. «FAO Schwartz.»

«Ne parliamo dopo. Ci vediamo a mezzogiorno.»

4

«Oh mio Dio!» disse Gia. «Ma che cos'è?»

«Solo una sbucciatura.»

Jack guardò la grande chiazza viola sul fianco sinistro. Dannazione. Sperava che non se ne accorgesse, ma lì, nel tepore ovattato dei primi minuti dopo l'amore, se ne era completamente scordato.

Avevano lasciato Vicky alla lezione d'arte dopo pranzo. Ogni domenica passava gran parte del pomeriggio a imparare le basi del disegno, della pittura e della scultura. La sua insegnante diceva che aveva un vero talento per il disegno. Jack immaginava che fosse una cosa genetica, dato che sua madre era un'artista. Vicky amava le lezioni, e Jack amava quella possibilità di restare solo con Gia per tutto il pomeriggio.

La loro routine era semplice: correvano all'appartamento di Jack subito dopo aver lasciato Vicky. Spesso non arrivavano nemmeno a cinque metri dalla porta prima di strapparsi di dosso i vestiti. Da lì di solito finivano aggrovigliati sulla prima superficie orizzontale. Oggi, comunque, erano riusciti ad arrivare fino al letto.

Jack si portò le lenzuola su fino al collo ma lei le riabbassò.

«Non la definirei una 'sbucciatura'.» Jack osservò le dita di Gia che tracciavano i contorni del livido. «Fa male?»

«No.»

Premette il dito e lui rabbrividì.

«Bene. Non fa male proprio per niente, vedo. Da quanto tempo ce l'hai?»

«Da ieri notte.» Da un po' prima di mezzanotte, per l'esattezza.

Le raccontò del bastardo che gli aveva sparato, e del giubbotto antiproiettile che gli aveva salvato la vita.

«Grazie a Dio ce l'avevi!» Non riusciva a staccare gli occhi dalla ferita, non smetteva di sfiorarlo. «Ma se il giubbotto era a prova di proiettile, perché sei ferito?»

«Be', in realtà ha impedito al proiettile di trapassarmi la carne, ma il bussolotto aveva ancora addosso tutta la velocità. Qualcosa doveva assorbirla, e quel qualcosa ero io.»

Jack non sapeva bene perché avesse ceduto all'impulso di indossare il vestito da Babbo Natale. Di solito se si mascherava era per tendere una trappola o per evitare sospetti. La spumeggiante performance con la barba e gli oh oh oh e il vestito rosso non erano nel suo stile.

Ma in qualche modo... questa volta, questo lavoro... si era sentito obbligato a impartire una lezione.

E aveva saputo fin dal primo momento che era una cosa stupida. L'esperienza glielo aveva insegnato: quando cerchi di dare una lezione, invece di fare il lavoro e basta, aumenti le possibilità che le cose vadano storte, il che aumenta le possibilità di essere ferito.

Quindi Jack aveva preso le sue precauzioni. Non aveva mai indossato un giubbotto antiproiettile, ma aveva fatto un'eccezione per la scorsa notte. Normalmente avrebbe usato un lacrimogeno: lo avrebbe gettato dentro il furgoncino, poi, appena il tizio, o i tizi, fossero rotolati fuori dalla portiera, li avrebbe messi al tappeto con un bastone. Ma per quello spettacolino di Babbo Natale si era dovuto esporre di più, e lui sapeva, sicuro come la morte, che prima o poi qualcuno avrebbe tirato fuori una pistola.

E aveva ragione. Il tizio aveva azzeccato un colpo fortunato: Jack aveva avuto la sensazione che un quattro per quattro lo avesse investito in pieno petto. Lo aveva fatto cadere dal furgone, gli aveva strappato il fiato dai polmoni, ma il giubbotto a dieci strati aveva fermato il proiettile.

Per fortuna che aveva quei guanti rinforzati. Abe non era riuscito a trovarglieli bianchi, ma aveva fornito a Jack un paio di guanti di cotone bianco da mettere sopra quelli tradizionali di pelle nera. I pesi di piombo raddoppiavano l'impatto di ogni pugno e gli avevano permesso di ridurre a uno straccio il bastardo in quattro e quattr'otto.

E poi Jack aveva perso il controllo. Forse era il dolore, forse era perché aveva pensato che sarebbe morto se non avesse indossato il giubbotto, e forse era perché gli erano tornate in mente le vittime del furto di quella palla di merda. In ogni modo, l'oscurità che si annidava dentro il suo animo era uscita dal suo buco e per qualche istante aveva avuto la meglio su di lui.

Gia gli passò un braccio intorno alla vita e si avvicinò. Un seno si poggiò sulla ferita. Gli strofinò il naso contro il collo.

«Quando hai intenzione di mollare tutta questa storia?»

Jack fece un profondo respiro e sentì una brusca coltellata di dolore. L'impatto del proiettile doveva aver provocato un piccolo distacco della cartilagine delle costole. Non era la prima volta, e probabilmente nemmeno l'ultima.

«Oh, non stiamo davvero entrando in questa discussione, spero» disse piano, accarezzandole i morbidi capelli biondi.

«È solo che mi spavento così tanto quando penso che qualcuno può spararti.»

«Non succede mica tutti i giorni. La gran parte delle mie riparazioni segue una rigida politica: non ci si sporcano le mani.»

«Ma c'è sempre la possibilità che le cose vadano male. Voglio dire, non hai proprio a che fare con impeccabili cittadini nel tuo tran tran quotidiano.»

«Su questo hai ragione.»

Forse se avesse continuato a darle ragione lei avrebbe lasciato perdere.

«So che ho un debito con Jack il Riparatore, ma...»

«Non hai nessun debito.»

«Sì, invece. Vicky è viva grazie a lui. Quell'indiano pazzo ha ammazzato Grace e Nellie, e se tu fossi stato un'altra persona, avrebbe fatto divorare Vicky da quelle cose...»

Rabbrividì e si strinse più forte a lui.

Jack chiuse gli occhi e ricordò quell'incubo. Kusum Bahkti era partito dal Bengala per onorare un voto di vendetta contro la famiglia Westphalen, nato da un'atrocità durante il Raj.

Dopo la morte delle zie Grace e Nellie, Vicky era l'ultima dei Westphalen.

Kusum era andato così vicino a tenere fede al suo voto.

«Penso che il vecchio Jack il Riparatore abbia con Gia un debito uguale. Se non fossi tornata quella notte...»

Jack si era ridotto piuttosto male per salvare Vicky. Aveva perso molto sangue, ed era troppo debole per attraversare tutta la stanza e prendere il telefono. Se Gia non fosse andata a cercarlo e non lo avesse portato dal dottor Hangus...

«Direi che siamo pari.»

Sentì Gia che tremava contro la sua spalla.

«No. Qualunque passante avrebbe potuto trovarti e portarti all'ospedale. Ma salvare Vicky... Se tu fossi stato un carpentiere o un copywriter, o persino un poliziotto, se non fossi stato chi sei... lei sarebbe morta. Ed è per questo che mi sento terribilmente ipocrita quando ti chiedo di mettere al chiodo la tuta da Jack il Riparatore...»

«Ehi, insomma. Da come parli sembro Batman.»

«Okay, non vai in giro con una tutina di lattice, ma dentro, nel profondo del tuo cuore, tu sei così.»

«Uno che combatte contro il crimine? Gia, tu sei una delle poche persone che conosco che non è una specie di criminale. Io faccio affari, Gia. *Affari*. E mi faccio pagare per i miei servizi.»

«Non ti sei fatto pagare per la notte scorsa.»

«E guarda cosa mi è successo! Un lavoro gratis, e improvvisamente divento Batman. O quel paladino della giustizia che era sempre in tv. The Equalizer. È per questo che non lavoro mai gratis. Appena si spargerà la voce, tutti si aspetteranno che io mi dia da fare solo perché hanno bisogno di me.»

Gia alzò la testa e fece un ghigno. «Oh, certo. Sei un vero duro.»

Jack alzò le spalle. «'Tutto è fumo e vento fuorché l'oro e l'argento.'»

«E tu lo fai solo per i soldi.»

«'Raccogli la legna da giovane per scaldarti da vecchio.'»

Il sorriso si allargò sul volto di Gia. «E non ti lasci coinvolgere emotivamente.»

Jack contrattaccò con un sorriso. «'Quando la fame entra dalla porta, l'amore esce dalla finestra.'»

Gia posò una mano sopra la ferita sul petto. «Un altro proverbio e premerò il bottone viola che hai sul fianco. E forte.»

Jack cercò di rotolare via ma lei lo teneva forte. «Okay. Se tu ti fermi, io mi fermo.»

«Affare fatto. Ma ammettilo. Ti lasci coinvolgere emotivamente.»

«Cerco di non farlo. È pericoloso.»

«È proprio quello che dico io. È pericoloso. Ti identifichi in chiunque accetti come cliente.»

«Avventore, prego. Gli avvocati e i commercialisti hanno clienti. Io ho avventori.»

«Bene. Avventori. Quello che dico è che non ti fai assumere da chiunque si ritrovi in mano soldi a sufficienza.»

«Scelgo caso per caso.» Jack era sempre più a disagio. Voleva tagliare corto. «Voglio dire, devo avere la sensazione di poter svolgere il lavoro, altrimenti perdiamo tempo entrambi. Sono solo un piccolo imprenditore, Gia.»

Lei fece un sospiro e si lasciò ricadere sulla schiena. «Un piccolo imprenditore che non ha nessun numero di previdenza sociale, ma ha una dozzina di nomi diversi, e non paga mai le tasse.»

«Ogni tanto pago l'IVA.»

«Affronta la realtà, Jack. Questa storia di Jack il Riparatore ti dà una sferzata di adrenalina, e tu ne sei dipendente.»

Jack non voleva pensare a sé stesso come un tossico dipendente dall'adrenalina, ma doveva ammettere che aveva avuto una poderosa scarica dopo aver lasciato quella schifezza d'uomo e i giocattoli rubati davanti al Centro la notte precedente. Non si era reso nemmeno conto della gravità della ferita prima di tornare a casa.

«Forse è vero, e forse no. Ma diciamo pure che mi ritiro, che appendo la tuta da Jack il Riparatore al chiodo, per usare la tua eloquente espressione. Che succede a quel punto?»

«A quel punto iniziamo una vita vera insieme.»

Jack sospirò. Una vita assieme a Gia e Vicky... quella sì che era una tentazione.

Ed era anche una cosa dannatamente strana. Quando aveva vent'anni, non si sarebbe mai immaginato sposato, o sistemato con una donna, in una relazione tradizionale. E poi... diventare padre? Lui? Mai nella vita.

Ma il rapporto con Gia, e l'amore che provava per Vicky, avevano cambiato tutto. Le voleva al suo fianco, e voleva restare al loro fianco, sempre, tutto il tempo.

Se solo fosse stato così semplice.

«Sposarci, vuoi dire.»

«Sì, voglio dire sposarci. È una prospettiva così terribile?»

«Non la cerimonia. E di certo non l'impegno. Ma l'idea di andare al municipio e registrare il mio nome da qualche parte...» Simulò un malanno. «Aaargh!»

«Userai una delle tue identità fasulle. Sceglieremo un cognome che stia bene assieme a Gia e Vicky. E poi useremo quello. Facile.»

«Non potremmo vivere insieme e basta?»

Conosceva già la risposta. Ma almeno avevano lasciato perdere l'argomento del suo lavoro.

«Certo. Non appena Vicky sarà cresciuta e si sarà trasferita e si sarà sposata anche lei. Fino ad allora, la madre di Vicky non scopa con nessuno. Neppure con quell'uomo, quel Jack, che sua madre e Vicky amano così tanto.»

Gia era un'artista di Manhattan da tanto tempo, e sembrava una cittadina smaliziata fino al midollo, ma di tanto in tanto la ragazza di campagna dell'Iowa che era annidata in fondo al suo cuore usciva fuori e reclamava la sua parte.

E a Jack andava benissimo. La ragazza di campagna dell'Iowa faceva parte del suo fascino. Faceva parte di ciò che la rendeva Gia.

Ma il problema non era il matrimonio. La vera barriera che impediva alla relazione di uscire alla luce del sole era Jack il Riparatore. Perché non appena Jack si fosse trasferito da Gia e Vicky, o viceversa, sarebbe diventato vulnerabile. Aveva la tendenza a crearsi dei nemici, nel suo lavoro. Cercava di tenere nascosto il suo volto in ogni operazione, ma un certo livello di esposizione era inevitabile. Un bel numero di persone abbastanza incazzate sapevano come era fatto. Ogni tanto qualcuno lo avvistava. E quello che seguiva di solito non era per niente piacevole. Ma poiché Jack viveva da solo, e poiché era molto circospetto quando doveva farsi vedere in pubblico con persone a cui teneva, i tizi incazzati erano sempre stati costretti ad avere a che fare direttamente con lui. E quello era un bene. Poteva gestire la cosa. E lo faceva. Difficilmente si facevano rivedere, dopo.

Ma se Gia e Vicky fossero state direttamente collegate a lui, sarebbero diventate degli obiettivi.

E Jack non avrebbe saputo gestire una situazione del genere.

Se una di loro avesse sofferto a causa sua...

«Okay. Io mi ritiro e ci sposiamo. E poi che succede?»

«La vita, ecco che succede.»

«Facile a dirsi. Tu continui a disegnare le tue copertine e a dipingere, ma io che faccio? Che potrei fare nel mondo della gente per bene? Io non so fare nient'altro.»

Gia si alzò appoggiandosi su un gomito e gli scoccò una delle sue occhiate fulminanti.

«Questo succede perché non hai mai provato a fare nient'altro. Jack, sei un uomo brillante, intelligente, pieno di iniziativa, con un corpo agile. Puoi fare tutto ciò che vuoi.»

Ma voglio fare quello che sto facendo adesso, pensò.

«E che mi dici dei giocattoli rubati? Se mi fossi ritirato e ci fossimo sposati, che cosa avresti fatto?» La punzecchiò con il dito. «Eh? Eh? Che cosa avresti fatto?»

«Ti avrei chiesto di riprenderli.»

La fissò. Non c'era nemmeno l'ombra del senso di colpa, nessun segno che indicasse che stava scherzando. Faceva sul serio.

«Sono il solo in questa stanza ad avvertire una piccolissima incoerenza?»

«No. Io sono un'ipocrita e lo ammetto senza problemi. Voglio che tu vesta i panni di Jack il Riparatore solo per me.»

Jack era senza parole. Cosa poteva dire adesso?

Il silenzio incombeva sulla stanza, quando una bassa risata gutturale si riversò dalla sala accanto. Jack sentì la pelle d'oca sul braccio di Gia.

«Mio dio, Jack. L'hai sentito?»

«È solo la tele. Il nostro vecchio amico, Dwight.»

Il Festival Dwight Frye non si era interrotto, e adesso era in proiezione *Dracula*. Jack poteva immaginare benissimo la scena sullo schermo, una delle sue preferite in assoluto: la nave che trasporta il conte in Inghilterra ha raggiunto la riva, e l'unico uomo ancora in vita è Renfield, che guarda in alto dal profondo della stiva, gli occhi che brillano di pazzia, la risata folle che riecheggia in tutta la nave.

«È spaventoso.»

«Puoi dirlo forte. Il vecchio Dwight ha fatto un'interpretazione così magistrale nel ruolo di Renfield da segnare tutta la sua carriera. Ogni volta che c'era bisogno di un tizio che non aveva tutte le rotelle a posto, chiamavano Dwight Frye.»

Gia guardò l'orologio. «Dio, hai visto che ore sono? Voglio fare un po' di compere per Natale prima di andare a prendere Vicky.»

«Non credo che abbiamo tempo di andare fino a Westchester» disse.

«Poco ma sicuro. E infatti andiamo da FAO Schwartz.»

Jack mugolò.

«Smettila di frignare.» Lo baciò, poi rotolò fuori dal letto e si diresse al bagno. «Mi faccio una doccia veloce, poi ce ne andiamo.»

La guardò attraversare la stanza. Adorava il suo corpo nudo, i seni piccoli e sodi, le gambe lunghe, il cespuglio di pallidi peli pubici che dimostrava che era una bionda naturale.

Jack si chiese come sarebbe stata incinta. Favolosa, probabilmente.

Per quanto fosse strano, ultimamente aveva cominciato a pensare ai bambini. Sin da quando aveva visto Gia che teneva in braccio il piccolo malato di AIDS al Centro, venerdì. La luce nei suoi occhi, quell'aria protettiva. Gia era perfetta. Curare e amare un bambino era nella sua natura. Jack l'aveva capito subito, osservandola insieme a Vicky. Gia era una madre single, ma dava a Vicky l'affetto che solo una dozzina di genitori sarebbero riusciti a eguagliare.

Sentì la porta del bagno che si chiudeva e sentì lo *swoosh* dell'acqua della doccia quando accese il getto.

Chiuse gli occhi e immaginò Gia che cullava un altro bimbo... il loro bambino. Pensò a lui che invecchiava con Gia e Vicky e una piccola nuova creatura, la fusione di lui e Gia, e quella visione accese un piccolo sole dentro di lui.

Ma per arrivare fin là doveva cambiare la sua vita.

Uscì dal letto e aprì l'ultimo cassetto del vecchio mobile di quercia. Frugò in mezzo a tutte le parrucche, i baffi finti, gli occhiali da sole, i dilatatori per naso e tutti gli altri aggeggi fino a quando non trovò una barba. La tirò fuori dalla bustina protettiva e la controllò. Sembrava ridotta piuttosto male. Avrebbe dovuto procurarsene un'altra, presto.

Se la portò al volto e si guardò nello specchio.

Non era un capolavoro, ma assieme a un piccolo cambiamento nel taglio dei capelli – bastava spostare la riga un po' più verso il centro – conferiva al suo volto, normalmente spigoloso, una forma più ovale, e nascondeva i lineamenti abbastanza per renderlo irriconoscibile.

Ma guardati, si disse. Ti devi mettere una barba per andare a fare compere per Natale in centro. Sei costretto a guardarti alle spalle costantemente. Che razza di vita è questa?

Se si fosse ritirato, avrebbe potuto farsi crescere la barba e andare dovunque gli paresse, tenendo Gia con una mano e Vicky con l'altra. Fregandosene di chi poteva vederli.

Ritirarsi...

Al diavolo, perché no? Forse era arrivato il momento. Aveva rischiato, e di brutto, troppe volte. Aveva corso pericoli sufficienti per una dozzina di vite. Ma non si era mai procurato un danno serio, permanente. Cercava di convincersi che fosse merito della sua attenzione ai dettagli, ma forse era solo fortuna. Che cosa aspettava? Di finire sotto terra, o su una carrozzina? Che senso aveva continuare a sfidare la fortuna?

Non fare il coglione, disse una voce. Vattene finché stai vincendo.

Come al solito, la voce aveva ragione.

Come al solito, Jack non aveva intenzione di seguire il suo consiglio.

Non ancora, in ogni modo.

Lunedì

1

Alicia rimase in piedi, incerta, fuori dal bar, strizzando gli occhi nella luce del tardo pomeriggio mentre sbirciava attraverso la lurida vetrata per guardare dentro.

Che razza di posto era quello? Jack le aveva detto che si chiamava Julio, ed era quello che c'era scritto sull'insegna, ma sembrava così sporco. Si aspettava un qualche posticino trendy nell'Upper West Side, ma quei brutti ceffi che entravano e uscivano dalla porta decisamente non erano degli yuppie.

Alicia aveva chiesto a Jack di passare nel suo ufficio come aveva fatto l'altra volta, ma lui le aveva risposto che stavolta doveva essere lei ad andare nel suo ufficio. Okay. Era giusto. Ma chi mai aveva un ufficio dentro un bar di operai?

E perché il proprietario non riusciva proprio a dare una pulitina alla vetrata, di tanto in tanto? Era così unto che faceva fatica a guardare dall'altra parte. E quel poco che intravedeva dell'oscura sala non era incoraggiante.

C'erano molte piante. Piante ragno, asparagi felce, erba miseria, ma erano tutte morte. Peggio che morte. Molto, molto più che morte. Quelle poche foglie che ancora restavano incollate ai rami erano marroni, contorte e coperte da uno spesso strato di polvere. Che roba era? L'ultima moda in fatto di decorazione di interni sul pianeta delle mummie?

Dietro le piante essiccate tutto era nero come lo spazio interstellare. E non c'erano nemmeno le stelle.

Ma quello era l'indirizzo che le aveva dato, e si chiamava davvero Julio...

Alicia fece un passo indietro e controllò la strada. Era arrivata in taxi, quindi non aveva avuto molte opportunità di verificare se la berlina grigia la stesse seguendo ancora. Ma adesso non la vedeva in strada. Forse era tutto nella sua mente.

E forse non si sarebbe nemmeno dovuta prendere la briga di incontrare Jack. Non voleva spiegare ancora la sua situazione, zigzagando tra i dettagli che poteva rivelare e quelli che doveva tenere segreti. E poi, affrontare le domande, le domande inevitabili.

Perché agli occhi di qualcuno che non sapesse quello che sapeva lei, le sue azioni sarebbero apparse del tutto irrazionali. Thomas era l'unica altra persona al mondo che aveva tutte le informazioni, e anche lui pensava che fosse pazza.

Non poteva rispondere a quelle domande. E allora doveva accettare che la gente la prendesse per una fuori di testa.

Voleva aggiungere alla lista 'Solo Jack'?

Proprio per niente. Ma non aveva nessun altro posto in cui andare adesso, e aveva la sensazione che quel 'Solo Jack' fosse il tipo di uomo che andava dritto al cuore dei problemi. Aveva ottenuto il referto medico del ladro che aveva rubato i giocattoli. I poliziotti non avevano esagerato. Era stato conciato per le feste. Numerose fratture, innumerevoli contusioni. Il che le diceva che quel 'Solo Jack' non aveva nulla in contrario a un giudizioso uso della forza.

E dopo aver visto quello che era successo al povero Leo Weinstein, forse era proprio ciò di cui aveva bisogno.

Ma la possibilità di condurlo alla stessa fine che era toccata al povero Leo la faceva esitare.

Aveva cercato altre opzioni, ma 'Solo Jack' al momento sembrava la migliore. Era stufa del testamento e della casa, e il giorno prima aveva escogitato un modo per risolvere una volta per tutte quel casino. Ma non era una cosa che un avvocato poteva gestire. Era abbastanza sicura che fosse nelle corde di Jack, invece.

Ma aveva il fegato di chiederglielo?

Fece un profondo respiro, cercò di calmarsi i nervi, tirò la maniglia e fece un passo dentro.

Mentre aspettava che i suoi occhi si abituassero all'oscurità, sentì il ronzio della conversazione che si attenuava e moriva, proprio come le piante alla vetrata.

Lentamente mise a fuoco la stanza. Primo, lo schermo della televisione, sintonizzata su ESPN, a quanto pareva, o un canale del genere; poi i neon che pubblicizzavano le birre: solo Bud, Rolling Rock e Miller, niente Bass Ale o Zima da quelle parti. I neon brillavano dietro il bancone, illuminando le bottiglie allineate come spettri sulle mensole di vetro. Un cartello sopra il bancone, lettere scure intagliate nel legno chiaro: LA BIRRA GRATIS ARRIVA DOMANI.

E poi i clienti abituali. Una mezza dozzina di uomini barbuti appoggiati al bancone, bottiglie e shot di whisky davanti a loro, tutti girati verso di lei, che la fissavano.

Dove era finita? In un bar gay? Non avevano mai visto una donna là dentro?

«Sei qui per vedere Jack, giusto?»

Alicia abbassò gli occhi e vide un ispanico basso, muscoloso, che era sbucato fuori dal nulla. Aveva dei baffi sottili e capelli neri, ondulati, tirati indietro. La voce era bassa, gli occhi scuri brillanti, energici.

«Uhm, sì. Aveva detto che si sarebbe fatto trovare...»

«È nel retro. Io sono Julio. Seguimi.»

Sollevata, seguì Julio che camminava impettito fin dietro il bancone, per poi infilarsi nella profonda oscurità che si apriva dietro. La conversazione nel bar ricominciò a scorrere non appena lei si allontanò. Quando raggiunsero i tavoli sul retro, scorse una sagoma seduta di fronte al muro opposto. La figura si alzò in piedi. Riconobbe Jack.

Le tese la mano. «È bello rivederla, dottoressa.»

La gola di Alicia si chiuse ripensando a quando aveva visto la stanza dei giochi di nuovo piena, il giorno prima. Gli strinse entrambe le mani e le tenne forte.

«Non so davvero come ringraziarla per aver ritrovato quei giochi. Non saprei neanche da dove cominciare.»

«Non ce n'è bisogno. Sono stato assunto per fare un lavoro, e l'ho fatto.»

Chissà perché, Alicia ne dubitava. Per quanto si sforzasse di sembrare disinvolto, lei aveva visto i suoi occhi venerdì, e sapeva cosa aveva fatto a quel ladro. Davvero un uomo semplicemente 'assunto per fare un lavoro' avrebbe combinato un simile disastro?

Le offrì il caffè. Lei rifiutò. Julio riempì la tazza bianca sbeccata di Jack, poi li lasciò soli.

«C'era tutto?» chiese Jack, sorseggiando il caffè nero.

Lei notò di nuovo le lunghe unghie dei pollici. Forse più tardi gli avrebbe chiesto perché non le tagliava corte come le altre.

«Per quanto ne sappiamo sì. Lo staff sta letteralmente impazzendo di gioia. Dicono che è un miracolo di Natale. E lo stesso dicono i giornali.»

«Li ho letti. Bene. Allora possiamo considerare chiusa la faccenda. Come va quel piccoletto con il nuovo taglio di capelli, a proposito? Quello che si è sentito male subito dopo il nostro incontro?»

«Hector?» chiese, sorpresa che si ricordasse di lui. «Hector non se la cava troppo bene.»

«Accidenti, no. Spero che non stia per dirmi qualcosa di terribile.»

Gli interessa sul serio, pensò lei. Si preoccupa davvero per lui.

«Le ultime lastre al petto indicano una polmonite.»

Le infiltrazioni ai polmoni formavano un quadro tipico della *pneumocystis*, e la colorazione di Gram aveva confermato che l'agente infettante era proprio quello. Non era una sorpresa. La *pneumocystis carinii* adorava i pazienti affetti da AIDS.

Alicia aveva iniziato un trattamento di Bactrim intravenoso. In teoria avrebbe dovuto assumere regolarmente una dose orale profilattica, ma non tutti i genitori adottivi erano così religiosamente scrupolosi nella somministrazione giornaliera di medicinali a dei bambini che apparentemente stavano bene.

«Ma se la caverà?»

«Le medicine che sta prendendo di solito compiono il miracolo.»

Di solito.

«C'è qualcosa che posso fare per lui? Mandargli dei palloncini, un orsacchiotto di peluche?»

Che ne dici di una madre e di un padre, o ancora meglio, di

un nuovo sistema immunitario?, fu quello che pensò Alicia. Invece disse: «Sarebbe fantastico. Non ha nulla. Sono sicuro che amerà alla follia qualsiasi cosa.»

«Non ha nulla.» Jack scosse la testa e fissò il suo caffè con aria tetra.

Quando rialzò gli occhi su di lei, Alicia seppe per certo che si stava sforzando per cercare delle parole in grado di esprimere il desolante vuoto della vita che cercava di immaginare.

Non cercare di esprimerlo a parole, pensò. Non puoi farcela.

«Lo so» gli disse.

Jack annuì. Poi sospirò. «Nel suo messaggio ha detto che vuole discutere con me di una faccenda personale.»

Sì, pensò. Spostiamoci su qualcosa che puoi fare.

«Innanzitutto diamoci del tu. E prima di iniziare a parlare delle cose serie, voglio scoprire qualcosa su quelle piante morte. Che razza di idea è?»

Jack lanciò un'occhiata alla finestra, come se le vedesse per la prima volta, o come se quella roba morta fosse lì da così tanto tempo che ormai la notava a malapena.

«Oh, quelle. Julio le usa come totem. Per scacciare gli spiriti maligni.»

«Stai scherzando. Quali spiriti maligni?»

«Quelli che ordinano Chardonnay.»

Alicia fece un sorriso storto. «Oh, capisco. Un bar da machi... testosterone che aleggia in aria.»

Jack alzò le spalle. «Non posso parlare in nome di Julio. A lui piace un certo tipo di clienti, e cerca di scoraggiare gli altri. Ma a volte questa strategia gli si ritorce contro. A volte quelle piante attirano proprio il tipo sbagliato di cliente perché qualcuno crede che il posto sia così 'autentico'... qualunque cosa significhi. Ma torniamo a te.»

Alicia sospirò, sentendo la tensione che aumentava. Era arrivato il momento.

«Si tratta di una storia lunga e complicata, e non ho intenzione di annoiarti con i dettagli. In breve: un uomo di nome Ronald Clayton è morto in un incidente aereo due mesi fa e mi ha lasciato in eredità delle cose che possedeva.»

«Chi era?»

«Mio padre.»

«Tuo padre? Mi dispiace che...»

«Lascia perdere. Abbiamo dei geni in comune, nient'altro. In ogni modo, quando ho ricevuto la chiamata dell'avvocato che svolge la funzione di curatore testamentario, gli ho detto che non nutrivo il minimo interesse verso i beni di quell'uomo, né verso qualunque cosa che fosse correlata a lui. Poi mi ha detto che ero l'unica erede.»

Dall'altra parte del tavolo, Jack sollevò un sopracciglio. «Non tua madre?»

«È morta una ventina e passa d'anni fa... e di questo puoi dispiacerti, se ti va.»

Alicia ricordava appena sua madre. Se solo non fosse morta... le cose sarebbero state così diverse...

«Be', in ogni caso, ero sotto shock. Non gli parlavo da una dozzina di anni. E non avevo mai neppure pensato a lui.» Non l'avrebbe mai permesso a sé stessa. «Ho detto al curatore che non volevo avere niente a che fare con quella maledetta casa e gli ho attaccato il telefono in faccia.»

Jack rimase in silenzio. Alicia pensò che fosse ancora in attesa del famoso problema.

Non preoccuparti. Sta arrivando.

«E poi il mio fratellastro, Thomas, mi chiama al telefono, e...»

«Aspetta. Fratellastro?»

«Giusto. Maggiore di quattro anni.»

«Da parte di madre o di padre?»

«Ronald Clayton è suo padre.»

Jack abbassò la testa. «E lui è rimasto senza il becco di un quattrino.»

«Esatto. Neppure un centesimo.»

«Ci sono altri figliastri che gravitano intorno alla famiglia Clayton?»

«No. Solo Thomas. E lui è più che sufficiente, grazie. Allora ho Thomas al telefono, mi dice che se non voglio la casa, mi spiacerebbe darla a lui? Io gli dico di no. Che ho cambiato idea. Che la voglio. Gli dico che ho intenzione di donarla al Centro contro l'AIDS, per farne una struttura satellite. Quindi, poteva anche scordarsela.»

«Andavi d'amore e d'accordo con tuo padre come con tuo fratello, giusto?»

«Anche peggio, se è possibile. Il giorno dopo, Thomas mi chiama di nuovo, e mi offre due milioni per la casa.»

Jack rimase a bocca aperta. «Dove si trova?»

«Murray Hill.»

Jack sorrise. «Roba seria. Potrebbe anche essere poco per Murray Hill.»

«È una palazzina di tre piani. Li vale fino all'ultimo centesimo.»

«Fino a qui, non capisco perché pensi di aver bisogno di me. Prendi i soldi e scappa.»

E adesso veniva la parte dolorosa. Adesso avrebbe iniziato a chiedersi il perché. Ma Alicia aveva evaso le domande più dolorose – le domande impossibili – con il povero Leo Weinstein, e poteva cavarsela anche con Jack.

«Ma non l'ho fatto. Ho rifiutato.»

«Sapevi che il prezzo sarebbe salito.»

«Era impossibile che salisse. E invece è successo. Thomas è tornato alla carica e mi ha offerto quattro milioni. E gli ho dato la stessa risposta. E poi mi ha detto che era stanco di rilanciare contro sé stesso. Mi ha detto di fargli un fottuto prezzo, per usare le sue parole, e gli ho riattaccato di nuovo in faccia.»

«Hai rifiutato di nuovo la sua proposta... È un po' come vincere la lotteria e non andare a incassare, non è vero?»

«Non esattamente. Capisci, Thomas non ha praticamente niente in banca.»

Jack si sporse in avanti e la fissò. Adesso sembrava interessato.

«Ne sei sicura?»

«Lo sospettavo. Voglio dire, è stato assunto come funzionario di basso livello alla ATT subito dopo la laurea. Chi mai gli avrebbe concesso un mutuo del genere? E allora ho voluto controllare: il suo rating è sotto zero, e ha lasciato il lavoro più o meno quando ha iniziato a chiamarmi.»

«Allora, un tizio senza un soldo e senza lavoro ti offre quattro milioni. Non posso certo rimproverarti di aver rifiutato.»

«No, non capisci. Penso che i soldi li abbia. E in contanti.»

«Contanti?»

«È quello che mi ha offerto. Ha detto che potevo tenerli per me o donarli tutti a un'organizzazione no profit a mia scelta. Come te lo spieghi?»

«O è pazzo o ha qualcuno alle spalle.»

«Esatto. Ma chi? E perché non mi hanno contattato direttamente? Perché passare tramite Thomas?»

«Ha importanza?» Jack si abbandonò di nuovo contro lo schienale. «Hai in mano un patrimonio immobiliare di tutto rispetto. Puoi andarci a vivere oppure venderlo. Non hai bisogno di me, hai bisogno di un avvocato fiscalista.»

Alicia sentì che si stava ritirando, che perdeva interesse. Allora proseguì velocemente con il resto della storia.

«Ma non posso viverci, e non posso venderla. Quando ho rifiutato la sua proposta, Thomas ha assunto degli avvocati di grido per contestare il testamento. Non posso prenderne possesso finché la questione non sarà risolta. Hanno persino ottenuto il permesso della corte di sigillare il posto, perciò non posso neppure dare un'occhiata da quelle parti.» Non che lo avesse mai desiderato.

«Perché sigillarlo?»

«A quanto pare da quando non ci abita più nessuno qualcuno ci è entrato. Thomas dice che vuole proteggere quella che diventerà, secondo le sue aspettative, una sua proprietà, una volta che la sua contestazione del testamento verrà accolta. Ha persino assunto un'agenzia di sicurezza per sorvegliare la proprietà.»

Jack sorrise. «E tutto questo da parte di un tizio che non ha un reddito. Il tuo fratellastro è un uomo dalle mille risorse.»

«Non è la definizione che userei per Thomas.»

«E tuttavia, non hai bisogno di me. Hai bisogno di un avvocato.»

Alicia si morse il labbro. No, aveva bisogno di Jack per quello che voleva. Ma cosa avrebbe fatto, come avrebbe reagito, quando glielo avrebbe chiesto?

A volte deviare dalla routine fa bene, pensò Jack, cercando di simulare interesse. E a volte no.

Quell'incontro non avrebbe mai avuto luogo se avesse seguito le sue solite modalità operative. Parlava sempre con i potenziali clienti prima di organizzare un incontro faccia a faccia. In quel modo evitava le dottoresse Clayton della città: persone con problemi che potevano essere risolti in modi più ortodossi.

Ma poiché aveva già conosciuto Alicia, aveva organizzato l'incontro senza i soliti preliminari.

Non era una completa perdita di tempo. Ma quasi. L'unica cosa che lo salvava era la dottoressa. Una brava persona.

C'era qualcosa in Alicia Clayton che lo intrigava.

Incontrava un sacco di persone con dei segreti. Virtualmente tutti i suoi clienti avevano qualcosa da nascondere. Era abituato a non ricevere un resoconto completo al primo incontro. Ed era diventato bravo a individuare i buchi. Non sapeva dire cosa stessero saltando i suoi interlocutori, ma sapeva quando stavano tralasciando qualcosa.

Alicia Clayton era diversa. Non riusciva a leggerla. O non nascondeva nulla, o era così brava che poteva celare qualsiasi cosa, persino il fatto stesso che stesse celando qualcosa.

Jack scelse l'ultima opzione. Perché, guardandola seduta di fronte a lui, dall'altra parte del tavolo, si accorse che aveva un bel corpo sotto quel cappotto e l'informe maglione fatto a maglia, ma lo nascondeva. Infatti, sarebbe potuta essere una donna affascinante, con quei lineamenti eleganti e i capelli neri, nerissimi. Attraente, un fascino invidiabile. Ma aveva scelto di rinunciare alla sua bellezza. Preferiva mettere in ombra il suo aspetto. Nasconderlo.

Bene, aveva tutto il diritto di scegliersi il suo look. E poi la dottoressa non lavorava esattamente nel campo del glamour.

Non valeva la pena riflettere così tanto su certe faccende, pensò.

Ma era anche così totalmente composta. Troppo composta. Come se fosse fatta di legno.

Cos'altro stava nascondendo? Quella donna non era solo abbottonata, era sigillata ermeticamente. E ci voleva pratica per fare una cosa del genere. Molti anni di pratica.

E la cosa lo intrigava. Chi era quella donna che sembrava intenzionata a nascondere tutto?

Ma sapeva che non aveva molte chance di rompere le sue difese quella mattina. Quindi, era alla ricerca di un modo per portare a termine quel tête-à-tête quando lei si sporse in avanti.

«Avevo un avvocato» disse Alicia. «Fino a venerdì, quando è stato assassinato.»

Jack sorrise. Gli avvocati che si occupavano di testamenti e robe del genere non venivano assassinati. «Vuoi dire quando è rimasto ucciso, immagino.»

«No. Voglio dire che è stato assassinato. Da una bomba sulla sua macchina. Se riesci a immaginare una spiegazione diversa dall'assassinio per una cosa del genere, sono proprio curiosa.»

Jack si raddrizzò sulla sedia. Quella storia era finita alla radio e in tv.

«Quell'esplosione al Centro? Era il tuo avvocato?»

Alicia annuì. «Dovevamo vederci quella mattina. Immagino che qualcuno non fosse d'accordo.»

Oh-oh. Forse Jack aveva avvertito un po' di paranoia in lei?

«Cosa ti fa pensare che fossi tu la ragione per cui è stato ucciso? Ho letto che hanno trovato della cocaina in quello che è rimasto del vano portaoggetti.»

«Io incontro un sacco di cocainomani.» La sua espressione rimase imperturbabile come una maschera, ma Jack notò che la sua mano destra si stringeva in un pugno. «Molti dei genitori dei miei bambini sono drogati. È così che hanno preso il virus che hanno passato ai loro bambini. Non ho visto nessuno di quei segni in Leo Weinstein.»

Alicia si abbandonò contro lo schienale e parve rilassarsi – con un po' di sforzo, pensò Jack.

«Naturalmente potrei sbagliarmi. Ma quella di Leo non è la prima morte violenta connessa a questo testamento.»

Jack si ritrovò proiettato in avanti. «Un altro avvocato?»

Alicia scosse la testa. «No. Quando sono giunta all'ovvia conclusione che qualcuno stava foraggiando Thomas, ho cercato di scoprire chi fosse. Ho assunto un investigatore privato, sai, qualcuno che lo seguisse, scoprisse con chi si vedeva, un detective come quelli che si vedono in tv. Non sapevo che cosa avrei fatto con quell'informazione, ma tutto questo mistero, questi sotterfugi mi stavano facendo impazzire. Voglio dire, se qualcuno vuole la casa di quest'uomo così fortemente, perché non mi hanno contattato direttamente? Perché passare per Thomas?»

«E cosa hai scoperto?»

«Niente.» I suoi occhi grigi d'acciaio si conficcarono nei suoi. «Una notte, più o meno due settimane dopo che l'avevo assunto, l'investigatore è rimasto ucciso mentre attraversava la Settantacinquesima Est. Un pirata della strada.»

Jack tamburellò le dita sul bordo scheggiato del tavolo. Okay, allora forse non era una paranoica. Poteva essere una coincidenza, ma se assumi due persone per dare un'occhiata a un problema ed entrambi finiscono al cimitero, chi può incolparti se sospetti un qualche collegamento?

Ovviamente qualcuno che desiderava rimanere anonimo voleva casa Clayton. La voleva a tutti i costi. Ma da lì a sostenere che stesse ammazzando chiunque intralciasse il suo cammino ce ne correva. E poi...

«Okay. Forse c'è un collegamento. Ma pensaci: se dei criminali stanno eliminando chiunque si frapponga tra loro e la casa, perché non hanno ancora rimosso il più grande ostacolo, cioè te?»

«Non credere che questo pensiero non mi abbia tenuto sveglia tutte le notti da venerdì. Non so nulla del testamento. Non ho presenziato alla lettura. E quando ho assunto Leo, l'avvocato che è stato assassinato, ho semplicemente fatto inviare una copia dall'ufficio dell'esecutore al suo. E quindi non ho mai letto quel maledetto testamento. Ma adesso basta. Ho intenzione di farmi dare una mia copia e scoprire quali sono i termini e le condizioni. Ma ricordo bene che Leo mi ha detto qualcosa: sosteneva che il testamento fosse 'piuttosto inusuale'.»

Una domanda balzò nella mente di Jack. «Hai mai vissuto lì? Nella casa?»

Lei non si mosse, ma Jack ebbe la sensazione che fosse indietreggiata fino a nascondersi nei recessi più oscuri del bar di Julio.

«Fino ai diciott'anni. Perché?»

Lui alzò le spalle. «Semplice curiosità. Ancora non so cosa mi stai chiedendo di fare. Io non svolgo mansioni di bodyguard, quindi...»

«Voglio che bruci la casa fino a ridurla in cenere.»

Jack la fissò, cercando di nascondere lo shock. Non per la richiesta in sé: molte persone erano andate da lui nel corso degli ultimi anni per un bel rogo. Ma perché era assolutamente inaspettata. Non l'aveva proprio prevista.

Fece un gesto come per stapparsi le orecchie. «Mi dispiace. Devo aver capito male. Mi hai per caso detto che vuoi bruciare una casa per cui ti hanno appena offerto quattro milioni di dollari?»

«Esattamente.»

«Posso chiederti perché?»

«No.»

«Mi dovrai pur fornire un qualche tipo di spiegazione.»

Alicia si mosse sulla sedia, a disagio. «Perché la cosa dovrebbe importarti?»

«Perché è così che lavoro.»

Lei sospirò. «Bene. Forse sono solo stanca. Io sono una dottoressa, ma non guadagno moltissimo. Potrei arrotondare se praticassi anche privatamente, ma è il Centro ciò di cui voglio occuparmi. Tutto ciò che riesco a risparmiare dopo le spese quotidiane e le rate per restituire il mio prestito universitario – e credimi, era una bella cifra con parecchi zeri – se ne è andato in anticipi per l'investigatore e l'avvocato. Sono praticamente al verde, Jack. Non voglio ricominciare tutto daccapo con un altro avvocato. E francamente sono un po' spaventata. Voglio solo chiudere con questa storia.»

Spaventata? Jack faceva davvero fatica a immaginarsi quella donna in preda allo spavento. Aveva la sensazione che non scappasse di fronte a nulla.

«Ma la soluzione a tutti i tuoi problemi finanziari sarebbe una semplice telefonata a tuo fratello.»

«Fratellastro. Non voglio vendere a Thomas. E lui mi sta impedendo di vendere a chiunque altro.»

Jack era confuso. «Ma se, come dici, non ti importa nulla della casa e non la vuoi in alcun modo, perché non gliela vendi?»

Gli occhi di Alicia si infiammarono improvvisamente quando parlò a denti stretti.

«Perché la vuole lui!»

La fiamma si spense, improvvisa come si era accesa.

«E non ti fornirò nessuna spiegazione al riguardo» disse con voce calma.

Jack si tirò indietro e la studiò. E adesso? Cosa dire? Ogni istinto gli diceva che a quella donna mancava qualche piccola rotella. Meglio mettersi a correre, prendere la porta e non voltarsi indietro.

Un bel consiglio. Gli aveva già detto di essere quasi in bolletta, quindi era assolutamente impossibile che potesse pagarlo. Il che voleva dire che poteva aspettarsi solo problemi da quella storia.

Sarebbe stato facile tirarsene fuori. Bastava dirle che i roghi non erano il suo campo. La semplice verità. Punto e basta.

E allora perché esitava? Perché non glielo aveva detto appena gli aveva chiesto di mettere a fuoco la casa di suo padre?

Perché...

La verità era che non aveva una risposta a quel perché, a parte il fatto che era incuriosito da Alicia e affascinato dallo scenario che gli aveva prospettato. Quella donna stava rinunciando a una vera fortuna per non lasciare che una casa appartenuta a un uomo che si rifiutava di chiamare padre cadesse nelle mani di un fratellastro che lei odiava. Che cosa aveva di speciale quella casa? Le era successo qualcosa là dentro?

La conversazione procedeva lentamente e la sua curiosità era stata sollecitata.

«Okay. Non posso prometterti nulla adesso. Il meglio che posso fare è dirti che ci penserò. Devo controllare un paio di cose prima di decidere.»

«Cosa c'è da decidere?» chiese lei, con una sfumatura di irritazione a incrinarle la voce. «O lo fai o non lo fai. Non hai dovuto controllare nulla con i giocattoli.»

«Era una storia diversa. Riprendere oggetti rubati è un po' diverso da bruciare una casa fino alle fondamenta, non credi? Qui parliamo di un grosso incendio in piena Manhattan.»

Jack si interruppe e la osservò. Ovviamente quando si era

rivolta a lui aveva pensato che avrebbe semplicemente trattato sul compenso e poi sarebbe corso a fare il lavoro. Ma il suo volto non rivelava nulla, finché non fece una specie di sorriso. Una specie, perché nei suoi occhi non c'era traccia di allegria.

«Oh, capisco» disse alla fine. «Devi controllare me.»

«È una parte del problema, sì. L'istinto mi dice di crederti, ma mi è già capitato di incontrare eccellenti bugiardi con una buona storia che cercavano di assumermi, in passato.»

Lei annuì. «Per quanto ne sai, la casa appartiene a un mio ex amante che mi ha tradito, e io adesso voglio vendicarmi.»

«Non sarebbe la prima volta.»

Alicia prese la borsa e si alzò. «Bene, posso dirti questo, signor Solo Jack» disse con voce gelida. «Non ho un amante. E non mento. Fai tutte le ricerche che vuoi e torna da me quando sarai soddisfatto. Nel frattempo, io cercherò altre opzioni.» Un'altra specie di sorriso quando si voltò. «Grazie per avermi ricevuto.»

Jack fischiò piano tra i denti mentre la osservava allontanarsi. Quella donna era fatta di acciaio.

2

Alicia si incamminò verso Columbus Avenue alla ricerca di un taxi. L'ora di punta era passata, mancava più o meno un'ora al pranzo, e se c'era un momento di quiete nel traffico dell'Upper West Side, era quello. Pochi clienti entravano e uscivano dai negozi, ma andavano a piedi. Non c'era troppo lavoro per i taxi in quel momento.

Ne vide uno sfrecciare via, ma era occupato. Saltò quando inchiodò dietro una vettura bianca che si era fermata in mezzo alla strada. Il tassista si attaccò al clacson finché la macchina bianca non si levò dai piedi.

Sorrise: la musica della città...

Ma il sorriso svanì quando ripensò a quello che le aveva detto Jack.

Devo controllare un paio di cose prima di decidere.

Aveva una brutta sensazione: come se Jack avesse già compiuto la sua scelta, e non fosse interessato.

Dannazione. Ci contava.

Avrebbe dovuto cercare un piromane. Le pagine gialle non potevano aiutarla. Forse poteva trovare un aggancio tramite i parenti dei suoi piccoli pazienti del Centro – non esattamente dei paladini della società –, ma preferiva Jack. Le aveva già dimostrato cosa era in grado di fare. E anche se adesso la stava tenendo in sospeso, per poterla scaricare facilmente in un secondo tempo, si fidava di lui.

Controllò le strade. Nessuna berlina grigia. Bene. Quando

raggiunse Columbus Avenue, vide un taxi svoltare all'angolo e dirigersi verso di lei. Alzò la mano per fermarlo, poi notò che il segnale fuori servizio era acceso.

E su! Voleva solo fare un salto all'ospedale per dare un'occhiata a Hector prima di venire assorbita dal lavoro al Centro.

Si strinse nel cappotto per difendersi dal freddo. Forse avrebbe dovuto chiamare un taxi con il telefono. Aprì la borsetta e frugò dentro, tra tutti gli oggetti buttati alla rinfusa. Sembrava che ci fosse metà della sua vita lì dentro. Non troppi soldi, ma il suo stetoscopio, il kit per la diagnosi, il cercapersone, le chiavi, e da qualche parte in mezzo alle vecchie carte di credito in fondo alla borsa, il cellulare.

Mentre frugava nella borsetta, si guardò indietro, verso la strada che aveva appena percorso, ancora alla ricerca di quella maledetta berlina grigia, e notò tre uomini intorno alla portiera di una piccola sportiva rossa parcheggiata di fronte a Julio, a una quindicina di metri da lei. Un branco di brutti ceffi: un ragazzo bianco pieno di piercing, uno nero, e un ispanico. I due dalla pelle scura nascondevano il bianco che aveva ficcato un pezzo piatto di metallo nel finestrino della macchina e si dava da fare spostandolo avanti e indietro.

Alicia non capiva molto di macchine ma non c'erano dubbi: quei tre non avevano in mente nulla di buono. Stavano cercando di fregare la radio o l'airbag o il GPS, o forse proprio la macchina. Si guardò intorno per vedere se stesse arrivando qualcuno ma al momento il marciapiede sembrava deserto.

Forse sarebbe stato più prudente aspettare il taxi più giù lungo la strada. Avrebbe chiamato il 911 con il cellulare non appena si fosse allontanata.

Ma quando si voltò per sgattaiolare via, vide Jack che usciva da Julio. Procedeva nella sua direzione, ma se l'aveva vista, di sicuro non lo dimostrava. I suoi occhi erano fissi sugli uomini che cercavano di forzare la macchina. Alicia notò che camminava in modo strano mentre si avvicinava, si muoveva circospetto come un gatto.

Non avrà mica intenzione di buttarsi in mezzo, vero? Non sarà così stupido, spero.

Invece Jack li superò furtivamente e si piazzò in mezzo ai

due che facevano da palo, con le mani in tasca, oscillando il peso da un piede all'altro come se stesse osservando tre ragazzi qualunque che cambiavano una ruota.

Le parve di sentire: «Ehi, ragazzi, che combinate?»

La curiosità ebbe la meglio sul buon senso di Alicia. Affascinata, si avvicinò per poter guardare meglio.

Il ragazzo nero – portava la cresta, fisico da palestrato – guardò Jack come se non riuscisse a credere che al mondo ci fosse una persona così stupida da fargli una domanda del genere.

«Secondo te che stiamo combinando?» Indicò il ragazzo bianco. «Il nostro amico qui si è chiuso fuori dalla macchina e gli stiamo dando una mano, okay? Ti basta, coglione?»

«Posso guardare?» Jack aveva una postura goffa, debole; la sua voce era acuta, da sfigato.

«No. Fila via.»

«Perché no?»

«Perché mi girano le palle e sono davvero nervoso, e se te ne stai qui a ronzarci intorno non ci fai concentrare. Quindi perché non muovi il tuo culone bianco e ti togli di torno?»

«Ma non ho mai visto nessuno usare un piede di porco prima. Voglio dire, è una bella fortuna che uno di voi ce l'abbia. Sai, così potete dargli una mano. Non pensavo che fossero legali.»

Cristo, pensò Alicia quando vide i tre ladri immobilizzarsi. È uscito di testa?

«Ehi, senti» disse il bianco, tirandosi su e facendo un passo verso Jack. Indossava un cappotto nero di pelle con le borchie, aveva i capelli biondi, cortissimi. Portava un orecchino su entrambi i lobi, sul labbro superiore, e sul sopracciglio destro. «Sei un fottuto poliziotto o cosa?»

«Chi, io?» disse Jack, sorridendo. «Oh, no. Non io. Non sono un poliziotto. Ma si dà il caso che questa sia la macchina del mio amico Julio. E nessuno di voi è Julio. Quindi perché non vi trovate un'altra macchina da rubare?»

Adesso era il turno dell'ispanico. Tirò fuori il piede di porco dal finestrino e lo fece oscillare proprio davanti alla faccia di Jack.

«Ehi, sei scemo, fratello? Questa è la macchina del mio amico, e noi lo stiamo aiutando. E adesso levati dai piedi prima che ti ficchi questo in gola e ti tiri il buco del culo fuori dalla bocca!»

Tutti la considerarono una risposta molto divertente. Scoppiarono a ridere e si diedero il cinque. Alicia notò che la mano sinistra di Jack saettava fuori dalla tasca.

Fu sul punto di urlare: 'Non farlo!' Tre contro uno. Non aveva nessuna possibilità.

Ma mentre osservava Jack, iniziò a dubitarne. Ebbe la percezione di qualcosa di primitivo, di elettrico, che si irradiava da lui. Nel suo ufficio e al bar, solo un momento prima, era così rilassato, così tranquillo, e invece adesso... adesso era un uomo diverso. Sembrava vibrare di intensità, brillare di fuoco, come se la sua esistenza quotidiana non fosse che un interludio che era costretto a sopportare fino a quando non gli venivano concessi momenti come quello.

«E quando lui avrà finito,» disse il bianco, prendendo il pezzo di metallo dalle mani dell'ispanico e tenendolo proprio sotto il naso di Jack «io te lo ficcherò in culo e ti tirerò fuori le tonsille!»

La tensione vibrò nell'aria, irrigidendo l'atmosfera. Alicia aveva sentito dire che le persone che sopravvivevano dopo essere state colpite da un fulmine parlavano di una sensazione strana, che faceva letteralmente rizzare i capelli in testa, subito prima che il lampo si abbattesse su di loro. Alicia sentiva la stessa cosa adesso, come se le molecole dell'aria si stessero ionizzando e polarizzando, preparandosi...

«Hai degli occhi così belli, così blu» disse Jack, coprendo il nuovo scoppio di risate. «Posso prenderne uno?»

Prima che qualcuno potesse rispondere o reagire, la mano di Jack sfrecciò sul volto del bianco. Il movimento fu così rapido, così imprevisto, che Alicia non riuscì a seguirlo. Un momento prima la mano di Jack stava saettando nell'aria, un istante dopo il bianco barcollava all'indietro, urlando: fu tutto quello che riuscì a capire. Il ragazzo lasciò il piede di porco e si portò le mani al volto, facendo quasi cadere il compagno nero mentre barcollava in tondo come un pazzo.

Alicia trattenne il fiato e indietreggiò quando vide un fiotto rosso brillante che gli scendeva lungo la guancia sinistra, prima che la mano lo coprisse.

Buon dio, che cosa aveva fatto?

«Ma che cazzo...?» disse il nero, guardando ora Jack, ora il suo amico, che era caduto in ginocchio e si tamponava l'occhio con dita che brillavano di rosso. Urlava, urlava.

L'ispanico si inginocchiò per controllare il suo amico. «Joey! Che ti ha fatto?»

«Il mio occhio! Oh, merda, il mio occhio!»

«Mi piacciono gli occhi» disse Jack con una voce strana, alterata. Anche il suo sguardo era strano, fuori fuoco, e Alicia notò con un brivido che la sua bocca era macchiata di rosso. «Soprattutto gli occhi blu. Sono deliziosi.»

E poi aprì la bocca, rivelando un occhio insanguinato stretto tra i denti.

Lo stomaco di Alicia si chiuse in una morsa. Durante l'internato aveva fatto anche dei turni di notte al pronto soccorso, e lì aveva visto scene orribili, traumatiche, che andavano oltre i più terribili incubi di maggior parte delle persone. Ma mai niente del genere. Era sicura che lo shock assoluto che distorceva i lineamenti del nero e dell'ispanico fosse uguale al suo. Voleva girarsi dall'altra parte ma non ci riusciva. Doveva continuare a guardare.

Da bambina aveva avuto la sfortuna, una volta, di essere portata in un negozio di animali all'ora del pasto. Era passata davanti alla gabbia di un grande serpente giarrettiera che mangiava una rana dalla testa. Aveva provato una forte repulsione, soprattutto perché le zampe della rana si muovevano ancora, ma era rimasta paralizzata sul posto fino a che la povera rana non era scomparsa.

E adesso si sentiva allo stesso modo. Solo che questa volta la rana stava mangiando i serpenti.

No, non li stava mangiando.

Jack sputò fuori l'occhio. Alicia sentì i conati di vomito quando si spiaccicò contro il finestrino della macchina. La massa sanguinolenta e gelatinosa rimase attaccata per un secondo o due, poi cominciò a scivolare lentamente sul vetro, lasciando una scintillante scia rossa.

Le urla di Joey si ridussero a un sommesso gemito mentre i suoi compari osservavano l'occhio spappolato che si fermava sul bordo del finestrino.

«Ma anche gli occhi marroni sono appetitosi» disse Jack con un ghigno sporco di sangue, facendo un passo verso di loro.

Entrambi gli uomini fecero un salto indietro, e l'ispanico per poco non fece cadere il nero nella fretta di mettersi fuori portata.

«Io me ne vado, fratello!»

«Ehi, Ric! E Joey?»

«Che vada a farsi fottere!»

Il nero cercò di afferrarlo ma Ric si divincolò e fece marcia indietro.

«Quel tizio è un pazzo fottuto!»

Jack fece un altro passo verso il nero. «E tu hai degli occhi marroni così grandi.»

Non ci volle altro. Il tizio nero si voltò e corse a raggiungere Ric.

«Ehi, Joey» disse all'amico a terra. «Ci becchiamo dopo.»

Ma Joey non poteva sentirlo. Era piegato su sé stesso, la testa toccava quasi l'asfalto, si strofinava il volto.

Jack li osservò scappare, poi sbatté il pugno contro la macchina.

«Sì!»

Sputò per terra e si asciugò la bocca sulla manica. Alicia cominciò a indietreggiare. Lentamente. Non voleva attirare la sua attenzione. In che situazione si era cacciata? Era felice di non averlo assunto per bruciare la casa. Non gliene fregava più nulla se aveva ritrovato i giocattoli rubati. Non voleva più avere niente a che fare con quel folle.

Ma poi Jack si voltò e si accorse di lei.

«Hai visto?» disse con un ghigno sanguinolento. «Ha funzionato! Ha funzionato come una magia!»

E poi il sorriso si spense. Forse si era accorto della sua espressione. Alicia cercava di nascondere la paura e la repulsione che stavano montando dentro di lei, ma dubitava che i suoi sforzi fossero efficaci.

«Ehi, aspetta!» disse lui. «Non penserai davvero...?»

Si avvicinò. Alicia si voltò per scappare via ma sentì una mano che le stringeva l'avambraccio dopo due passi.

«No, per favore» disse lei quando la costrinse a fermarsi. «Lasciami andare! Lasciami andare o mi metto a urlare!»

«Dammi solo un secondo» rispose Jack. «Voglio solo farti vedere una cosa, poi ti lascio andare. Okay?»

Sembrava così ragionevole, così... sano di mente. La voce da sfigato era scomparsa. Alicia si girò. Era scomparso anche quello sguardo fisso nel vuoto di un momento prima.

Ma la sua bocca era ancora orlata di rosso.

«Guarda.»

Tese la mano libera verso di lei. Incerta, Alicia abbassò lo sguardo.

Occhi, due occhi, uno marrone, l'altro blu, morbidi, scintillanti, appiccicosi, riposavano sul suo palmo.

All'inizio si ritrasse, pronta a mettersi a urlare, poi notò che non c'era sangue. Guardò meglio e si rese conto che...

«Sono finti.»

«Ma certo che sì. Puoi comprarli in qualsiasi negozio di roba strana del Village.»

Alicia guardò dietro le spalle di Jack e vide Joey: si stava rialzando, ma era ancora ripiegato su sé stesso, e teneva una mano stretta sopra l'occhio.

«Ma cosa hai fatto a lui?»

Jack le mostrò una piccola bottiglia di plastica piena di liquido rosso.

«Solo una spruzzata di questa roba. È sangue da cinema, con un dieci percento di peperoncino. Sai, quell'estratto di pepe che si usa per lo spray antiaggressione? Riempio gli occhi con sangue finto, senza peperoncino, così quando li mordo mi sporco la bocca di rosso. Scusami.» Si voltò e sputò altro liquido rosso. «Sembra vero, e ha un sapore disgustoso.»

«Puoi dirlo forte che sembra vero. Avrei giurato che...»

Gli occhi di Jack brillavano. «Davvero? Anche tu te la sei bevuta? Tu, che sei una dottoressa? Ma è fantastico! Non so dirti da quanto tempo aspettavo di provarlo.»

«Per un minuto ho pensato che avessi intenzione di fare a botte con loro.»

«Uno contro tre?» Scosse la testa. «Quella è roba da film. Forse potresti cavartela se li prendi di sorpresa e hai con te una qualche arma. Ma la maggior parte delle volte, se provi a fare una cosa del genere nella vita vera, ti risistemano i connotati. E a me non piace il dolore. E poi così è una faccenda molto più *pulita*.»

Si avvicinò alla macchina e recuperò l'occhio finto pieno di sangue dal finestrino.

«Ha funzionato» disse, rivolto a sé stesso, più che a lei. «Alla perfezione.»

È come un ragazzino, pensò lei. Un bambino che ha costruito qualcosa, una macchinina di legno, o magari una fionda, ed è tutto eccitato perché scopre che funziona davvero.

Lo osservò mentre afferrava il piercing sul sopracciglio di Joey e lo costringeva ad alzarsi.

«Andiamo, Joey» disse, facendolo voltare verso Alicia. «Penso che la signora non mi creda ancora. Falle vedere il tuo occhio.»

«Ti credo» disse lei.

Ma Jack non la stava ascoltando. «Andiamo, Joey. Apri gli occhi e fai vedere i tuoi piccoli tesorini azzurri.»

Le palpebre sporche di rosso di Joey si dischiusero, mostrando un occhio pieno di lacrime, terribilmente irritato, ma intatto.

«Bravo bambino.» Poi lo fece voltare e lo spinse nella stessa direzione che avevano preso i suoi compari. «Vai a trovare i tuoi amichetti.»

Per un istante lo osservò barcollare via, poi si voltò verso Alicia.

«Ci sentiamo.»

La salutò con la mano, si voltò e scomparve.

Alicia lo fissò. Separava che decidesse di aiutarla. Decisamente, voleva che quell'uomo fosse dalla sua parte.

3

«Eccoti qua!»

Sam Baker stava parlando da solo in macchina, quando avvistò la Clayton. Per pochi, orribili istanti, aveva temuto di averla persa.

Si rilassò contro lo schienale e attenuò la morsa con cui stringeva il volante. Gli facevano male le spalle. Non si era reso conto della tensione che gli aveva bloccato le membra da quando quel poliziotto gli aveva detto di spostare la macchina.

Rilassati, si disse. Siamo di nuovo in corsa.

L'aveva seguita fino all'Upper West Side dal Centro contro l'AIDS, e l'aveva vista entrare in quella bettola, Julio. Aveva trovato un angolino con una bella vista sulla porta e si era sistemato comodo a osservare.

Era rimasto seduto solo per pochi minuti, si era messo a memorizzare le targhe delle macchine intorno a lui, quando era arrivato quello sbirro. A quanto pareva la sua ottima postazione copriva un idrante. E sebbene Baker avesse cercato di spiegare che stava solo aspettando una persona e avrebbe comunque tenuto acceso il motore, lo sbirro non aveva voluto sentire ragioni.

«La sposti o verrà rimossa.»

Non una grande scelta.

E allora si era spostato ed era arrivato in fondo alla strada, alla ricerca di un posto libero e legale. Più facile a dirsi che a farsi. Quanto gli sarebbe piaciuto entrare in quel pub e farsi una birretta, mentre la controllava e osservava con chi si vedeva. Ma non poteva rischiare che gli rimuovessero la macchina. E allora aveva continuato a muoversi, girando in cerchio per il quartiere, aspettando che uscisse.

Ma quando, alla fine, era riuscito a trovare un posto libero, l'aveva vista uscire dal bar. Lui però l'aveva già superato. E quando si era fermato, bloccando la strada, un taxi bastardo aveva cominciato a suonare il clacson come un ubriaco a un matrimonio. Baker aveva quella Plymouth a noleggio da due giorni. Dopo aver visto che la Clayton lo fissava venerdì, aveva immaginato che potesse aver riconosciuto la Buick grigia. Non voleva attirare l'attenzione sulla nuova macchina, perciò aveva fatto di corsa un altro giro dell'isolato. Si era rivelata un'agonizzante odissea nel traffico.

Adesso però era tutto a posto. Non sapeva che cosa avesse fatto da quando l'aveva persa di vista, ma che importanza poteva avere? Era praticamente dove l'aveva lasciata.

Squillò il telefono. Baker poteva immaginare chi fosse: l'arabo gli teneva il fiato sul collo da quando l'avvocato della ragazza era saltato in aria.

«Sì?»

«Si trova vicino alla donna?»

«Come la puzza è vicina alla merda.»

«Pardon?»

«In questo momento siamo in periferia. Sta fermando un taxi mentre parliamo.»

«Dove è stata? Ha incontrato un altro avvocato?»

«Era in un bar.»

«In un bar? Le sembra inebriata?»

«Ubriaca, vuol dire?» Quel tizio si esprimeva in un modo davvero assurdo. Arabo fino al midollo, ma parlava inglese come se fosse appena uscito da Oxford. «No. Le devo dire la verità, non credo che abbia nulla a che fare con la questione che le interessa. Forse ha visto un ragazzo, qualcosa del genere.»

«Non ha alcun ragazzo.»

Baker vide l'ampia gonna della bambolina fasciarle il sedere, stringendosi mentre si abbassava per entrare nel taxi. Bel culo.

Era difficile credere che non avesse alcun legame sentimentale. Non era mica brutta. Almeno per quanto era riuscito a vedere. Un po' di trucco, una gonna stretta, poteva essere una vera bomba. E invece...

Forse era lesbica. Personalmente lui non aveva nulla in contrario. Sapeva come gestire le lesbiche. Semplicemente, non avevano ancora incontrato l'uomo giusto.

«Se lo dice lei.»

«E non ha idea di chi abbia incontrato?»

«Non ho avuto modo di scoprirlo. Ma non credo che abbia visto un avvocato in quel cesso.» Baker stava per aggiungere 'Ma non si sa mai' poi ci ripensò.

Sperava davvero, davvero, che non si fosse incontrata con un avvocato.

«Lei non è pagato per pensare. Non mi piace ciò che accade quando lei pensa.»

Ricominciamo, pensò. Ma Muhallal non insistette.

«Dove è diretta?»

«Sta tornando verso sud. Sono proprio dietro di lei.»

«Ottimo. La segua e non faccia nient'altro.»

Baker chiuse la comunicazione e sbatté il pugno contro il volante. Ripensò alla pioggia di soldi che lo aspettava, e se la tenne bene in mente mentre guidava. Una cazzo di ricompensa come si deve, e lui se la meritava fino all'ultimo centesimo, per tutta la merda che si stava prendendo.

4

Yoshio Takita finì il secondo burrito mentre seguiva la macchina di Sam Baker. Li aveva presi in un posto che si chiamava Burritoville. Non aveva mai sentito parlare di quella catena, ma era felice di averla provata. Si leccò le labbra. Quei burrito si chiamavano Phoenix Rising. Li adorava. A dirla tutta, doveva ancora trovare un fast food americano che non gli piacesse. Ed era tutto così economico. A casa sua, a Tokyo, mangiare in una delle catene americane sparse per la città costava una fortuna.

Aveva paura di ingrassare, ma il suo metabolismo sembrava bruciare le calorie con la stessa velocità con cui lui le ingurgitava. Ed era una buona cosa. Con il suo lavoro non poteva permettersi di farsi venire la pancia, non a trent'anni.

Si pulì le mani e la bocca con il tovagliolo, poi posizionò entrambi i palmi sullo sterzo. Doveva essere attento. Non a Baker: quell'uomo era un soldato in affitto, un mercenario, non un operativo. Le sue abilità nel pedinamento erano rudimentali, a essere generosi, e non aveva il minimo sospetto di poter essere seguito a sua volta. No, il problema era il rischio di perdere la pista a un semaforo. Se Yoshio avesse seguito uno solo di loro, il compito sarebbe stato abbastanza facile. Ma seguire Baker che seguiva la donna era allungare la catena, tenderla troppo, quasi fino a spezzarla.

Ma quello che a Baker difettava in grazia e stile, veniva compensato dalla spietatezza. Yoshio l'aveva imparato la settimana precedente, quando l'aveva seguito fino alla casa dell'avvocato a Long Island. Aveva visto Baker armeggiare con la macchina dell'uomo, ma aveva pensato che stesse installando un localizzatore o una cimice. Se avesse capito che stava mettendo una bomba, avrebbe chiamato l'avvocato per avvertirlo.

Erano già morte abbastanza persone.

Secondo i superiori di Yoshio, i membri del Gruppo Kaze a Tokyo, duecentoquarantasette persone erano decedute a causa di qualcosa che Ronald Clayton aveva trovato o scoperto. Yoshio aveva assistito alla morte di un'altra persona poche settimane prima. E lo scorso venerdì, la morte di Leo Weinstein aveva portato il totale a duecentoquarantanove.

A quanto pareva il consiglio del Gruppo Kaze non ne sapeva più di Yoshio. O almeno faceva finta di essere all'oscuro. Gli avevano detto che non sapevano perché Ronald Clayton e la sua casa fossero così importanti per quell'arabo, Kemel Muhallal; ma se quell'affare valeva la vita di così tante persone innocenti, allora certamente valeva anche gli sforzi necessari per darci un'occhiata.

Ma il consiglio sapeva qualcosa di più, ne era sicuro. Anche se nominalmente era una semplice holding, il Gruppo Kaze era più importante del più grande keiretsu. Aveva diffusione globale. Ma ovviamente neppure il Gruppo sapeva tutto quello che desiderava sapere.

E così il consiglio aveva chiamato Yoshio, come faceva sempre quando c'era un problema che doveva essere affrontato con discrezione, e lo aveva mandato in America per scoprire qualcosa. Per fortuna l'inglese era una delle quattro lingue che lui parlava senza difficoltà. Il suo compito era quello di trasformarsi nelle orecchie e negli occhi del Gruppo lì. Gli avevano procurato una serie di targhe diplomatiche per garantirgli maggiore libertà di movimento e di parcheggio nel traffico della città. Lui doveva osservare, ascoltare e fare rapporto.

Lo avevano mandato da solo. Non aveva alcun supporto lì, ma in caso di necessità, i rinforzi sarebbero potuti arrivare in poche ore.

Per adesso non aveva scoperto nulla. Ma il Gruppo Kaze era paziente. Bisognava sempre guardare tutto dalla giusta prospettiva. Sarebbe rimasto lì finché loro avessero voluto.

E ne era ben felice. Il cibo era meraviglioso. Osservò l'orologio della macchina. Ben presto sarebbe stata ora di pranzo. Aveva già l'acquolina in bocca.

5

Jack era seduto davanti alla finestra al secondo piano del Pinky's Drive-in e osservava la Settima Avenue, proprio sotto di lui. *Jingle Bell Rock* risuonava dagli altoparlanti sistemati in mezzo alle borchie sul muro mentre beveva un tè ghiacciato Snapple alla pesca dalla bottiglia e osservava la folla sottostante.

Ed era davvero una folla. Gente che andava a comprare regali di Natale, scolaresche in gita, genitori con bimbi infagottati che trotterellavano dietro di loro come pulcini di un'oca: tutti si riversavano da Penn Station nelle strade già congestionate, diretti verso Macy's, FAO Schwartz, i negozi Warner e Disney, lo spettacolo di Natale alla Radio City Music Hall. Ed era lunedì. Che sarebbe successo mercoledì, giorno di matinée?

La folla assaliva in forze i ragazzi che distribuivano i volantini e resistevano fermi come pietre in mezzo ai flutti, avvolti nei giubbotti a vento, offrendo fogli colorati e allegri che promettevano tutto: UN DOLLARO PER UN POLLO FRITTO, SUPERSCONTI PER SMALTIMENTO MAGAZZINI, RAGAZZE DAL VIVO: NUDO INTEGRALE! NUDO INTEGRALE! NUDO INTEGRALE!

Agli incroci Jack vedeva operai che gonfiavano un enorme pupazzo di neve sopra la pensilina del Madison Square Garden.

Natale nella Grande Mela...

E poi vide un tizio con un garofano nel taschino del cappotto. Lo osservò bene per vedere se era assieme a qualcuno.

No. A quanto pareva Jorge era arrivato da solo, come da istruzioni.

Jack andò alle scale ed esaminò il primo piano. Non c'era ancora la ressa del pranzo. Non vedeva nessuno che potesse sembrare un compagno di Jorge: dopotutto, non c'era nessuna regola che proibisse a un complice di andare a un appuntamento per primo. Jack si sporse oltre il parapetto e lo salutò con la mano.

«Jorge! Ehi, tu con il garofano. Compra qualcosa e poi...» Con il pollice gli indicò di salire le scale.

Jorge annuì.

Pochi minuti dopo salì le scale, avvistò Jack, si mise a sedere. Indossava una maglietta pesante che mischiava nero, arancione e giallo in strani disegni; una catena cromata passava da un passante dei jeans neri fino al portafoglio, dove c'era un pesante lucchetto. Il naso e le labbra erano carnosi, le guance totalmente piene di foruncoli. Sembrava un Noriega sovrappeso, ma senza quel sinistro autocompiacimento.

«Signor Jack?» disse con il suo pesante accento, tendendo la mano. «Grazie di essere qui.»

«Benvenuto nel mio ufficio.»

Jack aveva l'abitudine di incontrare tutti i potenziali clienti da Julio. Era ancora il suo posto preferito per il primo appuntamento. Julio era un eccellente scanner: aveva un sesto senso per la gente, e poteva esaminare uno sconosciuto dalla testa ai piedi senza che il tizio in questione se ne accorgesse. Ma a un certo punto Jack aveva cominciato a temere di essere troppo legato a quel posto e poteva essere un male sia per lui che per Julio.

Allora aveva cominciato a variare la posizione del suo ufficio. Il Pinky's Drive-in era uno nuovo. In qualche modo gli piaceva l'idea che un posto senza parcheggio e senza drive-thru avesse le palle di chiamarsi Drive-in. Gli piaceva il fascino rétro delle mattonelle color tartaruga e bianco e i neon rosa nell'area di servizio sottostante, e poi le borchie: non borchie nuove, scintillanti, ma vecchie veterane della strada, tutte ammaccate, inchiodate al muro nella sala del secondo piano. Gli piaceva quell'alto rifugio appollaiato sopra la strada, gli piaceva l'uscita di emergenza sul retro che dava su una scalinata che portava al piano terra.

E in più era abbastanza facile da trovare: bastava andare all'incrocio tra la Settima e la Trentatreesima e cercare un posto con un'insegna al neon che raffigurava una grossa Cadillac sopra la porta.

Jorge depositò un Pinky Burger Royale e una Budweiser sul tavolo e si mise a sedere.

«Parliamo, allora» disse Jack. «Conosco le basi, ma voglio avere maggiori dettagli per capire se si può fare.»

Jorge gli raccontò la sua versione: era un ecuadoriano che possedeva una piccola impresa di pulizie e manutenzione di uffici. Niente di clamoroso, solo un paio di gruppi composti da tre persone. In uno ci lavorava lui stesso, pulivano gli uffici di notte. Lavoro duro, turni lunghi, ma si guadagnava da vivere. Riusciva a pagare i suoi dipendenti e le bollette. Ma aveva un problema: un cliente che non pagava, un certo Ramirez.

«E quello che mi fa davvero infuriare,» disse Jorge «è che è un fratello.»

«Tuo fratello?»

«No, no, amico. Un fratello dell'Ecuador, voglio dire. Mi ha detto che mi dava il lavoro perché venivamo dallo stesso Paese. Ha detto che è un contadino che è venuto qui e ha fatto i soldi e vuole aiutare me, un fratello contadino, a diventare ricco come lui.» Tracannò la sua Bud e la sbatté sul tavolo. «Tutte cazzate! La vera ragione per cui ha chiamato me e i miei ragazzi è che sa che può fregarci.»

«Hai detto che ti deve seimila.»

«Esatto. E io non avrei mai dovuto permettere a quel bastardo di restare così indietro con i pagamenti. Ma continuava a dirmi che gli affari vanno a rilento, che i suoi clienti non pagano lui. Doveva arrivare un grosso contratto alla fine dell'anno. Mi aveva promesso di sistemare tutto con gli interessi. E perché è un fratello ecuadoriano, un fratello *contadino*,» disse quella parola come se stesse sputando «gli ho creduto e ho continuato a tornare lì con la mia squadra, notte dopo notte, settimana dopo settimana.» Un altro sorso, un altro colpo sul tavolo. «Altre cazzate! Non ha mai avuto intenzione di pagarmi. Mai!»

«E qui inizio a non seguirti. Dovevi pure avere un qualche contratto con lui.»

Jorge annuì. «Ma certo. Firmo sempre un contratto.»

«Ma mi hai detto che hai già provato ogni mezzo legale per riavere i soldi. Eppure, se hai un contratto...»

«Non posso» disse Jorge, scuotendo la testa.

«Perché no?»

«La mia squadra. Due di loro sono cugini di mia moglie.» Distolse lo sguardo. «Non sono, uhm, legali.»

«E questo Ramirez lo sa?»

«Lo sapeva fin dal primo momento.»

«Ah-ah.» Jack si chinò e fece un sorso di Snapple. «E qui la matassa si ingroviglia.»

«Che?»

«Niente. Quindi come stanno le cose tra voi adesso?»

«Alla fine gli dico che non posso continuare a lavorare per lui se non mi salda qualcosa. Mi ripete lo stesso balletto sul contratto che sta per arrivare, e quando gli dico che doveva essere già arrivato, lui si arrabbia. Abbiamo continuato a girare intorno sempre alle stesse questioni, ma io non mi sono tirato indietro, una volta tanto. Non avevo intenzione di andare via a mani vuote come sempre.»

«E allora cosa ha fatto?»

«Mi ha licenziato.»

Jack non riuscì a non sorridere. «Lui ha licenziato te? Ha un bel fegato.»

Jorge scoprì i denti. «E c'è di peggio. Mi ha detto che lavoro male. Io! Lascia che te lo dica, signor Jack, il mio lavoro è *de primera*!»

Jack gli credeva. Vedeva il fiero orgoglio nei suoi occhi. Davanti a lui c'era un uomo che cercava di costruire qualcosa: non solo un'impresa, ma una reputazione, una vita. Jack percepì la sua rabbia, e anche qualcos'altro: dolore. Era stato tradito da qualcuno a cui aveva concesso la sua fiducia.

«Jorge, credo che tu abbia ragione. Penso che il nostro amico Ramirez avesse intenzione di fregarti fin dal principio. E scommetto che anche adesso, mentre parliamo, sta cercando un altro servizio di pulizie.»

«Sì. Non ne sarei sorpreso. Sarebbe capace di rubare a un moribondo. Ma adesso che faccio?»

«Be', tu e i tuoi cugini potete spezzargli le gambe.»

Jorge sorrise. «Sì. Ci ho pensato. Abbiamo anche parlato di ucciderlo, ma non siamo quel genere di persone.»

«L'altra possibilità è causare un danno di seimila dollari alla sua proprietà.»

«Sì, ma io preferisco avere i soldi. Il dolce sapore della vendetta non pagherà i miei conti. E io sto cercando di evitare problemi con la polizia. La verità, signor Jack, è che ho bisogno di soldi, più che di vendette. Voglio solo ciò che mi spetta. Mi aiuterai?»

Jack si chinò in avanti, riflettendo. Jorge era il classico cliente che permetteva a Jack di restare sul mercato. Un uomo con una motivazione ragionevole e nessun'altra strada da percorrere. Ma in quell'esatto momento, Jack non aveva idea di cosa potesse fare per lui.

«Se posso, sì. Ma devo sapere di più su Ramirez. Dimmi tutto quello che sai. Tutto quello che hai scoperto nel corso di questi mesi in cui hai lavorato per lui.»

Lentamente, mentre Jorge parlava, un piano prese forma nella sua mente...

6

Alicia non aveva fame, perciò rinunciò al pranzo. Amava quel momento di pace, quando non era in programma nessuna sessione di terapia intravenosa e i bambini del daycare erano a pranzo; lo staff e i volontari che non tenevano d'occhio i bambini erano fuori a mangiare un boccone. Di solito lei restava in ufficio e smaltiva un po' di pratiche. Ma quel giorno non riusciva a rilassarsi.

Non sapeva perché. Non era per Hector: il ragazzino con il taglio da matti sembrava rispondere agli antibiotici. Semplicemente, non riusciva a stare ferma.

Lasciò la scrivania disordinata e fece due passi nei corridoi deserti, persa nei suoi pensieri, chiedendosi cosa fare. Doveva aspettare Jack, o cercare un nuovo contatto? Si era appuntata un altro nome. Forse era meglio...?

Si fermò. Aveva sentito un rumore, una specie di piagnucolio. Rimase immobile, con il corpo scosso dalla tensione, in ascolto.

E poi lo sentì di nuovo, più debole. Una voce bassa, che sussurrava, da qualche parte.

Muovendosi in punta di piedi, felice di avere delle scarpe da ginnastica, Alicia sbirciò oltre l'angolo e vide...

Un corridoio vuoto.

Stava cominciando a pensare di aver sognato tutto quando sentì di nuovo il piagnucolio. Veniva da un ripostiglio nel corridoio, a pochi metri di distanza. La porta era aperta, solo uno spiraglio, e la voce era sicuramente maschile.

«Visto? Te l'avevo detto che non faceva male, no? Ecco, adesso... non ti piace?»

Ricacciando giù l'ansia che stava per soffocarla, Alicia afferrò la maniglia. Osservò la sua stessa mano che tremava come una foglia nella burrasca mentre girava la manopola. Si costrinse a fermare il tremito e aprì.

E poi li vide, come in un'istantanea: un uomo bianco, di mezza età, un volontario che aveva visto girare da quelle parti negli ultimi tempi, anche se non aveva ancora imparato il suo nome, che sbatteva gli occhi per la luce improvvisa, la mano sulle mutandine di una piccola bambina nera, che non aveva più di quattro anni. Kanessa Jackson.

E poi la luce esplose intorno a lei, come se il suo mondo si fosse trasformato in un video sovraesposto in cui sentiva le voci che urlavano, gridavano, luce accecante ovunque mentre girava su sé stessa, una folle panoramica di centottanta gradi, prima di fermarsi davanti a un estintore fissato al muro. Le sue mani aprirono il vetro, afferrarono l'estintore, poi si voltò, scagliandolo contro l'uomo. Lo vide chinarsi, ma non abbastanza in fretta: lo prese proprio sulla tempia, poi lo osservò barcollare verso di lei, mentre Kanessa correva dall'altra parte. E poi lo seguiva, lo colpiva sulla testa, sulla schiena, lo faceva cadere a terra, e poi lo massacrava finché...

«Alicia! Alicia, dio mio, così lo ammazzi!»

Sentì le mani che le afferravano il braccio, bloccandola, ma non voleva fermarsi. Voleva ammazzarlo. Lo voleva morto.

«Alicia, ti prego!»

La voce di Raymond. Smise di lottare. Abbassò lo sguardo, vide l'uomo coperto di sangue, che tremava e gemeva sotto di lei. E all'improvviso si sentì male. Indietreggiò, barcollando, ma non lasciò la presa sull'estintore.

«Chiama il 911!» urlò.

«Perché?» disse Raymond. «Che è successo?»

Guardò Raymond e vide lo shock, la preoccupazione nei suoi occhi. Non l'aveva mai vista così. Certo che no. Nessuno l'aveva mai vista in quelle condizioni. Non era mai stata in quelle condizioni. E non era finita. Sentiva ancora il battito furioso del cuore nelle orecchie. Alicia non sapeva chi fosse più spaventato, il bastardo sul pavimento, Raymond, o lei stessa.

«Chiama gli sbirri! Voglio che questo pervertito sia sbattuto fuori di qui e messo sotto chiave! Adesso!»

«Okay!» disse Raymond, indietreggiando. «Ma tu sta' calma, okay, Alicia? Stai calma.»

«E troviamo Kanessa Jackson. Di' a una delle infermiere di darle un'occhiata. Controlla che stia bene.»

Raymond si mosse, e lei si voltò verso il bastardo. La sensazione di malessere svanì mentre la rabbia montava di nuovo dentro di lei.

«E tu» disse a denti stretti. Le ci volle tutta la sua forza di volontà per non colpirlo un'altra volta. «Tu rimani proprio qui dove sei, oppure, che dio mi aiuti, ti ammazzo.»

7

Dopo aver lasciato Jorge – avevano raggiunto un accordo su come avrebbero agganciato Ramirez e sulla parte del ricavato che sarebbe andata a Jack – si incamminò verso est, attraversando la Quinta fino a Murray Hill.

Quell'area gli ricordava un po' il suo stesso quartiere, con le case di arenaria, di tanto in tanto qualche albero. Ma Murray Hill era molto più vecchia. La fattoria di Robert Murray si ergeva in quella zona fin dai tempi della rivoluzione. E quando il quartiere di Jack era ancora 'campagna', quell'area tra Park e la Quinta accoglieva la crema della New York bene.

Murray Hill stava cambiando, a quanto sembrava. Jack notò che su un bel numero di quelle imponenti vecchie case di arenaria c'erano discrete targhe di ottone su cui erano incisi i nomi delle varie Pincopallino Incorporated. Attraverso le vetrate vedeva uffici ferventi di attività, appartenenti ad architetti, designer, boutique e agenzie.

Trovò l'indirizzo che Alicia gli aveva dato ed esaminò il posto rimanendo dall'altra parte della strada. Una facciata di tre piani, appollaiata sulla strada assieme ad altri edifici simili sulla Trentottesima, ma anche senza le sgradevoli assi di legno a sbarrare le finestre, quella casa spiccava rispetto alle altre. Aveva un giardino.

Be', non un vero giardino. Tutta un'altra cosa anche rispetto al giardinetto della casa di famiglia di Jack nel New Jersey. Ma casa Clayton era posizionata qualche metro più indietro rispetto al marciapiede, e qualche sparuto ciuffo verde si alzava nel terreno compatto dietro la bassa palizzata di ferro.

Vide una Buick grigia parcheggiata sul marciapiede davanti alla casa. Dentro c'era qualcuno. Due sagome in penombra sui sedili anteriori. Dovevano essere lì da un po': sotto i finestrini, sulla strada, c'erano diversi mozziconi.

Jack continuò a muoversi, passeggiando tranquillamente verso l'angolo, poi attraversò e tornò su quel lato del marciapiede.

Nel secondo giro vide un sentiero che costeggiava il lato est della casa: passava sotto un pergolato che forse un tempo poteva vantare delle rose; adesso rimanevano solo rami morti, marroni, confusi in un intreccio sbilenco.

Lanciò un'occhiata dentro la Buick. Un paio di marcantoni con l'aria da duri, uno con la barba, uno con i baffi, sui sedili. La 'agenzia di sicurezza' di cui gli aveva parlato Alicia, ovvio.

Jack finì il giro e rimase all'estremità occidentale dell'isolato, guardandosi indietro. Immaginò la casa dei Clayton a fuoco, vide quelle fiamme che si propagavano, che saltavano da una parte all'altra...

Si chiese se Alicia ci avesse pensato. Forse era abbastanza folle da cercare di distruggere quel posto, ma non credeva che volesse radere al suolo l'intero isolato.

Forse avrebbe potuto prospettarle quell'ipotesi. Tirò fuori il cellulare e chiamò il Centro. Riconobbe la voce di Tiffany, ma lei gli disse che le cose lì erano 'un po' confuse' in quel momento. La dottoressa Clayton poteva richiamarlo?

Si domandò cosa fosse successo, poi le chiese di parlare con la signorina DiLauro, se c'era. C'era.

«Non ero presente quando è scoppiato il casino» gli disse Gia. «Ma ho visto quel tizio mentre gli infermieri lo portavano via. Era ridotto male.»

«Un estintore, hai detto?» disse Jack, sorridendo. «Mi piace. A quanto pare quel tipo se lo meritava proprio.»

«Ma che ha la gente nel cervello, Jack?» Sentì una sfumatura di disperazione nella voce di Gia. «Ci sono ancora dei limiti? Quanto in basso si può sprofondare? Non c'è un punto in cui uno dice 'più giù di così non si può andare'?»

«Se c'è, non credo che sia stato ancora trovato.» Scosse la testa, e ricordò, riluttante, alcuni pezzi di merda che aveva incontrato sulla sua strada nel corso degli anni. «Ogni volta che si trova quel pavimento, Gia, si scopre che è solo il soffitto di un altro.»

Silenzio dall'altro capo. Alla fine Jack disse: «E Alicia come sta? Tutto bene?»

«Un po' scossa. Immagino che lo sarei anch'io. La cosa buffa è che è l'ultima da cui ci si potrebbe aspettare un comportamento del genere. Voglio dire, attaccare una persona... colpirla con un estintore. Sembra sempre così distaccata, così controllata.»

Chiedile della sua famiglia uno di questi giorni, pensò Jack, ma non disse nulla. Considerava Julio una sorta di confessionale privato. Qualunque cosa veniva detta là dentro, restava là dentro.

Ma lui aveva avvertito la pressione che cresceva dentro Alicia. Sedersi di fronte a lei da Julio era stato un po' come farsi una chiacchierata con un mucchietto di esplosivo C4. Era tesa come una corda di violino. Ma forse quell'incidente era stato una cosa positiva. Forse aveva sbollito un bel po' di rabbia, e adesso avrebbe potuto parlarle, convincerla a rinunciare al progetto di dare fuoco alla vecchia casa di suo padre.

«Okay» disse, con tutta la nonchalance che riuscì a simulare. «Stavo pensando di fermarmi da quelle parti per fare due chiacchiere con lei.»

«Si tratta della 'faccenda personale' che voleva discutere con te?»

«Forse» la solleticò. Sapeva che Gia moriva dalla voglia di scoprire cosa volesse la dottoressa Clayton da Jack il Riparatore, ma non l'avrebbe mai chiesto direttamente.

«Certo. Passa quando vuoi. Cioè, in questo momento c'è un detective che sta prendendo le sue dichiarazioni. Ma sono sicura che quando se ne sarà andato...»

«Non fa niente» disse in fretta Jack. «Magari un'altra volta.»

Lei scoppiò a ridere. «Sapevo che l'avresti detto.»

Jack non riuscì a reprimere un sorriso. «Molto divertente. Ci vediamo dopo.»

Camminò fino all'angolo della Trentottesima per dare un'altra occhiata alla casa dei Clayton e a quell'elegante quartiere.

No. Un incendio lì, sicuramente, non sarebbe stata una buona cosa.

8

Kemel Muhallal si alzò dopo le preghiere della sera, ripiegò con la massima delicatezza il tappeto da rituale e lo risistemò nel ripostiglio. Mentre attraversava il salotto, i suoi occhi furono catturati dal catalogo riverso sul tavolino da caffè. Distolse lo sguardo. Non adesso. Non così presto, subito dopo la preghiera.

Kemel si fermò davanti alla finestra e si stiracchiò guardando in basso, verso la Settantasettesima Ovest, cinque piani più giù. Era sempre bello gettare via quegli oppressivi abiti occidentali e infilarsi di nuovo in una confortevole *thobe*. Mosse le spalle strette per accomodarsi dentro la fluente veste bianca lunga fino al pavimento mentre osservava il traffico che strisciava sotto di lui. In quella città tutto sembrava sempre correre al massimo dei giri. Il modo in cui la gente parlava, camminava, il ritmo frenetico degli affari, la precipitosa corsa della vita quotidiana. E però il traffico era lento come una lumaca.

Si allontanò dalla finestra e immediatamente i suoi occhi, i suoi occhi ribelli e senza vergogna, si fissarono sul catalogo. Lo trascinarono in avanti. Si sentiva come se fosse stato preso all'amo, catturato, costretto ad avvicinarsi al tavolino da caffè. Lentamente, si lasciò cadere sul divano e fissò la copertina nera patinata. Era indirizzato al suo appartamento, ma non a lui. Come gli aveva spiegato il proprietario dello stabile, l'inquilino precedente aveva lasciato un indirizzo a cui spedire solo la posta più urgente. Tutto il resto continuava a essere inviato lì.

«Se non le interessa,» gli aveva detto l'uomo «getti via tutto.»

Ma certo. Molto semplice. Ma per gettare via tutto Kemel doveva prima controllare, per essere sicuro che non ci fosse nulla indirizzato proprio a lui. Così tanti cataloghi nello spazio di una settimana. Ma gli americani compravano tutto via posta? Di solito si limitava a scorrerli, meravigliandosi per la varietà della merce acquistabile con una semplice telefonata, poi li lasciava cadere nel cestino.

Tranne quello. Quel catalogo lo stregava. Non riusciva a costringersi a gettarlo via con gli altri. Era debole, lo sapeva, e si odiava per quello. Maledisse la sua mano che si tendeva e girava la rivista. Maledisse i suoi occhi che fissavano la copertina.

Victoria's Secret.

«Perdona i miei peccati» sussurrò quando la aprì.

Sentì un formicolio caldo nel basso ventre quando quelle immagini ormai familiari gli passarono davanti agli occhi. Pelle femminile così perfetta. E così esposta. Gli avevano detto che l'America era il Paese del Diavolo, decadente oltre ogni possibilità di redenzione, e di sicuro quella ne era la prova.

A casa, negli Emirati Arabi, non c'erano teatri e non c'erano club. E come avrebbero potuto esserci? L'intrattenimento pubblico era un peccato. Ma quella città in particolare traboccava di luoghi pubblici di intrattenimento, in gran parte basati sul sesso. La pornografia era venduta ovunque. I marciapiedi erano punteggiati di luridi covi in cui si potevano comprare foto o film di uomini e donne che facevano sesso e si perdevano in innominabili perversioni. Nessun atto era proibito. Ma quei posti erano facili da evitare. Dichiaravano apertamente ciò che vendevano, ed era impossibile varcare la loro soglia senza sapere cosa si nascondesse lì dentro.

Ma le riviste in vendita in edicola e nei supermercati non erano molto meglio. Pubblicazioni di qualità, all'apparenza, che offrivano ricette per i biscotti a fianco a una lista di venti punti per migliorare la propria vita sessuale. E nelle rastrelliere in fondo erano in agguato copertine su cui brulicavano donne nude in pose provocanti, che promettevano molta più pelle nuda all'interno. Ma anche quelle riviste era facile evitarle. Bastava passare oltre.

Ma quello, quel *Victoria's Secret*, era gratis, consegnato porta a porta dal governo degli Stati Uniti.

Era evidente che quella fosse una nazione sull'orlo del baratro.

Sbirciando le pagine, Kemel non poteva che stupirsi: è questo il modo in cui si vestono le donne americane sotto gli abiti che indossano per strada? È così che le vedono i loro uomini?

Pensò a sua moglie, la sua Nahela, la immaginò con addosso quegli striminziti, frivoli scampoli di tessuto sotto la *abaya*, con gli occhi della mente la vide sollevare l'orlo della tunica nera ondeggiante, e sotto, non aveva altro che quelle...

Sbirciò di nuovo il catalogo. Sfortunatamente, Nahela non sarebbe stata stuzzicante come quelle donne. Aveva sedici anni quando si erano sposati, lui diciotto. E adesso, dopo otto figli, di cui cinque gloriosi maschi, e venti anni passati a ciondolare nell'harem e a mangiare cioccolata di importazione, era diventata grassa, cadente.

Come gli sarebbe piaciuto portarsi con sé *Victoria's Secret* al suo ritorno, farne il suo segreto. Ma avrebbe osato nasconderlo alla dogana?

La sua patria, custode della Mecca e della Medina, aveva il sacro compito di passare sotto scrutinio e filtrare tutti gli oggetti che valicano i suoi confini. E prendeva quel compito sul serio. Era assolutamente necessario. L'intero mondo musulmano guardava l'Arabia Saudita. Forse un membro della famiglia reale, se era discreto, poteva riuscire a far passare foto *aurat* sotto il naso dei guardiani, ma tutti gli altri... mai e poi mai.

La lista di *aurat*, oggetti proibiti, includeva carne di maiale e alcol, naturalmente, ma anche qualsiasi raffigurazione di braccia o gambe femminili nude, persino dei capelli di una donna, era proibita. Il che voleva dire che i doganieri confiscavano praticamente ogni singola rivista occidentale all'aeroporto; perché persino le riviste che parlavano di cucina o davano consigli alle casalinghe contenevano pubblicità che mostravano troppa pelle nuda. Kemel sapeva che *Victoria's Secret* sarebbe stato considerato pura e semplice pornografia.

Sobbalzò sentendo il rumore della maniglia che girava. Sentì una chiave nella toppa. Poteva essere solo Nazer. Per un istante il panico lo invase. Nessuno, e tantomeno Khalid Nazer, doveva vedere quel catalogo. *Victoria's Secret* doveva rimanere, appunto, un segreto.

Lo ficcò sotto il divano e passò in una veloce, frenetica rassegna la stanza mentre correva verso la porta. Era tutto in ordine? Controllò di nuovo per essere sicuro che non ci fosse traccia di *Victoria's Secret*.

La porta si aprì ma il chiavistello la bloccò.

«Un momento» disse Kemel, balzando alla porta.

E lanciando una maledizione a Nazer, che non si prendeva il disturbo di bussare. Sì, Iswid Nahr, l'organizzazione per cui lavoravano, possedeva quell'appartamento, ma Kemel viveva lì da mesi. Solo perché Nazer aveva la chiave, non voleva dire che avesse il diritto di entrare senza bussare.

Chiuse la porta – quanto avrebbe voluto schiacciare le dita di Nazer – e rilasciò il chiavistello. Poi si mise in volto una maschera di pacifica serenità.

Sta' calmo, si disse. E soprattutto, sicuro di te stesso.

In fin dei conti, Khalid Nazer era il suo superiore, lì. Fino a quando Kemel fosse rimasto in America, avrebbe risposto direttamente a Nazer. E lui voleva ricevere i suoi rapporti di persona.

Nazer aspettava sulla soglia. Se Kemel era molto magro, lui era molto grasso; mentre la barba di Kemel era selvaggia, come doveva essere, secondo gli insegnamenti del Profeta, quella di Nazer era perfettamente curata, tenuta scrupolosamente a una lunghezza uniforme. La giustificazione di Nazer era che una barba non curata poteva essere di intralcio nel suo lavoro di delegato per il Commercio in seno alle Nazioni Unite. Kemel sospettava che Nazer volesse semplicemente essere più attraente agli occhi delle donne infedeli con cui si intratteneva nelle settimane, nei mesi, che passava lontano da sua moglie.

A Kemel non piaceva quell'uomo. La sua antipatia nasceva dal lassismo che mostrava verso la fede, ma poi cresceva su basi strettamente personali. Avrebbe odiato l'aria di superiorità di Nazer anche se fosse stato un vero credente.

Aprendo la porta, Kemel sorrise e disse: «Benvenuto.»

Si fece da parte e permise a Nazer di strizzare la sua considerevole mole attraverso la porta, poi lo seguì nell'appartamento.

«Bene, Kemel» disse non appena la porta si richiuse. «Mi allontano per una settimana, e quando torno, scopro che l'avvocato di quella donna, Clayton, è morto. Che è stato ucciso. Come è potuta accadere una cosa del genere?»

Kemel era sorpreso dall'aggressività di Nazer. Di solito i loro incontri cominciavano seguendo una precisa routine: Kemel offriva caffè e dolci, Nazer rifiutava, come se cose del genere non potessero interessarlo.

E il tono del grassone lo feriva. Sì, Nazer era il suo superiore, ma solo per la sua posizione all'interno di Iswid Nahr. In ogni altro aspetto, Kemel lo surclassava. Per cervello, coraggio, sangue. Suo nonno era un beduino della desertica regione del Najd, aveva combattuto fianco a fianco con Abdel Aziz al-Saud nelle guerre per unificare la nazione oggi chiamata Arabia Saudita. E Kemel faceva parte di Iswid Nahr da quasi venti anni ormai. Era molto famoso e rispettato a Riyadh. I suoi compiti lo avevano portato in contatto con membri della famiglia reale molte volte. Sì, l'America era il dominio di Nazer, ma non aveva diritto di trattare Kemel come se fosse un semplice mercenario, assoldato come Baker. Chi si credeva di essere, quella specie di rana troppo pasciuta, per parlargli in quel modo?

«È successo perché sono costretto a lavorare con degli idioti» disse, rilasciando solo una piccola porzione della rabbia che covava. «Questo mercenario che mi hai assegnato è come uno scorpione pazzo, punge tutto ciò che gli si avvicina.»

Nazer sbatté gli occhi di fronte alla risposta di Kemel, poi alzò le spalle. «Ci siamo dovuti muovere in fretta. Avevamo una segnalazione di questo Baker che offriva i suoi servizi al governo durante la Guerra del Golfo. Lo abbiamo contattato. E finora si è dimostrato piuttosto utile.»

«Ma non abbiamo più bisogno di lui. Dovremmo sbarazzarcene e assumere semplicemente degli esperti di sicurezza di una normale impresa per controllare la proprietà.»

«Sbarazzarci di Baker?» Nazer scosse la testa. «No, temo che anche se avessimo il tempo di stringere altri accordi, siamo, in un certo senso, sposati a questo uomo. E come ben sai, il tempo scorre via velocemente. Questa storia si è trascinata fin troppo a lungo.»

Kemel lo sapeva, lo sapeva fin troppo bene. Voleva che la faccenda fosse risolta, non semplicemente perché il destino della sua nazione e dell'intero mondo arabo dipendeva proprio da questo, ma perché lui non era fatto per quel genere di intrighi.

Sì, il sangue dei guerrieri beduini correva nelle sue vene, ma lui era un uomo d'affari, un negoziatore, un... come era il termine americano... un lobbista? Quando avrebbe portato a compimento la missione, si aspettava di essere ben ricompensato, enormemente ricompensato, e avrebbe passato il resto dei suoi giorni nella ricchezza e nel piacere, aggiungendo una seconda e forse una terza moglie, naturalmente sotto i venti anni, al suo harem.

Eppure avrebbe rinunciato alla possibilità di guadagnarsi quella vita da sogno senza alcuna esitazione se qualcuno gli avesse proposto di rimuovere il terribile fardello che gli gravava sulle spalle. Avrebbe rinunciato a tutto, e con gioia, e poi se ne sarebbe andato a gambe levate da quella nazione demoniaca, verso casa sua, verso i suoi figli, a Riyadh.

Ma era solo un sogno. Nessuno era lì, pronto a subentrare a lui. Solo pochi in Iswid Nahr conoscevano il segreto di Ronald Clayton, e Kemel era uno di loro. Rivelarlo anche solo a un'unica altra persona era impensabile.

E così era costretto a rimanere, a prendere ordini da Khalid Nazer, a trattare con gente come Sam Baker, e a fare tutto ciò che era necessario per ottenere il successo.

«Baker è pericoloso. Questa è una faccenda delicata...»

«Forse è meno delicata di quanto pensiamo» disse Nazer. «Forse aver assistito alla morte improvvisa e violenta del suo avvocato convincerà finalmente la Clayton che vendere la casa è l'opzione più saggia, e più sicura.»

«Forse» disse lentamente Kemel. «Ma io non ci conterei. Non ha mai agito razionalmente, fin dall'inizio. Non vedo alcuna ragione per cui dovrebbe cominciare adesso.»

Nazer sospirò. «Questo è ciò che succede quando si permette alle donne di uscire dall'harem e di comportarsi come se fossero uguali agli uomini. Il Profeta lo spiega al meglio: 'Gli uomini sono preposti alle donne, a causa della preferenza che Allah concede agli uni rispetto alle altre.'»

Per non cedere sul punto, Kemel non riuscì a resistere alla tentazione di aggiungere: «Ha detto anche: 'Non date in mano agli incapaci i beni che Allah vi ha concesso.'»

Rimasero in silenzio per un attimo, poi Nazer disse: «Funziona ancora?»

Kemel annuì, nascondendo il suo fastidio. «Sì, naturalmente. Ti avrei chiamato immediatamente se si fosse fermata.»

«Lo so, ma vorrei vederla ugualmente.»

Kemel non poteva biasimarlo. Lui la vedeva ogni giorno, eppure era ancora stupefatto da quella meraviglia.

«Vieni.»

E condusse Nazer sul retro dell'appartamento.

9

Yoshio Takita sentì le voci attenuarsi dalla cimice nel salotto, perciò si sintonizzò sulla seconda camera da letto. Se Kemel Muhallal e Khalid Nazer avessero seguito la solita routine, si sarebbero diretti lì. Abbassò il suo grissino di Little Caesar's Crazy Bread, si asciugò le dita su un tovagliolo, e alzò il binocolo. Mise a fuoco la finestra illuminata.

Naturalmente, attraverso le veneziane socchiuse dell'altro appartamento, vide i due barbuti arabi entrare nella stanza e dirigersi direttamente verso la lampada. Come al solito, rimasero in piedi là davanti, gli occhi fissi su qualcosa.

Ma su cosa?

Yoshio aveva registrato ogni conversazione, ogni chiamata telefonica in entrata e in uscita dall'appartamento, eppure ancora non aveva la minima idea di cosa ci fosse di così affascinante in quella stanza.

Qualunque cosa fosse, aveva bisogno di luce, perché Kemel Muhallal la lasciava accesa notte e giorno. Yoshio immaginava che stessero cercando di far crescere qualcosa, un fungo, una pianta, un'alga, qualcosa che aveva bisogno di luce.

Di nuovo: ma che cosa?

Yoshio non aveva notato nulla di speciale quando era andato nella seconda stanza, il giorno in cui aveva piazzato la cimice. Dovevano avercelo portato dopo.

Sarebbe potuto tornare a dare un'altra occhiata, ma solo in caso di assoluta necessità. Fino a quel momento, gli arabi non sospettavano minimamente di essere spiati. O ascoltati. Yoshio masticava solo qualche parola di arabo, perciò spediva i nastri a un ufficio nel distretto finanziario preso in affitto dal Gruppo Kaze. Lì venivano tradotti e poi trascritti; una copia del testo in codice veniva immediatamente spedita a Tokyo; un'altra tornava indietro, a lui, in formato elettronico il giorno successivo. Yoshio esaminava ogni trascrizione ma non riusciva a trovare neppure un indizio in quello che dicevano.

I due arabi erano in silenzio in quel momento.

Parlate!, ordinò. Perché non aveva poteri telepatici? Dite qualcosa su quello che state fissando!

Ma non lo accontentarono. Yoshio li osservò aggirarsi intorno alla lampada, a quanto pareva ammutoliti dallo stupore.

E poi il grassone se ne andò, lasciando solo Muhallal. Anche lui se ne andò poco dopo, spegnendo tutte le luci, tranne quella. Lasciò accesa la lampada nella seconda stanza, proprio come ogni notte.

Perché?

Yoshio dubitava che l'arabo avesse paura del buio...

Martedì

1

Alicia sobbalzò quando suonò il campanello.

Dopo il furto di venerdì, il ritorno dei giochi nel week-end, e le molestie del giorno prima, sentiva il bisogno di un giorno di riposo. Quella mattina aveva fatto il suo giro di visite, aveva dimesso una bambina di due anni che era uscita da una polmonite da *pneumocystis*, e sperava di fare lo stesso con Hector ben presto. La febbre scendeva e le ultime lastre dimostravano una parziale risoluzione dell'infezione. Si stava rimettendo.

Si sarebbe tenuta in contatto con il Centro tramite Raymond per tutto il giorno, e sarebbe potuta correre lì in un minuto se fosse sorta un'emergenza che Collings non poteva gestire, ma semplicemente non riusciva ad andare a lavoro.

Era stupita dalla ferocia della sua reazione, il giorno prima. Aveva perso il controllo, totalmente, e la cosa la spaventava. Ma c'era dell'altro. Quell'incidente l'aveva lasciata fisicamente ed emotivamente prosciugata.

Aveva bisogno di stare un po' da sola, senza telefono, senza crisi. Solo lei, nel suo appartamento, a curare le sue piante e i suoi alberi. Anche loro avevano bisogno di lei. Li aveva trascurati ultimamente. Non c'era da meravigliarsi: riusciva a passare lì ben poco tempo.

Adorava il suo appartamento all'ultimo piano. Originalmente era stato progettato come il loft di un artista, una mezza dozzina di vetrate sul soffitto davano luce da nord e da sud. I bisogni delle piante erano soddisfatti perfettamente. E la posizione, a Charles Street sul West Village, una strada con degli alberi, era perfetta per arrivare al Centro.

Quando il campanello suonò di nuovo, alzò lo sguardo dal giovane arbusto di pero che era riuscita a tagliare. Qualcuno all'ingresso, al piano di sotto, continuava a suonare alla porta. Al primo squillo aveva pensato che avessero suonato per sbaglio; invece a quanto pareva cercavano proprio lei.

Chi diavolo...?

Era raro che avesse compagnia. Non riusciva a ricordare l'ultima volta che qualcuno era andato a trovarla.

Si alzò in piedi, andò alla porta e studiò il pannello del citofono sul muro alla destra. *Com'è che funziona questa cosa?* Due bottoni. Uno con la scritta ALTOPARLANTE, l'altro ENTRATA. Premette quello con su scritto ALTOPARLANTE.

«Sì?»

«Miss Clayton?» disse una voce maschile. «Sono Will Matthews, il detective della polizia di ieri. Posso parlarle per qualche minuto?»

Detective Matthews, pensò, trasalendo. Che cosa vuole?

Era stato lui a prendere le sue dichiarazioni. Giovane, più o meno della sua età, forse qualche anno in più. Il giorno prima era stato gentile e simpatico. Aveva pazientemente atteso che lei si riprendesse dai tremori e dall'adrenalina che l'avevano paralizzata dopo l'incidente.

Ma perché era lì? E perché adesso?

Irrazionalmente, temette che avesse scoperto i suoi piani di bruciare la casa. Non vedeva proprio come potesse esserci riuscito, ma forse avevano tracciato i suoi movimenti, erano riusciti a stabilire una connessione tra lei e Jack, o le persone che aveva contattato per trovare un aggancio con un piromane. Se...

«Signorina Clayton? Mi sente?»

«Sì» disse. «Sì, sono qui. Mi ha solo colto di sorpresa, nient'altro. Non mi aspettavo una sua visita. Di che si tratta?»

«Possiamo parlare sopra... a casa sua?»

«Ma certo. Mi scusi.»

Per qualche istante continuò a tenere premuto il pulsante ENTRATA, poi fece un passo indietro e cominciò a girare in tondo.

Sta' calma, si disse. Si tratta del bastardo di ieri, nient'altro. Deve per forza essere così. Quel detective non poteva assolutamente sapere nulla.

Abbassò gli occhi e rimase senza fiato quando si rese conto di avere addosso solo le mutandine, dalla vita in giù. Corse in camera e afferrò i pantaloni di una tuta. Poi si lanciò una frettolosa occhiata nello specchio sopra il mobiletto.

Sei un disastro, pensò. Guarda che capelli.

Afferrò una spazzola e cercò di districare i nodi e di donare un aspetto decente a quella massa aggrovigliata dopo il sonno. Non che volesse fare colpo sul detective di terzo grado della polizia di New York William Matthews con la sua avvenenza. Macché. Però voleva almeno essere presentabile.

Un'altra occhiata allo specchio, poi un'alzata di spalle. E adesso che farai?, si chiese. Ma doveva giocare con le carte che aveva in mano.

Andò alla porta e la aprì. Sentiva i passi del detective sulle scale, stava salendo. Finalmente la sua testa fece capolino sul pianerottolo. Il suo volto era rosso e il cappotto lungo era poggiato sopra la spalla. Si fermò e la fissò.

«Quante volte al giorno fa tutte queste scale?» chiese, sbuffando.

«Almeno quattro.»

Si inerpicò sugli ultimi scalini e si trascinò verso di lei.

«Deve essere in splendida forma.»

Alicia sorrise. «È il mio step personale.»

Abitare in un appartamento al quarto piano aveva i suoi svantaggi: il trasloco era stato terribilmente stancante, ed era un calvario quando aveva delle buste, ma non avrebbe rinunciato all'area studio e alle vetrate sul soffitto per nulla al mondo.

Il detective si fermò sulla soglia. «Posso?»

Lei si tirò indietro. «Ma certo.»

Mentre lui la superava, Alicia vide che i capelli biondi si stavano diradando sulle tempie da entrambe le parti. Non se ne era accorta il giorno prima. Forse perché li teneva così corti. Anche così, però, aveva ancora un'aria da ragazzino, soprattutto quando sorrideva. Alto, robusto, pelle chiara, guance colorite, e occhi di un blu brillante. Probabilmente molte donne lo trovavano irresistibile.

Non Alicia.

«Cosa posso fare per lei, detective?» disse, chiudendo la porta e voltandosi verso di lui. «C'è qualcosa che non va?»

Cerca di sembrare rilassata, si disse. Rilassata... rilassata.

«Sì e no.» Si guardò intorno, come se cercasse un posto in cui lasciare il cappotto. Alicia non disse nulla. Non voleva che si mettesse troppo a suo agio.

«Si tratta di quello che è successo ieri?»

«Esattamente. Floyd Stevens, l'uomo che lei ha accusato di molestie verso quella bambina, sta lanciando delle minacce.»

«Dalla galera?»

«Oh, non è in galera. Il suo avvocato ha pagato la cauzione. Era a casa per cena.»

Dannazione! Aveva sperato che passasse la notte in cella insieme ad altri farabutti come lui. Aveva sentito dire che i galeotti avevano l'abitudine di usare le maniere forti con i molestatori di bambini.

«Fantastico. Quindi è di nuovo a piede libero, e può fare minacce e dare la caccia ad altri bambini. Che razza di sistema.»

«In realtà, non è lui. Il suo avvocato minaccia.»

Alicia si irrigidì. «E che cosa? Minaccia di beccare il suo cliente con le mani sulle mutandine di un'altra bambina? Mentre gioca con i genitali di una piccola di quattro anni?»

«Be', naturalmente, dice che il suo cliente non ha fatto nulla del genere e che lei ha preso un abbaglio e ha fisicamente assalito il povero signor Stevens senza la minima provocazione.»

«È proprio quello che ci si poteva aspettare da un avvocato.»

«Sì, ma...»

«Sì, ma cosa?» Alicia deglutì. Aveva la sensazione che la sua lingua fosse fatta di carta crespa. «Lei non ci crede, spero.»

«No. Ma devo avvertirla, Kanessa Jackson non è di nessun aiuto. Quella piccola è in totale confusione.»

«E che cosa credeva? Ha solo quattro anni ed era spaventata a morte.»

«E in più non è... non è esattamente...»

Sembrava avere qualche difficoltà a proseguire, quindi Alicia andò in suo soccorso.

«Un'aquila? È questo quello che voleva dire?»

«Volevo dire ritardata. Ma mi hanno detto che non si usa più.»

«Le hanno detto bene. Mentalmente disturbata è la dizione correntemente accettata, ma i disturbi che ha dovuto superare Kanessa non sono certo puramente mentali. Non è solo sieropositiva, era anche dipendente dal crack. Le cure prenatali che ha ricevuto sono... zero. Prima che nascesse era nel grembo di una donna, Anita Jackson, che per la maggior parte del tempo era totalmente fatta; e quando Anita non era in un altro mondo, scopava con chiunque le capitasse a tiro in cambio dei soldi che le servivano per un'altra dose di rock and roll. Finalmente, dopo sette mesi di abusi, il suo utero ha sputato fuori Kanessa, vomitandola nel mondo in un vicolo. Non sappiamo con esattezza quando il cervello di Kanessa non ha ricevuto tutto l'ossigeno di cui aveva bisogno. O durante il parto o dopo. E così per la maggior parte del tempo si trova in uno stato di confusione stupefatta.»

Osservò Matthews che stringeva gli occhi. «Cristo. Questi sì che sono abusi su minore.»

Accidenti, pareva proprio commosso. Alicia lo apprezzò.

«Fisici ed emotivi.» Alicia sentiva che la sua rabbia cresceva, sorgeva in lei ogni volta che pensava alla madre di Kanessa. «Anita Jackson non si è presa il disturbo di passare neanche una sola volta a salutarla. Ha avuto otto figli. Solo Dio sa dove si trova la metà di loro.»

«Otto. Cristo.»

«Ed è di nuovo incinta.»

«Oh, no.»

«Già. Sa, se mi avesse chiesto cosa pensavo della sterilizzazione obbligatoria quando ero studentessa, o persino durante la specializzazione, probabilmente le avrei staccato la testa a morsi. Ma adesso... adesso...»

Lasciò che i suoi pensieri scorressero liberamente. Non le piaceva la direzione in cui la sua mente la trascinava. Una volta si era lasciata condurre fino a un regno di fantasia in cui tutte le Anita Jackson della città venivano rapite e anestetizzate. Poi le legavano le tube e le riportavano in strada, dove erano libere di fare tutto quello che volevano a sé stesse, ma non potevano più fare del male a dei bambini ancora non nati.

«Capisco» sospirò lui. «E allora immagino che saprà che Kanessa non potrà appoggiarla in alcun modo. Sarà la parola di Floyd Stevens contro la sua.»

«Bene.»

Lui la fissò, e quello sguardo la metteva a disagio. Come se la stesse studiando.

«Lei è una tosta.»

«Quando ci sono di mezzo dei bambini? Può scommetterci.»

«Bene, meglio così. L'avvocato di Stevens, un certo Barry Fineman, ne sentirà parlare presto, ha iniziato a spararle grosse dopo l'udienza per la cauzione. L'ho sentito dire al suo cliente che sporgerà denuncia penale per aggressione e percosse ai suoi danni, per poi intentare una causa civile per le ferite e le sofferenze patite a causa dei danni che lei gli ha inflitto. Diceva anche che si sarebbe rivolto alla direzione dell'ospedale e l'avrebbe fatta rimuovere dalla sua posizione perché, e cito le sue parole, la sua personalità violenta e instabile è un pericolo per tutti coloro che le stanno intorno.»

Alicia sentì una morsa allo stomaco mentre si appoggiava allo stipite. «Oh, fantastico.»

Proprio quello di cui aveva bisogno: altre spese legali. E anche una minaccia al suo lavoro. Era spaventoso. Che cosa era accaduto alla sua vita?

«Ma ha detto che avrebbero lasciato cadere ogni capo di imputazione se lei ritirerà le accuse di molestie a danno di minore contro Stevens.»

Alicia si irrigidì mentre la rabbia le risaliva lungo la schiena. «Mai. Voglio che quel bastardo finisca nei registri della polizia come pedofilo in modo che non gli sia mai più permesso di avvicinarsi a dei bambini.»

Il sorriso di Matthews era tirato, tetro, ma il suo cenno di approvazione le diede forza.

«Buon per lei. Ma spero che sappia che si sta mettendo su una strada difficile.»

Alicia lo sapeva. E si chiese se sarebbe riuscita a percorrerla fino in fondo.

«Posso chiederle una cosa?» disse. «Che interesse ha lei in questa faccenda?»

«Oh, un paio di cosette.» Si accorse che le guance del detective si imporporavano mentre rispondeva. «Ho lavorato nella buoncostume per un po', e i predatori di bimbi erano sempre i più difficili da mettere con le spalle al muro. Di solito hanno i soldi, e possono permettersi dei buoni avvocati, le loro vittime non sono dei testimoni validi, e sembrano irreprensibili cittadini, il che comporta che...»

«So tutto» disse in fretta Alicia, ricacciando il sapore disgustoso dentro la sua gola. «Ma perché si occupa di questo particolare caso?»

Il rossore delle guance si fece ancora più evidente. «Perché mi piace il lavoro che sta svolgendo con quei bambini al Centro.» Un sorriso, quasi imbarazzato. «E mi piace il trattamento che ha riservato a Stevens. Ci voleva del fegato.»

Non del fegato, pensò Alicia. Follia, non fegato.

«E poi,» continuò lui «volevo avvisarla di ciò che può aspettarsi dall'avvocato di Stevens. Così sarà pronta.»

«Grazie. Lo apprezzo.» Ed era sincera.

«E voglio che sappia che non è sola in questa faccenda. Il sistema mastica e inghiotte le persone sbagliate a volte. Anche quando hanno torto, i Barry Fineman del mondo possono manipolare la corte e spingerla a punire un innocente invece dei loro clienti. Ma lei ha un alleato. Ho intenzione di fare una piccola ricerca su Floyd Stevens, vedrò cosa riesco a scoprire.»

«Servirà a qualcosa?»

Lui alzò le spalle. «Non si sa mai. A volte...»

Squillò il telefono. Probabilmente era il Centro.

«Mi scusi.»

Superò Matthews e attraversò il salotto. Ma non era la voce di Raymond quella che sentì quando alzò la cornetta.

«Alicia? Jack. Dobbiamo parlare.»

Jack! Lanciò un'occhiata colpevole al detective che aspettava all'ingresso. Non poteva mettersi a discutere di roghi dolosi in quel momento.

Abbassò la voce. «Uhm, adesso non posso parlare.»

«Bene, non avrei comunque discusso della cosa al telefono.»

«Non ho alcuna intenzione di rimettere piede in quell'orribile bar, da Julio.»

«Stavo pensando a casa tua.»

Due visitatori in un solo giorno? Era una specie di record. Trovava Jack un po' spaventoso. Era da incoscienti rimanere sola con lui?

«Accidenti, non lo so.»

«Sei a casa?»

«Sì, ma...»

«Ottimo. Casa tua, allora.»

Lei si arrese. «Okay, ma che ne dici di... più tardi?»

«Certo. Dopo pranzo. Dammi il tuo indirizzo.»

Lei glielo diede, sperando di non aver commesso un grande sbaglio, poi riagganciò e tornò all'ingresso.

«Ho un appuntamento a breve» disse, tendendo la mano. «Ma voglio davvero ringraziarla nuovamente, detective Matthews. È stato molto gentile da parte sua.»

«Chiamami Will» rispose lui, prendendole la mano, tenendola a lungo.

Alicia la ritrasse e aprì la porta. «Okay... Will.»

Si sentiva terribilmente a disagio a buttarlo fuori in quel modo, ma aveva un improvviso, travolgente bisogno di restare sola.

«Mi farò vivo» disse il detective, uscendo.

«Con buone notizie, spero.»

Chiuse la porta, tentando di simulare un sorriso. Poi lo lasciò morire sul suo volto mentre premeva la fronte contro il legno. All'improvviso si sentiva esausta.

Accuse penali, una causa civile, lamentele presso la direzione ospedaliera. Che altro poteva andare storto?

E quella visita da parte di un detective della polizia; che storia era quella? Perché non l'aveva chiamata al telefono? Che bisogno c'era di parlarle di persona? Come mai si era preso tutto quel disturbo?

Alicia gemette. «Spero che non sia interessato a me.»
Ma più ci pensava, più era sicura che fosse proprio quello il motivo. L'interesse personale del detective Matthews in quel caso era davvero... personale.
Scordatelo, Will. Non sai in che guaio ti stai cacciando.

2

Jack fece le scale di corsa e bussò sulla robusta porta di quercia, o più precisamente, sulle infinite mani di vernice che seppellivano i dettagli della superficie intagliata.

Sulla targhetta c'era scritto 4A, e si chiese a cosa servisse la A. Era l'unico appartamento in quel piano.

Aveva insistito per andare da lei perché voleva farsi un'idea un po' più chiara di quell'enigmatica dottoressa Clayton: medico che cura bambini malati di AIDS, spaccacrani di molestatori di bambini, aspirante piromane di case di famiglia.

La porta si spalancò e Alicia rimase là immobile, fissandolo con un'espressione un po' incerta in quegli occhi di acciaio. I capelli neri raccolti in una coda di cavallo le donavano un'aria quasi da ragazzina. Calzava guanti da giardiniere, sporchi.

«Non sei rimasto senza fiato» disse.

«Be', ammetto che tu sia una donna attraente, ma non credo che...»

Lei sorrise. «No, no. Voglio dire, gli scalini. Quasi tutti sono senza fiato quando arrivano.»

Senza fiato. E perché?

«Oh, certo. Anche io. Davvero senza fiato. Posso entrare e riposarmi?»

Lei esitò.

«Non mordo» disse. «Promesso.»

«Scusami.» Si fece da parte per lasciarlo entrare. «È solo che non si è mai troppo prudenti, dico bene?»

La porta si chiuse alle loro spalle, Jack tirò fuori la Semmerling dalla manica e gliela porse. Lei rimase a bocca aperta quando vide la piccola pistola.

«Prendila» disse. «È carica. La più piccola calibro 45 del mondo. Tienila a portata di mano finché sono qui.»

Alicia fissò l'arma come se fosse una bestia viva e pronta a mordere. «Non ce n'è bisogno. Sul serio.»

«Sicura?»

Quando lei annuì, Jack la rimise in tasca. Non avrebbe saputo dire chi fosse più sollevato: Alicia, perché le aveva offerto una pistola, o lui stesso, perché non l'aveva presa. Non gli andava a genio l'idea che qualcun altro maneggiasse la sua Semmerling.

Lo accompagnò nel corridoio. «Andiamo. Possiamo parlare di qua.»

Jack la seguì fino alla porta, poi si bloccò, spalancando gli occhi.

Una giungla. Soffitti alti, quasi un loft, con grandi vetrate, e verde ovunque. Non piante da appartamento. Alberi. Alberi piccoli, certo, ma pur sempre alberi. Alcuni erano coperti da un rivestimento di plastica in cima, come se fossero dentro delle tende a ossigeno, e altri avevano delle specie di bende intorno al tronco.

«E questo che cos'è? Un ospedale per alberi?»

Lei rise, e Jack si rese conto che quella era la prima volta che sentiva la sua risata.

«Devi farlo più spesso» le disse.

«Cosa?»

«Ridere.»

Il sorriso le si spense sul volto. «Potrei anche farlo... una volta che la casa sarà andata.» Prima che Jack potesse ribattere qualcosa, si voltò e fece un gesto a indicare la stanza con la mano coperta dal guanto. «In ogni modo, questo è il mio hobby: l'ibridazione delle piante.»

«Dici sul serio?» Entrò nella stanza e si guardò intorno. «E questo sarebbe un hobby?»

«Per me sì. O forse è una specie di terapia. Qualsiasi cosa sia, mi dà... piacere.»

Per un istante Jack aveva avuto l'assurda sensazione che stesse per dire 'pace'.

«Come si fa ad appassionarsi a una cosa del genere?»

«Non lo so, esattamente. È iniziato al college. C'era questo albero malato fuori dalla porta del mio dormitorio. Tutti gli altri alberi, intorno, se la cavavano alla grande, ma quello era storto, aveva poche foglie, e quelle che erano ancora attaccate ai rami erano più piccole e più rovinate di quelle vicine. Mi sono presa il compito di salvarlo. È diventata la mia missione. Perciò gli ho dato acqua, fertilizzante, ma niente. È solo peggiorato. Allora ho chiesto a uno dei guardiani la sua opinione e quello mi ha risposto: radici cattive. Non si può fare nulla contro le radici cattive. Volevano abbatterlo, metterne un altro al suo posto.»

«Non dirmelo» intervenne Jack. «Hai fondato un movimento per salvare quell'albero.»

«Certo, come no... 'Boscaiolo, boscaiolo, risparmia quell'albero.'» Scosse la testa. «Credimi, tra i corsi di prespecializzazione e il lavoro da cameriera, avevo appena il tempo di dormire, figuriamoci se potevo permettermi di trasformarmi in ecoattivista e andare ad abbracciare gli alberi. No, ho letto qualcosa sull'ibridazione, ho tagliato delle parti dall'albero malato, si chiamano innesti, e li ho impiantati in un ramo di un albero sano, poi ho sigillato l'unione con della cera da innesto. Poco dopo, hanno tagliato l'albero malato e lo hanno rimpiazzato. Ma non era davvero morto, sai. Una parte di lui era ancora viva e vegeta sul suo vicino. Quando mi sono laureata, la parte innestata cresceva a velocità pazzesca, di gran lunga il ramo con più foglie di tutto l'albero.»

I suoi occhi azzurri e grigi scintillavano a quel ricordo.

«Congratulazioni.»

«Grazie. Dopo quell'albero, mi è venuta una specie di passione. Sono andata in un vivaio, e ho preso l'esemplare che mi pareva più malandato. L'ho comprato per pochi spiccioli, insieme a un altro che aveva un aspetto più sano ed era della stessa specie, o comunque simile. Li ho portati a casa, ho praticato l'innesto su quello sano.»

«E questo fa di te l'infermierina del regno vegetale, o una specie di dottor Frankenstein?»

«L'infermierina, spero. Gli alberi ibridati in realtà sono più forti degli altri, e gli innesti solitamente crescono più velocemente, più rigogliosi, dei rami della pianta originaria. Ma forse in me c'è anche un po' di Frankenstein. Ecco qui quello che potresti chiamare un 'limeone': ho preso un ramo da un albero di lime malato e l'ho innestato in un limone sano. Tra pochi anni produrrà lime e limone.»

«Certo» disse Jack. «Li compro. E già che ci siamo, vorrei comprare anche quel bel ponte che ho visto, là a Brooklyn. A quanto lo vendi?»

«No, parlo sul serio. Si possono incrociare alberi della stessa famiglia, ma non si possono incrociare generi diversi.»

«Adesso non ti seguo.»

«Limoni, lime, pompelmi fanno tutti parte del genere *citrus*. Di solito, accettano i membri della loro stessa specie. Ma quell'innesto di lime non avrebbe attecchito se lo avessi impiantato, che so, su un melo o su un pero.»

Jack fece il giro della stanza, controllando le piante sottoposte alle cure.

«Quindi... prendi due alberi e li unisci in uno solo.»

«È un tipo molto strano di matematica. Per citare uno dei miei libri sull'ibridazione: uno più uno fa uno. E la cosa bella è che nessuno perde. I rami della pianta soggetto vengono alimentati dalle foglie dell'innesto.»

«Immagino che ti piacerebbe poter fare la stessa cosa con le persone.»

Alicia non rispose. Jack si voltò e la vide, rigida, in mezzo alla stanza, che lo fissava. Era pallida, e la voce era incrinata, quando finalmente riacquistò la parola.

«Che cosa hai detto?»

«Ho detto che sarebbe fantastico se fosse così facile anche con le persone. Sai, tagliarle via dalle loro radici marce e lasciarle crescere libere e incontaminate dal loro passato.»

Adesso sembrava persino più pallida.

«C'è qualcosa che non va?»

«No» rispose, ma Jack non ci credeva. «Voglio solo sapere perché hai detto una cosa del genere.»

«Be', stavo pensando ai tuoi bambini malati di AIDS. Voglio

dire, hanno contratto l'infezione dalle loro radici... è un vero peccato che non si possa trovare un modo per innestarli in un corpo sano, che permetta loro di crescere liberi dalla malattia.»

«Oh.» Alicia si trasformò: ora era di nuovo calma. «Sai, non ci avevo mai pensato. Ma è una riflessione stupenda.»

Sembrava ancora persa nei suoi problemi, come se avesse fatto un passo indietro, in un'altra dimensione, e solo il suo corpo fosse ancora in quella stanza. Jack si chiese se avesse toccato un nervo scoperto. Quale regione della sua psiche aveva generato una reazione del genere? E fin dove si estendeva?

«Se solo fosse possibile» disse piano, dal suo pianeta lontanissimo.

«A proposito di quei bambini,» disse Jack «come sta il mio ometto, Hector?»

E poi improvvisamente Alicia era tornata. «Migliora. A quanto pare gli antibiotici stanno funzionando.» Batté le mani. «Adesso... immagino che sia ora di parlare di affari.»

«Uh, sì... e no.»

«Oh, non mi piace il tuo tono.»

Tanto valeva scoprire le carte: «Ho controllato casa di tuo padre ieri e penso che se vuoi davvero sbarazzartene, devi trovare un altro modo. Il fuoco non va bene.»

«No» disse fermamente. «Solo il fuoco.»

«Ma potrebbe andare in cenere anche il resto dell'isolato.»

«È per questo che esistono i vigili del fuoco, no? Per evitare cose del genere.»

«Certo, ma il fuoco è una cosa buffa. Non si sa mai cosa può combinare. Cambia il vento e...» Vide la sua espressione e si rese conto che non stava ottenendo nulla. «Forse un esperto di demolizioni...» Si stava arrampicando sugli specchi: pura improvvisazione. «Sai, quei tizi che sanno piazzare la carica esatta di esplosivi, tarata per far collassare un edificio su sé stesso? Posso cercartene uno, lo contattiamo e...»

Alicia rimase immobile, il suo volto una maschera di alabastro. Scuoteva la testa, rigida.

«No. Il fuoco. E se io voglio pagarti, perché tu non vuoi accettare?»

Jack la fissò. Non era il comportamento che si aspettava da

Alicia. Niente affatto. Sembrava così sensibile, così interessata a certe cose, e perché allora era così cieca su quell'argomento? Come se i suoi processi razionali corressero a nascondersi quando si trattava di quella casa.

Qualunque fosse il motivo, Jack non aveva intenzione di dar vita a un dibattito sulla fattibilità di un incendio. Non c'era spazio per le discussioni.

«Perché spetta a me, e solo a me, scegliere le persone per cui lavoro e cosa faccio per loro. E io scelgo di non fare questo lavoro.»

Un momento di profondo silenzio. Gli occhi di Alicia brillavano con un'intensità così totale che Jack pensò fosse sul punto di esplodere. E poi si voltò e tornò alla porta del suo appartamento, la aprì, e fece un passo indietro.

«Allora non c'è più nulla da discutere. Arrivederci, Jack.»

Era suo diritto. Ma quando Jack le passò accanto disse: «Ricordati solo che ci sono altri modi di affrontare questa faccenda. Respira a fondo, e pensaci bene prima di iniziare a cercare qualcun altro per questo lavoro.»

«Non preoccuparti. Non cercherò nessun altro.»

E poi sbatté la porta.

Jack scese piano le scale. Forse tagliare i ponti con Alicia Clayton era la cosa migliore. Nel profondo del suo animo era una donna terribilmente ferita. Meglio non starle intorno quando ciò che aveva dentro sarebbe uscito dalla sua prigione e avrebbe cominciato a sbattere contro i muri.

Almeno adesso Jack poteva dedicarsi anima e corpo al problema di Jorge. Aveva già scoperto parecchie cose interessanti sul conto di Ramirez.

Si voltò e lanciò un'occhiata alla porta di Alicia. E tuttavia, c'era qualcosa di affascinante in lei. O forse la parola giusta era ipnotico.

Come diceva quella frase... un indovinello, avvolto in un mistero all'interno di un enigma? Una cosa del genere. La descrizione perfetta di Alicia Clayton: un indovinello, avvolto in un mistero all'interno di un enigma, il tutto coperto da uno spesso strato di esplosivo al plastico.

E con la miccia cortissima.

3

Non devo andare a cercare qualcun altro, pensò Alicia, chiudendo a chiave la porta e prendendo il telefono. Perché ho già un nome e un numero.

Lo avrebbe chiamato subito, e avrebbe organizzato la faccenda il prima possibile. Quella casa era un cancro sulla faccia della città, del pianeta, della sua vita.

E il fuoco, le fiamme purificatrici, erano l'unica cura.

Mercoledì

1

«Ha avuto un picco di 39,6 ieri notte» disse la Sorenson quando entrarono nella stanza di Hector. «Ma ha risposto bene a una singola dose di Tylenol ed è in condizioni stabili da allora.»

Alicia lanciò un'occhiata all'infermiera. «Un picco? Solo uno?»

Jeanne Sorenson sfogliò la cartella e controllò il grafico della temperatura. «Solo uno. Alle quattro e venti.»

Forse non era nulla. Un picco poteva essere un semplice caso. Lo sperava davvero.

Indicò il gruppo di palloncini colorati legati a un angolo del letto.

«Da dove vengono quelli?»

«Sono arrivati ieri. Indirizzati a 'Hector, il bambino con il taglio da paura di pediatria'. Anche l'orsacchiotto. Ma il bigliettino diceva solo che era da parte di un amico.»

Alicia si mise a sedere sul letto vicino a dove dormiva Hector, stringendo il nuovo orsacchiotto vestito da dottore.

Jack, pensò sorridendo. Non ti sei dimenticato.

Passò la mano sui capelli corti di Hector.

«Ehi, Hector.»

«Scialve, dottoressa Aliscia.»

Le sorrise, ma ad Alicia non piacque affatto la luce nei suoi occhi. Qualcosa non andava. Lo sentiva.

«Come ti senti, piccolo?»

«Mi fa ancora male il braccio. Avevi detto che mi avreshti tolto l'ago.»

«Lo farò appena possibile. Te lo prometto.»

Senza distogliere lo sguardo da Hector, disse alla Sorenson: «Com'era l'ultima radiografia ai polmoni?»

«Miglioramenti continui» disse l'infermiera.

«Le analisi del sangue?»

«Di nuovo normali.»

Le lastre e tutti gli indicatori erano confortanti. Eppure Alicia non riusciva a scrollarsi di dosso la sensazione che ci fosse qualcosa di sbagliato. Aveva imparato a fidarsi del suo istinto. Nonostante tutti gli anni passati sui libri a studiare il modo più efficace per ottenere una buona anamnesi, per effettuare un esame, per interpretare un risultato di un test, a volte dovevi sbarazzarti di tutto quello che sapevi e seguire l'istinto. A volte l'intera faccenda si riduceva a una cosa molto semplice: dare un'occhiata al paziente, avvertire qualcosa di indefinibile riguardo al suo stato di salute.

Auscultò i polmoni, controllò i linfonodi, lo stomaco. Tutto normale.

Preoccupata, si costrinse a sorridere a Hector e gli passò di nuovo la mano tra i capelli.

«Tu resisti, Hector. Ti tireremo fuori di qui il prima possibile.»

Si alzò e si voltò verso la Sorenson. «Fategli un'altra radiografia ai polmoni, un altro emocromo, e anche colture di urine e sangue.»

Si accorse dell'espressione sorpresa dell'infermiera mentre si dirigevano alla porta.

«Spero di sbagliarmi,» disse a bassa voce «ma ho la sensazione che Hector ci riserverà delle brutte sorprese.»

2

Il telefono dell'ufficio di Alicia squillò. Premette il pulsante della comunicazione interna.

«Il detective Matthews è in linea» le disse Raymond. «Ha detto che deve parlare con te.»

Alicia si irrigidì, un riflesso condizionato. Era impossibile che Matthews avesse scoperto del suo incontro con il piromane la notte precedente; Benny... quel nome era l'unica cosa che conoscesse di quell'uomo. Ultimamente, non riusciva a parlare con nessuno che avesse anche un cognome. Aveva detto che avrebbe controllato l'indirizzo e le avrebbe fatto sapere. Da quel momento Alicia si guardava alle spalle, metaforicamente e anche letteralmente.

E allora che voleva quel Matthews? Forse aveva già trovato qualcosa sul conto di Floyd Stevens?

«Passamelo.»

«Non è il poliziotto che era qui ieri per...»

«Sì, quello.»

«Okay, eccolo.»

Alzò la cornetta e disse: «Buongiorno, detective.»

«Will, ricorda?»

«Oh, certo. Dimenticavo.» Mentiva. Semplicemente, non voleva un rapporto troppo confidenziale con lui. «Cosa posso fare per te... Will?»

«Come promesso, ho fatto qualche piccola ricerca su una tua conoscenza.»

Strinse più forte la cornetta. Non Benny, sperava. Si schiarì la gola.

«Chi?»

«Qualcuno con cui hai avuto un alterco di recente.»

Floyd Stevens. Perché non lo chiamava per nome?

«Davvero? Hai avuto fortuna?»

«Oh, sì. Penso che i risultati potrebbero interessarti.»

«Davvero?» All'improvviso era contenta che avesse chiamato. Si sporse in avanti. «Di che si tratta?»

«Preferirei non dirlo al telefono. Perché non ci vediamo a pranzo? Ti spiegherò tutto.»

Alicia chiuse gli occhi e dovette soffocare un gemito. Gli piaccio, pensò. È sicuro.

Ma lui non interessava a lei. Non aveva né il tempo né le risorse emotive per una relazione con Will Matthews o con chicchessia. Soprattutto non adesso.

E anche nella migliore delle occasioni, persino con le migliori intenzioni, in qualche modo, per qualche motivo, le sue relazioni si tramutavano sempre in dei disastri.

Ma come poteva rifiutarsi? Era evidente che l'agente avesse pedalato un bel po' per lei. Il minimo che poteva fare era pranzare con lui. Non dovevano per forza portare avanti il loro rapporto. Poteva anche fargli credere di avere una relazione con qualcuno. Ecco, ottimo: era impegnata, una relazione seria, destinata a durare a lungo.

E inoltre, l'avvocato della direzione ospedaliera l'aveva chiamata il giorno prima. Aveva parlato con l'avvocato di Floyd Stevens: avevano discusso del processo che era intenzionato a intentare contro Alicia e l'ospedale se lei non avesse lasciato cadere le accuse contro il suo cliente. La direzione stava studiando la faccenda.

Da quel momento, le sue viscere erano annodate in un unico inestricabile groviglio.

«A pranzo, benissimo» disse. «Basta che sia una cosa veloce. Le carte sulla mia scrivania mi arrivano alla gola.»

«Una cosa veloce e piacevole. Promesso.»

Fissarono di vedersi a El Quijote alle dodici e trenta.

Alicia riagganciò, e guardò la busta FedEx sulla sua scrivania. Una copia del testamento era arrivata il giorno prima dall'ufficio di Leo Weinstein. Aveva programmato di leggerla durante la pausa pranzo. La frustrazione la assalì quando si ricordò quello che le aveva detto Jack lunedì: se Thomas e chi lo spalleggiava erano abbastanza disperati e privi di scrupoli da ammazzare il suo investigatore privato e far saltare in aria il suo avvocato, perché a lei non avevano fatto nemmeno un graffio?

Bella domanda. Dannatamente bella. E forse la risposta giaceva a pochi centimetri da lei, in quell'incartamento.

Aveva sperato di poterci dare un'occhiata nel corso della mattina, ma aveva passato un sacco di tempo extra all'ospedale insieme a Hector. Aspettava ancora i risultati dei suoi ultimi esami.

Forse sarebbe riuscita a ritagliarsi un po' di tempo dopo il pranzo.

3

Alicia sfruttò la camminata fino al ristorante per lavorare sugli ultimi dettagli della 'relazione seria, destinata a durare a lungo' che doveva inventare. Voleva fissarli a fuoco nella mente per lasciarli cadere casualmente nella conversazione con Matthews alla prima opportunità.

Vediamo... l'uomo nella mia vita... prima di tutto abbiamo bisogno di un nome.

Gettò qualche spicciolo nel cappello di un Babbo Natale sul marciapiede e si guardò intorno, fissando le vetrine in cerca di ispirazione. I nomi inglesi sembravano l'eccezione più che la regola in quel quartiere. Vide un'insegna, Jose Herrera Clothing.

Benissimo. Vediamo se possiamo trarne qualcosa di buono. Non voleva che il detective Matthews uscisse dal ristorante e leggesse il nome della sua fiamma, perciò meglio anglicizzarlo: Joseph Hermann. *Fantastico. Adesso, di cosa si occupa? Qualcosa che lo tenga molto spesso lontano dalla città. Import export. Ottimo. Ma di cosa?*

Quando svoltò sulla Ventitreesima, superò un negozio di elettronica e telefonia e vide la cascata di aggeggi elettronici che riempivano la vetrina.

Perfetto: elettronica. Il mio ragazzo, Joseph Hermann, importa cellulari e lettori dvd e videogiochi e tutta quella roba dall'Oriente. I viaggi continui sono una ferita alla nostra relazione, ma siamo molto devoti l'una all'altro e ci sposeremo presto, non appena riuscirà a mettere in piedi la sua azienda di distribuzione e togliersi dalla prima linea.

E poi vide il tetto dell'El Quijote. Ci era passata davanti innumerevoli volte, ma non aveva mai pensato di mangiare lì. Il tettuccio metallico, rovinato, dipinto in orribili gradazioni di rossi e gialli, ne era il motivo. Il ristorante era annidato sotto il famoso Chelsea Hotel, il cui ingresso di mattoncini rossi e le balconate di ferro battuto gli donavano un aspetto che sarebbe stato più adatto a New Orleans che a New York. Ma il ristorante in sé non era affatto così invitante. Sembrava vecchio.

Entrò e vide un lungo bancone che si allungava sulla sinistra, verso il fondo del locale. La zona ristorante era sulla destra. Gli interni si accordavano molto bene con la facciata. Ovvero, sembravano vecchi. E tradizionali. Alti soffitti, tavolini coperti da tovaglie di lino bianco, e murales di falsi Cervantes lungo tutto il muro. Si chiese se l'avessero mai ridecorato dagli anni Quaranta. Anche con la luce del giorno che filtrava dalla finestra sul davanti, gli interni in qualche modo riuscivano a rimanere tetri. Scoprì che trovava quell'ambiente stranamente confortevole.

Vide un uomo che si allontanava dal bancone, verso di lei. Il detective Matthews. Con un trench, nientemeno.

«Salve» disse, con un largo sorriso. «Ho preso un tavolo.»

Alicia si rese conto che era molto affascinante quando sorrideva. Gli tese la mano.

«Detec...»

Lui alzò un dito e lo agitò come per ammonirla. «Ah-ah. Will, ricordi?»

«Bene. Will.» Fece un profondo respiro. Sapeva che lui se lo aspettava, quindi disse: «Solo se tu mi chiami Alicia.»

Si tolse il suo impermeabile, buono per tutte le occasioni. Sperò di non inviare il messaggio sbagliato. Ma sembrava un uomo per bene. Che male poteva fare?

Will sistemò entrambi i cappotti, poi fece segno al maître che li condusse attraverso la sala piena per metà, fino a un angolino in fondo.

Incapace di pensare a qualcosa di meglio, Alicia disse: «È un posto molto carino.»

«Non ci sei mai stata?»

Scosse la testa. «Di solito faccio pranzo alla mia scrivania, e a casa mangio quello che capita, basta che sia facile e veloce. Non mangio fuori molto spesso.»

Perché non mi piace sedermi da sola al tavolo di un ristorante.

Lui si accigliò. «Mi sono appena reso conto che ti avrei dovuto chiedere prima se ti piace l'aglio. Se non ti piace, sarà meglio trovare un altro posto.»

«Adoro l'aglio. Ma il cibo messicano non è molto...»

«Non è messicano. È spagnolo.»

Alicia sussultò. «Ma certo. El Quijote. Avrei dovuto pensarci. È solo che dopo tutti gli anni che ho passato nella California del Sud credo che ogni ristorante che inizia per El sia automaticamente messicano.»

«Tutti gli anni? Pensavo fossi di New York.»

«Lo ero. E lo sono di nuovo. Nata e cresciuta qui. Ma a diciotto anni me ne sono andata all'Università della California del Sud e sono stata via per dodici anni.»

Non gli disse che aveva cercato di entrare all'Università delle Hawaii perché era la più lontana da New York e da quella casa sulla Trentottesima. Ma dalla California le avevano proposto un'offerta finanziaria migliore, perciò aveva scelto Los Angeles.

Arrivò il cameriere.

«Devi assolutamente provare i gamberi in salsa verde» disse Matthews. «La cosa migliore del menu. Se ti piace l'aglio.»

Ordinò i gamberi e una Diet Plus. Lui ordinò una birra.

Mentre aspettavano, le chiese dei suoi anni sulla West Coast, e Alicia scoprì che si stava rilassando, parlando di sé stessa. Bastava che non le chiedesse della sua vita di prima, di suo padre. I corsi di prespecializzazione, la specializzazione, l'internato... anni di fatica estenuante, ma belli. Quando era sbarcata in California era una donna completamente diversa da quella che aveva lasciato New York. La nuova Alicia non aveva passato, non doveva nulla a nessuno. Appena aveva messo piede giù dall'aereo era rinata, una donna che lei stessa aveva creato.

Approfittò dell'arrivo dei piatti – una pentolaccia di metallo con grossi gamberi rosa annegati in una salsa verde lime – per cambiare argomento.

«Ma basta parlare di me» disse. «Che mi dici di Floyd Stevens?»

«Prima assaggia» disse Matthews servendole una generosa porzione. «Non vorrai rovinare un così bel piatto parlando di quell'immondizia.»

Alicia si morse il labbro prima che le sfuggisse una risposta secca. Non era andata lì per il cibo, voleva informazioni, dannazione. Ma con la forchetta spezzò a metà un gambero e lo assaggiò. Dio, era buono. Incredibilmente buono. Mangiò in fretta l'altra metà. Non si era resa conto di quanto fosse affamata.

«Allora» disse Will. Lei alzò lo sguardo e scoprì che la stava fissando intensamente. «Che ne pensi?»

«Paradisiaco. Così buono, in realtà, che niente di ciò che mi dirai potrebbe rovinarlo.»

Will sospirò. «Okay. Ecco cosa ho scoperto: a quanto pare non è la prima volta che il Bravo Ragazzo Floyd veniva beccato con le mani addosso a un bimbo. Non è stato facile trovarle, ma sono riuscito a riportare alla luce tre lamentele sul suo conto.»

Alicia ebbe un moto di speranza. «Quindi ha delle segnalazioni sulla fedina penale. Per pedofilia. Come è stato possibile che gli abbiamo permesso...»

«Frena, frena. Nessuna segnalazione. Tutte le accuse sono state ritirate.»

«Ritirate? Tutte quante?»

Lui annuì, masticando piano. «A quanto pare è molto ben messo finanziariamente. Ha fatto un sacco di soldi a Wall Street negli anni Novanta e quando si è ritirato era un giovane milionario con molto tempo a disposizione e una passione per i bambini.»

Per quanto buono fosse il pranzo, Alicia scoprì che le stava passando l'appetito. «Ne è uscito pulito pagando.»

«O minacciando, come sta cercando di fare con te. Il suo avvocato è uno squalo. Un vero figlio di puttana che ama azzannare alla gola.»

«In altre parole, quelle non erano vuote minacce.»
«Temo di no.»
«Queste sì che sono buone notizie.»
«Mi dispiace. Ho solo pensato che dovessi essere pronta per quello che ti aspetta.»
«Lo sapevo già, immagino. Fineman ha chiamato ieri.»
«Che ha detto?»
«Più o meno quello che hai sentito tu. Mi ha detto che posso aspettarmi di entrare e uscire dal tribunale per i prossimi tre o cinque anni, spendendo ogni singolo centesimo che guadagno in spese legali, per poi passare il resto della mia vita lavorativa a ripagare i dolorosi e salatissimi risarcimenti che, secondo lui, la corte riconoscerà al suo cliente. Naturalmente, potrei evitare tutto questo se mi rendessi conto di aver preso un abbaglio e ritirassi le mie accuse.»
«Ma che dolce. A quanto pare è la prova che ogni cliente ha l'avvocato che si merita.»
Alicia si chinò in avanti e fu invasa da un'ondata di depressione mentre il suo cervello razionalizzava le nuove informazioni: Kanessa non aveva subìto alcun danno fisico, e non aveva abbastanza consapevolezza di sé da aver ricevuto alcun danno psicologico a lungo termine. E se non altro Floyd Stevens non avrebbe mai più messo piede al Centro, quindi i bambini erano al sicuro. Forse era stato abbastanza ferito e spaventato dal pestaggio da tenere le mani a posto d'ora in poi.
Il fatto che stesse permettendo a sé stessa di concepire quei pensieri la deprimeva ancora di più.
«Stai bene?» chiese Matthews.
«No.»
«Sai che cosa farai adesso?»
Alicia lo fissò. «Secondo te che cosa farò?»
Lui sostenne il suo sguardo. «Non ti conosco da molto, ma non riesco a immaginare che tu faccia qualcosa che non sia resistere.»
L'improvviso moto di simpatia che la investì verso quell'estraneo prese Alicia di sorpresa. Non c'era mai stata la minima possibilità che lei cedesse. Su qualcos'altro sì, magari,

ma mai su una faccenda del genere, e lui l'aveva capito. Per qualche inspiegabile motivo, si ritrovò a sorridere.

«Come facevi a saperlo?»

«Non lo so. L'ho solo avvertito. È parte di ciò che trovo così attraente in te.»

Oh-oh. Eccoci, la verità era stata portata allo scoperto, galleggiava sopra il tavolo. Scelse di ignorarla.

«Non credi che io abbia dei problemi mentali?»

«No. Penso che tu abbia dei princìpi.»

E poi Will allungò la mano e prese la sua.

«E voglio che tu sappia che ti ammiro per questo. E devi anche sapere che non sei sola in questa storia. Ci sono ancora alcune cose che posso fare.»

«Per esempio?»

«Alla buoncostume ho imparato un paio di cosette. Per dirne una, questi pedofili non cambiano i loro obiettivi. Non si possono curare. Puoi anche legarli per anni al lettino di uno psicanalista: niente li cambia. Appena pensano che nessuno li stia guardando, anzi, a volte capita perfino se sospettano che qualcuno li stia guardando, sono di nuovo alla ricerca di prede.»

«Comportamento compulsivo.» Alicia lo conosceva bene.

«Esatto. E questo può volgersi a nostro vantaggio.»

Nostro? Da quando era anche un suo problema?

Calmati, si disse. Vuole prendere questo tizio proprio come lo vuoi prendere tu. Non ritrarti. Vuole darti una mano. Non glielo impedire.

Si chiese perché mai fosse così difficile vincere la sua diffidenza. Forse perché era sola da così tanto tempo, senza accettare aiuto da nessuno, prendendo in completa solitudine tutte le sue decisioni, risolvendo ogni problema con le sue forze. Era per questo che la sua offerta di aiuto le pareva quasi un'intrusione?

«In che modo?»

Lui sorrise. «Questo lascialo a me.»

Alicia si raddrizzò e scoprì che stava sorridendo. «Sai una cosa, Will? Credo che mi stia tornando l'appetito.»

Oh, no. L'aveva appena chiamato Will? Da dove le era venuto fuori?

Ma era vero. Era di nuovo affamata. E dovevo ammetterlo, era bello sapere che c'era qualcuno dalla sua parte.

Finirono i gamberi e la salsa verde, litigarono su chi dovesse pagare, e Will vinse perché aveva le braccia più lunghe e riuscì ad afferrare il conto. Si lasciarono alla porta e Will le promise di restare in contatto.

Alicia si diresse al Centro. Era a metà strada quando si rese conto che non era mai riuscita a parlargli della relazione seria, destinata a durare a lungo, con il povero imprenditore emergente nell'import export, Joseph Hermann.

4

Prima di passare in rassegna tutte le carte che si erano accumulate durante la sua assenza, Alicia controllò la segreteria. Aveva un messaggio.

«Sono Benny. Chiamami.» Le lasciava un numero.

Sentì il cuore accelerare. Il piromane. Chiuse la porta dell'ufficio e lo chiamò immediatamente.

«Sì?» disse la stessa voce.

Sentì i rumori del traffico in sottofondo. Senza dubbio, una cabina telefonica.

«Benny? Ho visto la tua chiamata.»

«Sì. Parliamo del posto su Murray Hill, giusto?»

«Giusto.»

«Okay. Posso occuparmene.»

«Ottimo. Ma avrò bisogno di qualcosa di più.» Jack l'aveva avvertita del rischio di radere al suolo l'intero isolato, e quel pensiero la tormentava. «Non voglio che si propaghi.»

«Nessun problema. Hai a che fare con un professionista. Metterò a fuoco l'interno. Sarà tutto cotto a puntino, ridotto in cenere dentro, prima che da fuori si veda qualcosa. I vigili del fuoco saranno già arrivati a quel punto, e se no, li chiamerò io stesso. E poi sarà tutto finito. Un'operazione chirurgica. E nessuno sospetterà di niente.»

«Sei sicuro? Assolutamente sicuro? E nessuno si farà male?»

«Garantito. Una vera passeggiata, dolcezza. Ti ritroverai a contare i tuoi soldi in un battito di ciglia.»

Benny ovviamente pensava che lo facesse per l'assicurazione. Non c'era motivo di fargli cambiare idea.

«Fantastico.»

«Ma io voglio contare i miei stasera. Come abbiamo pattuito, la metà subito, il resto la mattina successiva. Cash, ci siamo capiti?»

«Capito.»

Il salario di Benny l'avrebbe ridotta al verde. Ne valeva la pena? Voleva farlo sul serio?

Sì.

«Dove ci incontriamo?»

5

Alicia era immobile su una sedia e fissava il cielo notturno da una delle vetrate sul soffitto. Era rivolta verso nordest. Verso Murray Hill.

Benny avrebbe fatto il lavoro quella notte.

«Mi sto occupando di un altro lavoretto più su» le aveva detto. «Ma perché aspettare? Casa tua è vuota e pronta. Una passeggiata.»

Un altro lavoretto; a quanto pareva i piromani facevano affari d'oro.

E poi il ricevitore scanner sintonizzato sulle frequenze della polizia che aveva comprato tornando a casa quel pomeriggio gracchiò dietro di lei. C'era stata una sparatoria vicino al Madison Square Garden. Non era quello che avrebbe voluto sentire.

Una casa sulla Trentottesima, c'è del fumo.

Ecco quello che aspettava.

Sapeva che non avrebbe mai potuto vedere le fiamme, né il fumo, ma qualcosa la attirava lo stesso verso quella finestra. Aveva intenzione di rimanere lì, a fissare l'oscurità fino a che il ricevitore non le avesse detto che l'allarme era stato diramato. Poi sarebbe corsa giù, avrebbe preso un taxi fino a Murray Hill, e sarebbe rimasta sulla Trentottesima, a osservare le fiamme che divoravano la casa fino al marciapiede.

Un tremito percorse il suo corpo e la fece sobbalzare sulla sedia. Si appoggiò alla cornice della vetrata e chiuse gli occhi.

I suoi nervi scossi avevano raggiunto il punto di rottura. Non era tagliata per quelle cose.

Dio, ma che cosa ho fatto? Ho davvero assunto un uomo per bruciare la casa. Sono impazzita?

A volte lo pensava davvero.

E ora che aveva finalmente trovato il tempo per leggere il testamento, si chiedeva se la pazzia non fosse una malattia di famiglia. Leo Weinstein le aveva accennato che si trattava di un testamento 'piuttosto insolito', ma non si era resa conto di quanto lo fosse.

Dopo averlo letto, conosceva la risposta alla domanda di Jack: sapeva perché le persone che assumeva morivano, mentre a lei non torcevano nemmeno un capello.

E adesso era più convinta che mai che l'unica soluzione fosse distruggere la casa.

Poi sarebbe stata libera. Libera dagli avvocati di Thomas che la azzannavano continuamente. E se fosse arrivato anche il premio dell'assicurazione, l'avrebbe donato al Centro.

E poi sarebbe stata libera anche da quella casa, da tutto ciò che rappresentava.

6

«Va bene» disse Kenny scendendo gli scalini. «È nel bagagliaio. E adesso?»

Sam Baker si trovava all'interno di un cono di luce nel seminterrato della casa dei Clayton. Pulì la lama insanguinata del coltello da pesca su uno straccio. Avrebbe voluto tagliare un pezzo di carne a Kenny e farglielo ingoiare. Così avrebbe imparato la lezione. Aveva mandato tutto a puttane, quella sera. Ma Kenny era uno di famiglia, il cocco della sua sorella maggiore, un ragazzo di venticinque anni dalle spalle grosse, con i capelli rossi di sua madre, e non si lasciano cicatrici a uno di famiglia, nemmeno se se lo merita.

Avrebbe punito Kenny e il suo amico in un altro modo.

«E adesso dobbiamo fare un mucchio di cose, Kenny. La prima è scalare il cinque percento del bonus tuo e di Mott.»

Kenny spalancò gli occhi. «Il cinque percento? Ma che cazzo dici?»

«Ti sei lasciato sfuggire quel tizio.»

«Cazzo, amico, lo abbiamo beccato, o no?»

«Sì, quando era già entrato e aveva sistemato le sue cose. Se non avessi sentito l'odore del gasolio, tutta la casa sarebbe in fumo adesso, e avresti privato noi tutti di un bel lavoretto.» Baker puntò il coltello contro il ventre di Kenny. «Non sarebbe mai dovuto entrare, innanzitutto.»

«Quel tipo doveva essere una specie di mago. Non l'abbiamo visto, e ti giuro che non stavamo cazzeggiando.»

«Giura su tutto quello che ti pare, ma non ti aspettare comprensione dal resto della squadra. Se questo posto fosse saltato in aria, avrebbero perso il cento percento dei loro bonus. E anche tu. Forse questo ti aiuterà a restare sveglio, al prossimo turno di guardia.»

«Ma che merda, Sam.»

«Non te la prendere troppo. Farò in modo che il tuo cinque percento vada alla nonna.»

Kenny fece una faccia disgustata. «Sì, come no. Pensi che si ricorderà di mandarmi un biglietto di ringraziamento?»

Sam era improvvisamente furioso. Lo afferrò per il collo della maglietta e lo tirò forte a sé. Anche se era uno di famiglia, era pronto a mettere un po' di sale in quella testa vuota di suo nipote.

«Bada a come parli quando nomini tua nonna, ragazzino. Ci siamo capiti?»

Kenny distolse lo sguardo e annuì. «Scusa. Non volevo.»

Sam lo lasciò andare. «Spero proprio di no. Adesso porta questo accelerante di sopra, e aspetta gli altri.»

Mentre Kenny barcollava su per le scale, Baker si guardò intorno, nello scantinato, e scosse la testa. Ci erano andati troppo vicino. Troppo fottutamente vicino. Per poco non si era cacato addosso quando Kenny lo aveva chiamato per dirgli che avevano beccato un piromane in casa. Era andato là di corsa, e aveva trovato quell'imbranato con la faccia da ratto legato a una sedia nel seminterrato. Il tizio aveva un paio di litri di accelerante in bottiglie da un quarto ficcate nella tasca del giubbotto.

Non ci era voluto molto per farlo cantare. Era stupefacente quanto potesse essere persuasivo un coltello da pesca. Bastava sfilettare un paio di strisce di pelle belle larghe e le parole uscivano a fiotti. Il tizio aveva detto che era stato assunto da una tipa. Una tipa che corrispondeva fino all'ultima virgola alla descrizione della Clayton.

Merda!

Allora quella puttana non capiva quando era ora di lasciar perdere. Che cosa dovevano fare per spaventarla?

Baker si era infuriato così tanto che aveva un po' perso la

brocca. Aveva afferrato la prima pistola che gli era capitata a tiro e aveva cominciato a picchiare forte. Aveva ridotto il cranio del piromane a un vero macello. Adesso era andato. Forse non si sarebbe svegliato mai più.

Baker aveva pensato di chiamare Kemel, ma poi aveva cambiato idea. Il vecchio caro arabo ultimamente stava facendo la fichetta. Aveva dato di matto per quella storia da nulla, l'autobomba. Probabilmente si sarebbe sciolto come uno zuccherino se Baker gli avesse rivelato come voleva sistemare la faccenda con il piromane.

Il fatto era che Kemel non ci arrivava proprio. Non puoi metterti a giochicchiare con i problemi. Niente mezze misure. Bisogna eliminarli, i problemi. In modo che non possano tornare indietro a tormentarti.

Come quel tizio.

Gliel'avevano spiegata bene, la lezione. Forse in modo permanente. Ma non era sufficiente. Baker voleva mandare alla Clayton un altro messaggio. Il suo investigatore privato spiaccicato al suolo non le era bastato. E nemmeno l'avvocato che saltava in mille pezzi proprio davanti ai suoi occhi. Forse quel terzo tentativo avrebbe fatto l'incantesimo.

Però stavolta non l'avrebbe fatto da solo. Stava radunando tutti e otto i suoi ragazzi, l'intera squadra. La conta delle vittime continuava a salire, era ora di stipulare una piccola assicurazione. Di coinvolgere tutti. Alzare la posta in palio.

Baker sapeva che i suoi erano ragazzi seri, tosti. Non del calibro dei suoi vecchi compagni dei tempi dei SOG, ma sapevano il fatto loro, erano tutti veterani di team mercenari che avevano operato in America Centrale, Africa, Guerra del Golfo. Nel corso degli anni li aveva usati ogni volta che veniva contattato dai vari pezzi grossi di Medellin e Cali per fare il lavoro sporco per conto loro, lungo le rotte della droga nell'America Centrale.

Ma adesso i messicani gestivano in proprio tutto il giro e preferivano usare i loro ragazzi quando avevano bisogno di muscoli.

Il Medio Oriente era il posto giusto. Soprattutto l'Arabia Saudita. Un sacco di soldi da spendere, e nessuna infrastruttura. E un bel po' di paranoia, con tutto quello che succedeva in Iraq. I suoi contatti da quelle parti continuavano a dirgli che non volevano mercenari, che non ne avevano bisogno, ma Baker sapeva che non era vero. Ogni saudita che incontrava pensava di essere un principe. Nessuno voleva fare il lavoro sporco. Era per questo che il Paese brulicava di coreani e pakistani, li chiamavano per svolgere tutti i lavori manuali. Se la tua Mercedes si rompe, nessuno te la ripara. Ma che problema c'è? Ne compri un'altra. E per quanto riguarda i soldati, che senso ha metterti in prima linea, quando basta pagare, e qualcun altro rischia il culo al posto tuo?

Baker non diventava certo più giovane con il passare degli anni. Era stanco di mettersi in vendita in giro. Alla fine di quel lavoro si sarebbe preso una bella fetta del bonus, e quell'incasso avrebbe messo a posto le sue finanze, e avrebbe pagato i conti della casa di riposo di sua madre. Ma non aveva intenzione di passare il resto della sua vita seduto sulle chiappe a guardare la tele. Aveva bisogno di un motivo per alzarsi la mattina, e l'Arabia Saudita sembrava un vero pozzo senza fondo di lavoro paramilitare tranquillo, a basso rischio, che aspettava solo qualcuno che se ne facesse carico. Se faceva vedere a quel gruppo, quell'Iswid Nahr per cui lavorava Kemel, che riusciva a risolvere i problemi, che era l'uomo giusto, sarebbe stato a posto per il resto della carriera.

Ma Baker credeva nella sua versione personale della Legge di Murphy: anche se sei nella merda fino al collo, non devi mai sottovalutare la capacità della merda di raggiungere il ventilatore.

Voleva tutta la squadra per il lavoro di quella sera. Potevano considerarlo come una specie di rito per cementare il gruppo, una sorta di battesimo di sangue.

Baker sorrise. Non sangue: un battesimo di fuoco.

E dopo sarebbero stati più che fratelli di armi. Sarebbero stati complici.

E l'arabo? Baker ne avrebbe parlato con Kemel Muhallal in seguito.

7

Yoshio era in piedi di fronte alla lampada nella seconda camera da letto di Kemel Muhallal, e guardava dall'altra parte del giardino. Il suo appartamento.

Aveva visto Muhallal andarsene ed era sgattaiolato dentro in tutta fretta per fare una ricerca veloce. Niente. Aveva aperto ed esaminato da cima a fondo ogni cassetto, ogni angolo, ogni ripostiglio, ogni possibile nascondiglio, e non aveva trovato nulla di insolito.

E adesso se ne stava lì dove Muhallal e il suo superiore, Khalid Nazer, si mettevano di solito a studiare qualcosa, praticamente ogni notte. Ma che cosa? Che cosa poteva interessarli così tanto? E perché la guardavano sempre da lì, alla luce di quella lampada che non veniva mai spenta?

Era quella la chiave? La lampada?

Yoshio allungò la mano sotto il paralume e trovò l'interruttore. Lo premette e la lampada si spense. Lo spinse di nuovo e la lampadina si riaccese.

Solo una lampada.

Nazer e Muhallal dovevano aver portato l'oggetto con loro. Ma cosa poteva essere così prezioso che non osavano neppure lasciarlo nell'appartamento? Forse poteva intercettare uno di loro e prenderglielo, farla sembrare una rapina.

Però, no. Troppo rischioso. Potevano insospettirsi. C'era il rischio che capissero che in quell'affare era coinvolta anche una terza parte.

Yoshio sospirò e andò alla porta. Un viaggio sprecato. Non poteva fare altro che restare all'erta, proprio come aveva fatto per mesi.

Era così frustrante. Sperava che succedesse qualcosa. E presto.

8

Alicia aveva smesso di guardare fuori dalla vetrata. Si era lasciata cadere nella poltrona ed era rimasta là, tra gli alberi da curare e le piante, a fissare il ricevitore.

Ma neppure una parola su un incendio a Murray Hill.

Possibile che Benny il piromane l'avesse fregata? Magari non appiccava incendi, diceva solo alla gente che l'avrebbe fatto. Poi prendeva i soldi e scappava.

O forse non aveva trovato le giuste condizioni. Sapeva che Thomas aveva assunto delle guardie di sicurezza ma Benny le aveva detto che sarebbe riuscito a eluderle senza difficoltà. Forse non era stato così semplice come aveva creduto.

Forse sarebbe tornato la notte successiva.

Alicia rabbrividì.

«Fallo stasera» disse alla stanza vuota. «Non so quanto ancora riuscirò a sopportare questa attesa.»

Giovedì

1

«Ehi, hai sentito di Benny la Torcia?»

L'oziosa domanda di Abe paralizzò Jack nel bel mezzo di un morso, con la bocca spalancata.

Si era fermato al negozio con dei bagel e del Philadelphia – la crema di formaggio era per Abe; Jack il suo lo prendeva semplice. Abe aveva preparato il caffè.

Un brivido di premonizione iniziò a strisciare lentamente lungo la schiena di Jack.

«No. Cosa gli è successo?»

Ma l'attenzione di Abe era rivolta a Parabellum, appollaiato sulla spalla sinistra, stavolta. Il parrocchetto stava becchettando il pezzo di bagel che Abe gli porgeva.

«Guarda questo piccolo diavolo! Adora i bagel. Un vero e proprio pappagallo kosher.»

«Credo che gli piacciano i semi di sesamo. E quello è pieno di semi. Ma che mi dici di Benny?»

«L'hanno trovato morto, stamattina presto, sotto una rampa che porta a Manhattan Bridge.»

«È caduto?»

«No, è bruciato. Ridotto quasi in cenere, mi hanno detto. Con il suo stesso accelerante.»

Il bagel con i semi di papavero che Jack stava mangiando si fermò a mezza strada quando il suo esofago si chiuse in una morsa.

«E come è riuscito a combinare una cazzata del genere?»

«Oh, dubito che lui c'entrasse qualcosa. Qualcuno ha scritto con il fuoco la parola 'piromane' nel terreno accanto al corpo.»

«Cazzo.»

«E si dice che fosse ancora vivo quando l'hanno bruciato.»

Jack rabbrividì. Benny era un criminale, ma bruciarlo vivo...

«Ohi, Parabellum» disse Abe. «È questo il modo in cui dimostri la tua gratitudine?»

Jack alzò lo sguardo e vide che il pappagallo aveva lasciato un ricordino sulla spalla di Abe. A giudicare dalla quantità di macchie, non era la prima volta.

«Quello che entra deve uscire» disse Jack. «Guardala in questo modo. Prima avevi delle macchie solo sul davanti della maglietta. E adesso invece ce le hai anche sulle spalle.»

Abe pulì la montagnetta con un tovagliolo.

«Lo so, lo so. Ma penso che abbia qualche piccolo problema di salute. Magari la colite. Ehi, allora le compri le azioni di cui ti parlavo?»

«Lo sai che non posso comprare azioni.»

«Non è che non puoi. Non vuoi. Ti stai lasciando sfuggire un sacco di soldi facili. Io ho un bel broker. Mi fa comprare queste IPO. Non faccio a tempo a capire che ho comprato che già vendo. Un migliaio di azioni, salgono fino a due testoni, e vendo. Soldi facili. Tutto quello che devi fare...» Si fermò per guardare Jack. «Che faccia che hai. È la tua espressione 'quandotidecidiachiudereilbeccoAbe'.»

«Chi, io?» disse Jack, sperando che Abe chiudesse il becco sul serio.

«Sì, tu. E io adesso dovrei fare la mia da 'quandosideciderà Jackametterelatestaaposto'.»

«Accidenti, quando non la fai tu, la fa Gia.»

«Non ti sto dicendo di ritirarti. Sei un cliente troppo buono per me. Ti dico solo di smetterla di accumulare soldi in quei gettoni d'oro di merda e metterli a lavorare al posto tuo.»

«È necessario un numero di previdenza sociale per aprire un account con un broker, Abe.»

«E allora? Tu hai tutte le tue identità false, e so che alcune di loro hanno un numero di previdenza sociale.»

«Numeri di gente morta.»

«Bene. Converti un po' di quei ducati e di quei krugerrand in dollari. Usi il numero di un morto per aprire un account con il mio broker. Lasci che sia lui a fare le operazioni per te. Ti garantisci il venti percento all'anno.»

«No, grazie.»

«Jack! Raddoppi il capitale in meno di quattro anni! Come fai a dire no grazie?»

«Dovrei pagare le tasse su quei profitti.»

«Sì, ma...»

«Non c'è nessun ma. Dovrei pagare e basta. E lasciare che lo Stato si prenda la sua parte è come dire che accetto, che per me va bene. E dire che va bene...»

Jack non poteva farlo. Una volta superato quel confine, anche sotto un falso nome, avrebbe fatto parte di quel mondo. Si sarebbe unito a loro. E loro avrebbero saputo chi era.

«Ma non saresti tu. Sarebbe il tipo falso con il numero di previdenza sociale del morto.»

«È lo stesso, Abe.»

Abe lo fissò per un istante, poi sospirò. «Non ti capisco, Jack.»

Jack sorrise. «Sì, invece. E Parabellum ti ha appena fatto un altro regalino.»

«Oh!»

Mentre guardava Abe che si ripuliva, disse: «Qualche idea su chi possa aver fottuto Benny?»

Abe scosse la testa. «Nessuna. Ma se vuoi la mia opinione, e sono sicuro che tu la voglia, ti direi che a me pare che Benny possa aver cercato di gettare un fiammifero dentro la casa sbagliata.»

Jack aveva la terribile sensazione di sapere quale fosse la casa in questione.

Si ricordò di quello che gli aveva detto Alicia. Aveva assunto due persone per la faccenda del testamento di suo padre, ed entrambe erano morte. Benny la Torcia aveva portato il totale a tre?

C'era solo un modo per scoprirlo.

2

Alicia aveva appena riagganciato dopo aver parlato con il laboratorio. Nessun risultato sulle colture di Hector, ma il piccoletto era ancora lì e resisteva, nonostante altri picchi di febbre. Improvvisamente, la voce di Raymond all'interfono.

«Quel tipo, quel Jack, vuole vederti. Non ha un appuntamento ma dice che è importante.» Un debole sussurro in sottofondo, e poi: «Anzi, rettifico. Dice che è urgente.»

Il primo istinto di Alicia fu mandarlo via. L'aveva delusa due giorni prima, quindi per quello che la riguardava non avevano più nulla di cui parlare.

Ma la parola 'urgente' le arrivò al cuore. Non era un termine che avrebbe associato a Jack. Se lui diceva che era urgente, probabilmente lo era sul serio.

Oh, dannazione. «Fallo entrare.»

Pochi secondi dopo, Jack entrò e si chiuse la porta alle spalle.

«Hai assunto Benny la Torcia?»

Non si era nemmeno seduto, non aveva neppure detto ciao. Ma il nome 'Benny' le fece dimenticare tutto.

Lo sa! Ma come è possibile?

«Ma di che parli?» fu il massimo che il suo cervello stupefatto riuscì a formulare.

«È stato ritrovato stamattina. Morto. Qualcuno l'ha bruciato vivo ieri notte. Qualche legame tra lui e quello che mi hai chiesto di fare?»

«Oh, no! Non può essere successo di nuovo!»

Jack si lasciò cadere sulla sedia. «Mi basta come risposta.»

Sentì il suo sguardo fisso su di lei mentre cercava di fermare il senso di colpa, la nausea.

Quel piccolo ometto irrequieto... bruciato vivo...

Alla fine Jack disse: «Credevo che non saresti andata di corsa a cercare qualcun altro. Credevo che ci avresti pensato bene.»

«Non dovevo cercare.» La sua voce sembrava assente, lontana. Aveva la sensazione di sentirsi parlare da una stanza lontanissima. «Avevo già quel nome. Mio dio... l'ho ucciso...»

«Non l'hai ucciso. Ma penso che tu avessi ragione, quando hai detto che le persone coinvolte in questa faccenda hanno un'aspettativa di vita molto breve. Tutti, tranne te. Ed è questo che non capisco.»

«Io sì» disse, scuotendosi, costringendo la sua mente a concentrarsi. «Ho letto il testamento ieri.»

«Era ora. E chiarisce tutti i misteri?»

«No. Non ci va neppure vicino. Ma spiega perché sono ancora viva.»

La sua mente corse al giorno precedente, alla strisciante sensazione che aveva provato mentre leggeva le parole di quell'uomo, mentre cercava di indovinare cosa avesse pensato quando le aveva concepite.

«E cioè?»

«Thomas non è il primo nella lista degli eredi dopo di me.»

Jack alzò le sopracciglia mentre annuiva piano. «Molto interessante. E chi è allora?»

«Non chi. Cosa. Greenpeace.»

«I fanatici della natura?» Scoppiò a ridere. «Quelli che vanno in giro ad assaltare i balenieri?»

«Esatto.»

«Non c'è da stupirsi che tuo fratello...»

«Fratellastro.»

«Giusto. Non c'è da stupirsi che sia incazzato. Tuo padre preferisce dare la casa a un gruppo di ambientalisti piuttosto che a lui. Quei due devono aver litigato di brutto.»

Alicia ricordò la data del testamento, solo pochi giorni prima della morte di quell'uomo. Era stato allora che aveva cancellato Thomas. Oppure non era mai stato incluso nel testamento?

«Non saprei. Come ti ho detto, non ho mai avuto contatti con nessuno dei due, fin da quando ho lasciato il college.» E quanto avrebbe voluto che quella situazione non fosse mai cambiata. «Per quanto riguarda la vocazione 'verde' di quell'uomo... mi viene da ridere. Non credo che abbia mai dedicato un solo pensiero all'ambiente in tutta la sua vita. Aveva... altri interessi.»

Jack si accigliò e si sporse in avanti. «E allora perché?»

«Non ne ho idea. In questa storia non c'è niente che abbia senso. Il modo in cui i concetti vengono espressi... non so cosa dice la legge, ma non credo proprio che sia un testamento classico. Voglio dire, è come se si aspettasse una simile esplosione di violenza connessa alla casa.»

«Perché dici questo?»

Alicia si sporse e prese il testamento dalla borsa a tracolla. Non ebbe problemi a trovare il passaggio incriminato: l'aveva sottolineato.

«Sta' a sentire: 'Se Alicia muore prima che sia in grado di prendere possesso della casa di cui sopra, o se muore dopo aver preso possesso della suddetta casa, la casa in questione verrà messa nelle disponibilità del gruppo internazionale di attivisti ambientalisti conosciuto come Greenpeace, con il seguente messaggio: *Questa casa contiene la chiave che indica la strada per tutto ciò che volete ottenere. Vendetela e perderete tutto ciò per cui avete lavorato.*'» Sbatté il documento sulla scrivania. «Sai dirmi che diavolo dovrebbe significare?»

Jack si sporse in avanti. «Posso vederlo?»

Istintivamente Alicia allungò la mano per prendere il testamento: voleva afferrarlo, metterlo via. Nessuno doveva sapere della sua famiglia. Ma poi si fermò. Doveva pur fidarsi di qualcuno, e Jack era l'unico che aveva a disposizione, in questo momento.

Spinse il testamento verso di lui. «Divertiti.»

Sentì la mascella che si contraeva mentre l'osservava esaminare le pagine. Era sull'orlo di una crisi e lo sapeva. Pronta a staccare la pelle a morsi a qualcuno. Aveva pensato di essersi liberata di quell'uomo, ma persino dalla tomba riusciva a incasinarle la vita.

«Sai» disse Jack, annuendo. «Sembra proprio che si aspettasse guai.» Alzò lo sguardo su di lei. «Tuo fratello è mai stato in galera?»

«No.»

«Problemi di droga? Violenza?»

«Non che io sappia.» Thomas aveva i suoi problemi, ma non quelli.

Jack cominciò a studiare il resto del testamento. «E allora perché...?» Si fermò e la fissò. «Che cos'è questa? Una poesia?»

«Sì! Riesci a crederci?»

Jack cominciò a leggere. «*Clayton lies still, but blood's a rover*. Clayton giace inerte, ma il sangue è vagabondo.»

«È una poesia di Alfred Housman» disse. Quando lui le scoccò un'occhiata, aggiunse: «Ho controllato.»

«Io conoscevo solo John Houseman.»

«L'originale recitava *Clay lies still*. L'argilla giace inerte. Ha aggiunto lui il 'ton'.»

«E quindi che significa? Che tuo fratello, fratellastro, è un vagabondo? Un senzatetto? Non ha fissa dimora? Che cosa?»

«Non saprei.» Quell'interrogativo metteva in scacco anche lei.

«Aspetta» disse Jack. «Eccone un'altra: *Whiter away, fair rover, and what thy quest?* Dove vai, bella errante, e che cosa cerchi?»

«Questa è di un poeta di nome Robert Bridges. Ho controllato le opere per vedere se contenevano qualcosa che potesse essere d'aiuto, ma non ho trovato nulla.»

«È una follia.»

«È esattamente quello che sostengono gli avvocati di Thomas. Usano tutte queste stranezze come prova del fatto che non fosse capace di intendere e di volere quando ha cambiato il testamento.»

«E quando l'ha fatto?»

«Secondo la data riportata qui, solo pochi giorni prima di morire.»

«Bene, qualunque fosse il suo stato psicologico, di sicuro era ben deciso a fare in modo che la casa l'avessi tu.»

«Io non ne sono così certa. A me pare che volesse tenerla lontana dalle grinfie di Thomas più di qualsiasi altra cosa.»

«Ti viene in mente qualcosa in quella casa che sia abbastanza importante da spingere il tuo fratellastro a uccidere pur di impossessarsene? Cosa potrebbe aver lasciato, tuo padre, che lui desidera così ferocemente?»

«Non lo so. Non conosco Thomas. Non so spiegare ciò che pensa. Non voglio neppure provarci.»

«Benissimo, allora. Tuo padre. Sembra che ci sia lui dietro a tutto questo. Chi era Ronald Clayton? Che cosa faceva?»

Alicia chiuse gli occhi e deglutì. Jack voleva spingerla a parlare di quell'uomo, rivelare chi era, cosa faceva.

Se solo sapessi...

Jack cominciava a chiedersi se ci fosse qualcosa che non andava: Alicia era così pallida e silenziosa dall'altra parte della scrivania. Ma poi aprì gli occhi e cominciò a parlare.

«La gente lo definiva un uomo brillante» disse in tono piatto, mentre fissava un punto incerto alle spalle di Jack. Sembrava quasi che leggesse da un gobbo dietro di lui. «Il suo campo era la fisica. Nel corso della sua vita professionale ha collaborato con vari dipartimenti di Princeton, Columbia e New York, faceva ricerche base. In quel periodo ha lavorato anche per i Bell Labs e per l'IBM. Seguiva i soldi. Suppongo che avesse davvero una mente brillante, ma era completamente privo di princìpi: voleva quello che voleva, quando lo voleva, e al diavolo tutto il resto. Suo figlio non è diverso da lui.»

Jack si rese conto che Alicia non si era mai riferita a Ronald Clayton come a suo padre. 'Lui', 'quell'uomo': mai 'mio padre'.

Aveva subìto degli abusi da lui? Da suo fratello? Da entrambi?

«Sembra che il vostro non fosse un grande rapporto.»

La voce di Alicia divenne fredda, e persino più piatta.

«Ronald Clayton era feccia. Una forma di vita inferiore, priva di coscienza, priva di scrupoli. Non mi interessa che mi abbia lasciato la casa. Non la voglio. Non mi interessa cosa possa aver lasciato là dentro. Non voglio nulla di ciò che quell'uomo può aver toccato. Sarei più felice se tutte le tracce di quell'individuo venissero spazzate via dalla faccia della terra. È per questo che volevo che tu bruciassi la casa. È per questo che io... io...»

Sembrava rimasta senza parole.

Anche Jack non sapeva cosa dire. I sentimenti di Alicia per suo padre andavano oltre la rabbia, oltre la furia. Detestava quell'uomo. E non solo per le mancanze del suo carattere.

In nome di dio, che cosa era successo in quella casa? Qualcosa di fisico? Di sessuale?

Jack la osservò; sperava che non fosse sul punto di mettersi a piangere. Non sapeva mai come comportarsi di fronte a una donna in lacrime. E neanche di fronte a un uomo, se era per questo. Gia poteva prenderla tra le braccia, tenerla stretta. Ma Alicia? Oh-oh. Era come se portasse addosso un'insegna al neon con tanto di teschio e tibie incrociate sopra la scritta NON TOCCARE.

Ma lei non pianse. Non ci andò nemmeno vicino. Chiuse gli occhi, fece un respiro profondo, poi lo guardò.

«Scusa.»

«Va tutto bene» disse Jack, nascondendo il suo sollievo. «Qual è la tua prossima mossa? E ti prego, dimmi che non include la parola 'fuoco'.»

Un sorriso appena accennato, solo un'ombra, le incurvò le labbra. «Okay. Niente fuoco.» Sospirò. «Forse dovrei riflettere sull'opportunità di arrendermi. Voglio dire, mi semplificherebbe maledettamente la vita, se vendessi quel fottuto posto a Thomas e a chi lo supporta. Diventerei ultramilionaria, risolverei un sacco di problemi.»

Jack fu sorpreso quando si accorse che un'improvvisa fitta di delusione gli cresceva nel cuore. Chi aveva ammazzato l'investigatore privato, l'avvocato, e Benny la Torcia? E perché? Cosa c'era, in quella casa, di così prezioso da spingere qualcuno a uccidere? Se Alicia si arrendeva, tutte quelle domande sarebbero rimaste prive di risposta.

«E invece,» disse lei dopo una breve pausa, con gli occhi che diventavano di nuovo d'acciaio «forse non dovrei. Non mi piace essere minacciata. Soprattutto da Thomas.»

Sì! Jack resistette all'impulso di mettersi a esultare. Invece, si alzò in piedi.

«La decisione spetta a te. E in ogni modo, non posso fare molto per te. Ma continuerò a pensarci. Forse riesco a trovare qualcuno che può darti una mano.»

«Perché?» disse lei. «Non fraintendermi. Sono più che felice di accettare qualsiasi aiuto che tu possa offrirmi. Ma ho come l'impressione che tu pretenda di essere pagato per ogni tuo servizio. Perché ti lasci coinvolgere?»

Jack alzò le spalle. «Curiosità.»

«Considerando quello che è successo a tutti coloro che sono stati coinvolti in questa faccenda, la curiosità potrebbe portare guai.»

«Lo so. Sei una donna pericolosa da frequentare.»

Lei si accigliò, e improvvisamente Jack si pentì di quel commento. Stava già abbastanza male. Ma era vero: se teneva vivo il legame che lo univa ad Alicia, avrebbe dovuto guardarsi alle spalle. Doveva scoprire chi c'era dietro tutto quel marcio, e poi avrebbe dovuto beccarli in trappola, costringerli a bere una bella dose della loro stessa medicina. Costringerli a guardarsi alle spalle, anche loro.

«Rimaniamo in contatto» le disse mentre apriva la porta. «Ti faccio sapere se ho delle novità.»

Poi se ne andò, pensando alla curiosità. Uno dei suoi peggiori difetti. Lo faceva sempre finire nei guai.

3

Jack passò gran parte del pomeriggio alla ricerca di una proprietà immobiliare. Alla fine trovò il posto che desiderava: una villetta vittoriana sulla Ventunesima Ovest, tra la Settima e l'Ottava.

Quel posto aveva una sua storia e Dolores, l'agente immobiliare in sovrappeso della Hudak Realty, gli raccontò l'intera, sordida faccenda. Il precedente proprietario, uno psichiatra, si era fatto saltare la testa vicino a Times Square e aveva lasciato l'immobile a uno dei suoi pazienti. Il paziente in seguito aveva avuto un incidente in quella casa e non voleva restare lì. Perciò la offriva a prezzo di saldo, completamente ammobiliata.

«Perfetto» le aveva detto Jack. «Ma io devo assolutamente, assolutamente trasferirmi subito. Le prove cominciano domani e io non posso avere nessuna distrazione per nessun motivo.»

Dolores gli aveva detto che non sarebbe stato un problema. Sembrava entusiasta all'idea che il suo cliente fosse un attore: avrebbe recitato nella parte di Javert nell'ultima messa in scena di *Les Misérables*. Le aveva promesso dei biglietti per la prima.

«Quando io salirò su quel palco, ci sarà lei in mezzo al pubblico.»

Jack aveva firmato un contratto di un anno con il nome di Jack Ferris, poi aveva pagato il primo e l'ultimo mese, anticipati, più un deposito di sicurezza con un assegno di una banca di Santa Monica. Avrebbe finito con quella casa ben prima che potessero accorgersi che era scoperto.

Uscendo dall'ufficio Hudak riuscì a rubare degli articoli di cancelleria e un modulo per il deposito in bianco.

Prese una macchinetta fotografica Kodak usa e getta e corse a scattare un paio di foto della casa prima che la luce divenisse troppo fioca. Poi chiamò Jorge e lo incontrò al Malibu Diner sulla Ventitreesima: caffè decente e un favoloso menu di dolci da forno fatti in casa.

Gli diede la macchinetta fotografica, un foglio con l'impaginato e una copia dei volantini che avevano preparato.

«Fai stampare tutto con l'intestazione della Hudak Realty. Poi distribuiscili come abbiamo detto.»

Jorge guardò la macchinetta, l'abbozzo del volantino, poi Jack.

«Questo mi farà avere i soldi che mi spettano?»

Jack alzò le spalle. «È un'esca. Se Ramirez abbocca, abbiamo una possibilità. Altrimenti, proveremo qualcos'altro.»

«Bene. Se lo dici tu.»

Jorge se ne andò, scuotendo la testa.

Jack non poteva biasimarlo. Era un tentativo azzardato, anche se Ramirez avesse abboccato.

Uscì sotto il tendone arancione brillante del Malibu e osservò per un po' la folla. Gli uffici e le fabbriche erano chiusi, le orde dei lavoratori erano in movimento, si tuffavano nell'oscurità all'imbocco della metro o correvano verso Penn Station. La notte scendeva così presto ormai. Erano passate da poco le cinque e già le stelle iniziavano a macchiare il mantello di inchiostro della notte.

Si diresse di nuovo al Centro. Per tutto il tempo che aveva passato assieme alla vera agente immobiliare, invece di concentrarsi sul problema di Jorge, non aveva fatto altro che pensare ad Alicia, e a quella casa. Continuava a ripetersi che non era il suo campo, che non poteva risolvere il problema di Alicia.

Ma non c'era solo la preoccupazione per lei. C'erano le domande. C'era la casa. Qual era il suo segreto? Cosa c'era in quel posto? Perché un anonimo finanziatore era disposto a offrire una fortuna tramite Thomas, e ammazzare chiunque desse problemi?

Jack doveva ammetterlo: era ipnotizzato da quella faccenda.

Voleva dire ad Alicia che aveva trovato un modo per destabilizzare i suoi avversari: Sean O'Neill. Jack conosceva da anni quel piccolo esuberante irlandese e sapeva che era esperto in questioni legali. Avrebbe reso la vita difficile a Thomas e ai suoi avvocati. Li avrebbe sommersi di carte. Jack avrebbe dovuto avvertirlo della sorte che era toccata ai suoi predecessori, ma dubitava che Sean si sarebbe lasciato intimidire.

Imboccò la Settima e gli parve di vedere una donna che somigliava ad Alicia: usciva dal Centro e si dirigeva verso sud. Accelerò il passo per raggiungerla, e si mise quasi a correre quando la vide svoltare l'angolo. Sembrava diretta a casa.

Quando Jack svoltò l'angolo, la avvistò a un mezzo isolato di distanza. Alicia si spostò verso la strada per evitare un tizio che spazzava il marciapiede. E così finì vicino a un furgoncino nero. Jack vide i portelloni posteriori che si aprivano, e immediatamente lo spazzino lasciò cadere la ramazza e caricò Alicia, ficcandola a forza dentro il camion. Poi saltò dentro insieme a lei. I portelloni vennero chiusi con forza e il furgoncino partì rombando.

Jack inciampò e chiuse gli occhi. L'aveva visto davvero? Il secondo prima era lì, il secondo dopo era scomparsa.

Merda!

Si mise a correre, scansando le persone e i carretti e le bancarelle mentre seguiva a perdifiato il furgoncino. Lo vide poco lontano. Il semaforo stava diventando rosso sull'Ottava. Avrebbe dovuto fermarsi...

E invece no. Bruciò il rosso e svoltò sull'Ottava, facendo urlare gli pneumatici. Un coro arrabbiato di clacson lo seguì nella sua corsa verso nord.

Jack continuò a correre. Raggiunse l'Ottava e cercò di mettere a fuoco nel fiume rosso di fanalini di coda che scorreva in quella direzione. Avvistò il furgoncino, due isolati più avanti; si stava allontanando.

Il suo cervello si mise a correre. E adesso? Non era nemmeno sicuro che fosse davvero Alicia. E anche se fosse stata lei... avrebbe fatto meglio a restarne fuori. Mettersi a inseguirli da solo era pericoloso. Quella era roba da cowboy, e di sicuro rischiava di finire con un bel paio di manette ai polsi. E le manette potevano rovinare la sua vita. Avrebbe dovuto chiamare gli sbirri. Prendere il telefono, fare il 911 e lasciare che se la sbrigassero loro.

Ma non aveva preso il numero di targa, e non aveva visto alcun segnale distintivo.

Si trova dentro un furgoncino scuro da qualche parte sull'Ottava... forse.

Sì, come no. Avrebbe ottenuto solo...

Un colpo di clacson alla sua sinistra. Un taxi che voleva allontanarsi dal marciapiede, Jack lo stava bloccando. Alzò la mano e si avvicinò al guidatore.

4

Alicia sentì il cuore che le martellava nel petto, il fiato che fischiava dentro e fuori dalle narici spalancate mentre si dimenava contro il nastro che la legava alla sedia.

Mi ammazzeranno! Farò la stessa fine di tutti gli altri.

Era successo tutto così velocemente. Quell'uomo le era saltato addosso mentre camminava, l'aveva fatta salire a forza sul furgoncino, e poi era entrato insieme a lei. Prima che potesse reagire i portelloni erano stati chiusi. L'avevano legata a quella sedia, e le avevano anche messo un piccolo pezzo di nastro sulla bocca. Sentì le lacrime che le bagnavano gli occhi. Che cosa volevano da lei?

E poi ricordò: non possono uccidermi. La casa andrà a Greenpeace se lo fanno.

Ma... e se si fosse trattato di qualcos'altro? E se quella faccenda non avesse avuto nulla a che fare con la casa? La gente scompare di continuo. E se fosse stato solo un rapimento qualsiasi?

L'interno del furgoncino era buio come una tomba. Riusciva a scorgere la sagoma dell'uomo che l'aveva spinta dentro, e avvertiva la presenza di qualcun altro seduto accanto a lei. Il primo uomo aveva preso la sua borsa e a quanto pareva la stava esaminando: poteva sentire gli oggetti che venivano spostati di qua e di là. Che cosa cercavano? Chi erano? Che cosa...?

E poi l'uomo al suo fianco parlò. Riconobbe quella voce nasale.

«Ciao, sorellina.»

Thomas.

La rabbia la invase. Non riusciva a vederlo, ma se lo immaginava: i capelli castani non curati, il naso grosso, il volto deturpato dall'acne, il corpo privo di grazia, a forma di pera. Aveva preso peso dall'ultima volta che l'aveva visto, una dozzina di anni prima? Sicuramente.

Avrebbe voluto mettersi a urlare, ma sapeva che nessun rumore avrebbe superato le sue labbra sigillate. Perciò smise di dimenarsi contro i legacci e si costrinse a calmarsi. Non gli avrebbe dato la soddisfazione di vederla in preda al panico.

«Mi dispiace di doverci vedere in questo modo» disse Thomas in tono noncurante, tranquillo. Alicia poteva quasi sentire il suo ghigno. «Ma volevo mettere in pratica una delle mie fantasie di bondage. E volevo anche che fosse chiaro, assolutamente chiaro, che siamo molto infastiditi da ciò che hai fatto, anzi, da ciò che hai cercato di fare alla casa ieri notte.»

Siamo... stava praticamente ammettendo di non essere solo in quella faccenda.

«Non voglio fare un comizio, quindi adesso dirò al mio socio qui di rimuovere il nastro dalla tua bocca. Se cominci a urlare o fai qualcosa di spiacevole, il nastro torna al suo posto e lì rimane. È chiaro?»

Alicia si rifiutò di annuire.

«Ho detto, è chiaro?»

Non annuì.

Alla fine sentì il sospiro di Thomas. «Benissimo. Via il nastro.»

La sagoma oscura accanto a lei tese la mano e le strappò rudemente il nastro dal volto. Le fece male: era sicura che fosse venuto via anche uno strato di pelle dal labbro superiore.

«Bastardo» disse a voce bassa, senza voltarsi. Non voleva guardarlo. «Schifoso pezzo di...»

«Ah-ah» disse Thomas. «Ti ho avvertita, ricordi? Niente cose spiacevoli.»

«Dicevo solo le cose come stanno, Thomas.»

«Davvero?» La sua voce si ridusse a un sibilo. «Adesso te lo dico io come stanno le cose: se ti azzardi, se solo ti azzardi, a danneggiare di nuovo quella casa, finirai...»

«Finirò come? Investita da una macchina? Salterò in aria?

Oppure morirò bruciata? Cosa, Thomas? So cosa succede se muoio. Quindi non provare a minacciarmi.»

«Non parlavo di un decesso, infatti. Ma potresti restare ferita. E poi di nuovo. Potresti subire un danno temporaneo, oppure permanente. Potresti avere delle cicatrici. Potresti restare mutilata. Oppure cieca. La lista non finisce qui, Alicia. Morire non è la cosa peggiore che potrebbe capitarti.»

Alicia si leccò il labbro. Non aveva più saliva. Era davvero Thomas che parlava? Il debole, inerme, incapace di agire Thomas?

«So che cosa stai pensando. Pensi che Thomas sa solo chiacchierare. Che Thomas è un debole. Che non farà proprio nulla. Ma stammi bene a sentire, sorellina: Thomas non deve fare proprio nulla. Ha delle persone che faranno tutto per lui, e la cosa gli piace molto.»

Le viscere di Alicia si strinsero in un groviglio quando si rese conto che non erano vuote minacce. Nascose il tremore che la scuoteva dentro. Come si era cacciata in quell'incubo?

«Arrenditi» disse. «Ormai ho vinto. È solo una questione di tempo. Un tempo molto breve, per giunta. Risparmiami la fatica di dichiarare nullo il testamento, potresti uscirne libera e molto ricca. Se continui a combattermi ti ritrovi con un pugno di mosche in mano. Niente casa, niente soldi. Non mi sembra un grande dilemma, Alicia. Perché sei così dannatamente testarda?»

Proprio tu, tra tutte le persone al mondo, dovresti saperlo, pensò. Invece disse: «E perché? Perché vuoi così tanto quel posto?»

«Ho le mie ragioni. E non ti riguardano.» Si avvicinò e abbassò la voce. «Posso ferirti in molti modi, Alicia. Posso rovinarti professionalmente. Posso rendere la tua laurea in medicina del tutto inutile.»

Alicia si paralizzò. Aveva paura di muoversi, aveva paura di ascoltare.

La voce di Thomas si ridusse pian piano a un debole sussurro. «Ho trovato i suoi pezzi pregiati. L'intera collezione. È mia adesso. E posso girarne una selezione al Dipartimento di Stato, o a riviste e giornali.»

Alicia sapeva che se in quel momento avesse avuto le mani libere, si sarebbe voltata e gli sarebbe saltata alla gola. Avrebbe cercato di strappargli le corde vocali, avrebbe ridotto al silenzio quella sua vocetta soddisfatta. Ma la paura, il gelido terrore che si riversava dentro di lei, le aveva rubato il respiro.

E poi sentì la mano di Thomas che le afferrava il seno sinistro, lo stringeva.

«Ti ricordi i bei vecchi tempi?»

Quello che Alicia ricordava era Thomas, diciassettenne, che si infilava in camera sua di notte, e cercava di toccarla mentre dormiva. Un'abitudine che aveva perso ben presto: lei aveva cominciato a tenere un coltello sotto il cuscino, e un giorno glielo aveva conficcato in un palmo.

La sua rabbia si scatenò. Piegò il collo, poi con la nuca colpì, con forza cieca, il volto di Thomas.

Sentì il suo grido di dolore, e poi un colpo di clacson quando il furgoncino inchiodò.

Dall'altra parte del divisorio sentì dei rumori attutiti: il conducente che urlava un'imprecazione contro un 'maledetto taxi' e scendeva.

Alle sue spalle, Thomas piagnucolava. «Penso di avere un dente rotto.»

«Chiudi quella cazzo di bocca» disse l'uomo al fianco di Alicia. Le prime parole che pronunciava da quando l'aveva costretta a salire. «Potrebbero esserci dei problemi.»

Alicia sentì delle grida fuori, e poi qualcosa venne sbattuto contro la fiancata del furgoncino.

«Adesso basta» disse l'uomo. «Ora scendo e vedo che cosa succede. Tu sta' qui.»

Alicia non aveva alcuna scelta. Quindi si riferiva a Thomas. Aveva pensato che fosse Thomas a comandare lì dentro, ma quel tipo lo trattava senza alcun rispetto. Chi era il boss, allora?

Riuscì a intravedere il corpo massiccio dell'uomo, i lineamenti decisi, mentre faceva scorrere il portellone posteriore e poi se lo chiudeva alle spalle.

5

Yoshio osservava affascinato l'improvvisa, bizzarra piega che avevano preso gli eventi.

Stava spiando Thomas Clayton, lo aveva visto entrare in un furgoncino nero fuori dal suo appartamento. Attraverso il finestrino aveva riconosciuto Sam Baker. Dato che quella situazione gli permetteva di tenere d'occhio due dei suoi obiettivi in un colpo solo, li aveva seguiti.

Per una buona mezz'ora era rimasto a guardare Baker che continuava a spazzare lo stesso tratto di marciapiede davanti a un negozio di giocattoli coreano. Yoshio era andato a prendere la macchina dopo una veloce passeggiata fino alla bancarella all'angolo, e aveva appena tirato il primo morso alla sua pita, quando aveva visto Baker che spingeva Alicia Clayton nel furgoncino.

Scioccato, aveva lasciato cadere il souvlaki: insalata, salsa, e tutto il resto sul suo grembo. Li aveva seguiti.

Erano pazzi? Che cosa speravano di ottenere con quella mossa?

Restò bloccato a un rosso all'angolo successivo. Avrebbe voluto bruciarlo come aveva fatto il furgoncino ma quando raggiunse l'incrocio il traffico era troppo intenso.

Mentre aspettava, notò un uomo dai capelli scuri che correva all'angolo e osservava il furgoncino. A quanto pareva aveva visto il rapimento e voleva fare qualcosa. Un cittadino coscienzioso. Una rarità.

Appena il traffico si mosse, Yoshio superò il semaforo rosso e si lanciò all'inseguimento del furgoncino, lasciandosi quell'uomo alle spalle.

Trovò il furgoncino e lo seguì in una stradina laterale. All'improvviso un taxi, guidato da un folle, lo superò e tagliò la strada al furgoncino. Dopo l'impatto, il conducente saltò giù e Yoshio lo riconobbe: il cittadino coscienzioso di qualche attimo prima.

Lo osservò, meravigliato, paralizzato dallo stupore. Che demone aveva posseduto quell'uomo? Che cosa sperava di fare da solo?

6

Baker si guardò velocemente intorno. Non sapeva esattamente dove si trovasse – dalle parti della Trentesima Ovest, probabilmente. Era quello il piano: portarla a fare un giro, spaventarla a morte, poi buttarla giù in un qualche angolo buio, un posto deserto, il più a ovest possibile. Se non altro non c'erano troppi passanti da quelle parti. Si accorse che il parafango anteriore sinistro del furgoncino si era infilato nel paraurti posteriore di un taxi giallo tutto ammaccato. Che razza di manovra aveva tentato di fare quel coglione del taxi? Voleva fare un incidente?

Non aveva importanza. Doveva far ripartire il furgoncino. Niente poliziotti, nessuna denuncia dell'incidente. Chuck aveva sbattuto il tassista paralizzato dalla paura contro la fiancata del furgoncino e lo teneva fermo. Era un bianco, di corporatura media, e Chuck era un mostro. Il tassista non sarebbe andato da nessuna parte.

Ottimo. Adesso avrebbero ballato un po' il tango sulla testa di quel tipo, e poi via.

Baker fece un passo in avanti. Si sarebbe divertito.

Fu allora che il tassista smise di imprecare. Adesso non sembrava più inerme. Afferrò il polso destro di Chuck con entrambe le mani e tirò con forza indietro. Baker pensò di aver sentito un osso rompersi. Il tassista schivò il sinistro di Chuck e rispose con un calcio laterale assassino all'interno del ginocchio. E ora Baker era certo di aver sentito un legamento che saltava.

Chuck grugnì e cadde a terra, afferrandosi il ginocchio. Quella mossa prese Baker di sorpresa esattamente come aveva sorpreso Chuck. C'era qualcosa di molto, molto sbagliato. Invece di mettersi a correre, il tassista si stava avvicinando, e si comportava come se fosse tutto tranne che spaventato. Baker aveva un grosso vantaggio di peso: che cosa aveva in testa quel tipo? Ma poi gli arrivò proprio sotto. Chi era? I tassisti se ne stanno tutto il giorno con le chiappe sul sedile. In teoria, non dovevano muoversi così velocemente...

Baker sferrò un destro che andò a vuoto, perché il tassista si abbassò e lo scansò. Baker gli afferrò il braccio con la mano sinistra per bloccarlo e provare un altro colpo, ma quell'uomo era scivoloso come il grasso. Riuscì a liberarsi e la faccia di Baker esplose in una nube di dolore quando la base del palmo dello sconosciuto si abbatté contro il suo naso. Baker colpì alla cieca e si scontrò con un bersaglio, forse le costole, ma poi qualcosa, un pugno, o una pistola, non lo sapeva, si abbatté sul suo addome. Sentì la sua stessa voce che grugniva mentre l'aria veniva risucchiata via da lui. Cercò di afferrare il suo avversario mentre si ripiegava su sé stesso, nella speranza di portarlo giù con lui, ma poi qualcosa, dal peso sembrava un bastone, ma probabilmente doveva essere un gomito, si rovesciò sul rene destro.

Era troppo. Baker si lasciò cadere in una nebbia di nausea e agonia, atterrando su mani e ginocchia, con la mente confusa che si perdeva. Cosa era successo? Cosa era successo?

7

I clacson cominciarono a ululare nel traffico che si addensava dietro di loro mentre Jack balzava verso lo sportello laterale del furgoncino. Preparò il braccio destro mentre con la mano sinistra afferrava la maniglia.

Doveva esserci qualcuno dentro oltre ad Alicia, ne era sicuro, e voleva colpire finché aveva ancora il vantaggio dell'effetto sorpresa.

Peccato non aver avuto tempo di prepararsi. Aveva la Semmerling, naturalmente, e il coltello legato alla coscia, ma per quanto fossero rassicuranti, avrebbe preferito poter contare su un manganello pesante.

La prima persona che vide quando aprì lo sportello fu Alicia. L'avevano legata a una sedia, ma a parte quello non sembrava che le avessero fatto del male. Spalancò gli occhi quando lo vide.

«Jack!»

E aveva ragione, c'era davvero qualcuno assieme a lei, ma quel tizio flaccido con il sangue alla bocca non sembrava proprio un problema. Un'occhiata veloce gli rivelò che non c'era nessun altro.

Jack saltò dentro e il signor Boccainsanguinata si ritrasse.

«Chi sei?» La sua voce saliva di tono a ogni parola che pronunciava. «Che cosa vuoi?»

Jack tirò fuori il coltello che portava nel fodero della caviglia. Lo puntò contro di lui.

«Sta' zitto e non muoverti.»
«Jack, grazie a dio!» disse Alicia mente le toglieva il nastro adesivo. «Come è possibile...?»
«Ne parliamo dopo.»
Mentre lui tagliava il nastro lei cominciava a rimuovere le varie strisce. In pochi secondi era libera. Ma invece di correre al portellone, si voltò e andò verso Boccainsanguinata, imprecando e urlandogli in faccia.
Jack la condusse via.
«Andiamo! Dobbiamo filare.»
«Ti presento il mio fratellastro» disse a denti stretti mentre Jack la faceva scendere a terra.
Jack guardò il corpo inerme, i capelli poco curati, il naso rigonfio. «Deve aver preso dall'altro ramo della famiglia.»
«Sì. Lui...»
Alicia si zittì e Jack vide che stava fissando i due ceffi che aveva messo KO pochi istanti prima. Il conducente si era rannicchiato in posizione fetale e piagnucolava stringendosi il ginocchio sinistro con la mano buona. L'altro tizio stava già rimettendosi in piedi. Doveva essere uno tosto: un pugno al rene come quello di solito metteva un uomo al tappeto per un bel po'.
Strinse di nuovo il braccio di Alicia, allontanandola. Dietro il furgoncino si era formata la fila, tutti si stavano domandando di sicuro cosa diavolo stesse causando quell'ingorgo. Vide un uomo scendere dalla macchina proprio in quel momento. Jack non voleva che qualcuno potesse fornire la sua descrizione.
«Andiamo. È ora di sparire.»

8

Dopo la collisione, Yoshio aveva visto Baker scendere dal furgoncino e andare sul davanti. Non era tornato. Al suo posto era comparso il cittadino coscienzioso. Aveva liberato Alicia Clayton.

Incapace di contenere la curiosità, Yoshio si avvicinò al furgoncino a piedi. Sbirciò dentro lo sportello aperto, vide un uomo che riconobbe come Thomas Clayton, perdeva sangue dalla bocca. Fece il giro, andò sul davanti, riconobbe Baker e un altro uomo, entrambi molto più robusti del cittadino coscienzioso, entrambi conciati per le feste.

Quella carneficina non era certo opera di un comune cittadino. Sembrava che la signorina Clayton si fosse trovata un samurai, un *ronin*.

E poi Baker, con una mano sulla schiena, sopra il rene destro, vide Yoshio e sbottò. «Che cazzo guardi? Togliti dai piedi!»

Yoshio fece un gesto spaventato e indietreggiò. Guardò la strada: Alicia Clayton e il suo salvatore stavano scomparendo nelle ombre.

La macchina di Yoshio era intrappolata dietro all'incidente, e sarebbe rimasta bloccata per molto tempo, temeva. Non sarebbe stato in grado di seguirli.

Un vero peccato. Yoshio voleva sapere di più sul *ronin*.

9

«Non so come ringraziarti.»

Doveva essere la ventesima volta che lo ripeteva. Jack fece un sorso di birra Molson e non disse nulla.

Avevano superato un paio di isolati, poi si erano infilati in quel bar per togliersi dalla strada. Quel posto prosperava grazie alla folla di Wall Street, e sembrava illuminato solo dai neon che pubblicizzavano le varie marche di birra. Ce ne dovevano essere un centinaio sulle pareti e sopra il bancone. Il tizio con i capelli lunghi e il grembiule raffigurato sull'insegna delle Sam Adams fissava Jack da sopra le spalle di Alicia.

Se non altro era un posto tranquillo. I Knicks non giocavano quella sera, quindi Jack e Alicia avevano un posto tutto per loro.

E adesso che l'adrenalina stava scemando il fianco destro cominciava a pulsare, nel punto in cui era stato colpito dal tizio con i capelli biondo sabbia. Quello di mezza età, che pareva appesantito, ma era in forma. Il suo pugno faceva male.

Jack aveva spiegato ad Alicia che l'aveva vista quando l'avevano fatta salire sul furgoncino: aveva fermato un taxi ed era partito all'inseguimento. Poi era riuscito a tagliare la strada ai rapitori e a fermarli.

Alicia stava finendo il secondo Dewar. Si portò il bicchiere alle labbra e Jack si accorse che il tremore che le scuoteva le mani si stava affievolendo.

«Se davvero vuoi ringraziarmi,» disse «non andare alla polizia.»

«Ma questa è la mia chance di far finire tutta questa storia.» Strinse la mano libera e la sollevò sopra il tavolo. «Adesso li ho in pugno. Mi hanno rapita! Non devo più preoccuparmi di cause civili. Questo è un reato e tu sei un testimone. Conosco un detective, Will Matthews. Possiamo andare da lui e...»

Jack sentì le viscere annodarsi. «No, non possiamo.»

Lei sbatté gli occhi. «Perché no?»

«Perché non posso farti da testimone.»

«Che vuoi dire? Tu hai visto tutto. Mi hai persino liberata.»

«Ma non posso fare da testimone, Alicia. Io non esisto.»

Sbatté di nuovo gli occhi. «Che stai dicendo?»

«Io non ho alcuna identità ufficiale.»

Scosse la testa. «Come è possibile? Devi pur avere un numero di previdenza sociale. Devi avere un conto in banca, una carta di credito, una patente. Non puoi vivere senza.»

«Invece sì. In realtà ho tutte queste cose. Tutte false.»

«Bene, allora. Scegli una di queste identità e testimonia.»

«Non se ne parla. Quelle identità vanno bene per le banche che tengono i miei soldi in cassaforte e sperano che inizi a pagare con la carta di credito tutto ciò che compro. E vanno bene finché c'è un impiegato della motorizzazione che sbadigliando trasferisce la patente di un uomo morto a Toledo a un indirizzo che non esiste a Park Slope. Ma non resisterebbero a un controllo approfondito. Soprattutto a un controllo fiscale.»

«Non paghi le tasse?»

«Mai. E ti prego... non fare il mio nome a quel tuo amico detective.»

«Sei ricercato?»

«No, e non voglio esserlo.»

Alicia si appoggiò allo schienale, delusa. «Dannazione. Per un minuto ho davvero pensato...»

«Ti chiedo scusa.»

«Dio mio, non ti scusare per avermi tirato fuori da quel furgoncino.»

«Ma forse non avrei dovuto.»

«Questo non è divertente.»

«Dico sul serio. Mi è appena venuto in mente che avrei fatto molto meglio a non liberarti. Se avessi massacrato di botte tuo fratello come quegli altri due e avessi lasciato i portelloni aperti, con te ancora legata al sedile, e tu ti fossi messa a gridare chiedendo aiuto, sarebbe arrivato qualcuno. Ti avrebbe visto e avrebbe chiamato gli sbirri. Io mi sarei dileguato, in un'altra parte della città, e quei tre in questo momento sarebbero in gabbia, a Midtown South.»

Era furioso con sé stesso per non averci pensato in tempo.

Alicia stava annuendo lentamente. «Sarebbe stato perfetto. Ma non è venuto in mente neanche a me. Tutto quello che volevo in quel momento era liberarmi e scappare da quel furgoncino.»

«E io pensavo solo a quanti altri uomini avrei dovuto affrontare.»

Lei si sporse in avanti, un sorriso timido e tirato si stava affacciando sulle sue labbra. Sembrava proprio che lo scotch stesse facendo effetto.

«Sì. A chi lo dici. Ma quelli erano più grossi di te. E so che non hai usato il trucchetto dell'occhio finto. E allora come hai fatto a sconfiggerli? Karate? Kung fu?»

«Sorpresa» disse Jack. «È la migliore arma che esista. Il risultato sarebbe potuto essere molto diverso se fossero stati pronti ad accogliermi. Ma davanti a loro c'era un tizio spaventato, inerme, in preda al panico. Una facile preda. Il secondo uomo stava perfino sorridendo quando mi ha visto così debole. Ma io avevo già programmato le mie mosse. Ho puntato a ginocchia e naso. Non importa quanto possa essere grosso il tuo avversario: non è un problema dopo che gli hai fatto saltare un legamento del ginocchio, o gli hai spaccato le ossa del naso fino a farglielo rientrare nella testa. Come se li avessi beccati nel sonno. Funziona una volta sola, comunque. Dovrò pensare a qualcosa di diverso se li dovessi incontrare di nuovo.»

«Devo chiedertelo» disse lei. Jack si accorse che gli stava fissando le mani. «Le unghie dei pollici. Le tieni così lunghe rispetto alle altre. Posso chiedertene il motivo?»

«Probabilmente preferiresti non saperlo.»

«Invece voglio. Davvero.»

Jack fece un profondo respiro. «A volte ti ritrovi in delle

situazioni che non possono essere risolte in modo pulito come oggi. A volte ti ritrovi a rotolare nel fango, o a terra, e devi scansare morsi e testate e devi usare ogni trucchetto che conosci e ogni parte del corpo, solo per sopravvivere. È allora che è utile avere a disposizione un'arma naturale.» Le mostrò i pollici con le unghie affilate e le agitò. «Non c'è niente di meglio che cavare un occhio per mettere fine a una rissa.»

Alicia impallidì e si raddrizzò sulla sedia.

«Oh.»

Ti avevo avvertito, pensò Jack.

Cercò di fissare il tizio ritratto sull'insegna della Sam Adams. Non funzionò. Quindi fu costretto a spostare la conversazione da sé stesso a un argomento più interessante.

«Questa è la seconda volta che te lo chiedo oggi,» disse «ma le cose sono cambiate da stamattina. Qual è la tua prossima mossa?»

«Non ne sono sicura.»

«Rapirti per strada è stata una mossa rischiosa e pericolosa. Questo mi dice che sono quasi alla disperazione. E la gente disperata fa cose stupide e folli. Potresti farti male.»

«Non so se la disperazione c'entra qualcosa con quello che è successo oggi» rispose piano. «Thomas mi ha detto che loro vinceranno, che è solo questione di tempo. Non credo che stesse bluffando.»

«Forse da qualche parte c'è un orologio che ticchetta.»

«Forse. Ma ho la sensazione che quello che è successo stasera non avesse nulla a che fare con la battaglia legale. Ho sentito qualcosa nella voce di Thomas, quando ha detto 'se ti azzardi, se solo ti azzardi, a danneggiare di nuovo quella casa...'. Sembrava allo stesso tempo spaventato e furioso.»

«Quindi pensi che sia una risposta diretta alla tua scelta di assumere Benny la Torcia. Mi sembra un po' eccessivo.»

«Poco ma sicuro. Ma penso che la mia mossa l'abbia davvero spaventato. Il pensiero di quella casa che andava in fumo ha fatto saltare gli equilibri di Thomas, lo ha sconvolto.»

«E le persone sconvolte sono pericolose.» Jack sbatté piano il pugno sul tavolo. «Ma cosa c'è in quella casa che può sconvolgerlo a questo punto?»

Qualcosa dentro di lui urlava per ottenere una risposta.

«Prima non mi importava» disse Alicia. «Ma dopo stasera, voglio saperlo. Aiutami a scoprirlo.»

Pensavo che non me l'avresti mai chiesto.

Ma non voleva dare l'impressione di essere troppo ansioso. C'era ancora la questione della sua paga.

«Bene...»

«Senti.» Alicia si chinò sopra il tavolo, con uno sguardo intenso, la voce bassa. «Thomas ha cercato di spaventarmi. Vuole che io mi arrenda. Non posso permetterlo. Qualunque cosa ci sia in quella casa deve essere molto prezioso. Estremamente prezioso. Non posso pagarti in contanti, ma puoi tenerti quello che troviamo, qualunque cosa sia.»

«Un compenso a risultato ottenuto» disse, annuendo piano, come se non l'avesse mai preso in considerazione. «Di solito accetto solo contanti, ma dato che sono già coinvolto in questa storia farò un'eccezione.»

«Fantastico!» Gli concesse uno dei suoi rari sorrisi.

«Ma non posso prendere tutto quello che troveremo. È tuo di diritto.»

«Io non voglio nulla.»

«Prenderò il venti percento.»

«Prendi tutto.»

Come avrebbe potuto? Non gli sarebbe sembrato giusto. «Puoi buttare la tua percentuale nel fiume se preferisci, ma o dividiamo, o mi chiamo fuori.»

Contrattarono, e stabilirono che la percentuale di Jack sarebbe stata del trenta percento. Si strinsero la mano.

«Quando puoi cominciare?»

«Ho già cominciato.» Si alzò e lasciò una banconota da venti sul tavolo. «Facciamo un giro.»

10

Jack non dovette dire al tassista di rallentare quando passarono vicino alla casa. La Trentottesima era ingolfata.

«Eccoli» disse.

La macchina della sicurezza con le due guardie era ancora parcheggiata là davanti.

Si accorse che Alicia non aveva neppure dato un'occhiata fuori dal finestrino. Era seduta con le braccia incrociate strette sul grembo.

«Quando pensi di iniziare la ricerca?» sussurrò.

L'inglese del tassista sembrava alquanto incerto, e Jack dubitava che potesse sentire qualcosa dall'altro lato del divisorio di plexiglass, ma sussurrare non era comunque una brutta idea.

«Ricerca di cosa?»

«Di ciò che loro ritengono così prezioso.»

«Che sarebbe...?»

«È questa la domanda da un miliardo di dollari.»

«Esattamente. Sono sicuro che tuo fratello abbia controllato quel posto dannatamente bene dietro quelle finestre sbarrate. E ovviamente non ha trovato un bel niente. E come farei io a prendere qualcosa che lui non è riuscito a recuperare se non so nemmeno che cosa sto cercando?»

Per un attimo Alicia restò in silenzio, riflettendo. «Forse non è qualcosa che si trova dentro la casa. Forse è la casa.»

«Possibile, certo. Ma quando arriverà il momento della ricerca, non sarò solo. Saremo io e te.»

«Oh, no. Non rimetterò mai più piede là dentro.»

«Sì, invece. Ci sei cresciuta. Conosci ogni angolo, ogni ripostiglio di quel posto. Sarei un pazzo se andassi in giro alla cieca da solo quando potrei avere te come guida.»

Sembrava che Alicia stesse rimpicciolendo dentro il cappotto. Strinse più forte le braccia al petto.

Jack si chiese che cosa le fosse successo. Cosa era accaduto dentro quella casa? Perché non riusciva neppure a guardarla?

Decise di non tirare troppo la corda.

«Ma è un po' prematuro parlare della ricerca ora» disse. «Abbiamo bisogno di molte più informazioni, prima.»

Lei si rilassò visibilmente. «Per esempio?»

«Per esempio, scoprire chi spalleggia Thomas. Se riusciamo a capire che cosa fanno loro forse tutto ci sarà più chiaro. È un grosso studio legale, hai detto?»

Lei annuì. «Hinchberger, Rainey & Guran. Leo, il mio avvocato deceduto, mi ha detto che la HR&G si occupa principalmente di affari internazionali. È rimasto a bocca aperta quando ha saputo che avevano accettato di occuparsi di una disputa su un testamento. Ha detto che era come assumere il miglior legale del mondo per contestare una multa. E io gli credo. Dovresti vedere i loro uffici.»

«Ci sei stata?»

Lei annuì. «Io e Leo abbiamo incontrato l'avvocato di Thomas lì. Non è andata bene.»

«Dove si trovano?»

«Quarantaquattresima Ovest, subito dopo la Quinta.»

Jack aveva un'idea. «Allora è quello il posto da cui partire.» Bussò sul divisorio di plexiglass. «Quarantaquattresima Ovest.»

«Non ci sarà nessuno adesso.»

«Lo so. Ma voglio dare un'occhiata. E voglio iniziare a pensare a un modo per mettere le mani sulla lista dei loro clienti.»

«A parte Thomas, vuoi dire?»

«Non credo che tuo fratello sia loro cliente. Non nel senso comune del termine, almeno. Sembra improbabile che qualcuno possa avvicinare... com'è che l'hai chiamata?»

«Leo li chiamava HR&G. È più semplice.»

«Okay. HR&G. Non sembra uno di quegli studi che accolgono il primo che bussa alla loro porta con un problema su un testamento. Sono pronto a scommettere che uno dei loro clienti, un cliente importante, abbia chiesto alla HR&G di occuparsi di questo 'piccolo problema'. Se riusciamo a trovare un collegamento tra Thomas e questo cliente, potremmo avere qualche risposta.»

Alicia scosse la testa. «Molto semplice. Ma come facciamo a...?»

«Seguirò Thomas. C'è tempo per questo. Adesso ho bisogno che tu mi dia qualche dettaglio.»

«Per esempio?»

«Per esempio, come è morto tuo padre.»

«Era sul volo 27.»

Quelle parole furono come una scarica elettrica per Jack. «Il volo 27? Quando mi hai detto che era morto in un incidente aereo, ho pensato si trattasse di un piccolo Piper Club o un Cessna. Ma il volo 27, accidenti...»

Il JAL 27 da Los Angeles a Tokyo si era schiantato nel Pacifico. Non c'erano stati sopravvissuti, e non era stato possibile neppure ritrovare buona parte dei corpi. Televisioni e giornali non avevano parlato d'altro per settimane. Ancora nessuna ipotesi sulla possibile causa. Era andato giù in una delle parti più remote del Pacifico. La scatola nera non era mai stata ritrovata.

«Hanno recuperato il corpo?»

Alicia scosse la testa. «No. Gli squali se li sono presi quasi tutti.»

«Mi dispiace» disse Jack senza riflettere.

«Anche a me» rispose lei con voce piatta, guardando dritto davanti a sé. «Per lo squalo che l'ha mangiato. Probabilmente è morto avvelenato.»

Tu sì che hai il cuore gelido, pensò Jack. Spero che ci sia una buona ragione.

«E che mi dici di tuo fratello? Hai detto che ha lasciato il suo lavoro. Cosa faceva prima di dedicare la sua vita a quella casa?»

«Quello che so l'ho scoperto da quell'investigatore privato prima che venisse ucciso. Ha detto che Thomas è rimasto bloccato per anni in un impiego di medio livello da ingegnere elettrico alla ATT.»

«Non era un genio come suo padre, allora?»

Un'altra alzata di spalle. «Non proprio. Da ragazzo sceglieva sempre la strada più semplice. Sotto costante supervisione, se si ritrovava proprio con le spalle al muro, poteva anche lavorare. Ma bastava mollare un po' la presa e...»

Alicia che mollava la presa su Thomas? Era più facile che i tassisti di New York iniziassero a mettere scrupolosamente la freccia prima di ogni svolta.

Non che lui se lo meritasse, dopo averla rapita.

«Eccoci» disse, indicando al di là del finestrino quando il taxi accostò al marciapiede.

Jack scese, pagò, poi controllò l'edificio.

THE HAND BUILDING, recitava la scritta intagliata nella pietra in alto sull'arco che fungeva da entrata. Le colonne sfoggiavano delle decorazioni impressionanti. E dentro...

«Guarda il soffitto» disse Alicia, quando, superate le porte girevoli, si trovarono nell'ingresso ampio, luminoso, dalle mura di pietra.

Sopra le loro teste, in alto, degli dèi di una qualche religione torreggiavano sopra morbide nubi bianche in un cielo di un azzurro pallido dipinto sulla volta del soffitto.

«Pensi siano greci o romani?» chiese Alicia.

«Penso che certa gente si prenda un po' troppo sul serio. E poi ti importa davvero?»

«Ora che ci penso... no.»

«A che piano si trovano?» chiese Jack mentre la conduceva verso un pannello che occupava buona parte della parete occidentale.

«Ventiqualcosa.»

Li trovò. A quanto pareva tutto il ventitreesimo piano era casa loro.

Con la coda dell'occhio vide la guardia al bancone della sicurezza. Li stava osservando. L'orario di ufficio era finito e non avevano un aspetto troppo presentabile: Jack aveva dei jeans e Alicia era ridotta abbastanza male, dopo il nastro adesivo e tutto il resto.

«Meglio non correre il rischio di salire stasera. Non dobbiamo far nascere dei sospetti o mettere in allerta qualcuno. Però mi piacerebbe dare un'occhiata a come sono fatti gli uffici.»

«Non c'è molto da vedere» disse Alicia. «Appena esci dall'ascensore ti ritrovi davanti a una parete di vetro, con una receptionist. Sono sicuro che non ci sia adesso, ma quando è in ufficio, non puoi superare quella parete se lei non preme un bottone per aprire la porta.»

Dannazione. Procurarsi una lista di clienti sarebbe stato un affare complicato. Forse impossibile.

«E allora a che serve tutta la sicurezza?»

Alicia alzò le spalle. «Be', non si sa mai, qualche topo d'appartamento potrebbe aggirarsi nel palazzo dopo l'orario di ufficio.»

«Oh-oh! La dottoressa si mette a fare le battute.»

«Segnati la data e l'ora. Non succede molto spesso.»

«Posso esservi d'aiuto?»

La guardia di sicurezza li aveva raggiunti. Era massiccio, nero, e si comportava in modo amichevole, ma Jack capì subito che faceva sul serio. Se non avevano un buon motivo per trovarsi nell'Hand Building, avrebbe insistito perché uscissero e tornassero in strada. Niente perdigiorno durante il suo turno di guardia.

«Architettura affascinante» disse Jack. «Quando è stato costruito quest'edificio?»

«Non ne sono sicuro» disse la guardia. «Penso che ci sia una qualche targa nell'angolo dietro a quell'albero. Perché non la esamina, uscendo?»

Jack annuì e sorrise. «Capito. Ce ne andiamo.»

La guardia ricambiò il sorriso. «Grazie.»

Solo per salvare le apparenze, Jack sbirciò dietro il ficus che copriva la targa d'ottone, ma non riuscì a leggere la scritta. Qualcos'altro catturò la sua attenzione.

«Che io sia maledetto!»

«Cosa?» disse Alicia. «Che cos'è?»

«Vedi quel piccolo segno, là, sull'angolo sopra la placca? Il cerchio nero con il punto dentro?»

«Quello fatto con il pennarello?»

«Esatto. Conosco chi l'ha fatto. Si chiama Milkdud. Milkdud Swigart.»

Era una buona notizia. Anzi, meglio. Era una notizia meravigliosa.

«E...?»

«Vuol dire che l'edificio è stato hackerato.»

«Non ti seguo.»

«Ti spiego dopo. Ma forse adesso abbiamo un modo per scoprire chi c'è dietro Thomas.»

11

Kemel riagganciò. Gemette. Era evidente che Allah l'aveva abbandonato.

Prima la notizia del folle incidente di Baker e Thomas Clayton. La sorella avrebbe sicuramente sporto denuncia penale, e avrebbe rimandato l'intera operazione per mesi, forse anni. Forse per sempre.

Si era infuriato così tanto che aveva persino detto a Baker – il naso di quell'idiota era ridotto davvero male – che Nazer avrebbe dovuto licenziarlo la settimana precedente, quando Kemel glielo aveva consigliato. Baker non l'aveva presa bene. Peggio per lui. Quell'uomo stava complicando tutto.

Ma poi Jamal, suo fratello, l'aveva chiamato dall'Arabia Saudita, e la furia era evaporata come acqua sulla sabbia rovente del Rub' al-Khali, ed era stata rimpiazzata dalla paura per il suo primogenito.

«Si tratta di Ghali» gli aveva detto Jamal. «È stato arrestato.»

Kemel aveva avuto l'impressione che il cuore gli fosse stato strappato dal petto. Ghali? Suo figlio diciottenne, l'orgoglio della sua vita... arrestato? No, non poteva essere vero.

«Per cosa? Che è successo?»

«È stato accusato del furto della macchina fotografica della moglie di un uomo di affari americano.»

«Impossibile! Ridicolo!»

«È quello che ho detto anch'io» aveva risposto Jamal. «Ma ci sono dei testimoni. E aveva la macchina con sé quando l'hanno preso.»

«Oh, no.» Kemel si era lasciato sfuggire un sospiro. Aveva chiuso gli occhi per ripararsi dalla luce. «Oh, no, non può essere vero. Perché avrebbe dovuto fare una cosa del genere?»

«Non lo so, fratello. Forse se tu fossi a casa...»

Sì! A casa! Doveva tornare immediatamente!

Ma non poteva. Non ancora.

«Tornerò il prima possibile. Ma non posso andarmene adesso.»

«Quale affare potrebbe mai essere più importante di questo?» aveva risposto Jamal, e nella sua voce c'era una sfumatura di disprezzo. Mai, in tutta la sua vita, si era rivolto a Kemel in quel modo. Non avrebbe mai usato quel tono se avesse conosciuto la natura degli affari di Kemel in America.

Kemel moriva dalla voglia di spiegare al suo fratello minore il motivo per cui si trovava lì, ma non osava. Jamal e la sua intera famiglia si sarebbero trovati in grande pericolo se qualcuno avesse scoperto che Kemel si era lasciato sfuggire anche una sola sillaba.

«Dove si trova adesso Ghali?»

«Ci ho messo tutta la notte ma alla fine sono riuscito a ottenere il suo rilascio. Lo ospito a casa mia. Mi sono dichiarato responsabile per lui.»

Kemel aveva calcolato che con le otto ore di fuso a Riyadh dovevano essere le sei del mattino. «Grazie, Jamal. Non potrò mai dirti quanto ti sono grato.»

«Questa storia non è affatto finita, Kemel. Io farò tutto il possibile, ma Ghali rischia di finire in tribunale.»

Kemel aveva annuito, anche se nessuno poteva vederlo. Sì, certo, era ovvio, dato che era coinvolto uno straniero. Le autorità saudite non si lasciavano sfuggire spesso l'occasione di dimostrare la superiorità della Legge islamica agli occidentali. Anche se quell'americana non avesse sporto denuncia, c'era il rischio che procedessero lo stesso con il processo e la punizione.

E la punizione avrebbe comportato la perdita della mano destra di Ghali.

Come era potuto accadere? Ghali era sempre stato testardo e ribelle, certo, ma non era un ladro. Che cosa poteva essergli successo? Non gli mancava nulla, eppure aveva rubato una macchina fotografica. Una macchina fotografica! In casa ce n'erano almeno una dozzina, e tutte di buona qualità.

Quella storia non aveva alcun senso.

Doveva rivolgersi a un potere più alto. Doveva chiedere aiuto. Il giorno successivo era venerdì. Il giorno sacro. Aveva il dovere di dire le preghiere del mezzogiorno nella moschea.

Il giorno successivo Kemel avrebbe pregato tutto il giorno in moschea per il suo figlio errabondo.

Venerdì

1

Dopo qualche scambio di messaggi sulle rispettive segreterie telefoniche, Milkdud gli aveva detto di andare da Canova, non Canova's, solo Canova, sulla Cinquantunesima Ovest alle 10:30. E alle dieci e mezzo comparve Jack. Superò la lenta fila indiana di genitori e bambini che camminavano verso l'insegna rossa al neon della Radio City, più avanti, in fondo alla Sesta. Il ristorante Ruth's Chris dietro di lui, il Le Bernardin dall'altro lato della strada: fu lì che trovò Canova.

Appoggiò la fronte sulla vetrata e sbirciò dentro. Una palizzata di falso legno. Sembrava uno di quei locali a buffet che si stavano moltiplicando come funghi.

Entrò e cercò Milkdud.

Canova era un po' più elaborato rispetto agli altri locali del suo genere. Di solito seguivano tutti una rigida politica: il cliente riempiva il suo piatto al banco del buffet, lo pesava, pagava e toglieva il disturbo. Canova invece offriva due aree buffet e posti a sedere.

Non c'era molta gente, mancava ancora un'ora all'assalto del pranzo, ma Jack non vide Milkdud. E non era certo uno che passava inosservato.

Batté sulla spalla del coreano che puliva il tavolo vicino.

«Ho un appuntamento con una persona...» cominciò.

«Non so» rispose in fretta il coreano, scuotendo vigorosamente la testa. «Io non so.»

«È nero.» Jack si toccò la fronte. «E qui sopra ha...»

«Oh, certo.» Il cameriere indicò alla sua sinistra, verso un'insegna con una freccia e la scritta POSTI A SEDERE. Jack si chiese come avesse fatto a non notarla. «Da quella parte. Lui è di là.»

Jack oltrepassò il piccolo arco di mattoni e controllò l'altra sala. Vide la schiena di un nero magro, con i capelli corti, rivolto verso il muro. Jack rientrò nella sala buffet, comprò una Pepsi, poi si mise a sedere di fronte a Milkdud.

«Sushi a colazione?» chiese Jack, osservando il suo vassoio.

«Ehi, Jack.» Milkdud allungò la mano sopra il tavolino su cui erano incollati centinaia di francobolli. «Devo preservare il mio fisico snello e giovane, amico.»

«Per poter hackerare, giusto?»

Lui alzò le spalle. «La pancetta mi potrebbe impedire di andare dove voglio andare. E poi è ora del brunch. E non si può dire che i California Roll siano davvero sushi.»

Si conoscevano da anni. Jack continuava a imbattersi in quel ragazzo alto, all'epoca portava i dreadlock, nei cinema d'essai di tutta la città. Avevano cominciato a chiacchierare, e alla fine erano arrivati a fidarsi così tanto l'uno dell'altro da scambiarsi cassette e dischi di vecchi film adorati da entrambi. Se Jack aveva mai saputo il nome con cui lo chiamava sua madre, be', se lo era scordato da tempo. Era Milkdud, o Dud, per tutti. Alto, snello, pelle color cioccolato al latte, look casual, sorriso aperto. Ma tutti si ricordavano di lui, anche ai tempi in cui portava quegli enormi dread, per il gigantesco porro nero alla Aaron Neville che aveva sulla fronte. Da ragazzo qualche buffone della sua classe doveva aver detto che somigliava a una certa marca di caramello ricoperto di cioccolato e il nome gli era rimasto addosso. Milkdud.

«Ben detto» rispose Jack. «Allora, che fai in questo periodo?»

«Lavoro al Coconuts in fondo alla strada.»

«Hanno iniziato ad assumere laureati al MIT?»

Milkdud alzò le spalle. «L'orario è flessibile e grazie agli sconti riesco a tenere aggiornata la mia collezione.»

Jack annuì. Orario flessibile. Milkdud ne aveva assoluto bisogno per coltivare la sua vera passione. Certo, era un fanatico dei film, ma i vecchi edifici erano il suo primo amore.

«Quanti ne hai adesso?»

Un'altra alzata di spalle. «Ho perso il conto. Ma sono felice che tu mi abbia cercato. Ti volevo chiamare per un mio recente acquisto.»

Jack si raddrizzò. «Qualcosa che cercavo?»

Milkdud si chinò e prese un sacchetto di plastica da sotto il tavolo. Lo porse a Jack.

«Sì!» disse Jack quando sbirciò dentro. Tirò fuori il dvd di *Una donna tutta sola*. «Come l'hai trovato?»

Il capolavoro drammatico del 1978, con Jill Clayburgh e Alan Bates, era uno dei vecchi film preferiti di Gia. Jack non ne capiva il fascino, non era mai stato un fan di Paul Mazursky, ma da anni cercava una copia per Gia. Controllava religiosamente la programmazione di tutti i canali via cavo che trasmettevano film cui era abbonato, TCM, AMC, TMC, Cinemax, Starz, Encore, e gli altri, ma lo passavano di rado, e anche quando lo facevano, lo scopriva sempre troppo tardi per programmare il registratore.

Milkdud disse: «Un negozio dell'usato a MacDougal. È una buona versione ma viene da Hong Kong.»

«Lo vedo. Spero non sia doppiato.»

«No. Ci sono solo i sottotitoli in cantonese.»

«I sottotitoli non sono un problema. Posso prenderlo in prestito?»

«Sì. Tienilo quanto vuoi. Solo, non dimenticare chi te l'ha dato.»

«Ti piace?» Jack sapeva che Milkdud era un fanatico dello splatter. Amava Argento, Bava e Fulci. Era difficile credere che avesse visto *Una donna tutta sola* dall'inizio alla fine. E ancora più che lo volesse nella sua collezione.

«Nah. Ma è maledettamente difficile trovarlo, e ho la sensazione che devo possederne una copia. Strano, eh?»

«Mania del collezionista, nient'altro.» Jack lo capiva, anche lui ne soffriva. «Il tuo tempismo è eccezionale, Dud.» Adesso aveva almeno un regalo di Natale per Gia che lei di sicuro non si aspettava. «Lo copio e te lo riporto il prima possibile.» Jack esitò, si sentiva a disagio all'idea di chiedere a Milkdud un altro favore dopo che lui gli aveva trovato il film per Gia, ma non aveva scelta. «E... ho bisogno del tuo aiuto.»

«Nel messaggio hai accennato a un edificio da hackerare.»

«Giusto. Ho visto la tua firma nell'Hand Building ieri notte.»

Gli occhi di Milkdud si illuminarono quando sorrise. «L'Hand Building.... Venticinque piani di ferro e cemento sulla Quarantaquattresima. Sì, è una bellezza. Un esemplare di prima qualità dell'architettura urbana del dopoguerra. La mia firma c'è ancora? Fico. L'ho hackerato circa tre anni fa. Avrei dovuto portarmi gli appunti, ti avrei fornito la data esatta e qualche dettaglio. Un posto molto fico. La signorina è piena di spazi ciechi.»

«Ti segni tutto?» Quella sì che era una buona notizia. «Una specie di diario dell'hacker?»

«Mi considero più una sorta di esploratore. Si diceva 'hackerare' negli anni Settanta, ma poi i nerd del computer si sono impossessati del termine. A me non piace il paragone. Hackerare un computer implica inganno, cattiveria, disonestà.»

«Non nella sua forma più pura» disse Jack.

«Vero. L'hacker puro dei computer è un esploratore. Vuole ottenere l'accesso, aprire tutte le porte, trovare tutti i posti nascosti, imparare tutti i segreti, e lasciare tutto praticamente come l'ha trovato. È quello che faccio io. Entro in un edificio ed esploro tutti gli spazi che coloro che lo occupano durante la giornata lavorativa non vedono mai, anzi, non sanno nemmeno che esistono. Poi me ne vado.»

«Ma non senza lasciare la tua firma.»

Milkdud sorrise. «Che, in omaggio al linguaggio CB, chiamiamo QRZ.»

«Come diavolo ti sei messo in questa roba?»

Un'alzata di spalle. «È una specie di rito di passaggio al MIT.»

«Per tutti?»

«Diavolo, no. Può essere pericoloso. Innanzitutto, si può anche morire. Usiamo i tetti e le trombe dell'ascensore molto spesso, e quella è roba pericolosa. Secondo, è illegale. Puoi anche essere spinto dalle intenzioni più oneste e pacifiche, ma provalo a spiegare agli sbirri. Nel migliore dei casi, è effrazione. Nel peggiore, tentato furto. Ed è meglio se non soffri di claustrofobia, perché le tue camere da letto sono gli impianti di ventilazione e le intercapedini.»

Jack annuì. «Credo che questo possa scoraggiare un bel po' di gente.»

«Puoi dirlo forte. E metti in conto anche quelli che non riescono a capirlo.»

Jack si batté la mano sulla fronte. «Stai scherzando. Vuoi dire che ci sono davvero delle persone che non pensano che strisciare nelle condutture dell'aria sia una ficata pazzesca?»

Milkdud sorrise. «Uno o due, sì. Ma quelli che ci comprendono davvero sono gli hacker dei computer. E ci sono molti casi di persone che passano da un campo all'altro. Un buon numero di nerd della tastiera, almeno quelli che non soffrono di acrofobia e claustrofobia, hackerano anche gli edifici. Quando ero al MIT andavo sempre in esplorazione con un tipo che si chiamava Mike MacLaglen. Phreaker esperto, aveva il ghiaccio nelle vene, quando si trattava di hackerare un edificio. Ma lui non era uno puro. Non si fanno soldi hackerando edifici. Ha lasciato perdere per hackerare chip. Non so che fine abbia fatto. Ma era bravo.»

«Bravo come te?»

«Cazzo, no.»

«E tu sei ancora attivo?»

«Sì. Ho una natura curiosa, immagino.» Sospirò. «Ma sta diventando sempre più difficile. La sicurezza migliora di giorno in giorno. Eppure, quando riesci a entrare nell'edificio giusto...» Il suo sguardo era distante adesso, fuori fuoco. «Sai, uno di quelli che è stato ristrutturato una dozzina di volte nel corso degli anni, e inizi a trovare tutti quegli spazi ciechi negli angoli, scale che non portano da nessuna parte, e forse anche una piccola stanza sigillata nel bel mezzo di un piano, e sai che sei stato tu l'hacker pioniere, perché il tuo è il primo QRZ sul muro... Ti giuro, Jack, non esiste nulla del genere.»

Jack scosse la testa. Un ragazzo brillante, ma sicuramente gli mancava qualche rotella.

«Diciamo che io voglia trovarmi a un incontro in un certo ufficio al ventitreesimo piano dell'Hand Building. Potresti aiutarmi?»

«Certo.»

Eccellente. Sarà più facile di quanto pensassi.

«Allora... potresti piazzare una cimice con telecamera dietro una griglia, in modo che io possa vedere e sentire quello che succede?»

Milkdud scosse la testa. «Non se ne parla.»

Jack aprì la bocca, poi la richiuse. Non era la risposta che si aspettava.

«Non se ne parla? Mi sembrava di aver capito che...»

«Ti ho detto che posso aiutarti, ma non ho intenzione di mettere cimici per tuo conto. È contro il codice.»

«Quale codice?» Jack cercò di nascondere il fastidio che provava, ma era sicuro che trasparisse nel suo tono. «Esiste un codice etico ufficiale degli hacker?»

«Forse.» Milkdud rimase calmo. «Non ho mai sentito parlare di nessun codice ufficiale, ma so che quello che mi chiedi va contro il codice di Milkdud.»

Jack si lasciò andare contro lo schienale e bevve la sua Pepsi. «Dannazione, Milkdud. Contavo su di te.»

«Ai giorni nostri, se vuoi ascoltare una conversazione, non hai bisogno di piazzare proprio nulla nella stanza. Basta che punti un laser contro la finestra e sentirai ogni singola parola.»

«Peccato, ho finito i laser proprio oggi.»

«Ne puoi comprare uno in un negozio di 'sicurezza avanzata', ce ne sono a dozzine in tutta la città. Penso che ce ne sia uno sulla Quinta, svoltato l'angolo.»

«La mia non è esattamente un'operazione di alta tecnologia, Dud. È impossibile che io riesca a piazzare un laser sulla Quarantaquattresima. Alla tele si vede sempre roba del genere, ma io lavoro nel mondo reale. Io voglio vedere quell'ufficio. La riunione in sé non è importante: voglio sapere chi c'è e cosa viene detto dopo la riunione.»

«E allora perché non vai lì a vedere e sentire da solo?»

«Io... il mio primo hackeraggio di un edificio... proprio in centro... nel bel mezzo dell'orario d'ufficio? Certo, come no.»

Jack si vide intrappolato dentro un condotto dell'aerazione, a miagolare come un gattino su un albero, mentre i vigili del fuoco e gli uomini del pronto intervento buttavano giù i muri e con la fiamma ossidrica si facevano strada attraverso il metallo galvanizzato per liberarlo.

E poi la sua foto sulle prime pagine del *Post* e del *Daily News*. Già vedeva i titoli: 'Un pazzo nel pozzo (di ventilazione)!'

Rabbrividì.

«No, grazie.»

«Ti aiuterò io» disse Milkdud.

«E il Codice di Milkdud?»

«Mi proibisce di piazzare un congegno per te, ma non di mostrarti come hackerare un edificio. Questo farebbe di me un apostolo dell'hackeraggio. Diventerei... san Milkdud, un missionario, un apostolo che divulga il verbo ai non eletti, convertendo gli infedeli e...»

«Okay» disse Jack, sorridendo e alzando le mani. «Ho capito.»

Ripensò all'offerta. Se Milkdud fosse riuscito a trovargli un posticino da cui poteva vedere e sentire quello che succedeva nell'ufficio dell'avvocato di Thomas Clayton...

«Fammi capire bene. Mi stai offrendo di farmi da guida nei budelli dell'Hand Building...»

«'Esploratore' sarebbe una definizione più accurata. 'Apripista' è ancora meglio.»

«Il che significa che...»

«Controllerò i miei appunti e farò un nuovo hackeraggio dell'edificio nel week-end. Tu mi dici dove ti vuoi posizionare e io vedo se trovo un modo per arrivare lì. Se ci riesco, ti farò entrare nell'edificio la mattina della riunione e ti istraderò nella giusta direzione.»

«Vuoi dire che non verresti con me?»

Milkdud scosse la testa. «Uh-uh. Il Codice, sai.»

«Ma... e se mi perdo o...?» La visione di Jack versione gattino sull'albero gli apparve di nuovo davanti agli occhi. «... resto intrappolato?»

«Ti segnalerò il percorso e segnerò il passaggio. Se riesci a leggere i segnali e i cartelli stradali, non dovresti avere problemi. E se questo ti fa stare meglio, puoi portarti un cellulare. Io ti aspetto fuori. Se finisci nei guai, ti chiamo.»

Jack tamburellò le dita sul tavolo, riflettendo. I suoi istinti gli dicevano di trovare un'altra strada. Non soffriva di claustrofobia, aveva già passato lunghe ore in posti angusti, ma preferiva avere molteplici vie d'uscita ogni volta che si cacciava in una situazione scomoda. Ma con Milkdud disposto a spalleggiarlo, forse poteva funzionare.

«Benissimo. Programmiamo la spedizione.»

«La prima cosa che ho bisogno di sapere è dove si terrà l'incontro. La posizione esatta.»

«Posso farcela.» *Credo.*

«Ottimo. Il passo successivo... ti devi trovare degli abiti da hackeraggio.»

«Del tipo?»

«Be', d'estate, con l'aria condizionata, uso dei mutandoni lunghi. Ma d'inverno può fare davvero caldo in quelle condutture. Anche nel ritorno. Perciò consiglio una tuta intera leggera, senza bottoni, o una maglietta da rugby e collant.»

«Collant? Dài, Dud!»

«Ti ritroverai a strisciare sul ventre in ogni direzione immaginabile, Jack. Devi essere in grado di scivolare, amico.»

«Sì ma... i collant?»

Un altro titolo del *Post* gli balenò davanti agli occhi: 'Ladro in collant resta incollato!'

Jack disse: «Prenderò una tuta. Di che altro avrò bisogno?»

«Giacca e cravatta.»

«Accidenti, no!»

2

«Dove ci siamo incontrati?» disse Alicia, tenendo fermo il telefono contro la spalla mentre scartava un panino al tacchino preso da Blimpie in fondo all'isolato.

«Nell'ufficio di Gordon Haffner. È l'avvocato di Thomas.»

Aspettava da tutta la mattina notizie da Jack. Era così eccitato la notte precedente, quando aveva scoperto il segno a pennarello nell'atrio dell'Hand Building. Aveva cominciato a farneticare su hacker di edifici, qualunque cosa fossero, e di un tizio di nome Milkdud. L'aveva riportata a casa, aveva controllato il suo appartamento per essere sicuro che fosse deserto e sicuro, poi l'aveva lasciata, dicendole che l'avrebbe chiamata in mattinata.

Bene, aveva chiamato sul serio. E lei aveva passato dei momenti davvero terribili quando era andata in ospedale a piedi, quella mattina. Era sempre rimasta al centro del marciapiede, tenendo d'occhio ogni furgoncino accostato, ogni passante, irrigidendosi ogni volta che sentiva dei passi alle sue spalle. Non era mai stata così felice di vedere la guardia all'ingresso.

Il suo sollievo si era tramutato in delusione quando aveva visto il risultato dell'emocoltura di Hector: *candida albicans*, il fungo opportunista che cresceva nei pazienti malati di AIDS in presenza di altre infezioni. Aveva aggiunto amfotericina B per via intravenosa al mix di medicinali somministrati a Hector, e aveva incrociato le dita.

La sua madre adottiva probabilmente non gli aveva nemmeno dato il diflucan profilattico. O almeno Alicia sperava che fosse quello il motivo. Altrimenti voleva dire che aveva beccato un ceppo resistente, e poteva essere brutto. Molto brutto.

Morse il sandwich. Non aveva cenato la sera precedente, non era riuscita a fare colazione la mattina; solo a mezzogiorno il pensiero del cibo le si era affacciato alla mente. E adesso, proprio mentre si apprestava a consumare un pranzo veloce alla scrivania, Jack l'aveva chiamata.

«Gordon Haffner» disse lui. «A che piano si trova il suo ufficio?»

Alicia deglutì. «Non ne sono sicura.»

«È importante, Alicia.»

«Bene, allora. Fammi pensare.»

Ripercorse mentalmente gli avvenimenti di quel pomeriggio: aveva attraversato le porte a vetri al ventitreesimo piano con Leo Weinstein, si erano seduti nella sala di attesa, e poi avevano superato la hall che portava all'ufficio di Haffner. Ricordò che aveva guardato fuori dalla finestra e aveva visto il tetto blu del Chemists' Club sotto, dall'altra parte della strada.

«Domina su tutta la Quarantaquattresima.»

«È un inizio. Ma lo devo sapere con esattezza. L'ufficio fa angolo?»

«No. Ma è proprio accanto a un ufficio che fa angolo. L'angolo est.»

«Sei sicura?»

«Assolutamente. Mi ricordo di aver pensato che Thomas forse non aveva ottenuto il pezzo più grosso della ditta, ma gli era toccato in sorte qualcuno che ci andava molto vicino.»

«L'ufficio vicino a quello all'angolo che si affaccia sulla Quarantaquattresima» disse Jack. «Ricevuto.»

«Che succede?» chiese lei.

«Lunedì mattina prenderai un appuntamento con il signor Haffner. Gli dirai che sei pronta a vendere l'edificio.»

Per poco Alicia non si strozzò con un morso di tacchino. Tossì e mandò giù.

«Neanche per sogno!»

«Calma. Stammi a sentire. Gli chiederai una cifra assurda. Diciamo dieci milioni.»

«Non arriveranno mai a tanto.»

«Ma certo che no. L'offerta non è il punto. È l'incontro quello che vogliamo davvero. Ti spiegherò i dettagli in seguito. In questo momento dovresti cancellare tutti gli impegni di lunedì mattina per poter partecipare alla riunione. Ti chiamerà un certo Sean O'Neill oggi pomeriggio. Sarà il tuo avvocato lunedì.»

«Il mio avvocato. Ma non sa nulla della...»

«Non ne ha bisogno. E credimi, non vuole saperne nulla. Il più grande piacere di Sean è mandare fuori di testa gli altri avvocati. Preparerà lui la riunione per te.»

Lei controllò l'agenda. Lunedì mattina... Avrebbe dovuto saltare il meeting mensile del dipartimento malattie infettive. Ma non aveva nient'altro di urgente.

«Okay. Si può fare. Ma prima è meglio è.»

«Ottimo. È lo stesso per me.»

«Questa faccenda è molto strana, Jack. Mi piacerebbe sapere che cosa sta succedendo.»

«Ti spiegherò ogni cosa domenica notte, quando faremo le prove generali.»

«Prove generali?»

«Sì. Io, te e Sean. Ma la cosa importante che devi sapere adesso è che fissare questo incontro con gli avvocati ci concederà un po' di respiro. Nessuno cercherà di rapirti o minacciarti di nuovo se pensano che lunedì potrebbe essere raggiunto un accordo. Il che vuol dire che puoi smetterla di guardarti alle spalle. Per il week-end, almeno.»

«È un sollievo.»

«Per entrambi. Devo scappare. Ci sentiamo dopo.»

E poi riagganciò.

Alicia chiuse la comunicazione e attaccò il sandwich con nuovo entusiasmo. Aveva la sensazione che qualcuno le avesse tolto un peso sullo stomaco. Non avrebbe dovuto fuggire come un animale braccato per i successivi due giorni.

Ma che diavolo aveva in mente Jack? E quanto era affidabile? Di sicuro sembrava straordinario nello scontro, ma quello era diverso. Si sarebbe trovato contro una grossa compagnia di avvocati, cervelli estremamente affilati. Possibile che un uomo di strada potesse battere in astuzia i dottori di Harvard del ventitreesimo piano?

Non lo sapeva, ma se proprio avesse dovuto scommettere, non avrebbe puntato i suoi soldi sullo studio.

3

«È lui?» chiese Jack quando il nastro della segreteria trasmise una nuova voce.

Jorge scosse la massiccia testa. Era vestito da lavoro, dato che la sua giornata iniziava quando gli uffici cominciavano a svuotarsi: una maglietta smanicata che scopriva fino alle spalle le braccia possenti.

Erano seduti nella minuscola seconda stanza del suo appartamento, che fungeva anche da ufficio. In fondo al corridoio sua moglie preparava la cena mentre i due figli giocavano a bowling alla Wii; l'appartamento puzzava di carne speziata.

Jack mandò avanti veloce il nastro, fermandolo e facendolo ripartire finché non sentì una nuova voce.

«E di questo che mi dici?»

Jorge scosse di nuovo la testa. «No. Non è Ramirez.»

«Speriamo di trovarlo in fretta. Stiamo per arrivare alla fine del nastro.»

Jorge aveva spedito uno dei suoi cugini a infilare i volantini sotto tutte le porte dell'appartamento di Ramirez. Erano stati costretti a esagerare per non rischiare che Ramirez si insospettisse. Sul volantino era stampata l'intestazione della Hudak Realty. Il numero che vi era riportato apparentemente era una linea diretta con David Johns, l'agente della Hudak che deteneva l'esclusiva sulla proprietà: in realtà apparteneva a una casella vocale affittata da Jack. Aveva inciso un messaggio che diceva che il signor Johns era al momento impegnato con un cliente, ma avrebbe richiamato il prima possibile.

Aveva portato il nastro con la registrazione di tutte le chiamate ricevute all'appartamento di Jorge.

«Forse non è interessato» disse Jorge.

«Se quello che mi hai detto di lui è vero, chiamerà. Non riuscirà a resistere. Pensa a tutti gli altri che...»

«Ecco!» disse Jorge non appena una nuova voce si alzò dalla segreteria. «È lui. È quell'*hijo de puta.*»

Jack non sapeva bene lo spagnolo, ma quello l'aveva capito. Si tirò su e ascoltò la voce setosa di Ramirez: aveva solo un leggero accento.

Era evidente che fosse arrivato in America molto prima di Jorge.

«Sì, signor Johns. Mi piacerebbe incontrarla per discutere della proprietà che descrive nel volantino. Devo lasciare la città nel week-end, un viaggio d'affari, e mi piacerebbe visionare l'immobile prima della partenza.»

Ramirez lasciava i numeri dell'ufficio e di casa.

Furbo, pensò Jack. Probabilmente era già andato lì e aveva visto la casa dall'esterno. *Sa che è un vero e proprio furto e la vuole. Quindi usa la scusa di un viaggio d'affari per ottenere un breve sopralluogo senza sembrare troppo ansioso.*

Stando a quello che gli aveva detto Jorge, il signor Paco Ramirez si considerava un abile affarista, soprattutto nel campo immobiliare. Gli piaceva chiudere affari e rivendere per un profitto veloce. I tipi come lui erano sempre alla ricerca di qualcuno che avesse bisogno di vendere in fretta. Il volantino di Jack gli aveva preparato un affare succulento, e di sicuro Ramirez aveva già l'acquolina.

«Bene. Sta annusando l'esca. Adesso dobbiamo prenderlo all'amo e tirarlo a bordo.»

Usò il telefono di Jorge per chiamare l'ufficio di Ramirez. Prese la comunicazione pochi secondi dopo che Jack si era annunciato alla receptionist come David Johns. Dopo brevi, educati convenevoli, Ramirez tagliò la testa al toro: fissarono un appuntamento per ispezionare la proprietà la mattina seguente, alle nove in punto.

«E adesso che facciamo?» chiese Jorge.

«Noi non facciamo nulla. Da adesso in poi lavoro da solo. La cosa più importante che devi fare tu è tenerti lontano da quella casa. Se Ramirez sospetta che ci sei di mezzo tu, scompare nel giro di un secondo. Domattina rimani qui, e rispondi al telefono. Forse sarò costretto a fare una chiamata. Ti farò delle domande e tu risponderai, la prima cosa che ti viene in mente. Leggimi le notizie del meteo, non importa. Voglio solo che ci sia una voce all'altro capo.»

Jorge strinse le labbra sottili. «Spiegamelo di nuovo, *por favor*. Come farà questa cosa a farmi riavere i soldi?»

«Okay. Te lo ripeto di nuovo. Riprenderò i tuoi soldi convincendo Ramirez a darmi un grosso acconto in contanti per la casa.»

Jorge scosse la testa. «Ma non è mica scemo, Jack.»

«Sono certo che sia tutt'altro che scemo. Ma conosco quelli come lui: campa fottendo gli altri. Gli piace trovare un pesce piccolo, o qualcuno in difficoltà, e spremerlo finché può. Avrebbe potuto permettersi di pagarti, ma ha scelto di non farlo. Perché? Perché ha trovato un punto debole, i tuoi parenti senza permesso che lavorano per te, e non è riuscito a resistere alla tentazione di approfittarsene. È una dimostrazione di forza.»

«Conosci altri come Ramirez?»

Jack annuì. «Diavolo, certo. Sono loro a tenermi in affari. Sono diventato una specie di esperto di tipi come lui. Ho intenzione di usare il suo stesso gioco contro di lui. Gli proporrò un accordo che non può rifiutare e gli farò pensare che ha la possibilità di fare un affare e fregare qualcuno.»

«Ma i contanti? Non ti pagherà mai cash.»

«Lo farà, se si convincerà che io non li voglio.»

Jorge stava di nuovo scuotendo la testa. Jack si era accorto che lo faceva molto spesso, ultimamente.

«Fidati di me» disse Jack. «Anche se la cosa non dovesse funzionare, se non altro ci divertiremo un po' con Ramirez.»

L'espressione accigliata di Jorge diceva chiaramente che il divertimento non era proprio il suo primo pensiero.

4

Il telefono squillò proprio quando Alicia stava per staccare dal lavoro. Raymond se ne era già andato, quindi rispose lei.

«Sono il detective Will Matthews. Sei tu, Alicia?»

«Sì» rispose, cercando di sembrare allegra. «Come stai?»

Oh, dannazione. Altre brutte notizie?

Aveva ricevuto un'altra chiamata dall'avvocato dell'ospedale quella mattina, le aveva chiesto se per caso avesse riflettuto sulla sua intenzione di sporgere denuncia per abuso su minori ai danni di Floyd Stevens. E adesso che c'era?

«Sto bene, e, cioè... il motivo per cui ti ho chiamato è che forse ho buone notizie per te.»

«Stevens?»

«In persona.»

«Si è dichiarato colpevole?»

«No, ma la notizia è altrettanto buona, o quasi. Mi piacerebbe raccontarti tutto a cena.»

Alicia sentì che le veniva la pelle d'oca. «Will... se ha a che fare con le accuse contro di lui, non credi che sarebbe meglio...»

«Non ha a che fare direttamente con le accuse. Se insisti, posso dirti tutto anche adesso, ma se non hai impegni, preferirei parlarne davanti a una cenetta. Te lo prometto, non resterai delusa.»

Alicia esitò. Prima il pranzo, poi la cena, poi... che cosa? *Non ho tempo per questa roba.*

Ma se lui aveva trovato il tempo per tenere d'occhio Stevens e aveva scoperto qualcosa di utile, come poteva rifiutare?

«Okay, allora. E cena sia. Dove e quando?»

Le chiese se le piaceva la cucina italiana. Lei gli rispose di sì e Will le diede l'indirizzo di una trattoria sulla Settima, a una decina di isolati dal Centro. Fissarono l'incontro da lì a una mezz'oretta.

Aveva detto di avere buone notizie. Lo sperava. Ne aveva davvero bisogno.

5

«Devi mangiare spesso qui» disse Alicia quando si accomodarono in un séparé che poteva ospitare quattro persone.

Alicia era arrivata presto. Normalmente avrebbe fatto la strada a piedi. Ma anche se Jack le aveva garantito che nessuno le avrebbe dato fastidio prima dell'incontro di lunedì con gli avvocati, aveva preso un taxi.

Will si fece vedere qualche minuto dopo. Il maître lo aveva accolto con un sorrisone, e tre persone al bancone lo avevano salutato.

Alzò le spalle. «Se c'è un posto che posso dire di frequentare è questo. Ma parliamo solo di una, due volte alla settimana.»

Eri qui ieri notte?, avrebbe voluto chiedergli. Se ci fossi stato tu a coprirmi le spalle al posto di Jack, Thomas e i suoi scagnozzi sarebbero dietro le sbarre adesso, e tutto questo casino sarebbe già risolto.

«Pensavo che gli sbirri frequentassero bar da sbirri.»

«È vero. Per un paio d'anni ho buttato soldi nella bettola preferita dagli agenti di Midtown South, ma sai... ci si stufa a parlare di cose da poliziotti tutto il tempo. Almeno, io mi stufo. Qui sono solo Will Matthews, un uomo qualunque che si dà il caso faccia il poliziotto.»

Un cameriere li raggiunse con un cesto di pagnotte e lunghi, sottilissimi grissini italiani. Dopo averle chiesto se per lei andava bene, Will ordinò una bottiglia di chianti, poi si sporse in avanti.

«Andiamo alle ultime novità su Floyd Stevens.»

Le porse il cestino del pane e Alicia prese un grissino.

«Prego.» Staccò l'estremità inferiore con un morso deciso. «L'ho tenuto d'occhio.»

«Ti hanno dato il permesso di seguirlo?» chiese, sorpresa. «Voglio dire, con tutti gli altri crimini e...»

«Magari. No, me ne sono occupato nel mio tempo libero.»

«Nel tempo libero?» Se Alicia era rimasta di sasso pochi secondi prima, adesso era sotto shock. «Ma perché?»

«Te l'ho detto. Lavoravo alla buoncostume, e conosco la feccia come lui. Sono fuori controllo. Tu l'hai interrotto, perciò ho pensato che forse non aveva avuto ciò che voleva. E questo significava avrebbe riaperto la caccia molto presto. Perciò appena staccavo, andavo a Upper West Side e mi piazzavo fuori da casa sua, aspettando che entrasse o uscisse.»

«E?»

«Ieri notte è uscito. È sceso nel garage in cui tiene la macchina e se ne è andato dritto al Minnesota Strip.»

«Che cos'è?»

«Un posto che probabilmente non vedrai mai. È una specie di supermercato del sesso, pieno di prostitute di tutte le età e di ogni sesso.»

«Ogni sesso? Io ne conoscevo solo due.»

«Be', ci sono anche i travestiti. Vediamo... come posso dire... tizi che hanno cambiato la parte superiore, sai, seno rifatto e cure ormonali per la pelle, ma hanno ancora l'equipaggiamento completo sotto. Sono molto richiesti allo Strip.»

«Fantastico.»

Will alzò le spalle. «Da quelle parti bazzica gente davvero squallida, ma personalmente la cosa non mi disturba. Qualunque cosa ti serva per passare la notte, per me va bene. Ma quando i magnaccia mettono le mani sui bambini per i falchi da pulcini...»

«Falchi da pulcini?» Era un termine nuovo per lei. «Che cosa sono?»

«La maggior parte delle volte si indicano così i gay che cercano ragazzi che si prostituiscono, ma io lo uso per tutti coloro, etero o meno, che cercano carne troppo giovane.»

«Pulcini» disse Alicia, a disagio. «Giovani, teneri, indifesi.»
Guardò Will. Era così curato, sembrava quasi un ragazzino con quei capelli biondi e corti; il suo lavoro lo metteva ogni giorno a contatto con il peggio dell'umanità, eppure in qualche modo era rimasto incontaminato.

«È quello che gli piace. Floyd Stevens è uno di loro. L'ho seguito. Sapevo dove stava andando: infatti, penso che dovesse aver avvertito del suo arrivo per telefono, perché c'era qualcuno ad attenderlo all'angolo della strada con una ragazzina che sembrava davvero giovane. Se ne sono andati assieme.»

Il grissino si spezzò in mano ad Alicia mentre la rabbia montava dentro di lei. «E tu glielo hai permesso?»

«Certo che no. Ma non volevo complicare le cose inchiodandolo di persona. Non volevo che l'avvocato sollevasse obiezioni, sostenesse che avevo teso una trappola o l'avevo infastidito. Perciò l'ho seguito fino al porto. Mi sono messo in contatto con un paio di amici della buoncostume. Hanno aspettato che parcheggiasse, gli si sono gettati addosso e l'hanno preso con le mani nel sacco.»

«E adesso qualcuno lo terrà finalmente lontano dalla strada?» chiese lei, togliendosi le briciole dalle labbra.

«È fuori dai giochi. Almeno per un po'. È sotto custodia, con l'accusa di aver fatto sesso con una minorenne.»

«Ed è questa la tua buona notizia? Un'altra povera bambina molestata da quel bastardo?»

«Ma non capisci?» disse Will. Sembrava ferito. «Questo è un vicolo cieco da cui non può scappare. Adesso ha due accuse per molestie sulle spalle, in una sola settimana. Non può minacciare, non può corrompere, se i testimoni sono dei poliziotti. Adesso sarà troppo impegnato a difendersi per dare fastidio a te. Sei libera.»

Libera...

Alicia si abbandonò contro lo schienale imbottito del séparé, mentre la verità delle parole di Will riusciva a sedare la rabbia contro Floyd Stevens.

«Oh, mio dio» disse piano. «Hai ragione. Non può dire di non aver mai toccato Kanessa. Non può dire che mi sono immaginata tutto e che ho reagito in modo eccessivo.»

«E, meglio ancora, adesso la pagherà per quello che ha fatto ieri. Se ne starà per un po' dietro le sbarre.»

Alicia chiuse gli occhi e fece un respiro profondo. Aveva l'impressione che le avessero tolto un piccolo pianeta che le gravava sulle spalle.

«Grazie» disse, fissando Will. Sentì un improvviso fulmine di calore per quell'uomo, quell'uomo così buono. «Quello che hai fatto va ben oltre il tuo dovere. Io... io non so cosa dire.» Di impulso, si sporse sul tavolo e gli strinse la mano. «Grazie.»

Lui scosse la testa. «Ho inchiodato un pervertito e ho dato una mano a tirare fuori dai guai una ragazza molto speciale. Fidati di me. È stato un piacere.»

Alicia si rese conto che Will le aveva preso le mani. Adesso non poteva ritrarle... e non era sicura di volerlo fare.

L'arrivo del cameriere con il vino ruppe l'incantesimo.

Will fece una lunga scenata, lasciando aerare, assaporando un sorso di chianti, controllando l'aroma, annusando, passandoselo in bocca, facendo di tutto tranne che bere. Poi deglutì e contrasse il volto in una smorfia di disgusto.

«Ma è pessimo!» disse al cameriere. «Riportalo in cucina e versalo nelle fogne!»

Il cameriere sbuffò. «Certo» disse con un sorriso ironico. «Ha parlato l'esperto.»

Riempì il bicchiere di Alicia, poi ne versò un po' a Will con fare noncurante.

«Sono una specie di clown qui» disse Will, scuotendo la testa. «Nessun rispetto.»

«Se si parla di birra, forse potresti anche avere delle credenziali» disse il cameriere. «Ma il vino? Lascia proprio perdere.»

Posò la bottiglia sul tavolo e caracollò via.

«Vieni davvero spesso qui.»

Will scoppiò a ridere. «Sì, Joey è il nipote del proprietario. Ci conosciamo da tempo.»

Alicia bevve il vino e trovò il primo sorso un po' acido, ma il secondo non era così male.

«Allora» disse, avvicinandosi alla domanda che aveva cominciato a solleticare la sua mente. «Immagino che lavorare di giorno e seguire la gente quasi tutta la notte non sia proprio un toccasana per la tua vita sociale.»

«Vita sociale? E cos'è?»

«Sai, gli amici, la famiglia, le ragazze... quelle cose lì.»

«Non è stato un sacrificio, credimi. I miei amici non sentono la mia mancanza, i miei si sono ritirati nella Carolina del Sud, e per quanto riguarda una donna nella mia vita...» roteò il bicchiere, fissando il liquido rossastro che turbinava «... ha fatto i bagagli e se ne è andata quasi un anno fa.»

«Mi dispiace.» Alicia si morse la lingua. Non avrebbe dovuto impicciarsi. Cercò disperatamente qualcosa da dire. «Io... io immagino che non sia facile tenere in piedi una relazione, con tutte quelle ore di lavoro in polizia.»

Will sbuffò. «Vorrei che fosse quello il motivo. Io ce l'avrei anche fatta, forse sarei riuscito a trovare una soluzione. No... è successo più o meno di questo periodo, l'anno scorso. È andata a fare visita ai suoi nel Vermont, in una piccola cittadina, Brownsville. Ha incontrato una vecchia fiamma. Hanno ricominciato a frequentarsi, la scintilla si è riaccesa, e poi l'unica cosa che so è che mi telefona, mi racconta tutto. Mi dice che non vuole tornare a New York, rimane nel Vermont, sposa quel tipo.»

«Deve far male» disse Alicia. Le dispiaceva per lui. Le aveva raccontato la storia con voce neutra, ma lei sentiva il dolore che aleggiava ancora.

«Puoi dirlo. Ho dovuto fare un milione di chiamate e un viaggetto nel Vermont prima di accettare la verità: faceva sul serio.» Si raddrizzò e la guardò, come se si stesse scuotendo di dosso i ricordi. «Ma è acqua passata. Ho voltato pagina. La vita continua.»

E adesso credi di aver trovato un'altra, pensò Alicia. Ti prego, non mettermi gli occhi addosso, Will Matthews. Ho già abbastanza guai.

«E tu che mi dici?» chiese. «Come va la tua vita sentimentale?»

Alicia usò la sua stessa battuta. «Vita sentimentale? E cos'è?» Si costrinse a sorridere. «Soprattutto se sei sposata.»

Will sbatté gli occhi. «Sposata? Pensavo...»

Per un momento Alicia ebbe la tentazione di ripescare la

favoletta del fidanzato sempre in viaggio e trasformarlo in un marito sempre in viaggio. Ma non poteva mentirgli. Non dopo quello che aveva fatto per lei.

«Hai già conosciuto la mia metà» disse con un sorriso, godendosi per qualche istante la sua espressione stupefatta. Poi liberò il pesciolino dall'amo: «Il Centro. Siamo inseparabili, lo sai.»

«Oh!» Will scoppiò a ridere, annuendo. «Sposata con il lavoro. So tutto al riguardo. Anch'io soffro dello stesso problemino.»

Non è sempre un problema, pensò lei. A volte è la soluzione.

Si accorse che Will si stava rilassando. Era una buona cosa... e allo stesso tempo pessima. Probabilmente si era convinto di avere via libera.

Per tutto il pranzo, e forse per un'altra ora, continuarono a chiacchierare. Will insisteva per avere dettagli della sua vita, e Alicia schivava e contrattaccava con un continuo fuoco di sbarramento di domande che lo costringevano a parlare di sé.

Risultato finale della serata: Alicia se ne andò con il ritratto di un uomo perbene, che amava la birra, la pesca sportiva e il basket; un detective appassionato che era riuscito, finora quantomeno, a evitare il profondo cinismo che sembrava ammorbare i grandi poliziotti della città.

E Will? Quando uscirono dal ristorante, Alicia pensava che non avesse scoperto di lei molto di più di quanto sapesse quando erano arrivati.

Will l'accompagnò a casa. Alicia osservò le sue mani che stringevano il volante. Mani forti, braccia forti. Si chiese cosa avrebbe provato se quelle braccia l'avessero stretta. Era raro che soffrisse di solitudine: per la maggior parte del tempo era troppo impegnata anche solo per rendersi conto di essere sola.

Ma poi c'erano delle volte, di notte soprattutto, quando sentiva il bisogno di abbracciare qualcuno, di sentire delle braccia strette al suo corpo che la proteggevano. A volte aveva solo il bisogno di essere abbracciata.

Si sentiva rilassata e al sicuro. Will si fermò davanti al suo appartamento. E un dubbio la dilaniava: doveva chiedergli di salire oppure no? Doveva invitarlo o no?

Poi, un cercapersone.
Will controllò la cintura. «Non è il mio.»
Alicia tirò fuori il suo dalla borsa, e sentì il suo buon umore che andava in frantumi quando riconobbe il numero sul display.
Il piano di Hector. C'era solo una ragione per cui potevano cercarla a quell'ora.
«Will, puoi portarmi al St Vincent? In fretta? Voglio dire, davvero in fretta.»
La sua unica risposta furono le ruote che stridevano.

Sabato

1

Dopo solo tre ore di sonno, Alicia era di nuovo all'ospedale, questa volta in terapia intensiva. Il piccolo Hector Lopez aveva avuto un collasso la notte precedente: crisi tonico-clonica e arresto cardiaco. Insieme allo staff era riuscita a mantenerlo in vita. Per un pelo.

Will era rimasto ad aspettare per ore nella sala d'attesa al piano di sotto. Non conosceva Hector, non l'aveva mai nemmeno visto, eppure sembrava davvero preoccupato per lui. Alla fine, Alicia era riuscita a convincerlo a tornarsene a casa.

L'aveva abbracciata e le aveva augurato buona fortuna, e lei era rimasta a osservarlo mentre se ne andava. Si era detta che aveva incontrato un uomo speciale.

Ma adesso guardava Hector, privo di coscienza. Un sottile tubo endotracheale serpeggiava dalla bocca fino a un tubo più largo. Il petto scheletrico si alzava e abbassava al ritmo sibilante del macchinario per la respirazione artificiale accanto al letto.

Sentì bussare sul vetro sopra il muro di sinistra e si voltò: Harry Wolff la chiamava a gran gesti. Lo aveva contattato per un consulto. Aveva fatto una rachicentesi. La pressione del sistema nervoso di Hector era salita e il fluido era torbido. Non andava bene. Niente affatto.

Alicia si avvicinò alla porta e si abbassò la mascherina sul mento. «Harry. Che cosa hai scoperto?»

La sua espressione era tetra. «Candida nel liquido cefalorachidiano.» Alicia sospirò. *Dannazione*. Questo spiegava la crisi. Anche se non era una completa sorpresa, aveva sperato che il neurologo pediatrico trovasse un malanno più semplice da trattare.

«Altri episodi di crisi?» chiese.

«No. Ma ci saranno se non metto sotto controllo l'infezione. Il problema è che il sistema immunitario è in caduta libera.»

«Ti aiuterò. Buona fortuna.»

«Grazie, Harry.»

Si voltò e guardò Hector. Lo stava perdendo. Dannazione, quello era il suo campo, quello era l'unico posto ormai, nella sua vita, in cui si sentiva in grado di gestire la situazione. Ma sembrava che stesse perdendo anche lì.

Doveva trovare un modo per ribaltare il destino. Doveva farcela...

2

Ramirez arrivò con qualche minuto di anticipo, ma Jack era pronto e lo aspettava già alla villetta, vestito di tutto punto con il blazer verde, la maglietta bianca, la cravatta a righe, Dockers e mocassini. Era perfetto. Tutti i cassetti e gli armadi erano pieni di vestiti. Chiunque avesse ereditato la proprietà dal compianto dottor Gates non aveva toccato nulla.

L'unico tocco che aggiunse fu una foto che aveva preso in un negozio dell'usato: due uomini seduti fianco a fianco su un tronco. La lasciò nella camera da letto principale. Poi preparò il salotto che si affacciava sul grande ingresso con un tavolino da gioco, e sopra sistemò raccoglitori e ricevute di depositi cauzionali fotocopiati dal modulo originale della Hudak Realty.

Ramirez indossava un giubbotto di pelle lungo. Una sola, pesante collana d'oro scintillava sotto il colletto aperto della maglia da golf. Spalle ampie, vita larga. Scoccò a Jack un sorriso luminoso e aperto, mostrando tutte le capsule, ma i suoi occhi scuri erano irrequieti, assorbivano ogni dettaglio dell'ingresso: la vetrata istoriata alla porta, il candelabro di cristallo, i corrimano di ottone sulla scalinata che portava al secondo piano.

Jack tese a Ramirez un biglietto da visita: un'esatta copia di quello di Dolores, a parte il nome che era stato cambiato in David Johns. Gli fece fare un giro, riproponendo gran parte del discorsetto che gli aveva rifilato Dolores giovedì. Osservò

Ramirez che faceva scorrere le mani sul legno pregiato dei mobili antichi mentre passavano di stanza in stanza.

Quando tornarono nell'ufficio improvvisato in salotto, Jack spiegò che una condizione imprescindibile dell'accordo era che l'affare doveva essere chiuso nello spazio di trenta giorni.

«Trenta giorni» disse Ramirez. «Perché il proprietario desidera chiudere così in fretta?»

Jack esitò, come se stesse scegliendo con cura le parole, poi alzò le spalle.

«D'accordo, glielo dirò. Desidera vendere senza indugio perché ha bisogno di soldi.»

«Ha guai finanziari?»

«No, no.» Jack abbassò la voce, come se stesse condividendo un segreto che non doveva essere divulgato. «Si trova in ospedale. Il pover'uomo ha bisogno di soldi per le spese mediche.»

«Davvero?» Il tono di Ramirez era decisamente compassionevole; non si poteva dire altrettanto della scintilla che gli aveva illuminato gli occhi. «Un vero peccato.»

Jack poteva vedere le rotelle del cervello di Ramirez che giravano a tutta velocità. *In ospedale... spese mediche... la foto di due uomini in camera da letto...*

Stava facendo una diagnosi.

«E quindi il prezzo di vendita include anche tutto il mobilio?»

«Sì. Mobilio di gran pregio, proveniente dall'Europa. Per quanto riguarda il prezzo richiesto, le assicuro, è davvero un grande affare.»

Ramirez alzò le spalle. «Non lo so. È molto vecchia. Ha riscontrato un grande interesse verso la proprietà?»

«Stranamente no. Non capisco» disse lentamente Jack, poi fece finta di riscuotersi. «Non dico che non ci sia stato alcun segno di interesse. Anzi, sì, diversi riscontri.»

Ramirez sorrise. «Come ho detto, è una casa vecchia. Ma mi dispiace per il povero malato. Voglio togliergli questo peso. Ma non per il prezzo richiesto, temo.»

Jack tirò su con il naso. «È già sotto il prezzo di mercato.»

«Temo di non essere d'accordo.»

E poi fece l'offerta più bassa: una riduzione di un buon venti percento rispetto al prezzo di partenza.

Che bastardo, pensò Jack. Jorge aveva detto che era capace di rubare a un moribondo. E Ramirez gli aveva appena dato ragione.

Jack aveva cominciato a pensare al suo cliente immaginario come a una persona reale, perciò non ebbe bisogno di fingersi indignato.

«Non se ne parla nemmeno. Il mio cliente non prenderebbe mai in considerazione questo prezzo.»

«Perché non lo chiama? Così lo chiede direttamente a lui.»

«No. È un insulto verso la proprietà.»

«Be', se ha già un'offerta migliore,» disse Ramirez alzando le spalle «allora io vado. Ma in caso contrario, penso che sia suo dovere consultare il suo cliente.»

«Lo farò immediatamente.»

Tirò fuori un cellulare e compose il numero di Jorge.

Quando rispose, Jack disse: «La stanza del signor Gates, per piacere.» Mentre fingeva di essere stato messo in attesa, si voltò verso Ramirez: «Anche dal letto d'ospedale, sono sicuro che il signor Gates rifiuterà severamente la sua proposta.»

Un'altra alzata di spalle da parte di Ramirez. «Sto solo offrendo il massimo che posso permettermi.»

Poi Jack parlò nella cornetta: «Sì. Salve, signor Gates. Sono David. Mi dispiace chiamarla a quest'ora, ma ho ricevuto un'offerta per la casa.» Pausa. «Sì, bene, non sono sicuro che continuerà a pensarla in questi termini quando avrà sentito l'offerta.» Pronunciò la cifra e rimase in attesa, come se stesse ascoltando. «Ma...» disse, poi si zittì. «Ma...»

Si accigliò, guardò Ramirez, poi si voltò di schiena e si allontanò di qualche passo.

«Non è un'offerta, è un insulto» disse sussurrando, ma non così piano che Ramirez non potesse udirlo. «Non può assolutamente prenderla in considerazione!»

Con la coda dell'occhio vide le otturazioni di Ramirez che spuntavano appena dal lento ghigno. *Oh, sì, bastardo. È il giorno di Natale e il tuo compleanno assieme, non è vero? Fai l'affare della tua vita e riesci pure a fottere qualche povero bastardo nello stesso tempo.*

Jack disse: «Sì... sì... capisco, molto bene...» Sospirò. «Glielo dirò.»

Chiuse la conversazione, fece un respiro drammaticamente lungo, poi si voltò ad affrontare Ramirez.

«Bene, il signor Gates ha espresso un certo interesse, benché limitato, verso la sua offerta. Ma ha posto due condizioni per vendere a quel prezzo.»

«Sì?» Ramirez faceva la parte dell'indifferente, ma si vedeva che era pronto a ballare la Macarena in corridoio.

«Bisogna chiudere in quindici giorni.»

Ramirez stava lucidando l'anello di diamanti sulla manica del blazer. «Penso sia possibile.»

«E...» Ed ecco il momento della verità: Jack sapeva che adesso o tirava a bordo la preda, o l'avrebbe persa per sempre. «Vuole un deposito di dodicimila dollari. In contanti.»

Ramirez smise di lucidare e alzò lo sguardo. «In contanti? Questa è una richiesta insolita. Ho concluso molti, moltissimi affari immobiliari e non ho mai lasciato un deposito in contanti.»

«Sì, ha assolutamente ragione. È davvero insolito. Anzi, è assurdo, e sono sicuro che lei non ne vorrà sapere nulla.»

Adesso toccava a Jack fingere di non essere interessato. Era rischioso, ma era l'unico modo se voleva che Ramirez tirasse fuori i soldi. Lo afferrò per il gomito e lo condusse via dal salotto, verso l'ingresso.

«Grazie per il suo interessamento, signor Ramirez. Informerò il signor Gates che lei non accetta...»

Ramirez liberò il braccio. «Un momento. Non ho detto che era inaccettabile. Ho solo detto che era insolito. Forse se la somma in contanti fosse minore...»

«No, temo non sia possibile. Il signor Gates ha detto dodicimila, e dodicimila devono essere. Se per lei è eccessivo...»

Suonò il campanello.

Ma che diavolo...?

C'era qualcuno in piedi davanti alla porta. Jack non riusciva a capire chi fosse attraverso il vetro istoriato, ma era certo che fossero brutte notizie. Nessuno avrebbe dovuto essere lì, tranne lui e Ramirez.

Forse se avesse ignorato il campanello...
Un altro squillo.
Digrignando i denti, imprecando silenziosamente, percorse l'ingresso e aprì la porta.
Un corpulento asiatico, con indosso un completo grigio cenere dall'aria costosa e un borsalino nero, aspettava sulla scalinata di ingresso. Sembrava Harold Sakata nella parte di Oddjob in *Missione Goldfinger*.
«Sto cercando David Johns. È qui?»
Ma chi è?, pensò Jack. Un agente della Hudak Realty?
Aveva la sensazione che il suo piccolo imbroglio fosse sul punto di frantumarsi in mille pezzi. Ma non poteva essere troppo evasivo... non con Ramirez a portata d'orecchio.
«Posso chiederle chi...»
Vide l'uomo irrigidirsi mentre sbirciava alle spalle di Jack.
«Signor Ramirez» disse l'asiatico.
Jack si voltò. Ramirez si trovava all'ingresso, fissava il nuovo arrivato.
«Salve... Sung.»
Quella scena aveva un sapore surreale di déjà-vu, sembravano Jerry e Newman che si incontrano in una puntata di un *Seinfeld* del Terzo Mondo.
Quando Jack si voltò di nuovo verso l'asiatico, si accorse che aveva già messo piede nell'ingresso.
«Vorrei vedere la proprietà» disse.
Brutto affare: Jack non aveva alcun bisogno di un terzo giocatore. Quel nuovo protagonista non era semplicemente una variabile impazzita: era una variabile impazzita che conosceva Ramirez.
«Mi dispiace signor... Sung, non è vero? Riceviamo solo su appuntamento.»
«Ma io ho cercato di prendere appuntamento. Ho chiamato tre volte ma nessuno mi ha richiamato.»
«Davvero?» disse Jack lentamente, sapendo che Ramirez li ascoltava. «Molto strano. Non ho mai ricevuto i suoi messaggi. Forse la segreteria non funziona.» Schioccò le dita come per un'improvvisa epifania. «Ecco perché ho ricevuto così poche risposte! È la segreteria che non funziona.»

«Forse» disse Sung. «Ho deciso di venire di persona per vedere se c'era qualcuno.»

«E adesso ha visto» disse Ramirez. «Ci sono io, quindi può andare.»

Non corre buon sangue tra questi due, pensò Jack.

E c'era forse una sfumatura di ansia nei freddi occhi scuri di Ramirez? Ovviamente entrambi avevano degli uffici nello stesso edificio: per questo Sung aveva visto il volantino, era l'unica spiegazione.

E forse si erano già scontrati in un affare immobiliare.

Jack fu colpito da una certezza: poteva usare quella variabile impazzita come un asso nella manica, per giocarla contro Ramirez.

«Sono felice che sia venuto, signor Sung. Il signor Ramirez stava appunto andandosene, quindi sarò libero di...»

«Aspetti un attimo» disse Ramirez. «Ho fatto un'offerta, ed è stata accettata. Abbiamo già un accordo.»

«Ma lei ha detto che non lascia mai un deposito in contanti.»

«Ho detto che non l'ho mai fatto. Non ho detto che non lo farò mai.» Indicò il salotto. «Venga. Parliamone.»

Sung incrociò le braccia al petto. «Io aspetto.»

Jack fece un passo indietro e tornò nell'ufficio improvvisato con Ramirez e si chiuse la porta alle spalle.

«Le farò un assegno» disse Ramirez.

Preso, pensò Jack.

Adesso poteva calcare la mano.

Scosse la testa. «Mi dispiace. Il signor Gates ha detto che devono essere contanti.»

«Ma io non porto certo con me una somma del genere. Nessuno lo farebbe. Perché per forza i contanti?»

Jack alzò le spalle. «Non riesco a spiegare le ragioni del signor Gates. È sotto medicinali, e forse le cure influenzano il suo raziocinio. Ma se è questo che vuole, questo avrà.»

«Ma che garanzie ho io?»

Jack si tirò su e guardò Ramirez dall'alto in basso. «Signore, lei ha l'impeccabile reputazione della Hudak Realty Company come garanzia della transazione. Avrà una ricevuta del deposito. E i soldi fungeranno da acconto, naturalmente. Ma sono perfettamente d'accordo con lei quando sostiene che si tratta di condizioni del tutto non ortodosse.» Afferrò la maniglia. «Grazie di essere venuto.»

A quel punto Ramirez si lasciò prendere dalla rabbia, iniziò a pestare i piedi, vagando per il salotto e gridando che avevano stretto un accordo, che aveva fatto un'offerta e che entrambe le parti avevano accettato, e adesso Jack non poteva sbarazzarsi di lui solo perché pensava di avere un'offerta migliore che lo attendeva alla porta.

Stupefacente, pensò Jack, sforzandosi di nascondere il sorriso che si affacciava sul suo volto. Più cerco di impedirgli di darmi i contanti, più lui insiste.

«Avrà i suoi dodicimila dollari in contanti» disse Ramirez, riacquistando la calma. «Tornerò entro un'ora.»

Sarà meglio, cazzo, altrimenti tutti i casini che ho dovuto affrontare non saranno serviti a nulla.

Ramirez si voltò verso la porta. «Ma la avverto, signor Johns. Se torno e scopro che ha stretto un altro accordo, ci saranno conseguenze serie.»

«Le minacce non sono necessarie, signor Ramirez» disse piano Jack. Guardò l'orologio. «Che sia un'ora.»

Ramirez uscì, infuriato, fermandosi solo per deridere l'uomo che aspettava fuori. «Può anche tornarsene a casa, Sung. La proprietà è venduta.»

Sung gli fece un piccolo inchino. «Congratulazioni, signor Ramirez. Ma vorrei vedere la proprietà ugualmente. In caso lei cambiasse idea.»

«Non succederà» disse Ramirez, e scappò via.

Jack si voltò verso Sung. «Abbiamo già concluso un accordo. Non ha motivo di trattenersi. E temo di non aver tempo per farle fare il giro della proprietà.»

Si voltò e fece un passo indietro, nel salotto. Non se la sentiva di ripetere la parte dell'agente immobiliare. Voleva che Sung se ne andasse.

Ma Sung lo seguì nella stanza.

«Non ho bisogno di vedere il resto per assicurarle che sono pronto a pareggiare e anzi a superare i termini che avete concordato con il signor Ramirez.»

«Come fa a sapere...»

Sorrise. «Impossibile non sentire ciò che dice un uomo che parla in modo così concitato.»

«Sì, ma...»

«Non dovrà aspettare un'ora.» Sung tirò fuori un grosso portafoglio dal taschino. «Posso darle il deposito, in contanti, immediatamente.»

«Quei termini erano validi solo per il signor Ramirez» disse mentre Sung contava dodici banconote da mille dollari sul tavolo. «Il proprietario non sta bene e temo che abbia accettato con troppa irruenza l'offerta del signor Ramirez. Se il signor Ramirez non torna, dovremo pattuire nuove condizioni.»

«Il proprietario conosce il nome di chi ha fatto l'offerta?»

«No, ma...»

«E allora non saprà mai che i soldi provengono da qualcun altro.»

«Ma è malato» disse Jack, chiedendosi se fosse possibile far nascere una scintilla di compassione in Sung. «E il prezzo è irragionevolmente basso.»

«Aggiungo questi» disse Sung, e poggiò tre banconote da mille sul tavolo, senza posarle sopra le altre, però. «Se pensa che il proprietario debba ottenere di più, gli dia tutto.»

Jack fu sul punto di mettersi a ridere. Altri tremila dollari? Era tutto quello che aggiungeva alla ridicola offerta di Ramirez? Nulla, praticamente.

E poi Sung aggiunse: «In ogni modo, io chiederò una ricevuta di soli dodicimila dollari.»

E a quel punto tutto fu chiaro: Sung era un altro furfante matricolato. A forza di fottere il prossimo, stava diventando un'orgia. *Voglio fottere il proprietario, fottere Ramirez, fammi avere questo posto a prezzo di saldo, e i tremila testoni sono per te.*

Se Ramirez e Sung avessero fatto a gara per il titolo di bastardo dell'anno, Jack non sapeva chi avrebbe vinto.

«Signor Sung. Abbiamo un accordo.»

Oh, certo, accetto volentieri i suoi soldi.

Il signor Sung fece un inchino. Jack si chinò a sua volta e raccolse i bigliettoni.

«È un piacere fare affari con lei.»

3

Sung se ne andò, e Jack aveva ancora un'ora libera. Scese nello scantinato. C'era qualcosa che non andava là sotto. Se ne era accorto prima quando aveva fatto fare il giro a Ramirez.

Aveva già controllato il piano di sopra, ma adesso che esaminava lo scantinato, si accorse che lo spazio visibile non corrispondeva alle misurazioni. Dopo aver dato un'occhiata in giro, scoprì una stanza segreta, segregata dal resto della cantina. Strano.

Si trovava in una casa che qualcuno aveva ereditato dal compianto dottor Gates, una casa che aveva un segreto. Proprio come la casa che aveva ereditato Alicia Clayton. Possibile che tutte le vecchie case avessero dei segreti? Aveva scoperto quello nascosto lì. Un segreto che sembrava abbastanza innocente.

E invece, la casa dei Clayton?

Scacciò via quel pensiero. Una cosa alla volta. Aveva quasi finito lì. E poi avrebbe potuto occuparsi di nuovo della casa dei Clayton.

4

Ramirez tornò con cinque minuti di anticipo. Sembrava sollevato che Sung se ne fosse andato. Gli passò i suoi contanti e pochi minuti dopo se ne andò con la sua ricevuta ufficiale Hudak del deposito.

Quando se ne fu andato, Jack scoppiò a ridere ad alta voce e improvvisò un balletto alla Snoopy nell'andito. Poteva andare meglio? No, era quasi sicuro che fosse impossibile.

Gli dispiaceva solo di non potersi trasformare in una mosca sul muro della Hudak Agency, quando Ramirez e Sung sarebbero andati alla ricerca del signor David Johns.

Domenica

1

Kemel chiamò a casa appena aprì gli occhi la mattina e parlò con suo fratello Jamal. Era pomeriggio a Riyadh. Gli altri quattro figli stavano bene. E così anche sua moglie e le figlie, ma non parlò con loro. Le novità su Ghali non erano buone.

«Hanno intenzione di procedere con il processo» disse Jamal.

Kemel sbatté la mano sul tavolo. Il supporto del telefono saltò per la forza del colpo.

«No! Non possono.»

«Ha bisogno di te qui, fratello. Ho fatto tutto ciò che ho potuto, ma tu conosci persone nelle alte sfere che io non posso raggiungere.»

E neanche io, pensò Kemel.

Per tutto il giorno precedente, o quasi, aveva chiamato ogni suo contatto a Riyadh che fosse in grado di sussurrare le paroline giuste alle orecchie della famiglia reale. Nessuno sarebbe corso in aiuto di Ghali.

Se solo fossi lì. Potrei guardare in faccia quella gente, costringerli ad ascoltare, ad aiutarlo.

«Tornerò a casa presto.»

«Quando?»

«Appena mi sarà possibile.»

«Spero che non sia troppo tardi.»

Kemel riagganciò e si lasciò cadere sul divano. Tutte le preghiere del venerdì non erano state d'aiuto.

Si tirò su quando si rese conto con stupore che forse le sue preghiere invece erano state accolte. Non con la luce abbagliante di un miracolo, no; in un modo più sottile.

Venerdì per tutto il giorno aveva pregato nella moschea, aspettando di ricevere la notizia che la Clayton aveva sporto denuncia contro Baker e suo fratello per tentato rapimento. Invece, niente denuncia.

E più tardi, quel giorno stesso, aveva saputo dallo studio di avvocati di Iswid Nahr che il nuovo avvocato di Alicia Clayton aveva chiesto un incontro per lunedì: aveva detto di 'voler mettere un punto a tutta questa storia'.

Niente accuse, e un'offerta di accordo. Di sicuro si vedeva la mano di Allah.

L'improvviso scoppio di gioia lo spinse giù dal divano e lo fece mettere in ginocchio, innalzando preghiere piene di gratitudine.

Chiedeva un accordo. E Kemel era pronto a concederglielo. Tutto quello che voleva: gli bastava solo finirla con quell'americana irrazionale, irriducibile. Non appena avesse messo la casa al sicuro, intestata a Thomas Clayton, sarebbe stato vicinissimo a portare a termine il suo compito di proteggere il futuro del mondo arabo.

Il suo lavoro in America non sarebbe certo finito, ma se non altro sarebbe stato libero di tornare a Riyadh per salvare l'onore della sua famiglia... e la mano destra di suo figlio.

2

Alicia passò gran parte della mattina assieme a Hector nell'Unità intensiva pediatrica. La buona notizia era che non aveva avuto altre crisi. Quella cattiva era che non riusciva a debellare l'infezione della candida.

La rintracciavano nelle colture del sangue, dell'urina, del petto, dell'esofago, ovunque.

Si sentiva a terra quando arrivò al Centro con il *Times* della domenica e il caffè, ma una chiamata di Will la tirò un po' su. Aveva chiamato il giorno prima per chiedere notizie di Hector e chiedeva aggiornamenti. Era così facile parlare con lui.

Voleva vederla quella sera, ma lei non poteva. Aveva un incontro programmato con Jack e quel nuovo avvocato, Sean O'Neill. Will insistette per lunedì sera: un locale armeno, Zov, con un super arrosto d'agnello. Lei cedette.

Ogni giorno che passava si sentiva sempre più a suo agio con lui. E non sapeva se era una buona cosa.

3

Jack non rispose a nessuna delle tre chiamate di Jorge quella mattina, e non richiamò. Continuava a insistere per ringraziarlo di aver recuperato tutti i seimila dollari che Ramirez gli doveva, e gli chiedeva perché non avesse preso la sua parte. Jack gli aveva già detto che aveva detratto il suo compenso dagli 'interessi' che Ramirez gli aveva corrisposto. Non voleva tornare sulla faccenda.

Una chiamata che invece prese fu quella di suo padre, dalla Florida. Ricominciarono il solito balletto: suo padre che spingeva perché lo raggiungesse laggiù e approfittasse di tutte le 'fantastiche opportunità' che lo aspettavano, mentre Jack schivava tutti i suoi attacchi, cavandosela alla fine con la promessa di andare a fargli visita 'molto presto'.

Poi si prese un momento per mandare cinquecento dollari a Dolores, presso la Hudak Agency, con un biglietto non firmato che diceva semplicemente: 'Per il disturbo.'

Dopo uscì per prendere un po' dell'equipaggiamento di cui avrebbe avuto bisogno, secondo le istruzioni di Milkdud. E poi... non vedeva l'ora di passare un po' di tempo da solo con Gia, mentre Vicky era al corso d'arte.

4

«Ciao, mamma» disse Sam Baker entrando nella stanza di sua madre.

«Sta' lontana dal cancello!» urlò lei, fissando un punto alle sue spalle.

Una donna minuta, spigolosa, con occhi blu scintillanti: lo staff della casa di riposo l'aveva assicurata a una sedia con un corpetto di nylon che loro chiamavano il 'vestitino'. Le dita scheletriche lavoravano incessantemente sull'orlo della coperta posata sulle gambe.

Le mostrò la mezza dozzina di rose a gambo corto che aveva comprato in città.

«Ti ho portato dei fiori.»

«E portati via anche Janey!» urlò lei.

Baker sospirò e si sedette sul letto, con delicatezza. Ancora gli faceva male la schiena come un maledetto dente enorme che si fosse infettato, dopo quel pugno al rene di giovedì notte. Rimosse il tappo dalla bottiglia di seltz che aveva con sé. Odiava il seltz, ma era sempre meglio dell'acqua pura e semplice.

Fece un sorso e fissò la donna che l'aveva cresciuto. Il prossimo febbraio avrebbe compiuto sessantotto anni. Il corpo non era così vecchio, ma il cervello aveva cominciato a perdersi una decina di anni prima. E adesso era andato del tutto. Era stato costretto a trasferirla in quella casa di riposo due anni prima e le rette lo stavano mangiando vivo.

Aveva sentito dire che l'Alzheimer è ereditario, e quella cosa lo spaventava a morte. Ogni volta che dimenticava qualcosa che avrebbe dovuto ricordare, si chiedeva: sta iniziando?

Gli faceva venire la pelle d'oca. Sperava che al momento giusto avrebbe avuto il fegato di mettersi in bocca la canna di un Tec-9 prima di finire come lei.

«Ti avverto, Janey!» urlò lei.

«Chi diavolo è Janey, mamma?» disse lui, piano.

«È la sua ultima amica immaginaria» disse una voce alle sue spalle.

Oh, merda, pensò Baker. Karen.

Si voltò e vide sua sorella maggiore, in piedi sull'uscio. Occupava quasi interamente la cornice della porta. Cristo, sua sorella, l'incorreggibile hippie, si era davvero lasciata andare di brutto. Per qualche tempo aveva avuto il doppio mento, ma adesso sembrava che gliene fosse cresciuto un terzo, e anche bello grosso. E se proprio voleva tingersi i capelli, almeno poi poteva continuare. Lunghi capelli grigi, lunghe punte rosse: il look delle hippie che invecchiavano?

Karen disse: «Sapresti tutto su Janey se venissi a trovarla più spesso.»

«Lasciami stare. Vengo qui ogni volta che posso. Non mi sembra che tu tiri fuori un assegno ogni mese.»

Discussione vecchia. Baker ne aveva abbastanza. La casa di riposo era a New Brunswick, New Jersey. Karen viveva nel paese accanto. Baker doveva attraversare tutta la città.

La sorella indicò la bottiglia di seltz. «Sei a dieta?»

Certo, come no, pensò lui. Scommetto che tu sai tutto sulle diete. «No. Ho solo sete.»

Non aveva alcuna intenzione di dirle che si stava curando un rene messo davvero male. Continuava a bere perché così pisciava molto. E ogni volta vedeva rosso: nell'acqua e nella sua mente. Non era andato dal dottore ma pensava che qualsiasi cosa che ripulisse il dolorante rene destro dal sangue fosse una buona cosa.

Karen si avvicinò di un passo e lo fissò. «Che è successo al tuo naso?»

Rotto. Per la quinta volta, o giù di lì. Ma quella era una frattura seria.

Un altro favore che doveva a quel tipo, il tassista o chi diavolo era. Gli aveva fatto davvero un bel regalino.

Così imparo a farmi beccare di sorpresa. Non succederà di nuovo, la prossima volta. E ci sarà una prossima volta. Sicuro.

Baker avrebbe fatto in modo di incontrarlo di nuovo.

E poi il suo coltello da pesca sarebbe tornato utile...

«Ho sbattuto contro una porta.»

«No, Sam. Ti sei ferito.» Il suo volto mostrava una grande preoccupazione, ma Baker sapeva che non era per lui. «Che mi dici di Kenny? Anche lui è ferito?»

«Kenny sta bene.»

Anzi, Baker rimpiangeva che alla guida del camion non ci fosse stato Kenny, al posto di Chuck. Non si sarebbe fatto fregare da quel tassista.

«Sarà meglio che non gli sia successo nulla. Non so in che razza di guaio l'hai cacciato questa volta, ma se gli dovesse capitare qualcosa...»

L'ho fatto entrare in un bell'affare, pensò Sam. Perché fa parte della famiglia. Perché bisogna pensare alla famiglia.

E lo stesso valeva per gli altri membri del team. Aveva già lavorato con tutti loro, una volta o l'altra. Formavano una piccola fratellanza. Se a uno di loro fosse capitato tra le mani un affare buono come quello dei Clayton, l'avrebbero chiamato.

«È un uomo adulto, Karen.»

«È ancora il mio bambino!» disse, sconvolta.

Oh, no, pensò lui. Non farai un'altra scenata. Non ti metterai a piangere, spero.

«È il mio bambino, e tu l'hai fatto diventare un mostro. Non ho mai capito perché si sia lasciato avvicinare da te.»

«Forse perché sono l'unico uomo che è rimasto nella sua vita più di un anno o due.»

«Lo hai fatto arruolare nei Marines!»

«Non gli ho fatto fare proprio nulla. Non voleva essere come quei disgraziati che continuano a entrare e uscire da casa tua come se fosse un supermercato. Voleva un po' di stabilità. I Marines hanno fatto di lui un uomo.»

«E che uomo! È un maledetto mercenario. Se gli dovesse succedere qualcosa, Sam, ti riterrò responsabile.»

«Non preoccuparti. Mi prenderò cura di lui. Come tu non sei mai riuscita a fare, quando lo hai cresciuto.»

Karen singhiozzò rumorosamente e corse via dalla stanza.

Baker restò seduto e fissò sua madre. *Continua così, Karen. Ne puoi anche parlare come se fosse una cosa orribile, ma sarà grazie a questo piccolo lavoretto che mamma avrà sempre qualcuno che pensa a lei, per il resto della sua vita. E anche se mi dovesse succedere qualcosa, ci sarà sempre la mia polizza sulla vita.*

Bisogna badare ai propri cari. Fare tutto ciò che è necessario.

Si alzò, tremando per il dolore. Fu costretto a fare un altro sorso di seltz. Sarebbe passato alla birra non appena fosse tornato a casa. Se si dava una mossa poteva anche arrivare in tempo per l'inizio di Giants-Cowboys.

«Ciao, ma'. Ci vediamo la settimana prossima.»

Sua madre si guardò intorno. «Dov'è Janey?»

5

Yoshio Takita non riusciva a localizzare Sam Baker, quindi scelse Thomas Clayton come target della giornata. Finì una porzione di ciambelle Krispy Kreme fuori dall'edificio in cui risiedeva Clayton, sulla Ottava. Erano tutte deliziosamente farcite, ma quelle con la glassa di mirtilli erano imbattibili.

Stava quasi per rinunciare e tornarsene a casa quando vide Clayton che usciva dal palazzo. Diretto a est. Non sembrava che avesse fretta.

Yoshio lo seguì oltre la Ventesima Ovest, e lo vide entrare in un club che si chiamava Prancers. TUTTO LIVE! TUTTE NUDE! TUTTO IL GIORNO!

Yoshio sospirò. Conosceva la sua routine.

Vide l'insegna di un dojo al secondo piano di un palazzo poco più giù, nello stesso isolato. Per ammazzare il tempo, salì le scale e diede un'occhiata all'interno. Osservò solo per pochi minuti l'istruttore pigro e sovrappeso, poi se ne andò, furibondo. Se era un esempio rappresentativo del modo in cui le arti marziali venivano insegnate in America, be'... allora...

Allora avevano bisogno di qualcuno che sapesse sul serio quello che faceva. Qualcuno come...

Me. Yoshio sogghignò. *I miei studenti sarebbero i migliori di tutto il Paese. Il mio dojo prenderebbe a calci tutti gli altri dojo.*

E io avrei tutto questo cibo delizioso sempre a portata di mano, per il resto della mia vita.

Era un pensiero che valeva la pena prendere in considerazione...

6

«Davvero andrai in Florida?» chiese Gia.

Jack era disteso sul divano nel suo appartamento, soddisfatto e completamente spremuto dopo una lussuriosa ora di piacere con Gia. Lei era rannicchiata al suo fianco, gli teneva la testa sulle spalle, il suo respiro era caldo sul petto.

«Solo per farlo felice.»

«E magari anche per chiudergli il becco?»

«Sì, spero proprio di sì.»

«Che è successo alla tua ferma risoluzione di dirgli senza la minima incertezza che non ti trasferirai mai in Florida?»

Jack alzò le spalle, e quel movimento sollevò la testa di Gia.

«Ho tentato, ma non ci riesco. Quel pover'uomo è così sincero. Desidera così tanto che io abbia successo.»

«Ti considera un fallimento così terribile?»

«Non proprio un fallimento. Diciamo un ragazzo che non ha un piano, non ha prospettive, non ha una strada da seguire. E quindi credo che pensi che sia stato lui a fallire con me.» Jack sentì che tutta la soddisfazione lo stava abbandonando. Perché Gia aveva tirato in ballo quell'argomento? «È questa la parte più dura. Sarebbe facilissimo mandarlo al diavolo se fosse stato un cattivo padre. Invece è stato un ottimo genitore. Si è sempre sforzato di prendere parte alla vita dei suoi figli, e non riesce a capire cosa sia andato storto con il più piccolo. E allora continua a provare. È convinto che prima o poi tirerà fuori qualcosa da me.»

«In realtà è riuscito a darti una strada da seguire» disse Gia, fissandolo con quei meravigliosi occhi blu. «Hai una bussola morale, un sistema di valori. E quello deve avertelo pur insegnato qualcuno.»

«Siamo assolutamente diversi. Lui è un bravo cittadino, un colletto bianco che va in chiesa, paga le tasse. Un veterano della Guerra di Corea. Gli verrebbe un colpo se scoprisse la verità.»

«Sei sicuro?»

«Assolutamente, totalmente, completamente, arcisicuro.»

«E quindi te ne vai in Florida.»

«Puoi dirlo forte.»

«Possiamo venire anche io e Vicky? Almeno fino a Orlando?»

«Ehi, questa sì che è un'idea» rispose, illuminandosi. La baciò sulla fronte. «Disneyworld. Non ci siamo mai stati. E gli studi della Universal.»

Forse la Florida non sarebbe stata così male in fin dei conti. Per una settimana.

«Andata.»

E poi era già ora di vestirsi e andare a prendere Vicky.

Accompagnò Gia e Vicky a vedere un film in 3D.

Vicky rimase entusiasta ma Jack uscì dalla sala deluso. Lo schermo enorme, gli occhialini... potevano fare anche qualcosa di meglio di primi piani di insetti e pesci. Perché non fare un vero film in 3D? Una casa infestata, magari? Quello sì che sarebbe stato uno spettacolo.

Trovarono un ristorante poco lontano, Picholine: cenarono e fecero dei progetti per la Florida. Vicky per poco non si mise a saltare per l'eccitazione, e Jack si rese conto che improvvisamente non vedeva l'ora di partire.

Non c'era modo migliore di visitare Disneyworld che portarci un bambino, pensò, godendosi quel sorriso, quegli occhi scintillanti.

Vicky interruppe i suoi gridolini su Topolino e Paperino solo un istante: quando arrivò il favoloso vassoio dei dolci. Ne prese due.

7

Thomas Clayton riemerse dallo spettacolino di strip due ore dopo e tornò direttamente a casa.

Quello, Yoshio ormai l'aveva imparato, era uno degli schemi fissi nella vita di Thomas Clayton. Davvero triste. Non sapeva molto di lui, ma gli dispiaceva. Era un uomo molto, molto solo.

E insieme a quel pensiero, Yoshio sentì una rara scintilla di solitudine, un'improvvisa nostalgia di casa. Non della famiglia, perché non aveva nessuno, e non di Tokyo, perché dopo New York non sentiva certo la mancanza di una grande città. No, desiderava solo rifugiarsi in un piccolo *ryokan* a Shikoku, che dominasse il panorama nebbioso del Mare Interno.

Si rese conto di aver sprecato tutta la giornata. A quanto pareva tutti i protagonisti erano in stand by, come se aspettassero qualcosa. Ma cosa? Il giorno successivo, forse?

In tal caso, Yoshio avrebbe aspettato assieme a loro.

Il suo stomaco non era proprio a posto. Forse era colpa di tutto il grasso della carne del kebab (agnello, in teoria) che aveva mangiato mentre aspettava Thomas Clayton, quel pomeriggio. Decise di prendersi una pausa dal cibo americano. Si fermò a un ristorante sulla Cinquantesima Est in cui c'era un ottimo sushi bar. Restò lunghe ore là dentro, a bere Sapporo Draft, a mangiucchiare sashimi, a parlare giapponese.

Poi tornò nel suo appartamento e osservò Kemel Muhallal e il suo superiore, immobili di fronte a quella lampada nell'appartamento di Muhallal. Fissavano il loro oggetto misterioso.

8

Jack lasciò Gia e Vicky, poi corse da Alicia: aveva un appuntamento con lei e Sean O'Neill, il suo nuovo avvocato.

Appena entrò le passò un incartamento. E fu contento di vedere la sua espressione stupefatta quando aprì la busta e tirò fuori i bigliettoni del signor Sung. Quindici banconote da mille dollari. Le disse che era una donazione per il Centro. Alicia era convinta che fossero da parte sua, ma le giurò che non era vero. Le raccontò che il donatore era un imprenditore che operava nel ramo immobiliare. Un uomo molto generoso, che desiderava restare anonimo.

«Vuole che li usi per comprare 'cose divertenti' per i bambini. Decidi tu cosa.»

Poi Jack passò un'oretta con Sean e Alicia, ad architettare dei piani per lunedì mattina. Sean aveva chiamato Gordon Haffner alla HR&G, venerdì, e avevano fissato un appuntamento per le 9:30. Ci sarebbe stata anche la sua nuova cliente, Alicia Clayton. Aveva ripetuto chiaramente che la sua cliente non voleva, per nessun motivo, che fosse presente suo fratello. Avrebbero conferito con il signor Haffner da soli, e lui poi avrebbe comunicato l'esito della discussione a Thomas Clayton.

Quando tutto fu stabilito e organizzato per il giorno seguente, Jack tornò a casa, pronto per concludere quel weekend fantastico con un'altra serata del festival Dwight Frye. Il vampiro, magari.

Poi lo chiamò Milkdud, gli disse che era appena tornato a

casa, aveva hackerato di nuovo, con successo, l'Hand Building. Una passeggiata.

Jack pensò che fosse una notizia meravigliosa. E ne fu convinto fin quando Milkdud non gli spiegò cosa avrebbe dovuto fare il giorno successivo...

Lunedì

1

«Sei riposato? Sei pronto?» chiese Milkdud mentre percorrevano la Quarantaquattresima, con i loro abiti eleganti e le ventiquattrore.

«No.»

Erano ormai vicini all'entrata dell'Hand Building. Jack disse: «Sei sicuro che non ci sia nessun altro modo?»

«Se c'è, io non lo conosco.»

«Devo essere impazzito.»

Milkdud scoppiò a ridere. «Non preoccuparti. Te la caverai.»

Jack avrebbe voluto esserne altrettanto sicuro.

Spinsero le porte girevoli e si ritrovarono nell'ingresso, come se avessero tutto il diritto di stare lì, e passarono davanti al bancone della sicurezza dove un paio di uomini in uniforme sorseggiavano caffè e controllavano con entusiasmo i risultati del football del giorno prima sul giornale.

«Ti fa vedere sotto una nuova luce la valenza positiva degli sport di squadra, no?» disse Jack quando arrivarono agli ascensori.

«Soprattutto degli scommettitori.» Milkdud controllò l'ora. «Un quarto alle otto. Cambio turno. Anche questo ci torna comodo.»

«Ci torna comodo il fatto che non hai più quei dreadlock che portavi la prima volta che ti ho visto.»

Milkdud sorrise. «Ho imparato che i dread non vanno d'accordo con l'hackeraggio, e l'ho scoperto nel modo più doloroso. Restano sempre impigliati dappertutto. E poi, il segreto di un buon hacker è non dare nell'occhio.»

«Certo. E immagino che non sia facilissimo quando hai una specie di polipo peloso attaccato alla testa.»

Un campanello suonò alla loro sinistra e le porte dell'ascensore centrale si aprirono. Jack fece un passo avanti ma Milkdud lo fermò.

«No, no. Prendiamo quello a sinistra.»

«Che differenza fa?»

«È quello che ti porterà più vicino al posto in cui devi andare.»

«Ah, non vedo l'ora.»

Milkdud si sporse dentro la cabina centrale e premette un bottone, rispedendola su.

Mezzo minuto dopo, le porte dell'ascensore in fondo a sinistra si aprirono.

«Ecco il nostro» disse Milkdud.

Mentre si avvicinavano, Jack avvistò una rossa che arrivava da dietro l'angolo. Era diretta verso di loro.

«Muoviti, Dud» sussurrò. «Fra un po' avremo compagnia.»

Erano arrivati presto per essere sicuri di poter prendere l'ascensore da soli. Quella stacanovista dalla testa rossa rischiava di mandare all'aria i loro piani.

Si infilarono nelle porte. Nell'attimo stesso in cui entrò, Milkdud premette il pulsante del settimo piano e poi schiacciò il comando per chiudere le porte.

«Un attimo, per piacere» disse la donna fuori.

«Scusaaa» disse piano Milkdud mentre le porte si chiudevano. L'ascensore si mosse. «Ma questo serve a noi.»

«Per un pelo» disse Jack.

Sentiva la tensione che montava dentro di lui mentre i numeri del piano scorrevano sul quadrante. Quello che lo aspettava non gli piaceva proprio per niente.

Milkdud si accovacciò e aprì la ventiquattrore. Tirò fuori un pezzo di metallo ricurvo, più o meno della lunghezza di una stampella appendiabiti. A un'estremità era appesa una corda.

«Va bene. Ecco il tuo gancio. Ricordi come funziona, giusto?»

«Sì. Credo di sì.» *Spero.*

«Come abbiamo fatto ieri, in allenamento.» Passò il gancio e la corda a Jack, poi chiuse di scatto la ventiquattrore. «E hai il cambio, la torcia, la lampada frontale e il cellulare, giusto?»

«Giusto.»

«Okay. Diamoci da fare.»

Jack deglutì. «Che piano?»

«Settimo. Il nuovo affittuario sta facendo dei lavori prima di trasferirsi. Gli operai probabilmente non arriveranno prima delle otto, quindi...»

«Probabilmente?»

Milkdud alzò le spalle. «Sono entrato da lì ieri. Non lavorano di domenica, quindi che posso dirti?»

«Okay. Diciamo che non sono ancora arrivati.»

«Esatto. Il che è un bene. Così non dovrai fare tutto di corsa.»

L'ascensore si fermò.

Milkdud sollevò il pollice. «Okay, Hacker Jack, vai. Io inizio a scendere. E non farti spaventare troppo dall'allarme.»

L'allarme è l'ultimo dei miei problemi, pensò.

Con corda e gruccia in una mano e la valigetta nell'altra, Jack uscì dall'ascensore.

Il settimo piano era effettivamente in ristrutturazione, una gran confusione di legna e carta da parati, il tutto rivestito da uno spesso strato di calcinacci e trucioli.

E nessun operaio.

Non appena le porte dell'ascensore si aprirono, Jack lasciò cadere la valigetta e cominciò a infilare il gancio nello spazio tra l'architrave metallico e la parte superiore della porta dell'ascensore. Lui e Milkdud avevano provato quella mossa una dozzina di volte la notte precedente, nell'ascensore di Milkdud. Ma lì lo spazio a disposizione era più ristretto.

E poi l'allarme dell'ascensore scattò appena Milkdud spinse il pulsante dell'emergenza, bloccando la cabina tra il sesto e il settimo piano. Jack se l'aspettava, ma trasalì lo stesso.

Sapeva di avere tempo a disposizione, ma la campanella lo spronava, lo costringeva a sbrigarsi. Alla fine riuscì a infilare il gancio, che ricadde dall'altra parte della porta.

E continuò a cadere, portandosi dietro la corda.

Aveva scordato di legarsi alla vita la fottuta corda.

«Cristo!»

L'afferrò al volo, stringendo proprio l'ultimo lembo prima che scomparisse nel vuoto della tromba dell'ascensore.

E per tutto il tempo il maledetto allarme continuò a suonare, un frastuono regolare, insistente.

Fece un respiro. Il passo successivo sarebbe stato un po' più difficile.

Jack tirò la corda finché non sentì il gancio che sbatteva dall'altra parte della porta, poi lo mosse facendolo oscillare, girando la corda in continuazione.

Alla fine, sentì il gancio che faceva presa, ma in quell'esatto momento udì un altro campanello, un *ding!* Si guardò intorno e vide illuminarsi la freccia che indicava un ascensore in arrivo: quello in fondo a destra. Stava arrivando qualcuno.

Diede uno strattone alla corda, pregando che fosse assicurata alla maniglia di sicurezza dalla parte del vano.

Era assicurata. Le porte dell'ascensore erano aperte di pochi centimetri. Era tutto quello di cui aveva bisogno. Ci mise un piede in mezzo, poi le allargò a forza con le mani.

Il campanello di emergenza era persino più forte adesso. Abbassò lo sguardo. Sessanta centimetri più in basso c'era il tettuccio dell'ascensore, in attesa.

E adesso arrivava la parte difficile. La parte davvero difficile.

Jack esitò. *Devo essere uscito di testa. Devo essere fottutamente impazzito.* E sarebbe rimasto volentieri lì ancora a lungo se avesse avuto tempo a disposizione, ma le porte dell'altro ascensore si stavano aprendo. Tenendo aperte le porte con il piede, afferrò la valigetta e saltò giù, sopra il tettuccio. Quando le porte si richiusero dietro di lui, trovò l'interruttore della luce sopra il tettuccio e la accese, sperando che non fosse fulminata.

«Sì» disse, quando il bulbo si illuminò.

Tolse il gancio dalla maniglia di sicurezza e richiamò il resto della corda. Poi picchiò il segnale di via libera a Milkdud sul tettuccio e si abbassò.

Improvvisamente l'allarme cessò.

E per pochi, benedetti istanti, silenzio.

Poi la cabina cominciò a scendere cigolando.

«Oh, merda!»

Non era la discesa il problema. Era previsto che scendesse. Era quello il piano. Milkdud aveva premuto il bottone del piano terra prima di fermarsi, perciò la cabina non faceva altro che continuare la sua corsa. Appena fosse arrivata a destinazione, avrebbe cominciato a salire, fino in cima.

Il problema era che la colazione di Jack voleva restare tra il sesto e il settimo piano. Strinse i denti e costrinse il caffè e la pasta danese alla fragola a restare nel suo stomaco. Con la mano libera, afferrò la pesante sbarra di metallo che correva per tutto il tettuccio. Sembrava una specie di trave. Doveva essere resistente: ancorava i cavi dell'ascensore. Sulla sinistra e sulla destra i cavi sferragliavano piano mentre scorrevano dentro le loro guide.

La cabina acquistò velocità.

«Oh, merda!»

Sputò fuori quelle due parole ancora e ancora in una scarica incontrollabile per tutta la discesa. Era spaventato. Non l'avrebbe mai detto a nessuno, neppure a Gia (anche se naturalmente non avrebbe mai fatto parola con Gia di quella faccenda), ma era pronto ad ammettere a sé stesso che in quel momento, in quel posto, era terrorizzato. Terrorizzato da farsela addosso. Da mettersi a urlare.

Non era l'altezza a preoccuparlo, perché non riusciva a vedere il fondo; e trovarsi rinchiuso in un guscio di cemento non era così male, perché la luce sul tettuccio gli permetteva di vedere dove si trovava.

Era la situazione nel suo complesso. Si trovava là sopra, con un abito elegante e una ventiquattrore in mano mentre correva su un ascensore dalla parte sbagliata del tettuccio. Certo, c'era una prima volta per tutto. Ma Jack era pronto a giurare che sarebbe stata anche l'ultima.

Perché gli piaceva tenere sempre sotto controllo i suoi lavori e in quel momento non era mai stato così lontano dall'averlo, il controllo.

E non c'era modo di uscirne in fretta.

Inoltre, non poteva tenere a freno il timore per ciò che lo aspettava quando sarebbe giunto alla destinazione finale: la cima della tromba.

Alla fine, un attutito *ding!*, e la cabina si fermò. Sentì le porte che si aprivano al pianterreno, poi udì Milkdud che spiegava a qualcuno che era colpa sua se era scattato l'allarme: l'ascensore aveva iniziato a scendere mentre lui voleva salire, e aveva premuto il pulsante di emergenza per errore. Scusate. Non era successo nulla in fin dei conti, no? Ma non preoccupatevi, non farò di nuovo lo stesso sbaglio.

Jack usò quella pausa per rimettere a posto gancio e corda, poi si slacciò la cintura e la fissò alla maniglia della valigetta. Sentì dei corpi che si stringevano, le porte che si chiudevano, e poi la cabina ripartì.

Se la discesa era stata un'esperienza di merda, la salita fu dieci, venti, cento volte peggio.

Certo, Milkdud gli aveva spiegato tutto e gli aveva preparato dei diagrammi per mostrargli quanto spazio ci fosse intorno a lui e sopra il tettuccio in fondo alla salita, ma Jack continuava a vedersi schiacciato come un insetto contro il tetto, là sopra.

L'ascensore centrale gli sfrecciò accanto nella sua corsa verso il pianterreno, e il contrappeso della sua stessa cabina sfilò alle sue spalle durante una delle sette fermate del viaggio verso l'alto. Se avesse allungato una mano probabilmente l'avrebbe persa. Jack non amava neppure prendere il treno. Là sopra era tutta un'altra faccenda.

«Prenditi tutto il tempo di cui hai bisogno» sussurrò. «Prenditi tutto il tempo che vuoi.»

Ma dopo il sedicesimo piano – aveva visto il numero scritto sopra la porta – la cabina riprese la salita.

Mentre correva verso la fine della tromba, Jack si accucciò e lanciò uno sguardo nell'oscurità circostante, cercando di mettere a fuoco i dettagli. E poi avvistò il supporto principale che correva per tutto il soffitto. Era allineato alla sbarra del tettuccio. Man mano che si avvicinava, Jack notò le molteplici guide fissate al centro del supporto, che scorrevano velocemente trainando i cavi delle cabine in corsa.

E poi la cabina si fermò. Ventiseiesimo piano. Fine della corsa.

Jack si lasciò sfuggire un sospiro. Aveva trattenuto il fiato per chissà quanto tempo. Milkdud non aveva esagerato quando gli aveva detto quanto spazio c'era tra l'ascensore e il tetto. La cabina si era fermata molto prima del tetto. Anzi, c'erano almeno altri sei metri.

Sapeva che Dud stava tenendo premuto il pulsante APERTURA PORTE per concedergli un po' di tempo extra, ma non poteva resistere per sempre. Si guardò intorno e avvistò una scaletta di metallo agganciata alla parete sinistra della tromba, che conduceva a una porta: proprio come gli aveva detto Dud.

Afferrò uno scalino, saltò dal tettuccio e arrivò alla porta. Dud gli aveva detto che la porta non era allarmata. L'aveva lasciata accostata. Jack la aprì.

Poi se la chiuse alle spalle e rimase un momento immobile nel buio assoluto, assaporando la sensazione del pavimento solido sotto ai piedi mentre il battito frenetico del suo cuore si calmava.

Che diavolo di corsa. Solo pochi minuti, in realtà, ma soggettivamente... un'era geologica, anche di più.

Ma era sopravvissuto. Il peggio era passato. Da lì in poi avrebbe tenuto tutto più sotto controllo.

Fino al momento di uscire.

Ma a quello ci avrebbe pensato dopo.

Fece scorrere la mano lungo il muro e trovò l'interruttore. Una fila di bulbi nudi si accese sopra la sua testa.

Era in quella che Milkdud chiamava la zona RVCA, ovvero 'riscaldamento, ventilazione e condizionamento dell'aria'. Proprio davanti a lui c'erano i filtri del sistema di aerazione, ognuno era grosso come il portellone di un camion. Tubi di due metri e mezzo si dipartivano e confluivano nei filtri.

Jack si avvicinò al primo e si slacciò la cintura che assicurava la valigetta. Poi la aprì e prese una tuta. Dud poteva portare i collant, se voleva; Jack preferiva la tuta. Si tolse i pantaloni, la giacca e la cravatta, poi si infilò la tuta e tirò la zip fino al collo. Cambiò le scarpe a punta con un paio di sneakers. Ficcò il piccolo cellulare nel taschino. Si mise la lampada frontale e si sistemò nella tasca destra la batteria di riserva. Si aggiustò gli auricolari, accese il walkman e lo lasciò cadere nella tasca sinistra.

La voce di Milkdud gli arrivava delicatamente alle orecchie.

«Okay, Jack. Se ascolti questo messaggio, vuol dire che non sei ridotto a un mucchietto d'ossa in fondo alla tromba dell'ascensore.»

E poi una risatina.

«Davvero divertente» disse Jack.

«Vai al grande snodo che parte dal filtro d'aria sinistro e apri la porta di servizio. Usiamo il sistema di ritorno perché lì l'aria è più fresca. Guarda bene e vedrai che l'ho contrassegnato con il mio QRZ.»

Jack fece un passo verso la porta e trovò la leva contrassegnata con il piccolo punto di Dud inserito dentro un cerchio. La aprì e guardò dentro. Buio. Molto buio.

«Scuro, eh? Ma non per molto. Sulla destra c'è un interruttore. Accendilo.»

Jack lo accese. Un bulbo incandescente si accese dentro il condotto: un buco squadrato di metallo galvanizzato, due metri e mezzo per lato. Meno di quattro metri più in fondo, sulla sinistra, il condotto si abbassava verso destra.

«Non startene lì a rimuginare, Jack. Entra, chiuditi la porta alle spalle, e inizia a muoverti.»

Jack obbedì e si affacciò al bordo del condotto che portava verso il basso. Proprio sotto il bordo, una scaletta di metallo attaccata alla parete interna; gli scalini venivano inghiottiti dall'oscurità che lambiva il cono di luce proiettato dall'unica lampadina.

«Scendi la scala fino al ventitreesimo piano. Non preoccuparti del buio. Ce ne occuperemo man mano che procediamo.»

«Se lo dici tu» mormorò Jack.

Si calò giù e cominciò a scendere. Stava per essere inghiottito dall'oscurità.

«Gli ingegneri che hanno ristrutturato il sistema erano insolitamente assennati. Non solo non hanno messo nessun rilevatore di movimenti, né grate nei tubi, cosa che consiglierei caldamente se volessi tenere lontane persone come noi, ma hanno piazzato una luce a ogni piano, proprio come sul tettuccio dell'ascensore. Ma bisogna accenderle. Tieni sempre d'occhio la scaletta, sulla destra, ogni volta che superi una congiuntura importante. Vedrai due interruttori: uno serve per la lampadina sopra di te, l'altro per quella sotto.»

«Adoro gli ingegneri assennati» disse Jack quando trovò gli interruttori e premette quello che illuminava la sezione sottostante.

«Occhio agli sprechi, Jack. Spegni la luce a ogni sezione appena la superi.»

«Tu fai a modo tuo, Dud, io faccio a modo mio. A me piace vedere dove sono stato.»

«Spegnimi finché non vedi il mio QRZ al ventitreesimo piano.»

Jack premette il pulsante OFF e continuò la discesa senza la voce narrante. Gli unici suoni erano i suoi passi deboli che riecheggiavano nelle condutture, e il suo respiro. Più giù trovò un 23 scritto con inchiostro rosso proprio di fronte a lui, in mezzo agli scalini. Il QRZ di Dud aleggiava sopra la curvatura del 2 come un occhio sospeso in aria.

Jack riaccese il walkman.

«Okay, Jack. Sei al ventitreesimo piano, è ora di lasciare il grande condotto verticale ed entrare nelle sezioni laterali attraverso quell'apertura sulla tua sinistra. Diventano più piccoli man mano che procedi, e sfortunatamente non sono illuminati, perciò dovrai accendere la lampada frontale.»

Jack lasciò la scaletta e si ficcò dentro il condotto più piccolo. Era largo più o meno la metà rispetto alla conduttura verticale. Regolò alla massima potenza la lampada frontale e cominciò a strisciare.

«Alla prima intersezione gira a sinistra. Ho tolto la polvere e ho tracciato una piccola freccia. L'ho fatto a ogni intersezione: le frecce nere indicano la direzione per entrare, quelle rosse per uscire. Per prudenza, dovesse succedere qualcosa al walkman.»

«Che pensiero confortante.» Ma in realtà apprezzava la scrupolosità di Milkdud.

Trovò le prime due frecce intorno al QRZ di Dud. Fece la curva.

«Non c'è molto altro da dire, Jack. Le frecce ti condurranno al condotto di ritorno che serve l'ufficio di Haffner. Se hai bisogno d'aiuto, hai il cellulare. Il segreto è muoversi lentamente e con attenzione, procedendo con calma. I movimenti improvvisi ti portano a sbattere contro le pareti. Il rumore sarà forte e si sentirà in lontananza. La maggior parte delle persone ignora un rumore occasionale dai tubi, ma se sentono qualcosa che striscia e fa casino nel controsoffitto dopo un po' chiamano la sicurezza e chiedono cosa sta succedendo. Quindi prenditela comoda, Jack. Abbiamo tutto il tempo che ci serve. Buon hackeraggio, amico. Qui Milkdud, passo e chiudo.»

Chi credeva di essere, Lupo Solitario? Spense il walkman e continuò a strisciare.

Mentre si infilava nei condotti oscuri, seguendo la luce che si riverberava tenue davanti a lui, arrivò ad apprezzare la tuta. La superficie priva di bottoni gli permetteva di incunearsi senza restare incastrato, silenziosamente.

Le condutture, come Dud gli aveva preannunciato, diventavano davvero progressivamente più piccole. Ma Jack continuò a seguire le frecce. Aveva completamente perso l'orientamento, lo ammetteva senza problemi. Sapeva che si trovava al ventitreesimo piano dell'Hand Building e che il suo corpo era in posizione orizzontale, ma capire in che direzione era un'altra faccenda. Stava andando a est o ovest? Sopra o sotto? Non ne aveva idea.

Dud era riuscito ad hackerare quel posto: prima aveva fatto il trucchetto dell'ascensore, poi aveva trovato la strada in mezzo a quel labirinto di tubi. E da solo. Era stupefacente.

E ancora più stupefacente era che qualcuno trovasse quell'incubo divertente.

Poi Jack vide una freccia che indicava verso sinistra e scorse, letteralmente, una luce in fondo al tunnel.

Sottili lame di luce fluorescente fendevano il reticolo di una grata posta in fondo a un piccolo condotto. Jack sentì delle voci che filtravano dalla stanza sottostante, ma non riusciva a capire le parole. E anche se avesse potuto, ascoltare non era abbastanza. Voleva vedere chi c'era in quella stanza, voleva sapere chi diceva cosa.

E non poteva farlo da lì.

Doveva avvicinarsi, e quindi doveva muoversi nell'ultimo tratto. In quel piccolissimo ultimo tratto.

Fissò gli angusti confini della bocca di metallo. Poco più di un metro e ottanta: giusto la lunghezza di una bara. Ma probabilmente le bare erano molto più spaziose. E se fosse rimasto bloccato?

Milkdud gli aveva dato qualche dritta sull'arte di muoversi in spazi angusti. Poteva essere l'occasione per metterle in pratica.

Spense la lampada frontale. Poi, con il braccio destro alzato sopra la testa e quello sinistro attaccato al fianco, si strizzò in diagonale dentro il condotto.

Stretto. Molto stretto.

Adesso capiva quello che Dud aveva detto a proposito di uno dei maggiori deterrenti dell'hackeraggio: la claustrofobia.

Lentamente, silenziosamente, avanzò di pochi centimetri per volta. Alla fine riuscì a inquadrare un buon ottanta percento dell'ufficio.

Un uomo grassoccio dai capelli rossi con una maglietta bianca – Jack sperava che fosse Gordon Haffner – era seduto dietro la scrivania e parlava al telefono. Jack lo sentiva perfettamente. Entrarono altri due uomini. Jack riconobbe uno di quelli del furgoncino, di giovedì notte: Thomas Clayton. L'altro era nuovo: pelle scura, capelli scuri, con la barba, energico. Dall'accento si capiva che veniva dal Medio Oriente.

Jack sorrise. Con ogni probabilità si trovava di fronte all'uomo che spalleggiava Thomas Clayton: il tizio che ammazzava chiunque si frapponesse tra lui e casa Clayton. Eccellente. Adesso, se tutti fossero stati così gentili da discutere con chiarezza del motivo per cui desideravano così tanto quella casa, Jack avrebbe anche potuto andarsene.

Ma non lo fecero. Parlarono di Alicia e si dissero che speravano che si presentasse con una richiesta economica ben precisa, quella mattina, in modo da poter risolvere la questione della proprietà. Ma la ragione non venne mai menzionata.

E che ci faceva Thomas lì? Sean aveva detto a Haffner che Alicia non voleva che suo fratello fosse presente alla riunione.

Invece eccolo, e l'orologio continuava a ticchettare, avvicinandosi alle 9:30. Era sicuro che Alicia si sarebbe messa a urlare se lo avesse visto. Non era certo il modo migliore per convincerla a collaborare. Che cosa avevano in mente?

E poi l'interfono di Haffner gracchiò, e una voce annunciò: «Il signor O'Neill e la signorina Clayton.» Haffner si alzò, si mise la giacca del completo, e disse che sarebbe tornato subito dopo aver parlato con lei.

Jack alzò la testa di scatto e per poco non andò a sbattere contro il soffitto del condotto.

Cosa?

La riunione doveva tenersi nell'ufficio di Haffner, proprio dall'altra parte della grata. Dove diavolo stava andando?

Non che la riunione fosse importante di per sé. Alicia poteva anche riferirgli in seguito tutti i punti salienti. Jack era strisciato attraverso quei cunicoli solo per sentire le conversazioni post riunione. Se aveva una sola possibilità di cogliere qualche gustoso retroscena sulla casa dei Clayton, era quella.

Ma se la riunione si fosse tenuta da qualche altra parte, rischiava di perdersi anche le chiacchiere seguenti.

Restò a sentire se Thomas e il suo bancomat orientale si lasciavano sfuggire qualcosa nel frattempo, ma non sembravano grandi amici: Thomas si mise a leggere il giornale mentre lo straniero guardava fuori dalla finestra e fissava la strada.

Jack tornò nel condotto più grande ed esaminò le opzioni a sua disposizione.

2

«Che ci facciamo qui?» disse Alicia mentre Gordon Haffner le faceva strada in una sala riunioni dalle pareti rivestite di mogano.

«Teniamo una riunione.» Haffner sembrava confuso mentre posava un raccoglitore sulla superficie scintillante del tavolo di mogano ovale. «Non è per questo che ci ha chiamato? Per questa riunione?»

«Ci siamo visti nel suo ufficio l'ultima volta, quindi ho pensato che...»

«Qui c'è molto più spazio.»

Alicia lanciò un'occhiata a Sean O'Neill, che replicò con un'alzata di spalle quasi impercettibile.

«Qualcosa non va?» disse Haffner.

Sì, ma Alicia non poteva dirgli cosa. Aveva fissato quell'incontro per permettere a Jack di identificare chi fossero i finanziatori di Thomas. Ma se tutti fossero rimasti a parlare là dentro invece che nell'ufficio di Haffner dopo la riunione? Jack sarebbe rimasto a spiare una stanza vuota.

Se avesse chiesto di vedersi nell'ufficio di Haffner avrebbe sollevato dei sospetti? E cosa avrebbe ottenuto, se i finanziatori avessero deciso di recarsi comunque nella sala riunioni dopo aver discusso con lei?

Doveva avvertire Jack. E riusciva a pensare a un solo modo per farlo.

«*Qualcosa non va?*» disse Alicia, lasciando che la sua voce si alzasse di un tono. «Vuole sapere se c'è qualcosa che non va? Lasci che le dica cosa c'è di sbagliato!» Adesso stava urlando. «Il suo cliente, il mio fratellastro Thomas Clayton: ecco cosa c'è che non va! Ha idea di che razza di feccia sta difendendo? Sa che cosa mi ha fatto Thomas giovedì notte?»

Vide O'Neill che si voltava verso di lei e le rivolgeva un veloce sorriso e una strizzatina d'occhi.

Ma mentre iniziava a snocciolare i dettagli del rapimento, Alicia si accorse che non aveva più bisogno di alzare la voce, o di fingersi furiosa. All'improvviso la rabbia divenne reale. E si ritrovò a gridare, senza alcuna finta.

Gordon Haffner impallidì impercettibilmente, e il sorriso di Sean O'Neill si spense.

Alicia sentì la sua stessa voce: urlava.

3

Sei fantastica, Alicia.

Jack sorrise mentre la osservava calmarsi dopo la sfuriata. Stava riflettendo sulla mossa successiva, quando aveva sentito qualcuno che strillava. Non aveva riconosciuto la voce: un urlo era un urlo, dopotutto. Ma era andato in quella direzione. In fin dei conti, nessuno di solito si metteva a gridare nell'ufficio di un avvocato, a parte magari qualche cliente che avesse appena ricevuto una parcella. Un paio di curve, ed eccola lì, anche se incorniciata dalla griglia di un condotto che si affacciava su una specie di sala riunioni. Un'interpretazione molto convincente di una pazza isterica.

Alla fine la sua furia abbassò i giri. Mentre riacquistava la calma, Jack si sistemò nel condotto più grande, rivolto nella direzione opposta rispetto a quella da cui era arrivato. Accese la lampada frontale e abbassò l'intensità, solo per controllare l'ora. Erano passate le 9:30. Sarebbe stato fuori per le undici: con delle risposte alle sue domande, sperava.

Non doveva fare altro che aspettare la fine della riunione, e capire in quale stanza la controparte avrebbe discusso della proposta di Alicia.

Non dovette aspettare troppo a lungo. Sean presentò il prezzo richiesto da Alicia, dieci milioni di dollari. Haffner rimase stupefatto: una reazione genuina, Jack ne era sicuro. Poi cercò di trattare. Ma Alicia non volle sentire ragioni e alla fine Haffner disse: «La ringrazio molto» e la stanza si svuotò.

Jack concesse loro qualche minuto, e stava quasi per strisciare di nuovo verso l'ufficio di Haffner quando sentì aprirsi la porta della sala riunioni.

«La stanza è a vostra disposizione per tutto il tempo che volete» disse Haffner. «Io sono nel mio ufficio, se avete bisogno di me.»

Jack riuscì a infilarsi nel condotto appena in tempo per vedere la porta che si chiudeva, lasciando soli Thomas e il tizio mediorientale. Nessuno dei due si sedette.

«Dieci milioni» disse Thomas, scuotendo la testa. Sembrava ammirato. «Cristo, quella donna ha le palle.» Diede un'occhiata al suo compare. «Bene, Kemel, adesso che si fa? La sua gente ha intenzione di accettare?»

«Non credo che ci sia scelta» disse quel tizio, Kemel. Il suo accento era decisamente mediorientale, ma aveva anche una sfumatura britannica. Parlava rapidamente, mangiandosi le parole.

«Sta scherzando. Ha sentito Haffner. È sicuro di poter dichiarare nullo il testamento. Dieci milioni per quella casa? È una follia.»

Anche Jack era scioccato. Aveva detto quella cifra a caso, non si sognava neppure che potessero anche solo prenderla in considerazione.

«La mia gente vuole che questa faccenda venga risolta. Si è trascinata anche troppo a lungo. E in fin dei conti, che cosa sono dieci milioni, di fronte a quello che guadagneremo tenendola lontana dalle mani sbagliate? Un'elemosina.»

Le mani sbagliate?, pensò Jack, sfregandosi mentalmente le sue di mani. Aveva caldo, sudava, non poteva muoversi, ma improvvisamente non ci faceva più caso. *Adesso arriviamo al sodo. Avanti.*

«Un'elemosina per lei, forse. Ma sono davvero un sacco di soldi, in cambio di qualcosa che potrebbe anche non essere lì.»

«In ogni caso, non è certo una perdita per lei. Non si tratta dei suoi soldi.»

«Sì, ma a quel punto Alicia sarà milionaria e io non avrò il becco di un quattrino. Anzi, peggio. Ho lasciato il lavoro per aiutarvi.»

«La sua ricompensa è più che generosa. E non dimentichi che avrà la casa: in fin dei conti, la stiamo comprando a suo nome.»

«Certo... la casa» disse Thomas. «Quello che rimane. Voglio dire, l'abbiamo rivoltata da cima a fondo, almeno per quanto abbiamo potuto senza dare troppo nell'occhio, e siamo usciti a mani vuote. Se continuiamo così rischiamo di essere arrestati per violazione di proprietà privata e vandalismo.»

«C'è qualcosa là» disse Kemel. «Forse non i piani e i diagrammi, ma in ogni caso, ritengo ragionevole supporre che suo padre abbia lasciato delle indicazioni su dove si trovano.»

«Sta diventando una supposizione piuttosto costosa.»

«Il testamento dice così. Non si può ignorare il messaggio di suo padre a quel gruppo ecologista... com'è che si chiama?»

«Greenpeace.»

«Sì. Greenpeace. Che strano concetto. Non abbiamo alcun gruppo del genere nella mia patria. Ma suo padre ha detto: 'Questa casa contiene la chiave che indica la strada per tutto ciò che volete ottenere. Vendetela e perderete tutto ciò per cui avete lavorato.' Per me questa è una prova sufficiente a dimostrare che la casa nasconde qualcosa.»

«Va bene. Ma qualunque cosa sia, dobbiamo trovarla.»

«Non abbia paura. La troveremo. Non appena la casa sarà nelle nostre mani, daremo inizio a una ricerca approfondita, tireremo giù le mura se sarà necessario. E se ancora non l'avremo trovata, la smantelleremo mattone per mattone, finché non avremo successo.»

«E se falliremo?»

«Almeno avremo fatto in modo che nessun altro la trovi e possa usarla.»

«Sì, ma a quel punto io non avrò la mia ricompensa.»

«Certo non si aspetterà che noi compriamo qualcosa che non possiede. Lei lo farebbe?»

Thomas alzò le spalle. «Qual è la nostra prossima mossa?»

«Contatterò i miei superiori per farmi approvare il prezzo. Una mera formalità, le assicuro. E poi lasceremo che sia il signor Haffner a occuparsi dei dettagli.»

«Dieci testoni» disse Thomas, scuotendo la testa come aveva fatto all'inizio di quel piccolo tête-à-tête. «Be', immagino che dovrei essere contento che la mia sorellina non abbia idea di quello che stiamo cercando. Altrimenti, chiederebbe dieci milioni a mattone.»

«Sì. E sarebbe comunque un affare.»

Adesso sta esagerando per forza, si disse Jack. Ma per qualche motivo ne dubitava.

Stava pensando a che diavolo potesse valere così tanto e nel contempo essere così piccolo da venir nascosto dentro una casa, quando si accorse che Thomas e Kemel si avvicinavano alla porta.

A Jack venne in mente quella vecchia canzone di Peggy Lee, *Is That All There Is?* È tutto qui?

Che cosa aveva scoperto? Be', aveva visto Kemel. Era già qualcosa. E aveva saputo che ciò che si trovava dentro la casa dei Clayton, qualsiasi cosa fosse, era praticamente senza prezzo per un gruppo di ricconi del Medio Oriente. E aveva capito che il gruppo di Thomas non era il solo interessato a quella cosa. Erano preoccupati che potesse cadere 'nelle mani sbagliate'. A chi appartenevano quelle 'mani sbagliate'? Non pensava si riferisse ad Alicia. Un'altra potenza mediorientale? Israele? O qualcun altro?

Ma aveva sperato in qualcosa di meglio, soprattutto dopo aver rischiato il culo in una tromba dell'ascensore, a sudare e strisciare in mezzo a luride condutture dell'aria, a ficcarsi dentro cunicoli in cui riusciva a malapena a respirare.

Li maledisse. Perché dovevano essere così fottutamente criptici?

Che era quella maledetta 'cosa'? Perché non potevano dirlo chiaro e tondo? Dannazione, non c'era mica qualcuno ad ascoltarli, pensò con un ghigno.

Ma forse quella cosa che stavano cercando era così importante, e valeva così tanto, che istintivamente non osavano dirne neppure il nome.

Jack si pulì il sudore dalla fronte, e con la manica sfiorò la lente della lampada, facendola cadere. Cercò di afferrarla ma gli scivolò dalle dita e atterrò con un *clunc* sul pavimento della conduttura.

Jack si paralizzò mentre Kemel si bloccava davanti alla porta e si voltava di scatto.

«Che cos'era?»

«Cos'era cosa?» disse Thomas, facendo capolino nella sala.

«Quel rumore.» Kemel fece il giro della sala riunioni, verso il punto in cui si trovava Jack. «Veniva da quella parte. Da quella griglia di ventilazione, penso.»

Jack afferrò la lente e sgusciò via, più lontano che poteva senza ritrarsi completamente dal condotto. Sapeva che non avrebbe potuto andarsene senza fare ulteriore rumore, quindi si bloccò e rimase in silenzio, in attesa.

Trattenne il respiro quando il volto barbuto si affacciò dietro le grate.

«Veniva da qui» disse Kemel. «Ne sono sicuro.»

«E allora?» disse Thomas da qualche parte. «Probabilmente era un topo o qualcosa del genere.»

«Non era un topo.» Kemel cercò di infilare le dita attraverso la grata ma lo spazio era troppo stretto. «Presto. Mi dia qualcosa per rimuovere questa grata.»

Jack indietreggiò ancora. Se quella grata cominciava a cedere, avrebbe dovuto tagliare la corda.

«Sta scherzando, spero» disse Thomas. «Che cosa spera di trovare?»

«Forse qualcuno ha sentito tutta la nostra conversazione.»

«Da lì dentro?» Thomas scoppiò a ridere. «Senta, Kemel, non so che livello di spionaggio abbiate in Arabia Saudita, ma dalle nostre parti, se vogliamo sentire una conversazione, non ficchiamo un nano dentro un tubo dell'aerazione. Usiamo l'elettronica. Mettiamo una cimice.»

Ha ragione, Kemel, pensò Jack. Non fare il coglione. Da' ascolto al tuo amico.

«So cosa ho sentito» disse Kemel. «Mi trovi un cacciavite.»

«Credevo che voi musulmani non foste dediti all'alcol.»

«Cacciavite, non acquavite! E questa non è una cosa su cui scherzare! Voglio vedere cosa c'è dentro!»

Jack sapeva che era ora di piantarla con la prudenza e filarsela. Si infilò di corsa nel condotto più largo e cominciò il viaggio di ritorno.

Dietro di lui, la voce di Kemel divenne un grido stridulo.

«Ecco! L'ha sentito? C'è qualcuno là dentro, glielo assicuro! Chiami il signor Haffner. Gli dica di chiamare la sicurezza. Qualcuno ci ha spiati!»

Jack si fermò per accendere la lampadina e rimettere la lente, poi ricominciò a strisciare. Seguì le frecce rosse tracciate da Milkdud e non si fermò fin quando non raggiunse il grande condotto verticale.

Sudando e sbuffando, si aggrappò alla scaletta per prendere fiato e riacquistare lucidità. Abbassò la zip della tuta per lasciar filtrare un po' d'aria. Quel maledetto tessuto doveva essere isolante.

Non ci voleva. Quella piccola gita poteva anche finire con il suo di arresto: dipendeva solo dalla corporatura degli agenti di sicurezza. O avrebbero chiamato la polizia? Le accuse sarebbero state trascurabili: cosa gli potevano contestare, a parte la violazione di domicilio?

Ma l'accusa in sé sarebbe stata irrilevante. L'arresto sarebbe stato fatale. Arresto voleva dire foto, impronte digitali, segnalazione dell'indirizzo. Improvvisamente sarebbe diventato Jack il Cittadino. Le istituzioni l'avrebbero segnato nei loro registri. Avrebbero voluto riempire tutti gli spazi bianchi nei loro moduli, e avrebbero iniziato a mettere il naso nelle sue cose, a casa sua, avrebbero abbattuto le sue difese, tutto ciò che aveva costruito nella sua intera vita da adulto per erigere delle barriere tra il loro mondo e il suo.

Doveva andarsene. Subito.

Tirò fuori il cellulare e compose un numero con la chiamata rapida. Milkdud.

«Sì» rispose Dud al secondo squillo.

«Sono io» disse Jack a bassa voce. «Sanno che sono qui. Qual è il modo più veloce per andarsene?»

«Il più veloce? Buttati giù da una finestra.»

«Non mi è di grande aiuto adesso, Dud.»

«Scusa. La strada più rapida è entrare nel corpo principale dell'edificio vero e proprio attraverso la porta dalla zona RVCA e poi scendere le scale. Ma la porta è allarmata e in questo modo tutti sapranno dove sei. Avranno una possibilità di beccarti. Il modo migliore per uscire è fare esattamente la stessa strada al contrario. Sali nell'area RVCA prima che puoi, infilati di nuovo l'abito, e aspetta davanti all'ascensore. Io mi sto già muovendo. Quando avrò l'ascensore sinistro tutto per me all'ultimo piano, ti chiamerò. Capito?»

«Capito.»

Jack chiuse la comunicazione e lasciò acceso il cellulare, ma tolse la suoneria e attivò la vibrazione.

Salì la scaletta e uscì dal condotto di aerazione. Entrò nell'area RVCA. Finalmente un posto fresco. Si tolse le sneakers e la tuta impolverata, li ficcò dentro la valigetta e poi si infilò in fretta scarpe e abito.

Se non altro non doveva rifarsi il nodo della cravatta.

Quando sembrò di nuovo un avvocato, si legò la valigetta alla cintura, spense le luci, si avvicinò alla porta che dava sulla tromba dell'ascensore e aspettò la chiamata di Milkdud.

Ma una coppia di operai della manutenzione arrivò prima.

Jack sentì le loro voci in fondo all'area RVCA, davanti alla porta allarmata che conduceva al corpo principale dell'edificio. Allora aprì la sua porta, uscì nella tromba dell'ascensore e se la chiuse alle spalle.

«Eccomi, Dud» sussurrò. «Adesso, dove diavolo sei tu?»

Guardò in giù. Tutti e tre gli ascensori sembravano essere in fondo alla tromba in quel momento: un salto fottutamente lungo. Jack posò l'orecchio alla porta per capire se riusciva a sentire cosa si dicevano gli uomini della manutenzione.

«Hai mai sentito una cosa così stupida?» disse una voce attutita. «Un tizio che striscia nei condotti di aerazione? Voglio dire, che cos'è tutta questa storia?»

«Sì. Penso che qualcuno si sia tirato una striscia di troppo, se capisci quello che voglio dire.»

«Giusto. Qualcuno vuole essere allegro per forza a Natale. Ma adesso infiliamo il culo dentro quei tubi e facciamoli felici.»

Jack pensò di aver sentito dei passi che venivano nella sua direzione in fondo alla porta, perciò si precipitò giù per la scaletta e rimase fermo più o meno nel punto da cui aveva saltato sul tettuccio dell'ascensore.

Abbassò lo sguardo e vide lo stesso ascensore dell'andata che si fermava al ventiseiesimo. Troppo presto, non poteva esserci Milkdud lì dentro. Guardò in giù, fissò il tettuccio dell'ascensore dove si era rannicchiato afferrando la sbarra di metallo.

Sopra di lui, qualcuno girò la porta della maniglia. Cristo, avevano davvero intenzione di controllare la tromba dell'ascensore?

Controllate prima i condotti dell'aerazione, no? Idioti!

Avrebbero visto le luci che aveva lasciato accese nelle condutture e avrebbero pensato che fosse ancora lì.

Ma la porta si stava aprendo. L'ascensore si era fermato proprio sotto di lui e Jack capì di non avere molto scelta. Non voleva fare un'altra gita, davvero non voleva, ma...

Scese giù dalla scaletta, sopra il tettuccio della cabina.

Quando la porta sopra la sua testa si spalancò, Jack spense la lampadina del tettuccio appena in tempo, e si rannicchiò dietro i cavi di sostegno, facendo del suo meglio per tenersi nascosto. Alzò lo sguardo e vide una sagoma che si stagliava contro la luce dell'area RVCA. Con una torcia illuminava la tromba dell'ascensore.

Poi la cabina iniziò a scendere. Jack chiuse gli occhi e si tenne forte. La discesa era ancora più terribile nel buio.

Gemette. «Spero che ti sia portato le scarpe da running, Dud.»

Jack aveva fatto tre corse complete e iniziava la quarta quando il cellulare vibrò contro la sua gamba. Rispose subito.

«Dud?»

«Sono riuscito a tenermi la cabina all'estrema sinistra tutta per me e sto venendo a prenderti, Jack.»

«Sono già qui.»

«Che vuoi dire?»

«Voglio dire che sono qui. E intendo...» Jack picchiò sul tettuccio... «qui.»

«Fantastico! Faremo di te un grande hacker.»

«Non ci sperare troppo, amico mio. Portami solo fuori da questa trappola.»

«Okay. Ecco cosa faremo. Mi fermo al sesto piano, poi premerò il pulsante di emergenza a metà strada per il settimo. Non avrai bisogno del gancio, basta che tiri la leva di sicurezza e le porte esterne si apriranno. Poi sali e aspetti che ti raggiunga.»

Jack seguì le indicazioni alla lettera e meno di un minuto dopo, accompagnato dagli ululati strazianti della campanella d'emergenza, stava attraversando le porte e metteva il piede sul settimo piano. Il suo sollievo fu smorzato dai due carpentieri che si prendevano una pausa caffè dai lavori di ristrutturazione.

«Ehi, amico» disse quello più grosso, fissandolo. «Da dove diavolo sei sbucato fuori?»

«Che vuol dire? Dall'ascensore.»

«No, non è vero.» Si avvicinò, il suo sguardo saettava tra Jack e le porte dell'ascensore. «Io ero proprio qui, e guardavo le porte, e ti dico che non c'era nessun ascensore qui quando sei spuntato fuori. Sei sbucato dall'aria?»

Jack avrebbe voluto rispondere: 'E a te cosa ti frega?' Invece sorrise e si sforzò di tenere un tono tranquillo.

«Non sia sciocco. Quell'ascensore si comporta in modo strano. Si sono spente le luci e la campanella ha iniziato a suonare, quindi sono sceso.»

Il *ding*! segnalò l'arrivo dell'ascensore e le porte si aprirono. Ne scese Milkdud.

«Ecco» disse Jack. «Le sembra che lui sia sbucato fuori dall'aria?»

«No, niente affatto» disse il carpentiere. «Ma adesso lo vedo, l'ascensore.»

«Be', la luce deve essere tornata.» Si voltò verso Milkdud. «Si sono riaccese le luci?»

Dud non si lasciò cogliere di sorpresa. «Sì, appena è sceso lei. Questo coso dà i numeri.» Premette il pulsante sul quadrante. «Adesso scendo.»

«Ottima idea.»

La cabina di mezzo arrivò un attimo dopo. Entrarono nell'ascensore vuoto.

«Mi hanno visto saltare dalla tromba dell'ascensore» disse Jack quando le porte si chiusero dietro di loro.

«È sempre un rischio.» Dud gli passò un fazzoletto. «Tieni. Pulisciti le mani. Sono piene di polvere.»

«Che cosa ci aspetta sotto?» chiese Jack, pulendosi.

«Hanno piazzato uomini della sicurezza a entrambe le porte, cercano di non dare nell'occhio ma controllano tutti. Però stanno cercando un tizio coperto di polvere dalla testa ai piedi, non l'avvocato con il vestito grigio di flanella. Ce la caveremo.»

L'ascensore arrivò al pianterreno. Superarono le guardie e si ritrovarono sulla Quarantaquattresima.

«Grazie, Dud» disse Jack quando raggiunsero la Sesta. «Ti devo un favore, amico. Un grande favore. Se avrai mai bisogno di qualcosa...»

«Non ci pensare» disse Dud, sorridendo. «Vedi un edificio, ti fai un bel giro, insegni a qualcun altro: fa tutto parte del codice. Mi basta sapere che ho convertito un uomo.»

«Non credo proprio.»

«Sei sicuro? Vuoi dirmi che dopo tutto quello che hai fatto stamattina non ti sei innamorato?»

«No, posso dire in tutta onestà che non mi sono innamorato.»

«Non ti credo. Ti dico una cosa, la prossima settimana hackero un paio dei piani superiori dell'edificio della Chrysler. È pieno zeppo di segreti.»

«Adesso te la dico io una cosa. Se lassù trovi un gigantesco uovo di serpente piumato, fammi uno squillo e ti raggiungo al volo.»

Dud fece un ghigno e alzò il pollice. «Sì, amico. Come nel *Serpente alato*, il vecchio film di Larry Cohen. Se mi beccano, dirò che è stato lui a ordinarmi di salire lassù.»

«Basta che fai attenzione, Dud.»

Si strinsero la mano e si salutarono. Milkdud se ne andò al lavoro, al Coconut, e Jack a casa a farsi una doccia. Aveva un tremendo bisogno di una doccia.

E poi, di chiamare Alicia.

Vedi un edificio, ti fai un bel giro, insegni a qualcun altro, aveva detto Dud. Bene, Jack aveva visto il suo edificio, e adesso aveva proprio intenzione di farsi un bel giro. Con Alicia. A casa di suo padre.

4

Kemel riagganciò dopo aver parlato con un incredulo Gordon Haffner, che ancora aveva delle difficoltà ad accettare il fatto che i suoi clienti fossero disposti a dare dieci milioni di dollari ad Alicia Clayton per la casa di suo padre.

Ma era vero. Kemel aveva trattenuto il respiro quando aveva chiamato Khalid Nazer, ma Iswid Nahr aveva accettato il prezzo.

Kemel sarebbe dovuto essere entusiasta: era così vicino al successo, così vicino al momento in cui sarebbe potuto tornare a Riyadh, da suo figlio. Ma il sospetto gli rovinava il buon umore.

Qualcuno aveva ascoltato la sua conversazione con Thomas Clayton.

Oh, certo, avevano allertato la sicurezza e chiamato la polizia, e avevano inviato gli uomini della manutenzione a ispezionare il sistema di ventilazione, ma nessuno gli credeva davvero. Anche quando avevano rimosso le grate e lui aveva indicato la polvere che era stata smossa, si erano limitati ad alzare le spalle, avevano detto che doveva esserci un qualche tipo di animale nelle condutture. Nessuno poteva credere che lì, a Manhattan, con tutti gli strumenti di spionaggio di alta tecnologia a disposizione del pubblico, qualcuno avesse deciso di infilarsi nel sistema di ventilazione per orecchiare una conversazione.

Kemel sospirò. Forse avevano ragione. In effetti, era una supposizione azzardata.

Si spremette le meningi per ricordare cosa si erano detti, lui e Thomas Clayton, in quella stanza, ricostruendo la conversazione parola per parola.

Niente, era sicuro. Quasi sicuro.

L'unica cosa che una spia avrebbe potuto scoprire era che la casa valeva più di dieci milioni di dollari. Se Alicia Clayton avesse improvvisamente alzato il prezzo, i sospetti di Kemel avrebbero trovato conferma.

In caso contrario, se l'accordo fosse andato in porto, non gli interessava se ci fosse stato un intero esercito in quel condotto di aerazione.

5

Jack trovò un punto sulla Trentottesima in cui poteva posizionarsi per osservare, non visto, la casa dei Clayton. Cronometrò gli orari dei giri della 'agenzia di sicurezza' e notò che operavano sempre in coppia, scendendo dalla macchina due volte all'ora per fare un'ispezione perimetrale. Niente uniformi, solo giacche a vento e pantaloni.

Di tanto in tanto qualcuno si allontanava e tornava con un sacchetto di cartone: caffè e ciambelle, con ogni probabilità. E di tanto in tanto uno entrava nella casa, dalla porta principale, e tornava pochi minuti dopo. Non avevano bisogno di bagni chimici; avevano la casa.

E alle tre, comparve un'altra macchina. La prima se ne andò, lasciando alla seconda il prezioso parcheggio, e iniziò un nuovo turno.

Soddisfatto di aver segnato la tempistica dei ragazzi della sicurezza, Jack chiamò Abe per avere un consulto.

«Allora, vuoi che stiano a terra finché l'arbitro conta fino a dieci, ma non dovrebbero diventare dei vegetali da casa di riposo.»

«Esatto. Un bel sonno lungo, nient'altro.»

«Il T-72 è quello che ti serve» gli disse Abe. «Incolore, inodore, nessun effetto collaterale serio, e cosa ancora migliore, è prodotto in America, per l'esercito americano.»

«Sembra fantastico. Ne prendo un po'.»

«E io sarei più che felice di vendertelo, se lo avessi. Ma non ce l'ho. Non è esattamente un attrezzo sportivo.»

«Non so dirti quanto sia deluso, Abe.»

«Secondo te dovrei acquistare tutto quello che c'è al mondo e tenermelo in magazzino nella speranza che un giorno, per chissà quale motivo, tu ne abbia bisogno? Solo perché così potrei darti qualsiasi cosa appena me la chiedi?»

«Certo. Perché tu sei il migliore.»

«Ah! Vedrò cosa posso fare.»

«Per stasera?»

«Ma che ragazzino viziato. Se sono fortunato, forse posso farti avere una scatola domani pomeriggio.»

«Va bene, credo.»

Jack avrebbe voluto cominciare la ricerca quella sera stessa, ma avrebbe dovuto rimandare.

«Credi? C'è un solo aggettivo adatto a una simile impresa, ed è *eroica*.»

«Ci vediamo domani, mio eroe.»

Dopo aver riagganciato con Abe, Jack chiamò Alicia.

6

«Ne apro un'altra?» disse il cameriere, sollevando la bottiglia di merlot vuota.

Will la guardò e sollevò le sopracciglia.

Alicia alzò le spalle. «Io ne potrei bere un altro po'. È delizioso.»

Avrebbe potuto dire lo stesso per tutto quello che aveva provato quella sera. Zov era un piccolo locale rumoroso vicino a Union Square, più un bistrot che un ristorante. Ma l'agnello nel piatto in mezzo a loro era stato marinato in qualcosa di indescrivibile ed era di gran lunga la carne migliore che avesse mai mangiato.

E per essere sinceri riguardo al vino, avrebbe potuto berne molto di più.

La chiamata di Jack, quel pomeriggio, l'aveva sconvolta. Che Thomas avesse un finanziatore disposto a pagare i dieci milioni che aveva chiesto l'aveva scioccata; che fossero convinti che la casa custodisse un segreto infinitamente più prezioso l'aveva sconvolta; ma il piano di Jack di entrare di nascosto nella proprietà e perlustrarla l'aveva letteralmente fulminata.

E non parlava di un tempo indefinito, nel futuro. Voleva andarci il giorno dopo.

Domani!

Aveva detto di no. No, no, no. Avrebbe dovuto prepararsi per una cosa del genere. Se voleva controllare il posto il giorno seguente, avrebbe dovuto andare da solo.

Ma Jack aveva insistito, aveva detto che lei era cresciuta lì, conosceva tutti gli angoli e i nascondigli. Doveva accompagnarlo per forza.

Quando le aveva detto che era solo una maledetta casa, lei aveva ceduto.

Jack la sarebbe andata a prendere la sera seguente alle sette.

Alicia rabbrividì e alzò gli occhi dal piatto. Will e il cameriere stavano aspettando impazienti.

«Mi dispiace» disse. Evidentemente si era persa qualche battuta.

«Vuoi fare tu gli onori?» chiese Will, indicando la bottiglia di vino nelle mani del cameriere.

«No. Se è la stessa di prima, sono sicura che andrà benissimo.»

Non sarebbe mai riuscita a mandar giù tutta quella pantomima sulla scelta del vino. Il suo palato non era così sofisticato, in ogni modo. Per lei, il vino era buono o cattivo, e tanto bastava.

«Allora,» disse Will, quando il cameriere riempì i bicchieri «che piani hai per questa settimana?»

Oh, vediamo: oggi sono stata complice di una violazione di domicilio in centro, e per domani ho in programma un'altra effrazione.

«Niente di eccezionale. Sai, combattere le malattie. E tu?»

«Come te, niente di eccezionale. Cerco i fiori del crimine e li strappo dalle radici prima che possano maturare i loro frutti amari.»

Scoppiarono a ridere. Forse era il vino, ma scoprì che amava i modi semplici di Will, il fatto che non si prendesse troppo sul serio. Amava il suo sorriso tirato, il modo in cui sollevava il calice tenendolo per la parte superiore, facendolo scorrere sui polpastrelli quando parlava, e il modo in cui la guardava negli occhi quando parlava lei. Tutte cose che Alicia non aveva mai notato prima.

Finirono la seconda bottiglia di merlot, e quando lasciarono il ristorante, si sentiva calda, felice. Will la accompagnò a casa. Sentì la sua stessa voce chiedere a Will se voleva entrare.

Poi uno spasimo, un allarme. *Perché l'ho fatto?* Ma si ordinò di restare calma. Sarebbe andato tutto bene. Quella sera, in quel posto, con quell'uomo... sarebbe andato tutto bene. Voleva che succedesse, ne aveva bisogno.

«Vuoi un po' di caffè?» chiese quando si tolse il cappotto.

«No» rispose lui. «Il caffè che abbiamo preso da Zov probabilmente mi terrà sveglio per quasi tutta la notte. Ma mi piacerebbe qualcos'altro.»

Alicia si voltò per guardarlo in faccia, e lui la prese tra le braccia, gentilmente, e la tirò a sé.

Alicia combatté una staffilata di ansia e si avvicinò. Percepiva la sua timidezza, l'insicurezza, e sapeva che se lei avesse resistito si sarebbe tirato indietro. Ed era una buona cosa. Ma lei non voleva resistere. Voleva essere tenuta stretta, voleva sentirsi protetta, rilassarsi e lasciarsi andare, e per una volta, solo una volta, sapere che non doveva per forza stare da sola tutto il tempo. Non doveva essere sempre così trattenuta e sicura di poter gestire tutto quanto con le sue sole forze. Non doveva fare tutto da sola. Solo per una volta voleva avere una persona con cui condividere qualcosa. Solo una volta.

Il suo livello di ansia cominciò a crescere quando Will inclinò la testa verso di lei, ma non si ritrasse.

Va tutto bene... andrà tutto per il meglio.

Le loro labbra si sfiorarono, le sue erano morbide e calde, e il vino era caldo dentro di lei, e sì, sarebbe andato tutto bene.

Ma poi le braccia di Will la strinsero e improvvisamente non riusciva più a respirare. Si sentiva intrappolata, e doveva andarsene, liberarsi, prendere un po' d'aria.

Staccò le labbra, mise le mani tra loro e spinse.

«*Lasciami!*»

Will la lasciò andare e indietreggiò, la sua espressione era di puro orrore. «Alicia... che cosa?»

«Vattene!»

Will alzò le mani e fece un altro passo indietro. «Mi sono allontanato. Guarda.»

Il panico, selvaggio, informe, soffocante, paralizzante, insensibile a qualsiasi ragionamento, la soffocò, e voleva scappare, ma non poteva, viveva lì, perciò doveva andarsene lui. Una parte di lei urlava '*No, fallo restare*', ma una parte più grande, più fiera, più forte adesso la controllava.

«Mi dispiace, Will» disse, costringendo la sua voce a non incrinarsi. Eppure, le parole sembravano tremarle nella gola. «Solo che non posso... non posso farlo in questo momento. Okay?»

Sembrava così confuso. «Okay. Certo. Solo che pensavo... si tratta di me?»

«No... sì...» *Sto farneticando.* «È solo che adesso non so spiegartelo.» *Né adesso, né mai.* «Ti dispiace se mettiamo fine qui alla serata? Ti prego.»

Era così imbarazzata che le veniva da piangere.

«Sì. Certo.» Will allungò la mano per sfiorare la sua ma lei si ritrasse prima del contatto. «Ti chiamo» disse lui, indietreggiando nel corridoio. «Per controllare se stai bene.»

Alicia annuì. «Mi dispiace. Mi dispiace davvero.»

E poi chiuse la porta. Finalmente, il panico scemò. Si appoggiò alla porta e singhiozzò.

Sono fuori controllo, si disse.

Aveva quasi perso la testa nella sala riunioni di Haffner quella mattina, e adesso aveva fatto lo stesso con Will.

Non se l'era mai cavata troppo bene con gli uomini, ma questo era oltre ogni limite.

Che mi sta succedendo?

La casa, doveva essere la casa. Nulla era più andato per il verso giusto da quando quell'uomo e la sua casa erano riusciti a rientrare a forza nella sua vita. Aveva cercato di bruciarla, e la notte successiva sarebbe dovuta tornare lì... dentro...

Era quello il problema: tornare.

La casa era il problema. Doveva conquistare quella casa, perché così facendo, avrebbe conquistato lui. E poi sarebbe stata libera da entrambi.

O forse no? Sarebbe mai stata libera?

Martedì

1

«Andrà tutto bene» disse Jack mentre procedevano verso est sulla Ventitreesima, sulla Chevy bianca in affitto. Lanciò un'occhiata ad Alicia, rigida e silenziosa sul sedile del passeggero. «Non preoccuparti. Non ci beccheranno.»

«Cosa ti fa pensare che mi stia preoccupando della polizia?»

«Be', sembri sul punto di saltare giù dal finestrino.»

Era rimasta contratta, ripiegata su sé stessa come un serpente, fin da quando era andato a prenderla.

Aveva paura di quella casa, pensò Jack. Quella casa vuota.

Quando raggiunsero Broadway, il semaforo diventò giallo. Ottimo. Attendeva quella opportunità. Invece di accelerare, frenò finché non scattò il rosso, poi lo bruciò e sterzò tutto a destra, dirigendosi verso sud.

«Forse è colpa di come guidi» disse Alicia e fece un penoso tentativo di sorridere, come per fargli sapere che stava scherzando. Forse. «E se stiamo andando alla Trentottesima, questa è la direzione sbagliata.»

«Lo so» disse lui, alzando lo specchietto retrovisore.

«E perché non abbiamo preso un taxi?»

«Perché voglio essere sicuro che nessuno ci stia seguendo.»

Osservò la strada dietro di loro, per vedere se qualcuno bruciava il rosso per non perderli. Dal momento in cui aveva lasciato casa di Alicia, aveva avuto la vaga sensazione di essere tenuto d'occhio. Di solito significava che qualcuno lo stava seguendo davvero. O forse stavano seguendo Alicia.

Ma nessun altro svoltò sulla Ventitreesima.

«Allora?» disse Alicia. «Ci seguono?»

«A quanto pare no.» *Oppure chi ci sta alle costole è dannatamente bravo.* «Ho anche pensato che la macchina fosse una buona idea perché non sappiamo cosa troveremo nella casa. Forse sarà qualcosa che non possiamo portare su un taxi. E inoltre, avevo bisogno di spazio per caricare un po' di attrezzatura.»

«Attrezzatura? Per cosa?»

«Tutto a suo tempo, mia cara. Tutto a suo tempo.»

Fece un paio di svolte a sinistra per imboccare la Terza, e la percorsero verso nord. A Murray Hill, superarono la casa e videro la macchina della sicurezza lì davanti.

«Non riusciremo mai a fregarli» disse Alicia.

Jack aveva la netta impressione che non volesse fregarli.

Controllò il tubo di scappamento della macchina della sicurezza e vide il fumo. Non era una sorpresa. La temperatura era calata fino ai quattro gradi e avevano acceso il riscaldamento.

Sorrise. Ottimo.

«Lascia che me ne occupi io.»

Svoltò l'angolo e trovò un parcheggio ai limiti dell'illegalità vicino a un idrante sulla Trentanovesima.

«Non ci sarà nessuno scontro fisico, vero?» disse Alicia.

«Vorrei decisamente evitarlo. E con un po' d'aiuto, spero di farcela.»

Uscì dalla macchina e si guardò intorno, osservando la successione di uffici e case. Non c'erano molte persone in giro in quella notte gelida. Alzò le spalle e si mise un vecchio impermeabile logoro preso dal sedile posteriore. Afferrò un paio di guanti di pelle tutti rovinati, poi si mise un cappello di lana in testa, calcandoselo fino alle orecchie, a coprire le sopracciglia. Il tocco finale era il secchio che conteneva due dita di acqua e sapone e altri oggetti.

Alicia si chinò in avanti, fissandolo attraverso la portiera aperta. «Ma che accidenti...?»

«Ti presento il flagello della strada: persino il più tosto dei guidatori di New York inizia a tremare appena lo vede. Ecco a te... il Lavavetri!»

«Non ci credo.»

«Aspetta cinque minuti, poi fai il giro dell'isolato. Ci vediamo davanti alla casa.»

«Ma cosa...?»

«Fatti trovare lì. A dopo.»

Chiuse la porta e si incamminò di buon passo sulla Trentottesima. Si fermò due volte per osservare se tra i passanti o in strada c'era qualcuno che lo seguiva, ma non vide nessuno di sospetto.

Dannazione. Perché si sentiva osservato?

2

Ci sono andato vicino, pensò Yoshio svoltando sulla Trentanovesima.

Per un momento era stato sicuro che il *ronin* che aiutava Alicia lo avesse visto, ma era riuscito a proseguire senza sollevare sospetti. Quell'uomo aveva un sesto senso, quasi un controtalento rispetto a quello che permetteva a Yoshio di seguire chiunque senza farsi notare. Avrebbe dovuto stare molto attento con lui.

Aveva scelto di mettersi dietro ad Alicia Clayton per la prima parte della serata, per poi spostarsi su Kemel. Era stato molto felice dell'arrivo del *ronin*. Quell'uomo sbucava fuori sempre. Yoshio aveva seguito Kemel e Thomas Clayton fino all'ufficio dell'avvocato il giorno prima; mentre aspettava fuori, rimpiangendo di non avere una cimice nella sala riunioni, aveva visto quell'uomo uscire dall'edificio in compagnia di un nero alto. Entrambi erano vestiti elegantemente. Non poteva essere una coincidenza.

Quindi, quella sera, quando Alicia e il *ronin* si erano allontanati sulla macchina a nolo, Yoshio li aveva seguiti. A un certo punto il *ronin* l'aveva seminato con un'improvvisa svolta all'ultimo secondo sulla Ventitreesima. Yoshio era rimasto bloccato due macchine dietro. Ma aveva il sospetto che sarebbero comparsi davanti alla casa dei Clayton, perciò si era diretto lì. Si era preso il suo tempo, mangiucchiando un po' di Kentucky Fried Chicken extra croccanti, ed era rimasto piacevolmente sorpreso quando aveva visto la loro macchina sulla Terza.

E adesso quel *ronin*, vestito da pezzente, con un secchio in mano, stava andando verso la casa dei Clayton.

Davvero curioso.

Yoshio si chiese cosa avesse in testa. Decise di seguirlo a piedi e scoprirlo. Si era annoiato così tanto per la stasi degli ultimi giorni, ma le cose si erano fatte interessanti da quando era entrato in scena quell'uomo. Yoshio aveva la sensazione che qualcosa di molto interessante potesse succedere quella sera.

Ma anche in caso contrario, sarebbe sempre stato molto più piacevole che starsene seduto a guardare l'appartamento di Kemel.

3

Quando Jack raggiunse l'angolo si slacciò le scarpe e le aprì sul davanti, lasciando alzata la linguetta superiore. Si abbottonò nel modo sbagliato il cappotto, e poi si incamminò sul marciapiede opposto rispetto alla macchina.

Più o meno a metà strada, attraversò barcollando, avvicinandosi frontalmente alla macchina. Non voleva sorprendere quei due sbucando fuori dal nulla: qualcuno avrebbe potuto fare qualcosa di stupido.

Si fermò a tre metri di distanza dal paraurti e indicò il vetro, con un largo sorriso. Tirò fuori il tergivetro dal secchio e lo tenne bene in alto, avvicinandosi.

Il Lavavetri aveva trovato un cliente.

Attraverso il parabrezza vedeva i due grossi tizi che gli facevano dei gesti per allontanarlo, ma il Lavavetri non si fa mai scoraggiare da un conducente riluttante. I guidatori apprezzano molto raramente il miglioramento in termini di sicurezza ed efficienza che possono ottenere nel loro scopo, ovvero guidare, una volta che il loro parabrezza viene cosparso di acqua e sapone e poi pulito per bene.

Il finestrino del guidatore si abbassò e una testa sbucò fuori. Jack non riuscì a vedere bene i lineamenti con quella poca luce, ma si rese subito conto che a volte l'evoluzione della razza funzionava al contrario.

«Sparisci, coglione.»

Jack si chinò sul paraurti e insaponò in fretta il parabrezza.

La portiera si aprì. «Cazzo!» disse la voce. «Non mi hai sentito...?»

«Ti ho sentito, amico,» disse Jack, calandosi nella parte «ma il Lavavetri ha un'offerta speciale: prima provi e poi paghi. Funziona così: io lavo il vetro, come sto facendo adesso, e quando ho finito, se non pensi che sia il vetro più pulito che tu abbia mai visto, allora non paghi. Voglio dire, non si può battere un'offerta come questa, no? Cioè, io sono qui fuori al freddo e faccio tutto il lavoro, mentre voi ve ne state lì, belli al caldo, tutti tranquilli. Dimmi tu se c'è una cosa migliore di questa. Avanti, dimmelo.»

Il bestione esitò e lo fissò, i suoi due neuroni stavano evidentemente facendo gli straordinari mentre rifletteva sulla proposta del Lavavetri. Poi il tizio nel sedile del passeggero disse qualcosa, e la portiera del guidatore si richiuse.

Jack sorrise. Ci contava. Avevano paura di fare una scenata, non volevano rischiare che qualcuno chiamasse la polizia. Ma se le cose si mettevano male, aveva una Tokarev 9 millimetri automatica nella fondina sulla spalla.

«Esatto» disse. «Tira su il finestrino, siediti comodo, e guarda come ti sembrerà stupendo il mondo quando avrò finito con il tuo parabrezza.»

Il finestrino si chiuse del tutto. Jack aggiunse un altro po' d'acqua sul parabrezza. Quando fu abbastanza opaco, prese una boccetta di T-72 dal secchio e ne versò il contenuto nella presa d'aria del riscaldamento alla base dei tergicristalli.

Poi cominciò a ripulire il vetro. Ci mise più tempo possibile, muovendosi lentamente, insistendo sugli angoli, con la massima attenzione. E facendo anche un lavoro dannatamente buono, già che c'era.

Quando ebbe finito, fece un passo verso il finestrino del guidatore, sorrise, e allungò la mano.

Il guidatore gli restituì il sorriso... e alzò il dito medio.

Jack fece finta di essere dispiaciuto e unì le mani come in preghiera.

Il sorriso del guidatore si allargò mentre alzava l'altra mano per unire un secondo dito davanti al finestrino.

«Continua a sorridere» disse piano Jack.

E poi il tizio nel sedile del passeggero si accasciò contro la schiena del guidatore. Il guidatore si voltò di scatto, lo scansò e cercò di scuoterlo, ma il compare era inerme come uno spaghetto troppo cotto. Poi si voltò verso il finestrino e Jack vide la lampadina che si accendeva dentro la sua testa.

«Esatto, amico. Sei nei guai.»

Il guidatore afferrò la maniglia della portiera e cercò di aprire ma Jack la chiuse con forza e la bloccò con il suo peso. L'uomo lottò e forse sarebbe riuscito ad aprirla, dato che era più grosso di Jack, se il T-72 non avesse fatto effetto. Tirò un paio di deboli spallate contro la portiera, poi si lasciò cadere sullo sterzo e andò a raggiungere il suo compare nel mondo dei sogni.

Jack aspettò un attimo per essere sicuro che fosse andato, poi aprì la portiera e frugò in fretta nelle tasche dei due. Trovò due mazzi di chiavi e li prese entrambi. Chiuse la portiera e lasciò il motore acceso.

Si guardò intorno: non si vedeva nessuno. Ottimo.

Si rimise in tasca il flacone di T-72, posò secchio e tergivetro sul marciapiede e aspettò Alicia.

4

Alicia si costrinse ad alzarsi e a muoversi. Un piede davanti all'altro. Un piede davanti all'altro. Girò l'angolo e trotterellò sul marciapiede verso la casa.

Cercò di pensare a tutto tranne che alla casa, rivolgendo i suoi pensieri a Hector, nell'unità intensiva. Il piccolino si stava spegnendo. Non c'erano più dubbi: un ceppo resistente di *candida albicans*. I globuli bianchi, una delle principali difese del corpo contro le infezioni, stavano scomparendo dal sangue. La conta dei globuli bianchi era scesa a 3200 quella mattina ed era precipitata a 2600 nel pomeriggio. L'infezione stava dilagando, stava sopraffacendo la capacità del midollo osseo di produrre globuli bianchi.

E non c'era più nulla che potesse fare per lui.

E questa verità permise ai suoi pensieri di allontanarsi da Hector e tornare alla casa.

La casa...

Perché la sto trasformando in una specie di ordalia? È solo un edificio, un insieme di mattoni e legno. Che sarà mai?

Ma la fredda razionalità non funzionava. Più si avvicinava alla casa, più il suo cuore accelerava i battiti. Non poteva neppure guardarla. Tenne gli occhi fissi davanti a sé, sulla figura con il cappotto liso appoggiata alla macchina della sicurezza.

Cercò di pensare a qualcos'altro, di concentrarsi sugli eventi del giorno, ma la sola cosa che le venne in mente fu la serie di telefonate ricevute da Will. Voleva sapere se stava bene. Non era riuscita a rispondere. Era troppo imbarazzata.

Il dolore e la confusione nella voce registrata nella segreteria ancora riecheggiavano nel suo cervello, le facevano venire voglia di correre a nascondersi. Come poteva spiegargli cosa era successo la notte precedente? Era tutta colpa sua. Non avrebbe mai dovuto permettergli di avvicinarsi così tanto. Avrebbe mai imparato la lezione? Doveva rassegnarsi alla realtà: non poteva avere una relazione completamente onesta. Una volta che la verità fosse venuta fuori, quale uomo non sarebbe scappato? E francamente, Alicia non era sicura di voler frequentare un uomo pronto ad accettare quella verità.

Era meglio stare sola. Da sola era più facile. Da sola era meno doloroso. Per tutte le persone coinvolte.

Adesso era più vicina, e continuava a tenere gli occhi fissi su Jack. Lo sentì fischiettare e riconobbe la melodia: era la colonna sonora del *Ponte sul fiume Kwai*.

«Pronta?» disse quando lo raggiunse.

Lei si chinò e sbirciò dentro la macchina, poi fece un passo indietro quando vide due massicce figure riverse nei sedili anteriori. Il suo cuore, che già batteva forte, aumentò il ritmo vertiginosamente.

«Non sono... non li hai... sono...?»

«Morti?» Sorrise. «No. Stanno solo facendo un riposino.» Si guardò intorno. «Okay. Diamoci una mossa. Non so quanto a lungo resteranno privi di coscienza.»

Ed eccolo, il momento della verità. La prova che tanto aveva temuto. Alicia non si mosse. Non poteva muoversi.

«Alicia? Stai bene?»

Ma doveva muoversi. Non avrebbe permesso a sé stessa di uscirne sconfitta.

Solo una casa... solo mattoni e legno...

E lei l'avrebbe conquistata.

Il cancello di ferro battuto, il piccolo giardino sul davanti, il viottolo pergolato sul retro: tutto come era sempre stato. Ma sul davanti la casa era stata modificata al punto che sembrava un'altra casa. La casa di qualcun altro.

E con le finestre sprangate, simili a occhi bendati, sembrava una casa cieca. Non poteva vederla.

Non è così male, pensò. Ce la faccio.

«Sto bene. Andiamo.»

Jack si incamminò verso il pergolato. «Proviamo con la porta sul retro. Ho un bel po' di chiavi e non voglio passare troppo tempo qua fuori a cercare quella giusta. Qualcuno potrebbe notare la nostra presenza.»

Alicia lo seguì nell'oscurità e tenne ferma la sua torcia tascabile mentre lui provava in successione le chiavi. La quinta era quella giusta. Il solido *clic* del cilindro che scattava la colpì come un pugno.

Alicia cominciò a tremare. Sentì il tremore che scaturiva dal profondo del suo stomaco e si propagava nel ventre. Voleva voltarsi e correre verso la strada.

No!, si disse. Non fuggirai.

Mattoni e legno... mattoni e legno.

Jack tirò fuori una torcia più grande e varcò la porta. Zuppa di sudore, Alicia strinse i denti e lo seguì. Aveva avuto un brutto momento. Immagini di trappole, di unghie sul muro, di urla, voci che gridavano '*Lasciatemi uscire*'. Poi la porta si chiuse alle sue spalle e lei cacciò via quell'attimo.

La torcia di Jack illuminò un interruttore sul muro. Lo accese. La luce invase la stanza.

«Be', carino da parte loro» disse. «Hanno lasciato la corrente.»

Alicia rimase immobile, sbattendo le palpebre per la luce improvvisa. Non appena gli occhi si abituarono, riuscì a mettere a fuoco il disastro.

«Oh mio dio. Guarda che hanno fatto.»

Quando viveva lì, la porta sul retro conduceva a una piccola stanza per lavare e asciugare il bucato che veniva usata anche come magazzino. Lavatrice e asciugatrice c'erano ancora, ma ridotte in pezzi: erano state completamente smantellate, i componenti giacevano ammucchiati in cumuli sul pavimento. Gli scaffali erano stati svuotati, il loro contenuto era sparso in mezzo ai congegni elettrici.

«Quando si dice buttare all'aria una stanza» fece Jack. «E devono averlo fatto in fretta. Dato che hanno la corrente, la luce non era un problema. E con le finestre sprangate, nessuno poteva sapere che erano qui dentro.»

Superò i calcinacci e si diresse nella stanza accanto.
«Vediamo cosa c'è qui.»
«Dovrebbe essere la cucina» disse Alicia quando Jack accese la luce.
E lo era, in un certo senso.
La cucina era stata 'buttata all'aria', per usare la definizione di Jack, con la stessa scrupolosità riservata alla stanza precedente. Non solo avevano svuotato tutte le credenze, ma avevano anche strappato via la carta da parati, rivelando le nude pareti. La lavastoviglie aveva ricevuto lo stesso trattamento di lavatrice e asciugatrice. Il lavello era stato rimosso, e adesso i tubi sporgevano dal muro come carotidi di rame. Tutti i pezzi erano stati ammucchiati al centro della stanza.
Sotto shock, Alicia caracollò dietro a Jack che continuava a muoversi, scartando la ferraglia, spostandosi nel salotto. Stessa storia di là, tranne che per il tappeto, che era stato strappato. Le strisce erano nel mucchio assieme a ciò che restava del mobilio e delle porcellane.
In un certo senso Alicia ne era contenta. Tutta quella distruzione le rendeva le cose più facili. Trasformava quella casa in un posto diverso, niente affatto simile ai suoi ricordi. E tuttavia, il grado di devastazione era stupefacente.
«Sapevo che Thomas non voleva che avessi la casa,» disse piano Alicia «ma non pensavo che fosse così arrabbiato.»
«Questa non è rabbia» disse Jack, spostando la pila di oggetti con la punta delle scarpe. «Questo lavoro è dannatamente metodico. Hanno iniziato nel centro della stanza, poi hanno proceduto verso l'esterno, ammucchiando tutto in mezzo dopo aver controllato. Questi ragazzi sanno cosa fanno.»
«Ma come sperano di cavarsela dopo aver fatto questo casino?»
Jack alzò le spalle. «Immagino che si siano detti che tu non avevi comunque nessuna possibilità di prendere possesso della casa. Quindi, che importanza aveva quello che facevano? E sospetto che quando avranno trovato ciò che cercano, scompariranno nel nulla.»
«Ma cosa... cosa potrebbero cercare?»

«Qualcosa di metallico, direi.»

Jack si era spostato in un angolo, dove un aggeggio metallico era appoggiato al muro. Sembrava la parte superiore di un aspirapolvere attaccata a una padella.

«Come fai a saperlo?»

Jack alzò l'aggeggio. «Metal detector.»

«Una chiave» disse Alicia, ricordando il passaggio su Greenpeace del testamento: «'Questa casa contiene la chiave che indica la strada per tutto ciò che volete ottenere.' Stanno cercando una chiave.»

Jack annuì. «Deve essere per forza così. L'amico arabo del tuo fratellastro ha citato la stessa frase ieri. Evidentemente non l'hanno ancora trovata.» Si guardò intorno. «Tuo padre aveva un laboratorio?»

Faceva freddo là dentro, Alicia vedeva il vapore che si mischiava al fiato, ma adesso sentì un brivido più profondo.

«Un laboratorio?»

«Sì. Sai, un posto in cui si dedicava ai suoi hobby, una cosa del genere.»

Punteruoli di ghiaccio si conficcarono dentro le arterie di Alicia. Tirò a fatica le parole fuori dai denti. «Se esiste un posto del genere... è la cantina.»

«Come facciamo a trovarla?»

«Si passa dalla cucina.»

«Bene» disse lui, superandola. «Andiamo.»

«No. Vai tu. Io non posso.»

«Andiamo, Alicia. Non è il momento di...»

«No» disse lei, e sentì di nuovo la sua voce che saliva di tono. «Non hai sentito? Non posso!»

Lui la fissò per un istante, poi si voltò. «Okay. Non puoi. Controllerò da solo. Non te ne andare.»

«Mi dispiace» rispose Alicia, piano, quando lui se ne andò. «Ma non posso andare laggiù.»

5

Quando Jack arrivò in fondo alle scale, si chiese se l'abuso che Alicia aveva subìto, qualunque fosse, fosse stato commesso in cantina. Probabile, vista la sua reazione.

Trovò l'interruttore e controllò lo scantinato.

Forse Ronald Clayton un tempo aveva un laboratorio là sotto. Ma di sicuro nessuno poteva immaginarlo, guardando com'era ridotto quel posto. La squadra di distruzione dell'arabo si era data da fare anche lì. Anzi, forse avevano cominciato proprio da lì. Avevano tirato giù il controsoffitto, rimosso la carta da parati dalle mura, distrutto i mobili, squarciato i cuscini. Vide quello che sembrava un materasso sventrato, e una struttura con delle molle, e immaginò che un tempo dovesse esserci anche un letto là sotto.

Scalciò via le macerie e trovò diverse apparecchiature elettroniche, schede, circuiti, memorie, e altro. Ma se avevano trovato un computer, di sicuro lo avevano portato altrove per esaminare il disco rigido fino all'ultimo byte.

Vide anche i vecchi, arrugginiti supporti del sistema di illuminazione sul soffitto, e notò le plafoniere esageratamente grandi. Al dottor Clayton piaceva vederci bene.

Si guardò intorno ancora per un po', poi tornò sopra. Trovò Alicia nel salotto, dove l'aveva lasciata, in piedi di fronte a un mucchio di detriti, le mani strette a pugno lungo i fianchi. Sembrava pronta a saltare fuori dalla sua stessa pelle.

«Trovato qualcosa?»

«Solo un'altra pila come questa.»

«Io... Mi dispiace se non sono riuscita a scendere con te» disse, senza guardarlo. «Solo che...»

«Non mi devi dare spiegazioni.»

«Non volevo, infatti. Ti sto solo dicendo che in questo momento non posso comportarmi diversamente.»

«Oh. Okay.» Fa lo stesso, pensò. Non era né il momento né il posto giusto per le spiegazioni. «Allora dovremo trovare un altro modo.»

Lei allargò le mani a indicare tutto quel disastro. «Stiamo sprecando il nostro tempo?»

«Forse. Ma so qualcosa sull'arte di nascondere la roba. Forse conosco un paio di trucchetti che loro non sanno. Una cosa che io so, per esempio, è che qualsiasi uomo tende a nascondere ciò che possiede di più prezioso vicino a sé: così può tenere d'occhio il nascondiglio, e arrivarci velocemente in caso di necessità.» La guardò. «Dov'era la camera da letto di tuo padre?»

«Sopra.»

«Hai problemi a salire?»

«No. C'era la mia stanza, lassù.»

Jack fece strada, seguendo le indicazioni di Alicia. Svoltarono a sinistra alla fine della scalinata e si ritrovarono nella camera da letto principale.

Forse prima aveva un'aria virile, o magari c'era ancora un qualche tocco femminile dai tempi in cui viveva lì la madre di Alicia: adesso, non era possibile neanche fare supposizioni. La stanza era stata distrutta fino alle pareti; qualsiasi indicazione che un tempo avesse potuto fornire sul carattere e la personalità di chi ci viveva giaceva ormai in un mucchio al centro del pavimento.

Vide una mazza di ferro e due piedi di porco appoggiati al muro, accanto a una zona particolarmente danneggiata della parete, nell'angolo opposto. Attraversò la stanza per guardare meglio.

«Guarda un po'» disse, sfiorando i bordi irregolari della parete. «Hanno aperto il muro qui.»

Dietro l'apertura frastagliata c'era una piccola stanza: una cabina armadio riadattata. Era piena di scaffali. Scaffali vuoti.

«Sembra una specie di libreria segreta. Tu ne sapevi qualcosa?»

Alicia, rigida e pallida, era immobile dall'altra parte della stanza, vicino alla porta, proprio sulla soglia.

Scosse la testa. «No.»

Che cosa teneva Clayton là dentro?, si chiese Jack. Giornali, materiali per ricerche, fogli? Le sue annotazioni su quello che tutti stavano cercando, qualunque cosa fosse?

Si voltò e diede un calcio al mucchio di rifiuti.

Nessun foglio.

«Be', qualunque cosa fosse conservata lì dentro adesso è sparita: o non c'era già più quando sono arrivati qui, o l'hanno presa loro.» Si avvicinò ad Alicia. «Proviamo in camera tua.»

«Camera mia? Perché?»

«Be', ha lasciato la casa a te, giusto? Forse ti ha lasciato anche qualcos'altro. Da che parte?»

Alicia indicò il corridoio che dava su una stanza immersa nel buio. Jack attraversò la porta e trovò un altro esempio di metodica distruzione. Indicò la pila di detriti nel mezzo.

«Riconosci qualcosa?»

«No.» Alicia era entrata dietro di lui e camminava con prudenza. «Perché dovrei? Me ne sono andata quando avevo diciotto anni e non sono mai tornata.»

«Neppure una volta?»

«Neppure una volta.»

Un oggetto piccolo e rotondo, scintillante, catturò l'attenzione di Jack. Si chinò e lo sollevò. Una piccola ruota di gomma.

«Ti piacevano le macchinine?» disse, sollevandola verso Alicia.

«No. Mai piaciute.»

«Forse tuo fratello, allora.»

«No... Thomas era un animale da divano... libri, film, videogame. Per lui le macchine servivano per andare da un posto all'altro senza dover camminare: per il resto non gli interessavano.» Portò la ruota alla luce, passandosela tra le dita. «Dov'è il resto?»

«Da qualche parte lì in mezzo, credo» rispose Jack, indicando la pila. «Io vado a controllare i bagni.»

«Perché?»

«Perché là ci sono i tubi.» Vide la sua espressione stupita e aggiunse: «Ti spiego dopo.»

«Bene. Io resto qui.»

Lasciò Alicia in ginocchio, a frugare in mezzo alla pila di rifiuti.

Tornò nella camera da letto di Clayton, afferrò uno dei piedi di porco e si diresse verso il bagno principale. In quei vecchi edifici potevi sempre contare su una cosa, se non c'erano mai state ristrutturazioni radicali: tubi di rame. Aveva visto i tubi di rame nella cucina, e i tubi di metallo offrivano un'opportunità unica se volevi nascondere qualcosa di metallico.

Un'occhiata al bagno mostrò che il lavandino e la tazza erano stati divelti, ma non avevano rimosso anche le mattonelle per portare alla luce i tubi. Non ancora, almeno.

Poi Jack si diresse verso la cabina armadio della camera da letto, che condivideva un muro con il bagno. Bussò sul muro. Suonò vuoto. Non faceva parte della casa originale. Il bagno probabilmente era stato ingrandito. Si inginocchiò e fece scorrere le dita sul bordo inferiore dell'ampio battiscopa finché non trovò un piccolo buco. Ci infilò la punta ricurva del piede di porco. Fu necessario solo un piccolo movimento, sarebbe bastato anche un cacciavite, e la cornice saltò, rivelando un vano di otto centimetri tra pavimento e muro.

Proprio come a casa, pensò Jack.

Nel corso degli anni aveva convertito un sacco di soldi in monete d'oro: un modo di gestire i suoi risparmi senza metterci in mezzo una banca. Li nascondeva nel suo appartamento incollandoli ai tubi dell'acqua. In quel modo, se qualcuno avesse messo sottosopra la casa, i gettoni sarebbero stati al sicuro. Anche se avessero avuto un metal detector: nessuno si stupiva se suonava passando sopra i tubi dell'acqua.

Jack infilò la mano e trovò i tubi che correvano dentro e fuori dal bagno. Ci vollero meno di cinque minuti perché le sue dita, frugando incessantemente, localizzassero l'oggetto incollato a un tubo.

«Ciao.»

Rimosse il nastro adesivo e lo tirò fuori.

Non poteva vedere bene cos'era lì al buio, ma sembrava duro e piatto, ricoperto di vinile. Si allontanò dalla cabina armadio per poterlo osservare alla luce.

Una custodia di vinile rossa a forma di cuneo. Sollevò la chiusura e tirò fuori una chiave. Sulla parte superiore era inciso il numero 137.

Jack sorrise. «Sono bravo o no?»

L'arabo e la sua squadra di demolizioni l'avrebbero trovata prima o poi, soprattutto se avevano davvero intenzione di buttare giù quel posto mattone per mattone. Ma adesso non avrebbero trovato proprio niente. Se lo erano meritato.

La chiave di un deposito di sicurezza, a quanto pareva. O forse di un lucchetto di un magazzino. Ma dove?

Ci penseremo dopo. Adesso dovevano tenere d'occhio l'ora.

Andò a recuperare Alicia.

6

La curiosità stava divorando Yoshio.

Aveva visto il *ronin* della Clayton pulire il parabrezza delle guardie, per poi chinarsi a guardare dentro la portiera. E poi nessuno era andato a disturbarli, quando lui e la Clayton erano entrati in casa.

Che cosa aveva fatto?

Yoshio non riuscì a resistere. Si avvicinò in fretta alla macchina. Quando passò davanti vide due sagome nei sedili anteriori così immobili che pensò fossero morti. Ma poi uno di loro si stirò, sollevando per un istante la testa, e ripiombò nell'incoscienza.

Come aveva fatto? Un gas? O gli aveva messo qualcosa nel caffè?

Molto furbo, pensò Yoshio. Molto 'pulito', come dicevano gli americani.

Ma sembrava proprio che, qualunque cosa avesse usato, stesse cominciando a perdere efficacia.

Yoshio continuò a muoversi, tenendo d'occhio la casa. Sperava davvero che la Clayton e il suo *ronin* avessero fortuna nella loro ricerca. Yoshio voleva che quello che si trovava dentro la casa venisse scoperto e portato alla luce.

Perché a quel punto non sarebbe più stato un semplice osservatore. Sarebbe entrato in scena.

In realtà, avrebbe preferito confrontarsi con un avversario prevedibile come il Sam Baker dell'arabo, invece che con quello straniero veloce, duro e creativo. Ma Yoshio non aveva il minimo dubbio: sarebbe stato in grado di gestire entrambi. Aveva molti anni di esperienza in quel campo. Ed era pronto a intraprendere qualsiasi passo fosse necessario per avere successo. Il Gruppo Kaze non avrebbe accettato alcun risultato diverso.

Ma sarà meglio che lei e il suo ronin *facciate in fretta, signorina Clayton. O temo che presto avrete una compagnia molto meno amichevole di me, in quella casa.*

7

«Questa casa contiene la chiave che indica la strada per tutto ciò che volete ottenere» disse Jack, porgendo la chiave ad Alicia. «Questa potrebbe essere la chiave. L'hai mai vista?»

Lei era ancora in ginocchio sul pavimento, non lontano dal punto in cui l'aveva lasciata. Guardò la chiave ma non la prese in mano.

«No. Dove l'hai trovata?»

«Nascosta nel ripostiglio di tuo padre. Non è che per caso sai qual era la sua banca?»

Alicia scosse la testa. «Non ne ho idea.» Sollevò il telaio di una macchinina. «Guarda cosa ho trovato. Ho rimesso a posto la ruota.»

Stava impazzendo? Perché si era messa a giocare con una macchinina?

«Congratulazioni. Senti, dobbiamo andare a...»

«E funziona ancora. Guarda.»

Accese un piccolo interruttore e le ruote cominciarono a girare. Posò il giocattolino a terra: si lanciò in una corsa tra le tavole e andò a sbattere contro il muro. Rimase lì con il muso piantato contro la parete, mentre le ruote continuavano a girare.

«La porteremo con noi» disse Jack. Era preoccupato per i due bestioni che ronfavano fuori, nella macchina. Forse adesso si stavano svegliando. «Così ci puoi giocare per tutta la notte.»

«Non fare il saccente, Jack. Forse sono un po' nervosa e irritabile, ma non ho perso il cervello. Riesco ancora a pensare.» Alicia strisciò sul pavimento e recuperò la macchinina, poi la riportò nella posizione di prima. «Questo giocattolo non appartiene a questo posto. Quell'uomo non si divertiva con i gingilli, e la macchinina è completamente fuori luogo nella mia stanza. È per questo che ho cercato gli altri pezzi. E sono contenta di averlo fatto. Guarda.»

Rimise a terra la macchinina, questa volta voltandola verso la parte opposta. Non appena le ruote toccarono terra, fece un giro di centottanta gradi e si diresse verso il muro, andando a sbattere cinque o sei centimetri più a sinistra rispetto al punto in cui era andata a finire un minuto prima.

Jack stava per dirle che non avevano tempo per giocare con le macchinine, che fossero fuori luogo nella sua stanza o meno, ma qualcosa nell'ostinazione con cui quell'affare continuava a sbattere contro lo stesso muro lo fece esitare.

«È la settima, anzi, l'ottava volta che va a finire contro quel muro» disse lei. «Posso rivolgerla in qualunque direzione, ma non cambia nulla: otto volte su otto è andata a sbattere proprio lì.»

«Dici sul serio?»

Jack si chinò e la sollevò, rigirandosela tra le mani. Niente di speciale: una macchinina telecomandata a cui era stata tolta la scocca. Rimaneva solo il telaio di metallo, con le quattro ruote, il motore, il meccanismo dello sterzo, il vano batteria e un'antenna.

Le ruote giravano ancora, quindi la posò a terra e la puntò verso Alicia. Fece inversione e ancora una volta andò a sbattere contro il muro.

«Adesso sono nove su nove» disse.

Jack ora era davvero interessato.

«Dov'è il resto?»

«Qui.» Gli passò il piccolo corpo di plastica.

«No» disse lui. «Dov'è il telecomando, la scatoletta che controlla lo sterzo?»

«Non l'ho vista.»

Controllò di nuovo la scocca di plastica. A quanto pareva

qualcuno l'aveva rimossa dal telaio, probabilmente per controllare se ci fosse nascosto dentro qualcosa. Riunì i due pezzi.

«Sembra più una Jeep che una macchinina» disse Alicia.

Jack controllò il portellone posteriore.

«Un po' più lussuosa. È una Land Rover.»

«Una cosa?»

Jack alzò lo sguardo e vide Alicia che adesso si era alzata in piedi e fissava il giocattolo con gli occhi spalancati.

«Una Land Rover. Macchine inglesi, che...»

«Il testamento... parla di un rover. Due volte... in quelle folli citazioni.» Schioccò le dita e fissò il soffitto. «Com'è che dicevano? La prima era: *Clayton lies still, but blood's a rover*. E l'altra... l'altra diceva: *Whiter away, fair rover, and what thy quest?*»

Jack provò una scossa di eccitazione quando sentì che tutti i tasselli entravano al loro posto. Forse 'la chiave che indica la strada' non era affatto una chiave. Forse era semplicemente un oggetto che indicava una direzione.

Posò di nuovo il giocattolo a terra e lo osservò fare il suo spettacolino: finì di muso contro il muro, nello stesso punto.

Quel piccolo *rover* stava indicando qualcosa. Poco, ma sicuro.

«Che cosa cerchi? Proprio una bella domanda» disse. «Aspetta qui.»

Tornò di buon passo verso la camera da letto, afferrò il martello e un piede di porco. Per un momento pensò di aprire un buco con il martello in una delle assi che sbarravano le finestre per dare un'occhiata alle guardie nella macchina, ma poi lasciò perdere. Rischiava di attirare l'attenzione, se faceva troppo rumore.

«E adesso che facciamo?» chiese Alicia quando lui tornò nella stanza.

«In questo muro c'è qualcosa che attrae il nostro piccolo amico. Resta qui, io scopro che cos'è.»

Sollevò il martello e lo abbatté di piatto contro il muro.

8

Il telefono squillò proprio quando Kemel stava finendo le preghiere della sera.

«C'è qualcuno nella casa.» Era la voce di Baker. «Pensiamo che sia quel tizio assunto dalla donna. Sto andando là.»

Un campanello d'allarme scattò dentro l'animo di Kemel con la forza di una scossa elettrica. Com'era possibile? Solo il giorno prima si era offerta di vendere e lui aveva accettato il suo prezzo. Perché aveva mandato qualcuno a fare irruzione nella casa?

A meno che...

A meno che non sapesse qualcosa; a meno che non avesse capito il motivo per cui la casa valeva così tanto e avesse mandato il suo uomo a cercarlo.

Kemel chiuse gli occhi e digrignò i denti. Il condotto di aerazione! C'era davvero qualcuno lì, allora. L'uomo di Alicia Clayton. E doveva aver sentito qualcosa.

«Come è successo?»

«Ha usato un qualche gas stordente per mettere al tappeto i miei ragazzi. Si sono appena svegliati. Mi hanno chiamato subito. Credono che sia ancora lì dentro.»

«Sono felice che mi abbia chiamato.»

«Non che avessi molta scelta.»

Kemel riusciva a sentire l'orgoglio ferito nella voce di Baker, ma non poteva farci nulla. Dopo il fiasco del rapimento della scorsa settimana, Kemel teneva il mercenario al guinzaglio. Aveva l'obbligo di informare Kemel di ogni sviluppo in tempo reale, e non doveva fare nulla, assolutamente nulla, senza prima concordare ogni passo con lui. L'operazione era troppo vicina al completo successo per rischiare un incidente causato dai modi troppo diretti di Baker. Anzi, se Kemel non avesse avuto bisogno di forze di sicurezza per la casa, lo avrebbe licenziato la settimana precedente.

«Ma il tempo passa» disse Baker. «Sto andando lì adesso. Se è lo stesso tizio del furgoncino, voglio esserci.»

«Non voglio che sia intrapresa alcuna azione prima del mio arrivo.»

«Potrei non avere scelta.»

«Non faccia nulla se non sono presente. È chiaro?»

«Chiaro» rispose Baker con voce tirata. «Ma non mi assumo alcuna responsabilità per ciò che quell'uomo potrà fare prima del nostro arrivo.»

«Non credo che sarà un gran problema, dato che adesso mi passerà a prendere e andremo assieme.»

«Ma lei abita sulla Settantesima. Ci vorrà troppo tempo.»

«Aspetterò in strada» disse Kemel, e riagganciò.

9

Jack all'inizio manovrò con attenzione il martello, temendo di danneggiare qualsiasi cosa fosse nascosta dentro. Ma scoprì subito che quello era un vecchio, solido muro. Avrebbe dovuto usare i muscoli. Gli ci volle un po' più di quanto avesse programmato, ma alla fine riuscì a fare un bel buco.

Alicia si affacciò alle sue spalle. «Trovato niente?»

«Niente dentro questo muro a parte... il muro.» Si voltò e guardò il giocattolo che Alicia teneva in mano. «Ma allora perché...?»

E poi capì.

«Oh, diavolo.»

Jack prese il piccolo Land Rover e lo posò nella sala dall'altra parte del muro. La macchinina corse per tutto il pavimento e finì contro la parete opposta.

«Che cosa c'è di là?» disse Jack.

«La stanza di Thomas.»

Jack portò la macchinina nella stanza di Thomas (non era ridotta meglio di quella di Alicia) e di nuovo la posò sul pavimento. Attraversò tutta la camera e si fermò contro il muro.

Jack la fissò, sorpreso. «Questo maledetto aggeggio non era attratto dal muro. Vuole solo andarsene in città. E tanti saluti a enigmatici indizi celati nell'intonaco.»

E poi un pensiero lo colpì. «O forse vuole solo andarsene nel giardino anteriore.»

Ah, perfetto. Anche in tal caso, non potevano certo prendere piccone e zappa e mettersi a scavare.

Avevano già sprecato troppo tempo con quel piccolo ammasso di ferraglia. Ma almeno avevano la chiave.

«Andiamocene.»

La macchinina era ancora in funzione, le ruote giravano mentre il muso era schiacciato contro il muro. Jack resistette all'impulso di liberarla nel corridoio, e invece la prese in mano.

«Te la porti dietro?»

Spense il motore e se la ficcò in tasca.

«Sì.»

«Perché?»

«Non ne sono sicuro.»

E diceva sul serio. Ma aveva la sensazione che fosse meglio non buttarla via. Troppi aspetti di quella folle situazione convergevano su quella macchinina, il *rover* del testamento, sull'ostinazione con cui correva sempre nella stessa direzione, 'indicando' il nord. Jack non aveva ancora finito con quel giocattolo.

10

Finalmente!, pensò Alicia mentre scendevano le scale. Stiamo lasciando questo posto, alla buon'ora.

E non avevano trovato nulla.

Cominciò a spegnere le luci lungo il cammino.

«Lascia perdere» disse Jack. «Non ha senso cercare di nascondere che siamo stati qui. Thomas e il suo amichetto arabo lo sapranno non appena vedranno quel muro distrutto.»

Uscirono dalla porta sul retro, e Alicia sobbalzò e gridò quando sentì una voce che latrava alla loro sinistra.

«Fermi!»

Si voltò e vide due imponenti figure all'angolo. Dalla strada arrivava abbastanza luce per cogliere il riflesso delle armi che impugnavano. Poi il fascio luminoso delle torce si fissò sui loro volti, e Alicia rimase accecata per un istante.

«Mani in alto. Tutti e due!»

Le guardie della macchina?

«Dio, che razza di coglione che sono» mormorò Jack unendo le mani sopra la testa. «Quel maledetto gas ha esaurito il suo effetto.»

«Questa è casa mia!» disse Alicia, sbattendo gli occhi per la troppa luce.

«Tornate dentro» disse la voce, agitando la torcia a sottolineare le sue parole. «Tutti e due. Aspettiamo gente. Vorranno parlarvi.»

Che cosa ci faranno?, si chiese Alicia mentre un gelido velo ammantava le sue viscere. Ci tortureranno? In quale inferno ci faranno finire prima di rendersi conto che non abbiamo trovato nulla?

«Piantatela...»

La voce fu interrotta da un rumore sibilante, *fut*! Due colpi. E poi la luce si spense nei loro occhi. Alicia vide le due figure accasciarsi al suolo. La torcia rotolò a terra e il fascio di luce illuminò gli occhi spalancati, fissi, il sangue che colava sui loro volti.

Alicia urlò e Jack si abbassò sulle ginocchia, tirandola giù con sé. Lei vide la pistola che teneva in mano, rivolta verso quell'angolo.

«Sono... sono morti?» sussurrò Alicia.

«Cazzo, sembra proprio di sì.» La sua pistola non smetteva mai di muoversi, spostandosi da una parte all'altra.

«Li hai ammazzati così, su due piedi?»

Lui fermò la pistola e la tenne davanti a lei per un istante. «Vedi un silenziatore? Questa era nella fondina quando quei due sono finiti a terra. Qualcun altro li ha fatti fuori.»

«Qualcun altro? Ma non erano le guardie che stavano davanti alla casa?»

«Proprio loro.»

«E allora chi...?»

«Che sia dannato se lo so. Ieri l'amico arabo di tuo fratello ha detto che aveva paura che ciò che cercava in questa casa potesse finire nelle 'mani sbagliate'. Credo che significhi che c'è un terzo giocatore in questa partita.»

Un suono acuto la fece sobbalzare.

«Che cos'è?» disse Alicia, stringendo il braccio di Jack. Affondò le unghie nella carne.

Il suono si ripeté, veniva da uno dei corpi.

«Sembra un cellulare. Qualcuno li sta chiamando.»

Jack sembrava sul punto di mettersi a frugare nelle tasche dei tizi e rispondere.

«Andiamocene» disse Alicia.

«Non c'è un altro vicolo da quella parte, non è vero?»

Lei scosse la testa: la casa era addossata all'edificio a fianco sul lato ovest.

«Allora meglio se ce ne andiamo attraversando la casa. È più sicuro che mettere piede in quel vicolo.»

Lei non poteva che dargli ragione. E per la prima volta, fu bello attraversare quella porta.

Mentre lei faceva strada fino all'ingresso, sentì Jack che imprecava e si malediceva.

«Ho lasciato che si svegliassero! Che cazzata. Sono un idiota sconsiderato. A momenti ci facevo ammazzare, tutti e due.»

Si fermò quando raggiunsero la porta. Girò la chiave, poi lentamente, delicatamente, la aprì. Solo uno spiraglio.

Alicia sbirciò da sopra le sue spalle. La macchina delle guardie era ferma accanto al marciapiede, il motore ancora acceso, le portiere chiuse. Jack sporse la testa e controllò il giardino.

«Via libera, pare. Andiamo.»

Spalancò la porta e la fece passare sul portico anteriore.

«Muoviamoci. Senza fermarci. Non correre, ma cammina svelta, molto svelta, alla tua destra. Faremo il giro lungo intorno alla macchina.»

Alicia cominciò a camminare, come le aveva detto, ma poi il terrore di sentire un *fut!* e di fare la fine delle due guardie la paralizzò. Soffocò un urlo, cominciò a correre.

11

«Dannazione!» disse Sam Baker. Batté il pollice sul telefonino per chiudere la chiamata. «Perché cazzo non rispondono?»

Lasciò il cellulare sul sedile tra lui e l'arabo e si concentrò sulla guida. Mott e Richards erano due dei suoi migliori uomini, ma si erano fatti fregare da quel tizio della Clayton. Quando l'avevano chiamato la prima volta sembravano mezzo addormentati, ma si stavano riprendendo velocemente. Quando avevano riagganciato erano quasi al cento percento e stavano andando verso la casa per vedere se quel tipo c'era ancora.

Baker sperava che lo avessero beccato e fossero troppo impegnati a risistemargli la faccia per rispondere al telefono.

Se è lo stesso tipo del furgoncino, pensò, lasciatene un po' anche per me.

Il rene gli faceva ancora male.

Ma per qualche motivo Baker dubitava che fosse andata così. Dopo tre chiamate, qualcuno avrebbe dovuto rispondere a quel maledetto telefono.

Se l'operazione fosse andata a puttane i committenti avrebbero preteso la sua testa. Avrebbero dato tutta la colpa a lui. E addio al bonus, addio al giro buono in Arabia Saudita. E non sarebbe stata neppure colpa sua, dannazione! Si sentiva sempre più a disagio ogni istante che passava. Svoltò sulla Trentottesima, imboccò l'isolato, accelerò verso la casa dei Clayton. C'era qualcosa che non andava, lo sentiva.

«Guardi!» disse Muhallal, indicando attraverso il finestrino. «Quella è Alicia Clayton!»

Baker strinse gli occhi per mettere a fuoco. C'era qualcuno che scendeva i gradini di accesso alla casa e correva verso il marciapiede. Cazzo, sembrava proprio lei. E poi vide il tizio che la seguiva...

«È lui! È quel figlio di puttana della settimana scorsa. Quello di cui le ho parlato!»

La rabbia squarciò il cervello di Baker con la forza di un proiettile. Diede gas e la macchina scattò in avanti.

«No!» urlò Muhallal. Afferrò il braccio di Baker. «No! Fermi la macchina! Non voglio che sappiano che siamo qui!»

«Non se ne parla! Ho un conto in sospeso con quel figlio di...»

«Si fermi immediatamente o si consideri licenziato!»

Baker capì dal tono di voce che l'arabo diceva sul serio. Merda. Sollevò il piede dall'acceleratore e osservò le due sagome che si allontanavano veloci sul marciapiede.

«Ma sono stati nella casa» disse, era così infuriato che gli tremavano le mani contro lo sterzo. «Probabilmente hanno rubato qualcosa! Non vuole rientrarne in possesso?»

Baker se ne sbatteva di quello che potevano aver preso. Tutto quello che desiderava era mettere le mani su quel fottuto pezzo di...

«Se hanno rubato *qualcosa,*» disse Muhallal «allora sì, certo che la rivoglio. E la riavrò. Ma se se ne stanno andando con delle informazioni, informazioni che io non posseggo, allora le voglio ancora di più.»

«Non capisco.» Gli sarebbe davvero piaciuto sapere che diavolo ci fosse dietro tutta quella storia.

Muhallal indicò la strada. «Li segua. Ma non si faccia scoprire. Se la riporta a casa, lo seguiremo fin dove vive e scopriremo quello che sa lui. Se vanno da qualche altra parte, allora dobbiamo sapere dove. Non dobbiamo permettere che fuggano.»

«Di questo non si preoccupi» disse Baker, facendo ripartire la macchina. «Dove va quella donna, vado io.»

«È sicuro?»

«Sì. Al cento percento.» Non riuscì a nascondere un ghigno.

«Quella piccola gita che le abbiamo fatto fare la settimana scorsa, sa, quelle 'bravate idiote' che lei odia così tanto? Non è stata del tutto inutile. Non l'ho avvertita, ma ho piazzato un segnalatore in fondo alla borsa a tracolla che la Clayton porta sempre. Non può andare da nessuna parte senza che noi lo veniamo a sapere.»

L'arabo non commentò.

Che problema c'è?, pensò Baker. Il cammello ti ha mangiato la lingua?

Prese il cellulare.

«Chi sta chiamando?» chiese l'arabo.

«I ragazzi che avrebbero dovuto tenerli lontani dalla casa.»

Ancora nessuna risposta. Riagganciò al sesto squillo.

Se Mott e Richards erano impegnati a cambiare i connotati a qualcuno, avevano preso il tipo sbagliato. Quello giusto era davanti a loro, in strada.

Poteva essere un brutto segnale. Molto brutto.

Baker fece il numero di Kenny. Forse avrebbe avuto bisogno di una mano. L'arabo, sicuro come la morte, non sarebbe stato d'aiuto.

Ma chi altro poteva chiamare, della squadra? Diavolo, meglio chiamarli tutti. Convocare tutti quegli stronzi, dal primo all'ultimo. Così avrebbero portato le attrezzature elettroniche. E sarebbero venuti armati fino ai denti.

Quella sera avrebbero preso a calci qualche culo. Come si deve.

12

Yoshio aspettò che Kemel Muhallal e il suo mercenario arrivassero alla fine dell'isolato prima di ripartire e mettersi all'inseguimento. Li aspettava, ma aveva sperato che la Clayton e il suo investigatore avessero il tempo di filarsela prima dell'arrivo di Muhallal.

L'arabo però li aveva visti e adesso li stava seguendo.

Yoshio si chiese se sarebbe stato costretto a intervenire di nuovo.

Aveva visto le due guardie riprendere conoscenza e barcollare fuori dalla macchina: il guidatore si era appoggiato a una staccionata e aveva vomitato sull'asfalto. Li aveva osservati prendere il cellulare e fare una chiamata. Sapeva che Alicia Clayton aveva poco tempo a disposizione per trovare ciò che stava cercando. Quando i due avevano tirato fuori le pistole e si erano diretti al retro della casa, si era chiesto cosa fare: lasciare che la prendessero e le rubassero quello che aveva trovato? O fermare i due e lasciarli fuggire?

Aveva scelto l'ultima opzione.

Era stato quasi troppo facile. Le due guardie erano così occupate a tenere d'occhio la donna e il suo *ronin* che avevano scordato di guardarsi alle spalle. Un colpo veloce alla testa a entrambi, con la calibro 22 con il silenziatore: non c'era voluto altro. Poi si era ritirato nel suo punto di osservazione, in attesa.

Aveva aggiornato il calcolo delle vittime. Contando il primo investigatore di Alicia Clayton, l'avvocato, e quel piromane che Baker e i suoi uomini avevano fatto fuori sotto gli occhi di Yoshio, quei due morti portavano il totale delle vittime connesse con il segreto di Ronald Clayton a duecentocinquantadue. O almeno, erano quelle di cui Yoshio era a conoscenza. Quante ancora ce ne sarebbero state?

Si chiese se il segreto valesse così tanto. Altrimenti, il Gruppo Kaze lo stava pagando per nulla.

Tamburellò le dita sul volante mentre ripercorreva i vari scenari nella mente. Se solo avesse potuto essere sicuro che la Clayton aveva trovato un indizio, allora la sua scelta sarebbe stata semplice: avrebbe ammazzato Muhallal e Baker e avrebbe preso lei. Pulito e semplice, ma disastroso, se lei non aveva nulla. Avrebbe rivelato la sua presenza per niente.

Naturalmente, forse si era già compromesso uccidendo quei due uomini sul retro della casa, ma aveva la sensazione che il *ronin* sarebbe stato incolpato della loro morte. O almeno, Yoshio lo sperava. Fino a quel momento il fatto che nessuno sospettasse della sua esistenza aveva reso il suo lavoro molto più semplice.

Vide Baker che seguiva una berlina bianca. Si teneva molto lontano. Yoshio seguiva Baker, chiedendosi quando avrebbe dovuto prendere la sua decisione.

La Chevrolet del *ronin* si diresse a est, poi a nord verso il ponte sulla Cinquantanovesima, che portava a Queens.

Lasciavano la città. Interessante. Poteva essere il segnale che stava aspettando. Ma poco dopo averli seguiti sulla Long Island Expressway, verso est, a Yoshio fu risparmiato il compito di scegliere se agire o meno. Un furgoncino nero si piazzò davanti alla macchina di Baker. Lo stesso furgoncino che avevano usato nel rapimento fallito la settimana precedente. Baker gli fece i fari.

Rinforzi?, si chiese Yoshio. Sembravano intenzionati a fare sul serio.

Quindi adesso era una fila di quattro macchine, con Yoshio a chiudere il gruppo.

Ma a quel punto Baker e i suoi uomini fecero qualcosa di strano: la macchina e il furgoncino cominciarono a restare indietro... troppo indietro, pensò Yoshio.

Non avevano paura di perderla?

Tuttavia, forse sapevano dove stava andando.

Sì, si stava rivelando una notte davvero interessante. Forse, decisiva. Yoshio aveva la sensazione che il meglio dovesse ancora venire.

Era quasi un peccato farsi pagare per quella missione, pensò. Si accomodò meglio dietro il volante e continuò a guidare.

13

Non credo che questa storia mi piaccia, pensò Alicia quando Jack si fermò dall'altra parte della strada rispetto a un piccolo ranch in fondo a un viottolo sterrato nel bel mezzo del nulla.

Erano usciti dalla Long Island Expressway, avevano superato periferie e piccole cittadine, e poi si erano ritrovati in campagna, e adesso erano là.

«Voglio tornare indietro, Jack.»

Lo aveva già detto una dozzina di volte. Di sicuro ormai Jack doveva pensare di avere accanto un disco rotto.

Un disco rotto. Una questione irrilevante le passò per la testa: la nuova generazione, cresciuta con il digitale, avrebbe mai saputo come suonava un disco rotto?

«Te l'ho detto: ti riporterò a casa non appena sarò sicuro che nessuno ci stia seguendo.»

Uscì e rimase con la portiera aperta, fissando la buia strada di campagna. Alicia si voltò e guardò attraverso il lunotto posteriore.

«Non c'è nessuno, Jack.»

«Ma c'era. Ci sono stati dietro appena siamo partiti. È per questo che ho fatto questa piccola deviazione.»

'Piccola' non era l'aggettivo che Alicia avrebbe scelto per descrivere quella traversata. Aveva avuto una giornata lunga, una notte folle. Dannazione, quando sarebbe finito quel giorno?

Rientrare in quella casa era stato già terribile, ma poi quei due uomini erano stati ammazzati proprio davanti ai suoi occhi. Il volto insanguinato, gli occhi fissi: li aveva visti solo per un istante, eppure le immagini continuavano a pulsarle nel cervello.

La morte. Così tante morti connesse con quella casa.

E adesso voleva solo che quella spaventosa notte avesse fine. Quanto avrebbe voluto essere nel suo appartamentino, con le sue piante, dentro il suo letto, a fare un bel sonno. O quantomeno a cercare di addormentarsi. Di sicuro non voleva vagare in quella terra di contadini a est di Long Island.

Soprattutto in compagnia di un uomo armato, che ripeteva che qualcuno li stava seguendo quando anche un cieco si sarebbe accorto che non era vero.

«Okay, Jack. Magari qualcuno ci ha seguito per un po'. Ma adesso non c'è nessuno là fuori. Possiamo tornare a casa?»

Lui alzò gli occhi e guardò il cielo. Alicia seguì il suo sguardo. Una tersa, fredda notte invernale, con una mezza luna e un milione di stelle a fare luce.

«C'è più di un modo per seguire qualcuno. E fidati di me, è tutta la notte che ci stanno dietro. Lo sento.» Si chinò e afferrò le chiavi. «Forse è meglio entrare.»

Alicia guardò la piccola casa alle sue spalle. La luce della luna era più che sufficiente per vedere che cadeva a pezzi. La zanzariera pendeva sbilenca dai cardini, e c'era un vecchio pick-up che arrugginiva in mezzo all'erba alta fino al ginocchio, di un marrone invernale, nel giardino.

«Là dentro?»

«Sì. È mia.» Fece un ghigno. «Questo 'delizioso ranch con due camere da letto' è la mia casa di campagna.»

«Non ci credo.»

«Andiamo. Solo pochi minuti. Ho la sensazione che presto avremo compagnia e preferirei essere dentro quando arriveranno.»

Alicia guardò di nuovo la strada alle sue spalle. «Jack... non sta arrivando proprio nessuno.»

«Solo dieci minuti. Se non si fa vedere nessuno, ce ne andiamo. Okay?»

«Okay.» Controllò l'orologio. «Dieci minuti, non un secondo di più.»

Lo vide prendere uno stuzzicadenti dalla tasca, poi inginocchiarsi e armeggiare accanto alla portiera, vicino alla maniglia. Le luci di cortesia si spensero.

«Ma che fai?»

«Mando fuori uso la luce.»

Spezzò lo stuzzicadenti e chiuse la porta senza girare la chiave.

«E perché, in nome di dio?»

«Vedrai. Non farà niente di male se non ci hanno seguiti. Andiamo.»

Lo seguì per il viottolo. Lui aprì la porta e accese le luci. Alicia si fermò sulla soglia e guardò dentro.

Prima cosa: l'odore. La muffa e l'umidità avevano fatto una festa là dentro. E poi, l'aspetto: il tappeto del salotto era lurido, il mobilio rovinato e scheggiato, e qua e là nella stanza, vicino al soffitto, angoli di carta da parati si curvavano come brani di pelle, mettendo in mostra l'intonaco marcio.

«Questa sarebbe la tua 'casa di campagna'? Da quant'è che non entri qui dentro?»

«Questa è la prima volta.» Chiuse la porta e tirò le tende. «La casa è la mia trappola.»

«Per la caccia?»

«No. Per situazioni come questa: se c'è qualcuno che mi segue, oppure lo sospetto e non posso esserne sicuro.»

«Hai comprato una casa in questo posto sperduto solo per questo motivo?»

Lui annuì sollevando una lamella della tenda. Sbirciò fuori. «Esattamente. Sì. Volevo tre cose: che fosse isolata, non richiedesse troppa manutenzione e costasse poco.»

Lei si guardò di nuovo intorno. «Non so quanto l'hai pagata, ma di sicuro le prime due le hai ottenute.»

«Era abbastanza economica perché mi potessi permettere alcuni miglioramenti.»

«Miglioramenti? Dove?»

«Non sono visibili.»

«Puoi dirlo forte. Sembra la casa di un drogato di crack.»

Lui scoppiò a ridere e continuò a guardare fuori dalle veneziane. «Oh, certo. Chissà cosa ne sai tu.»

«Ne so parecchio» rispose, ferita dal suo sarcasmo. «Ci è capitato di recuperare bambini malati da genitori drogati. Non hai neppure la minima idea di ciò che ho visto.»

Jack la fissò. «Hai ragione. È vero. Mi dispiace. Sono sicuro che ci sono un sacco di cose che non so di te.»

Che cosa voleva dire?, si chiese Alicia quando Jack si voltò per guardare di nuovo attraverso le veneziane. Stava quasi per chiedergli spiegazioni ma poi si trattenne.

Calmati, si disse. Stanotte ti sei comportata in modo un po' strano. Okay, non solo un po'. È normale che adesso si faccia delle domande su di te. Chiunque lo farebbe.

Diede un'occhiata all'orologio: erano passati tre minuti. Ancora altri sette, poi lo avrebbe costretto a mantenere fede alla sua parola e si sarebbe fatta riportare a casa.

«Oh-oh» disse lui dalla finestra. «Abbiamo compagnia.»

Si scansò e le tenne alzata la tapparella. Alicia sbirciò fuori.

Fuori, dietro il derelitto pick-up, c'erano una macchina e un furgoncino. Il suo cuore cominciò a battere furiosamente quando riconobbe il furgoncino. Si stavano fermando.

14

«Tutti quanti, scendete dal lato della strada» disse Baker al cellulare, fermandosi dietro al furgoncino. Non c'era nessun motivo di far sapere quanti uomini aveva portato con sé.

Aprì la portiera e saltò fuori per prendere il comando. Poteva quasi sentire il sangue cantare nelle sue vene, fluire negli arti, pizzicare i polpastrelli. Quello era l'ambiente naturale di Sam Baker. Era in quei momenti che si sentiva davvero vivo.

«Ricordi» disse l'arabo, sporgendosi verso di lui. «Non dovete colpire la donna.»

«Sì, me l'ha detto.»

Glielo ripeteva da quando avevano imboccato la Long Island Expressway. Lo sapeva bene. Muhallal aveva posto quella condizione fin dal primo giorno. Okay. Non avrebbero colpito la donna.

Ma quel tipo... era tutta un'altra storia.

Soprattutto da quando Baker aveva saputo di Mott e Richards. Appena aveva capito che non avrebbero risposto, aveva chiamato Chuck e l'aveva spedito, zoppicante, a dare un'occhiata. Chuck era felice di avere qualcosa da fare. Non era in grado di fare molto altro, con il braccio destro ridotto male e il ginocchio con il tutore: tutti regalini del tizio nella casa.

Ma, quando lo aveva richiamato, Chuck era un bel po' sotto shock. Mott e Richards erano morti. Colpi alla testa. Proiettili a punta cava, a quanto sembrava.

Baker aveva già sentito parlare di rabbia cieca, ma non l'aveva mai sperimentata prima. Era stato così furioso, aveva urlato così forte, che per poco non era uscito fuori strada.

Non che Mott e Richards non si meritassero di morire. Quanto erano stati stupidi. Prima si erano fatti fregare con il gas, e poi avevano lasciato che quel tizio li fottesse all'aperto. Se l'erano meritato, cazzo.

Certo, era brutto che dei ragazzi che conosceva fossero stati mandati al creatore: ma per di più era successo mentre lavoravano per lui. Era uno schiaffo in faccia a Sam Baker. Un affronto. Non poteva permettere che quel tizio vivesse abbastanza a lungo per raccontarlo.

Invece, poteva farlo strillare come un maiale prima che morisse.

Quando li raggiunse, i sei uomini che gli restavano, Kenny e gli altri, erano fuori dal furgoncino, si infilavano i giubbotti e controllavano le armi. Indicò il grande mercenario di colore in ginocchio, che si allacciava le scarpe.

«Briggs. Va' a controllare la macchina. Solo per sicurezza. Questo tizio è uno sveglio, quindi fa' attenzione, se non vuoi fare la fine di Mott e Richards.»

Briggs impugnò il suo Tec-9 e si avviò verso la Chevy, mentre Baker si voltava verso Perkowski e indicava il palo del telefono. «Perk. Sali su e taglia i fili.» Poi indicò Barlowe. «Prendi DeMartini con te, coprite il retro della casa.»

Briggs tornò mentre i due si dirigevano verso la parte posteriore dell'edificio.

«La macchina è a posto» disse Briggs.

«Ehi, guardate.»

Baker si voltò e vide Kenny che indicava la casa. Guardò nella direzione indicata da suo nipote e notò due figure attraverso le veneziane aperte. Un secondo dopo le tapparelle si chiusero di nuovo.

«Sanno che siamo qui. Muoviamoci. Dov'è il mio Tec?»

Kenny tirò fuori uno dei Tec-9 dal furgoncino e glielo passò. Baker lo prese con una mano sola. Controllò il caricatore, poi fece scorrere il carrello. Adorava quei giocattolini. Sputavano fuori trentadue pallottole in un battito di ciglia.

«Andiamo.»

«Aspetti» disse una voce dietro di lui. «Vengo con voi.»

Oh, merda. L'arabo doveva scegliere proprio quel momento per farsi venire le palle.

«Non credo che sia una buona idea. Potrebbe esserci una sparatoria.»

«È proprio quello che temo. La donna non deve essere colpita.»

«Non si preoccupi. Non...»

«Vengo anch'io. Avanti.»

Baker lo fissò e pensò: Se non fossi tu a pagare, piagnucoloso cretino, ti ficcherei la canna di questo gioiellino dritta nel naso e ti farei venire un mal di testa da nove millimetri.

Sorrise. «Okay. Come vuole. Ma non se la prenda con me se la feriscono.»

15

«Perché le hai alzate?» disse Alicia quando Jack tirò la cordicella per abbassare le veneziane.

«Volevo essere sicuro che sapessero che siamo qui.» Fece un passo indietro e scosse la testa. «Hanno fucili d'assalto. Sembrano intenzionati a fare male sul serio.»

Le viscere di Alicia si contrassero in una morsa di puro dolore. Uomini armati, che la cercavano: come diavolo si era cacciata in quella situazione?

«Vuoi dire che ci ammazzeranno?»

«Be', è praticamente l'unica cosa che sanno fare quei Tec-9. Distruzione totale a corto raggio.» Le scoccò un rapido sorriso. «Ma non te. Ammazzarti è l'ultima cosa che vogliono.»

Alicia notò che non aveva formulato l'ovvia conclusione: ammazzare Jack era la prima voce della loro lista.

Will Matthews, dove sei quando ho bisogno di te?

«Chiama la polizia» disse lei, improvvisamente in preda al panico. Non voleva che Jack facesse la fine dei tre uomini che aveva già coinvolto in quella faccenda. «Forse se sapessero che la polizia sta arrivando...»

«Gli sbirri non farebbero mai in tempo. E anche se ci riuscissero, noi non li chiameremmo lo stesso.»

Attraversò il salotto ed entrò nel piccolo cucinotto accanto. Alicia lo seguì.

«Senti, Jack. So che non ami la polizia, ma c'è una dozzina di uomini armati fino ai denti qua fuori e...»

«Otto» disse, inginocchiandosi davanti a una credenza polverosa e scheggiata e allontanandola dal muro. «E uno di loro non è armato. O almeno non ha tirato fuori la pistola.»

Sul muro dietro la credenza c'era quello che sembrava il comando di un sistema di sicurezza. Jack cominciò a digitare il codice.

«Va bene, otto!» disse, mentre la rabbia e la frustrazione montavano dentro di lei. «Non ha importanza quanti sono. C'è un piccolo esercito fuori e qui dentro siamo solo io e te. E tu che cosa fai? Metti un allarme? Non abbiamo bisogno di allarmi, abbiamo bisogno di aiuto!»

«No, abbiamo bisogno di filare via. Ed è così che ce la faremo.» Rimise la credenza contro il muro e si avviò verso il retro. Le fece segno di seguirlo. «Andiamo.»

Le fece strada per la cucina senza accendere la luce. Svoltarono a sinistra dopo il frigorifero, verso una porta aperta, buia.

«Questa conduce allo scantinato. Il corrimano è sulla destra. Appena chiuderai la porta io accenderò la luce.»

Lo scantinato era solo parzialmente finito: metà mattoni a vista, metà pannelli. Jack camminò sul pavimento lurido, raggiunse una sezione del muro coperta dal rivestimento, sfiorò il bordo superiore, e tirò. Tutta la sezione del muro si distaccò dalla parete, ruotando su cardini. Dietro, c'era un'apertura circolare, un metro e venti di diametro.

«Ma che hai in mente?»

«Non in mente» disse Jack. «Ce l'ho sotto terra.»

«Un rifugio antibomba?» Il pensiero di ficcarsi dentro quel buco oscuro, rannicchiata, nascosta, mentre dei soldati armati di fucili automatici le davano la caccia... era troppo. «Oh, no. Non credo di poterlo fare.»

«È un tunnel.» Alicia capì dal suo tono che stava per perdere la pazienza. «Ci porterà fino al campo dall'altra parte della strada. Andiamo. Non abbiamo molto tempo.»

Le passò una torcia e le fece segno di andare per prima. Alicia fece un profondo respiro, si abbassò e strisciò per pochi metri. Si ritrovò in un condotto di metallo galvanizzato; freddo, ma sorprendentemente pulito. Jack la seguì, chiudendosi il muro alle spalle. Accese la torcia mentre l'oscurità calava su di loro.

«Illumina un po' lassù» disse lui.

Chiuse una specie di catenaccio nella sezione rimovibile del muro, poi la superò. Prese la torcia e cominciò ad avanzare lungo il tunnel.

«Da questa parte.»

«Ho forse scelta?» disse lei, chiedendosi quando, e dove, sarebbe finita quella notte.

16

«Dobbiamo portare a termine la missione molto in fretta» Baker sentì dire a Muhallal mentre si avvicinavano alla porta.

L'arabo continuava a guardare su e giù per la strada, come se fosse alla ricerca di un qualche segno di vita. Niente là fuori, a parte l'oscurità.

«Teme che qualcuno possa chiamare la polizia?» disse Baker.

«Sì. Certo. Non sono un cittadino americano e non ho l'immunità diplomatica. Il mio arresto causerebbe grande imbarazzo alla... alla mia organizzazione.»

E qual è la sua organizzazione?, si chiese Baker. Si scervellava su tutta quella faccenda fin dall'inizio.

«Non si preoccupi. Non ci vorrà molto.»

«E non si scordi...»

«Lo so, lo so. Non abbia paura per la ragazza.»

«Esatto. Fate quello che volete all'uomo, ma lei non deve essere colpita.»

Se me lo ripeti un'altra volta...

«Venga con me» sussurrò a Muhallal mentre dava ordine ai suoi uomini di avanzare a lungo raggio su entrambi i lati della porta di ingresso.

Era sempre una buona idea tenere lontano dalla linea di fuoco il tipo che paga i conti.

Disse a Briggs di andare per primo. Il bestione aprì la porta e saltò dentro agitando la pistola davanti a sé, a destra e sinistra. Gli altri accorsero subito dietro.

Baker si concesse un mezzo minuto, più o meno, insieme a Muhallal. Osservò le luci che percorrevano tutta la casa, poi gli fece segno di seguirlo.

Era quello il posto in cui viveva il tizio assunto dalla Clayton? Sembrava una discarica.

«Stanza da letto, pulita» disse Briggs, sbucando da un corridoio.

«Camera sul retro, pulita» disse Toro, dietro di lui.

Pochi secondi dopo Kenny si affacciò dalle scale che portavano allo scantinato e attraversò la cucina. «Niente qui sotto.»

«Ma che cazzo!» disse Baker, grattandosi la testa.

Si fermò in fondo alla sala principale e tirò su la finestra. Per qualche orribile istante non riuscì a individuare Barlowe e DeMartini: avevano fatto la stessa fine di Mott e Richards? Ma poi li avvistò.

«Non è uscito nessuno dal retro?» chiese.

«Negativo» rispose Barlowe.

Baker si voltò e si guardò intorno. «Merda. Sappiamo solo che sono qui dentro. Li abbiamo visti.»

Vide che quel coglione di un arabo lo guardava, lo giudicava. Se mandava a puttane l'operazione e se li faceva scappare...

«Ehi, guardate qui» disse Perkowski dall'ingresso. Puntava la canna del fucile contro una cordicella appesa al soffitto.

«Bene, bene, bene» disse Baker scansando Muhallal per poter dare un'occhiata da vicino. «Che abbiamo qui? Una scala retrattile, a quanto pare.»

«E sembra proprio che abbiamo anche una cassaforte a muro» disse Briggs rimuovendo un quadro che ritraeva una tigre dal muro del salotto.

«La controlleremo dopo. Adesso, penso che quel fottuto ratto si sia andato a nascondere in una bella trappola.»

Voleva prendere quel tizio. Cazzo, quanto lo voleva.

Alzò il suo Tec e diede a Perkowski il via libera per tirare la corda. «Avanti.»

Perkowski tirò e la botola si spalancò.

Baker si inginocchiò, pronto a sparare al primo rumore, al primo segno di pericolo. Ma qualcosa si mosse dal rettangolo di oscurità.

Perkowski fece scorrere la scala ripiegata. Quando toccò il pavimento, un oggetto nero iniziò a scivolare verso il basso. Scorreva su dei binari fissati agli scalini superiori.

Baker impiegò un secondo o due per capire cos'era. Un piccolo cannone.

«Indietro» urlò.

E si sentì un cretino quando il piccolo cannone arrivò alla fine del suo percorso e si fermò con uno scatto, sputando fuori una bandierina rossa dalla bocca.

C'erano delle lettere gialle scritte sopra: BANG!

Aspetta che ti prenda, coglione, pensò Baker, guardando la scaletta mentre Perkowski e Toro ridevano. Ti darò una bella lezione. Una lunga lezione.

«Abbiamo a che fare con un comico» disse Perkowski.

«Un vero clown» disse Toro.

Perkowski salì la scaletta, tenendo il Tec davanti a sé. «Io odio i clown.»

«Sta' attento, Perk» disse Toro. «Ricordati di Mott e Richards.»

«Oh, non preoccuparti» rispose Perkowski. «Richards era mio amico. Me lo ricordo bene.»

La testa di Perkowski e il suo Tec furono inghiottiti dall'oscurità che aleggiava oltre l'apertura. Poi una risata secca, senza allegria.

«Oh. Certo. Questo tizio è un vero clown.»

«Che cos'è?» disse Baker, arrampicandosi dietro a Perkowski.

Era in piedi su un gradino basso, dovette allungarsi per poter guardare all'altezza del pavimento oltre la schiena di Perkowski. Un'occhiata veloce gli bastò per inquadrare una mezza dozzina di cannoni giocattolo, identici a quello sulla scaletta, disposti su entrambi i lati della botola. Una cordicella correva fino a una lampadina nuda proprio sopra.

Baker si abbassò e scivolò a terra.

«Non mi piace. Scendi giù.»

«Ehi, altri giocattolini del pagliaccio» disse Perkowski, afferrando la cordicella della luce. «Diamo un'occhiata.»

«Io non lo farei...» iniziò a dire Baker, ma venne soffocato dall'urlo lacerante di una mezza dozzina di colpi di fucile che venivano esplosi nello stesso istante.

Il corpo di Perkowski, la testa e le braccia ridotte a una poltiglia sanguinolenta, rotolò giù dalla scaletta e cadde addosso a Toro.

Baker non riuscì più a tenere sotto controllo la furia. Un altro dei suoi uomini a terra! Quel figlio di puttana!

Alzò il Tec-9 e cominciò a sparare. Ficcò tutti i trentadue proiettili nel soffitto che correva per tutto l'ingresso, e stava mettendo un altro caricatore quando una mano gli strinse il braccio.

«La donna!» Era Muhallal, e il suo volto era un misto di rabbia e paura. «Ucciderà la donna!»

Baker stava quasi per dirgli di andarsene affanculo quando delle urla di dolore si alzarono dal soggiorno. Svoltò l'angolo e vide Briggs che si contorceva tra atroci spasmi, con la mano attaccata al muro.

«Ma che cazzo?»

«La cassaforte!» annaspò Briggs. «Non era chiusa. Ho visto un po' di contante, ma quando ho allungato la mano mi ha infilzato!»

Baker vide il sangue che gocciolava dall'apertura circolare e colava lungo il muro.

«Sei un coglione!»

«Devi tirare fuori questa cosa, amico!» piagnucolò Briggs. «Penso che mi abbia passato da parte a parte. Non posso muovermi. Mi sta uccidendo!»

Merda!, pensò Baker. Che altro poteva andare storto?

Fu allora che il *bip* cominciò.

Tutti si paralizzarono. Persino Briggs smise di gemere.

Veniva dal mobile mezzo rovinato dell'impianto stereo in fondo alla stanza. Kenny si avvicinò e aprì le porte.

Un display led mostrava un conto alla rovescia. Le cifre erano gigantesche, rosse. Ogni volta che scattava un nuovo numero, un *bip*.

... 28... 27... 26...

Kenny si inginocchiò per guardare meglio, poi fece un salto indietro.

«Cristo, Sam, è una bomba!»

Baker si paralizzò per un istante, poi si avvicinò di un passo. Kenny non capiva nulla di bombe. Quello era il suo campo.

Baker sentì la pelle tendersi su tutto il corpo quando riconobbe il C4. Conosceva quella roba. L'aveva usata per sistemare la macchina dell'avvocato. E quel pezzo aveva un sacco di fili che entravano e uscivano.

... 25... 24... 23...

«Be', non restare lì impalato, Sam!» urlò Kenny. «Disinnescala!»

«In venti secondi? Temo proprio di no.»

... 22... 21...

Alle spalle di Baker, Briggs ricominciò a lamentarsi, invocando Dio e sua madre, invocando aiuto.

«Io me ne vado!» disse Toro, correndo verso la porta.

«Ehi» urlò Briggs. «Dove vai? Ehi, ragazzi, non lasciatemi qui con una bomba! Vi prego, ragazzi! Vi prego!» L'ultima frase fu un lungo lamento trascinato.

... 20... 19...

Baker notò che l'arabo si dirigeva verso la porta. Non ne fu sorpreso. Avrebbe voluto seguirlo, andare molto, molto lontano da quella bomba, ma...

«Sam?» disse Kenny, pallido come un morto. «Non dovremmo...?»

«Hai il tuo coltello?» disse Baker, tirando fuori dalla guaina il coltello delle Forze Speciali.

... 18... 17...

«Certo.»

«Allora tiralo fuori e vieni qui. Subito!»

«Ehi, Baker» disse Briggs, con gli occhi spalancati, vedendoli correre verso di lui con i coltelli. «Che vuoi fare?»

«Dovrei tagliarti il braccio per aver ficcato la mano dove non dovevi» disse Baker, fermandosi sul braccio destro di Briggs. «E forse sarò costretto a farlo, ma prima proviamo qualcos'altro. Tirati indietro.» Diede una botta al muro alle spalle di Briggs, sopra e alla sinistra rispetto alla cassaforte, e disse a Kenny: «Taglia un buco lì. Presto!»

... 16... 15...

«Non riusciremo mai a tirare quella cassaforte fuori dal muro!» disse Kenny, e la sua voce era un paio di ottave più acuta del solito.

«Lo so.»

Si mise a lavorare sul muro immediatamente sopra la cassaforte, sfondando l'intonaco con il manico del coltello. Dopo aver ritagliato un'apertura, girò il coltello e usò la lama seghettata per arrivare a un montante, poi scese verso il basso.

... 14... 13...

Cercò di sembrare calmo, Kenny non doveva pensare che fosse in preda al panico, ma il suo cuore batteva come un martello pneumatico. Sentiva il sudore che gli colava giù lungo tutta la schiena.

Non appena la lama raggiunse la parte superiore della cassaforte, spinse contro l'intonaco, incassando il pezzo tagliato nella parete.

Baker si guardò intorno e vide suo nipote che armeggiava furiosamente con il suo pezzo di muro. Il volto era pallido come cera, i capelli rossi per il contrasto sembravano fiammeggianti. Ma avrebbe fatto il suo lavoro.

«Dài, Kenny!»

... 12... 11...

«Non voglio morire perché Briggs è un cretino, Sam» disse Kenny mentre Baker si dava da fare sulla sezione in alto a destra rispetto alla cassaforte.

«Neanch'io, figliolo. Ma non lasci uno dei tuoi ragazzi nella merda se puoi salvarlo. Anche se è uno stronzo.»

Era una delle prime regole dei SOG. Se c'è un uomo caduto dietro le linee nemiche, ti giochi praticamente tutto per riprenderlo.

... 10... 09...

Sentì Kenny sfondare la sua parte, e poi anche lui finì con la seconda apertura. Si mise in punta di piedi e guardò dentro il buco. Dannazione. Aveva bisogno di più luce.

«Kenny, prendi la lampada là sopra.»

«Sam...»

Dannazione, suo nipote stava quasi per mettersi a piangere.

So come ti senti, ragazzo, ma devi resistere. Resta con me. Non abbandonarmi.

«Fallo!»

... 08... 07...

Kenny prese la lampada e la tenne in alto. Gli tremavano le mani.

Adesso Baker riusciva a vedere, e avvistò la molla di innesco che aveva ficcato il chiodo dentro il braccio di Baker.

«Eccola la puttana.»

... 06... 05...

Infilò la mano e inserì la punta del coltello sotto la molla. Anche la sua mano cominciava a tremare e la punta mancò la presa.

«Andiamo! Andiamo!»

Posizionò di nuovo la punta, poi sbuffò mentre con tutta la forza che aveva cercava di forzare il chiodo fuori dalla cassaforte. Si mosse. Sentì Briggs sibilare a denti stretti mentre il chiodo si ritraeva lentamente dalla carne.

... 04... 03...

Con un urlo perforante, Briggs diede uno strattone e liberò il braccio dalla cassaforte. Si lanciò in una corsa forsennata verso la porta.

Kenny era subito dietro di lui. Baker chiudeva la fila, saltò giù dai gradini e buttò Kenny a terra.

«Giù la testa!»

17

«Dove siamo?» disse Alicia mentre Jack la aiutava a salire la scaletta in fondo al tunnel.

«Guarda tu stessa.»

Alicia si voltò lentamente per ritrovare l'orientamento. Erano usciti nel bel mezzo di una macchia di arbusti. A una quindicina di metri, sulla destra, vide la macchina a noleggio bianca, ancora dove l'avevano parcheggiata. Dietro la macchina c'era la casa di Jack. Tutte le finestre erano illuminate.

«Siamo dall'altra parte della strada» disse.

«Giusto. Possiedo anche questo terreno.»

«E adesso noi cosa...?»

Alicia saltò quando l'onda d'urto divampò dalla casa, seguita da una raffica di mitra.

«Mio dio, ma che è successo?»

«Qualcuno è appena diventato carne da macello, credo.»

«Vuoi dire che è morto?»

Jack annuì. «Quasi sicuramente. Te l'ho detto: quel posto è la mia trappola. Pieno zeppo di aggeggi mortali.»

Alicia lo guardò. Aveva imparato ad apprezzarlo, persino a fidarsi di lui, per quel poco che aveva potuto conoscerlo: una cosa insolita per lei, perché la lista di persone di cui si fidava era molto corta. Ma c'erano così tante cose che non sapeva di lui. E adesso aveva davanti agli occhi una verità di cui non si era resa conto prima. Forse l'aveva sospettata, ma di certo non aveva voluto affrontarla: sotto la maschera dell'uomo comune, banale, che non attirava l'attenzione in nessun modo, c'era una persona capace, anzi, desiderosa di uccidere, quando era necessario.

Ed era solo a un metro da lei. Le si seccò la gola. Fece un passo indietro.

«Tu... hai ammazzato uno di loro?» Cercò di decifrare la sua espressione nel buio.

«Mi piace pensare che si sia ammazzato da solo. Andando in un posto in cui non aveva alcun diritto di andare, facendo una cosa che non aveva il diritto di fare.»

Alicia si sentiva priva di forze, tremava. Fece un altro passo indietro. «È spaventoso.»

«Ti preoccupi per loro?»

«Io non sono un'assassina.»

«Ma loro sì» rispose lui piano, con gli occhi fissi sulla casa. «Hanno ammazzato il tuo investigatore, hanno bruciato vivo Benny la Torcia, e hanno fatto saltare in aria il tuo avvocato. Com'è che si chiamava?»

«Weinstein... Leo Weinstein.»

Dio, si era quasi scordata del povero Leo.

«Okay. Lo hanno fatto a pezzi. E per cosa? Perché faceva il suo lavoro. Credi che la signora Weinstein abbia qualcosa in contrario se somministriamo agli assassini di suo marito un po' della loro stessa medicina? Io non credo proprio.»

«Non so cosa possa pensare la signora...»

Ma Jack non la ascoltava più. Continuò a parlare. La sua voce diventava sempre più bassa, più fredda.

«Ma non lo sto facendo per la signora Weinstein, né per il tuo avvocato, neppure per Benny la Torcia, che conoscevo di vista. Lo faccio per me e, che ti piaccia o no, per te.»

«Non per me. Io non ho mai voluto...»

«Perché loro sono degli assassini. E una volta che devi affrontare dei killer, e credimi, li dobbiamo affrontare tutti e due, c'è solo un modo per cavarsela: devi prenderli prima che loro prendano te. Sennò prima o poi te ne pentirai, te lo garantisco. Perché in qualche modo ti troveranno: magari per caso, magari dopo averti cercato a lungo, ma prima o poi le vostre strade si incroceranno di nuovo, e a quel punto ti faranno fuori senza la minima esitazione. O almeno ci proveranno.»

Il tono di Jack, tranquillo, sicuro, le gelò il sangue.

Ma in che casino mi sono cacciata?

«Eccoli» disse.

Alicia spostò lo sguardo e vide due figure che uscivano di corsa dalla porta.

«Dove sono gli altri?» Jack sembrava preoccupato.

«Qualcosa che non va?»

«Non ne sono sicuro.» Quando le afferrò il braccio, Alicia si ritrasse, ma lui la tenne stretta. «Da questa parte. E tieni la testa bassa.»

Ancora piegati, la condusse fino alla macchina e con la massima delicatezza aprì la portiera dal lato del guidatore. Le luci di cortesia non si accesero, e adesso lei capiva perché avesse bloccato il contatto con uno stuzzicadenti. Le fece cenno di muoversi.

«Passa dall'altra parte e tieni la testa giù» sussurrò.

Entrò al suo fianco e chiuse la porta piano. Inserì la chiave nel quadro ma non la girò. Invece, si sporse verso di lei e fissò la casa.

«E adesso... guarda. Non ci vorrà molto.»

18

Combattendo contro il panico, Kemel si accucciò accanto alla ruota posteriore sgonfia del pick-up arrugginito nel giardino e osservò la casa. Il mercenario che aveva seguito fin là era accucciato accanto a lui.

Come era possibile che così tante cose andassero per il verso sbagliato in una sola sera? Come era possibile?

All'inizio tutto quel casino lo aveva turbato. Soprattutto quando aveva scoperto che le due guardie erano state uccise. Due cadaveri, che potevano condurre la polizia direttamente fino a Kemel, e quindi a Iswid Nahr. Sarebbe stato umiliato al cospetto di Khalid Nazer. Baker aveva detto che avrebbe fatto 'scomparire' i due corpi, ma era sicurezza in sé, o vuota spacconeria?

Forse no. Kemel doveva ammettere che era rimasto decisamente impressionato dal modo in cui Baker aveva gestito i suoi uomini. Sembravano tutti ben allenati e rispondevano con disciplina militare ai suoi ordini. Ed era anche stato così previdente da piazzare un transponder su quella donna, la Clayton.

La sua opinione di Baker stava migliorando. Se solo non fosse stato così testardo.

Ma poi la situazione era precipitata rapidamente. Un morto, un altro infiocinato come un animale preso in trappola, e la casa sul punto di esplodere da lì a pochi secondi.

E dove era adesso Baker? Perché era ancora dentro? Stava cercando di disinnescare la bomba?

Improvvisamente tre uomini si lanciarono dalla porta: il mercenario che era rimasto intrappolato, si chiamava Briggs, seguito da vicino da Baker e da quello con i capelli rossi.

Briggs correva verso il pick-up mentre Baker e l'altro si buttavano sull'erba. Kemel si abbassò e si portò le mani alle orecchie.

Un secondo dopo sentì un debole contraccolpo: veloce, secco, come uno sparo.

Aspettò qualche altro istante, ma non sentì nessuna esplosione. Alzò prudentemente la testa, solo di pochi centimetri, per poter scorgere oltre il portellone del pick-up. Vide Briggs, in piedi dall'altra parte, che si reggeva il braccio pieno di sangue.

«Figli di puttana!» urlò Briggs. «Voi, fottuti bastardi cacasotto! Mi avete lasciato lì a farmi saltare il culo, e l'unica cosa che è esplosa è stata una miccetta!»

«Cosa?» chiese il mercenario accanto a Kemel alzandosi in piedi.

«Proprio così, Toro!» urlò Briggs barcollando verso di loro. «Una fottuta M-80! E guardatevi, coglioni, tutti nascosti dietro un camion, da bravi fottuti ratti di fogna che siete!»

Uno dei mercenari che prima avevano controllato il retro della casa corse davanti al pick-up.

«Ma che diavolo?» Fissò il braccio insanguinato di Briggs. «Che ti è successo?»

«Vuoi davvero saperlo?» chiese Briggs. «Toro, racconta a DeMartini cosa...»

«Scappate!»

Kemel guardò la casa e vide che Baker si era alzato in piedi e strattonava il mercenario dai capelli rossi, spingendolo dietro la fiancata dell'edificio.

«Allontanatevi dal pick-up!»

Gli altri tre mercenari non lo stavano ascoltando, ma Kemel pensò che se scappava Baker, faceva meglio a scappare anche lui... più veloce che poteva.

«Bravo!» urlò Briggs alle sue spalle mentre Kemel si lanciava nella corsa. «Scappa! Fottuto topo di fogna arabo! Scappa prima che io...»

L'esplosione prese Kemel di sorpresa. Un attimo prima

correva, un attimo dopo stava volando, come se una mano gigantesca si fosse abbattuta sulla sua schiena e lo avesse scaraventato in aria. La notte era piena di rumore e luce e pezzi di metallo che volavano.

Kemel atterrò e rotolò e rimase giù, steso, con le mani sopra la testa, aderendo più che poteva alla fredda e dura terra.

E poi tutto ebbe fine.

Kemel scosse la testa mentre rotolava su sé stesso. Si mise in ginocchio. Riusciva appena a sentire qualcosa, un fischio acuto gli riempiva il cervello. Si guardò intorno e vide frammenti roventi e pezzi in fiamme sparsi dappertutto. Il mercenario che si era nascosto al suo fianco dietro il pick-up era ancora solo una sagoma oscura a terra. Era sicuro che quello ferito, Briggs, e quello chiamato DeMartini, non fossero ridotti meglio, dall'altra parte del rottame in fiamme.

Ma qualcuno si stava muovendo. Baker spuntò dalla fiancata della casa, alzando i pugni nel cielo della notte. Kemel riusciva a vedere la rabbia sul suo volto. Fissò la bocca spalancata e la vena che gli pulsava nel collo: stava urlando.

Ma Kemel non poteva sentirlo. E ne era felice.

Guardò la strada alle sue spalle e si accorse che la macchina bianca che avevano seguito prima era scomparsa.

Kemel abbassò la testa e pregò. Altrimenti si sarebbe messo a piangere.

19

Yoshio si ritrovò a sghignazzare sonoramente mentre osservava tutta la scena dalla macchina.

Quella sera era stata una bellezza. Quando aveva sentito degli spari da dentro la casa, aveva pensato al peggio: Muhallal e i suoi tirapiedi avevano ammazzato il *ronin* della Clayton. Ma quando aveva visto delle figure che scappavano dalla casa e si rifugiavano dietro il pick-up arrugginito davanti alla casa, si era aspettato che iniziasse una sparatoria.

Ma come poteva esserci un conflitto a fuoco se Alicia Clayton e il suo *ronin* si stavano infilando in macchina dall'altra parte della strada?

L'esplosione aveva chiarito tutto. Una piccola esplosione, o l'imminente minaccia di un'altra, più grande, aveva fatto uscire tutti dalla casa. Erano andati fuori, al sicuro, apparentemente. E quale posto migliore per ripararsi dai detriti vaganti? Cosa c'era di meglio del pick-up che arrugginiva là fuori, in una posizione così comoda, così perfetta?

Ma la casa non era programmata per esplodere. Perché distruggere una casa assolutamente utilizzabile se si poteva far uscire gli intrusi con una falsa bomba e indurli a radunarsi intorno a quella vera?

E mentre i detriti del pick-up distrutto ancora volavano in aria, la macchina bianca del *ronin* aveva cominciato a muoversi, e si era messa in strada a fari spenti. Perdendosi nella notte.

Yoshio batté le mani. Così semplice. Così elegante. Bravo, *ronin-san*!

Fortunatamente, Muhallal era sopravvissuto. Yoshio voleva vivo l'arabo. Era l'unico, oltre al fratello della Clayton, a sapere perché quella casa valesse così tanto.

Osservò Baker che urlava la sua rabbia alla notte. Il mercenario ancora in vita dei due che aveva mandato a sorvegliare il retro della casa gli si avvicinò. Yoshio abbassò il finestrino per sentire che cosa stava gridando Baker.

«Chi è questo tizio? Lo voglio! Lo voglio! Chi sei, figlio di puttana? Fatti vedere! Dài, faccia a faccia! Io e te! E nessun altro! Niente trucchi! Solo io e te!» La voce di Baker si distorse in un urlo. «Chi cazzo sei?»

Ottima domanda, pensò Yoshio. Chi era quel *ronin*?

Ovviamente, non era solo un guardaspalle in affitto. Era un uomo che si trovava a proprio agio con la violenza ma la usava con giudizio, e con stile. Era un uomo che aveva esperienza nel suo campo e intendeva restarci a lungo, come testimoniava quella casa, trasformata con così grande cura in una trappola. La casa diceva a Yoshio che il *ronin* faceva progetti a lunga scadenza e poteva farsi trovare pronto per qualsiasi evenienza, o quasi.

Il che voleva dire che Yoshio doveva essere estremamente cauto nel progettare la sua mossa successiva.

Perché Yoshio era deciso a incontrare il *ronin* prima che Muhallal e Baker, per un qualche cieco colpo di fortuna, riuscissero a metterlo con le spalle al muro e ammazzarlo. Yoshio era sicuro che il *ronin* sapesse qualcosa. Doveva aver scoperto un qualche segreto in quella casa.

Resistette all'impulso di mettere in moto e seguirlo. Calcolò i rischi e decise che era poco saggio passare davanti alla casa proprio in quel momento. Baker o uno dei suoi scagnozzi potevano benissimo svuotargli addosso un paio di caricatori, e avevano fucili d'assalto. Non aveva molta paura della loro mira, ma un colpo fortunato poteva sempre beccare il serbatoio del gas, o, peggio ancora, colpire lui.

No, li avrebbe ripresi quando sarebbe tornato a Manhattan.

E allora lui avrebbe saputo cosa avevano scoperto nella casa dei Clayton.

20

«Davvero, Jack, voglio andare a casa.»

O almeno voleva scendere da quella macchina. Aveva la nausea.

Invece di dirigersi verso la città, Jack aveva proseguito, verso est, correndo ai confini di Long Island. Era arrivato agli Hamptons, poi aveva svoltato a nord finché non aveva raggiunto le case d'epoca e le coste deserte di Sag Harbor. Adesso si stavano infilando nel parcheggio di un posto chiamato Surfside Inn. Alicia sapeva che non si faceva surf a Sag Harbor; anzi, quel motel fatiscente non era neppure vicino all'acqua.

«Non possiamo rischiare di tornare in città. Adesso li abbiamo colpiti, ma non sappiamo di quante riserve dispone l'arabo. Potrebbe avere delle sentinelle sulle autostrade, pronte a seguirci a casa. Perciò io dico di fare il giro largo.»

«E va bene.» Alicia voleva solo che quella notte avesse fine. «E allora perché ci siamo fermati qui?»

«Per passarci la notte.» Sollevò la mano prima che lei potesse rispondere. «Fidati di me. Torneremo domattina, nessuno ci troverà. Se ci proviamo stanotte, potrebbe scoppiare qualche altro casino.»

Dannazione, pensò Alicia. Sa esattamente cosa deve dire. L'ultima cosa che desiderava era altra violenza.

«Va bene. Ma non possiamo trovare un posto un po' più decente?»

«Non siamo esattamente in alta stagione. Questo posto è aperto, l'insegna CAMERE DISPONIBILI è accesa, e poi dobbiamo restare qui solo una dozzina di ore, non di più. E, cosa ancora migliore, il parcheggio non si vede dalla strada. Aspetta qui.»

Prima che lei potesse protestare, Jack scese dalla macchina e si diresse verso la reception.

Alicia chiuse gli occhi, cercando di schiarirsi la mente. Era un incubo. Quel disastro non era successo davvero. Presto si sarebbe svegliata e avrebbe scoperto che era stato solo un sogno orribile.

Sobbalzò sentendo bussare al finestrino: era Jack, con una chiave in mano. Indicava una fila di porte alla sinistra della macchina. Trascinò le sue membra fuori; le sembrava che le sue ossa fossero di piombo.

Jack aprì la porta con il numero 17 e la tenne aperta per lei. Alicia entrò, lui la seguì e si chiuse la porta alle spalle.

Era arredata un po' meglio della 'casa di campagna' di Jack, ma altrettanto ammuffita. Tende a fiori, coperte a fiori sui due letti a due piazze. Solo il tappeto non era a fiori.

«Quale vuoi?» chiese Jack.

«Di che parli?»

«Il letto.»

«Stai scherzando. Vuoi dire che dividiamo la stessa camera? Senti, magari siamo in una situazione di crisi, ma di sicuro io posso permettermi di...»

«I soldi non c'entrano nulla. È il modo più sicuro.» Indicò di nuovo i letti. «Allora, quale scegli?»

Alicia indicò quello più vicino al bagno.

Dio, quanto voleva una doccia. Bramava una doccia. Ma non aveva abiti puliti, quindi che senso avrebbe avuto?

«Va bene» disse Jack, buttandosi sull'altro letto. «Allora questo è il mio.» Prese fiato per tirare fuori una voce baritonale alla Charlton Heston. «Però mettiamo in chiaro una cosa: so che sei pazza di me, ma non farti venire strane idee.»

Sta cercando di rassicurarmi, pensò lei, e non riuscì a reprimere un sorriso. «Credo che ce la farò a trattenermi in qualche modo.»

«Ottimo. Perché io sono impegnato.»

Alicia capì che non scherzava sull'ultima parte. Lo osservò un momento, cercando di capire che sentimenti provasse per quell'uomo. C'erano così tante cose di lui che la terrorizzavano; era una creatura mostruosa, letale. Quanti uomini aveva ammazzato quella notte? E tuttavia condivideva la stanza di un motel con lui e non solo gli credeva quando diceva di essere impegnato, ma quasi invidiava la donna che aveva conquistato il suo cuore.

Non posso affrontare questa cosa adesso, pensò mentre si avvicinava al letto. Ho bisogno di dormire, ho bisogno di un break, di un po' di riposo.

Erano successe troppe cose quella sera. Alicia aveva la sensazione di essere intrappolata in una nube gelatinosa, le pareva di muoversi lentissima verso il letto. Quel meraviglioso letto.

Troppe cose... troppe cose. Era andata in cortocircuito. Aveva bisogno di stendersi.

Alla fine raggiunse il letto. Si infilò sotto le lenzuola.

«Buonanotte» disse e si tirò le coperte sopra la testa.

Silenzio e oscurità. La benedetta oscurità.

21

«Buonanotte» disse Jack, guardando Alicia che si rannicchiava in posizione fetale sotto le coperte.

Era strana, d'accordo. Ma in fin dei conti, tutti i Clayton erano strani, in un modo o nell'altro.

E adesso?

Avrebbe dovuto seguire l'esempio di Alicia e chiudere gli occhi, ma era troppo eccitato per dormire. La chiave... che cosa apriva? E quel maledetto piccolo Land Rover... Qualcosa nell'ostinazione con cui tentava di arrivare al giardino anteriore di casa Clayton lo tormentava.

Si alzò e si diresse alla porta. Aprì la Chevy, tirò fuori la macchinina dal sedile posteriore, e la portò fino al centro del parcheggio.

«Va bene, signor Rover,» disse, spostando la levetta su ON «vediamo adesso dove vai.»

Lo posò sull'asfalto, girandolo verso est, o almeno così credeva, e lo lasciò andare. La macchinina immediatamente scappò via e sterzò quasi subito a sinistra. Jack pensava che avrebbe fatto un'inversione a U e si sarebbe diretta di nuovo verso di lui, invece fece una svolta solo di tre quarti, e poi si lanciò in una corsa lungo il parcheggio.

Jack la seguì e la afferrò prima che si infilasse sotto una Accord parcheggiata.

Si era diretta a ovest, di nuovo verso casa dei Clayton, o piuttosto, verso il suo giardino. Forse il sistema direzionale si era rotto?

Guardò le stelle. Per fortuna era una fredda, tersa notte invernale. Individuò il Grande Carro, tracciò una linea partendo dal bordo esterno e trovò la stella polare. Il nord.

Tornò al punto di partenza, girò il Rover verso est... e dannazione, si dirigeva preciso preciso verso la Accord.

Trovò di nuovo la stella polare. A Murray Hill, la macchinina si era ostinatamente diretta verso nord, verso il giardino anteriore, aveva pensato. Ma adesso voleva dirigersi a nordest, lontano dal giardino.

Che cosa era cambiato?

La posizione del Rover, per dirne una.

O qualcuno aveva manomesso i controlli, ovunque si trovasse?

Sarebbero state necessarie ulteriori ricerche, e in condizioni migliori.

Domani avrebbe passato tutto il giorno a ragionarci su. E sarebbe andato alla ricerca della serratura di quella chiave.

Tornò nella stanza, portandosi dietro il Rover. Non voleva lasciarlo nella macchina tutta la notte. Meglio non abbassare la guardia. Qualcuno, girando per il parcheggio, avrebbe potuto vederlo, rubarlo.

Tornò in camera più silenziosamente che poteva. Riusciva a scorgere il corpo di Alicia sotto le coperte, rannicchiato.

Da cosa ti stai nascondendo?

Sentì un misto di ammirazione e pietà per lei. Sapeva che si sarebbe infuriata se avesse saputo che la compativa, e tuttavia, era quello che provava. Da qualche parte, in qualche modo, era stata terribilmente ferita, e lui aveva compassione di chiunque fosse stato segnato così in profondità. Ma aveva combattuto, e ancora combatteva, a quanto pareva, una valorosa battaglia per attenuare gli effetti di quello che le era stato fatto.

Come si sarebbe svegliata la mattina successiva?

Jack si lasciò cadere sull'altro letto e fissò il soffitto chiazzato, riflettendo, finché il sonno non arrivò a reclamarlo.

22

Kemel Muhallal sedeva con mani tremanti. Tremava anche dentro. Si sentiva come un jet lanciato dentro un'infinita tempesta.

Si abbandonò sul divano del suo appartamento, il cuore troppo ghiacciato per le preghiere, il corpo troppo esausto per trascinarsi a letto.

Per la prima volta da quando era arrivato in quella terra maledetta del vizio iniziava a nutrire dei dubbi sull'esito della sua missione. Si era aspettato di incontrare difficoltà, sicuramente, prima di mettere le mani sulla tecnologia di Clayton, ma non così tante. La Clayton aveva assoldato il diavolo in persona.

Quando aveva visto che la sua macchina non c'era più, avrebbe voluto usare il transponder per trovarla, ma non era stato possibile. I corpi... tutti quei corpi dovevano essere rimossi prima che arrivasse la polizia. Lui, Baker e i due membri del suo team ancora in vita avevano dovuto trascinarli sul furgone. E poi avevano dovuto scappare in fretta, come sciacalli nella notte.

Un'esperienza umiliante, straziante.

Ma ne sarebbe valsa la pena, se avesse scoperto che Alicia Clayton e il suo diavolo avevano trovato qualcosa nella casa.

E adesso, la vendita? Haffner aveva comunicato all'avvocato della Clayton che i suoi clienti avrebbero corrisposto quanto richiesto. Ancora nessun responso da parte di lei. Avrebbe risposto, dopo quella sera?

In caso contrario, l'intera operazione avrebbe subìto un ritardo di settimane. E cosa avrebbe comportato questo per Ghali? Kemel doveva tornare a casa per aiutare suo figlio.

Si sfiorò la barba. Lo strattonavano, lo tiravano in così tante direzioni diverse. Che cosa doveva fare?

Se avesse fallito nella sua missione e non fosse riuscito a mettere al sicuro la tecnologia di Clayton, avrebbe dovuto fare in modo che nessun altro potesse metterci le mani.

Sta' calmo, ordinò a sé stesso per la millesima volta da quando aveva varcato la soglia di casa.

Ma come poteva restare calmo? E se la mattina seguente avesse preso il giornale e avesse letto in prima pagina che la tecnologia Clayton veniva annunciata a tutto il mondo?

Rabbrividì pensando alle ripercussioni per la sua madrepatria, per l'intero Medio Oriente. La sua nazione sarebbe tornata a essere l'Arabia Saudita di suo padre, che si faceva da solo le scarpe e viveva con i suoi compagni beduini in tende fatte di pelle di capra o in capanne di fango vicino alle oasi, senza elettricità, senza cure, senza assistenza medica. Quella era la vita degli arabi prima degli anni Sessanta. Quella sarebbe stata la sua vita, e dei suoi figli, se avesse fallito nel suo compito.

Avrebbe voluto trasferire quel fardello sulle spalle di qualcun altro, persone abituate a trattare affari del genere, ma la segretezza era essenziale per il successo. Avrebbero potuto perdere ogni cosa se fosse nato anche solo un sussurro sulla natura della tecnologia. I leader di Iswid Nahr l'avevano ordinato chiaramente: nessuno doveva saperne niente, neppure un altro membro di Iswid Nahr.

Kemel Muhallal era presente quando Thomas Clayton aveva portato a Iswid Nahr la prova della tecnologia di suo padre. Perché quel giorno si era sentito così benedetto da Allah? Era stata una maledizione. Perché lui era tra i pochissimi a conoscenza del segreto, il fardello di risolvere la faccenda era caduto sulle sue spalle.

Kemel tirò su la testa. Aveva le spalle larghe, lui. Non doveva disperare. Non era ancora sconfitto. Doveva avere fede in Allah e credere che Alicia Clayton e il suo diavolo non avessero scoperto nulla.

E, a proposito di diavoli, che cosa avrebbe fatto ora con il suo diavolo personale, Baker? Kemel aveva perso ogni fiducia in quell'uomo, ma forse si stava avvicinando il giorno in cui avrebbe avuto bisogno della sua forza bruta e delle sue tattiche crudeli.

Perché Kemel sapeva che se lui e Iswid Nahr non fossero riusciti a mettere al sicuro la tecnologia di Clayton, allora avrebbe dovuto distruggerla, ed eliminare chiunque ne fosse a conoscenza.

Mercoledì

1

«No» disse Alicia. «Non se ne parla neppure. Devo andare all'ospedale.»

Ma tutte le donne sono così testarde?, si chiese Jack osservando il molo dei traghetti scomparire dietro la condensa dei vetri. O solo quelle che conosco io?

Lui e Alicia si trovavano nella zona passeggeri, con i caffè in mano; avevano preso il primo traghetto in partenza da Orient Point. La Chevy riposava insieme a tutte le altre macchine sotto di loro.

«Alicia...»

«Senti, io ho dei pazienti e... Oh, diavolo.»

Aprì di scatto la borsa a tracolla e frugò dentro finché non tirò fuori un cellulare.

«Che succede?» chiese Jack.

«Voglio chiamarli.»

Jack guardò fuori dalle vetrate mentre lei componeva il numero. Il cielo era di un azzurro limpido, chiaro come solo un cielo invernale poteva essere, ma il Long Island Sound si stendeva grigio e irregolare intorno a loro. Si voltò verso di lei quando le sentì nominare Hector, e la osservò mentre la sua espressione si faceva sempre più tetra. Terminò la conversazione e chiuse gli occhi.

«Cattive notizie?»

Alicia aveva ancora gli occhi chiusi. «Hector ha avuto uno shock ieri notte, poi un'altra crisi. Lo stiamo perdendo.»

«Ah, accidenti.» Gli si strinse il cuore ripensando a quel grande sorriso; era così orgoglioso del suo 'taglio da matti'. Così pieno di vita, e adesso...

«Avrei dovuto esserci.»

«Posso capire cosa provi.»

Alicia aprì gli occhi e lo fissò, senza dire nulla.

Lui disse: «Va bene. Forse non posso capirlo. Ma in ogni caso, a questo punto non credo che quel luogo sia sicuro per te. Voglio dire, se fossi in te, e quelle persone sapessero dove vivo e dove lavoro, non tornerei certo lì in questo momento.»

«Dovrò correre il rischio. Devo andarci, Jack. Devo. E diciamocelo chiaramente, non ne hai lasciati vivi molti.»

A Jack la cosa non piaceva, ma capiva che non sarebbe mai riuscito a farle cambiare idea. E anche se Baker stava progettando qualcosa, insieme ai suoi uomini ancora in vita, probabilmente non avrebbe fatto nulla davanti a tutto lo staff del Centro. Ma non appena fosse uscita, da sola...

«D'accordo. Vai all'ospedale, poi chiama qualcuno della sicurezza che ti scorti fino al Centro. E poi rimani lì. Fatti portare il pranzo. Non mettere piede fuori dall'edificio finché non vengo a prenderti per portarti all'hotel.»

«Hotel?»

«Sì, all'hotel. Non penserai mica di poter restare nel tuo appartamento, no? È proprio lì che loro ti aspetteranno.»

«Loro? Dopo quello che hai fatto la scorsa notte, non credo che esistano ancora, 'loro'.»

Jack scosse la testa. Aveva visto che Kemel e il capo dei suoi mercenari se l'erano cavata, e sapeva che uno degli uomini sul retro non si era fatto nemmeno un graffio. Su quanti altri uomini poteva contare l'arabo? E anche se la risposta fosse stata zero, poteva sempre assumerne altri.

«Quello che ti ha buttato nel furgoncino è ancora vivo e vegeto.»

La risposta parve ottenere l'effetto desiderato: Alicia si irrigidì e distolse lo sguardo.

«Okay, okay. Quale hotel?»

«Non l'ho ancora deciso. Ma ti passo a prendere alle cinque, e poi approfitteremo dell'ora di punta.»

«Bene» disse lei improvvisamente, e si strinse nel cappotto.

«Ho la tua parola?»

«Sì.» Lo fissò. «Perché ti preoccupi di quello che può succedermi?»

La domanda prese Jack alla sprovvista. «Che vuoi dire?»

«Hai la chiave che abbiamo trovato. Non hai più bisogno di me. Anzi, probabilmente per te sarebbe meglio se mi prendessero.»

Jack la fissò, trattenendo la rabbia.

«Non rispondi?» gli chiese.

Lui parlò lentamente. «No... mi chiedevo solo se la tua domanda merita una risposta.»

«Oh? Ti ho offeso?»

«Cazzo, puoi dirlo forte. Tu... sei una cliente. Abbiamo un accordo. Un contratto.»

«Io non ho firmato...»

«Ci siamo stretti la mano. Per me è un contratto.»

Lei arrossì e distolse di nuovo lo sguardo. Poi disse d'un fiato: «Mi dispiace. Forse mi sbaglio ma non so più cosa devo pensare, di chi posso fidarmi. Ieri notte è stata spaventosa; tu sei molto spaventoso, e io non mi ero mai trovata in una situazione del genere. Voglio dire, ci sono delle persone che mi danno la caccia e io devo fare squadra con un uomo che ha ammazzato dio solo sa quanti killer la scorsa notte. E forse se lo meritavano ma... mi capisci? Non hai fatto altro che toccare un paio di bottoni e *boom!*, è morta della gente. E io non dovrei chiedermi cosa succederebbe se tu decidessi che devo sparire?»

Jack per un attimo pensò di rispondere che ammazzava solo i clienti che parlavano troppo, ma decise che non era il momento giusto per mettersi a fare battute. Di solito limitava al minimo i contatti con i clienti. Stringeva l'accordo, poi scompariva e portava a termine il lavoro. Come con Jorge. I clienti non vedevano mai cosa faceva. Solo i risultati. La scorsa notte era stata un'eccezione.

E forse lei aveva ragione. Si era messo a fare la guardia del corpo, una cosa che non aveva mai desiderato, e Alicia aveva visto cose davvero brutte.

Un vero peccato. Ma non credeva che ci fossero molte alternative.

«Faccio ciò che è necessario. Ma, dato che sei così persa nelle tue riflessioni, perché non ti chiedi anche dove saremmo ora se ci avessero presi?»

Alicia continuò come se lui non avesse detto nulla. «E la cosa peggiore è che non abbiamo risolto niente. Continuiamo a guardarci alle spalle. Non posso neppure tornare a casa.»

«Mi dispiace. Ma stiamo facendo progressi. Abbiamo molte più informazioni rispetto a due giorni fa, e ho la sensazione che sapremo molto di più quando avrò scoperto cosa apre questa chiave.»

E quando avrò giocato un po' di più con quel piccolo fuoristrada, pensò. C'era qualcosa di molto strano nel 'Rover' di Clayton.

Alzò la chiave per poterla guardare bene, alla luce del sole. Sulla custodia rossa di vinile erano impresse delle lettere, ormai quasi illeggibili. BERN INTERBANK.

Alleluia, si disse.

2

Yoshio fece un breve, profondo respiro quando vide la Chevrolet bianca e per poco non si strozzò con il suo Egg McMuffin.

La notte precedente era rimasto per ore di guardia all'appartamento di Alicia Clayton. Ma lei non si era fatta vedere. Yoshio era rimasto deluso ma non troppo sorpreso. Aveva pensato che il *ronin* avesse fatto esattamente quello che avrebbe fatto lui al suo posto: aveva preso una stanza in un motel per la notte.

E così Yoshio stava ammazzando il tempo sulla Settima, in un punto da cui poteva vedere l'entrata dell'ospedale e il Centro dei bimbi dove lavorava la Clayton. Le sue ricerche sul conto della donna avevano rivelato quanto fosse devota ai piccoli a lei affidati. Dubitava che sarebbe rimasta lontana da quel posto.

E adesso la sua supposizione si era rivelata corretta.

Una soddisfazione modesta, ma doveva accontentarsi.

Osservò il *ronin* che scortava la Clayton fino alla porta dell'ospedale. Yoshio si stava già muovendo quando il *ronin* tornò alla macchina. Non c'erano dubbi sulla sua prossima mossa: doveva seguirlo. Se lui e la Clayton avevano scoperto qualcosa la notte precedente, adesso avrebbero agito.

Tenendosi prudentemente a distanza, Yoshio seguì il *ronin* fino alla Quattordicesima Strada, poi verso nord, fino alla Decima. Gli sembrava che nessun altro fosse sulle loro tracce.

Sorrise. Di certo Kemel Muhallal aveva altri problemi, più urgenti, al momento: un'acuta mancanza di manodopera.

Vide il *ronin* fermarsi davanti a una serie di tristi esercizi commerciali. Yoshio lo superò, rallentando per poter beccare il rosso al semaforo all'angolo. Spostò lo specchietto retrovisore e osservò il *ronin* che entrava in una porta accanto a una vetrina lurida, con un'insegna che recitava:

DA ERNIE
CARTE DI IDENTITÀ DI TUTTI I TIPI
PASSAPORTI
LICENZE TAXI

Yoshio fece di corsa il giro dell'isolato e quando tornò vide con grande sollievo che la Chevrolet era ancora parcheggiata in doppia fila sulla Decima. Salì sul marciapiede, davanti a una fermata dell'autobus in fondo alla strada, e attese, sperando che il traffico dell'ora di punta lo nascondesse.

Carte di identità. Perché il *ronin* era entrato in un posto del genere? Voleva poter dimostrare la sua identità, o voleva spacciarsi per qualcun altro? Per Ronald Clayton, ad esempio?

Yoshio si sfregò le mani, sentiva un improvviso formicolio. Era impaziente. Percepiva che stava per succedere qualcosa.

E poi il *ronin* uscì dal negozio e si guardò intorno prima di rientrare in macchina. Spostò lo sguardo nella sua direzione, ma un autobus si mise in mezzo a loro. Yoshio approfittò della copertura per infilarsi nel traffico e posizionarsi dietro il bus non appena fosse ripartito. La sua adesso era solo una delle innumerevoli macchine che strisciavano nel traffico.

Vide la Chevrolet bianca rimettersi in moto e proseguire verso nord. Yoshio lo seguì per tutta la strada fino alla Settantaseiesima Ovest: il *ronin* parcheggiò di nuovo in doppia fila ed entrò in un edificio.

Yoshio vide l'insegna, superandolo: BERN INTERBANK.

E adesso il formicolio si allungò dalle mani fino al collo. Sì. Era una cosa importante. Non avrebbe saputo dire perché ne era così sicuro; lo sapeva e basta.

Cercò in fretta un posto in cui lasciare la macchina. Poteva anche parcheggiarla illegalmente e sperare nella targa diplomatica, ma non sapeva di quanto tempo avrebbe avuto bisogno. La città dava la caccia ai diplomatici che abusavano dei loro privilegi di parcheggio; Yoshio non voleva tornare e scoprire che la macchina era stata rimossa.

Vide l'insegna di un parcheggio a pagamento e accelerò.

Il successo di tutti gli sforzi che aveva compiuto negli ultimi due mesi dipendeva da quello che avrebbe fatto nel corso di quei pochi minuti.

3

La polvere dei guanti di lattice di Alicia lasciò aloni bianchi sull'ultima radiografia al petto di Hector mentre la teneva alta contro la finestra. Non aveva bisogno del piano luminoso per capire che la situazione era drammatica. I polmoni erano quasi interamente opachi. Rimanevano piccoli punti scuri, le zone non infette, e diventavano sempre più piccoli a ogni lastra. Ben presto neppure il respiratore sarebbe riuscito a pompare ossigeno nel sangue.

Si voltò e fissò il bambino in coma. Sembrava rimpicciolito da quando l'aveva visto l'ultima volta, la mattina precedente. Nudo, disteso sul letto con le braccia e le gambe larghe, pareva fatto più di tubi di plastica che di carne e ossa: due flebo intravenose, una nel braccio e una nella gamba, il respiratore in gola, un catetere nel pene, il tubicino della pressione venosa centrale che gli passava sotto la clavicola, le piastre per monitorare l'attività cardiaca attaccate al petto. La sua pelle era chiazzata, bluastra. Sorenson gli stava togliendo le crosticine dagli occhi. Ignorando la musica di sottofondo del reparto intensivo, con i suoi *bip* e i sibili, Alicia sollevò la cartella clinica di Hector e lesse gli ultimi dati, costernata. La saturazione dell'ossigeno stava precipitando, la conta dei globuli bianchi era 900 quella mattina, e la pressione sanguigna era sotto terra.

Se ne sta andando, pensò. *E io non posso fare una dannata...*

Un cambio nei *bip* dall'elettrocardiogramma di Hector attirò la sua attenzione. Controllò il monitor e vide la linea spezzata, irregolare: la sinusoidale che indicava fibrillazione ventricolare.

Sorenson alzò lo sguardo, gli occhi spalancati sopra la mascherina. «Oh, merda.» Allungò la mano coperta dal guanto verso il pulsante.

«Aspetti» disse Alicia.

«Ma è in fibrillazione.»

«Lo so. Ma ha anche un collasso immunologico. Non ha più nulla. Non possiamo salvarlo. La candida è nel cervello, nel midollo, intasa i capillari. Possiamo spezzargli qualche altra costola con il massaggio cardiaco, sottoporlo a qualche altra umiliante pratica, e per cosa? Solo per dimostrare che possiamo posticipare l'inevitabile di un paio d'ore? Lasciamo andare questo povero bambino.»

«Ne è sicura?»

Era sicura? Aveva provato in tutti i modi che conosceva. Tutti gli specialisti che aveva contattato avevano attaccato l'infezione di Hector con ogni arma a loro disposizione. Tutto era stato inutile.

Forse non sono sicura di nient'altro nella mia vita, ma di questo sono assolutamente certa: non importa quello che possiamo fare, Hector non sopravvivrà alla mattinata.

«Certo, Sorenson. Sono sicura.»

Mettendo da parte tutte le emozioni, Alicia osservò la curva sinusoidale rallentare, e poi produrre isolati battiti di agonia. Dopo, linea piatta.

Sorenson la guardò. Alicia annuì, l'infermiera controllò l'orologio e registrò l'ora del decesso di Hector Lopez, anni quattro. Sorenson cominciò a rimuovere i tubi dal corpo privo di vita di Hector, Alicia si strappò la mascherina e se ne andò.

Barcollando sotto il peso della tremenda futilità di tutto quanto, si appoggiò contro la finestra e guardò in basso, la strada. La luce allegra del sole del mattino era un affronto per lei. Sentiva le lacrime che le scendevano lungo le guance. Non riusciva a ricordare un solo momento nella sua vita in cui si fosse sentita peggio.

A cosa servo?, pensò. Chi sto prendendo in giro? Sono inutile. Potrei anche piantarla qui e mettere fine a questa buffonata.

Quando si ritrovò a fissare le macchine che correvano sotto di lei, chiedendosi cosa avrebbe provato a volare verso di loro, si spinse via dalla finestra.

Non adesso, pensò. Un'altra volta, forse, ma non oggi.

4

Jack si era chiesto se fosse il caso di tornare a casa a cambiarsi, ma Ernie gli aveva prestato un rasoio per farsi la barba e aveva fatto in modo che i suoi capelli fossero un po' più presentabili rispetto al suo solito look disordinato. Poi aveva posato per la foto della patente nuova di zecca a nome Ronald Clayton.

Aveva passato il controllo della carta di identità, e il bancario aveva usato la chiave assieme a quella di Jack per aprire la porta del deposito di sicurezza a doppia serratura. Adesso era solo insieme alla cassetta 137.

Sollevò il coperchio e trovò un mucchio di buste piene di documenti, forse una mezza dozzina, tutte chiuse con dei nastri. Jack bruciava dalla voglia di aprirle, ma non era il momento. Forse avrebbe avuto bisogno di tempo per esaminarle e trovare quella che conteneva la risposta a tutte le sue domande. E poi, aveva parcheggiato in seconda fila. Meglio portare tutto a casa e fare con calma.

Raccolse tutte le buste, controllò bene di non aver lasciato nulla, poi tornò in strada. La macchina era ancora dove l'aveva lasciata, e non era una cosa che si poteva dare per scontata in città, ma un vigile aveva fermato il suo scooter e si stava avvicinando alla Chevy. Jack sfrecciò verso la macchina, saltò dentro e partì.

Si stava congratulando con sé stesso per quella mattina, tutto stava andando così liscio, quando percepì un movimento alle sue spalle. Prima che potesse reagire, qualcosa di freddo e metallico gli sfiorò la nuca.

Jack si irrigidì, sotto shock, e afferrò il volante. Non era un furto: l'avevano seguito, dannazione! Si infuriò con sé stesso per essere stato così sconsiderato. Prima si era fatto beccare inerme nel giardino dei Clayton, la sera precedente, e adesso si era fatto prendere dalla fretta al punto che non si era nemmeno preoccupato di controllare il sedile posteriore. Si calmò mentre rifletteva, alla ricerca di opzioni.

Una voce dall'accento straniero disse: «Per favore continui a guidare.»

Per favore?

Jack lanciò un'occhiata nello specchietto retrovisore e vide un sottile volto asiatico, ben rasato, più vicino ai quaranta che ai trenta, gli occhi nascosti dietro occhiali da sole dalla montatura leggera, eleganti.

«E la prego, non cerchi di provocare un incidente, o di attirare l'attenzione della polizia. Questi sono proiettili a punta cava riempiti di cianuro. Anche solo un graffio potrebbe ucciderla.»

Nonostante la strana scelta delle parole, l'inglese del suo avversario era buono. Riusciva a pronunciare le 'r' quasi nel modo giusto.

«Proiettili a punta cava e cianuro» disse Jack. «Mi sembra un po' troppo, non le pare? Se lei fosse un buon tiratore, non avrebbe bisogno di tutta questa roba.»

«Sono un eccellente tiratore. Ma non lascio mai nulla al caso.»

Jack gli credeva.

Si costrinse a calmarsi. Se non altro quel tipo non era uno degli uomini dell'arabo. O almeno non sembrava. E poi gli venne in mente una cosa.

«Per caso, non si tratta forse di una pistola di piccolo calibro? Un ventidue, per esempio?»

«È esatto.»

«E le è capitato di usarla sulla Trentottesima Strada ieri notte?»

«Anche questo è esatto.»

«E posso presumere che lei non lavori per Kemel?»

«Di nuovo, esatto... anche se non riesco a capire come mai

lo chiama per nome. Non mi spiego la sua familiarità con un uomo di cui non dovrebbe neppure aver sentito parlare.»

Ho così tanta familiarità con lui, pensò Jack, che pensavo che Kemel fosse il cognome.

Si sistemò meglio sullo schienale svoltando sulla Broadway e gettandosi nel traffico quasi immobile verso sud. Si era chiesto che cosa avesse voluto dire Kemel quando aveva parlato di 'mani sbagliate'. Aveva pensato si riferisse a Israele. Ma quel tipo non era certo israeliano. Sembrava giapponese.

«Le dico queste cose,» proseguì il tipo con la pistola «perché non desidero essere messo in posizione di spararle. Posizione... è la parola giusta?»

Meraviglioso, pensò Jack. Mi punta una pistola alla testa e vuole che gli dia una mano a migliorare la proprietà di linguaggio. Ma, in fin dei conti, la pistola ce l'ha lui.

«Forse sarebbe meglio condizione.»

«Condizione... certo, è meglio. Perché nutro una forte ammirazione per il modo in cui ha gestito i suoi assalitori ieri notte. Lei è molto acuto.»

Eccomi qua... Mister Acuto.

«Era lei che mi ha seguito a casa Clayton ieri notte?»

«Mi ha visto?»

Sembrava offeso. Era ora di restituirgli la cortesia.

«No. Neppure una volta. Ho percepito la sua presenza ma non l'ho vista. Lei è molto bravo.»

Stava diventando una specie di società di mutua ammirazione.

«Grazie. Qual è il suo nome?»

«Jack.»

«Jack cosa?»

Ci pensò su per un momento. «Jack-san.»

Vide gli occhi dello sconosciuto stringersi, per poi rilassarsi. Sorrise. «Ah, certo, Jack-san. Molto divertente.»

«Sono un vero mattacchione.»

«E adesso per piacere lei mi consegnerà gli incartamenti che ha preso dalla banca.»

Così gentile... eppure, per quanta 'ammirazione' nutrisse verso di lui, Jack non aveva dubbi che sarebbe finito come quei due cadaveri fuori dalla casa dei Clayton, se avesse cercato di fare qualche mossa stupida. Anzi, rischiava di fare la loro stessa fine in ogni caso.

Con quel piacevole pensiero che gli correva in testa, Jack passò gli incartamenti sopra il sedile.

Il silenziatore venne rimosso dalla sua nuca. Jack osservò lo sconosciuto che sbirciava i documenti sul suo grembo mentre passava in rassegna le buste. Poteva essere la sua opportunità... Ma bloccò subito quel pensiero. Non c'era motivo di far precipitare gli eventi in quel momento. *Prendila con calma, e vediamo che succede.*

Sentì frusciare i fogli. Altri incartamenti che venivano aperti.

È quello che dovrei fare io, adesso, pensò Jack.

Continuò a sbirciare nello specchietto retrovisore, cercando di decifrare l'espressione dello sconosciuto. Gli occhi stretti, la smorfia sul volto, come se qualcuno gli avesse piazzato un pesce marcio sotto il naso.

Un clacson rabbioso attirò l'attenzione di Jack sulla strada. Vide che aveva iniziato a sbandare in direzione di una Volvo. Una donna terrorizzata lo fissava da dietro il volante.

«L'avevo avvertita» disse lo sconosciuto.

«Mi dispiace.» Jack fece un gesto di scuse alla Volvo. «Non l'ho fatto apposta. È solo che aspettavo con grande trepidazione di poter studiare quei documenti.»

«Non sono suoi, quindi?»

Controllò l'espressione dello sconosciuto mentre apriva altre buste. La definizione più adatta era disgustato.

Che stava succedendo?

«Be', sono stati miei solo per pochi minuti. Adesso immagino che siano suoi.»

«Come ha fatto a entrarne in possesso?»

Doveva dirglielo, o recitare la parte del finto tonto? Aveva la sensazione che i trucchetti non funzionassero con quel tipo, e poi che male c'era se gli rivelava delle cose che probabilmente avrebbe capito da solo?

«Le ho prese dalla cassetta di sicurezza del vecchio Clayton. Ho trovato la chiave in casa sua ieri notte.»

«Dunque appartenevano a Ronald Clayton?»
Perché mi sembra di essere sotto processo? «Sì.»
«E non ha trovato altro?»
«Assolutamente no.»
«E lei sa che cosa c'è qui dentro?»
«Speravo appunto di scoprirlo.»
«Vuole vedere?»
C'era qualcosa di strano nella sua voce. Sembrava esausto.
«Uhm... certo.» Dove stava andando a parare?
Gli incartamenti atterrarono senza tante cerimonie sul sedile anteriore.
«Allora si serva pure. Trovi un posto in cui fermarsi al riparo da sguardi indiscreti, poi potrà vedere tutto quello che desidera.»
Normalmente quella proposta avrebbe fatto scattare un intero coro di campanelli di allarme nella testa di Jack, ma non accadde.
Stava succedendo qualcosa di strano.
Lasciò la Broadway e svoltò dalle parti della Trentesima, verso ovest. Trovò uno spiazzo vuoto dopo l'ufficio postale e si fermò, ma lasciò il motore acceso. Guardò nello specchietto e vide lo sconosciuto che fissava fuori dal finestrino. Non sembrava concentrato su qualcosa in particolare. La pistola non si vedeva. Più indietro, all'angolo, una donna asiatica era immobile sul marciapiede, la telecamera puntata sulle colonne della facciata dell'ufficio postale.
Signora, pensò, in teoria i video sono pensati per cose che si muovono. Sennò basta fare una foto.
Jack sollevò la prima busta, frugò dentro l'apertura e tirò fuori una pila di negativi e delle foto in formato 3x5. Lasciò ricadere i negativi nella busta e controllò le foto stampate.
Gli si chiuse lo stomaco.
«Oh, cazzo.»
Bambini, bambini nudi, che facevano sesso tra loro.
Se le lasciò cadere sul ventre, poi le riprese in mano, per dare un'occhiata più da vicino alla bambina.
«Ah, no.»
Alicia, non c'erano dubbi; a sette anni, forse otto, il volto

grassottello, ma era lei. E il ragazzo con cui era aveva più o meno dodici anni. Thomas, sicuramente.

Posò il capo sul poggiatesta e chiuse gli occhi. Deglutì a fatica. Aveva paura di vomitare il caffè della mattina.

Quand'era l'ultima volta che aveva pianto? Non riusciva a ricordarlo. Ma adesso si sentiva sull'orlo delle lacrime.

Quel piccolo volto innocente che guardava sia lui che suo fratello...

La pura mostruosità di tutto quello, la profonda malvagità, la stordente corruzione di una mente in grado di rovinare l'innocenza di una bambina come quella, la sua stessa figlia, una piccola che si fida di te, che ti guarda, che dipende da te, che spera nella tua guida e nella tua protezione dalla cattiveria del mondo; prendere quella fiducia, quella responsabilità e fare... quello...

Jack nella sua vita si era trovato di fronte alla feccia del mondo, ma Ronald Clayton li batteva tutti. Se non fosse già morto, Jack avrebbe potuto prendere in considerazione l'idea di rimediare a un simile sbaglio.

Quella rivelazione confermava i suoi sospetti su Alicia. Adesso capiva perché non voleva avere niente a che fare con suo padre, né con suo fratello o con la casa, perché sembrasse sul punto di saltare fuori dalla sua stessa pelle la notte precedente.

Era un bel peso da portarsi addosso.

«Sono tutte così?»

«Sì» disse lo sconosciuto.

«Povera Alicia.»

«Ed è tutto ciò che ha trovato.»

«Tutto quanto.» Poco ma sicuro, non aveva intenzione di dirgli nulla su quel piccolo strano Rover, anche se non avesse avuto alcun significato.

«Non mi mentirebbe mai, vero?»

Jack tirò fuori la chiave dal taschino e la gettò sul sedile posteriore.

«Vada a vedere di persona.»

Lo sconosciuto sospirò. «No. Non sarà necessario.»

È frustrato come me, pensò Jack. *E sa qualcosa che io non so, dannazione.*

Il che gli fece venire un'idea folle.

«Va bene» disse. «Mi spieghi cos'è tutta questa storia. Che cosa c'è di così dannatamente importante in quella casa?»

Che diavolo, pensò. Non può mica spararmi per averglielo chiesto. O sì?

«Non lo so.»

«Andiamo. Deve pur sapere qualcosa più di me. Come è finito un giapponese a scontrarsi con degli arabi, e non qualcuno del Mossad? Mi dica quello che sa.»

Osservò gli occhi dello sconosciuto che lo fissavano.

Che io sia dannato, pensò Jack. Credo proprio che stia per dirmelo.

5

Yoshio rifletté su quel *ronin*, Jack-san.

Mi spieghi cos'è tutta questa storia.

Aveva immediatamente liquidato come ridicola la sua richiesta. Ma più ci pensava, più si chiedeva se invece non tornasse a suo vantaggio rivelare qualche informazione a quell'uomo. Non tutto, naturalmente, ma gli obiettivi di Jack-san sembravano opposti a quelli di Muhallal, e questo faceva di lui un alleato... una specie. Era già una spina nel fianco di Muhallal. Qualche informazione poteva renderla più acuminata.

Soprattutto, la cosa importante era tenere lontana dalle mani di Muhallal la tecnologia di Clayton.

«Molto bene» disse Yoshio. «Glielo dirò. Da ciò che mi è stato spiegato, è cominciato tutto qualche mese fa, con un messaggio entusiasta inviato ai miei datori di lavoro da parte di un delegato per il Commercio che lavora con la missione del mio Paese presso le Nazioni Unite.»

«Intende il governo giapponese, giusto?»

Yoshio esitò. La risposta sarebbe dovuta essere no. Ma poteva anche essere sì, in un certo senso.

Che cosa doveva rivelare? Di certo, nulla sui suoi superiori. Il Gruppo Kaze era una corporation con un consiglio di amministrazione ombra che non produceva nulla a proprio nome, eppure estendeva i suoi tentacoli su ogni componente di ogni prodotto che usciva dal Giappone.

Ufficialmente il Gruppo Kaze era una holding; era stato

fondato poco dopo la guerra e aveva cominciato a rilevare azioni delle compagnie che guidavano la ripresa della depressa economia nazionale. Il Gruppo investiva in ogni nuova ditta che saliva alla ribalta. Comprava solo il meglio. Aveva avuto un'espansione miracolosa durante gli anni del boom economico, ma aveva fatto buon uso anche dei periodi di contrazione. Durante le ultime recessioni aveva esteso su larga scala le quote di proprietà, avvantaggiandosi del crollo del Nikkei per ricavare delle plusvalenze. Attraverso una rete di aziende di copertura adesso controllava in modo indiretto i 'Sei Grandi' keiretsu del Giappone e buona parte delle aziende principali.

Kaze, pensò Yoshio. Il Vento. Un nome così adatto. I keiretsu, i giganteschi conglomerati a integrazione orizzontale o verticale che governavano l'economia del Giappone, erano spesso paragonati a degli iceberg: una piccolissima porzione era visibile, la massa principale era nascosta. Ma cosa determina il percorso degli iceberg nel mare? Le correnti. E cosa domina le correnti? Il vento... Kaze.

No, Kaze non era il governo, ma quando il Gruppo Kaze parlava, sempre sussurrando in modo discreto alle orecchie giuste, il governo ascoltava.

«Sì» disse Yoshio. «È corretto.» Meglio lasciar credere a Jack-san che lavorasse per il governo. «E il ministro del Commercio era molto eccitato. Ha detto che era stato contattato da un uomo che quasi sicuramente era stato inviato da Dio in persona, un uomo la cui tecnologia avrebbe fatto del...» Si fermò; aveva quasi fatto il nome del Gruppo Kaze. «...del Giappone la prima tra le nazioni. Assicurava che i dettagli erano così sorprendenti, così esplosivi, sì, è stata questa la parola che ha usato, che non osava spiegare i dettagli, neppure approfittando della valigia diplomatica. Ha detto che avrebbe portato quell'uomo direttamente a Tokyo, in modo che potesse conferire con il consiglio di persona.»

«Il consiglio?» chiese Jack-san.

«Sì. Il... Consiglio Nazionale del Commercio. Ma l'aereo che avrebbe portato il ministro del Commercio e il suo uomo misterioso in Giappone è esploso in volo, uccidendo tutti i passeggeri.»

«JAL 27» disse Jack-san.

«Esatto.»

Yoshio non era sorpreso che lo sapesse. Alicia Clayton doveva avergli raccontato della morte di suo padre.

«Ma che cosa le fa credere che questo messaggero inviato 'da Dio in persona' fosse Ronald Clayton?»

«Sappiamo dall'elenco passeggeri che era seduto in prima classe vicino al nostro ministro del Commercio.»

Jack-san annuì. «Dovrebbe bastare.»

«E sappiamo anche...» Devo dirglielo o no?, si chiese Yoshio. Sì. Perché no? «Sappiamo anche che non fu un incidente.»

Jack-san strinse gli occhi. «Una bomba? Ma nessuno ha mai detto niente di...»

«Abbiamo le prove. Tracce di esplosivo su quei pochi rottami galleggianti che siamo riusciti a recuperare. Abbiamo scelto di non rivelare ciò che sapevamo.»

«Diavolo, e perché?»

«Perché non vogliamo che le persone che hanno piazzato la bomba siano a conoscenza di ciò che sappiamo noi, e non desideriamo in alcun modo essere coinvolti in questa... situazione.»

«Vuole dire che...?» Gli occhi di Jack-san, prima ridotti a due fessure, si spalancarono di colpo. «Mi sta dicendo che l'aereo è stato abbattuto per colpa di Ronald Clayton?»

«Crediamo che ciò corrisponda a verità, sì.»

«Ma chi è stato? E perché?»

«Abbiamo delle prove che indicano che il responsabile dell'attentato sia Sam Baker, che lei ha già conosciuto.»

«Davvero?»

«Credo che gli abbia spaccato il naso la settimana scorsa.»

«Oh, lui.» Jack-san annuì. «Sam Baker... ha fatto saltare anche l'avvocato?»

«Sì. Lavora per conto di Iswid Nahr.»

«E chi è?»

«Non è una persona. È un'organizzazione che fa base in Arabia Saudita.»

«Ah» disse Jack-san, annuendo. «E scommetto che il nostro Kemel è uno degli uomini di punta.»

«Punta? No, è un membro di medio livello.»

«E quindi che cosa sono? Terroristi?»

«No, niente affatto. Iswid Nahr è un gruppo di commercio del petrolio.»

«Come l'OPEC.»

«Sì, ma diametralmente all'opposto. L'OPEC cerca di gestire il flusso di petrolio, stringendo il rubinetto della produzione per assicurare la stabilizzazione dei prezzi. Iswid Nahr vuole spalancare il rubinetto. Il nome si può tradurre come 'Fiume Nero'. Propone che l'Arabia Saudita esporti petrolio al massimo delle proprie capacità. Credono che tale risoluzione scoraggerebbe la costruzione di pozzi di petrolio stranieri e manterrebbe l'Occidente, così come il mio Paese, in una condizione di assoluta dipendenza dal Medio Oriente.»

«Si occupano di petrolio?» disse Jack-san. «E cosa c'entrano in questa storia?»

«Mi trovo qui proprio per rispondere a tale domanda. Ovviamente la missione di Kemel Muhallal qui è mettere al sicuro la tecnologia di Clayton, a qualsiasi costo.»

«Ovviamente. Ma questo non va contro la sua teoria secondo la quale questo Iswid comesichiama ha fatto saltare in aria il volo di Clayton?»

«Le assicuro che è molto più di una teoria.»

«Sì, ma ci pensi: se Kemel vuole questa 'tecnologia', perché mai lui e il suo gruppo avrebbero dovuto far saltare in aria il tipo che l'ha inventata?»

«Forse perché l'inventore era intenzionato a vendere a noi piuttosto che a loro.»

Jack-san guardò fuori dal finestrino. «Sì, ma far saltare tutto un aereo solo per fermare un uomo... duecentoquarantasette vittime...»

«Adesso siamo quasi a duecentosessanta» disse Yoshio. Quando Jack lo guardò con aria perplessa, aggiunse: «Deve contare il piromane, l'avvocato, e il primo investigatore della signorina Clayton. Anche i due uomini che ho neutralizzato alla casa dei Clayton. Più tutti quelli che lei ha ucciso ieri notte. Sa quanti erano?»

Jack-san alzò le spalle. «Non saprei dirlo. Non mi sono fermato a contarli. In ogni caso, il totale dei morti è decisamente già troppo alto. E tutta questa storia diventa più folle ogni minuto che passa.» Fissò Yoshio. «E lei non ha assolutamente idea di che cosa sia questa tecnologia?»

Yoshio poteva rispondere in tutta sincerità. «No.»

«Il grande vantaggio di Kemel è che lui lo sa, invece. Almeno lo spero. Non sopporterei l'idea che abbia fatto saltare tutti i passeggeri di un aereo per un sospetto. Perciò partiamo dal presupposto che lo sappia. Questo lo mette un bel po' davanti a noi.»

Noi... Jack-san si stava forse schierando al fianco di Yoshio, e quindi del Gruppo Kaze, o era solo un modo di dire? Poteva essere una soluzione da esplorare.

«Kemel Muhallal non ha alcun diritto sulla tecnologia di Clayton» disse Yoshio. «Il mio... il mio Paese ha un diritto morale, perché il signor Clayton era così evidentemente intenzionato a venderla a noi, prima di essere ucciso. E se dovessimo scoprire che vale così tanto come sostiene il nostro ministro del Commercio, la compreremmo dalla sua erede. Una cosa che Iswid Nahr non sembra intenzionato a fare.»

«Sì, su questo ha ragione» disse Jack-san lentamente. «Hanno offerto di comprare la casa, non hanno mai nemmeno fatto parola di un'invenzione o di una tecnologia. Forse pensano che il prezzo sarebbe troppo alto.»

Yoshio alzò le spalle. «Una cosa di tale valore si ripagherebbe da sola, credo.»

«Anch'io lo penso.» Jack si mosse a disagio nel sedile. «E allora questo a cosa ci porta? Lavoriamo insieme?»

«No» disse in fretta Yoshio.

Lui lavorava sempre da solo. Avere un partner, soprattutto esterno al Gruppo Kaze, era impensabile.

Jack-san sembrava quasi sollevato. «Ottimo. Ma penso che possiamo stipulare un patto di non aggressione. E posso presumere che se io e Alicia trovassimo questa tecnologia di Clayton avremmo già un compratore?»

«Un compratore potenziale. Forse questa tecnologia non ci può essere di alcuna utilità.»

«Mi sembra giusto, ma daremo a voi il diritto di prelazione.»

Tese la mano sopra il sedile. «Affare fatto?»

Yoshio esitò. C'era qualcosa che non andava. La pistola ce l'aveva lui, ma in qualche modo era Jack-san a condurre i giochi. E alla fine quel colloquio era andato a vantaggio dell'americano. Lui aveva scoperto molte cose, mentre Yoshio aveva scoperto solo che Ronald Clayton era un pedofilo che sfruttava i suoi stessi figli.

Eppure, non sarebbe stato male avere un alleato, se era un uomo che manteneva la parola.

Yoshio aveva un sesto senso per quelle cose, e sentiva che Jack-san era quel genere di persona.

Si strinsero la mano.

«Affare fatto.»

Certo, affare fatto. Ma appena Jack-san lo riaccompagnò verso nord, Yoshio decise che sarebbe stato meglio tenere d'occhio quell'uomo, e da vicino. Se fosse riuscito a ritrovarlo, naturalmente.

«Adesso che cosa farà?» chiese scendendo vicino al garage dove aveva parcheggiato.

«Vado a casa a divertirmi con un giocattolo» disse Jack-san, e se ne andò.

6

Jack osservò il piccolo Rover che correva sul tappeto del salotto e andava a sbattere contro il muro. La parete settentrionale. Erano già più a nord rispetto a Murray Hill, ma a quanto pareva non era abbastanza per il Rover. Voleva andare oltre. Sempre verso nord.

Tranne che a Long Island. Là, quel piccolo farabutto aveva cercato di andare verso nordest.

Ma dov'era il telecomando?

Jack afferrò la macchinina, spense il motore e rimosse il corpo centrale. Lo controllò di nuovo ma era fatto solo di plastica nera, nient'altro.

Il telaio era più complicato: ruote, asse, motore elettrico, sterzo, vano batterie e antenna. Jack sapeva che le sue conoscenze di telecomandi di macchine giocattolo erano pari a quelle che aveva nel campo della fisica quantistica, ma tirò fuori una lente di ingrandimento e si calò nella parte di Sherlock Holmes.

Niente da fare. Solo un mucchio di fili.

Già che c'era, decise di controllare anche il vano batterie per vedere con che cosa funzionava. Solo per prudenza, nel caso fossero finite le pile. Tirò fuori il coperchio e vide che ci volevano solo due AA. Ma i vani erano vuoti. Al loro posto, trovò un cilindro d'argento lungo più o meno la metà del suo mignolo collegato ai contatti.

«Ma che diavolo?»

Lo guardò con la lente di ingrandimento, ma non riuscì a far altro che a rendere più grande il piccolo mistero. Nessun segno sul cilindro. L'intero marchingegno aveva un aspetto artigianale.

Jack sentì uno strano prurito alla base del collo. Non era paura, era qualcos'altro, la sensazione di trovarsi di fronte a qualcosa di enorme importanza. Ma cosa?

Sapeva che non poteva fare molto di più. Il passo successivo era portare la macchinina a qualcuno che fosse in grado di smontare e rimontare praticamente tutto ciò che gli veniva messo sotto agli occhi.

7

«Forse non sembra una batteria,» disse Abe «ma lo è.»

Il piccolo Rover giaceva, parzialmente smontato, sul bancone di Abe. Il corpo era stato rimosso, il vano batteria giaceva, aperto, nel telaio nudo.

Abe aveva un'abitudine con le armi che comprava. Smontava e rimontava tutto ciò che entrava dalla sua porta. Poteva ridurre in pezzi e rimettere a posto una Glock in un battito di ciglia. Jack gli aveva chiesto il motivo di quella sua passione, e Abe aveva risposto una cosa del tipo: «Non credi che io debba sapere tutto di ciò che vendo?»

«Non somiglia affatto a nessuna batteria che abbia visto in vita mia» disse Jack.

«E allora? Hai visto ogni singola batteria che è stata creata? Senti: questo è il posto in cui dovrebbe andare la batteria, è collegata con i contatti che danno potenza al motore, e così la macchinina si muove. È una batteria. Anche Parabellum te lo potrebbe confermare, se non stesse dormendo.»

«Okay, okay.» A volte l'aiuto di Abe non era d'aiuto. «Si muove, è vero, ma solo in una direzione. Spiegami questo.»

«Facile» disse Abe, e mosse l'antenna di metallo. «È da qui che riceve i comandi. Da qualche parte, qualcuno o qualcosa spedisce allo sterzo, tramite questa antenna, l'ordine di muoversi in una determinata direzione. Senza questo piccolo filo, lo sterzo sarebbe sordo, e la macchina andrebbe in qualsiasi direzione in cui tu la girassi. Ecco, ti faccio vedere.»

«Non ce n'è bisogno» disse Jack, allungando la mano per prendere il Rover.

Ma Abe lo allontanò. «Non vuoi che te lo provi?»

Quello che non voleva era che Abe mettesse troppo le mani sulla macchinina.

«Non voglio che la rompi. Il mio istinto mi dice che questa cosetta mi porterà alla misteriosa 'tecnologia di Clayton'. Ma se il meccanismo dello sterzo si rompe...»

«Non si romperà proprio nulla. Che c'è da rompere? È un'antenna. Solo un pezzo di filo. Mi ci vorrà un secondo.»

Jack restò a guardare, inerme, mentre Abe si sistemava gli occhiali e prendeva un paio di pinzette. Dopo aver armeggiato un po', e dopo un paio di imprecazioni, riuscì a rimuovere l'antenna.

«Ecco.» Porse il telaio a Jack. «Non si è rotto nulla. Avanti. Adesso vedrai. I giorni in cui voleva andare *uptown* sono finiti.»

Jack lo girò e spostò la leva dell'interruttore.

Niente.

Spostò la leva avanti e indietro, da ON a OFF, ancora e ancora.

Niente. Oh, diavolo. «Perfetto, Abe. Adesso non si muove proprio. L'hai rotto.»

«Cosa? Impossibile.»

«Invece sì.» Jack spostò di nuovo la leva, e poi un'altra volta. «Guarda.»

«Smettila di blaterare e dammi quel coso.»

Jack glielo passò e si sporse sopra il bancone. Fissò la superficie graffiata, chiedendosi come aveva potuto permettere una cosa del genere. E adesso, che cosa avrebbe fatto? Quella macchinina era la sua unica pista.

E poi sentì il debole ronzio del motore. Alzò gli occhi e vide le ruote del Rover che giravano.

«Grazie a dio. Cosa hai fatto?»

Abe fissava il telaio, accigliato. «Ho rimesso l'antenna, ecco tutto.»

«Be', qualsiasi cosa fosse...»

Il motore si spense quando Abe rimosse l'antenna. Poi ricominciò quando la rimise al suo posto. Acceso, spento, acceso, spento, ogni volta che spostava l'antenna.

«Di sicuro in qualche modo interrompi un circuito» disse Jack.

Ma Abe non rispose. Adesso era ancora più perplesso, tirò fuori la sua lente di ingrandimento e la fissò sull'attacco dell'antenna.

«Guarda qui» disse, indicando un punto con una matita. «Lo vedi questo piccolo filo? Va dall'attacco dell'antenna al vano batteria. E si vede dal modo in cui è saldato che non sono i circuiti originali. È stato aggiunto in seguito. E prima non l'avevo notato, ma il nuovo filo è collegato a questa strana, piccola batteria che non sembra affatto una batteria.»

Si raddrizzò e si rimise ad armeggiare con l'antenna, staccandola e riattaccandola, facendo partire e fermando il motore.

E poi lasciò staccata l'antenna e posò il telaio della macchinina al centro del bancone.

«Devo sedermi.»

Jack lanciò un'occhiata a Abe. Qualcosa nella sua voce. E il suo volto, era così pallido.

«Abe, stai bene?»

«Sì» disse con voce secca, fissando il telaio. «Sto bene.»

«Non sembra proprio. Per niente. Ho visto meloni bianchi con un colorito migliore del tuo.»

Abe continuò a fissare il giocattolo. Il suo aspetto non era affatto migliorato. Jack si stava preoccupando per lui, ma poi Abe disse le parole magiche.

«È solo che ho appena capito che cosa è questo aggeggio.»

«Oh, perfetto. Hai anche intenzione di dirmelo?»

«Io... io credo che questo giocattolino funzioni con energia teletrasmessa.»

«Ed è una cosa buona?»

Finalmente Abe lo guardò. «È una cosa buona? Mi chiedi se è una cosa buona? Che razza di domanda meshuggeneh è questa?»

Se non altro non era più così pallido.

«Energia teletrasmessa. Non ne ho mai sentito parlare. Scusami.»

Abe allungò la mano verso la macchinina e Jack si accorse che esitava, come se avesse paura di toccarla, come se fosse una specie di oggetto sacro. Ma alla fine la prese e la sollevò.

«Vedi l'antenna?» disse, tenendo sollevato il filo. «Il motore non può funzionare senza. Niente energia. Ma basta ficcare l'antenna nel suo vano e...»

Lo fece, e subito il motore partì e fece girare le ruote.

«...ed ecco. Ed energia fu. Il sogno di Tesla che diviene realtà. Energia dall'aria.»

Dall'aria? Forse Abe aveva avuto una specie di colpo apoplettico?

«Adesso non ti seguo più.»

«Avevi ragione su quella cosa nel vano della batteria, Jack. Non è una batteria. È un ricetrasmettitore. Prende il segnale che l'antenna riceve e lo trasforma in energia elettrica.»

Jack sentì una scintilla di eccitazione accendersi nelle viscere.

«Okay, ma cosa sta ricevendo l'antenna?»

«Energia. Chiunque abbia modificato questo giocattolino deve avere un trasmettitore da qualche parte in grado di inviare un'onda, un raggio, che so io... chiamiamola semplicemente energia, perché è di questo che si tratta, che può essere intercettata tramite l'antenna e trasformata in energia elettrica.»

Jack fissò le ruote che giravano, sentiva l'eccitazione che montava, un fuoco che diventava sempre più bollente. Stava iniziando a rendersi conto di quanto fosse gigantesca la cosa.

«Ma come?»

«Se sapessi come può funzionare una cosa del genere, me ne starei qui a parlare con te? No, certo che no. Me ne starei nella mia megavilla a Martha's Vineyard, anzi, no, sulla *mia* Martha's Vineyard, perché avrei comprato tutta l'isola. Jack, sarei troppo ricco persino per conoscerti, figuriamoci per parlarti. Sarei così ricco che in confronto a me Bill Gates sarebbe un barbone che va alla mensa dei poveri.»

«Bene. Ho ricevuto il messaggio.»

«Davvero? Hai mai sentito la frase 'la fine della vita come la conosciamo'? Ecco, è una cosa del genere.»

Jack annuì. «Nessuna linea elettrica. Nessun cavo. Nessuna...»

«Stai pensando troppo in piccolo, Jack. Pensa piuttosto a dire ciao ciao al motore a combustione interna.»

«Ehi, hai ragione. Finalmente saremo in grado di respirare l'aria... qui e magari anche...»

Sentì la sua stessa voce che si spegneva mentre il vero significato delle parole di Abe, nella sua interezza, raggiungeva la sua mente. E adesso anche Jack sentì il bisogno di mettersi a sedere.

«Merda.»

Perché all'improvviso era tutto chiaro; quasi tutto, se non altro.

«Il petrolio» disse dopo un istante. Non aveva più saliva. «Il petrolio sarebbe inutile.»

«Non del tutto. Sarebbe ancora un buon lubrificante. Ma come carburante? Ma dài!»

«Non c'è da stupirsi che Kemel sia pronto a fare qualsiasi cosa per metterci sopra le mani.»

«Kemel? È l'arabo di cui mi hai parlato? Sì, certo che farebbe qualsiasi cosa. Questa macchinina comporta il completo collasso economico del Medio Oriente. Per non parlare del Texas e della Costa del Golfo degli Stati Uniti.»

«Mio dio. L'olocausto economico di cui mi hai parlato in tutti questi anni... alla fine è arrivato...»

«La mia teoria prevedeva un'inflazione incontrollata. Ma non è questo il caso. Non preoccuparti così tanto. Qualcuno alzerà un bel po' la voce, qualcuno pianterà un casino, ci saranno grandi capovolgimenti nella finanza e in ogni industria che abbia bisogno di molta energia, ma nessun olocausto. Tranne per chi ha dei forti investimenti nel petrolio, naturalmente.»

«Già. Loro potrebbero anche mettere un piede fuori dalla finestra e prepararsi a saltare.»

«Ma se tu avessi investito un sacco di soldi in Paesi che basano pesantemente la loro economia sul petrolio straniero...»

«Come il Giappone?» disse Jack, pensando a Yoshio.

«Il Giappone, sì. Sarebbe una vera pacchia per il Giappone. Sono praticamente schiavi del petrolio straniero. L'energia teletrasmessa mette il Giappone e il Medio Oriente su un'altalena: uno precipita nell'abisso, l'altro sale in orbita.»

I pezzi del puzzle stavano andando al loro posto. Jack poteva quasi sentire il rumore delle tessere che si univano.

«Ecco come stanno le cose, allora. Non c'è da meravigliarsi che il delegato giapponese per il Commercio fosse in estasi: Ronald Clayton stava andando in Giappone per vendere la sua tecnologia dell'energia teletrasmessa. Kemel e i suoi amichetti di Iswid Nahr hanno mangiato la foglia, e hanno fatto in modo che non raggiungesse mai il Giappone. Ecco perché sono così disperati e decisi a mantenere il totale riserbo: nessuno deve anche solo immaginare l'esistenza dell'energia teletrasmessa.»

Adesso anche il messaggio criptico del testamento riguardante Greenpeace acquistava senso: l'energia teletrasmessa comportava la fine delle trivellazioni, un nuovo giorno radioso per la qualità dell'aria, il buco dell'ozono, l'ambiente: una tecnologia in grado di cambiare il mondo.

Abe si schiarì la gola. «C'è una cosa che non capisco: anzi, ce ne sono molte, ma... perché Ronald Clayton stava portando quella tecnologia in Giappone? Non aveva bisogno del Giappone. Non aveva bisogno di nessuno. Tutto ciò che doveva fare era brevettarla e con tutta calma annunciarla al mondo. Non doveva andare proprio da nessuna parte. Il mondo intero sarebbe andato in ginocchio a bussare alla sua porta. Non solo sarebbe stato così ricco da far impallidire re Mida: sarebbe anche stato adorato come un dio. Il *Time* non l'avrebbe eletto uomo dell'anno: il mondo intero l'avrebbe proclamato uomo del millennio. Perché è andato in Giappone?»

«Non ne ho la minima idea» disse Jack, prendendo il telaio dalle mani di Abe e spegnendo il motore. «Ma conosco qualcuno che potrebbe saperlo.»

8

«...e quindi immagino» stava dicendo Jack «che questo piccolo aggeggio ribalterà il mondo.»

Alicia era stata felice di vederlo entrare. Anzi, non felice, solo sollevata: almeno l'uomo che si era presentato alla reception, insistendo per vederla senza appuntamento, non era Will. Will, che aveva già chiamato due volte quella mattina. Alicia sapeva che non poteva affrontarlo faccia a faccia, ma forse poteva trovare dentro di sé il coraggio per parlargli. Se non altro gli doveva una chiamata.

Ma Jack era entrato con la macchinina che avevano preso nella casa e l'aveva smontata sulla sua scrivania, poi aveva cominciato a parlare. Un fiume in piena. Lei era ancora sotto shock per aver visto Hector morire. E poi si era un po' fatta prendere dallo spavento. Jack sembrava proprio su di giri. Per un orribile momento aveva addirittura pensato che potesse essere sotto l'effetto di una qualche droga, magari lo speed, o che fosse caduto nella fase maniaca di un disturbo bipolare. E quando aveva capito di che cosa stava parlando, aveva decisamente pensato che sì, il disturbo bipolare era la cosa più probabile.

Ma a un certo punto si era resa conto che non glielo stava solo dicendo, le stava mostrando che il Rover non aveva batteria e si metteva in moto solo quando veniva agganciata l'antenna. La chiamava energia teletrasmessa.

«Energia teletrasmessa.» Prese il telaio che sfrecciava sul bancone. «Ma questa è fantascienza.»

«Anche i razzi che vanno sulla luna e i computer portatili lo erano, un tempo. E adesso sono storia. Ma quello che ti farà davvero saltare sulla sedia è che è tutto tuo.»

Era suo?, si chiese. Davvero? E quanto potrà valere? Un sottile brivido le risalì lungo la spina dorsale quando capì che prima o poi ogni lampadina, ogni microonde, ogni televisore, ogni macchina del pianeta avrebbe avuto uno di quei piccoli ricetrasmettitori negli ingranaggi. Il valore totale dell'affare? Alicia dubitava che lei, o chiunque altro, potesse anche solo immaginare una cifra del genere.

«Non tutto» disse: le era tornata in mente una cosa. «Un terzo è tuo.»

Jack abbassò la testa e la guardò con aria stupita. «Mio? Ma...»

«Avevamo un accordo, ricordi? Dobbiamo dividere il ricavato, e tu hai una quota del trenta percento.»

«Accidenti» disse Jack, lasciandosi cadere su una sedia. «Me ne ero completamente scordato.»

«Sono sicura che ti sarebbe tornato in mente prima o poi.» Alicia si rifiutava di lasciarsi travolgere dall'eccitazione. «Ma in questo momento possiedi un terzo di zero. Abbiamo risolto solo metà dell'equazione. Il ricevitore non vale nulla senza il trasmettitore.»

Jack annuì. «Sarebbe un po' come portare un televisore negli anni Venti, immagino. Se non c'è nessuno che trasmette, è solo un costoso abat-jour.»

«Esatto. E allora dov'è?»

«Verso la parte alta della città» disse Jack. «O forse ancora più a nord.»

«Lo dici perché continua a correre in quella direzione?»

«Deve essere per forza così» rispose, prendendo il telaio. «*Whiter away, fair rover, and what thy quest?* Dove vai, bella errante, e che cosa cerchi? Ricordi?»

Jack posò la macchinina a terra e la lasciò correre sul tappeto, finché il muso non andò a sbattere contro il muro settentrionale.

«Credo... no, sono sicuro che ciò che cerca sia il trasmettitore.»

«E quindi che cosa hai intenzione di fare? Lo metti sulla Decima e lo segui verso nord?»

«No... ho un'idea migliore.» Recuperò il telaio e spense il motore. «C'è un'uscita sul retro?»

«Sì. Chiedi a Raymond. Ti accompagnerà lui.»

«Perfetto. A dopo.» Si fermò sulla soglia e si voltò. «Ehi, quasi dimenticavo. Come sta il piccoletto, quello con il taglio di capelli?»

«Hector?» chiese Alicia, distogliendo lo sguardo. Non voleva guardarlo negli occhi. «È morto stamattina.»

«Accidenti.» Era più un sospiro che una risposta. «Mi dispiace.»

«Sì» disse Alicia, con la gola chiusa. «Era un bravo bambino.»

E poi, precipitosamente come era arrivato, Jack scomparve, lasciando il corpo di plastica nero del Rover sulla sua scrivania.

Alicia deglutì, cercando di liberarsi dal groppo che le ostruiva la gola, poi lasciò che Hector le scivolasse fuori dai pensieri mentre ricordava la chiave che avevano trovato insieme alla macchinina la sera precedente. La sera precedente? Era passata solo una notte? Si chiese se Jack avesse scoperto che cosa apriva.

E poi le possibilità dell'energia teletrasmessa divennero il suo unico pensiero. Quanti miliardi – centinaia di miliardi – poteva valere una cosa del genere? Pensò a cosa avrebbe potuto fare con tutti quei soldi. Poteva dar vita a una fondazione, trovare una casa ai bambini come quelli che ospitava nel Centro, sviluppare delle ricerche in grado di mettere a punto una cura per salvare gli Hector del mondo.

Energia teletrasmessa... il potere di cambiare il mondo... tutto suo.

Sarebbe stato suo perché quell'uomo, quel mostro, lo aveva lasciato a lei.

Alicia chiuse gli occhi. Non voleva possedere nulla che fosse stato toccato da quell'uomo. Nulla. E lui di sicuro lo sapeva benissimo. E allora perché glielo aveva lasciato? Stava ridendo adesso, nel buco in cui era sprofondato, nell'angolo più nero, più gelido, più orribile dell'inferno?

Prese il corpo del Rover e lo lanciò contro il muro.

9

Jack comprò una buona bussola e cominciò nel suo appartamento. Segnò il punto di partenza della macchinina, all'estremità meridionale del suo salotto, e tracciò una linea seguendo il percorso verso il muro a nord. Controllò e vide che la linea correva un paio di gradi a ovest rispetto al nord. Spiegò la sua cartina nuova di zecca dello Stato di New York e tracciò una linea che andava dal centro di Manhattan su per lo Hudson, attraversando Albany e Troy, per arrivare a una piccola cittadina di nome Elysium, ai monti Adirondack, e poi a Lake Placid, fino al Quebec. Teoricamente, la linea poteva portare su per tutta la strada fino al Circolo Polare Artico, e poi ancora oltre. Jack sperava che restasse dentro lo Stato di New York.

Non aveva alcuna intenzione di rifarsela a piedi fino a Sag Harbor, perciò decise di effettuare la lettura successiva nel piccolo parco sul lato di Flushing del Whitestone Bridge. Questa volta la linea correva un po' più a ovest, incrociando la prima nell'Ulster County.

Poteva essere una buona notizia, o una fregatura. La lettura successiva gli avrebbe detto la verità.

Nell'angolo sinistro inferiore della mappa di New York di Jack era riprodotta una porzione del North Jersey. Prese il Lincoln Tunnel fino ai deliziosi viali pavimentati del Garden State, poi la Route 3 fino all'incrocio con la Parkway. Dato che quella intersezione era riportata sulla mappa, si fermò nel parcheggio di un centro commerciale e fece fare un altro giretto al telaio.

Jack sorrise quando controllò il percorso con la bussola: questa volta andava a nordest. Ottimo. Almeno non sarebbe stato costretto ad arrivare fino al Polo Nord per trovare il trasmettitore.

La terza linea incrociava le altre nell'Ulster County, leggermente a ovest rispetto a New Paltz.

Se aveva ragione, se il ricevitore era progettato per indicare la fonte dell'energia che riceveva, allora il trasmettitore doveva essere da qualche parte nelle vicinanze del punto in cui le tre linee si intersecavano.

Sembrava proprio che ci fosse in programma un giretto ai monti Catskill per lui e Alicia, il giorno seguente. Se Sam Baker e i suoi non ci mettono i bastoni tra le ruote, pensò. Jack aveva detto a Sean di chiamare l'avvocato di Thomas e cominciare a buttare giù le carte per vendere la proprietà. Sperava che questo avrebbe disorientato Kemel quel tanto che bastava per permettere a Jack e Alicia di sgusciare via dalla città.

Alicia. L'eccitazione per l'energia teletrasmessa l'aveva sconvolto così tanto che per poco non si era scordato delle schifezze che aveva trovato in quelle buste. Una gran parte di lui insisteva per accendere un grande fuoco e ridurre tutto in cenere, ma un'altra parte diceva che il mondo di Alicia sarebbe potuto diventare un posto un po' migliore, se le fosse stata donata la possibilità di guardare quei negativi contorcersi e annerire e morire tra le fiamme.

Ma se le avesse consegnato le buste avrebbe dovuto restare al suo fianco quando si sarebbe resa conto di cosa contenevano. Non voleva guardarla negli occhi in quell'istante, non voleva immaginare cosa avrebbe provato in quell'attimo. Perché immaginarlo era impossibile.

Ancora indeciso, tornò a New York.

10

Yoshio era immobile in strada, in un punto in cui poteva vedere sia l'entrata del Centro contro l'AIDS sia il viottolo che costeggiava la fiancata settentrionale dell'edificio, per tutta la sua lunghezza. Poche ore prima, quel pomeriggio, dal suo consueto punto di osservazione nel solito parcheggio, aveva visto Jack-san entrare nel Centro. Non l'aveva visto uscire, e aveva pensato che avrebbe passato il pomeriggio là dentro.

Ma pochi istanti prima aveva visto, stupefatto, Jack-san, con una grossa busta della spesa in mano, che entrava di nuovo nel Centro. Sapeva che non si era semplicemente distratto nell'attimo in cui era uscito. E questo poteva significare una cosa sola: c'era un'altra uscita.

Aveva scoperto il vicolo dopo un minuto o due di frenetica ricerca. Che superficialità. Ma non aveva perso neppure un minuto a rimproverarsi. Aveva sprecato la prima opportunità di seguire Jack-san, ma non gli sarebbe sfuggito una seconda volta. Non con quella facilità.

Tornò di corsa alla macchina quando vide Jack-san e Alicia Clayton che uscivano dall'ingresso principale e si incamminavano lungo la Settima. Jack-san aveva ancora la borsa della spesa. Li seguì quando svoltarono l'angolo e si diressero a est. Si aspettava che fermassero un taxi o prendessero una macchina, invece si infilarono in una stazione metro sulla Sesta.

Yoshio gemette e batté il pugno contro lo sterzo, frustrato. Certo, poteva parcheggiare, in un posto consentito o irregolare, e seguirli a piedi, ma sarebbe stato inutile. Anche se fosse riuscito a raggiungerlo, Jack-san l'avrebbe individuato senza alcuna difficoltà.

Il *ronin* non voleva correre rischi.

Yoshio sospirò. Un'altra opportunità perduta. Non aveva molte probabilità di ritrovare Jack-san o Alicia Clayton quella sera, quindi chi doveva seguire adesso? Samuel Baker, Kemel Muhallal, o l'altro Clayton?

Avrebbe deciso in seguito. Adesso voleva fare dei preparativi per quando avrebbe dovuto affrontare di nuovo uno dei trucchetti di Jack-san. Yoshio sarebbe stato pronto per lui. O almeno lo sperava.

11

«Non dirmi che questa è un'altra casa trappola,» disse Alicia «perché non ti credo.»

Che cosa ci faccio qui?, si chiese vagando tra i mobili antichi e le tele sulle pareti del primo piano. Avevano preso la linea F fino alla Quarta Ovest, poi la A per tornare alla Ventitreesima, e adesso erano finiti in quell'elegante palazzina vittoriana a Chelsea.

«No, temo di no» disse Jack, osservando la strada dalla finestra. «Ho solo le chiavi, tutto qui.»

«A quanto pare ti sai muovere bene qui dentro. Dov'è il proprietario?»

«Morto.»

«Siamo nascosti nella casa di un uomo morto...» Alicia rabbrividì. Quel posto non le piaceva. «Mi sento una fuggiasca.»

«E lo sei, in un certo senso.» Jack si allontanò dalla finestra.

C'era qualcosa nel modo in cui la stava fissando adesso. Quella stessa sensazione che aveva percepito durante la corsa in metro. C'era qualcosa che non andava.

«Ma spero che sia solo per stasera» disse. «Se riusciamo a trovare il trasmettitore domani, e rivelare al mondo la tecnologia, potrai tornare a casa. Libera.»

«Perché dovrebbero arrendersi?»

«Bene, forse Thomas non si arrenderà: lui pensa ancora di meritarsi la sua quota. Tutti gli azzeccagarbugli del mondo andranno a bussare alla sua porta, gli prometteranno di aiutarlo a mettere le mani su un pezzetto della torta dell'energia teletrasmessa. Ma per quanto riguarda Kemel... è finita per lui. La sua missione è seppellire quest'invenzione, nient'altro: non far mai sapere al mondo della sua esistenza. Ma se si spargesse la voce... game over. Scommetto che finirà impiccato a una trivella in Arabia Saudita. E probabilmente quella sarà l'unica cosa per cui saranno ancora utili le trivelle.»

Prese la borsa della spesa e la posò sul basso tavolino, riccamente decorato, tra loro.

«Hai intenzione di dirmi prima o poi cosa c'è lì dentro?» chiese Alicia.

Aveva fatto il misterioso per tutta la strada, le aveva solo ripetuto: «Più tardi... ti faccio vedere dopo» ogni volta che glielo chiedeva.

«Ho trovato che cosa apre quella chiave. Un deposito di sicurezza» disse, guardando dentro la busta come se avesse improvvisamente trovato qualcosa di molto interessante là dentro.

«E?»

«E conteneva solo queste.»

Si rifiutava ancora di guardarla. Frugò nella busta e cominciò a tirare fuori degli incartamenti, una mezza dozzina, più o meno, e a disporli sul tavolo.

«C'è qualcosa lì dentro?»

Finalmente Jack la guardò in faccia. Quando quella parola abbandonò le sue labbra, fu poco più di un sussurro.

«Foto.»

Il volto di Alicia perse tutto il colore, tutto il sangue. Cadde su una sedia. Si sentiva debole. Si sentiva male.

Jack fece il giro del tavolo e si avvicinò.

«Stai bene?»

Alicia alzò una mano tremante: non disse né sì né no, non annuì né scosse la testa. Non ci riusciva. Voleva solo che si fermasse esattamente lì dove si trovava, non voleva che si avvicinasse. Nessuno doveva avvicinarsi a lei. Nessuno.

Jack si fermò, fissandola.

E poi lei riacquistò il respiro, prendeva fiato, per cercare di tenere dentro la bile che minacciava di rovesciarsi dappertutto, si ordinava di restare calma. *Sta' calma...*

Ma come poteva restare calma con quelle... quelle... foto nella sua stanza. Sapeva che Jack doveva averle viste, le aveva viste di sicuro, altrimenti perché quegli occhi bassi, quell'espressione mesta? Lui sapeva, oddio, sapeva!

E c'era di peggio! Adesso anche lei avrebbe potuto vederle. Se avesse voluto... se avesse osato...

Non le aveva mai viste, non aveva mai neppure osato immaginarle: avrebbe voluto dire resuscitare i ricordi di quelle ore, di quei giorni, di quei mesi sul letto o sul divano nello scantinato con papà che le faceva fare quelle cose a Thomas e che permetteva a Thomas di fare quelle cose a lei, cose che a volte le facevano male, solo perché papà potesse scattare delle foto, così tante foto...

Fece un ultimo respiro profondo. Trattenne il fiato, poi si costrinse a incontrare gli occhi di Jack.

«Tu le hai viste?»

Lui annuì.

Le aveva guardate? Le aveva osservate? Oddio, per quanto tempo le aveva avute? Che cosa doveva pensare di lei?

«Tutte?»

«No. Le ho viste solo per capire che cosa... e chi ritraevano, e per essere sicuro che le buste non contenessero nient'altro. Alicia, mi dispiace. Io...»

«Perché?»

«Perché cosa?»

«Perché le hai portate qui? Perché mi fai questo? Che cosa hai intenzione di farci?»

«Non si tratta di cosa ho intenzione di farci io.» Rovesciò la busta della spesa e una grossa scatola scivolò fuori. «Ma di cosa ne farai tu.»

Sollevò la scatola per permetterle di leggere l'etichetta.

Lei strinse gli occhi, aveva la vista appannata. «Un tritadocumenti?»

«Esatto.» Indicò le buste. «Non ci sono solo le foto. Ci sono anche i negativi. Avrei potuto bruciare tutto, e per un po' ci ho pensato seriamente. Ma ho pensato che forse volevi ridurle in pezzi con le tue stesse mani.»

Tirò fuori il tritadocumenti dalla scatola, lo posò sul pavimento davanti a lei, infilò la spina.

«Perché fai questo per me?»

«E perché no? Avevo capito che eri costretta a portare un pesante fardello sulle spalle. Ma non mi ero reso conto di quanto fosse pesante.»

Alicia distolse lo sguardo. «Mi vergogno così tanto.»

«Di cosa?»

«Come fai a chiedermelo?» rispose, sentendo la sua stessa voce farsi più acuta. Non voleva perdere il controllo, non adesso, non lì. «Le hai viste. Dio, che cosa penserai di me?»

«Non credo che sia colpa tua, se è quello che vuoi dire. Non più di quanto un bambino picchiato sia colpevole delle sue ferite. La chiamano pedopornografia: un fottuto nome di cortesia. Meglio chiamarle con il loro vero nome: foto di bambini che subiscono abusi sessuali.»

Prese un incartamento e glielo passò.

«Avanti. È ora di mettersi questa storia alle spalle.»

Lei costrinse la sua mano a prendere la busta. A metà strada si bloccò, come se avesse sbattuto contro un muro invisibile. Fendette quel muro. Obbligò le dita a stringersi sulla busta. La prese.

Jack accese il tritadocumenti e fece un passo indietro. Sentì le lame che entravano in funzione sotto il coperchio.

Alicia riuscì a sfiorare la busta, ma quando dovette prendere ciò che c'era dentro...

«Puoi farcela» disse lui.

«Questo non risolverà nulla. Devono esserci centinaia di stampe in collezioni private in tutto il Paese. Quell'uomo le scambiava con foto di altri bambini.»

«Ma almeno queste spariranno. Nessuno le vedrà. E anche i negativi saranno andati. Forse è più una cosa simbolica che concreta, Alicia, ma è un inizio.»

Alicia lo guardò. Aveva voglia di piangere. Come aveva potuto sottovalutare così tanto quell'uomo?

Sì, pensò, è un inizio.

Si rese conto che per la prima volta nella sua vita aveva il controllo, aveva il potere, su un set di foto. E anche sui negativi. Doveva distruggerle.

Frugò nella busta e tirò fuori tre o quattro foto, formato otto per dieci, con colori accesi: no, non le avrebbe viste. Le ficcò dentro il tritadocumenti. Sputando, gracchiando, piccoli coriandoli caddero nel raccoglitore sottostante.

Sì! Funzionava. Le immagini erano distrutte, non era più possibile trovare una coerenza, un significato, in quelle centinaia di pezzetti. Nessuno, solo un folle forse, avrebbe mai pensato di poterli rimettere insieme, e più coriandoli aggiungeva al mucchio, più sarebbe stato difficile. Centinaia, no, migliaia di anni per ricostruire anche una sola immagine. Sapeva che quel momento poteva essere un vero spartiacque per lei. Frugò nella busta e tirò fuori altro materiale da ficcare nelle fauci dell'apparecchio che ronzava. Sentì le lacrime che le scorrevano sulle guance. Sentì la sua stessa voce. Rideva.

Era così bello... così bello!

12

Bzzz!

Già era terribile vedere una donna in lacrime. Uno spettacolo che metteva Jack sempre in crisi. Che cosa poteva fare? Che poteva dire? Ma una donna che rideva e piangeva mentre ficcava delle foto in un tritadocumenti...

Davvero spaventoso.

Ma le lacrime e le risate ben presto si spensero, e poi cominciò a parlare, e quello fu ancora peggio, perché sentendo quelle parole Jack desiderò che Ronald Clayton fosse ancora vivo, così avrebbe potuto ucciderlo, molto lentamente.

«L'ho fatto per il mio papà. È andata così. Una parte di me si accorgeva che c'era qualcosa di sbagliato, di cattivo, soprattutto quando faceva male, ma il mio papà voleva che lo facessi, e io non avevo molta scelta. E in fin dei conti era il mio papà... l'uomo che si prendeva cura di me. Non mi avrebbe costretto a fare qualcosa di davvero cattivo. Non il mio papà.»

La sua voce sembrava lontana, come se avesse reciso tutti i legami emotivi con quella bambina di cui stava parlando.

Bzzz... altri fogli nel tritadocumenti.

«E quella era la parte peggiore. La parte davvero malata. Al di là di ogni sua perversione. Che avesse preso sua figlia, una bambina che dipendeva da lui, che lo considerava una guida e si fidava di lui, e usasse quel vincolo di fiducia e bisogno per costringerla a fare esattamente ciò che lui voleva davanti alla sua macchina fotografica. Ma questo fa parte della natura del pedofilo: si eccita conquistando potere sui giovani, sui deboli, sui piccoli, il potere di corrompere l'innocenza attraverso atti innominabili.»

Bzzz!

«Naturalmente, all'epoca non sapevo che fossero innominabili, ma doveva esserci qualcosa di sbagliato, perché non avevo il permesso di parlarne, mai. E un po' prima che compissi i dieci anni, non sono più state scattate delle foto. Immagino che fossi troppo grande ormai. Immagino che le persone che commerciavano quelle foto preferissero le bambine sotto i dieci. Qualunque fosse il motivo, smisi di fare le foto, e... riesci a crederci?... mi sentii triste. Quanto può essere malata una cosa del genere? Non mi dispiaceva per quello che facevo prima, ma perché mio padre non sembrava più interessato a me. Non era mai stata una persona calorosa, o anche solo minimamente premurosa... 'lontano', 'disinteressato', 'irresponsabile' sono definizioni assolutamente insufficienti... ma almeno... quelle volte... quando facevo quelle cose da sola, o con Thomas, avevo la sua... attenzione. Invece a quel punto non avevo più nemmeno quella. Riesci a immaginartelo?»

No. Jack non poteva neanche andarci vicino. Sentiva la rabbia che cresceva in lui mentre pensava a qualcuno che faceva a Vicky ciò che aveva intravisto nelle poche foto che aveva preso in mano, e dovette reprimere l'impulso di afferrare il telefono e chiamarla per assicurarsi che fosse sana e salva, a casa, con Gia.

Bzzz!

«Ma quando sono cresciuta ho capito, e mi sono resa conto della schifezza a cui avevo preso parte. Ho cercato di dirmi che non era mai successo nulla, che mi ero immaginata tutto, ma sapevo che il mio cervello non avrebbe mai potuto creare dal niente immagini come quelle. Come avrei potuto concepire delle perversioni simili? No... dovevo averle vissute davvero. E allora mi sono sforzata di tenerle fuori, di costringermi a credere che non fosse mai accaduto, e me la stavo cavando abbastanza bene... fino all'adolescenza, quando ho cominciato a svilupparе. Fu allora che una notte mi svegliai e trovai Thomas con la mano sul mio seno. Voleva 'farlo di nuovo, proprio come un tempo'. Sono riuscita a cacciarlo, ma quella fu la conferma, e riportò tutto a galla. Ho cominciato ad andare a dormire con un coltello sotto il cuscino.»

Jack non avrebbe voluto sapere così tanto di lei, ma non riusciva a trovare un modo per fermarla. E in fin dei conti non stava parlando con lui. Parlava al vuoto. Jack sarebbe potuto benissimo essere un manichino.

Bzzz!

«Sapevo perfettamente che dovevo andarmene. Ma come? Ero troppo giovane per badare a me stessa e non volevo nulla, nulla, da quell'uomo. E so cosa stai pensando. 'Perché non sei andata dalla polizia e...'» Si fermò e guardò Jack. Il pallido fantasma di un sorriso per un attimo le sollevò gli angoli della bocca. «Okay, magari lo penserebbero tutti tranne te. Ma come potevo? Esporre Ronald Clayton avrebbe voluto dire esporre me stessa. Avrebbe voluto dire rendere pubbliche le foto. Persino adesso il pensiero mi fa venire voglia di correre a seppellirmi dentro un buco, ma riesci a immaginare cosa doveva essere quella prospettiva per un'adolescente? Voglio dire, un brufolo sul mento basta e avanza per nascondersi agli occhi del mondo, per una teenager. Rendere pubblici i miei 'peccati', perché sapevo che tutti avrebbero pensato che io fossi consenziente, era impensabile.»

Bzzz!

«E allora ho cominciato a pensare al modo migliore per andarmene. E voglio dire, ho lavorato sodo. Ero una creatura quasi asessuata a quei tempi. La sola idea di una persona, uomo o donna, che mi toccava, era repellente. Perciò mi buttai sui libri. Mi sono praticamente trasferita nella libreria pubblica, a studiare, studiare, studiare. Avevo sempre il massimo dei voti. Ho trovato un libro che spiegava come 'preparare a puntino' un figlio per la scuola. Be', nessuno sembrava interessato a 'prepararmi a puntino' per niente, perciò mi sono preparata da sola. E ha funzionato. Ho ottenuto una borsa di studio completa all'Università della California del Sud. Così ho potuto lasciare quella casa. Me ne sono andata nell'agosto precedente al mio primo anno da matricola, e non mi sono mai guardata indietro. Ieri notte ho varcato di nuovo quella soglia per la prima volta.»

Bzzz!

«All'università lavoravo mentre mi spaccavo la schiena sui libri. Trovavo impieghi estivi che mi offrivano anche vitto e alloggio. Sono entrata a medicina. Pagare la retta completa a medicina è praticamente impossibile, ma molte persone sono disposte a fare prestiti a un futuro dottore. Perciò mi sono indebitata fino al collo per coprire le spese, e pagherò le rate per altri dieci anni, se va bene. Ma ha funzionato. Ce l'ho fatta. E ciò che mi ha permesso di restare in piedi è stata la mia ferrea determinazione a non diventare una vittima. Sai come si dice, no? Vivere bene è la miglior vendetta. Be', forse io non vivo bene, ma ci sto lavorando. E tutto da sola. Questa è la mia vendetta. Mi rifiuto di essere una sua vittima. Un tempo aveva del potere su di me, ma non succederà mai più.»

Bzzz!

«Ma non poteva essere una vendetta completa. Tutti gli anni passati a chiedermi quale fosse la verità sulla morte di mia madre... fu davvero un incidente? Voglio dire, non so se quell'uomo abbia ereditato dei soldi da lei, o se avesse stipulato un contratto sulla sua vita. Non sapevo nulla della situazione finanziaria di quell'uomo. Ma sapevo che non avrebbe mai potuto dedicarsi alle sue perversioni con mamma tra i piedi. Dopo la sua morte fu libero di fare ciò che voleva con Thomas e con me. E quindi era quella la vendetta su cui fantasticavo: volevo trovare una qualche prova della sua colpevolezza e spedirlo in galera, dove non avrebbe avuto alcun potere, e tutti avrebbero avuto potere su di lui. Ma naturalmente tutto questo è impossibile adesso.»

Bzzz!

Jack doveva farle quella domanda, anche se non voleva sentire la risposta.

«Ti ha mai... toccata?»

Alicia scosse la testa. «No, grazie a Dio. Anche se Dio non c'entra proprio nulla in questa faccenda. No... gli piaceva guardare, e le nostre foto erano la moneta di scambio che poteva usare per avere altre foto da guardare.»

Bzzz!

Alzò lo sguardo. «Ne hai delle altre?»

Jack scosse la testa. «No.» Indicò l'alta pila di coriandoli ammucchiati intorno ai suoi piedi, vicino al tritadocumenti. «Le hai distrutte tutte.»
«No. Non tutte. Non ci sono nemmeno vicina.»
«Ma è un inizio.»
Adesso tutta la rabbia che prima l'aveva infiammata sembrava evaporata. Alicia si stava sgonfiando sotto i suoi stessi occhi.
«Thomas ne ha parecchie» disse piano. «Lui la chiama la collezione principale.»
«Che cos'è?»
«La collezione personale di quell'uomo, che contiene tutte le sue... com'è che le hai chiamate?»
«Foto di bambini che subiscono abusi sessuali. Perché le voleva?»
«Per ricattarmi, credo. Ma penso anche che sia un bluff. È ritratto in tante di quelle foto... Se denuncia me, denuncia sé stesso. È caduto parecchio in basso, ma non fino a questo punto.»
«Finora.» Jack aveva un'idea. «Sai dove vive?»
Lei annuì. «Non lontano da qui. Perché?»
«Ho qualche domanda per il tuo fratellastro. Vuoi venire con me? Ce la fai ad affrontarlo?»
Lei esitò, e poi: «Sì. Ce la faccio. Voglio affrontarlo. Portiamo il tritadocumenti?»
«No. Troppo grosso. Ma sono sicuro che troveremo un modo per arrivare allo stesso risultato.»
Alicia si alzò in piedi e prese il cappotto. Sembrava davvero convinta.
«Andiamo.»

13

Quando Thomas rientrò, lo stavano aspettando nell'ingresso del suo appartamento: un posto oscuro, disordinato, con una leggera puzza di marcio.

Alicia era rimasta a osservare, meravigliata, mentre Jack, usando solo un paio di aggeggi, delle specie di fili, era riuscito a superare una porta dopo l'altra dell'edificio fino ad arrivare all'appartamento del suo fratellastro. Avevano dovuto aspettare solo venti minuti. Poi, il rumore della chiave che girava nella toppa. Jack si alzò di scatto e scomparve, lasciando Alicia da sola.

Thomas entrò e accese la luce. Si congelò come un cervo davanti ai fanali quando la vide.

«Alicia? Ma che stai...?»

Jack si mosse da dietro la porta e la chiuse di scatto. Thomas saltò sulla sua sinistra e lo fissò.

Alicia vide il colorito abbandonare il suo volto butterato.

«Chi sei?»

«Un amico di tua sorella» disse Jack, prendendolo per il collo e facendo volare il suo corpo a forma di pera per la stanza. «Siediti!»

Alicia era paralizzata dalla smorfia sul volto di Jack. Era così... ferale. Non era per niente simile all'uomo davanti a cui si era aperta meno di un'ora prima. Qual era il vero Jack?

Thomas inciampò e andò a sbattere contro una sedia. Piegò quel goffo ammasso di carne e ossa che si ritrovava e si sedette.

«Non puoi farlo» urlò Thomas. «Chiamo la polizia!»

Improvvisamente comparve una piccola pistola nella mano di Jack, puntata al ginocchio sinistro di Thomas. Poi la mira si spostò verso destra.

«Quale ginocchio per primo, Alicia? Scegli tu.»

Io?, pensò lei, con il panico che cresceva. Fa sul serio? Che sta facendo? E poi si ricordò cosa le aveva detto quando erano entrati nell'appartamento. «Forse dovrò andare un po' sul pesante con lui, ma qualsiasi cosa faccia, tu reggimi il gioco.»

Jack spostò la pistola sopra il cavallo dei pantaloni. «O magari qui?»

Okay, pensò lei. Reggerò il gioco.

«Ci sto pensando» disse.

«Alicia!» gemette Thomas. «Fermalo! Mi hanno parlato di lui! Ti prego, non lasciare che mi spari!»

Vide una macchia scura di umidità che si allargava sui pantaloni di Thomas. Doveva aver sentito delle storie terribili su Jack.

«E allora tira fuori quella 'collezione principale' di cui mi hai parlato» disse Alicia.

«Okay! Okay! Lo farò. È in camera da letto. Vado a prenderla.»

Si alzò superando Alicia, con Jack subito dietro.

«Ci sto pensando» sussurrò Jack, facendole l'occhiolino mentre le passava accanto. «Fantastico.»

E adesso che era sola, si guardò intorno. Era la prima volta che aveva l'opportunità di vedere l'appartamento alla luce. Quel posto era un vero casino, pieno zeppo di abiti lerci gettati alla rinfusa, piatti sporchi, contenitori di cibo. E quell'odore... Era pronta a scommettere che venisse da una scatola della pizza posata vicino alla finestra, accanto al radiatore.

I due uomini tornarono pochi istanti dopo: Thomas portava due scatoloni di cartone, Jack un terzo... e un'altra pistola.

«Guarda che cosa ha Thomas. Una piccola splendida calibro 32.»

Ma Alicia aveva occhi solo per gli scatoloni.

Ha la collezione, pensò, orripilata. Ce l'ha davvero. Una parte di lei aveva sperato che stesse bluffando.

«Ce ne sono altre?» disse Jack.

Thomas scosse la testa vigorosamente. «No.» Ancora in piedi, si voltò verso Alicia. «No, lo giuro.»

«Perché, Thomas? A parte il valore ricattatorio, perché mai dovresti tenere questa immondizia? È un intero catalogo di degradazione.»

«Non era così male. Voglio dire, che è successo, in fin dei conti? Nessuno si è fatto male.»

Jack sollevò il pugno e Alicia pensò che stesse per colpire Thomas, ma le lanciò un'occhiata e lei scosse la testa. Per tutta la vita si era sempre rifiutata di parlare di quella parte della sua adolescenza, ma adesso non riusciva a smettere.

«Nessuno si è fatto male? E tu? Com'è stata la tua vita? Hai mai avuto una relazione intima?»

Io di sicuro no, pensò.

«Lo so che sono un perdente, cosa credi» rispose, stringendo gli occhi mentre la fissava. «Lo so. Credimi, lo so fottutamente bene. Ed è tutta colpa di papà. È per questo che io mi merito la casa. Ne ho bisogno. Tu no. Tu te la sei cavata alla grande anche da sola. Sei una dottoressa.»

«Tu non sai niente di me» disse piano Alicia.

Quella favoletta che aveva propinato a Jack non era nient'altro che quello: una favola. Un mantra. In realtà non aveva superato il trauma. Forse se avesse continuato a ripeterlo, prima o poi sarebbe riuscita a crederci. Forse sarebbe potuta persino diventare la verità. Ma aveva ancora molta strada da fare.

Forse sembro a posto se qualcuno mi vede da fuori, pensò, ma dentro io... sono come questo appartamento.

«Te lo meriti?» disse Jack, con voce acida. «Ne hai bisogno? Mi fai schifo. Non sapresti neppure che fartene, del ricavato dell'energia teletrasmessa.»

Alicia trattenne il fiato. Non avrebbe voluto che Jack si lasciasse sfuggire quel commento. Ma poi vide che a Thomas si piegavano le gambe. Cadde sulla sedia. Se era pallido prima, appena aveva visto Jack, adesso era bianco. E quando iniziò a balbettare, Alicia si rese conto che Jack non si era lasciato sfuggire proprio niente. Aveva calcolato tutto.

«Lo sai? Oh santo dio! Come hai fatto a scoprirlo? È stato la notte scorsa, vero?» Le parole gli uscivano incontrollate dalla bocca. «Maledizione! Abbiamo ribaltato quella casa come un calzino e non abbiamo trovato un cazzo! Voi due fate un salto là dentro e... aspetta... sapete dove si trova il trasmettitore?»

«Andiamo» disse Jack, afferrandogli il braccio e tirandolo su dalla sedia. «Andiamo a fare una passeggiata.»

«Cosa?» Le ginocchia di Thomas sembravano di gomma quando si tirò in piedi. «Dove?»

«Fuori.»

«Pe... perché?»

Alicia si stava facendo la stessa domanda.

«Perché non si può sparare qui dentro.» Sollevò la calibro 32 di Thomas. «Lascio qui la tua pistola giocattolo. Ma porta quelle scatole con te.»

14

«Dateci un'oretta con il fuoco, ragazzi, e vi prometto che sarà bello caldo quando tornerete.»

Alicia aveva seguito Jack verso ovest, giù per la discesa che portava vicino all'Hudson. Dove stavano andando? Brancolava nel buio come Thomas. Jack si era fermato davanti a un cassonetto in fiamme in fondo a un vicolo e aveva passato una banconota da venti a ognuno dei tre uomini che si riscaldavano al falò.

Adesso stavano ridendo e ghignando e si davano il cinque mentre si allontanavano.

«Va bene» disse Jack, indicando Thomas. «Mettiamoci al lavoro.»

Alicia si guardò intorno. Le strade erano buie, deserte, fredde. Ma non aveva paura. Sembrava che Jack fosse nel suo ambiente, e avesse il totale controllo.

«Non mi stai ascoltando» disse Thomas. Non aveva chiuso bocca da quando avevano lasciato l'appartamento.

«Datti da fare» gli rispose Jack. «E non farti prendere dalla fretta. Non voglio coprire il fuoco.»

Thomas alla fine comprese. Frugò dentro una delle scatole che aveva portato fin lì e tirò fuori una manciata di foto. Alicia le osservò volare dentro il bidone, arricciando e annerendo mentre le fiamme le divoravano, distruggendo per sempre le immagini malvagie che contenevano. Era lì, con Thomas, ma c'erano anche altri bambini, costretti con la forza o ingannati, spinti a compiere quell'oscena danza...

Chiuse gli occhi per un istante, si sentiva quasi felice. Rammentò a sé stessa che era solo una goccia nel mare, tuttavia, adesso c'era un set di fotografie in meno al mondo.

Ma Thomas non sembrava preoccupato per le foto: anzi, non pareva nemmeno del tutto cosciente di cosa stava facendo. Gli importava solo del trasmettitore.

«Il trasmettitore è la chiave, sai» disse, ricominciando la litania. «Se sai dove si trova, posso renderti ricco oltre i tuoi sogni più sfrenati. Tutti saremo incredibilmente ricchi.»

Jack non sembrava interessato. «Se abbiamo il trasmettitore, che bisogno abbiamo di te?»

«I vostri diritti su quella tecnologia saranno contestati nell'istante stesso in cui cercherete di venderla.»

«E i tuoi no?»

«Tutti coloro che cercheranno di brevettarla andranno a sbattere contro un muro. Perché...» Si interruppe. «Lascia che ricominci dal principio. Ti spiegherò tutto, e allora saprai perché hai bisogno di me.»

«Sono proprio curioso» disse Jack, guardando Alicia.

Lei alzò le spalle. «A me basta che continui ad alimentare il fuoco.»

L'energia teletrasmessa era una cosa grandiosa, una meraviglia. Ma prima di tutto voleva vedere quelle foto ridotte in cenere.

«Ho saputo dell'invenzione di papà quando sono andato a trovarlo, un giorno.»

«Siete rimasti in contatto?» chiese Alicia. Non riusciva a crederci.

«Non proprio.» Thomas alzò le spalle. «Ero un po' a corto di soldi e lui non rispondeva alle mie chiamate. E allora sono andato a casa sua. In ogni modo, mi ha lasciato là come un babbeo mentre lui faceva le sue telefonate, e allora me ne sono andato un po' in giro, e ho notato un paio di lampade accese qua e là in tutta la casa. Dato che era mezzogiorno, e dato che io sono un bravo figlio, molto sensibile alle tematiche ambientali...» Si lasciò sfuggire un ghigno, ma Alicia non rispose e Jack si limitò a fissarlo. «Io... uh, ho pensato di spegnerle. Ma a quel punto mi sono accorto di quei piccoli fili che partivano dalla base dei bulbi. Ho guardato meglio e ho capito che quelle maledette lampade non erano attaccate a nessuna presa. Che cosa le accendeva allora? Possibile che papà avesse inventato una specie di lampadina a batteria? Per pura curiosità ho cominciato ad armeggiare con una lampada. Quando lui ha finito la chiamata, io avevo già capito tutto.»

«Scommetto che lui fosse molto contento della novità» disse Alicia.

«Come no. Direi piuttosto che era incazzato nero. Stava per buttarmi fuori, ma poi ha cambiato idea. Allora la cosa mi ha sorpreso, ma in seguito ho capito il motivo. Papà non mi ha detto nulla sulla tecnologia in sé e per sé, però mi ha spiegato perché non voleva ancora che fosse rivelata al mondo. Sai, la sua invenzione non è completamente sua. Utilizza un certo numero di scoperte realizzate da lui e tecnologie che aveva sviluppato mentre collaborava con varie università e aziende, nel corso degli anni. Quelle organizzazioni hanno il brevetto sulle varie tecnologie. Pretenderebbero una bella quota dei profitti derivanti dalla sua invenzione. Forse pretenderebbero di avere tutto, chissà. Quindi lui stava cercando un modo per mantenere la paternità sul progetto dopo averlo rivelato al mondo. Mi ha prestato i soldi che gli chiedevo a condizione che tenessi la bocca chiusa.»

Credo che sia successo l'esatto opposto, pensò Alicia. Tu hai promesso di tenere la bocca chiusa in cambio di contanti.

«Ma ho pensato che papà stesse facendo il ragionamento sbagliato. Se temeva dispute legali, avrebbe dovuto trovare un modo per rendere irrilevanti tutti quei brevetti. Se rendere pubblica la scoperta avrebbe comportato la perdita di tutti i profitti, allora doveva trovare un modo di trarre dei profitti senza renderla pubblica. E allora ho cominciato a chiedermi: chi ha più da perdere dall'energia teletrasmessa? E questo mi ha dato la mia risposta: bisognava vendere la tecnologia all'OPEC.»

Girava la testa da una parte all'altra, in cerca di approvazione. Alicia non aveva certo intenzione di accontentarlo, e il volto di Jack era così inespressivo che pareva una maschera di bronzo.

«È una cosa tanto brillante quanto ovvia, non credete? Pensavo che gli arabi sarebbero stati pronti a pagare miliardi per tenere l'energia teletrasmessa fuori dal mercato. Allora, senza dire nulla a papà, ho 'preso in prestito' una delle sue lampade e ho comprato un volo per l'Arabia Saudita. Ma non ci sono mai andato. Durante lo scalo a Francoforte, ho scoperto che la lampada non funzionava. Preso dal panico, sono tornato di corsa negli Stati Uniti: e ho scoperto che qui funzionava. Quindi c'è un limite di distanza alla teletrasmissione di energia.»

Alicia si chiese sovrappensiero quanto fosse ampio il raggio, che tipo di onda utilizzasse, ma le nozioni di fisica che le venivano dal corso preparatorio erano spaventosamente inadeguate.

«Allora ho portato la lampada alla missione dell'OPEC presso le Nazioni Unite ma si sono rifiutati di incontrarmi. Ci credereste? Ero lì a offrirgli un modo per salvare il culo a tutti loro, e quegli idioti non volevano ascoltarmi. Fortunatamente ho trovato un altro gruppo, quasi altrettanto ricco...»

«Iswid Nahr» disse Jack.

Thomas si ritrasse come se qualcuno gli avesse tirato uno schiaffo e lo fissò. «Ma chi sei? Come fai a saperlo?»

«Continua a parlare.» Jack indicò il fuoco. «E continua ad alimentare le fiamme.»

«Va bene, va bene. In ogni modo, Iswid Nahr deve aver smontato e rimontato la lampada pezzo per pezzo un centinaio di volte, ma alla fine si sono convinti. Hanno contattato papà e gli hanno fatto un'offerta favolosa. Ma invece di essere contento, lui è andato su tutte le furie, e si è messo a blaterare che non avrebbe permesso a nessuno, per nessun motivo, di seppellire la sua invenzione. Miliardi di dollari sul tavolo, e quello si mette a sbraitare. Non riuscivo a crederci. E ancora non ci riesco.»

«Io sì» disse Alicia. «Non ho più parlato con quell'uomo da quando ero adolescente, ma per me non c'è nulla di più chiaro.»

«Bene allora, cara sorellina» disse acidamente Thomas. «Ti prego di illuminarmi.»

«Sorellastra» disse Alicia. «E non te lo dimenticare. Per quanto riguarda tuo padre, lui voleva qualcosa di più dei soldi. Voleva la gloria. Voleva passare alla storia come uno dei più grandi uomini di tutti i tempi, un eroe capace di cambiare il mondo grazie al suo genio. E soprattutto, voleva controllare la sua tecnologia. Che sogno di potenza che sarebbe stato: controllare l'energia che controlla il mondo.»

«Potresti avere ragione» disse Thomas. C'era una nota di remissività nella sua voce?

«Ma una volta che il suo segreto era stato scoperto, e da persone che volevano distruggerlo, doveva muoversi in fretta. L'unico modo di salvare sia la gloria che i profitti era portare la tecnologia a un Paese che non possedesse petrolio, che fosse disposto praticamente a tutto pur di tagliare gli approvvigionamenti energetici. Scommetto che Israele è stato la sua prima scelta, fin quando non si è reso conto che il Giappone aveva più soldi. E il governo giapponese sarebbe stato più che pronto a combattere qualsiasi disputa legale, potendo contare su una tecnologia che non solo avrebbe ridotto la sua dipendenza dal petrolio, ma gli avrebbe dato qualcosa di più prezioso dell'oro nero da vendere al mondo. Ronald Clayton sarebbe diventato ricco al di là di ogni immaginazione, e si sarebbe garantito un posto nella storia.»

«Però non è mai riuscito ad arrivare in Giappone.»

«No» disse Jack. «Ci hanno pensato i tuoi amici di Iswid Nahr.»

Ad Alicia sembrò di intravedere un tremito scuotere il corpo di Thomas. Non lo sapeva? O forse l'aveva solo sospettato?

«È stato un incidente.»

Jack scosse la testa. «I giapponesi hanno trovato residui di esplosivo nei rottami.»

«Come fai a saperlo?»

«L'ho saputo esattamente come ho saputo di Iswid Nahr.»

Alicia immaginava che Jack non volesse che Thomas scoprisse qualcosa sull'agente giapponese. Osservò Thomas che rifletteva su quella nuova informazione per un attimo.

Poi lui alzò le spalle. «Oh, al diavolo. Non glien'è mai fregato nulla di me, in ogni caso.»

«Gli importava solo di sé stesso» disse Alicia.

«Come fai tu a dire una cosa del genere? Guarda cosa ti

ha lasciato. Prima di partire per il Giappone ha nascosto tutti i suoi documenti e mi ha tagliato fuori dal testamento. Ha lasciato ogni cosa a te, dannazione! Perché?»

«Non so cosa dirti» rispose Alicia. «Vorrei che non l'avesse fatto.»

«E allora dimmi cosa sai» disse Thomas, sporgendosi oltre le fiamme. L'ombra del naso imponente tremolava avanti e indietro sulla sua tempia. «Ti faccio entrare nell'affare con gli arabi.»

«Non hai pensato di rivelare a tutti l'invenzione e fare del mondo un posto migliore?»

Thomas la guardò come se parlasse un'altra lingua. «Credimi, quando avrò così tanti soldi che mi ci vorrà un anno per spendere quello che mi frutteranno gli interessi in un giorno, il mondo sarà un posto migliore.»

«Mi torna in mente un vecchio detto sulla mela che non cade mai lontano dall'albero...»

«Sarai ricca, Alicia. Lo hai sempre odiato, hai sempre voluto pareggiare i conti...»

«Non è vero.» Invece era vero, certo. Per lunghi periodi della sua vita non aveva pensato ad altro.

«Ma chi vuoi prendere in giro? L'unica persona al mondo che odi più di me è lui. E adesso hai l'occasione di prenderti la rivincita. Vendiamo la tecnologia agli arabi e... loro la seppelliscono sotto terra. Non è perfetto? A noi i soldi, e a lui nessun riconoscimento. Sarà solo uno dei tanti sfortunati passeggeri del JAL 27: ecco tutta la sua fama. Di sicuro adori quest'idea, Alicia.»

Doveva ammettere che c'era un certo fascino malvagio nelle parole di Thomas, ma il pensiero di mettersi in combutta con lui...

«Scordatelo.»

Lui si ritrasse, evidentemente frustrato. «Fa' come credi. Ma è solo questione di tempo prima che troviamo il trasmettitore, e poi sarà troppo tardi. E non ci guadagnerai nulla.»

«Io mi sono stufato. E tu?» disse Jack, guardando Alicia.

Lei annuì.

«Allora acceleriamo.»

Afferrò una scatola di foto e iniziò a buttarle nelle fiamme.

Alicia le guardò bruciare e ridursi in cenere. E poi... non ce ne furono più.

«Va bene» disse Jack. «E tanti saluti a questa scatola. Ce ne sono altre?»

Thomas scosse la testa. «No.»

Jack agitò un dito davanti al suo volto. «Sarà meglio che non ne spuntino fuori altre. Perché se dovessi scoprire che hai lasciato qualcosa...»

«Non ce ne sono più. Lo giuro.»

Alicia sussultò quando sentì che Jack le stringeva l'avambraccio, ma si lasciò condurre lontano dal fuoco.

«Ottimo. Allora abbiamo finito con te.»

«Ve ne andate così?» sentì Thomas che urlava mentre risalivano la strada, allontanandosi dal fiume. «Mi avete trascinato qua fuori, mi avete costretto a rivelare informazioni, e poi basta? E io che ci guadagno?»

«Ti sei scaldato le mani» disse Jack senza voltarsi.

«Non importa che le foto siano bruciate» gridò lui. «Potete bruciare tutto quello che volete, ma non vuol dire niente.» La sua voce divenne un grido mentre si allontanavano sempre di più. «Hai mai sentito parlare di internet, Alicia? Noi siamo in rete. In un sacco di posticini segreti. E sai una cosa? Siamo delle star, Alicia. Che ne dici? Siamo delle star!»

Alicia si mise una mano sulla bocca per non mettersi a urlare.

Al suo fianco sentì Jack che diceva: «Scusami. Penso di aver dimenticato una cosa. Torno subito.»

Ricacciando indietro la nausea che le ribolliva nello stomaco, Alicia continuò a camminare, respirando profondamente. Non si voltò a vedere che cosa avesse dimenticato. Sperava che non fosse nulla di tangibile...

15

Yoshio osservò Jack-san e la Clayton che percorrevano la Ottava e svoltavano in direzione del centro. Avrebbe dato chissà che per poter sentire la conversazione con il fratellastro.

Li seguì, scomparendo di ombra in ombra.

Forse sono stato troppo prudente, pensò.

Vestito in quel modo, dubitava che Jack-san l'avrebbe riconosciuto, persino in piena luce. Aveva pensato di travestirsi da Babbo Natale, se ne vedevano tanti in strada. Avrebbe potuto funzionare nelle vie più affollate, ma l'avrebbe reso ancora più riconoscibile altrove. Riluttante, aveva dovuto scegliere l'altra opzione.

Ma non aveva intenzione di correre rischi. La scelta di tenere d'occhio la casa del fratello era azzardata, ma l'aveva ripagato in maniera incredibile, e non aveva intenzione di sprecare quell'opportunità.

Adesso, se solo fosse riuscito a non perderli fino a quando non avessero raggiunto la casa di uno dei due. Era pronto a seguirli ovunque, e conciato in quel modo, non si sarebbe fatto fermare neppure da un viaggio in metro.

L'unico problema era camminare...

Perché quei tacchi a spillo lo stavano uccidendo.

16

«Jack!» disse Gia quando aprì la porta. «Ma che ci fai qui?»

«Posso entrare?»

«Ma certo.»

Indossava una vestaglia sopra una lunga camicia da notte di flanella. Non appena la porta si chiuse alle sue spalle, Jack le gettò le braccia al collo e la tenne forte. Gia ricambiò il suo abbraccio e rimasero intrecciati nell'ingresso a lungo.

«Avevo bisogno di te stasera, Gia» disse, assorbendo il suo calore. «Ne avevo davvero bisogno.»

«Che succede? Qualche problema?»

«Sono successe delle cose. Ti prego, non fare domande.»

Dopo la piacevole chiacchierata con quel tesoro del fratellastro di Alicia, Jack l'aveva riaccompagnata, e poi se ne era andato dritto a casa. Ma dopo un paio di fermate di metro aveva cambiato idea. Aveva fatto qualche deviazione non necessaria per essere sicuro che nessuno lo stesse seguendo, e poi aveva preso la Cinquantottesima fino a casa di Gia, a Sutton Square. Finalmente aveva venduto il suo appartamento e si era trasferita in quell'elegante villetta che Vicky aveva ereditato dalle zie.

Aveva scoperto che quella missione in compagnia di Alicia dall'altra parte della città era stata di gran lunga più sconvolgente di molti casini in cui si era andato a cacciare nel corso degli anni. Jack conosceva bene i bassifondi e la feccia della città, ma aveva soltanto sentito parlare delle cose che Alicia aveva dovuto sopportare. E per tutto il tempo, lui se ne era stato là, a guardarla mentre lei distruggeva foto e negativi e continuava a parlare a cento all'ora: aveva temuto che Alicia fosse arrivata al punto di rottura e stesse per ficcare anche le dita nel tritadocumenti. Ma era riuscita a resistere.

Comunque, quell'avventura aveva lasciato Jack esausto.

Vedere quelle foto, trovarsi nella stessa stanza con Thomas Clayton... lo aveva fatto sentire sporco. Un paio di pugni in faccia al bastardo lo avevano fatto stare un po' meglio, ma Jack sapeva che non avrebbe potuto terminare quel giorno senza vedere Gia.

Sentì dei passi affrettati e una debole voce che chiamava: «Jack, Jack, Jack!»

Vicky.

«Che ci fai ancora in piedi?» chiese, liberandosi dall'abbraccio per prenderla mentre lei gli saltava addosso.

«Oggi sono iniziate le vacanze di Natale.» Gli gettò le braccia al collo. «Niente scuola domani! Non è fantastico?»

«Più che fantastico» rispose lui, stringendola.

Non riusciva a non pensare a come doveva essere Alicia all'età di Vicky, quando suo padre... Se qualcuno avesse anche solo osato pensare di...

«Jack, mi stringi troppo forte.»

«Scusa.» Allentò l'abbraccio e ammirò il volto innocente di Vicky. Aveva un groppo in gola. La sua voce era impastata, mentre cacciava a forza le parole fuori dalla bocca. «Mi siete mancate, nient'altro. E non so dirvi quanto sia felice che tu sia ancora in piedi.»

«Sta guardando *A Charlie Brown Christmas* per la millesima volta» disse Gia, fissandolo.

Jack teneva ancora in braccio Vicky, ma mise una mano sulla spalla di Gia e la tirò a sé. I suoi occhi blu come il cielo gli chiedevano se stava bene.

Jack alzò le spalle e annuì. Era tutto a posto. Era insieme alle sue ragazze, le persone più importanti al mondo per lui. Poteva proteggerle, tenerle al sicuro.

«Posso guardare *A Charlie Brown Christmas* insieme a voi?» chiese.

Vicky batté le mani. «Certo!»
«No, ti prego» disse Gia, alzando gli occhi al cielo.
«Dài, che piace anche a te. Le musiche, almeno.»
Seguirono Vicky che trotterellava per i corridoi rivestiti di noce fino alla libreria. Gia non aveva apportato molti cambiamenti alla casa, aveva solo rimosso i rivestimenti dalle poltrone di velluto. Jack ebbe bisogno di venti minuti, accoccolato tra Gia e Vicky su un divano superimbottito, per sentirsi abbastanza pulito per addormentarsi.

17

«Allora» disse Kemel. «Ha avuto tutto il giorno a disposizione per scoprire chi sia quest'uomo, eppure ancora non ne ha idea.»

Sam Baker camminava su e giù nel salotto dell'appartamento di Kemel, sembrava agitato. E gli stava bene. Si meritava ben di peggio. Altro che agitato. Avrebbe dovuto mostrarsi sconfitto e mortalmente imbarazzato. Non solo si era lasciato fregare da quello sconosciuto senza nome, che gli aveva fatto fare la figura del cretino, ma il suo tanto decantato bonus era in serio pericolo.

«A quanto pare quel fottuto stronzo non esiste nemmeno.»

«Oh, esiste, signor Baker. I pochi uomini ancora in vita del suo team possono testimoniarlo.»

«Sì, ma un tipo che sa fare dei trucchetti del genere dovrebbe avere una reputazione, un nome, una firma. Quelli come me, o le persone che conosco, dovrebbero aver sentito parlare di lui. È chiaro che è un mercenario, e quindi io dovrei conoscerlo. I tipi come lui non spuntano fuori dal nulla. Non escono dalla strada già cresciuti e pronti come funghi. Devono pur venir fuori da dei ranghi. Ma non questo tipo. È una specie di fantasma, salta fuori, manda tutto a puttane e poi scompare.»

«Non mi interessa il suo nome» disse Kemel, tenendo sotto controllo la rabbia. Quell'uomo era un tale cretino. Perché Nazer non gli aveva assegnato una persona più competente? «Voglio solo che lo affronti.»

«Non posso affrontarlo se non riesco a trovarlo.»

«Forse sarà lui a trovare lei.»

Intravide un lampo di incertezza negli occhi di Baker prima che la sua espressione si indurisse. «Sono pronto per lui. Appena lo vedo è un uomo morto.»

«Speriamo» disse Kemel e si girò.

Per un intero giorno era stato tormentato dall'ansia, non aveva fatto altro che monitorare le news: aveva una radio o una televisione accese in ogni stanza. Aspettava di sentire l'orribile annuncio di una nuova, rivoluzionaria fonte di energia che avrebbe cambiato il mondo. Invece, niente. Come dicevano gli americani? Nessuna notizia, buona notizia. Sì, in quel caso, era certamente vero.

E più si allungava il silenzio, meglio era.

Posso forse permettermi di nutrire una speranza?

Se Alicia Clayton avesse avuto una prova di una tecnologia meravigliosa come quella di suo padre, di sicuro non se ne sarebbe rimasta con le mani in mano. L'avrebbe annunciata ai quattro venti.

Più a lungo durava quella stasi, più diventava probabile che lei e il suo sodale – il suo 'mercenario', come lo chiamava Baker – non avessero trovato nulla.

Kemel aveva osservato il digiuno per tutto il giorno, pregando. E poi, la meravigliosa novità. Una chiamata da Gordon Haffner: diceva che era stato contattato dall'avvocato della Clayton. La vendita della casa procedeva.

Kemel era stato entusiasta. Adesso poteva tornare a Riyadh e dare una mano a scagionare Ghali dalle accuse che gli erano state rivolte.

Ma poi il sospetto aveva rialzato la testa come un ratto del deserto. E se quell'invito a procedere fosse stata solo una trappola, un trucco per fargli abbassare la guardia? Kemel aveva contattato Baker, che era impegnato a disfarsi dei corpi dei suoi uomini, e gli aveva dato istruzioni affinché usasse il transponder nella borsa della Clayton e sorvegliasse i suoi movimenti. Finora non aveva lasciato il suo posto di lavoro.

Forse in fin dei conti voleva davvero vendere la casa. Dieci milioni di dollari erano pur sempre dieci mil...

Squillò il telefono. Kemel rispose e riconobbe la voce di Thomas Clayton, anche se sembrava più nasale del solito.

«Sono stati qui!» disse. «Sanno tutto!»

La paura affondò i suoi gelidi artigli nella schiena di Kemel. «Chi? Chi è che sa tutto?»

«Alicia e quel picchiatore che si porta dietro. Mi ha spaccato il naso, quel figlio di puttana!»

«Ha detto che sanno. Che cosa sanno?»

«Tutto! Più di quello che sappiamo noi!»

La stanza prese a girare. Tutto! Oh, no. Non poteva essere. *Allah, ti prego...*

«Il trasmettitore?»

«No. Non credo che ce l'abbiano. Non ancora, almeno. Ma ho la brutta sensazione che abbiano scoperto il modo per trovarlo. Che facciamo adesso?»

Kemel chiuse gli occhi e cercò di trovare la calma; prese il bordo della sua tunica, lo strinse.

«Glielo dirò presto.»

Riagganciò e fece un breve riassunto a Baker, omettendo, come al solito, la natura di quello che stavano cercando.

«È abbastanza semplice» disse il mercenario. «Dobbiamo prendere la ragazza e costringerla a dirci tutto. E mi creda: la lasci a me, e parlerà.»

Kemel chiuse gli occhi di nuovo. Quell'uomo era un completo idiota.

«E se non sapesse come trovare ciò che cerchiamo?» disse piano. «Le sue maniere forti sicuramente le farebbero cambiare idea sulla decisione di vendere la casa. E se il suo sodale è lì con lei, e mette al tappeto i pochi uomini che le restano? E se lei, nella sua infinita inettitudine, ammazza la donna prima che scopriamo ciò che abbiamo bisogno di sapere?»

«Ehi, mi stia a sentire. Io...»

«No. Lei non la toccherà. Ma userà il transponder per rintracciarla. Se fa un'altra mossa, se lascia la città, lei mi informerà e la seguiremo insieme. Insieme. È tutto chiaro?»

«Sì, ma...»

«*È... tutto... chiaro?*» Kemel stava urlando.

«Chiaro» disse Baker.

«Bene. Si dia immediatamente da fare con il transponder. E mi tenga informato.»

Si voltò verso la finestra e fissò ciecamente la notte. Chiese ad Allah di perdonarlo per l'istante di dubbio. Aveva pensato che Dio l'avesse abbandonato. Adesso vedeva il piano di Allah. Alicia Clayton era il Suo strumento, e avrebbe guidato Kemel fino al segreto di suo padre.

Sia lode ad Allah.

Giovedì

1

Yoshio si tirò indietro e buttò giù in fretta l'ultimo Croissan'wich con salsiccia e uovo appena riconobbe Jack-san sulla Taurus blu dall'altra parte della strada.

Quando aveva seguito, la notte precedente, lui e Alicia Clayton fino a quell'elegante villetta a Chelsea, Yoshio aveva creduto che Jack-san vivesse lì. Ma poi aveva visto il *ronin* andarsene, pochi minuti dopo. Aveva cercato di seguirlo ma, rallentato dal suo travestimento da donna, non era riuscito a stargli dietro e lo aveva perso nella confusione della Quattordicesima Strada.

Era tornato di corsa alla sua macchina vicino all'edificio in cui abitava Thomas Clayton ed era andato in un parcheggio libero dall'altra parte della strada rispetto alla villetta. Si era cambiato e, di nuovo nei suoi soliti abiti, aveva passato la notte lì.

Era evidente che Jack-san stava portando Alicia Clayton da qualche altra parte. Yoshio immaginava che non ci fosse niente tra loro, altrimenti Jack-san sarebbe rimasto con lei per la notte. Quindi non si vedevano solo per godere della reciproca compagnia. Dovevano avere un qualche obiettivo in mente, e quell'obiettivo aveva quasi sicuramente a che fare con la tecnologia di Clayton.

Ed era altrettanto evidente che erano diretti fuori città. Altrimenti, a che sarebbe servita la macchina?

Come avrebbe potuto seguirli in periferia senza farsi vedere? Jack-san lo conosceva e sarebbe stato all'erta. E tuttavia doveva rischiare. Aveva la sensazione che dopo lunghi mesi di attesa e sorveglianza, la sua missione lì stesse finalmente portando a qualcosa.

Rimpiangeva di non aver chiesto dei rinforzi, ma non osava coinvolgere altre persone, dopo gli ultimi sviluppi. La situazione era troppo delicata.

Osservò Jack-san che entrava nella casa. Yoshio era disperato. E le situazioni disperate a volte richiedono risoluzioni disperate...

2

«Direi che ci conviene andare a West Side, prendere la Saw Mill, attraversare il Tappan Zee, e da lì prendere la Superstrada» disse Jack mettendo in moto la Taurus. L'orologio sul cruscotto indicava le 10:33. L'ora di punta della mattina era passata da poco. «A meno che tu non conosca una strada migliore.»

Alicia alzò le spalle. «A me basta che arriviamo a destinazione.»

Jack la guardò. Non era mai stata il massimo dell'allegria, ma quella mattina sembrava più giù, più sommessa del solito.

«Sei sicura di volerlo fare?»

«Certo» rispose lei, annuendo con troppo vigore. «Sto bene. È solo che...» Lasciò in sospeso la frase.

«Solo che?»

Lei sospirò. «Solo che mi dispiace che tu abbia dovuto starmi a sentire ieri. Non rientrava certo nei compiti per cui sei stato assunto.»

A chi lo dici, pensò Jack, ma rispose: «Non fa niente. Non pensarci più.»

«Ma è proprio questo il punto. Non riesco a smettere di pensarci. Ho passato troppi anni a non pensare a quelle foto. O almeno a provarci disperatamente. Ho sigillato quella ragazzina e la realtà di tutto quello che le è successo dietro un muro nel mio animo, ma anche se ho tentato con tutte le mie forze, non sono riuscita a dimenticare. Sapere che da qualche parte esistevano quelle foto, che ero ancora oggetto di scambio tra pervertiti, che venivo venduta e comprata dalle loro luride mani... mi faceva stare male. Non volevo permettere che il mio passato condizionasse la mia vita, ma mi tormentava, cazzo se lo faceva. È stata una musica di sottofondo dissonante, stonata e continua, ogni giorno. Ma dopo tutti questi anni, ieri notte per la prima volta sono riuscita a parlarne. E so che questo ti ha messo a disagio.»

«Be'... sì.»

Abusi sessuali su minori, raccontati dalla vittima, 'a disagio' era una definizione che riusciva a malapena a sfiorare la profondità di ciò che aveva provato, di fronte a una cosa così orribile, così distruttiva, così intima.

«Ma devi capire, Jack, che non sono mai riuscita a condividere il mio passato con anima viva. Non ho mai avuto amici intimi perché non ho mai avuto la sensazione di poter essere onesta con loro. Se devo dire la verità, non sopportavo di sentirli parlare delle loro famiglie, soprattutto dei loro padri, che erano sempre così speciali per loro. Ogni volta che sentivo qualcuno che diceva quanto voleva bene a 'papà' mi veniva voglia di urlare. Continuavo a chiedermi: perché a me non è toccato un padre come gli altri, un padre che mi volesse bene, che fosse pronto a morire per me? Ma tu hai visto le foto, Jack...»

«Alcune» rispose in fretta. «Solo alcune.»

«Una è più che sufficiente. Voleva dire che tu sapevi. E tutto quello che tenevo dentro di me, che nascondevo, è scoppiato fuori. E, come ti ho detto, mi dispiace.»

«E come ho detto io, non fa niente. Spero che ti sia stato d'aiuto.»

«Certo che mi ha aiutato. Per qualche istante, ieri notte, mentre i negativi cadevano dentro il tritadocumenti, e anche più tardi, quando la collezione veniva divorata dal fuoco, mi sono sentita libera. Era una... una splendida sensazione. Ma l'ultima frecciata di Thomas... quello che ha detto sulla rete mi ha riportato alla realtà. E adesso capisco che non sarò mai libera.»

«Mai dire mai.»

Jack si vergognava di quella frase fatta, ma non sapeva che altro dire. Non era un terapeuta, e non aveva idea di come fermare Alicia, come impedirle di continuare su quella strada.

«Be', fino a quando esisteranno copie di quelle foto, e saranno vendute e acquistate in rete dai pedofili, o tramite mail, o diffuse nei siti, fin quando anche un solo scatto continuerà a circolare, non sarà mai finita. Certo, è facile dire 'supera la cosa' oppure 'lasciati tutto alle spalle', o 'dimentica'... Ma come posso farlo, quando so che anche in questo esatto momento, mentre noi parliamo, uno schifoso pervertito sta guardando delle immagini di me che faccio... quelle cose? Come posso lasciare nel passato tutto ciò che è successo se le foto rimangono nel presente?»

Jack non poté fare altro che annuire. Aveva ragione. Quelle immagini erano una persistente violazione che non sarebbe finita neppure con la morte di Alicia.

«Ha ancora potere su di me, quel maledetto! Come faccio a rompere questa catena? Come?»

Quello era un problema che Jack non sapeva proprio riparare.

«A proposito,» disse Jack, cercando di spostare la conversazione su un argomento più pertinente allo scopo del viaggio «secondo te perché ti ha lasciato in eredità la sua tecnologia? Forse stava cercando di...» come poteva dirlo... «chiederti scusa in qualche modo?»

Una debole risata amara, e poi: «Assolutamente impossibile. Per fare una cosa del genere avrebbe dovuto sapere cos'è il rimorso. Ronald Clayton non sapeva neppure il significato di quella parola. No, mi ha lasciato la casa e gli indizi per arrivare alla tecnologia solo per sé stesso. Tutto quello che ha fatto in vita sua è sempre stato solo per sé stesso. Sapeva che Thomas non l'avrebbe mai divulgata, e non voleva che andasse a finire così. Allora ha messo tutto in mano mia: era assolutamente certo che io non avrei mai accettato quello che voleva Thomas.» Sbatté il pugno sul cruscotto. «Vedi? Lo sta facendo ancora. Continua a usarmi, maledetto! Maledetto!»

3

«Che succede?» chiese Alicia. «Perché ci stiamo fermando?»

Il viaggio verso nord sulla Superstrada era stato tranquillo: nessun problema, e nessun segno che qualcuno li stesse seguendo. Alicia non si era accorta di nulla, quantomeno. Da quando avevano lasciato la città erano rimasti in silenzio per quasi tutto il tempo.

È colpa mia, pensò. Quella mattina si era svegliata male, si sentiva stanca, prosciugata, e adesso non stava molto meglio. Non le andava più di parlare, ed era abbastanza sicura che a Jack andasse benissimo così.

E adesso avevano appena pagato il pedaggio all'uscita di New Paltz e Jack stava accostando vicino a una cabina telefonica nello spiazzo dopo il casello.

«Voglio dare un'occhiata. E assicurarmi che nessuno ci stia seguendo.»

Alicia rimase in macchina mentre Jack fingeva di telefonare e scarabocchiava in fretta e furia degli appunti su un piccolo bloc-notes a spirale mentre osservava le macchine che uscivano dal casello. Non c'era molto traffico a quell'ora, in un giovedì di dicembre.

Alla fine, dopo un buon quarto d'ora, riagganciò e tornò in macchina. Annuì, soddisfatto, prima di sedersi.

«Tutto bene. Non ho visto nessuna faccia conosciuta. E tu?»

«Nessuno. Che stavi scrivendo?»

«Modelli, colori, targhe. Se vedrò un'altra volta una di quelle macchine, me ne accorgerò. Adesso... un'ultima cosa e ci rimettiamo in moto.»

Allungò la mano sul sedile posteriore e tirò fuori il piccolo Land Rover: adesso completamente riassemblato, con il corpo di plastica nera agganciato al telaio. Andò alla corsia di emergenza e lo osservò correre sul manto stradale. I suoi occhi scuri scintillavano per l'eccitazione quando tornò in macchina.

«Sai, questo aggeggio adesso va praticamente a ovest. Penso che siamo vicini.»

Basse nubi grigie correvano nel cielo, oscurando il timido sole invernale mentre Jack guidava sulle colline dell'Ulster County. In lontananza, gli alberi spogli conferivano alle colline un aspetto spettrale, nebuloso: una leggera patina marrone interrotta qua e là dalle macchie verde scuro dei pini.

Ogni volta che la strada arrivava a un incrocio principale, Jack si fermava e osservava il traffico per un po', poi posava la macchinina a terra, osservava che direzione prendeva e sceglieva la strada di conseguenza.

Il Rover li condusse sulle colline, lontano, sempre più lontano. L'asfalto venne rimpiazzato dalla terra battuta. Alicia sentiva crescere sempre di più la tensione. La combatté per quanto poteva: non voleva pensare a quello che la aspettava, non voleva pensare a nulla che fosse legato a quell'uomo. Ma alla fine cedette. Davanti a lei, forse subito dopo la salita successiva, o appena svoltato l'angolo, su uno di quei versanti punteggiati di alberi senza foglie, qualcosa di sconvolgente la aspettava.

Ma mentre sentiva la trepidazione che diventava incontrollabile, si accorse che anche Jack era sempre più nervoso.

«C'è qualcosa che ti preoccupa?» disse.

Lui alzò le spalle. «Tutto questo spazio aperto.» Fece un gesto come ad abbracciare le colline e le vallate che si stendevano a perdita d'occhio oltre la barriera degli alberi. «Non è l'ambiente che preferisco. Mi piacciono le strade asfaltate, e se c'è la possibilità di passarci sotto, tanto meglio. E mi piacciono gli alberi che crescono negli appositi spazi a loro riservati sui marciapiedi.»

In quell'esatto momento le ruote cominciarono a scivolare e perdere aderenza sulla ripida salita.

«Avrei dovuto affittare una Jeep.» Sembrava furioso con sé stesso. «Avrei dovuto pensarci.»

Ma alla fine le ruote fecero presa e spinsero la macchina in su, dove la strada sterrata piena di buche si livellava un po'.

«Non può mancare molto» disse lei. «Siamo praticamente arrivati alla fine della montagna.»

«Sì, ma che si fa se il Rover sta puntando la prossima montagna?»

Alicia non ci aveva pensato.

Un attimo dopo arrivarono alla fine della strada.

«Perfetto» disse Jack.

Alicia si sporse in avanti, esaminando la barriera dei tronchi d'albero e il folto sottobosco davanti a loro. Non voleva neppure pensare che forse avrebbero dovuto tornare indietro per tutta quella strada. E poi vide quella che pareva un'apertura in mezzo agli arbusti.

«Aspetta un attimo. È un sentiero?»

Con il Rover in mano, Jack scese dalla macchina. Questa volta, scese anche Alicia.

«Che occhio, Alicia» disse, indicando uno stretto sentiero che si perdeva in mezzo al bosco. «Per fortuna non ci sono le foglie. Non l'avresti mai visto se fosse stato tutto fiorito. Ed è un bel segno.»

«Perché?»

«Potrebbe significare che qualcuno non vuole che sia troppo facile trovarlo. Andiamo.»

Alicia si strinse il cappotto a coprirsi la gola. Erano arrivati un bel po' a nord, si trovavano in cima a una collina, il sole stava tramontando e il vento si era alzato. Rimpianse di non essersi messa addosso qualcosa di più caldo.

Il sentiero svoltava a sinistra e a destra intorno ad alberi e rocce per una cinquantina di metri, poi si apriva in un vasto spiazzo. Alicia rimase senza fiato quando vide il vecchio capanno di legno proprio nel mezzo della radura. Ma era il legno l'unica cosa vecchia del capanno. Tutto il resto era hi-tech. Il tetto e gran parte dello spiazzo circostante erano rivestiti da pannelli solari. Anche sul tetto c'era un'antenna molto strana, che sporgeva di sette o otto metri sopra il pannello solare superiore.

«Devo dire che sarei molto sorpreso se non fosse questo il posto» disse Jack.

Mise il Rover a terra e lo lasciò correre. Oscillò e traballò da una parte all'altra avanzando in mezzo all'erba, ma si avvicinava inesorabilmente verso la porta di ingresso del capanno.

«Un ultimo controllo.»

Fece fare al Rover il giro del capanno e lo portò al versante nord, mentre Alicia si avvicinava all'edificio. Si accorse che le finestre erano sprangate, anzi, murate. Qualcuno, decisamente, non voleva visite.

«Guarda un po' qui» le disse Jack alla sua destra. «L'ho spostato di novanta gradi a nord, e adesso va a sud... proprio verso il capanno. Non ci sono dubbi, Alicia. L'abbiamo trovato. È questo il posto.»

Alicia si sfregò le braccia infreddolite sotto il cappotto. Adesso sentiva davvero freddo.

Improvvisamente Jack era al suo fianco, e le porgeva il Rover. «Tieni questo mentre io trovo un modo per entrare.»

«Vuoi scassinare la serratura?»

«Sfortunatamente ho dimenticato a casa gli attrezzi da scasso.» Si chinò e guardò meglio la toppa. «Peccato. È uno Yale. Io sono bravo con gli Yale. Niente da fare... Sembra proprio che sarò costretto a fare alla vecchia maniera.»

Si lanciò in avanti e tirò un calcio contro la porta, a pochi centimetri dalla serratura. Il rumore dell'impatto riecheggiò per tutta la collina.

Ma la porta non tremò neppure.

«Che io sia dannato» disse Jack, controllando i cardini. «La porta si apre verso l'esterno. Strano. E anche più difficile.»

Fece un altro tentativo contro il pesante pannello di quercia, senza avere molto più successo.

Altre tre volte, in rapida successione; il rumore rimbombava forte, eppure la porta restava immobile.

Alicia si congelò quando una voce con un pesante accento disse alle loro spalle: «Forse posso esservi d'aiuto?»

4

Stupito, Jack si girò di scatto e la sua mano corse alla Semmerling, ma si bloccò subito quando vide che il nuovo arrivato gli aveva già puntato contro la pistola.

Yoshio.

Jack sapeva che stava facendo la figura dello stupido, fermo immobile a guardarlo imbambolato, ma non riusciva proprio a capire come...

«E lei da dove diavolo sbuca fuori?»

«Dal portabagagli della macchina.»

«Il portabagagli?» Jack non riusciva a crederci. «Ma quando...?» Poi capì. «Oh, diavolo. A Chelsea, giusto?»

Avrebbe voluto prendersi a schiaffi. Non conosceva abbastanza la macchina, non l'aveva guidata molto, e quindi non aveva potuto accorgersi del peso extra nel portabagagli. Ma non avrebbe dovuto lasciare nulla al caso.

Yoshio annuì con un sorriso tirato. «Un passaggio davvero scomodo.»

«Ci credo.» Jack rammentò tutte le buche e le irregolarità del terreno nella lunga salita fin lì. «Accidenti, scommetto che non vedeva l'ora che arrivassimo.»

«Sì, Jack-san, proprio così. E che ne è stato della sua promessa di condividere informazioni?»

«Avevamo stretto un accordo per un diritto di prelazione» disse Jack, con tutta la gentilezza di cui era capace. Non era mai una buona idea far innervosire un uomo che ha una pistola in mano. «E ancora non sappiamo che cosa abbiamo.» Si voltò verso Alicia. «A proposito, lui è Yoshio, il gentiluomo giapponese di cui ti ho parlato.»

Alicia sembrava sul punto di uscire dalla sua pelle come i serpenti. Se ne stava lì, rigida, paralizzata, gli occhi fissi sulla canna della pistola puntata contro di loro.

«Adesso dovresti dire: 'Piacere di conoscerla'» sussurrò Jack muovendo appena le labbra.

«Piacere di... deve per forza puntarci contro quell'affare?»

«Mi dispiace molto. Se Jack-san sarà così gentile da consegnarmi la sua arma, io metterò via la mia. È solo per proteggere me stesso, glielo assicuro.»

È così fottutamente gentile, pensò Jack, tirando fuori la Semmerling. La consegnò.

Fedele alla parola data, Yoshio mise via la calibro 45 e poi sistemò nella fondina la sua 9 millimetri. Jack pensò che quell'uomo doveva essere molto sicuro delle proprie capacità fisiche.

«Adesso» disse Yoshio «è tempo di vedere che cosa c'è là dentro.»

Jack annuì. «Va bene. Al mio via...»

La porta si scheggiò vicino alla serratura al primo colpo simultaneo; la chiusura cedette al secondo e finalmente aprirono la porta.

La prima cosa che Jack notò fu che le luci dentro erano accese.

Ma, considerando cosa doveva essere quel posto, perché no?

«Prego» disse Yoshio. «Dopo di voi.»

Molto gentile, pensò Jack. E in più non mi permette di spostarmi alle sue spalle.

Dentro c'era una sola stanza. Sembrava la casa di Unabomber e di un nerd insieme. Un tavolo, una sedia, una brandina, un paio di tappetini e due piccoli armadi: la lista dei mobili finiva qui. Tutto il resto dello spazio, almeno tre quarti della stanza, era un incubo elettronico di fili, scatole metalliche e luci che si accendevano e spegnevano. E proprio al centro c'era quel tubo di vetro dentro cui scorreva un raggio di una luce brillante, bianca. Il raggio sembrava quasi solido.

Yoshio li superò, ispezionando i macchinari che ronzavano, fissando il raggio.

«Non capisco» disse. «È questa la tecnologia di Ronald Clayton? Che cosa fa?»

Non mi stava ingannando, pensò Jack. Non lo sa davvero.

Guardò Alicia. «Devo dirglielo? È un compratore.»

Lei annuì. «Vai.»

Jack si avvicinò alla lampada posata sul tavolo e controllò se aveva la spina. In effetti c'era, ma non era attaccata. Una piccola antenna era fissata alla base.

«Ecco» disse, facendo cenno a Yoshio di avvicinarsi. «Questa spiega tutto.»

Gli passò la lampada. Yoshio la prese e la fissò.

«Ho già visto una lampada come questa.»

«Allora dovrebbe sapere di cosa parlo.»

Il giapponese lo fissò, dubbioso. «Sapere cosa?»

«Provi a pensarci» disse Jack, poi si avvicinò agli armadi.

Non era dell'umore giusto per mettersi a dare spiegazioni. Meglio lasciare Yoshio da solo con i suoi dubbi. Un'improvvisa epifania è sempre meglio di qualsiasi spiegazione.

Alicia aveva aperto un cassetto e fissava un foglio, sembrava una cianografia.

«Diagrammi di circuiti» disse. «Ci capisci qualcosa?»

«Io so usare il lettore dvd e so accendere il computer» le disse Jack. «A parte questo... i circuiti non fanno per me. Sono come il sergente Schultz di *Gli eroi di Hogan*: io non so niente.»

Improvvisamente Yoshio lanciò un grido, una specie di 'A-hiiie!' seguito da una raffica di sproloqui in giapponese.

Jack disse: «Gli si è accesa la lampadina, per così dire.»

Osservò Yoshio che portava la lampada in mezzo a quel guazzabuglio di fili. Rimase lì, con gli occhi spalancati e le guance in fiamme, spostando lo sguardo avanti e indietro, tra la lampada e il macchinario di Clayton, mentre mormorava in giapponese.

«È tutto vero?» chiese, tornando all'inglese. Si avvicinò a Jack e Alicia. «È vero?»

«Per quanto ne sappiamo noi, sì» rispose Jack.

«Non c'è da stupirsi che Iswid Nahr abbia fatto saltare un

aereo pieno di gente» disse, con la voce carica di meraviglia. «Ucciderebbero migliaia, milioni di persone per fermare questa cosa.» Fissò la lampada che aveva in mano. «E pensare che ero così vicino a una lampada identica e non mi sono reso conto di nulla. Pensavo che guardassero qualcosa alla luce della lampada... non che guardassero la lampada!»

«Sì, certo.» Jack non aveva la minima idea di cosa stesse dicendo il giapponese. Indicò gli armadietti. «Sembra che tutte le specifiche tecniche siano là dentro. Crede che i suoi uomini siano interessati?»

«Interessati? Oh, sì, io...»

«Mani in alto! Tutti quanti! *Adesso!*»

Jack sussultò sentendo quegli ordini urlati a piena voce, e con tono militare, ma le sue mani agirono autonomamente: la sinistra si alzò come richiesto, ma la destra saettò verso la Semmerling. Poi ricordò: ce l'aveva Yoshio.

E le mani di Yoshio erano impegnate: teneva ancora quella maledetta lampada. Non poteva essere d'aiuto.

Quindi Jack alzò entrambe le mani e si voltò lentamente. Sapeva già chi avrebbe visto.

Certo... aveva immaginato che fosse Kemel, con Baker e i suoi uomini, almeno quelli che erano sopravvissuti. Thomas Clayton, con il naso spaccato e gli occhi neri, era una sorpresa, ma fino a un certo punto.

Jack sentì lo stomaco chiudersi in una mossa. Era una brutta notizia. Una pessima notizia.

Dei cinque nuovi arrivati che si accalcavano davanti alla porta, Kemel era l'unico che non avesse un conto in sospeso con Jack. Tutti gli altri avevano qualcosa di personale contro di lui. E non era sicuro neppure di Kemel.

Ma come diavolo avevano fatto a raggiungerli lì? Era fottutamente sicuro che non si fossero ficcati nel bagagliaio insieme a Yoshio.

Ma che diavolo faccio? Lascio una scia fluorescente dietro di me ogni volta che mi muovo?

5

È qui!, pensò Kemel, trattenendo lacrime di gioia. Sia lode ad Allah, ho avuto successo. L'ho trovato.

Gli tremavano le ginocchia quando fece il primo passo dentro il capanno. Era sconvolto dal sollievo, ma nessuno doveva accorgersene.

Osservò i tre uomini dentro la stanza. Conosceva Alicia Clayton, e riconobbe il suo investigatore, ma l'altro uomo... l'asiatico che teneva in mano la lampada...

«Chi sei?» chiese, indicandolo.

L'uomo scosse la testa. Nei suoi veloci occhi scuri non c'era paura.

«Posso scoprirlo molto in fretta» disse Baker, puntando la pistola al ginocchio dell'uomo.

«No» disse Kemel. «Non si spara qui dentro.»

Doveva mantenere il controllo della situazione. Non poteva lasciarsi sfuggire nulla. Non adesso che il successo era a portata di mano.

Non aveva importanza se l'asiatico parlava o meno. Kemel era certo che fosse giapponese. Quale altra nazione poteva rappresentare? Ronald Clayton era in viaggio verso quel Paese con la promessa di una tecnologia meravigliosa. Di sicuro avevano sospettato che ci fosse del marcio nell'incidente aereo.

«Benissimo» disse Baker. «Allora li porteremo fuori.» Scoprì i denti avvicinandosi all'uomo della Clayton. «Soprattutto questo qui. Deve morire molto lentamente.»

L'uomo unì le mani sopra la testa e si mise in ginocchio. Abbassò la testa e si mise a singhiozzare: «Vi prego... vi prego, non fatemi del male!»

Uno degli sgherri di Baker fece un passo in avanti e tirò indietro la gamba per prenderlo a calci. «Fottuta fichetta piagnucolosa...»

«Barlowe, no!» disse Baker, prendendolo per il collo e tirandolo indietro. «È proprio quello che vuole lui, coglione! Ti farebbe cadere a terra e ci punterebbe la tua pistola in faccia ancora prima che tu possa renderti conto di che cosa è successo.»

Con un mezzo sorriso a increspargli le labbra, l'uomo di Alicia Clayton smise immediatamente di frignare e si rimise in piedi. Annuì, un piccolo segno di ammirazione, che riempì di orgoglio Baker. Fece un passo, solo uno, verso di lui.

«Con te inizieremo tenendoci a distanza. E poi, quando potremo avvicinarci, ci divertiremo sul serio.»

«Non ancora, Baker» disse Kemel. «Potrebbe avere delle informazioni di cui ho bisogno.»

«Per esempio? Che cos'è questo posto, a proposito?»

Kemel ignorò la domanda. Meno sapeva, meglio era. «Li disarmi e resti qui a sorvegliarli. Potrà fare ciò che vorrà quando avrò finito con lui.»

Glielo doveva, a Baker: lui e i due uomini che gli restavano, per tutto il tragitto fin lì, avevano parlato praticamente solo di cosa avrebbero fatto al tipo che aveva ammazzato i loro compagni. Ma Kemel doveva anche assicurarsi che quello davanti ai suoi occhi fosse l'unico trasmettitore. Avrebbe saputo con certezza dalla Clayton e dal suo tirapiedi come avevano fatto a localizzarlo, e se ne esistevano altri.

E poi...

E poi sarebbero dovuti morire tutti.

Kemel non ne era felice. Anzi, attendeva con orrore quel momento. Era stato informato della bomba sullo JAL 27, ma quella non era stata una sua idea. Il pensiero che così tante vite innocenti dovessero essere sacrificate in nome di un solo uomo lo disturbava, eppure allo stesso tempo aveva compreso l'assoluta necessità di impedire a Ronald Clayton di arrivare in Giappone. E che cosa erano mai duecentoquarantasette vite di fronte al benessere dell'intero mondo arabo? Relativamente poche vittime, per un bene molto maggiore. Non era sempre successo, nel corso dell'intera storia?

Ma almeno quelle vite senza volto erano state strappate in un luogo molto lontano, e tramite l'azione impersonale di un apparecchio esplosivo. Quel giorno sarebbe stato diverso. I morti avrebbero avuto dei nomi e dei volti, e i loro assassini sarebbero stati costretti a guardarli in faccia. Li avrebbero visti morire. Per un suo ordine.

Ma anche lui aveva i suoi ordini, ed era d'accordo con la saggezza che li ispirava, con la loro implacabile ineluttabilità: nessuno all'infuori di Iswid Nahr doveva sapere di quella tecnologia.

Osservò Baker che puntava la sua arma automatica alla testa dell'asiatico mentre l'altro uomo di Baker, quello che lui chiamava Kenny, gli strappava la lampada dalle mani e gli toglieva le due pistole. Seguirono la stessa procedura con l'uomo di Alicia Clayton che, sorprendentemente, era disarmato. Baker fece spostare di lato la Clayton e i due uomini, permettendo a Thomas Clayton di raggiungere i due armadietti.

Baker si era dimostrato utile, finalmente. Anzi, nonostante tutti i fallimenti, era riuscito a fare ciò per cui era stato assunto. Il piccolo transponder che aveva piazzato nella borsa della donna aveva permesso alla loro squadra di seguirli fin lì tenendosi sempre a chilometri di distanza. Ma non sarebbe stato ricompensato con il cospicuo bonus e con la vita di lavoro tranquillo che si aspettava.

Baker e i suoi uomini si sarebbero sbarazzati di quei tre e avrebbero sepolto i loro corpi molto lontano. E non molto tempo dopo, forse l'indomani stesso, Kemel era sicuro che Iswid Nahr avrebbe ripagato Baker con la sua stessa moneta.

Kemel sospettava che anche Thomas Clayton avrebbe dovuto seguire lo stesso destino.

Non si doveva lasciare nulla in sospeso.

«C'è tutto» disse Thomas Clayton, alzando lo sguardo dal cassetto dell'armadio. «Tutto quello che avete bisogno di sapere sull'energia teletrasmessa. E usa energia solare. Avete un enorme debito con me. Penso che il nostro accordo fosse ingeneroso nei miei confronti.»

«Potrai ringraziare la sorte se beccherai anche un solo centesimo» disse sua sorella.

Thomas la guardò sollevando le sopracciglia. «Oh, davvero?» rispose, sputando fuori a fatica le parole.

«Nel minuto stesso in cui sei entrato da quella porta,» disse lei «hai smesso di essere una risorsa e sei diventato un ostacolo. Non hanno più bisogno di te. Sei diventato sacrificabile esattamente come noi.»

«No» disse lui, voltandosi verso Kemel. «Noi abbiamo un accordo, vero, Kemel?»

Kemel sostenne il suo sguardo e fece del suo meglio per non lasciar trapelare nulla. Considerava Thomas Clayton un uomo davvero riprovevole, ma non voleva affrontarlo in quel momento. Che se ne occupasse Iswid Nahr.

«Ma certo. E terremo fede alla nostra parola.»

Ma un qualche segno di ciò che lo aspettava doveva essere evidente nei suoi occhi, perché l'espressione di Thomas si indurì.

«Era quello che temevo» disse, mettendo la mano in tasca. Tirò fuori una pistola e la puntò verso Kemel.

6

Tommy, ragazzo mio, pensò Jack quando vide spuntare la piccola calibro 32, sei un coglione di prima categoria, ma ti amo.

Tutti gli occhi, quelli di Alicia, di Kemel, di Baker e dei suoi uomini, erano fissi su Thomas adesso.

Quasi tutti...

Jack lanciò uno sguardo a Yoshio e scoprì che anche lui lo stava fissando. Un leggero movimento del sopracciglio disse a Jack tutto quello che aveva bisogno di sapere: poteva essere la loro occasione, l'unica che avrebbero avuto, forse.

«Questo non è necessario, Thomas» disse Kemel.

«Già» gli disse Baker. «Metti via quella cosa prima di fare male a qualcuno... o prima che qualcuno faccia male a te.»

Jack aveva capito dalle loro chiacchiere che i due uomini erano Kenny, quello con i capelli rossi, e Barlowe, il tizio con i capelli scuri e il naso grosso.

«No.» La voce di Thomas tremava quanto la canna della sua calibro 32, ma la piccola pistola era sempre puntata su Kemel, che si trovava a meno di cinque metri da lui. Neppure Thomas sarebbe riuscito a sbagliare da quella distanza. «Io penso che sia assolutamente necessario. Avevo un mezzo sospetto che potessi rimanere con il cerino acceso in mano quando avremmo trovato il trasmettitore. Ma non succederà.»

Jack allungò il piede sinistro di qualche centimetro in direzione della porta. Poi, facendo finta di spostare semplicemente il peso del corpo da un piede all'altro, si appoggiò al sinistro e avvicinò il destro. Prima di uscire di casa, quella mattina, aveva sistemato un Tokarev 9 millimetri sotto il sedile anteriore della Taurus. Se riusciva a varcare quella porta da vivo, aveva una possibilità di farcela fino alla macchina. E poi avrebbero continuato a giocare, ma con regole completamente diverse.

«Non sia stupido, Thomas» disse Kemel, tenendo i palmi rivolti verso l'alto come a supplicarlo. «Nessuno ha in mente nulla del genere. Lei verrà ricompensato esattamente come le abbiamo promesso.»

Un'altra scivolata verso sinistra, un altro spostamento del peso.

«Cazzo, certo che sarò ricompensato. Tutto questo è mio, non vostro. Mio. E me lo merito. Perciò adesso sono io a dettare le regole.»

«Abbiamo un accordo» disse Kemel.

«Allora facciamo un nuovo accordo» disse Thomas. «Adesso ce l'ho io il banco, e do io le carte. Ma prima...» Si leccò le labbra. «Prima voglio che mettiate le armi a terra, tutti.»

Un'altra scivolata, Jack era più vicino alla porta, solo pochi centimetri e poteva rischiare la fuga. Vide Yoshio che gli faceva un impercettibile segno del capo, come a dire: 'Avvertimi, così mi muovo nel tuo stesso istante.'

«Scordatelo» disse Baker, disgustato, come se quelle parole avessero un cattivo sapore. Era teso, pronto a scattare, con la pistola puntata su Thomas.

Thomas fece un altro passo verso Kemel. «Se non lo fate, sparerò al vostro libretto degli assegni, qui.»

Jack ebbe l'improvvisa sensazione che Baker intendesse promuoversi sul campo a imprenditore. Forse non aveva idea di che cosa fosse tutta quella storia, ma doveva aver capito che quell'aggeggio che occupava gran parte della stanza aveva un valore fottutamente gigantesco per qualcuno.

«Avanti» fece Thomas a Kemel. «È lei che li paga. Dica loro di mettere le armi a terra e stendersi sul pavimento.»

Kemel si voltò verso Baker. «Forse dovreste...»

«Fanculo» disse Baker, e sparò a Thomas.

Una terribile eco: per Jack, fu come se avessero abbassato la bandierina che dà inizio alla gara. Partì. Mentre correva vide il fiotto rosso che sgorgava dal foro di uscita nella schiena di Thomas e sentì l'urlo di Alicia. Poi un altro colpo, e il rumore fu molto minore rispetto a quello di Baker. La pistola di Thomas. Kemel grugnì e si portò le mani all'addome. Thomas e l'arabo toccarono terra nello stesso momento.

Jack sgusciò dietro Kenny e afferrò il suo Tec-9 prima che l'altro potesse impugnarlo. Il fucile vomitò una serie di proiettili nel soffitto mentre Jack cercava di strapparlo via, ma il mercenario si era stretto la tracolla intorno al braccio, da bravo soldato, e non era facile toglierglielo. Jack dovette ripiegare su una gomitata in faccia.

E poi si ritrovò fuori dalla porta, fece una brusca curva a sinistra e si diresse verso la discesa, verso gli alberi. Il sentiero che portava alla Taurus era alla sua destra, dopo la radura, ma tutto quello spazio aperto avrebbe fatto di lui un comodo bersaglio. Gli alberi erano più vicini. Lo avrebbero coperto nella sua marcia di avvicinamento alla macchina.

Le nubi si erano addensate, il cielo del pomeriggio era ormai scuro. Si ricordò che quello era uno dei giorni più brevi dell'anno. A breve sarebbe sceso il buio. E quel particolare non poteva far altro che aiutarlo.

Altri spari alle sue spalle, e un altro urlo da parte di Alicia. Si arrischiò a lanciare uno sguardo alle sue spalle e vide Yoshio che usciva dalla porta e correva a tutta birra, pompando selvaggiamente braccia e gambe mentre sterzava verso Jack. E le sue mani vuote dimostravano che aveva avuto la stessa fortuna di Jack quando aveva cercato di prendere un'arma.

Jack raggiunse gli alberi e fu costretto a rallentare a causa del sottobosco e dei rami. Mise il tronco di una quercia, largo almeno quindici centimetri, tra lui e il capanno, e si fermò. Rannicchiato nel fogliame, si guardò indietro. Yoshio aveva quasi raggiunto la discesa che portava ai boschi. Era veloce, quel tipo. Poi il mercenario, Barlowe, balzò fuori dalla porta e si mise a sparare.

«Andiamo» sussurrò Jack mentre Yoshio iniziava a zigzagare a sinistra e a destra. «Forza!»

E poi Yoshio lanciò un breve, acuto grido di dolore e cadde a terra, afferrandosi la gamba. Eppure continuò a strisciare verso gli alberi. Baker e Kenny si unirono a Barlowe che ormai aveva raggiunto Yoshio. Gli piantò lo stivale sulla schiena, inchiodandolo a terra.

Jack osservò Baker che impartiva degli ordini. Barlowe e Kenny si divisero, uno a destra, uno a sinistra.

Ottima mossa, pensò Jack. Quei ragazzi erano degli esperti. Kenny avrebbe tagliato la strada a Jack, impedendogli di raggiungere la macchina, mentre Barlowe faceva il giro per sorprenderlo da dietro.

Jack mantenne la posizione, osservando Baker, che era ancora con Yoshio. Lo vide dire qualcosa all'uomo disteso, poi chinarsi e posizionare la pistola a pochi centimetri dalla nuca di Yoshio.

Jack ricacciò indietro l'impulso di mettersi a urlare, o di partire all'assalto: era troppo lontano per combinare qualcosa di buono. Sentì il *crack* di una 9 millimetri e vide il corpo di Yoshio scattare all'indietro, contorcersi per un attimo tra gli spasmi, e poi fermarsi.

Jack chiuse gli occhi e deglutì, poi fece un profondo respiro e riaprì gli occhi. Il corpo di Yoshio giaceva faccia in giù nel punto in cui era caduto, e Baker stava indietreggiando verso il capanno, come un giardiniere che avesse appena rimosso un'erbaccia fastidiosa e l'avesse lasciata lì a terra.

A Jack piaceva Yoshio, più o meno, anche se l'aveva visto solo quella volta in macchina. C'era una sorta di legame, di affinità tra loro, e pensava che se ne fossero accorti entrambi. Ma Yoshio non era certo uno spettatore innocente. Era un killer, per sua stessa ammissione. E conosceva i rischi.

Eppure, il modo in cui Baker si era goduto quel colpo alla testa...

Okay, pensò Jack. Adesso conosciamo le regole del gioco.

E da ciò che era riuscito a capire dalle parole di Baker nel capanno, un proiettile in testa poteva anche essere una benedizione in confronto a ciò che i mercenari gli avrebbero fatto, se lo avessero preso.

La prospettiva di essere catturato era come un colpo preciso in mezzo alle scapole sferrato con un mucchio di quelle foglie fradice e gelide. Già era abbastanza brutto ritrovarsi con due scagnozzi alle calcagna armati fino ai denti, ma lì, nei boschi... impossibile immaginarsi un posto più lontano e più diverso dal suo ambiente. Che cosa ne sapeva lui della vita selvaggia? Non aveva mai nemmeno fatto lo scout.

Sapeva solo una cosa per certo: doveva muoversi.

Alla sua destra sentì Barlowe che faceva un gran casino muovendosi nel sottobosco. Aveva capito che significato aveva tutto quel rumore, e sapeva cosa pensava il suo inseguitore: io ho questo fucile d'assalto superfico con trentadue proiettili nel caricatore, e quel coglione a cui do la caccia non ha un cazzo di niente. E allora che bisogno c'è di muoversi furtivamente? Faccio più rumore che posso e lo spingo a uscire come fosse un fagiano. Poi lo faccio fuori e riporto la carcassa a casa.

Sempre rannicchiato, Jack sfruttò il rumore a suo vantaggio e cominciò a farsi largo in mezzo al sottobosco, allontanandosi, ma sempre compiendo un angolo che alla fine avrebbe incrociato il percorso di Barlowe, o almeno così sperava. Peccato che non fosse estate, o almeno primavera: con tutti gli alberi in fiore, sarebbe stato uno scherzo nascondersi finché il calar della notte non avesse rimescolato le carte. Se non altro il suo maglione era quasi interamente marrone, ma i suoi jeans azzurri non erano esattamente dello stesso colore della terra. Tutto era spoglio intorno a lui, e prima o poi, probabilmente prima, lo avrebbero avvistato.

Inciampò su una radice e cadde, atterrando su uno stretto sentiero in mezzo alla vegetazione. Ottenne una visione molto ravvicinata del terreno compatto, punteggiato di orme di zoccoli. Jack non sapeva praticamente nulla di caccia, ma era pronto a scommettere che fosse una specie di zona di passaggio di cervi. Riuscì a liberare il piede dal rampicante. Era resistente e forte, la corteccia si staccava in lamelle: il sottobosco era infestato da quei cosi filamentosi. Si alzò in piedi. Il sentiero si dirigeva più o meno nella direzione in cui stava andando lui, quindi decise di seguirlo.

Quella strada gli permise di andare più veloce. Si fermò di tanto in tanto per controllare tutto il casino che faceva Barlowe, e pensò che ben presto anche il mercenario avrebbe incrociato il sentiero. Avrebbe resistito alla tentazione di seguire la strada più facile? Jack ne dubitava.

Il che voleva dire che doveva appostarsi da qualche parte, lì vicino.

7

«Energia teletrasmessa, eh?»

Alicia, nell'angolo vicino agli armadietti, guardava Baker. Il mercenario stava camminando su e giù davanti ai banchi di apparecchiature elettroniche.

Le aveva chiesto a cosa serviva: «Che cazzo è questa merda, comunque?» per usare le sue parole, e lei glielo aveva detto. Perché no? Non le interessava chi fosse a parte del segreto. Voleva solo distrarre la sua attenzione da lei, e distrarre sé stessa dai corpi distesi sul pavimento zuppo di sangue.

Thomas era andato. Così in fretta. Il minuto prima era davanti a lei, e parlava, il minuto dopo era morto. Cercò di radunare dentro di sé un briciolo di sofferenza, ma non riuscì a trovarla. Compassione... dov'era la sua compassione per una persona che divideva la metà dei suoi geni, anche se era la metà sbagliata?

Scomparsa. Come Thomas. E che importanza avevano i geni in ogni modo? Perché mai avrebbe dovuto dispiacersi per quella pallida caricatura di un essere umano? Solo perché aveva del materiale genetico in comune con lei?

Ma persino Thomas non si meritava quella fine. L'avevano ammazzato come un cane.

«Elettricità wireless» disse Baker, sfiorandosi la mascella. «Cristo, questa roba deve valere...»

Un gemito dal pavimento catturò l'attenzione di Alicia. L'arabo, Thomas l'aveva chiamato Kemel, si stava muovendo. Si era rannicchiato in posizione fetale e si stringeva l'addome insanguinato.

«La prego» gemette Kemel, e la sua voce era poco più di un sussurro. «Mi serve un dottore.»

Baker agitò la pistola prima contro Alicia e poi contro l'arabo. «Tu sei un dottore, no? Curalo.»

«Con cosa? Ha bisogno di un ospedale.»

«Dagli un'occhiata, cazzo!»

Alicia si avvicinò a Kemel e si inginocchiò al suo fianco. Da lì, poteva vedere la pistola di Thomas a terra, vicino al corpo del suo fratellastro. Baker non poteva vederla. Ma era troppo lontana, non sarebbe mai riuscita a prenderla. Eppure, era confortante sapere che era lì.

Si irrigidì quando vide la mano di Thomas che si apriva e si chiudeva. Lo guardò e si accorse che aveva gli occhi aperti. Per un attimo rimasero fissi, spalancati nel vuoto, poi si richiusero.

È ancora vivo, pensò, ma non per molto.

L'arabo urlò quando Alicia cercò di farlo rotolare di schiena, perciò fu costretta a esaminarlo disteso di fianco. Con la massima delicatezza – tutta l'esperienza che aveva nel campo delle malattie infettive le urlava di fare attenzione, c'era la possibilità di entrare a contatto con il sangue – gli spostò le mani dalla ferita. Vide il buco in mezzo alla maglietta rossa e bagnata, vide il sangue che sgorgava, percepì l'odore di feci.

La sua mente esaminò in fretta le possibilità: intestino perforato, emorragia interna ma aorta e arterie renali probabilmente intatte, o sarebbe già morto.

Non poteva fare assolutamente nulla per lui.

Kemel lanciò un altro agonizzante lamento.

«La situazione è critica.»

«Questo te lo potevo dire anch'io» disse Baker. «Ho già visto delle ferite d'arma da fuoco. È un brutto modo di andarsene. Che puoi fare per lui?»

«Qui, niente» rispose, alzandosi in piedi. «Ha bisogno di un'operazione chirurgica d'emergenza.»

«Bene» disse Baker con un sorriso da squalo, puntando la pistola contro di lei. «Immagino che tu allora sia abbastanza inutile, no?»

Alicia cercò di combattere il panico. Che cosa sapeva Baker? Deglutì. Non aveva saliva.

«Non se vuoi vendere la tecnologia dell'energia teletrasmessa.»

«E questo che vorrebbe dire?»

«Io sono l'unica che può farla funzionare.»

Vide gli occhi di Baker stringersi in due fessure mentre la fissava. Le si era ribaltato lo stomaco, stava per avere una crisi. Sperava che il mercenario non se ne accorgesse.

«Sì, eh? E perché dovrei crederci?»

Quanto sa? Ha letto il testamento? No, probabilmente no. Ma considerando la clausola a favore di Greenpeace, probabilmente gli era stato detto fin dall'inizio di non fare del male a lei. O almeno sperava. Se aveva torto, le sue parole l'avrebbero condannata allo stesso destino che era toccato a Thomas.

«Vuoi dire che non ti è stato ordinato di trattarmi con i guanti bianchi?»

Osservò Baker che rifletteva, e poi lo vide abbassare la pistola.

«Va bene. Scopriremo come stanno le cose quando avremo finito con il tuo ragazzo.»

«Non è il mio ragazzo.»

«Lo immaginavo. A giudicare da come se l'è filata senza di te.»

Ma Alicia non ci credeva. Vederlo scappare, invece di attaccare, era stato uno shock, ma non se l'era sentita di dargli torto, quando aveva riflettuto sulle possibilità che Jack avrebbe potuto avere contro tre uomini armati. Sperava solo che avesse un piano per tornare a prenderla.

Si rese conto, stupita, che in realtà la sua non era una speranza. Era sicura che sarebbe tornato.

Doveva cominciare a credere in qualcuno.

All'improvviso sentì una scarica di proiettili da qualche parte nel bosco.

Baker fece un ghigno. «A quanto pare i miei ragazzi hanno trovato il tuo amico. Non vorrei proprio essere in lui adesso.

Neppure per tutti i soldi che si possono ricavare da questo aggeggio.»

Un'altra raffica.

«Senti» disse Baker, e il ghigno si allargava sul suo volto. «È come musica.»

8

Jack si nascose dietro una grossa quercia. Almeno pensava fosse una quercia. L'unica cosa che sapeva per certo era che era larga più o meno sessanta centimetri, appena sufficiente a nasconderlo, ed era proprio al limitare del sentiero dei cervi. Tratteneva un ramo di un albero più piccolo che cresceva tra la grande quercia e il sentiero. Aveva usato il suo coltellino svizzero per ripulirlo il più possibile, lasciando solo delle protuberanze lunghe tre centimetri che spuntavano come unghie.

E adesso aspettava, ascoltando Barlowe che si avvicinava rumorosamente lungo il sentiero.

Si era legato sul braccio un pezzo di quel rampicante che cresceva ovunque, gli pendeva lungo il polso sinistro, e tirava indietro per quanto poteva il ramo, che prima sporgeva all'altezza del volto in mezzo al sentiero. Non osava fare più forza per paura che si spezzasse.

Le nocche erano quasi blu per il freddo, ma gli sudavano le mani. Il tempismo era tutto. Un secondo di anticipo o di ritardo e avrebbe seguito Yoshio nel Grande Chissacché.

E quindi rimase ad aspettare, lasciando che il rumore divenisse più forte, più vicino, aspettò finché non sentì che Barlowe era quasi davanti a lui. Poi lasciò andare il ramo e si acquattò indietro, srotolando le volute del rampicante mentre scivolava dall'altra parte del tronco.

L'urlo di dolore di Barlowe e la raffica selvaggia del fucile furono i segnali che Jack stava aspettando. Balzò dall'altra parte del tronco, atterrando proprio dietro a Barlowe. Il mercenario stava barcollando indietro, verso Jack, con la mano sinistra a coprirsi il volto, mentre continuava a sparare alla cieca con il Tec-9 che teneva nella destra. Jack aspettò un istante, il tempo di un battito del cuore, poi Barlowe abbassò la sinistra. A quel punto avvolse il rampicante intorno alla gola del mercenario disorientato e diede uno strattone.

Mentre sbatteva Barlowe di schiena contro il grande albero, si accorse che perdeva sangue dall'occhio sinistro. Uno degli spunzoni che aveva lasciato era andato a segno, imprimendo il suo marchio. Adesso Jack si muoveva più veloce della luce; lasciò cadere un'estremità del rampicante, lo fece passare dall'altra parte del tronco, poi prese l'altra estremità e richiamò il primo lato.

Fece forza, strattonando indietro entrambe le estremità, mettendo tutto il peso del corpo nello sforzo. Non poteva vedere Barlowe dall'altra parte del tronco ma poteva sentire il rantolo soffocato mentre la garrota di rampicante gli toglieva il fiato. Le sue gambe scalciavano follemente e cercò di sparare indietro con il Tec, angolando la canna dall'altra parte del tronco, ma Jack non dovette far altro che spostarsi a sinistra senza lasciare la presa. Le due raffiche che Barlowe sprecò fecero volare un mucchietto di foglie bagnate, nient'altro.

E poi i colpi cessarono, anche se il rantolo non si interruppe. Poteva significare una cosa sola: Barlowe aveva capito che il suo Tec-9 non gli avrebbe salvato la vita. E Jack sapeva che cosa avrebbe cercato di fare adesso.

Unì rapidamente le due estremità del rampicante, in modo da poterle reggere con una mano sola. Poi si allungò alla sua destra.

Proprio come sospettava, Barlowe stava tirando fuori dalla guaina il coltello delle Forze Speciali. La lama alla Rambo era seghettata, metteva paura, scintillava alla luce mentre Barlowe la sollevava dietro la testa per tagliare i legacci.

«No, non ci provare» disse Jack, e gli afferrò il polso.

La lotta fu breve. Indebolito dalla mancanza di ossigeno, Barlowe non aveva la forza di liberarsi dalla stretta di Jack.

Alla fine cadde a terra.

Ma Jack non aveva alcuna intenzione di mollare il rampicante. Barlowe poteva anche fingere.

Proprio in quel momento la corteccia sopra la testa di Jack esplose in frammenti acuminati sotto la frenetica melodia del fuoco di un'arma da assalto.

Si abbassò e si voltò. Avvistò l'altro mercenario, Kenny, a una quindicina di metri, che correva verso di lui.

Gridava e gesticolava. «Barlowe! Ma a cosa stai sparando? L'ho trovato! È qui! Ehi, Barlowe! Da questa parte!»

Jack lasciò il rampicante e strisciò dall'altro lato dell'albero, dalla stessa parte di Barlowe. Il volto del mercenario era bluastro, gli occhi chiusi, era caduto in ginocchio.

In lontananza, sentiva Kenny che si avvicinava rumorosamente, urlando e sparando brevi raffiche.

«Ti abbiamo beccato, bastardo! Di' le tue preghiere, perché adesso ti resta più o meno un minuto da vivere. Spero che ti stia cacando addosso, stronzo. Quando avrò finito con te ti potranno usare come carne per gli hamburger. Ehi, Barlowe! Dove sei, amico? Ti perderai tutto il divertimento!»

«Barlowe è proprio qui» sussurrò Jack. «Ti aspetta.»

Afferrò il Tec-9 di Barlowe ma la tracolla era avvolta strettamente al suo braccio. Prima cercò di tirare uno strattone, poi di districarla, e per tutto il tempo continuava a sentire Kenny che si avvicinava sempre di più.

«Dannazione!» sibilò mentre armeggiava con la chiusura della tracolla.

E poi il dolore divampò nella sua coscia sinistra. Per un istante pensò che gli avessero sparato, poi abbassò lo sguardo e vide il coltello di Barlowe che spuntava da un taglio insanguinato nei suoi jeans, e Barlowe che lo fissava con gli occhi più rossi che Jack avesse mai visto.

E Kenny, proprio dall'altra parte dell'albero.

Ignorando il dolore alla gamba per quanto poteva, Jack mise in piedi Barlowe: doveva riconoscerglielo, era un tipo tosto, un figlio di puttana molto determinato. Lo fece girare nella direzione da cui proveniva il rumore provocato da Kenny. Mentre lo teneva sollevato fece scivolare la mano sotto il braccio destro del mercenario, cercando il grilletto del Tec-9.

Kenny arrivò con il suo Tec che sparava a tutto spiano, e Jack sentì l'urto terribile delle pallottole che dilaniavano il corpo di Barlowe.

«Oh, cristo!» urlò Kenny. La raffica cessò immediatamente. «Barlowe, ma che cazzo...?»

Jack non poteva vederlo, ma riusciva a immaginare la sua espressione. Finalmente il suo dito trovò il grilletto del Tec di Barlowe. Fece fuoco. Non sapeva a che cosa stesse mirando, cominciò semplicemente a sparare, alla cieca, selvaggiamente, e sperò che il caricatore non si esaurisse.

Si arrischiò a lanciare un'occhiata oltre la spalla di Barlowe e vide Kenny che barcollava all'indietro, braccia e occhi spalancati, il petto ridotto a una poltiglia sanguinolenta.

Jack lasciò andare Barlowe e il suo Tec, facendolo cadere all'indietro. I mercenari toccarono terra più o meno nello stesso istante.

E poi Jack si abbandonò contro il grande albero, afferrandosi la coscia piena di sangue. Gli faceva un male d'inferno ogni volta che muoveva la gamba.

Proprio quello che mi serviva.

Ma se non altro non era più l'unico uomo disarmato su quella collina.

9

Lo scontro a fuoco era cessato.
«Bene» disse Baker. «E tanti saluti al tuo ragazzo.»
Si appoggiò al tavolo, con la pistola ancora in mano.
«E tu che ne sai?» disse Alicia.
Non riusciva a immaginare Jack morto. Sembrava troppo pieno di risorse per morire. Eppure in fin dei conti l'aveva visto fare solo i suoi giochetti. Non l'aveva mai osservato in uno scontro a fuoco. E per quanto potesse essere bravo, come poteva sconfiggere due uomini che avevano delle armi automatiche?
«Lo so benissimo, invece. Tutti quegli spari possono significare solo una cosa: lo hanno stretto in un angolo e si sono divertiti un po'. Probabilmente hanno sparato prima alle gambe, poi sono risaliti su per tutto il corpo. Quando hanno finito probabilmente lui stava invocando pietà.»
Alicia aveva paura di vomitare. Si voltò. Jack, Solo Jack, morto. Un'altra vittima da aggiungere alla lista delle persone morte a causa sua. Era stata lei a coinvolgerlo in quella storia. Aveva accettato di sua volontà, eppure, se lei avesse semplicemente lasciato perdere, se avesse permesso a Thomas di prendersi quelle maledetta casa, adesso sarebbero tutti vivi, e lei non sarebbe stata in trappola, in mezzo ai boschi, con quei mostri.
Sentì un urlo selvaggio, di vittoria, da qualche parte fuori dal capanno.

Baker si tirò su e attraversò la stanza, sorridendo.
«È Kenny. Fa un sacco di rumore, quello stronzo.»
Un altro urlo.
Baker uscì e rimase con le mani sui fianchi, osservando la linea degli alberi.

10

Jack puntò il Tec-9 di Barlowe contro la porta del capanno e fece un altro grido. Sperava di imitare Kenny abbastanza bene da convincere Baker a uscire.

Si appoggiò al tronco di un albero per alleviare il peso dalla gamba sinistra. Gli alberi erano più bassi lì e non offrivano molta protezione. Si augurava di non averne bisogno.

Alla sua destra, il corpo di Yoshio non era che un fagotto sanguinolento in mezzo all'erba.

La gamba pulsava, bruciava. Aveva legato la tracolla del Tec sopra la ferita, rallentando la perdita di sangue, ma non poteva fare nulla contro il dolore.

Urlò di nuovo.

Andiamo, Baker. Fammi vedere il tuo brutto muso.

Se avesse avuto una pistola, sarebbe strisciato dentro il capanno. Ma aveva solo quel maledetto Tec-9, e non poteva correre il rischio di fare irruzione e mettersi a sparare. Non con Alicia nella stanza. Quei maledetti affari erano incontrollabili. Non c'era modo di sapere cosa avrebbero colpito una volta premuto il grilletto.

E se fosse andato a prendere la 9 millimetri ci avrebbe messo così tanto a zoppicare fino alla macchina che Baker avrebbe avuto tutto il tempo di capire che qualcosa non era andato secondo i piani. Si sarebbe fatto trovare pronto.

Perciò non aveva alternative. Gli dispiaceva solo essere così lontano. Non era mai stato un grande cecchino, e con il Tec-9, da quella distanza, avrebbe dovuto contare più sulla fortuna che sull'abilità.

In quel momento esatto Baker fece un passo all'aperto, guardandosi attorno, alla ricerca di Kenny. Jack premette il grilletto del Tec-9 e svuotò il caricatore.

L'angolo in alto a destra della porta, proprio sopra la testa di Baker, si dissolse in una nube di frammenti di legno e Baker si tuffò di testa nel capanno.

Furioso, Jack spaccò il Tec scarico contro l'albero e lo gettò in mezzo al bosco.

E adesso? Aveva la sensazione che le cose si stessero mettendo male sul serio.

11

I colpi di arma da fuoco, l'esplosione. Alicia era sconvolta. Baker si tirò in piedi dopo essere volato di faccia nel capanno, e Alicia fissò la porta semidistrutta: ancora vibrava e tremava per i proiettili che aveva assorbito. Voleva mettersi a urlare di gioia.

In qualche modo, per un qualche miracolo, Jack era ancora vivo. Non solo era sopravvissuto, ma era anche tornato.

«Kenny!» Baker stava urlando. «Oh, cristo, deve aver ammazzato Kenny!»

Alicia si guardò indietro, dove giaceva Thomas. La pistola era proprio al suo fianco. Se solo fosse riuscita a...

Baker le afferrò il braccio e la strattonò a sé. Il suo alito era acido.

«Chi cazzo è, maledizione? Dove hai trovato quel tipo?»

«Si chiama Jack.» Che importanza poteva avere se Baker lo veniva a sapere? «Non so altro.»

«Risparmiami le tue stronzate. Ci deve essere qualcosa tra voi, altrimenti non sarebbe mai tornato.»

«No. Si becca una percentuale di tutto quello che riusciamo a guadagnare.»

Un'altra verità, ma Alicia aveva la sensazione che Jack sarebbe tornato lo stesso, accordo o meno. Baker non l'avrebbe mai capito, ma la percentuale era una cosa che era in grado di comprendere.

Annuì. «Sì, be', immagino che sarei tornato indietro anche io.»

La fece voltare, le afferrò una ciocca di capelli vicino alla nuca e la spinse verso la porta. Le faceva male la testa, le bruciava la pelle per quel rude trattamento.

«Mi stai facendo male.»

«Potrai dirti fortunata se questo sarà il peggio che ti capiterà oggi, tesoro. Perché adesso vedremo se vali davvero così tanto come dici.»

La posizionò davanti alla porta e si piegò dietro di lei, sbirciando da sopra la sua spalla. Alicia sentì il freddo metallo della canna della pistola contro la tempia. Giù per il pendio, vicino agli alberi, giaceva un corpo. Alicia capì dalla maglietta bianca che doveva essere Yoshio. Chiuse gli occhi. Un altro morto.

Di nuovo nel capanno, sentì Kemel che si lamentava, implorava un dottore.

«Ehi, Jack!» urlò Baker. «O come cazzo ti chiami. Vieni fuori. Fatti vedere, o la tua ragazza si becca un po' di questo!»

«Io non sono la sua...»

«Sta' zitta!» Le premette più forte la canna contro la tempia. «Non voglio più sentire nemmeno una fottuta parola!»

E poi Alicia vide Jack, che si muoveva tra gli alberi. Si fermò e li fissò, ma non disse nulla. Poi lentamente, deliberatamente, alzò il dito medio.

«Figlio di...» disse Baker.

Improvvisamente la canna non era più contro la sua tempia, e la pistola era tesa davanti a lei, sparava a Jack. Il rumore era assordante.

Jack si abbassò sulla sinistra e sbucò da dietro l'albero accanto. Baker sparò altri colpi. Ma Jack era scomparso di nuovo, solo per sbucare da un'altra parte. Baker sparò di nuovo.

«Il tuo ragazzo crede di essere molto furbo» sussurrò Baker. «Sai che cosa sta facendo? Sta contando i miei proiettili. Pensa che io abbia cominciato con quindici colpi nel caricatore, più forse uno in canna. Sa che ne ho usato uno per tuo fratello, uno per occhi a mandorla, e adesso gli ho scaricato contro nove proiettili. Perciò adesso sta pensando: altri quattro, cinque colpi e...»

Jack sbucò di nuovo e Baker sparò altre due volte.

«Altri due. E adesso pensa che deve solo aspettare un altro paio di spari, e poi mi si getterà contro mentre ricarico. Deve avermi preso per un vero coglione. Be', ho io delle notizie per il signor Jack. Sam Baker ricarica adesso. E il signor Jack rimarrà a bocca aperta quando si metterà a correre da là in fondo. Che faccia che farà quando lo riempirò di piombo.»

Baker ritrasse la pistola dietro di lei. Le lasciò i capelli, e Alicia sentì un *clic* metallico, poi qualcosa che cadeva a terra. La sua mente iniziò a correre freneticamente. Baker aveva ragione? Era proprio quello il piano di Jack? Doveva fare qualcosa.

Si voltò di scatto e vide Baker che teneva la pistola con la sinistra, con la destra si frugava in tasca.

Si mise a urlare: «Jack! Jack! Adesso, Jack!» Afferrò la pistola e cercò di strappargliela di mano.

La mano di Baker era rimasta incastrata nella tasca e gli ci volle un secondo o due per liberarla, ma anche usando entrambe le mani, e tirando con tutta la forza, Alicia non riuscì ad aprire la morsa delle sue dita.

«Maledetta troia!»

Lei rovesciò in avanti il peso del corpo, contorcendosi in modo da dargli le spalle. E questo le permise di avere la visuale aperta sul pendio, e vide Jack...

Oh, no! Stava correndo verso di lei, ma zoppicava! Vide la chiazza rossa sulla gamba sinistra dei pantaloni.

Non ce la farà mai!

Proprio in quel momento Baker riuscì a liberare la mano destra, e Alicia se ne accorse immediatamente, perché un pugno pesante come una pietra si abbatté sulla sua nuca. Ma resistette. E poi Baker, con il taglio della mano, le colpì la spalla. Il braccio sinistro si intorpidì, perse la presa. Mollò la pistola mentre un terzo colpo la faceva cadere in ginocchio.

E Jack non era abbastanza vicino. Proprio per niente. Aveva un coltello in mano, ma non ce l'avrebbe mai fatta a usarlo.

Alicia si divincolò e vide il caricatore nuovo nella mano di Baker, lo stava ficcando nel vano in fondo all'impugnatura.

«No!» urlò e gli afferrò il braccio.

Per poco Baker non si lasciò sfuggire l'arma, ma mantenne la presa con la punta delle dita. Sbuffò e le diede un calcio, mandandola a terra.

Alicia cadde di schiena. Jack c'era quasi, ma nella nebbia del dolore che le confondeva la vista scorse Baker che metteva a posto il caricatore e alzava la pistola con entrambe le mani. Jack non ce l'avrebbe fatta. Baker stava per sparare. Un colpo che non si poteva sbagliare. Pensò alla pistola di Thomas ma era dentro il capanno, troppo, troppo lontano...

Alicia chiuse gli occhi e urlò sentendo tre colpi in rapida successione...

...proprio alle sue spalle.

Riaprì gli occhi e vide Baker che indietreggiava mentre Jack raggiungeva il punto in cui il mercenario si trovava un attimo prima. Alicia si voltò e vide un uomo piegato su sé stesso, appoggiato alla porta del capanno.

Thomas.

Aveva un aspetto terrificante. Il volto era pallido come farina, e al confronto il sangue che colava dagli angoli della bocca sembrava ancora più rosso. La pistola pendeva debolmente dalla sua mano, il braccio era molle, quasi senza vita.

Sembrò afflosciarsi sotto i suoi occhi, come se stesse rimpicciolendo dentro i vestiti. Cadde a terra.

Sorpresa, Alicia si avvicinò a lui.

«Oh, Thomas. Grazie, Thomas. Ma...» Doveva chiederglielo. A quanto ne sapeva, Thomas non aveva mai fatto nulla per nessuno. «Thomas, perché?»

«Non lo sai?» disse con una voce che gorgogliava per il sangue. «Eppure tutti dicono che sei così intelligente. Non lo sai?»

«Che cosa dovrei sapere?» Ma in realtà temeva di conoscere la risposta.

«Quelli sono stati gli anni peggiori della tua vita. Ma i migliori della mia.»

Tossì, una nube di sangue scuro, e poi il suo corpo si irrigidì mentre la luce si spegneva nei suoi occhi.

Alicia allungò una mano verso di lui. Non avrebbe mai pensato di essere in grado di sfiorarlo, eppure adesso non poteva fare altro.

Gli accarezzò i capelli. Iniziò a piangere.

12

Jack rimbalzò contro la porta e si gettò su Baker. Gli puntò alla gola il suo stesso coltello delle Forze Speciali, e gli strappò la pistola dalle dita deboli. Vide gli occhi di Baker, fissi, appannati, controllò la gola per sentire la pulsazione. Morto. Tre pallottole calibro 32 nel fianco erano state più che sufficienti.

Jack si alzò e si appoggiò alla porta. La coscia sinistra bruciava e pulsava, un dolore sordo, più intenso quando si piegava.

Osservò Alicia china su suo fratello nel corridoio, e sentì i suoi singhiozzi. Quell'idea non lo faceva impazzire di gioia, ma probabilmente doveva la vita a Thomas. E a quanto pareva era un debito che non avrebbe mai avuto modo di ripagare.

Era andato vicino a perdere tutto... così vicino...

Sentì un gemito dentro il capanno. Superò Alicia e trovò Kemel che si contorceva sul pavimento.

«Un dottore» si lamentò. «Per piacere... portatemi in un ospedale.»

«Adesso uscirai da questa porta, e non andrai da nessun'altra parte» disse Jack.

Afferrò Kemel per il colletto e lo trascinò verso la porta. L'arabo ululò quando passarono vicino ad Alicia.

Lei si tirò su, asciugandosi gli occhi. «Davvero, Jack, è necessario? Non puoi semplicemente lasciarlo qui?»

L'adrenalina gli pompava ancora dentro le arterie, il cuore batteva forte, i polmoni gli andavano a fuoco. Abbassò lo sguardo sulla mano libera e si accorse che tremava. La lotta era finita ma il suo corpo non aveva ancora recepito il messaggio. Era andato così vicino a farsi ammazzare e stava ancora tremando dopo aver visto la pistola di Baker, puntata ad alzo zero al suo cuore, solo pochi istanti prima.

Non si sentiva troppo gentile.

«Le risposte sono, nell'ordine: sì e no. Sta impestando l'aria.»

Jack lo trascinò fuori, superando il corpo di Baker, e lo lasciò in mezzo all'erba.

«Ti prego... un dottore...»

Avrebbe voluto prenderlo a calci, invece lo sorresse.

«Portami in un ospedale.»

Jack si piegò sulle ginocchia al fianco di Kemel e si avvicinò, parlando a denti stretti. «Indovina un po', amico mio? Ho appena fatto un sondaggio tra i passeggeri del volo JAL 27. Ho detto: 'Alzi la mano chi pensa che Kemel debba andare da un dottore.' E sai una cosa? Nessuno si è mosso. Quindi, niente dottore per te.»

Si alzò, e si accorse che stava iniziando a nevicare. Tornò verso il capanno. Alicia era poggiata al muro, con la testa reclinata all'indietro e gli occhi chiusi. Era pallida, debole, come se quella parete fosse l'unica cosa che la teneva in piedi. I fiocchi di neve le carezzavano il volto.

«Grazie di avermi aiutato» disse Jack.

Lei aprì gli occhi. «Grazie di essere tornato.»

«Non avevo molta scelta.»

«Avresti potuto andartene.»

«No, non avrei potuto.»

«No, immagino di no.» Gli scoccò un mezzo sorriso stanco. Molto stanco. «E sai, chissà come, lo sapevo.» Abbassò lo sguardo sulla sua gamba insanguinata. «Lascia che ci dia un'occhiata...»

«Per adesso andrà più che bene. Mi ci farò mettere dei punti quando torniamo in città.»

«Non basta certo una tracolla. Vieni con me.»

Jack la seguì dentro il capanno. Forse aveva solo bisogno di avere qualcosa da fare. Tolse il lenzuolo dalla brandina e lo strappò, riducendolo in lunghe strisce.

«Siediti e abbassati i jeans.»

«Ti ho già detto l'altra notte di non farti venire strane idee.»

Lei non sorrise. «Fallo e basta.»

Jack si sbottonò i pantaloni, poi se li calò fino alle ginocchia.

Alicia ispezionò il taglio verticale, lungo cinque centimetri. «È bello profondo. L'hai sentito sfiorare l'osso?»

«No. Il tizio che me l'ha fatto non aveva più molta energia in corpo.»

«Per fortuna corre in linea con le fibre muscolari del quadricipite.» Cominciò ad avvolgere la coscia con le strisce di lenzuolo. Era entrata completamente in modalità dottoressa. «L'arteria femorale e i nervi sono qui sopra, quindi li ha mancati completamente. Dovrebbe guarire abbastanza bene, ma sicuramente avrai bisogno di punti. I medici al pronto soccorso dovranno denunciare le ferite da arma da taglio...»

«Conosco un tizio che non lo fa.»

«Ne ero sicura.»

«Qual è la nostra prossima mossa qui?» disse, mentre lei continuava a fasciargli la ferita.

«Speravo che lo sapessi tu.»

«Posso occuparmi dei corpi. Li ficco nella macchina con cui sono venuti, qualunque sia. Scommetto che è un furgoncino scuro. Poi li lascio da qualche parte.»

«Non Thomas. Glielo dobbiamo.»

Jack guardò il suo corpo rannicchiato, pieno di sangue. «Sì, immagino che tu abbia ragione. Okay, allora lascerò i corpi da qualche parte e farò una chiamata, dirò allo sceriffo o a chi per lui dove trovarli. E poi, gli inquirenti potranno scervellarsi quanto vogliono per capire chi è stato, dove, quando e come.»

«Pensi che ci riusciranno...? A capire cosa è successo, intendo.»

«No, se li lascio abbastanza lontano. Ma la vera domanda è: come hai intenzione di gestire l'energia teletrasmessa, adesso che ne sei l'unica proprietaria?»

«Immagino che dovrei rivelarla al mondo. Ma se quello che Thomas ci ha detto sui brevetti è vero, posso anche mettere in conto una lunga battaglia legale con i detentori delle varie licenze. Francamente, ne ho abbastanza di avvocati.»

«Ci sono sempre i giapponesi. La gente di Yoshio ti pagherà dei bei soldi.»

«Sembra che l'idea ti piaccia.»

«Sì, be', prendi i soldi e scappa, e lascia che siano loro a occuparsi degli avvocati.»

«Sai,» disse lei lentamente «non mi interessa quanto siano disposti a offrirmi. Il pensiero di fare soldi grazie a qualsiasi cosa che sia stata toccata da quell'uomo mi fa sentire male fisicamente.»

«E allora rivela semplicemente la tecnologia a tutti. Diffondila in internet.»

I suoi occhi brillavano quando lo guardò. «Insieme alle foto di Thomas e me?»

«Ehi, non volevo dire questo. Volevo dire che grazie alla rete tutti coloro che vogliono sviluppare la tecnologia avranno libero accesso ai progetti.»

«E tu? Un terzo di niente è niente. Non sopporterei di vederti andare via con un pugno di mosche in mano, Jack. Voglio dire, sei stato accoltellato, e quasi ucciso...»

«Non ti preoccupare di questo. Non avrei comunque potuto prendere i soldi.»

«Perché no?»

«Perché ho già praticamente tutto quello che voglio.»

L'espressione degli occhi grigi di Alicia si ammorbidì quando lo fissò. «Davvero?»

«Sì, cioè, in pratica sì. E quello che mi manca, non può essere comprato con i soldi. Perciò tienimi pure fuori dall'equazione e fa' quello che vuoi.»

La verità era che Jack non pensava che ci fosse anche solo una minima possibilità di poter sfuggire all'eco mediatica che l'energia teletrasmessa avrebbe suscitato. Avrebbe dovuto uscire allo scoperto per reclamare la sua parte, e non era ancora pronto. Neppure per due, tre miliardi.

«Jack» disse lei mentre legava l'ultima striscia. E adesso sembrava così stanca. «Non so cosa fare. Devo pensarci.»

Jack si alzò e tirò su i jeans. «Be', mentre tu pensi, io inizio a radunare le vittime.»

13

Jack ci mise un bel po' a caricare sul furgoncino di Baker tutti e sei i corpi, soprattutto i due persi nella foresta. A terra c'era un dito di neve quando tornò con l'ultimo, Kemel.

A breve se ne sarebbe potuto andare. Non aveva intenzione di mettersi in moto finché non fosse stato buio pesto. L'ultima cosa di cui aveva bisogno era che qualcuno desse un'occhiata di sfuggita nel retro e vedesse quella mezza dozzina di corpi.

Jack pensava che Kemel fosse morto ma rimase a bocca aperta quando l'arabo lanciò un gemito, dopo essere stato gettato sopra a Baker.

«Per favore... un dottore. Il dolore...»

Brutta notizia. Se Kemel fosse riuscito a resistere finché qualcuno non lo avesse ritrovato, qualche eroe armato di filo e bisturi avrebbe anche potuto salvarlo. E non sarebbe stata una buona cosa. Proprio per niente.

«Pensavo di avertelo detto: la gente del JAL 27 ha votato no alla mozione 'dottore per Kemel'.»

L'arabo sussurrò qualcosa che Jack non riuscì a comprendere. Si avvicinò per sentire meglio.

«Ti prego... non sono stato io.»

«Ma tu sapevi, non è vero, figlio di puttana?»

Vide la risposta negli occhi appannati di Kemel.

L'adrenalina era svanita, lasciando un feroce mal di testa. La gamba pulsava più che mai per lo sforzo di rimuovere i corpi. Come avrebbe potuto descrivere il suo umore? Pessimo non era abbastanza. Sulla Terra non c'era parola al mondo per definirlo. Forse neppure su Marte. Neppure su Saturno. E sapeva per esperienza che poteva essere una cosa pericolosa. Aveva la tendenza a diventare irragionevole quando si sentiva così.

Di solito appena captava i primi segnali faceva un passo indietro, si prendeva un po' di tempo, e ricacciava l'oscurità in fondo, nel suo seminterrato personale. E avrebbe potuto farlo adesso, se Kemel non fosse stato ancora vivo. Ma sapere che quella merda di cammello marcita respirava ancora...

«Sì, tu lo sapevi, ma li hai avvertiti? No. Hai lasciato morire tutte quelle persone solo per sbarazzarti di un uomo.»

«Non sono stato io...»

«No? E chi, allora?»

«Ti prego... il dolore... ti prego, ferma il dolore.»

Che cosa gli stava chiedendo? Un colpo di grazia?

«Dimmi chi ha dato l'ordine di mettere la bomba e ti permetterò di porre fine al dolore.»

«No... fallo tu... ti prego.»

«Mi dispiace. Non ti devo questo favore. Il nome?»

«Nazer... Khalid Nazer.»

«E dove lo trovo?»

«Iswid Nahr... missione commerciale... Nazioni Unite.»

Khalid Nazer. Jack si segnò mentalmente quel nome tirando fuori la 9 millimetri di Baker. Rimosse il caricatore, lasciando il colpo in canna. Tolse la sicura, poi premette la canna contro la pelle morbida sotto la gola di Kemel. Strinse le dita dell'arabo intorno al grilletto.

«Di' le tue preghiere e spara.»

Poi se ne andò, lasciando Kemel con la sua dose di analgesico definitivo.

14

Alicia trasalì quando sentì lo sparo. Alzò gli occhi e vide Jack che zoppicava nello spiazzo, verso di lei. Sembrava sfinito. Il Jack che l'aveva accompagnata fin là si era trasformato in qualcun altro, un uomo freddo e spietato come gli assassini che aveva ucciso. Mentre lei gli bendava la gamba, pochi minuti prima, aveva percepito il Jack originale che tornava, lentamente.

«Cosa è successo? Stai bene?»

Lui annuì. «Stavo solo dando a qualcuno un po' di sollievo dal dolore. Sollievo permanente.»

Quel qualcuno poteva essere solamente l'arabo. Buon dio, come aveva fatto a resistere così a lungo?

«Sei pronta?» disse Jack. «Ti accompagno.»

Alicia scosse la testa. «Vai tu. Io rimango un po' qui.»

«C'è sempre più neve sulla strada. Forse non potrai più andartene, tra un po'.»

«Va bene. Dentro fa caldo. E io devo pensare. A lungo.»

«Sei sicura?»

«Sicurissima.»

Lui alzò le spalle. «Okay. Ti lascio un cellulare. Chiamami quando hai fatto, così riporto la macchina.»

«D'accordo.»

Si voltò, poi si girò di nuovo verso di lei. «Sei sicura di stare bene?»

«Sicurissima» disse, mettendosi sul volto quello che sperava fosse un sorriso privo di dubbi. «Ho solo bisogno di stare un po' da sola adesso.»

«Sì, bene, sarai da sola qui, poco ma sicuro. Fa' attenzione, Alicia.» La salutò, incamminandosi. «E, a proposito... buon Natale.»

Natale? Dio, se ne era completamente scordata. Mancavano solo tre giorni. La stagione della felicità.

«Buon Natale anche a te, Jack.»

Osservò Jack che svaniva nella foschia nevosa, poi tornò nel capanno e chiuse la porta.

Aveva capito fin dal momento in cui tutto era finito che sarebbe rimasta lì per un bel po'. Quindi, mentre Jack spostava i corpi, lei aveva fatto del suo meglio per pulire il sangue dal pavimento. Alla fine aveva spostato il tappeto da sotto il tavolo e l'aveva posizionato sopra le macchie.

Si avvicinò al trasmettitore che ronzava e fissò il raggio di luce, talmente brillante che sembrava quasi di poterlo toccare.

Una tecnologia capace di cambiare il mondo... e fare di Ronald Clayton una leggenda da idolatrare... uno dei più grandi uomini della storia... l'uomo del secolo... l'uomo del millennio...

Ma Ronald Clayton non era un grande uomo; non era neppure un uomo normale. Era un mostro che aveva distrutto ogni vita che avesse sfiorato.

E il pensiero che la storia avrebbe eretto dei monumenti per celebrarlo...

Le veniva da vomitare.

E tuttavia, che diritto aveva lei di tenere nascosta al mondo una meraviglia del genere?

Nessuno. Lei era solo una persona, e miliardi di uomini avrebbero tratto beneficio da quell'invenzione.

Poteva sentire i fili... la tiravano... la manipolavano come se fosse una marionetta. E sapeva il nome di chi la manovrava.

Sì, aveva molte cose a cui pensare.

La vigilia di Natale

1

Alicia, in macchina, scendeva dalla collina, attraversando l'oscurità, verso le luci di New Paltz. Si sentiva leggera, quasi euforica.

Due giorni, le ci erano voluti due giorni interi, due giorni di pura agonia, ma alla fine era riuscita a schiarirsi la mente.

E adesso si sentiva... pulita. Sì, pulita. Era l'unica parola giusta. Come se avesse gettato via una pelle vecchia, rovinata, divorata dalle tarme, e adesso potesse mostrarne una nuova al mondo.

Sarebbe stata una Alicia Clayton diversa da quel momento in poi. Avrebbe cambiato tutto: atteggiamento, carattere, look. A partire da quella sera stessa. Non sarebbe stato facile, non si faceva illusioni. Ma aveva la sensazione che se avesse continuato a fingere di essere quella nuova Alicia, dopo un po' avrebbe cominciato a crederci.

Era l'unico modo. Perché la vita che aveva condotto fino a quel momento non era una vita. Certo, il lavoro era importante, ma aveva bisogno di qualcosa di più. Era decisa ad avere una vita piena. Una bella vita.

Vivere bene è la miglior vendetta, quante volte aveva sentito quel proverbio? E adesso si rendeva conto che era doppiamente vero, per lei.

Si sintonizzò su una stazione all news mentre imboccava le strade illuminate a festa di New Paltz. Era rimasta fuori dal mondo per due giorni ma a quanto pareva non si era persa granché.

L'unica notizia vagamente interessante riguardava un delegato di una missione commerciale araba, un certo Nazer, che era stato assassinato fuori dal suo appartamento a Manhattan. Sembrava un'esecuzione. «Un assassinio?» domandava il giornalista. La polizia si chiedeva se quella morte potesse essere connessa con l'assassinio dell'arabo, il cui corpo era stato ritrovato, assieme ad altri cinque cadaveri, il giorno prima sui monti Catskill.

Spense la radio e imboccò la Superstrada. Inserì il cruise control e prese il cellulare. Sentì la tensione che le bloccava il petto mentre componeva il numero. Il pollice esitò sul pulsante verde, poi fece un respiro profondo e lo premette.

Quando sentì una voce familiare per poco non riagganciò, ma costrinse le parole a uscire dalla gola bloccata.

«Will? Sono Alicia. Possiamo parlare?»

2

«Questa non è esattamente la vigilia di Natale che avevo programmato» disse Jack.

Gia e Vicky lo avevano trascinato fino al Centro per i bambini malati di AIDS, nel reparto neonatale. Gia continuava a ripetergli che quei piccoli non avevano l'AIDS: erano semplicemente sieropositivi. Non era una grande consolazione.

«E cosa avevi programmato esattamente?» chiese Gia, su una sedia a dondolo: stava allattando una bambina di tre mesi avvolta in una coperta. Indossava pantaloni scozzesi verdi e rossi, e un maglione rosso a collo alto. Colori natalizi.

«Be'... io davanti al camino con un liquore caldo, tu in cucina, a preparare l'oca arrosto...»

Lei fece un ghigno. «E la piccola Vicks che dice: 'Dio ci benedica tutti quanti' suppongo.»

«Una cosa del genere.»

«Continua a sognare, Scrooge.»

Vicky scoppiò a ridere da un dondolo poco lontano, stava cullando un'altra piccola. Indossava un abito rosso di velluto e calze bianche.

«Non è Zio Scrooge. È Jack Crachit!»

Ebenezer Scrooge era stato disneyzzato in Zio Scrooge da Vicky, ma Jack non la corresse. Zio Scrooge era un vecchio amico.

«Ha ha, Vick.»

Anche Jack aveva la sua sedia a dondolo, ma nessun bimbo in braccio, il che andava benissimo per lui.

Gia si alzò e si appoggiò la neonata alla spalla, battendogli il palmo sulla schiena.

«Invece è proprio Mister Scrooge. Guarda come se ne sta seduto lì, ad ascoltare la sua radio. Lo spirito del Natale incarnato.»

Jack aveva appoggiato una radio portatile su un davanzale, la teneva accesa a basso volume.

«Musica di Natale» disse.

Le minuscole casse non rendevano giustizia alla fantastica versione di Shawn Colvin di *Have Yourself a Merry Little Christmas,* ma la canzone era bellissima lo stesso.

«Sì, ma è sempre la stessa stazione locale di Catskill, la ascolti ininterrottamente da due giorni. Cosa succede di così interessante da quelle parti, a proposito?»

«Stavo seguendo una storia lassù.»

Gia lo fissò. «Quella di...?»

Non finì la frase ma Jack sapeva che cosa voleva dire. I sei corpi trovati in un'area di sosta sulla Superstrada erano finiti su tutti i media: 'Scioccante omicidio di massa!'

Ovviamente Gia non voleva entrare nei dettagli davanti a Vicky.

Jack annuì. «Quella.»

Aveva parcheggiato il furgoncino in un angolo della piazzola e aveva chiamato Julio. Aveva mangiato un paio di cheeseburger ed era rimasto ad aspettare, fissando la neve, finché non era arrivato Julio, poi erano tornati in città. Lungo il percorso, Jack si era fermato a una stazione di rifornimento e aveva fatto una telefonata per denunciare il furgoncino abbandonato.

Gia contrasse le labbra e si voltò. La piccola neonata di colore guardò Jack da sopra la spalla di Gia e fece il ruttino.

«Ma che brava» disse Gia. Si voltò e si avvicinò a Jack, fermandosi proprio di fronte a lui. «Apri le braccia.»

«No, Gia, davvero...»

«Fallo, Jack. Fidati di me, ne hai bisogno. Dico sul serio. Ma lei ne ha ancora più bisogno.»

«Dài, Gia...»

«Dico sul serio.»

Girò la piccola in modo che Jack potesse vederla in volto. Gli occhi scuri lo fissarono per qualche secondo, poi sorrise.

Accidenti, pensò Jack.

«Si chiama Felicity. Una delle infermiere ha iniziato a chiamarla così perché sua madre se l'è filata senza nemmeno prendersi il disturbo di darle un nome. Felicity ha dovuto affrontare l'astinenza da crack nella prima settimana di vita; è sieropositiva ed è stata abbandonata da tutti. Non ha nessuno che la tenga in braccio, Jack. I bambini hanno bisogno di essere presi in braccio. Quindi, avanti. Dalle un po' di calore. Non ti ucciderà mica.»

«Non è questo...»

«Jack.» Gli tese la piccola.

«Oh, okay.»

Con la massima delicatezza, timoroso, Jack lasciò che Gia le mettesse in braccio la bimba.

«Attenta, adesso.» Perché lo stava costringendo a fare una cosa del genere? «Attenta. Diavolo, così la faccio cadere.»

Gia scoppiò a ridere piano, e la sua allegria lo fece rilassare. «È fragile, ma non così fragile.»

Finalmente la prese, e la bimba rannicchiò la testa nell'incavo del braccio destro. Si dimenò e si agitò, e quindi Jack la strinse più forte, passandole le braccia intorno al corpo, in modo da farle capire che era al sicuro, non rischiava di cadere. Gia le mise il ciuccio in bocca e lei cominciò a succhiare. Funzionava. Chiuse gli occhietti, tranquilla.

«Com'è?» chiese Gia.

Jack la guardò. «È... okay.»

Gia sorrise. «Detto da te, è l'equivalente di 'incredibile', immagino.»

Jack abbassò lo sguardo per osservare il piccolo visino innocente di Felicity, pensando a ciò che aveva già dovuto subire quella bimba nel corso della sua breve vita. E il peggio doveva ancora venire, probabilmente. Si sentiva preso dal furioso bisogno di proteggerla, da qualsiasi cosa.

«È incredibile, Gia.»

E diceva sul serio. Che una cosa così semplice come farsi cullare da un altro essere umano potesse avere una tale importanza per un neonato era quasi sconvolgente.

«I tuoi ti hanno fatto proprio un bel regalino, Felicity: una dipendenza e un virus mortale. E adesso che farai?»

«Andrà in adozione, alla fine» disse Gia.

Lui alzò di nuovo lo sguardo e vide le lacrime nei suoi occhi. «Hanno così tanto bisogno, Jack. Vorrei poterli accogliere tutti.»

«Lo so» rispose lui piano.

Christmas di Darlene Love sfumò per lasciar spazio alle notizie. La grande novità dei monti Catskill era il fuoco che divampava in cima a una montagna, a ovest di New Paltz.

Jack represse un gemito. «Gia, puoi prendermi la macchinina dal cappotto?»

«L'hai portata qui?»

«La prendo io, mamma» disse Vicky, saltando in piedi e passando la sua piccola a Gia.

Aveva giocato con la macchinina per tutto il pomeriggio, ridendo ogni volta che andava a sbattere contro lo stesso muro. La tirò fuori dal taschino di Jack e premette il pulsante dell'accensione.

«Ehi, Jack» disse, accigliandosi. «Non funziona.» Spostò di nuovo la levetta, avanti e indietro. «Devono essere finite le pile.»

«Controlla che l'antenna sia collegata bene» disse.

La osservò muovere il filo, controllare, poi spostare di nuovo la levetta.

«Niente. Morta.»

«Abbiamo delle pile a casa» disse Gia. «Quali ci vogliono?»

«Non ne fanno più così.»

Gia restituì a Vicky la piccola, e andò a prendere un altro piccolo. Jack rimase con Felicity, cullandola, pensando.

Alicia aveva preso la sua decisione. Forse era la più giusta. Forse il mondo non era pronto per l'energia teletrasmessa. Ma dubitava che quel pensiero avesse avuto molto peso nella sua decisione. Si chiese dove fosse quella sera. Sperava che non fosse sola.

Si appoggiò allo schienale e lasciò che la sensazione di pace e calore che proveniva da Felicity colmasse il suo animo.

«C'è qualcosa che non va, Jack?» chiese Gia, cullando un altro piccolo. «Sembri triste.»

«No, sto bene. Anzi, sono quasi felice.»

Perché si era reso conto che se Ronald Clayton aveva scoperto quella tecnologia, potevano riuscirci anche altri. In un modo o nell'altro, l'energia teletrasmessa avrebbe fatto parte del futuro, un futuro nemmeno troppo remoto; ma non ci sarebbero stati parchi pubblici con la statua di Ronald Clayton.

«E sai,» disse «questo non è un brutto modo di passare la vigilia di Natale, per noi tre. Anzi, credo che sia proprio un bellissimo modo.»

E il sorriso di Gia lo migliorò ulteriormente.

Ringraziamenti

Sentiti ringraziamenti per i consigli tecnici a Simson Garfinkel, scrittore, esperto di vita tecnologica, nonché hacker di edifici duro e puro (in pensione). Jack usa una variazione del Metodo Garfinkel del surf tra ascensori.

A mia moglie, e mia prima lettrice, Mary.

Ai dottori Joe Bogdan e Daphne Keshishian, per aver condiviso con me la loro esperienza pediatrica con i bambini affetti dall'AIDS.

Ai responsabili della WaldenBooks del primo distretto: vi ricordate il 26 settembre 1996 a Albany? Vi ho dedicato un passaggio all'interno del libro.

E per il loro generoso ed esperto aiuto editoriale: grazie all'occhio sempre vigile e attento a ogni sfumatura dei protagonisti di Elizabeth Monteleone, ai suggerimenti per la psicologia dei personaggi di Steven Spruill, a Deidre Lonza, abile copyeditor ed esperta di dolciumi, e ad Al Zuckerman, il maestro.

Nota dell'autore

Jack è tornato.

Nessuno dei miei diciassette romanzi ha generato un numero di mail maggiore di *Il Riparatore*. È stato pubblicato per la prima volta nel 1984, e ancora il flusso di lettere è continuo. Tutti chiedono la stessa cosa: «Quando farai tornare Jack il Riparatore?»

La verità è che l'ho già riportato in azione una dozzina di volte, in storie e racconti, nonché come personaggio secondario in *Nightworld*. Ma mai in un romanzo tutto suo.

Come mai non ho scritto nessun episodio della saga di Jack dopo *Il Riparatore*? Le ragioni sono molte. La principale è che Jack è un personaggio molto speciale per me. Non volevo abusare di lui, perciò l'ho tenuto nelle retrovie, scatenandolo di tanto in tanto per una spedizione lampo, per poi farlo rientrare subito nei ranghi, in attesa della giusta serie di circostanze necessarie per farlo sciamare liberamente in un intero romanzo.

L'eredità è quel romanzo.

La cosa migliore è che ho scoperto che mi piace ancora lavorare con Jack. Lo faremo di nuovo, prima o poi. Ma prometto che non farò passare altri decenni, dato che il tempo scorre, e anche noi due invecchiamo.

NB: non esiste nessun Centro per i bambini malati di AIDS sulla Settima Avenue vicino al St Vincent. Me lo sono inventato. Ma purtroppo non sono stato costretto a inventarmi i bambini bisognosi di una simile struttura.

http://www.repairmanjack.com

Dal catalogo Fanucci Editore

FanucciChrono

Zero History di William Gibson
Il bibliotecario di New York di Nathan Larson
Gioco mortale di Neal Stephenson
False verità di Matt Ruff
Gioco mortale – Guerra assoluta di Neal Stephenson
Fatto da Dio di Craig Clevenger
Tony Tormenta di Rosanna Rubino
Il Riparatore di F. Paul Wilson
Il prefetto di Alastair Reynolds
Mindspace di Alex Hughes
L'ombra del killer di Nathan Larson
Il paradiso perduto di Andrew Pyper
I pirati del cielo di Chris Wooding
La porta dell'infinito di Frederik Pohl
Il mistero dei libri antichi di T.R. Williams
Omicidio a Whitehall di Sarah Pinborough
Alla fine John muore di David Wong
Cyberstorm di Matthew Mather
L'eredità di F. Paul Wilson

Collezione Immaginario Fantasy

La Ruota del Tempo vol. 1 – L'occhio del mondo di Robert Jordan
Il risveglio dell'Ombra di Luca Trugenberger
L'apprendista assassino di Robin Hobb
La Ruota del Tempo vol. 2 – La grande caccia di Robert Jordan
Il mondo di Lythande di Marion Zimmer Bradley
La leggenda dei Drenai di David Gemmell
Le spade dei Drenai di David Gemmell
La Ruota del Tempo vol. 3 – Il drago rinato di Robert Jordan
L'assassino di corte di Robin Hobb
La Ruota del Tempo vol. 4 – L'ascesa dell'ombra di Robert Jordan
L'ultimo eroe dei Drenai di David Gemmell
Il risveglio della magia di Jude Fisher
Il re degli alberi di Greg Keyes
La Ruota del Tempo vol. 5 – I fuochi del cielo di Robert Jordan
Il viaggio dell'assassino di Robin Hobb
Magia selvaggia di Jude Fisher
Il lupo bianco di David Gemmell
Nuova primavera di Robert Jordan
Il principe delle ombre di Greg Keyes
La Fonte ai confini del mondo vol. 1 di William Morris
Petali e sangue di K.J. Bishop
La Ruota del Tempo vol. 6 – Il Signore del caos di Robert Jordan
La nave della magia di Robin Hobb
La nave in fuga di Robin Hobb
Le Cronache di Thomas Covenant l'Incredulo vol. 1 – La conquista dello scettro di Stephen R. Donaldson
La Rosa del Mondo di Jude Fisher
Nessun dove di Neil Gaiman

La nave dei pirati di Robin Hobb
La nave della pazzia di Robin Hobb
Le Cronache di Thomas Covenant l'Incredulo vol. 2 – La guerra dei Giganti di Stephen R. Donaldson
La Ruota del Tempo vol..7 – La corona di spade di Robert Jordan
Temeraire: Il drago di sua Maestà di Naomi Novik
Il cavaliere sanguinario di Greg Keyes
Temeraire: Il trono di giada di Naomi Novik
Il risveglio dell'assassino di Robin Hobb
La ruota del Tempo vol. 8 – Il sentiero dei pugnali di Robert Jordan
Il destino degli Eldowin di Laura Iuorio
La furia dell'assassino di Robin Hobb
Il nome del vento di Patrick Rothfuss
Temeraire: La guerra dei draghi di Naomi Novik
La Ruota del Tempo vol. 9 – Il cuore dell'inverno di Robert Jordan
Il destino dell'assassino di Robin Hobb
Le Cronache di Thomas Covenant l'Incredulo vol. 3 – L'assedio alla rocca di Stephen R. Donaldson
Temeraire: L'impero d'avorio di Naomi Novik
Un regno in ombra di China Miéville
Mistborn – L'Ultimo Impero di Brandon Sanderson
La città dei poeti di Daniel Abraham
Le spade del giorno e della notte di David Gemmell
La nave del destino di Robin Hobb
Mistborn – Il Pozzo dell'Ascensione di Brandon Sanderson
La Nuova Regina di Greg Keyes
La Ruota del Tempo vol. 10 – Crocevia del crepuscolo di Robert Jordan
Lo spirito della foresta di Robin Hobb
Harold il ladro di Aleksej Pechov
Il custode del drago di Robin Hobb
La Ruota del Tempo vol. 11 – La lama dei sogni di Robert Jordan
Il mago della foresta di Robin Hobb
L'ultima profezia del Mondo degli Uomini di Silvana De Mari
Sunshine di Robin McKinley
La Ruota del Tempo vol. 12 – Presagi di tempesta di Robert Jordan e Brandon Sanderson
Il rifugio del drago di Robin Hobb
Mistborn – Il Campione delle Ere di Brandon Sanderson
L'uomo senza nome di Aleksej Pechov
La paura del saggio di Patrick Rothfuss
Il guardiano della città perduta di Daniel Polansky
La macchina del presagio di Terry Goodkind
I rinnegati della foresta di Robin Hobb
Io mi chiamo Yorsh di Silvana De Mari
La Via dei re di Brandon Sanderson
La Ruota del Tempo vol. 13 – Le Torri di Mezzanotte di Robert Jordan e Brandon Sanderson
Il sigillo del cavaliere di Guo Jingming
La rinascita di Shen Tai di Guy Gavriel Kay
Il Conciliatore di Brandon Sanderson
La città dei draghi di Robin Hobb
L'ultima profezia del mondo degli Uomini. L'epilogo di Silvana De Mari
La leggenda di Magda Searus di Terry Goodkind
La Ruota del Tempo vol. 14 – Memoria di Luce di Robert Jordan e Brandon Sanderson
Attila di William Napier
Il Libro segreto del Signore Oscuro di Paul Dale
Il canto del sangue di Anthony Ryan
Il legame del drago di Thea Harrison

Elantris di Brandon Sanderson
La luna che uccide di N.K. Jemisin
L'araldo della tempesta di Richard Ford
La figlia della spada di Steve Bein
Il cuore della tempesta di Thea Harrison
I mille nomi di Django Wexler
Steelheart di Brandon Sanderson
Malice – La Guerra degli Dèi di John Gwynne
Oversight di Charlie Fletcher
Drakenfeld di Mark Charan Newton
Il trono della Luna Crescente di Saladin Ahmed

Collezione Immaginario Philip K. Dick

Ma gli androidi sognano pecore elettriche?
I giocatori di Titano
Mary e il gigante
In senso inverso
L'uomo nell'alto castello
E Jones creò il mondo
Deus Irae di Philip K. Dick e R. Zelazny
Divine invasioni + video 'Il vangelo secondo Dick' di Lawrence Sutin
Svegliatevi, dormienti
Confessioni di un artista di merda
Noi marziani
Rapporto di minoranza e altri racconti
I simulacri
Le tre stimmate di Palmer Eldritch
Ubik
Tempo fuor di sesto
In questo piccolo mondo
I labirinti della memoria
Un oscuro scrutare
Radio libera Albemuth
Visioni dal futuro
Follia per sette clan
Lotteria dello spazio
L'androide Abramo Lincoln
Cronache del dopobomba
Nostri amici da Frolix 8
L'uomo dai denti tutti uguali
Tutti i racconti vol. 1 – 1947-1953
Un oscuro scrutare – il Graphic Novel
Valis
Divina Invasione
La trasmigrazione di Timothy Archer
Il paradiso maoista
Scorrete lacrime, disse il poliziotto
Voci dalla strada
Tutti i racconti vol. 2 – 1954
La penultima verità
Illusione di potere
Tutti i racconti vol. 3 – 1955-1963
Tutti i racconti vol. 4 – 1964-1981
Mr Lars sognatore d'armi
In terra ostile

La città sostituita
Dottor Futuro
Redenzione immorale
Lo stravagante mondo di Mr Fergesson
Vulcano 3
Il cerchio del robot
Guaritore Galattico
Menzogne S.p.A.
Nick e il Glimmung
La conquista di Ganimede di Philip K. Dick e Ray Nelson
La ragazza dai capelli scuri di Philip K. Dick

TIF Extra

L'arte del delitto – Omaggio a Ellis Peters a cura di Maxim Jakubowski
Ai confini della realtà di Rod Serling
Elric di Melniboné vol. 1 di Michael Moorcock
Il ciclo di Belgariad vol. 1 di David Eddings
Il ciclo di Belgariad vol. 2 di David Eddings
Il ciclo di Belgariad vol. 3 di David Eddings
La Spada della Verità vol. 1 di Terry Goodkind
La Spada della Verità vol. 2 di Terry Goodkind
La Spada della Verità vol. 3 di Terry Goodkind
La Spada della Verità vol. 4 di Terry Goodkind
Elric di Melniboné vol. 2 di Michael Moorcock
Visioni dal futuro di Philip K. Dick
La saga di Peggy Sue di Serge Brussolo
Il Signore dei Tranelli di The Harvard Lampoon
Lila Black - Comincia la sfida di Justina Robson
Debito di ossa di Terry Goodkind
La Spada della Verità vol. 5 di Terry Goodkind
Elric di Melniboné vol. 3 di Michael Moorcock
Il bacio di mezzanotte di Kim Harrison
La Spada della Verità vol. 6 di Terry Goodkind
La Spada della Verità vol. 7 di Terry Goodkind
La Spada della Verità vol. 8 di Terry Goodkind
La Spada della Verità vol. 9 di Terry Goodkind
La Spada della Verità vol. 10 di Terry Goodkind
La morte ci sfida di Joe R. Lansdale
In fondo alla palude di Joe R. Lansdale
Anche i diavoli piangono di Sherrilyn Kenyon
Io sono leggenda di Richard Matheson
Atto d'amore di Joe R. Lansdale
Blade Runner di Philip K. Dick
La spada spezzata di Poul Anderson
Fuoco nella polvere di Joe R. Lansdale
Incubo a seimila metri di Richard Matheson
La settima strega di Paola Zannoner
Elric di Melniboné vol. 4 di Michael Moorcock
Nessun dove – nuova edizione di Neil Gaiman
L'apprendista assassino di Robin Hobb
L'assassino di corte di Robin Hobb
Freddo a luglio di Joe R. Lansdale
Il viaggio dell'assassino di Robin Hobb
La svastica sul sole di Philip K. Dick
Per amore del sangue di Charlie Huston

Tre millimetri al giorno di Richard Matheson
I guerrieri del silenzio di Pierre Bordage
Il risveglio dell'assassino di Robin Hobb
L'eredità Scarlatti di Robert Ludlum
Il valzer dell'orrore di Joe R. Lansdale
Fuga impossibile di George R.R. Martin, Gardner R. Dozois e Daniel Abraham
Io sono Helen Driscoll di Richard Matheson
La Roma degli illuminati di James B. Winter
*Il libro senza nom*e di Anonymous
Il demone malvagio di Kim Harrison
Straniero in terra straniera di Robert A. Heinlein
Trilogia del Sicario di Laura Iuorio
Fantasy lover di Sherrilyn Kenyon
Sette chiese di Miloš Urban
Flashforward – Avanti nel tempo di Robert J. Sawyer
Notte di piaceri di Sherrilyn Kenyon
La figlia della luna di Patricia Briggs
La furia dell'assassino di Robin Hobb
La cacciatrice della notte di Jeaniene Frost
L'Occhio di luna di Anonymous
Toccata dalle tenebre di Karen Chance
Le creature della notte di Kim Harrison
Il lato oscuro dell'anima di Joe R. Lansdale
L'abbraccio della notte di Sherrilyn Kenyon
Londra tra le fiamme di Joe R. Lansdale
La regina della notte di Jeaniene Frost
Rivendicata dalle tenebre di Karen Chance
Unione di sangue di Patricia Briggs
Danza con il diavolo di Sherrilyn Kenyon
L'urlo della notte di Jeaniene Frost
I migliori racconti di Richard Matheson
La Spada della Verità vol. 11 di Terry Goodkind
L'abbraccio delle tenebre di Karen Chance
Il nome del vento di Patrick Rothfuss
L'odore della notte di Jeaniene Frost
Il bacio della notte di Sherrilyn Kenyon
Il ciclo di Belgariad vol.1 di David Eddings
Io sono leggenda di Richard Matheson
Miniature di Paola Rondini
Perdido Street Station di China Miéville
Sotto un cielo cremisi di Joe R. Lansdale
Lo specchio di Dio di Andreas Eschbach
La trilogia di Valis di Philip K. Dick
Ubik di Philip K. Dick
L'ultima profezia del mondo degli Uomini di Silvana De Mari
La maledizione delle tenebre di Karen Chance
Il fascino della notte di Kim Harrison
Hyperion di Dan Simmons
La caduta di Hyperion di Dan Simmons
Endymion di Dan Simmons
Il risveglio di Endymion di Dan Simmons
Crepuscolo cremisi di Jeaniene Frost
La città e la città di China Miéville
La grande marcia di Sabina Colloredo
I fiumi di Londra di Ben Aaronovitch
Dune di Frank Herbert
Messia di Dune di Frank Herbert

I figli di Dune di Frank Herbert
L'Imperatore-Dio di Dune di Frank Herbert
Gli eretici di Dune di Frank Herbert
La rifondazione di Dune di Frank Herbert
La strana storia dell'androide Philip K. Dick di David F. Dufty
Il bacio eterno dell'oscurità di Jeaniene Frost
Il Re Solo di Sabina Colloredo
Ma gli androidi sognano pecore elettriche? di Philip K. Dick
Le tre stimmate di Palmer Eldritch di Philip K. Dick
Tutti i racconti 1954 di Philip K. Dick
Tutti i racconti 1955-1963 di Philip K. Dick
Tutti i racconti 1947-1953 di Philip K. Dick
Tutti i racconti 1964-1981 di Philip K. Dick
Radio libera Albemuth di Philip K. Dick
Tempo fuor di sesto di Philip K. Dick
Noi marziani di Philip K. Dick
I giocatori di Titano di Philip K. Dick
Labirinto di morte di Philip K. Dick
E Jones creò il mondo di Philip K. Dick
I simulacri di Philip K. Dick
In senso inverso di Philip K. Dick
Occhio nel cielo di Philip K. Dick
Un oscuro scrutare di Philip K. Dick
Mr Lars sognatore d'armi di Philip K. Dick
Illusione di potere di Philip K. Dick
La penultima verità di Philip K. Dick
Nostri amici da Frolix 8 di Philip K. Dick
Cronache del dopobomba di Philip K. Dick
Voci dalla strada di Philip K. Dick
Scorrete lacrime, disse il poliziotto di Philip K. Dick
Lotteria dello spazio di Philip K. Dick
Follia per sette clan di Philip K. Dick
L'androide Abramo Lincoln di Philip K. Dick
Confessioni di un artista di merda di Philip K. Dick
Svegliatevi, dormienti di Philip K. Dick
Deus Irae di Philip K. Dick e Roger Zelazny
Il gioco della notte di Sherrilyn Kenyon
L'ombra del Torturatore di Gene Wolfe
L'artiglio del Conciliatore di Gene Wolfe
La spada del Littore di Gene Wolfe
La Cittadella dell'Autarca di Gene Wolfe
Urth del Nuovo Sole di Gene Wolfe
Flashback di Dan Simmons
Il Circolo segreto di Ted Dekker
Il cavaliere eterno di Larissa Ione
I demoni della notte di Kim Harrison
Il libro di Jade di Lena Valenti
Il libro sepolto dei segreti di David Sakmyster
Il giovane Philby di Robert Littell
La porta sull'abisso di Scott Sigler
Il Fiume della vita di Philip José Farmer
Alle sorgenti del Fiume di Philip José Farmer
Il grande disegno di Philip José Farmer
Il labirinto magico di Philip José Farmer
Gli dèi del Fiume di Philip José Farmer
I sussurri della notte di Jeaniene Frost
Eterna di Victoria Álvarez

Il cavaliere immortale di Larissa Ione
I fantasmi della notte di Jeaniene Frost
La luce del sole di Octavia Butler
Mistborn – L'Ultimo Impero di Brandon Sanderson
Mistborn – Il Pozzo dell'Ascensione di Brandon Sanderson
Mistborn – Il Campione delle Ere di Brandon Sanderson
Mistborn – La legge delle Lande di Brandon Sanderson
Tutti i racconti vol. 1 – 1950-1953 di Richard Matheson
Tutti i racconti vol. 2 – 1954-1959 di Richard Matheson
Tutti i racconti vol. 3 – 1960-1993 di Richard Matheson
Tutti i racconti vol. 4 – 1999-2010 di Richard Matheson
Devil Red di Joe R. Lansdale
L'eternità della notte di Sherrilyn Kenyon
Le colpe della notte di Sherrilyn Kenyon
Il cavaliere letale di Larissa Ione
La Ruota del Tempo vol. 1 - L'occhio del mondo di Robert Jordan
La Ruota del Tempo vol. 2 - La Grande Caccia di Robert Jordan
La Ruota del Tempo vol. 3 - Il Drago Rinato di Robert Jordan
La Ruota del Tempo vol. 4 - L'ascesa dell'Ombra di Robert Jordan
La Ruota del Tempo vol. 5 - I fuochi del cielo di Robert Jordan
La Ruota del Tempo vol. 6 - Il Signore del Caos di Robert Jordan
La Ruota del Tempo vol. 7 – La corona di spade di Robert Jordan
La Ruota del Tempo vol. 8 – Il sentiero dei pugnali di Robert Jordan
La Ruota del Tempo vol. 9 – Il cuore dell'inverno di Robert Jordan
La Ruota del Tempo vol. 10 – Crocevia del crepuscolo di Robert Jordan
La Ruota del Tempo vol. 11 – La lama dei sogni di Robert Jordan
Un oscuro segreto di Kalayna Price
Eterna è la notte di Jeaniene Frost
La fiamma del desiderio di Jeaniene Frost
La Terra morente di Jack Vance
Le avventure di Cugel l'Astuto di Jack Vance
La saga di Cugel di Jack Vance
Rhialto il Meraviglioso di Jack Vance
Il paradiso maoista di Philip K. Dick
In terra ostile di Philip K. Dick
Lo stravagante mondo di Mr Fergesson di Philip K. Dick
L'uomo dai denti tutti uguali di Philip K. Dick
Redenzione immorale di Philip K. Dick
Il libro di Ruth di Lena Valenti
Skinwalker di Faith Hunter
In fuga di Kevin Hearne
La seduzione della notte di Sherrilyn Kenyon
Il cavaliere solitario di Larissa Ione
Vlad l'immortale di Jeaniene Frost
La Ruota del Tempo – Nuova primavera di Robert Jordan

Collezione Vintage

L'ambigua follia di Mr Black di Chris Abani
Razza bastarda di Cristina Masciola
Sporco denaro di Richard Powers
I guerrieri della notte di Sol Yurick
L'allegra compagnia del sogno di James G. Ballard
Intrigo a Oriente di Colin Cotterill
La ragazza dal cuore d'acciaio di Joe R. Lansdale
Un pacifico matrimonio di Doris Lessing

Ombre su Shanghai di Andy Oakes
La città delle piccole luci di Patrick Neate
La strana vita di Cutter e Bone di Newton Thornburg
Una comunità perduta di Doris Lessing
Il carro magico di Joe R. Lansdale
Abigail: una storia vera di Chris Abani
Ghiaccio di Anna Kavan
Angeli di strada di Jessica Blank
Anime in volo di Susan Palwick
La bibliotecaria di Claudio Ciccarone
Uno strano destino di Daniel Woodrell
Una vasca di troppo di Francesco Ferracin
Il passato di Shoko di Miyuki Miyabe
Un uomo qualunque di André Héléna
Il quinto battito del cuore di Loredana Frescura e Marco Tomatis
Un luogo senza tempo di Doris Lessing
I ladri non uccidono di Lawrence Block
Il confine d'Ambra di Paola Zannoner
Discesa all'inferno di Doris Lessing
Il giovane Jim di Tony Earley
Vita da niente di Jim Thompson
Le cose che non sai di me di Marco Tomatis
Sotto un cielo cremisi di Joe R. Lansdale
Il rasoio di Occam di Massimo Smith
Le voci di mia figlia di Margaret Leroy
La vittima di André Héléna
Iniezione letale di Jim Nisbet
Vite fragili di Rina Frank
Il prezzo della vergogna di James Lee Burke
Il mistero del 13 di Sebastian Beaumont
L'occhio del ciclone di James Lee Burke
Il drago rosso e il diavolo bianco di Henry Chang
Il fiume mortale d Anne Perry
Legami d'amore di Maria Rosa Nuvoletta
Mondo meraviglioso di Javier Calvo
Piccoli crimini di Dave Zeltserman
Altamente esplosivo di Joe R. Lansdale
La stella blu di Tony Earley
Portobello di Ruth Rendell
Cattive abitudini di Jim Nisbet
Il Giardino di Elsie V. Aidinoff
I fiori di Hong Kong di Paola Rondini
L'epigramma a Stalin di Robert Littell
Nefilim di Åsa Schwarz
La libraia di Orvieto di Valentina Pattavina
La grande rapina ai Led Zeppelin di Jason Buhrmester
The Getaway Man di Andrew Vachss
Io e Glenda di Daniel Woodrell
Canzone per la notte di Chris Abani
Assassinio sul molo di Anne Perry
Devil Red di Joe R. Lansdale
Pandemonium di Daryl Gregory
I figli di Abramo di Robert Littell
Altri regni di Richard Matheson
La libraia di Orvieto. L'ultima eredità di Valentina Pattavina
Una sfortunata mattina di mezza estate di Will Self
Shikasta di Doris Lessing

Kids

Il più grande fiore del mondo di José Saramago
Il circo delle nuvole di Gek Tessaro
L'amore forte forte di Loredana Frescura e Gek Tessaro
Cin Ciao C'è di Gek Tessaro
Gli stivali raccontano: Il gatto con gli stivali di Silvia Roncaglia
Lo specchio racconta: Biancaneve di Silvia Roncaglia
Il Meraviglioso Mago di Oz di Lyman Frank Baum – ed. ril. (23,5x29,5 cm) con illustrazioni a colori
Il Meraviglioso Mago di Oz di Lyman Frank Baum
Il giardino segreto di Frances Hodgson Burnett
Le avventure di Pinocchio di Carlo Collodi
Peter Pan di James Matthew Barrie
Il giro del mondo in 80 giorni di Jules Verne
Piccole donne di Louisa May Alcott
Le tigri di Mompracem di Emilio Salgari
Alice nel Paese delle Meraviglie di Lewis Carroll
Heidi di Johanna Spyri
Il libro della giungla di Rudyard Kipling
Il giornalino di Gian Burrasca di Vamba
Pattini d'argento di Mary Mapes Dodge
Piccole donne crescono di Louisa May Alcott
Jolanda – La figlia del Corsaro Nero di Emilio Salgari
L'isola del tesoro di Robert Louis Stevenson

Ragazzi

J.K. Rowling la maga dietro Harry Potter di Marc Shapiro
I magici mondi di Harry Potter di David Colbert
J.K. Rowling la maga dietro Harry Potter (II edizione) di Marc Shapiro
Peggy Sue e gli Invisibili - Il giorno del cane blu di Serge Brussolo
I magici mondi del Signore degli Anelli di David Colbert
Peggy Sue e gli Invisibili - Il sonno del demonio di Serge Brussolo
Sigrid e i mondi perduti - L'occhio della piovra di Serge Brussolo
Peggy Sue e gli Invisibili - La farfalla degli abissi di Serge Brussolo
Damlo il roscio - La spina del drago di Luca Trugenberger
I magici mondi di Harry Potter – L'incantevole mappa e il libro dei segreti di David Colbert
I magici mondi di Harry Potter (II edizione) di David Colbert
J.K. Rowling la maga dietro Harry Potter (III edizione) di Marc Shapiro
Sigrid e i mondi perduti - La fidanzata del Rospo di Serge Brussolo
La mappa dei magici mondi di Harry Potter di David Colbert
Damlo il roscio - Il sigillo di Zànter di Luca Trugenberger
Peggy Sue e gli Invisibili - Lo zoo stregato di Serge Brussolo
Sigrid e i mondi perduti - Il grande serpente di Serge Brussolo
Damlo il roscio - Il volto del nemico di Luca Trugenberger
Peggy Sue e gli Invisibili - Il castello nero di Serge Brussolo
Amos Daragon - L'alfiere delle maschere di Bryan Perro
Amos Daragon – La chiave di Braha di Bryan Perro
Sigrid e i mondi perduti - La città sommersa di Serge Brussolo
Luna Chiara & Apollo 11 di Adriana Falcão
Peggy Sue e gli Invisibili - La creatura del sottosuolo di Serge Brussolo
Amos Daragon - Il crepuscolo degli dèi di Bryan Perro
Élodie e il Signore dei Sogni - La principessa senza memoria di Serge Brussolo
Peggy Sue e gli Invisibili - La rivolta dei draghi di Serge Brussolo
Due ali per un regno di Clive Woodall

I Borrible – Attacco a Rumbledonia di Michael de Larrabeiti
I Borrible alla riscossa di Michael de Larrabeiti
La settima strega di Paola Zannoner
Peggy Sue e gli Invisibili - La giungla rossa di Serge Brussolo
I Borrible – Viaggio nella metropoli oscura di Michael de Larrabeiti
La Fantasia dei Maddigan di Margaret Mahy
Il libro magico di China Miéville
Jack Flint e la spada magica di Joe Connelly
Peggy Sue e gli Invisibili - La luce misteriosa di Serge Brussolo
Andrea e Lu e la zuppa di pesce stellare di Emanuela Nava
Il carillon di Ludwig di Patrizia Rossi
Arthur e lo stregone nero di Claudio Tassitano
Jack Flint e l'antica maledizione di Joe Donnelly

Per consultare il nostro catalogo
visita il sito www.fanucci.it
e iscriviti alla newsletter
per essere continuamente aggiornato
sulle nostre pubblicazioni.
Seguici su:

aNobii

e sul blog Fanucci Editore, www.fanucci.it

Finito di stampare nel settembre 2014 presso
Puntoweb - via Variante di Cancelliera snc - Ariccia (RM)
Printed in Italy